U0094268

让 我 们 一 起 追 寻

罗伯特·哈里斯（**Robert Harris**）

英国小说家、皇家文学会会员，现居于英国西伯克郡。著有多部畅销小说，被翻译成37种文字。甲骨文工作室已引进出版他的《秘密会议》《慕尼黑》《庞贝》《独裁者》。《军官与间谍》是他的代表作之一，为他赢得了包括沃尔特·司各特历史小说奖在内的四项大奖，著名导演罗曼·波兰斯基2019年执导的电影《我控诉》便改编自这部作品。

李昕璐

2000年生，福建福州人，本科毕业于中央民族大学英语翻译专业，北京外国语大学高级翻译学院会议口译硕士在读。

An Officer and a Spy by ROBERT HARRIS

Copyright © Robert Harris 2013

This edition arranged with INTERCONTINENTAL LITERARY AGENCY LTD (ILA)

through BIG APPLE AGENCY, LABUAN, MALAYSIA.

Simplified Chinese edition copyright:

© 2022 SOCIAL SCIENCES ACADEMIC PRESS (CHINA)

All rights reserved.

封底有甲骨文防伪标签者为正版授权

〔英〕罗伯特·哈里斯（Robert Harris）著

李昕璐 译

AN OFFICER AND A SPY

军官与间谍

社会科学文献出版社
SOCIAL SCIENCES ACADEMIC PRESS (CHINA)

本书获誉

荣获沃尔特·司各特历史小说奖

荣获美国图书馆巴黎图书奖

荣获伊恩·弗莱明钢匕首奖

荣获英国国家图书奖之年度通俗小说

哈里斯笔下的德雷福斯案情节紧凑、激动人心，无与伦比。

——西蒙·霍加特，《卫报》年度图书

一部充满英雄气概的、激动人心的、让人上瘾的小说。

——《地铁报》年度图书

一部令人五体投地的小说，讲述了一个令人五体投地的人的故事。

——博伊德·汤金，《独立报》年度图书

一读就停不下来的作品……和《最高权力》《权谋之业》（西塞罗三部曲之二）一样，该书也展现出了作者对历史细节的绝佳把控。

——理查德·萨斯金德，《泰晤士报》年度图书这部小说十分引人入胜，是罗伯特·哈里斯高超叙事技巧的最好体现。从这段广为人知的历史中，他编织出了令人揪心不已的悬念。

——凯特·桑德斯，《泰晤士报》年度图书

这部关于德雷福斯事件的作品，让人一读就停不下来。真相和小说更好地融合在了一起。小说在左拉的《我控诉！》中达到高潮，这是有史以来对新闻自由最振奋人心的辩护。

——莎拉·桑德斯，《新政治家》年度图书

令人为德雷福斯事件感到深深的悲哀。这一事件加剧了法兰西第三共和国痛苦的分裂，最终导致其于 1940 年解体。

——安德鲁·阿多尼斯，《新政治家》年度图书

恰如其分地提醒了人们，难应付的旁观者和自由的媒体是不可或缺的。

——迈克尔·高夫，《每日邮报》年度图书

非同凡响……哈里斯展现出独特的能力，再现了历史事件并将其变成引人入胜的悬疑故事……叙述的文字如手术刀落下般精准，字里行间透露出优雅的韵味，这正是我们在哈里斯身上所期待的……毋庸置疑是一部杰作。

——杰弗里·万索尔，《每日邮报》年度图书

作者驾轻就熟地创造出如此杰作，使人很容易忽略掉作品背后的深入研究。

——《星期日邮报》年度图书

对一桩丑闻的精彩重现，该丑闻最后成为史上最臭名昭著的冤案之一……这是我今年读过的最扣人心弦的书。

——彼得·曼德尔森，《星期日邮报》年度图书

对德雷福斯事件的重新讲述，辅以非凡的智慧、热情和同理心。

——艾伦·马西，《苏格兰人报》年度图书

哈里斯的精彩讲述引人入胜，但他笔下的故事令人避之若浼。

——菲利普·隆，《苏格兰周日报》年度图书

危机和悬念盘根错节，在紧张的叙事中娓娓道来。

——彼得·坎普，《星期日泰晤士报》年度图书

一个引人入胜的故事，讲述了权力、谎言和理想主义。

——琼·斯托克，《电讯报》

一部杰作……总让人在最不经意的时候毛骨悚然。

——《今日美国》

一部卓越的历史悬疑小说……充斥着破译密码、秘密监视、越狱和惨死的情节。

——《华尔街日报》

这部小说使哈里斯接替了约翰·勒卡雷的位置，成为一位把文件、碎纸片和艰苦情报工作的细节编织成故事的大师。

——《每日野兽》

一个引人入胜的故事，哈里斯绝佳的叙事技巧进一步加深了它给心灵带来的震撼。

——艾瑞卡·沃格纳，《金融时报》

哈里斯超越了自我。那个时代的细节被刻画得非常完美……剧情的一张一弛都扣人心弦。

——《迈阿密先驱报》

令人着迷……德雷福斯事件仍然令人震惊，而这本杰出的通俗小说将其描写得恰如其分。

——《华盛顿邮报》

扣人心弦，引人入胜……充满了间谍的钩心斗角与大胆而残酷的命运转折。

——《纽约每日新闻报》

一个顶尖的讲故事大师……将细致入微的调查结果用游刃有余的笔触展现出来，绝不会让人感觉像是在上历史课那样乏味……无与伦比。

——马克斯·戴维森，《星期日邮报》

情节复杂，令人眼花缭乱——涉及审判、证据日期的冲突、伪造文件、窃听和被撕成碎片的文件……是一部读来令人手心冒汗的悬疑小说。

——詹妮·赛尔维，《每日快报》

通过对军事情报工作中潜在危险的审视，罗伯特·哈里斯的这部小说是在与我们所处的时代对话。

——《匹兹堡邮报》

描写德雷福斯事件的最好小说……哈里斯完美地捕捉到了使德雷福斯成为替罪羊的猖獗的反犹情绪。

——《出版人周刊》（星级书评）

（此书）看上一眼就难以放下……对于肯·福莱特、约翰·勒卡雷、路易斯·贝亚德、凯莱布·卡尔和马丁·克鲁兹·史密斯的书迷来说是再好不过的了。

——《书单杂志》（星级书评）

间谍、反间谍、一场可耻的审判、对真相的掩盖，以及一个努力做正确之事的人。所有这些加在一起，组成了这本错综复杂、引人入胜的悬疑作品。

——《科克斯书评》

与其说是部历史小说，不如说是个伟大的故事。经过行云流水般巧妙的艺术改造，该故事讲述了政客的密谋、对政治体系的操控以及对他人纯粹的恶意……几乎每一页都会给人带来享受。

——《泰晤士报文学增刊》

在与现代的监视观念、文化认同感和爱国主义很好地融合的同时，哈里斯仍忠实地还原了那个时代的气氛和道德观念。一个引人入胜的故事在哈里斯笔下徐徐展开——关于国家的腐败、个人的原则，以及一个令人难忘的吹哨人，而一个多世纪后，他不懈的呼声仍萦绕在耳边。

——安德鲁·安东尼，《观察家》

一个干脆利索、毫不拖沓的故事……以 19 世纪末最臭名昭著的丑闻之一为题材，哈里斯的这部小说忠于事实、一丝不苟，读起来却像是约翰·勒卡雷的代表作和柯南·道尔的福尔摩斯系列的结合体。

——《每日野兽》

哈里斯坚信，小说家可以看到史学家看不到的真相……的确，他给我们带来的视觉、感觉、听觉和嗅觉上的享受，是历史学家力所不能及的……这是一部信息量大、完成度高、可读性强的佳作。

——《旗帜晚报》

一本扣人心弦的读物……在阅读改编自真实事件的小说时，我们总会好奇作者对事实做了哪些改动。但德雷福斯事件的真相太令人难以置信，以至于哈里斯根本没必要对事实进行润色。他只是搭建了一个引人深入的框架，让这个惊人的故事自然而然地展开。

——谢尔立·怀特塞德，《星期日独立报》

作为一位小说家，罗伯特·哈里斯涉猎的范围和深度令人惊叹……现在又转到了因德雷福斯事件而陷入震荡的法兰西第三共和国。在他的每部作品中，哈里斯都找到了将史实与小说创作结合的方式，创作出了既有见地又扣人心弦的悬疑作品。

——道格拉斯·赫德，《新政治家》

一个顶尖的讲故事大师……这个故事在我们时代引起了震耳欲聋的回响。但聪明如哈里斯，他不会满足于此。他心无旁骛地推动故事向前发展，操控着他笔下的角色——傻瓜和无赖、士兵和间谍、狡猾的笔迹鉴定专家和谨慎的情妇，直到取得极致的效果。

——《星期日邮报》

令人窒息，却又引人入胜……其优雅的文笔神似 19 世纪的历史小说，但论形式，该书又集当代悬疑小说、中篇间谍小说与法庭推理小说于一身。从以上的任何角度来看，这部作品都足以打动人心、扣人心弦，同时也为德雷福斯事件提供了一种独到而新鲜的解读方式。

——《爱尔兰时报》

一部扣人心弦的悬疑小说，一次约翰·巴肯式的冒险。真相被剥丝抽茧般一点点揭开，每一步的节奏都恰到好处。真实案件里的材料也被写进小说中，读来叫人心中酸楚不已。特别是德雷福斯本人的笔迹，使读者不禁感到被囚禁的他像是堕落的文明社会中永不泯灭的、幽灵般的良知。通过对皮卡尔绝佳的人物刻画，《军官与间谍》的故事徐徐展开。

——克里斯托贝尔·肯特,《卫报》

德雷福斯事件被罗伯特·哈里斯精彩地重现了……这部作品讲述了间谍之间的钩心斗角、难以取悦的政府高官，以及他们提出的不合理要求。1895 年的政界像现今的那样暗流涌动……当时，真正的主题是间谍与情报界和政界之间更广泛的、互相操纵的关系……随着故事的展开，哈里斯为我们展示了大量的间谍技术——窃听，笔迹分析，伪造文书，等等。

——《时代周刊》

他是许多读者公认的悬疑文学作品的顶尖大师。他的小说并不晦涩……令人惊叹，吸引人不断读下去……他的作品还将悬念、推理、历史洞察力和政治阴谋巧妙地结合在一起。这部最新作品也不例外，从头到尾都十分精彩……它也向读者展示了哈里斯绝佳的小说写作技巧，其中首要的就是真实的历史笔触。无论从总体还是细节来看，在哈里斯笔下，那个时代都活了过来……

——《星期日泰晤士报》

罗伯特·哈里斯的《军官与间谍》是一部关于间谍的悬疑小说，是对人性的一次审视。……1985 年的巴黎，犹太军官阿尔弗雷德·德雷福斯被判犯有叛国罪，之后被囚禁在魔鬼岛。他曾戴着镣铐被当众羞辱，然后被流放，单独监禁。但他真的是德国人安插的间谍吗？还是说，作为一个犹太人，在反犹的时代和环境中，他的命运早已注定？在阅读德雷福斯于狱中写给至亲们的那些读来让人心碎的真实信件后，军官乔治·皮卡尔渐渐开始怀疑德雷福斯是当了别人的替罪羊。随着皮卡尔搜集到越来越多的证据，他也不得不正视并改变自己的一些行为和态度。此外，这部小说将"美好时代"中巴黎的社会和政治氛围描写得细致入微。这部小说代表了一些时代，或至少是一个时代。在那个时代中，权势滔天的情报机构、政府的监视以及对真相的掩盖都是令人担忧的常态。

——莎拉·尼尔森

通过乔治·皮卡尔上校的视角，哈里斯这部引人入胜的悬疑小说重现了1895年的德雷福斯事件。……在法国那个反犹情绪盛行的时代，皮卡尔却坚持认为身为犹太人的德雷福斯是无辜的，这让他招惹到了危险而又强大的敌人。对读者来说，那些以历史上著名事件为题材的小说的情节走向往往很容易预测。但通过描述皮卡尔在间谍工作和调查方面的训练、他未经批准的调查以及他为使德雷福斯案重审而实施的复杂计划，哈里斯慢慢地展开了这个故事，使人读来并不会因提前得知结局而感到乏味。

——克里斯汀·特兰

献给吉尔

目　录

第一部分

第二部分

尾　声

作者按

　　本书旨在用小说的形式重新讲述德雷福斯事件的真相。德雷福斯事件可能可以被称作史上最大的政治丑闻和司法冤案，在19世纪90年代对法国产生了巨大影响，并最终影响了整个世界。此事件发生在1870年普法战争法国战败、割让阿尔萨斯及洛林的二十五年后，其对欧洲政治均势的冲击形成了第一次和第二次世界大战的前兆。

　　本书中没有完全虚构的人物，即使是最次要的角色，在历史上也有迹可循。本书讲述的所有故事，从某种程度上来说，都是在现实生活中发生过的。

　　当然，为了把历史事件写成小说，我不得不对事实进行简化，删去一些人物，对事实进行喜剧化处理，虚构出许多细节。尤其值得一提的是，乔治·皮卡尔从未写过关于德雷福斯事件的秘密手记，他也没有把手记存放在日内瓦一家银行的金库里，并指示银行将其封存到他死后的一个世纪之后。

　　但小说家可以有与之不同的想象。

罗伯特·哈里斯

2013年，巴士底日

主要出场人物

德雷福斯家族

阿尔弗雷德·德雷福斯（Alfred Dreyfus）

露西·德雷福斯（Lucie Dreyfus），妻子

马蒂厄·德雷福斯（Mathieu Dreyfus），兄长

皮埃尔和让娜·德雷福斯（Pierre and Jeanne Dreyfus），儿女

军方人员

奥古斯特·梅西埃将军（General Auguste Mercier），陆军部长（1893~1895）

让-巴蒂斯特·比约将军（General Jean-Baptiste Billot），陆军部长（1896~1898）

拉乌尔·勒穆顿·德·布瓦代弗尔将军（General Raoul le Mouton de Boisdeffre），总参谋长

夏尔-阿蒂尔·贡斯将军（General Charles-Arthur Gonse），第二部门（情报局）指挥官

乔治·加布里埃尔·德·佩利厄将军（General Georges Gabriel de Pellieux），塞纳地区军事总指挥官

阿尔芒·迪帕蒂·德·克拉姆上校（Colonel Armand du Paty de Clam）

福柯上校（Colonel Foucault），柏林武官

夏尔·斐迪南·沃尔辛·艾斯特哈齐少校（Major Charles Ferdinand Walsin Esterhazy），第74步兵团

反间谍处

让·桑德尔上校（Colonel Jean Sandherr），处长（1887~1895）

乔治·皮卡尔上校（Colonel Georges Picquart），处长（1895~1897）

于贝尔-约瑟夫·亨利少校（Major Hubert-Joseph Henry）

朱尔-马克西米利安·劳特上尉（Captain Jules-Maximillien Lauth）

容克上尉（Captain Junck）

瓦尔丹上尉（Captain Valdant）

菲力克斯·格里贝兰（Felix Gribelin），档案管理员

玛丽·巴斯蒂安夫人（Madame Marie Bastian），特工

总安全局（警探）

弗朗索瓦·盖内（François Guénée）

让-阿尔弗雷德·德斯韦宁（Jean-Alfred Desvernine）

路易·汤姆普（Louis Tomps）

笔迹鉴定专家

阿方斯·贝蒂荣（Alphonse Bertillon）

律师

路易·勒布卢瓦（Louis Leblois），皮卡尔的朋友及律师

费尔南·拉博里（Fernand Labori），左拉、皮卡尔、阿尔弗雷德·德雷福斯的律师

埃德加·德芒热（Edgar Demange），阿尔弗雷德·德雷福斯的律师

保罗·贝尔图卢（Paul Bertulus），地方法官

乔治·皮卡尔亲友

波利娜·莫尼耶（Pauline Monnier）

布兰琪·德·科曼日一家（Blanche de Comminges and family）

路易和玛尔塔·勒布卢瓦（Louis and Martha Leblois），来自阿尔萨斯的朋友

埃德蒙和让娜·加斯特（Edmond and Jeanne Gast），表弟及表弟妹

安娜和朱尔·盖伊（Anna and Jules Gay），姐姐和姐夫

热尔曼·迪卡斯（Germain Ducasse），朋友和后辈

阿尔伯特·屈雷少校（Major Albert Curé），老战友

外交官员

马克西米利安·冯·施瓦茨科彭上校（Colonel Maximilian von Schwartzkoppen），德国武官

亚历山德罗·帕尼扎尔迪少校（Major Alessandro Panizzardi），意大利武官

德雷福斯支持者

埃米尔·左拉（Émile Zola）

乔治·克列孟梭（Georges Clemenceau），政治家和报社编辑

阿尔伯特·克列孟梭（Albert Clemenceau），律师

奥古斯特·舍雷-克斯特纳（Auguste Scheurer-Kestner），法国参议院副议长

让·饶勒斯（Jean Jaurès），法国社会党领袖

约瑟夫·雷纳克（Joseph Reinach），政治家和作家

阿蒂尔·朗克（Arthur Ranc），政治家

贝尔纳·拉扎尔（Bernard Lazare），作家

第一部分

1　参见部长

"皮卡尔少校参见陆军部长……"

圣多米尼克大街上，值勤的哨兵从玻璃隔间里走出来，打开了大门。在呼啸的风雪中，我小跑着穿过前院。当我跑进布列讷酒店温暖的大堂时，共和国卫队的一位上尉，一个相貌堂堂的年轻人，站起来向我敬礼。我更加急切地重复了一遍："皮卡尔少校参见陆军部长！"

我跟在上尉身后，我们脚步整齐地踏上部长宅邸的黑白大理石地面，走上旋转楼梯，经过路易十四的银盔甲和那幅腐朽庸俗的帝国时期艺术品——雅克－路易·大卫的油画《跨越阿尔卑斯山圣伯纳隘道的拿破仑》。最终，我们到达了二楼，在一扇俯视着地面的窗户旁停下。上尉去通报来访，我独自站在窗户旁，凝视着窗外罕见的美丽景色：在冬日的晨光中，眼前这个市中心的花园被白雪覆盖，四周一片寂静。就连陆军部里的黄色灯光，透过朦胧的树林看去，也有一种独特的美感。

"梅西埃将军在等您了，少校。"

部长办公室十分宽敞，四面都是华丽的鸭蛋青色镶板墙，还有一个延伸出去的双阳台，阳台下就是被白雪覆盖的草坪。房间里有两个上了年纪的男人，身着黑色制服，站在那用火炉烤着自己的小腿肚——这是陆军部最资深的两位军官。其中一位是拉乌尔·勒穆顿·德·布瓦代弗尔将军，总参谋长，精通俄语，一手促成了我们与俄国的新合作。他在俄国宫廷里待得太久，自己都开始长得像一个胡子拉碴的俄国公爵了。另外一位六十来岁的，正是布瓦代弗尔将军的上司——陆军部长奥古斯特·梅西埃。

我走到地毯中间，向他们敬礼。

梅西埃布满皱纹的脸总是毫无表情，看起来怪异极了，活像套着个皮革面具。我有时候都会产生一种奇怪的幻觉，总觉得有另一个人正从这面具的底下，透过梅西埃的眼睛看着我。梅西埃轻轻地说："嗯，看来没用多少时间，皮卡尔少校。什么时候结束的？"

"半小时之前，将军。"

"那么，真的都结束了？"

我点头。"结束了。"

接着，汇报开始。

"过来壁炉这里。"部长命令道。他说得非常小声——这是他的一个习惯。他指着一张镀金的椅子。"把那张椅子搬过来坐。把外套脱了。把发生的事情一五一十地跟我们说说。"

他一动不动地坐在椅子的边缘上，等着我开口：他上半身向前倾着，双手紧握，小臂搭在膝盖上。根据惯例，他不能出席今早的仪式。现在的他，就像是一个导演没能亲眼看着自己的剧目登上舞台一样，急不可耐地想知道更多细节——听听别人的想法和观察，好在眼前重现那场景。

"首先，告诉我，群众的情绪如何？"

"要我说，他们……很期待。"

我告诉他们，今天早上，天蒙蒙亮，我就从我的公寓出发，走去军事学院。街道上当时还风平浪静，甚至比平日里还安静点，因为今天是周六——"犹太人的安息日。"梅西埃打断了我，脸上还挂着一丝淡淡的冷笑。其实，虽然我没有提，但当我走过冷冷清清的布瓦西埃街和特罗卡德罗大街时，我不禁怀疑部长的这一出精心策划的"好戏"是不是要遭遇滑铁卢了。不过，当我走到阿尔玛桥时，我惊讶地发现黑压压的人群正如潮水般涌过桥面，跨过昏暗的塞纳河河面，往军事学院的方向移动。我这才明白过来：部长心里清楚得很，他早就知道，就算再冷，人们也不会放弃任何一个看热闹的机会。

我跟着人群，一起向南穿过塞纳河，走过博斯凯大街。街边的木板人行道装不下如此庞大的队伍，不断有人被挤到大马路上。这队伍让我想起了赛马场边的观众——和他们一样，这些人们正在期待着，酝酿着一场无阶级的狂欢。报纸小贩们在人群中来回穿梭，推销着今天的晨报。路边的小摊上烤着板栗，空气中香气弥漫。

走到这条街的尽头，我离开人群，穿过十字路口，往军事学院走去。一年之前，我还是这里的地形学教授。涌动的人群从我身边经过，往丰特努瓦广场上指定的集会地点移动。天渐渐亮了，军事学院里，鼓声、军号声、马蹄声、咒骂声、口令声、靴子发出的脚步声交织在一起。驻扎在巴黎的九个步兵团都接到命令，每个团需要派出两个连来参加今天的仪式，命令还指定其中一个是老兵连，一个是新兵连——梅西埃认为，趁这个机会，可以好好地给新兵们上一节思想道德课。就当我穿过一条条富丽堂皇的走廊，踏进莫尔朗练兵场时，在那铺满冰碴子的泥地上，几千名士兵已经集合完毕了。

那天之前，我从没参加过这种当众判决，也从来没体会过这种特殊的氛围。但那天早上，军事学院的气氛完美地吻合了我的想象。宽阔的莫尔朗练兵场给这出好戏提供了合适的舞台。远处，围栏后，在半圆形的丰特努瓦广场上，人们被拦在一列身着黑色制服的警察身后，人头攒动，议论纷纷。人群挤得连一根针都插不下了，有人站在长椅、马车、公共汽车上，有人坐在树梢上，有一个人甚至还爬到了普法战争纪念碑上。

梅西埃一饮而尽手中的酒，问我："那你估计，总共有多少人到场？"

"警察局说绝对有两万人。"

"真的吗？"部长看上去并没有我想象中的那么惊讶，"你知道吗，我本来想把仪式办在隆尚马场，那里的赛道可以容纳五万人。"

布瓦代弗尔谄媚地说："部长，依我看，就算是隆尚马场也会被挤满的。"

话虽如此，两万人在我看来已经足够了。人群发出的窃窃私语声让人听来心里发毛，这群人就像一头凶猛的野兽，虽然暂时蛰伏不动，但随时都有可能凶相毕露。快到八点时，一队骑兵护卫出现在人们的视野中。他们顺着人群的前沿小跑而过时，人群突然骚动了起来。原来，透过骑兵队伍，可以隐约瞥见一辆四匹马拉着的囚车。在铺天盖地的倒彩声中，护卫队放慢脚步。只见一扇大门敞开，伴随着鹅卵石路面上的一阵脆响，囚车被押送进了军事学院。

我目送着囚车驶入内院，直到它从我的视野中消失。就在这时，旁边有个男声响起："瞧啊，皮卡尔少校。从前罗马人以残害基督徒为乐，现在这些基督徒又以残害犹太人为乐。我想，这也是一种进步吧。"

这人裹着大衣，竖着衣领，脖子上绕着一条灰色围巾，帽檐低低地遮住眼睛。我先认出了他的声音，接着，又认出了他那不受控制般颤抖的身体。

我向他敬了一礼。"桑德尔上校。"

桑德尔问："你一会儿站在哪看？"

"我还没考虑过这个问题。"

"那你可以过来，跟我和我的手下们一起。"

"荣幸之至。不过，我还得先确保一切按照部长的指令正常运行。"

"那么，你完成你的任务以后，可以来那边找我们。"他用颤抖的手指着莫尔朗练兵场的另一头说，"在那看得很清楚。"

我的任务！我回过头看了看他，不确定他这样说是不是在讽刺我。跟他分开后，我一路走到部队办公室门口。那个囚犯正被关押在里面，由共和国卫队的勒布朗－雷诺上尉负责看守。我并没有进去，因为不想再看到那个罪人。就在短短两年前，他还是我的学生，我在这栋楼里给他上过课。而现在，我对他已经无话可说，也毫不关心。我甚至希望从来没有他这么个人，希望他赶紧消失，从巴黎，从法国，从整个欧洲消失。一个骑兵帮我把勒布朗－雷诺叫了出来。这是一个身材高大、面部红润、长着一张马脸的年轻人，不像个军官，倒像个警察。他走出房门来，向我报告道："那个卖国贼很紧张，却又不露声色。我觉得他应该不会惹出什么事来。我们已经把他衣服上的线弄松了，他的剑也被提前处理过，现在一用力就会从中间断掉。一切都万无一失。万一他试图开口说话，达拉斯将军就会发信号，让乐队开始演奏来盖过他的声音。"

梅西埃若有所思地问："要演奏什么样的曲子才能盖过一个人的声音？"

7

布瓦代弗尔试探道："或许水手号子可以，部长？"

"不错。"梅西埃小心地斟酌道。虽然嘴上赞同，但他脸上没有一丝笑意——他很少笑。他又转过身来问我："这么说，你和桑德尔那群人一起看了整场仪式。你觉得他们怎么样？"

我不知该如何作答——毕竟，桑德尔可是个上校，军衔在我之上。我小心翼翼地答道："是一群敬业、爱国的军人。他们奉献了很多，却没有得到应得的认可。"

这是个很好的答案。好到我今后的人生——和我接下来要讲述的故事——都因此而颠覆。但无论如何，听了我的回答，梅西埃，抑或是面具下那个真正的梅西埃，用探究的眼神打量着我，好像是在确认这是不是我的真心话。然后，他赞同地点了点头。"你说的没错，皮卡尔。法兰西亏欠他们太多了。"

那天早上，他们六人——被人们委婉地称为"总参谋部统计处"（即反间谍处）——都到场来见证他们的杰作。跟勒布朗－雷诺的谈话结束后，我找到桑德尔和他的手下。他们在练兵场的西南角，一座低矮楼房的阴凉处站着，稍微疏离于人群。桑德尔把手插在口袋里，头低着，一副置身事外的样子。

"你记不记得，"陆军部长打破平静，转头问布瓦代弗尔，"让·桑德尔以前被人叫作'最帅的法国军人'？"

"我还真记得，部长。"参谋部长附和道，"真是今非昔比啊，可怜的家伙。"

桑德尔一侧站着他的副官，一个胖乎乎的酒鬼。他有着砖红色的脸庞，时不时从自己青铜色的随身酒瓶里啜一口。另一侧则是我唯一眼熟的桑德尔手下——大块头的约瑟夫·亨利。他还拍了拍我的肩膀，压低嗓音问我一会儿给部长报告的时候能不能顺便提他一句。这两个隶属于此部门的年轻军官都是上尉，在桑德尔的身边却显得黯然失色。他们身边还站着一个素人——一个瘦骨嶙峋的文员，手里拿着一副小型望远镜，看起来像没怎么见过阳光似的。他们顺着旁边挪了挪，给我腾了个位置，那个酒鬼还借我喝了一口他那肮脏的法国白兰地。过了一会儿，有两个外人加入了我们：其中一个是位精明能干的军官，来自外交部；另一个则是总参谋部讨人厌的傻瓜迪帕蒂·德·克拉姆上校，他那反光的单片眼镜在晨光中看上去像一个空洞的眼窝。

时间越来越近了，在苍白而显露着不祥的天空下，紧张的情绪不断累积。练兵场上排列着将近四千名士兵，却安静得连一根针落在地上都能听见。就连围观的人群都安静了下来。唯一的动静来自莫尔朗练兵场边上，几个受邀的宾客还在被人领向座位的途中，他们匆匆忙忙，嘴里不断道歉，活像葬礼上的迟到者一样。其中，一个娇小苗条的女人，戴着白色裘皮帽，手插在暖手筒里，夹着一把镶褶边的蓝色雨伞，正被一个高个子骑兵中尉护送着进场。贴着场边围栏的一些观众认出了她，紧接着，泥地上响起了一阵轻微的掌声，夹杂着"好！""万岁！"的欢呼声。

桑德尔抬起头，咕哝道："那到底是谁啊？"

有一个上尉从文官手里拿来小型望远镜，对准了那个穿皮草的女士。她时而挥手，时而转动她的雨伞，亲切地向人群致意。

"那要不是女神莎拉^①的话，我就会遭天打雷劈！"他小心地调整着望远镜的角度，"是第28连的罗什布埃在照顾她，那个幸运的家伙！"

梅西埃坐着往后一靠，手里摩挲着自己的白色小胡子。莎拉·伯恩哈特居然出席了他策划的仪式！这正是他想从我嘴里听到的：

① 莎拉·伯恩哈特（Sarah Bernhardt, 1844~1923），法国知名演员。她被称作"神选的莎拉"（Divine Sarah）。（如无特别说明，本书脚注皆为译者注。）

戏剧性的情节，人们的闲言碎语。不过，他还是装出一副不满的样子："我想不通谁会邀请一个女演员……"

八点五十分，仪式指挥官达拉斯将军出现了。他骑着马，顺着鹅卵石路，走到练兵场中央。将军的坐骑用鼻孔喷着粗气，被缰绳拉扯减速时把头往下顿了顿。那马绕着圈踱步，扫视着黑压压的人群，蹄子在地上一蹭，方才站定。

九点时，钟声响起，指挥官喝道："全体立正！"四千名军士的军靴发出整齐的碰撞声，震耳欲聋。与此同时，在练兵场最远的角落，出现了五个身影，正向指挥官走去。待他们走近，人们看出来那是四个带枪的押送士兵，而在他们中间的正是那个罪人。五人的步速设计得非常精妙，每走五步，右脚正好都能对上报时的钟声。就连犯人也只趔趄了一次，而且很快就调整好自己的步伐。直到最后的钟声消失在练兵场上方，他们终于在指挥官面前站定并向其敬礼。接着，四个士兵向后转，踏着步走开，只剩下罪犯一人独自面对着指挥官。

一阵军鼓。一声军号。然后，一个军官走了出来。他把手里拿着的文件高举到眼前，就像戏剧舞台上的信使一样。当他宣读公文的声音在冰冷的风中回荡时，人们惊讶地发现他虽然个头矮小，嗓门却挺大。

他吟诵道："以法国人民的名义，巴黎军政府第一常设军事法庭在不公开开庭的情况下做出如下裁决。法庭收到诉讼如下：阿尔弗雷德·德雷福斯，第14炮兵团上尉，总参谋部编内军官，军事总参谋部见习军官，被指控在1894年向外国势力或其巴黎眼线提供机密情报或一定数量的国防机密文件。

"法庭一致通过判决，宣布被告罪名成立。

"法庭一致判处阿尔弗雷德·德雷福斯终身监禁，革除其军职，且革除军职判决将在首次巴黎驻军阅兵式前生效。”

话毕，这位军官退下。达拉斯将军在马背上一挺身，从腰间拔出佩剑，使得那罪犯为了仰视他而伸长了脖子。犯人平日里戴的那副夹鼻眼镜已经被没收了，取而代之的是一副无框眼镜。

“阿尔弗雷德·德雷福斯，你不配佩带武器。以法国人民的名义，我们解除你的军职！”

“就是在那时，”我告诉梅西埃，“犯人第一次开口说话了。”

梅西埃猛地一惊，身体一震：“他说话了？”

“没错。”我从裤子口袋里抽出我的笔记本。“他高举双手，大喊道……”我看了一眼笔记，以确保准确准确无误，“‘将士们，他们惩罚的是一个清白的人……将士们，他们使一个无辜的人蒙羞……法兰西万岁……军队万岁……’”我冷淡地念完，不带一点情绪。这没什么问题，鉴于犯人当时用的就是这种语气。唯一的不同是德雷福斯，作为一个来自米卢斯①的犹太人，在说的时候带着一点德国口音。

梅西埃皱起眉头：“怎么会让这种事发生？你不是说一旦犯人要说话他们就会奏军乐吗？”

“达拉斯将军觉得几声抗议算不上什么发言，而且音乐会破坏肃穆的气氛。”

“那观众有什么反应吗？”

“有的。”我又看了眼笔记本，“他们开始不停地大喊‘死刑……死刑……死刑……’”

听见人群的呐喊，我们一行人看向围栏。桑德尔说：“他们再不做点什么，场面就要失控了。”

---

① 米卢斯（Mulhouse），法国东部城市，近德国边界。

我要来了那副小型望远镜，举到眼前，调整焦距。在镜头里，我看见一个身材魁梧的男人，共和国卫队的一个军士长，按住了德雷福斯。此人粗暴地从德雷福斯肩头一把扯下肩章，拽下他军装外套上的所有纽扣，撕下他袖子上的金色穗带，接着又蹲下，撕扯着他的红色军裤。我仔细地关注着德雷福斯。他面无表情，尽管身上的东西被人东拉西扯，他仍目视前方，默默承受着这种侮辱，就像是一个孩子忍受着暴躁的大人给他整理衣服一样。最后，那位军士长从剑鞘里拔出德雷福斯的佩剑，一把插进泥地里，又用穿着军靴的脚一蹬，剑就这么断了。他把断成两半的剑扔在德雷福斯面前的那堆垃圾上。事毕，他利落地连退两步，转过头来向将军敬礼。德雷福斯凝视着地上的一片狼藉——那曾是他军人荣耀的象征。

桑德尔不耐烦地说："快，皮卡尔，刚刚是你在用望远镜。告诉我们他看起来是什么样。"

"他看起来，"我一边回答，一边伸手把望远镜还给那个文员，"像一个犹太裁缝，正在思考这些被毁掉的金色穗带浪费了多少钱。要是他的脖子上还挂着卷尺的话，他看起来就跟奥贝尔街裁缝店里的裁缝一模一样了。"

"不错，"桑德尔说，"我喜欢。"

"很不错。"梅西埃在听到这时也这么说道，闭上了眼睛，"就像我亲眼看见了一样。"

德雷福斯又一次大喊道："法兰西万岁！我发誓我是清白的！"

接着，他在士兵的押送下，开始了绕着莫尔朗练兵场的长时间示众。每一个士兵方阵都得以看见他被撕烂的军装，提醒着他们军人叛国的下场。他时不时大喊"我是清白的"，但换来的只有围观人群"叛徒！""犹太卖国贼！"之类的大声嘲讽。根据我的笔记，示众的过程从头到尾只有七分钟，但我却感觉无比漫长。

当德雷福斯向我们这走过来时，外交部的那位军官，举着那副小型望远镜，有气无力地说道："我不明白那家伙是怎么一边忍受着这种羞辱，一边还要声称自己是清白的。要是他真是清白的，他为什么要这样任人摆布？为什么不反抗呢？或者说，他就是个犹太卖国贼，你们说呢？"

"他当然是犹太卖国贼！"桑德尔驳斥道，"犹太人都毫无爱国心、荣誉感、自尊心可言。他们和我们一起生活了几百年，从来就只会不断地背叛我们，就像从前背叛耶稣那样。"

德雷福斯从我们面前经过时，桑德尔别过身去以表示对他的鄙夷。然而，我却没法把视线从他身上挪开。不知道是因为在狱里待了三个月，还是因为早上太冷，他的脸浮肿着，面色灰白——蛆的颜色。他不剩一颗扣子的黑色军装外套敞开着，露出里面的白色衬衫；稀疏的头发一撮撮向上翘着，发丝间还有些什么亮晶晶的东西；因为有一众士兵随行押送，他的脚步有条不紊。他往我们的方向瞥了一眼。就在我和他的目光短暂地相遇时，我看见了他的灵魂——我看见了他像受惊了的动物一样的恐惧，我看见了他在心里挣扎着让自己保持理智。当他从我面前走过时，我才意识到他头发里那亮晶晶的东西原来是唾液。他当时肯定在思考，我在他的审判中扮演的是什么角色。

对他的折磨只剩最后一个，我相信这对他来说也是最难熬的环节了——他必须经过人群前的围栏。警察们早已拉起胳膊，试图控制人群的距离，可人们一看到犯人朝他们走来，就疯狂地往前冲去。警察组成的防线立刻往前凸出，绷紧，接着便断开，让叫骂着的人们往前奔涌而去，冲上人行道，挤向德雷福斯身前的围栏。德雷福斯停下脚步，转向他们，高举着胳膊说着什么。但他当时背对着我，他说了什么我没听见，只听到人群中传来熟悉的"叛徒！""卖国贼！""犹太人去死！"之类的叫骂声。

最终，押送的卫兵把他从围栏前拉走，押向囚车，骑马的警卫也在等着他。犯人双手被铐在身后，走进了囚车。囚车的门锁上后，随着一声马的嘶鸣，囚车摇摇晃晃地往前驶去，驶出了大门，驶入丰特努瓦广场。广场上的人群包围了囚车，人们纷纷伸出手去拍打着囚车的两侧。有那么一瞬间，我甚至觉得它无法从人群中逃出生天。多亏了骑兵们不懈地用剑背驱赶人群。最终，随着马鞭"啪啪"两响和车夫的一声大喝，囚车终于挣脱了束缚。它在人群中加速前进，最后向左一拐，消失不见了。

不一会，上面下达了让军队通过的命令。四千双军靴撞击在地上，刹那间地动山摇。军号开始响起，军鼓也敲着鼓点，等到军乐队奏起那首《桑布雷和马斯军团行进曲》时，天飘起了雪。我绷紧的神经终于放松了，相信其他人也一样。我们不约而同地转过身来，互相握手。感觉就像是一副强健的躯体终于摆脱肮脏的瘟疫病毒，重获新生一样。

听完我的报告，部长办公室陷入了沉默，只剩燃烧着的火炉，不断发出细碎的响声。

"唯一的遗憾，"梅西埃终于开口说道，"就是那个叛徒还活着。我说这话可不是为了谁，而是为了他好。接下来等着他的会是怎样的生活啊？还不如早点了结。这就是为什么我想让国民议会恢复对叛国罪的死刑判决。"

布瓦代弗尔奉承地点点头："您已经尽力了，部长。"

梅西埃站起身来，膝关节"嘎吱"一响。他走向一个立在书桌旁底座上的巨大地球仪，并示意我一起来。他戴上一副眼镜，像一个近视的上帝一样，低头俯视着这个微缩的世界。

"我要把他送到一个没法跟任何人说话的地方，我可不希望他再向谁透露出更多机密。而且，我也不想任何人跟他交流。"

部长把他那纤细得出奇的手搭在北半球上，轻柔地转动着地球仪。向西转过大西洋后，他停住了地球仪，指着南美洲海岸上距离巴黎七千公里的一点。他向我扬起眉毛，意思是让我猜猜。

我说："流放到卡宴①？"

"很接近，不过这个地方更万无一失。"他身体往前倾，手指轻敲着球面。"魔鬼岛，距离海岸十五公里，附近海域里都是鲨鱼，狂风骇浪让登岛都很困难。"

"那个地方不是几年前就封锁了吗？"

"就现在来说是的，自从上一批有麻风病的囚犯走后就没有人了。我需要征求议会的同意，但这次我能搞定，这座岛将会为德雷福斯一人再次开放。你觉得怎么样？"

我的第一反应是惊讶。梅西埃有着一位英国太太，是公认的共和党和自由思想者——举例来说，他拒绝去弥撒——这些品质让我敬佩。但就算如此，他心里居然还残存着一些耶稣会信徒的狂热。魔鬼岛？我心里想道。这都快20世纪了，又不是17世纪……

"嗯？"他又问了一遍，"你觉得怎么样？"

"有必要这么大阵仗吗……"我小心翼翼地措辞，希望自己能说得委婉点，"有点像……大仲马？"

"大仲马？你这是什么意思？"

"就是这听起来像是历史小说里的情节，我觉得像是在效仿

---

① 法属圭亚那首府，位于大西洋岸卡宴河口卡宴岛西北岸，从19世纪50年代至20世纪40年代是法国政治犯和囚犯流放的中心地。

《铁面人》。将来德雷福斯会不会被人们叫作'魔鬼岛人'？他会因此成为世界上最出名的囚犯的……"

"没错！"梅西埃大喊一声，拍着自己的大腿，少见地变得情绪化了。"这正是我中意这个点子的地方，它能激发人们的想象力。"

我为他英明的政治判断鞠了一躬，但心里还在纳闷着公众跟这件事有什么关系。直到我拿起大衣准备离开的时候，部长说的话才点醒了我。

"这应该是你最后一次在这个办公室里见到我了。"

"我很遗憾，将军。"

"你知道的，我对政治没什么兴趣——我是个职业军人，不是政客。我注意到现在各个党派都很不满，再过两三周政府也要换届了，总统可能也要换人。"他耸耸肩。"那么，应该就是这样了。毕竟我们是军人，要服从命令。"他握了握我的手。"你在这可悲的事件中展现出的智慧真令人印象深刻，皮卡尔少校，我们不会忘记的。对吧，总参谋长？"

"当然了，部长。"布瓦代弗尔也站起身来同我握手，然后道："谢谢你，皮卡尔，你的报告很能说明问题，让我有身临其境的感觉。对了，你的俄语学得怎么样了？"

"我感觉自己可能永远都学不会这门语言了，将军。但我现在能读托尔斯泰的小说了——当然，时不时还要查查字典。"

"那太好了。最近法俄之间来往很频繁，掌握好俄语会对你的升职很有利。"

我被夸得有点飘飘然，走到门前正要开门时，梅西埃突然问道："我问你，我的名字有没有被提到？"

"您说什么？"我不太确定他是什么意思，"怎样被提到？"

"在今早的仪式上。"

"好像没有……"

"不是什么大事。"梅西埃做了个表示不屑的手势，"我只是好奇围观群众有没有任何示威行动之类的……"

"没有，至少我没看见。"

"很好，我想也是。"

我在身后轻轻地带上了门。

在呼啸的风中，我重新踏上了高楼林立的圣多米尼克大街。我手里攥着帽子，走了一百米来到隔壁的陆军部。部里空无一人。显然，在这个周六，相比来这严肃的法国军事机构，我的同事们都有更好的安排。真是群聪明的家伙！我要写完我的正式报告，整理整理书桌，好让自己不要再想着德雷福斯。想到这，我小跑着上了楼梯，穿过走廊，走进我的办公室。

自拿破仑时代以来，陆军部下一直设有四个部门。第一个负责行政，第二个负责情报，第三个负责行动和训练，第四个负责运输。我在第三个部门工作，顶头上司是布歇上校，这也是个聪明的家伙，不过今天一整个早上都不知他的去向。作为他的副官，我有一间自己的小办公室。房间里空空荡荡，活像是个修行者的房间；透过唯一的窗户，能看见光秃秃的院子。两张椅子、一张书桌、一个文件柜就是房里的所有家具了。暖气坏了，房间里冷到我都能看见自己的鼻子喷出白气。我坐在桌前，披着我的大衣，开始思索过去几天积累下来的文书工作。我叹了一口气，伸手去找要用的文件。

大约过了几个小时，接近傍晚的时候，我突然听见空寂已久的走廊里传来沉重的脚步声。来人从我的办公室门前经过，又停下，然后又折回来站在我的门前不动。办公室的木板门很薄，我都能听见门后之人沉重的呼吸声。我站起来，蹑手蹑脚地走到门前，屏息听了一会，然后猛地拉开门——居然发现站在我面前的是第二部门——也就是情报局的主管。我们都被这突然的情形吓了一跳。

"贡斯将军，"我说道，向他敬了个礼，"没想到是您。"

贡斯是出了名的工作狂，一天里十四个小时都在工作。我怎么就没想到呢，如果说这栋楼里还有谁的话，最有可能的就是他了。他的竞争对手总是借此攻击他，说他只有拼了命才能把工作做好。

"没关系，皮卡尔少校。你这地方怎么这么小！我能进来吗？"他用一双短腿大摇大摆地挤进了我的办公室，嘴里还一口又一口地抽着烟。"不好意思打扰到你了，不过我刚在旺多姆广场那儿听介朗上校说，德雷福斯在今天早上的游行上认罪了。你知道这件事吗？"

我呆住了，目瞪口呆地盯着他。"不，将军，我不知道。"

"很显然，今早，就在仪式开始前半小时，他告诉负责看守他的上尉，他确实给德国佬传了一些机密文件。"贡斯耸了耸肩。"我想你应该知道一下，毕竟你是要替部长多留意留意的。"

"可是我已经向部长报告完了……"我吓呆了——这可是一个可以断送我的事业的严重错误。自 10 月以来，面对强有力的不利证据，德雷福斯始终拒绝认罪。现在居然有人告诉我他终于认罪了，而且几乎就在我的眼皮底下，我却毫不知情！"我得去搞清楚到底怎么回事。"

"你确实得去。你搞清楚了以后，回来向我报告。"

我冲出大门，再一次踏上阴冷昏暗的街道。圣日耳曼大街的拐角处停着一排出租马车，我跳上了其中一辆。到军事学院门口时，我让车夫在门口等着，自己跑了进去。但练兵场上空空荡荡的，附近鸦雀无声，好像是在等着看我的好戏。附近唯一的动静来自丰特努瓦广场上打扫垃圾的人。我回到马车上，吩咐车夫去位于旺多姆广场上的巴黎军政长官公署，能跑多快跑多快。总部大楼昏暗又破旧，我在大厅里等着介朗上校。等了一会，介朗上校不慌不忙地来了。他出现的时候就像个吃午饭吃到一半被叫出来，然后又急着回去的人。

"我已经把全部过程跟贡斯将军讲过了。"

"不好意思，上校，您介意再跟我说一次吗？"

他叹了口气。"勒布朗－雷诺上尉奉命于仪式开始之前在警卫室里看守德雷福斯。当他把德雷福斯移交押送队的时候，就是在仪式开始之前，他走到我们一群人站着的地方，说了些'我完蛋了，那个人渣刚刚全都承认了'之类的话。"

我拿出笔记本问："他说德雷福斯说什么了？"

"我记不清原话是怎么讲的了。但大概是说，德雷福斯确实向德国人泄露了一些机密，但都不是很重要的信息，部长本人也知道这些信息，再过几年我们就会知道整件事的来龙去脉，诸如此类的。你可以去问问勒布朗－雷诺。"

"确实。他在哪？"

"我不知道，他已经下班了。"

"他人还在巴黎吗？"

"我亲爱的少校啊，我怎么知道？"

"我搞不懂，"我说，"德雷福斯为什么要在这个节骨眼上，向一个素未谋面的陌生人承认自己的罪行？他都已经否认三个月了，现在承认也不会有任何好处。"

"这我就帮不了你了。"上校转过头，望向他来时的方向。

"而且，如果他都已经向勒布朗－雷诺上尉坦白了，他为什么还要出去，在几万名愤怒的群众面前不停地喊冤呢？"

上校挺起胸膛："你是在说我的手下撒了谎？"

"谢谢您，上校。"我收起了笔记本。

我回到部里，直奔贡斯的办公室。他当时正在处理一大沓文件。接着，他一边把脚翘在桌面上，靠在椅子上，一边听着我的报告。听罢，他说："所以，你觉得这没问题？"

"是的，我从头到尾听了一遍，觉得没什么问题。有可能是那个负责看守的蠢货上尉完全误解了德雷福斯的话，或者是他编了个故事，想在同事面前出出风头。当然了，"我补充道，"前提是德雷福斯不是我们安插在德国的双面间谍。"

贡斯笑出了声，又点了一根香烟。"但愿如此！"

"您现在想让我怎么做呢，将军？"

"我觉得你什么也做不了。"

我犹豫了一下，说："显然，还有一种方法能让我们知道真相。"

"什么方法？"

"我们可以去问德雷福斯本人。"

贡斯摇摇头。"绝对不行。现在任何人都不能探视他。而且，他很快就会被送出巴黎。"他把脚从桌面上放下，把桌面上的一叠文件拉到面前，外套上散落着的烟灰纷纷随之掉落。"这事就交给我了，我会去跟总参谋长和部长说的。"他打开一份文件开始浏览，眼睛都没有抬一下。"谢谢你，皮卡尔少校，你可以走了。"

2 升职

那晚，我身着便服出了城，去凡尔赛看我母亲。在雪花和煤气灯光中，漏风的火车摇摇晃晃地驶出巴黎城郊。这趟车要开大半个小时，整个车厢里只有我一个人。我试着读陀思妥耶夫斯基的小说《少年》，但火车时不时经过黑暗的路段，打断我的阅读。于是，借着应急灯微弱的蓝光，我往窗外望去，想起了德雷福斯——他现在应该在拉桑特监狱的牢房里。转移的时候，囚犯都是被装在改装过的运畜车厢里，经由铁路运送的。我猜他会被送往西部，送到大西洋沿岸的某个港口，在那等着被流放出境。现在天气这么冷，整个转移过程肯定会非常难熬。我合上眼睛，想打个盹。

我母亲在一条很现代化的街道上有一间小公寓，就在凡尔赛火车站旁边。她七十七岁，一个人住，守寡快三十年了。我和安娜平常轮流来陪她。安娜是我姐姐，已经有孩子了，而我还是孑然一身。每周六晚上都轮到我来照看她，这是我一周内唯一可以摆脱军队的时间。

我到的时候天早已黑了。天气很冷，气温肯定有零下十摄氏度。母亲在关着的门后喊道："是谁啊？"

"是我，乔治，妈妈。"

"谁？"

"乔治，你儿子。"

我好说歹说地劝了一分钟，她才让我进去。有时候她会把我认成我的哥哥保罗，而他五年前就已经死了。更诡异的是，她有时候甚至会把我认成我父亲，而他在我十一岁的时候就去世了。（还有个姐姐在我出生前就死了，一个哥哥刚出生十一天就死了；这样看来，变老至少有一个好处——我母亲虽然神志不清了，但她总能"见到"不同的家人。）

面包和牛奶都冻结实了，水管里也全是冰。一进屋，我就花了半小时生火，让整个房间暖和起来；接着又花了半小时，躺着修理漏水的水管。忙完后，我们一起吃了勃艮第红酒炖牛肉——这是每天来一趟的女佣从当地的熟食店买来的。过了一会，妈妈的神智逐渐清醒起来，好像可以认出来我是谁了。我告诉她我最近都在忙什么，但没有提到德雷福斯和那场仪式，这对她来说太难理解了。接着，我们一起坐在那架几乎填满了狭窄客厅的钢琴前，演奏了一首肖邦的回旋曲。她的演奏依旧很完美。尽管她神志不清了，但对于音乐，她仍旧像以前一样擅长。我想，就算忘记了所有事，她也不会忘记音乐。母亲睡下后，我独自坐在钢琴凳上，端详着钢琴上的照片：几张全家福里，有不苟言笑的一家人，在斯特拉斯堡，或在热代尔别墅的花园里；还有一小张我母亲的大头照，那时的她还是一个学音乐的学生；此外还有在诺伊多夫野餐的照片——那可真是现世里仅存的宝地，是我们在战争中输掉的亚特兰蒂斯[①]。

当年斯特拉斯堡遭轰炸时，我十六岁，因此"有幸"目睹了全部过程。多年后，当我们在高等战争学院的课堂上向学生提及这起事件时，都将其描述为"首次以攻击平民为目标的全面使

---

① 1870 年爆发的普法战争，总伤亡人数超 14 万，以法国战败告终。根据停战协定，东边的阿尔萨斯和洛林成为德国领土。——作者注

用现代远程火炮"。当时，我眼睁睁地看着美术馆和图书馆被夷为平地，看着居民楼被炸成碎片，跪在倒下的朋友身边，还要帮助救援被埋在废墟下的陌生人。九周后，法军投降了，而我们只剩两个选择：要么留下来成为德国人，要么放弃一切，移居法国其他地区。于是，我们身无分文地来到了巴黎。在经历了这一切后，对所谓的"现代文明"带来的"安居乐业"，我们已不抱任何希望。

如果不是 1870 年那耻辱的一战，我可能已经成为一名音乐教授或者外科医生了。但在那一战后，任何跟军队搭不上边的职业都显得毫无意义。陆军部报销了我的全部学费。因此，军队成了我的再生父亲，而我也拼尽全力去取悦这位严苛的"父亲"——我用严格的训练来压制我天马行空的艺术天性。在圣西尔军校的 304 名学员中，我排名第五；我会说德语、意大利语、英语和西班牙语；我曾因在北非的奥雷斯山之战中的杰出表现而获得殖民奖章；也曾因在印度支那的红河里英勇战斗而获得勇气星章；我是荣誉军团的一名骑士；而如今，在服役二十四年后，我被选中接受陆军部长和总参谋长的表彰。我躺在母亲家的客房里，1895 年 1 月 5 日悄然变成了 6 日，我脑海里有声音不断响起。那不是阿尔弗雷德·德雷福斯申冤的喊声，而是奥古斯特·梅西埃暗示要给我升职：*你在这可悲的事件中展现出的智慧真令人印象深刻……我们不会忘记的……*

第二天早晨，伴随着教堂的钟声，我架着母亲纤细的手臂，搀扶着她走在结冰的路面上。拐过一个弯，我们来到了圣路易大教堂前——我一直觉得这教堂是一座浮夸的迷信建筑，德军怎么没把它炸了？来礼拜的信众有黑人、白人、修女、寡妇。在门口，

23

我把手从母亲臂弯中抽出来："弥撒结束后，我在这等你。"

"你不进来吗？"

"我从来不进去的，妈妈，你每周都要问一遍。"

她用湿润的灰眼睛凝视着我，声音颤抖着问："那我要怎么跟上帝解释呢？"

"告诉他，我在那边广场上的商务咖啡馆里。"

我把她托付给一位年轻的牧师后就向咖啡馆走去，在途中停下买了《费加罗报》和《小日报》。到了咖啡馆，我在窗前的桌子旁坐下，点了杯咖啡，点上支烟。两份报纸的头版都被昨天的仪式占据了——特别是《小日报》，几乎整份报纸都在报道这场仪式，其中还穿插着一系列画风粗犷的素描进行补充说明：有德雷福斯被押送到练兵场上；有那个矮矮胖胖的军官，披着斗篷，宣读着判决书；有那个大个子军官正在扯掉德雷福斯军装上的徽章；还有德雷福斯的特写——他才三十五岁，却被画得像个白发苍苍的老头。标题上赫然写着"赎罪：我们要求叛徒德雷福斯被处以最高刑罚，我们坚信唯一正确的判决是死刑……"仿佛自1870年战败以来积累的所有仇恨和谩骂都被发泄到了德雷福斯身上。

我啜了一口咖啡，匆匆浏览着《小日报》对于仪式添油加醋的描写，却忽然看到这么一段："德雷福斯转过身来对他的守卫说，'就算我真的交出了什么文件，那也是为了得到更重要的情报。三年内真相就会大白，到时候部长将会亲自重审我的案子'。这'算不上认罪'的认罪还是这个叛徒被捕以来第一次松口……"

我慢慢放下手中的咖啡，眼睛紧盯着报纸，又仔细地读了一遍。接着我拿起《费加罗报》。头版上没提到任何跟"认罪"有关的字眼，我松了口气。不过，翻到第二页时我又发现了一则"最新新闻"，写着："以下是证人的最新证词……"接着，我发现这写的就是同一件事，只不过这次不仅直接点明了消息来源就是勒布朗-雷诺，而且直接写出了德雷福斯的原话。每一句话中我都能听出他的绝望，他急于说服所有人，包括守卫他的军官在内。

听着，上尉。有人在某个大使馆的橱柜里发现了一封信，信上概括了四份机密文件。笔迹鉴定专家组看过这封信以后，三个说是我写的，两个说不是我写的。然后，仅凭这个，我就被定罪了！我十八岁的时候进入了巴黎综合理工学院，当时我在军队可是前途大好——手头有五十万法郎的存款，以后还可以每年赚五万。我在外面没有女人，也从来没有赌过博，所以我根本就不需要那么多钱。那我为什么要叛国？为了钱？当然不是。那到底是为什么？

这些细节都不该公之于众。读毕，我不禁低声咒骂起了勒布朗-雷诺这个幼稚的蠢货。不管是什么时候，一名军官，都绝对不能在记者面前口无遮拦——更别说还是这么敏感的话题！他一定是喝多了！想到这，我突然意识到我应该马上回巴黎，赶紧去陆军部一趟。但接着我想到了我母亲，她现在肯定正双膝跪地，向上帝祈祷着让我的灵魂不朽。于是，我决定还是不插手此事比较好。

于是我按照原本的计划过完了这一天。我从两位修女手中接回母亲，我们走回了家。中午的时候，我的表弟埃德蒙·加斯特派来了他的马车，把我们接到他位于阿弗雷城旁一个村庄里的家中。在那里，我们参加了一场轻松愉快的聚会，与亲人和朋友——那种认识很久，感觉像家人一样的朋友——欢聚一堂。埃德蒙比我小几岁，却已经是阿弗雷城的市长了。他也是个有天赋的幸运儿，他务农，画画，打猎，轻轻松松赚钱，大大方方花钱，而且很爱他的妻子——这也自然，因为让娜依旧是那么美丽，就像雷诺阿画中的少女。我从来不羡慕谁，但如果有，也只会是埃德蒙。在餐厅里挨着让娜坐的是路易·勒布卢瓦，我之前的同学；他的妻子玛尔塔坐在我旁边；我对面坐的是波利娜·罗马佐蒂，她虽然有一个意大利姓氏，却是从小和我们一起在斯特拉斯堡长大的，现在嫁给了外交部的官员菲利普·莫尼耶，此人比我们大八九岁。波利娜穿着一条款式简单的灰色连衣裙，上面镶着白边——她知道我喜欢这条裙子，因为它会让我想起她十八岁时候穿过的一条类似的。

在座的人，除了莫尼耶，都曾住在阿尔萨斯，也都在1870年法国战败后选择了离开。所以，对于同样来自阿尔萨斯的德雷福斯，我们都没什么好话可说，就连埃德蒙这个激进派共和党人也不例外。对于犹太人，我们个个都有话说。特别是米卢斯的犹太人，他们在法国战败的关头，放弃了法国国籍，选择成为德国人。

"他们都是墙头草，谁有权有势就跟着谁跑。"莫尼耶断言道，手里摇晃着红酒杯，"他们的民族就是靠这个本事生存了两千年的，你不能怪他们，真的。"

众人中只有勒布卢瓦小心翼翼地质疑道："请注意，我作为一名律师，在原则上是反对秘密庭审的。我怀疑如果同样的事发生在一位信基督教的军官身上，他是否也会这样被剥夺走正规司法程序的权利。而且，我读了《费加罗报》，给他定罪的证据看起来太不充分了。"

我冷冰冰地说："路易，他'被剥夺走正规司法程序的权利'，是因为这个案子涉及国家安全问题，这是不可能被搬上公开法庭的，不管被告是谁都会如此。而且，给他定罪的证据很充分——这我可以向你保证！"

波利娜看着我，皱皱眉，我这才意识到自己不知不觉中提高了嗓门。桌上沉默了。路易整理了下餐巾，再没说什么——他不想毁了这顿饭。接着，波利娜——她不愧是外交官的妻子——抓住时机，把谈话引向一个大家更投机的话题。

"我跟你说了吗？我和菲利普在马尔伯夫街上发现了一家特别棒的做阿尔萨斯菜的新餐厅……"

下午五点，我回到巴黎的家中。我的公寓位于巴黎第十六区，离雨果广场很近——这个地址让我听起来比我本人聪明。其实，我只是在一座公寓楼的四层有两个小房间，而且就算我拿着少校的薪水，也只勉强付得起这里的租金。我可不是德雷福斯，没有十倍薪水那么多的额外收入。不过，"宁吃仙桃一口，不吃烂杏一筐"。总的来说，我也还过得下去。

我从街上进入公寓楼，刚朝着楼梯走了几步，就听到门房太太的声音从我身后传来——"皮卡尔少校！"我转过身来，看见格罗太太正朝我挥舞着一张名片。"有个军官来找过你，"她朝我走来，嘴里大声说道，"是个将军！"

我接过名片，上面写着"夏尔－阿蒂尔·贡斯将军，陆军部"。翻过来，背面写着他家的地址。

贡斯住的地方离布洛涅森林大街很近，走过去很快。不到五分钟，我就拉响了他家的门铃。贡斯打开了门，他看起来完全不是周六下午那副放松的样子了——他胡子拉碴，眼袋又黑又重，一脸的疲惫；外衣敞开到腰际，露出里面有点脏的汗衫；手里拿着一杯白兰地。

"皮卡尔，你能来太好了。"

"请原谅我没穿制服，将军。"

"没关系，毕竟是周日嘛。"

我进了门，公寓里很昏暗。"我妻子去乡下了。"他一边回头解释着，一边领着我往里走，最后走进了一个看起来是书房的房间。房间的窗户上方挂着一对交叉的长矛，我猜应该是他在北非服役后带回来的纪念品；壁炉台上放着一张他二十五年前的照片，那时他还只是第13军一位年轻的参谋军官。他拿醒酒器给自己添了点酒，也给我倒了一杯，然后哼了一声就倒在沙发上，点起一支烟。

"德雷福斯的那件破事，"他说，"会把我们都弄死的。"

我轻描淡写地打趣道："真的吗？我本希望我至少能英雄般地死去！"然而，贡斯只是严肃地盯着我。

"亲爱的皮卡尔，你好像还没意识到，现在战争一触即发。我今天凌晨一点就起来了，就是因为勒布朗－雷诺那个天杀的蠢货！"

"天哪！"我吃了一惊，放下了手中一口没动过的白兰地。

"我知道，这令人难以置信，"他说，"一个白痴的闲言碎语就引发了这样一场灾难，但事实就是这样。"

接着，他告诉我，凌晨一点时，他被陆军部派来的信使吵醒。他奉命赶到布列讷酒店，只见梅西埃穿着晨衣，身边还有个从爱丽舍宫^①来的私人助理，带来了几份刚印刷出来的巴黎的报纸。那位私人助理向贡斯重复了一遍他刚刚告诉梅西埃的消息：总统读报后万分震惊——不，是震怒了！一个共和国卫队的军官怎么可以散布这样的消息？最过分的是，还要说法国政府从德国大使馆偷了份文件，而这是针对德国人的某种间谍战陷阱？陆军部长知不知道，德国大使下午就要去爱丽舍宫递交柏林发出的正式抗议

---

① 1879年1月22日，时任法国总统麦克马洪颁布法令，正式确立爱丽舍宫为总统府，后延续至今。现常作为法国政府的代称。

书？他知不知道，德皇已经声称要召回巴黎的德国驻法大使，除非法国正式接受德国之前所宣称的，即阿尔弗雷德·德雷福斯上尉和德国没有过任何不当交易？总统勒令你们，找到他，找到勒布朗-雷诺上尉，让他闭嘴！

就这样，阿蒂尔·贡斯将军，这位五十六岁的法军情报局局长，不得不狼狈地坐着马车，一个地方一个地方地找——团指挥部、勒布朗-雷诺的住处、皮加勒红灯区……终于，在天快亮的时候，他在红磨坊里找到了要找的人，而勒布朗-雷诺那时居然还在滔滔不绝地向一群记者和妓女讲述这个故事呢！

听到这，我不禁偷笑了起来，只好把食指放在唇上加以掩饰。不知怎么的，这段故事听起来很滑稽——而贡斯那嘶哑且愤怒的嗓音又给它增添了几分喜剧色彩。我脑海里都是勒布朗-雷诺转过身来，看见贡斯气势汹汹地向他走来的画面；又或是勒布朗-雷诺慌张地试图让自己清醒过来，好在陆军部长面前解释解释自己的行为。接着，他还必须向卡西米尔-佩里埃总统本人解释，那肯定会是个相当尴尬的场面。

"这一点都不好笑，少校！"贡斯注意到我被逗乐了。"以我们现在的条件，我们无法与德国开战！如果德国决定要以此为借口来发起进攻，那我们只能祈求上帝保佑了！"

"当然，将军。"贡斯——还有梅西埃和布瓦代弗尔在1870年时还是年轻军官，那次战败给他们留下了心理阴影。从那以后，面对德国人，他们总是草木皆兵。他们这代人还提出了一个悲观的口号——"三比二"，因为德法之间的人口比例是三比二，购买军火的预算比也是三比二。我是相当鄙视这种失败主义的。"柏林那边是什么反应？"

"外交部正在开会商讨措辞，内容大致是德国人对送到他们那里的文件不比我们对送到我们这里的文件负更大责任。"

"他们好大的胆子！"

"也不能这么说，他们只是想为他们的间谍开脱，要是我们也会这么做的。我可以告诉你，今天一天局势都很紧张。"

我越想越觉得不可思议："就为了保护一个间谍，他们真的不惜断绝和法国的外交关系，甚至不惜和我们开战？"

"这个嘛，当然了，因为被发现了，他们很尴尬，这对他们来说是种耻辱。该死的普鲁士佬总是这么小题大做……"

他的手颤抖着，用手里快燃尽的烟头点燃了一根新的，接着把烟蒂丢进了烟灰缸里——那是一片从炮弹顶上削下来的壳。他从舌头上取下几缕嚼完的烟草，往后靠在沙发上，透过烟雾凝视着我说："你还没喝你的酒呢。"

"我希望能在谈到战争时保持清醒。"

"哈！我呢，只有在谈到战争的时候，才会意识到我需要喝一杯。"他把杯中的酒一饮而尽，把玩着空酒杯，看着我笑了笑。从他瞥了一眼酒瓶的样子，我可以看出来他很想再来一杯，但又不想在我面前看起来像个酒鬼。他清了清喉咙，说道："部长很欣赏你，参谋部长也是，皮卡尔，大家很欣赏你在这件事中的表现。很显然，在过去的三个月里，你得到了宝贵的处理秘密情报的经验。所以我们想推荐你升职，升为反间谍处处长。"

我大失所望，试着掩饰自己的反应。间谍工作充满了卑鄙的勾当，特别是经历过德雷福斯这件事后，我更加确信了这一点。我参军可不是来做这个的。"可是，"我婉拒道，"反间谍处处长是桑德尔上校呀，他那么能干。"

"他确实能干。但桑德尔病了，而且我偷偷跟你说吧，他估计是好不了了。更何况，他都已经坐在这个位子上快十年了，是时候歇歇了。好了，皮卡尔，我无意冒犯，但鉴于你以后要处理的机密的性质，我现在必须问一下你：你的过去，或者你的私生活里没有什么事是别人可以拿来威胁你的吧？"

我越来越失望地意识到，我的未来已经板上钉钉了。可能早在昨天下午，贡斯和梅西埃、布瓦代弗尔见面的时候就已经决定了要给我这个职位。"没有，"我说，"据我所知没有。"

"你还没有结婚吧，我想？"

"没有。"

"有什么特别的原因吗？"

"我很享受单身的时光，而且我也养不起一个老婆。"

"仅此而已？"

"仅此而已。"

"有钱方面的烦恼吗？"

"没有钱，"我耸耸肩，"也就没有烦恼。"

"很好，"贡斯看起来松了口气，"那就这么定了。"

但我还想挣扎一下。"你们有没有考虑过，可能反间谍处的人不想让一个外人来当他们的处长——桑德尔上校的副官怎么说？"

"他都要退休了。"

"那亨利少校呢？"

"亨利是个好军人，他会很快接受这个结果，然后为了整个部门好好工作的。"

"他自己不想要这个职位吗？"

"他想，但他文化水平不够，而且对于这个职位来说，他的社交礼仪也不够好。我记得他岳父好像是开旅馆的。"

"但是，我对间谍工作一窍不通——"

"好了，我亲爱的皮卡尔！"贡斯终于被惹怒了，"你是这个职位的完美人选，这还有什么问题吗？确实，这个部门没法被官方承认，做的不是那种风光无限、可以登报的工作，你也不能告诉任何人工作的内容。不过，你每天都能见到部长本人，而且，你肯定很快就会被提拔为上校的。"他狡黠地瞥了我一眼道："你多大了？"

"四十。"

"四十！整个军队中哪里还会有像你这么年轻的上校。你想想看，你应该在远不到五十岁的时候就能当上将军了！在那之后……说不定你还能当上总参谋长。"

贡斯太了解如何说服我了。我是有雄心的——当然，还没有到除了雄心一无所有的程度。我很庆幸自己在工作之余仍有个人生活，不过，我还是希望能够在工作中充分发挥自己的才能。我算了算，这份我不太喜欢的工作，我只要做几年，之后的前途就会一片大好。想到这，我逐渐放弃抵抗，妥协了。

"我什么时候上任呢？"

"不是近期内，要再过几个月。不过，希望你先不要对任何人提起这件事。"

我颔首："当然。军队需要我做什么，我就做什么。感谢你们对我的信任，我不会辜负你们的。"

"这就对了！我相信你会很出色的。好了，现在，我想让你喝完还放在你旁边的那杯酒……"

于是，这件事就这么定了。为我的前程、为军队干了几杯后，贡斯送我出了门。在门口，他像父亲般捏了捏我的手臂，我闻到他呼出的气息混合着白兰地的甜味和香烟的味道。"我知道你觉得正经军人不应该做间谍工作，但乔治，事情不是这样的。在今天，这就是战争的前线，我们一天也不能放松。德国人在人力和物力上都比我们强——'三比二'，别忘了！——所以我们必须要在情报上更灵通。"他更使劲地握了握我的手臂道，"揭发一个像德雷福斯这样的叛徒对于法国来说，就像打赢一场战斗一样重要。"

外面又开始下雪了。整条雨果大街上，漫天的雪花在煤气灯的灯光中飞舞着，给地面铺上了白地毯。真奇怪，我马上就要成为法国军队里最年轻的上校了，但我却一点都不激动。

回到公寓，波利娜已经在等我了。她还穿着午餐时穿的那条素雅的灰色连衣裙，于是，我就有了这个荣幸，亲手将它从她身上脱下。她转过身去，双手撩起头发，好让我可以够到上面的钩子，从她身后把裙子解开。我吻上她的后颈，贴着她的肌肤呢喃着："我们还有多少时间？"

"一小时。他以为我在教堂。你的嘴唇好冰啊，你刚刚去哪里了？"

我刚想告诉她，却想起了贡斯的叮嘱。"没去哪。"我说。

3 新官上任

六个月过去了。随着 6 月的到来，气温升高，粪便的恶臭味迅速弥漫了整个巴黎。下水道里飘出的阵阵腐臭笼罩在城市上空。不得已必须顶着臭气出门时，巴黎市民要么戴着亚麻面罩，要么用手帕捂住鼻子，但都收效甚微。报纸上的专家们一致认为，今年的情况并没有 1880 年首次"大恶臭"时那么严重，我对此没有发言权，因为那时我在阿尔及利亚，不过可以肯定的是，这熏天臭气毁掉了整个初夏。"人们无法站在自家阳台上，"《费加罗报》这样抱怨道，"也无法坐在那些热闹且欢乐的咖啡馆里——咖啡馆可是林荫大道上最美的风景线——因为坐在露天里让人不禁觉得自己一直在闻着一个巨怪的体臭。"臭气渗进人的头发、衣服，回荡在鼻孔和口腔里，所有东西都沾上了腐烂的味道——这就是我接管反间谍处那天的情况。

亨利少校来陆军部接我的时候却看起来对臭味毫不在意："这没什么。你是没有在农场里长大！人屎和猪屎有什么区别呢？"在炎热的天气里，他胖乎乎的脸格外光滑，活像一个粉嫩的巨婴。他时不时地露出一丝得意的笑，跟我说话的时候，稍微强调了我的军衔——"皮卡尔上校！"——在"上校"这个短短的词里，我不知怎么地竟听出了一分尊敬、一分恭喜和一分讽刺。不过，我没有生气。亨利将会成为我的副官，这算是对他没有当上处长的一点补偿。从今天开始，我们俩的关系就变得像是两个古代的军人：他是一个经验丰富的老兵，踏踏实实地一级一级升到今天这个位置，是一位靠谱的军士长；而我则是刚调来的年轻军官，理论上来说是部门的一把手，但也要受到他的牵制，以防我把一切都搞砸。只要我俩都别把对方逼急了，应该就会相安无事。

亨利站起来，说："那么，上校，我们走吧？"

我从没来过反间谍处——这也很正常，本来就没几个人知道这个部门的存在——所以我让亨利带我参观一下。我本以为反间谍处只是在陆军部中的某个隐蔽的角落里，结果，亨利领着我走出后门，沿着路走了一小会，来到大学街拐角处的一幢破旧肮脏的房子前。我以前经常路过这栋房子，不过那时我以为它已经被废弃了。灰蒙蒙的窗户关得严严实实的，大门旁边也没有任何标识。走进阴森森的大厅，我发现这里和巴黎其他地方一样，弥漫着一股令人作呕的下水道味，不过这里还多了点潮湿的霉味。

亨利用拇指蹭了蹭墙上一块黑色的霉斑。"几年之前有人提议要把这地方拆了，"他说，"不过桑德尔上校否决了。这里没人来打扰。"

"确实。"

"这是贝希尔。"亨利指着一个老阿拉伯裔看门人，他穿着阿尔及利亚军人的蓝色外衣和马裤，正坐在角落里一张凳子上。"他知道我们所有的机密，对吧，贝希尔？"

"是的，少校！"

"贝希尔，这是皮卡尔上校。"

接着，我们走进灯光昏暗的室内。走着走着，亨利突然打开一扇门。只见屋里坐着四五个看起来无精打采的人，正一边抽着烟斗一边打着牌。门一开，他们都转过头来盯着我。我还没来得及好好打量屋里那张死气沉沉的沙发以及斑驳的地毯，亨利就说了句"不好意思，先生们"，然后快速地关上了门。

"他们是谁？"我问。

"就是一些给我们干活的人。"

"什么活？"

"有警察，有线人，也有的会一些对我们有用的技能。桑德尔上校觉得与其让他们在街上晃荡惹事，还不如让他们在这儿乖乖待着。"

走上吱呀作响的楼梯，我们来到了亨利口中的"密室"——因为这里的门都紧闭着，二楼的整条走廊里几乎没有一丝阳光。这里已经通电了，不过电路安装得非常粗糙，都没有稍微修复一下地板上为了埋电线而挖的坑。一块从天花板上剥落下来的灰泥被放在墙边。

我被亨利一个接一个地引见给了处里的同事们。他们每个人都有自己的办公室，而且都在办公的时候把门紧闭着。亨利向我介绍了科迪耶少校，一个快要退休的酒鬼。他穿着衬衫，坐在那里读反犹太人的报刊——《自由言论报》和《不妥协派》，不知道是出于工作需要还是个人爱好。然后是新来的容克上尉，我在高等战争学院讲课时和他有几面之缘。他又高又壮，留着大胡子。此时他围着围裙，戴着手套，正在打开一堆被拦截的信件。他将一把水壶放在燃气灶喷出的火焰上加热，然后再用壶里喷出的水蒸气加热信封上的胶——这叫"湿开法"，亨利解释道。

隔壁的办公室里是另一个上尉，瓦尔丹。他使用的是"干开法"，正用一把手术刀刮着信封上的胶。我旁观了几分钟，看着他先是在信封封盖的两边各开一个小口，然后伸进去一把细长的钳子，把钳子在信封里旋转几下，将里面的信纸卷起来，再熟练地把信从小口里取出来，信封完好如初。在楼上的是 M. 格里贝兰，就是在德雷福斯示众那天带来望远镜的瘦瘦高高的文员，他其实是个档案管理员。他坐在一个大房间中央，四周挤满了上锁的柜子。我一出现，他就条件反射般地把正在读的东西藏了起来。马东上尉的办公室空空荡荡的，亨利解释称他正要离职——他觉得这里的工作不适合他。最后，我终于被介绍给了劳特上尉——我还记得在德雷福斯革职仪式上也见过他。他外表英俊，一头金发，是个骑兵，来自阿尔萨斯，三十多岁，会说德语。他给人的感觉就像是个在乡间骑马奔驰的美男子。然而，他却在这里，同样穿着围裙，弯腰伏在办公桌上，在一束强光的照射下，用镊子移动着一堆被撕烂的信纸。我看向亨利，希望他能给我解释解释。"我们应该谈谈这个问题。"他说。

我们又下了楼，走到了二楼的楼梯平台上。"这是我的办公室，"他说，指着一扇门，却没有打开它的意思，"那里是桑德尔上校的办公室，"他突然露出一副痛苦的表情，"不，应该说是曾经的办公室，我想现在是归你用了。"

"嗯，我总得有个地方办公。"

我们穿过一个摆着几张凳子和帽架的前厅，走向我未来的办公室。办公室在走廊深处，出人意料地小而昏暗，窗帘都紧闭着。我打开了灯，发现我右边是张大桌子，左边是一个钢制大文件柜，上面还挂着一把结实的锁。我的面前摆着一张书桌，书桌旁边还有另一扇通往走廊的门，后面的墙上是一扇挑高的窗户。我走到窗前，拉开布满灰尘的窗帘，意外地发现窗外是一片大而精致的花园。地形学是我的专长，我能很快地搞清楚事物之间的位置关系，具体在哪条街、距离多远、地形如何；然而，我却花了好一会儿才反应过来我正看着布列讷酒店的背面，看着部长的花园。这个角度几乎让人认不出来。

"天哪，"我说，"如果有一个望远镜的话，我几乎都可以看到部长办公室里面了！"

"需要我给你弄一个吗？"

"不用。"我看着亨利，搞不清楚他是不是在开玩笑。接着，我转过身，想要打开窗户。我用手掌根部打了窗钩好几下，但它已经锈得打不开了。我开始讨厌这个地方了。"好吧，"我说着，擦了擦手上的锈，"显然，我会很需要你的帮助，少校，至少前几个月肯定是这样。我对这一切都不熟悉。"

"这是自然，上校。不过首先，让我把你的钥匙给你。"他拿出五把钥匙。这些钥匙都串在一个铁环上，铁环又连着一根细链子，我可以把这根链子别在腰带上。"这是前门的钥匙，这是你办公室的，这是你保险柜的，这是你书桌抽屉的。"

"还有一把呢？"

"这是通往布列讷酒店花园之门的钥匙，你要见部长的时候就从那里过去。这把钥匙是之前梅西埃将军给桑德尔上校的。"

"为什么不能从前门走呢？"

"这条路更快，也更隐秘。"

"这里有电话吗？"

"有，在瓦尔丹上尉办公室的外面。"

"那秘书呢？"

"桑德尔上校不信任秘书。如果你需要任何文件，就找格里贝兰。如果你要复制文件，可以让某个上尉去做。瓦尔丹会打字。"

我感觉自己像是意外闯入了某个诡异的宗教派别，看见他们在进行某种不明所以的秘密仪式。陆军部建在一个修道院的旧址上；而总参谋部的军官们，因为总参谋部在多米尼克大街上，又因为他们神秘的做事方式，被人们戏称为"多米尼克会修士"（the

Dominicians）。但显然人们并不知道反间谍处。

"你刚刚说要向我解释劳特上尉在忙什么。"

"德国大使馆里有一个我们的特工。这个特工定期向我们提供一些被大使馆丢弃的文件。这些文件本应该被扔进大使馆的火炉里和垃圾一起烧掉的，但到了我们手上。大多数文件到我们手上的时候已经被撕碎了，所以需要把它们重新拼起来。这是个技术活，劳特很擅长干这个。"

"你们最开始就是这么盯上德雷福斯的？"

"是的。"

"通过拼接撕碎的信件？"

"没错。"

"天哪，起点这么低……！那个特工是谁？"

"我们都是叫代号，'奥古斯特'。拼好的成品叫作'老路线'。"

我微微一笑。"好吧，那让我换种问法，'奥古斯特'是谁？"

亨利不想回答，但我铁了心地要催他开口——如果我想要驾驭这份工作，我就必须尽快地了解整个部门从上到下是怎么运作的。"好了，亨利少校，我是这个部门的领导，你必须告诉我。"

他不情愿地开了口："一个叫作玛丽·巴斯蒂安的女人，她是大使馆里的清洁工。和其他清洁工的不同之处在于，她负责打扫德国武官的办公室。"

"她为我们工作多久了？"

"五年了。我一手培养的她，我每个月付给她两百法郎。"他忍不住自夸地补充道，"这可是整个欧洲最便宜的了！"

"她怎么给我们传递资料？"

"我和她在这附近的一个教堂碰面，有时候是一周一次，有时候是两周一次——都是在晚上寂静无人的时候，没人会看见我们。然后我会把她交给我的东西直接带回家。"

"你把东西带回家？"我掩饰不住自己的惊讶，"这安全吗？"

"当然了。我家里只有我老婆和我，还有尚在襁褓里的儿子。我只是给文件排个序，扫一眼里面用法语写的部分——我不会德语，我们这里德语的东西都是劳特处理的。"

"好的，我懂了。"虽然我表面上赞同地点了点头，实际上却被这无比业余的程序震惊了。不过，我不想第一天上任就挑手下的刺。"我有预感，我们会相处得很好的，亨利少校。"

"我也希望如此，上校。"

我看了看我的表。"失陪一下，我马上就得去见总参谋长了。"

"需要我陪你一起去吗？"

"不用，"我还是不确定他这一问是不是认真的，"没有必要。总参谋长要请我吃午饭。"

"太好了。如果你要找我的话，我就在我的办公室里。"我们的谈话一来一去，一板一眼，就像在跳芭蕾双人舞一样。

亨利敬了个礼，离开了。我关上门，环顾四周，身上起了一层鸡皮疙瘩。这感觉，就像是在穿死人的衣服一样。墙上还有桑德尔挂的画留下的痕迹，桌子上有他的烟灰留下的烧痕，以及杯子留下的环状痕迹，地毯上亦有一条磨出来的痕迹，是他往后推椅子时，椅腿摩擦留下的。他留下的痕迹让我觉得不舒服。我找出钥匙，打开了保险柜。保险柜里有几十封信，都没有开封，收信地址是市内的不同地点，收信人处写着的是四五个不同的名字——应该是桑德尔的别名。我猜，这些一定是桑德尔的特工在他走后上交的报告。我打开其中一封——"据报告，驻梅斯的部队有异常行动……"——然后又把它合上了。我是多么厌恶间谍工作啊。我就不应该接受这个职位。我无法想象自己怎样才能适应这个地方。

在这封信下面，有一个马尼拉纸制的薄信封，里面装着一大张照片，长二十五厘米，宽二十厘米。我立刻就认出照片里的内容，我在德雷福斯案的军事法庭上见过——那是一份便签的副本，著名的清单，是跟那些秘密文件一起被德雷福斯交给德国人的。当时，这是在法庭上对他不利的主要证据。直到今天早上，我都不知道反间谍处是怎么搞到这份证据的——不过这也难怪。我不得不佩服劳特的手艺，没人看得出来这张纸曾经被撕成碎片——所有的纸片都被小心地拼在了一起，没有留一丝缝隙，所以看起来就像是一份完好的文件。

我在桌前坐下，打开抽屉。虽然桑德尔得的是慢性病，但他在搬出这间办公室的时候却似乎十分匆忙，留下些零碎的小东西，当我拉开抽屉的时候在里面滚来滚去——几截粉笔，一块封蜡，几枚外国硬币，四颗子弹，还有一些瓶瓶罐罐，里面装着几种药物：水银、愈创木提取物、碘化钾。

布瓦代弗尔将军在赛马俱乐部请我吃了午饭，来庆祝我正式上任——他真是太客气了。俱乐部里门窗紧闭，每张桌子上都摆着一碗小苍兰和香豌豆。但就算如此，也没能完全盖过人类排泄物的酸腐味。布瓦代弗尔看起来并不在意，他点了一杯上等的勃艮第白葡萄酒，喝了大半杯。他高高耸起的双颊开始泛红，就像秋日里泛红的藤蔓植物一样。我没有怎么喝酒，还像一个优秀的参谋军官一样，在盘子旁边放着一个打开的笔记本。

俱乐部主席索斯坦纳·德·拉罗什富科，也就是杜多维尔公爵，就坐在隔壁桌。他过来跟将军打招呼，布瓦代弗尔向他介绍了我。公爵的鼻子和颧骨就像蛋白脆饼一样，精致纤巧地隆起，而和我握手的那双手却像纸皮一样粗糙。

布瓦代弗尔将军一边吃着鳟鱼，一边谈论着新沙皇尼古拉二世，他急切地想知道任何可能在巴黎活动的沙俄无政府主义组织的消息。"我想要你们帮我多留意这些消息，任何我们能够提供给莫斯科的情报都会在谈判中对我们有利。"他咽下一口鱼肉，继续说道，"与俄国结盟，仅用这外交上的一招，就能改变我们面对德国时的劣势，比军事上的千军万马都管用。这就是为什么我把自己大半的时间花在外交事务上。虽然在最高级层面上，军事和政治不再分家，但我们必须记住，军队永远都在政党政治之上！"

说到这里，他想到了梅西埃。梅西埃现在不再是陆军部长了，离退休还有几年，现在是驻扎在勒芒的第4军的指挥官。"对于总统要倒台一事，他预测对了；不过，他没有像他想的那样成为继任者。"

我震惊了，停下吃东西的动作，叉子悬在嘴边。"梅西埃将军觉得自己会成为总统？"

"是啊，他不过是自说自话罢了。这就是共和制的问题之一——至少在君主制的时候，没有人会妄想能成为国王。卡西米尔-佩里埃先生在1月辞职后，参议院和众议院召开会议，以选出下一任总统。那时，梅西埃将军的'朋友们'——我也不知道怎么称呼他们才好——四处发传单，呼吁大家选梅西埃将军，选这个把叛徒德雷福斯送上军事法庭的人。总共八百个人投票，最后他只得到了三票。"

"我都不知道有这回事。"

"我想，这就是英国人口中的'希望渺茫'吧。"布瓦代弗尔微微一笑，"但现在，这些政客当然不会原谅他了。"他用餐巾轻轻擦了擦胡子。"上校，从现在起，你得多从政治角度想问题了——如果你不想辜负我们对你的厚望的话。"我微微低下了头，仿佛是参谋长要把勋章挂在我的脖子上一样。他说："告诉我，你对德雷福斯一事是什么看法？"

"令人厌恶，"我回答道，"卑鄙无耻，棘手麻烦。幸好已经结束了。"

"啊，不过，真的结束了吗？不是从军事，而是从政治的角度上来看。犹太人这个民族固执得很，对他们来说，被流放的德雷福斯就像他们嘴里引发牙疼的一颗蛀牙，一直困扰着他们。他们是不会撒手不管的。"

"德雷福斯是他们耻辱的象征。不过，他们又能做什么呢？"

"我也不确定。但他们肯定会做些什么的，我们就等着看吧。"布瓦代弗尔凝视着拉伯雷街上的车来车往，陷入了沉默。在恶臭的空气中，他的侧颜在阳光的照射下却显得格外高贵，这种气质是经过一代一代的良好教育培育出来的。他看起来像一座饱经风霜的诺曼骑士的雕像，跪在某座巴约的教堂里。他若有所思地开口道："德雷福斯对那个年轻上尉的话，也就是说他没有叛国动机什么的——如果犹太人把这件事提出来，我觉得我们应该准备好如何回答。我想让你继续调查这个案子，调查德雷福斯全家人——就像你前任说的那样，'丰富材料'。看看你能不能找到更多证据来证明他的动机，以备不时之需。"

"好的，将军，当然。"我把这条写进了我的笔记本里，就写在"沙俄无政府主义者"的下面。"德雷福斯：动机？"

接着，鸭肉酱上来了，我们的话题也转到了德军最近在基尔的阅舰式上。

那天下午，在我的新办公室里，我从保险柜中取出特工们的信，塞进了自己的公文包，然后就出发去拜访桑德尔上校。格里贝兰给了我他的地址，离这里走路十分钟就到了，跨过河，就在莱昂斯·雷诺街上。他太太给我开了门。当我告诉她我是桑德尔的继任者时，她像一条蓄势待发的蛇一样缩回了头，说："先生，您都已经拿走了他的职位，还想要找他做什么呢？"

"夫人，如果不方便的话，我可以改天再来。"

"噢，是吗？那您真是太好了！但他会随时方便见您吗？"

"没事的，亲爱的。"从她身后传来桑德尔有气无力的声音。"皮卡尔是阿尔萨斯人，让他进来吧。"

"你啊，"她盯着我，嘴里愤愤地向丈夫咕哝道，"你就是对这些人太好了！"不过，她还是让到了一边，让我进去。

桑德尔在房间里朝我喊道："我在卧室里，皮卡尔，你过来。"我顺着声音找到了一个昏暗的房间，里面充斥着消毒水的气味。桑德尔穿着睡衣，靠在床上。他打开了台灯，转过脸来对着我——他的脸上布满了溃烂的疮，有些还血肉模糊，往外渗着液体；有些已经结痂了。我早已听说他的病情急剧恶化了，但我没料到情况会这么严重。他提醒我道："我建议你就站在那，不要靠近。"

"请原谅我的冒昧，上校，"我说，努力控制住自己内心的厌恶，"但我真的需要您的帮助。"我抬了抬手，把手里提着的公文包给他看。

"我想也是。"他伸出一根颤动的手指，指着我的公文包，"都在里面，对吧？让我看看。"

我把包里的信拿出来，走近床边。"我猜这些都是特工送来的。"我说着，把信都放在他的毯子上，正好在他够得到的位置，然后退了回去。"但我不知道那些特工都是谁，也不知道该相

44

信谁。"

"我的原则是：不相信任何人，就不会失望。"他转过身，伸手去拿放在床头柜上的眼镜。我看见在他下巴和咽喉处的胡茬下，疮在他脖子旁连成乌青的一道。他戴上眼镜，眯着眼睛读了其中一封信。"把那张椅子拉过来坐。你有铅笔吗？你要把这些写下来。"

在接下来的两个小时里，几乎一刻不停地，桑德尔带我走进他的秘密世界：这个人在德军驻梅斯部队的洗衣房里工作；那个人在东部边境上的铁路公司里工作；她是米卢斯一位德国军官的情妇；他是洛林一个犯下小罪的罪犯，会根据指示潜入目标房屋；他是个酒鬼；他是个同性恋；她非常爱国，负责为军事长官们料理家务，在1870年那一战中失去了侄子；相信这个人和那个人；别理会他和她；他现在需要三百法郎；应该彻底放弃他……我像在听写一样快速地记下他所说的，直到处理完所有信件。他给了我一份其他特工的名单，还有他记忆中的他们的代号，并交代我去问格里贝兰他们的地址。做完这一切后，他感到累了。

"您想让我离开吗？"我问。

"稍等一下。"他虚弱地比画着，"那边的柜子里有几样你用得上的东西。"他注视着我跪下，打开柜子，从里面拿出一个非常重的金属钱箱，还有一个大信封。"打开它们。"他说。钱箱没有上锁，里面有一小笔钱，有硬币也有纸币——大部分是法郎，不过也有德国马克和英镑。他说："这里面大概有四万八千法郎。没有钱的时候，就跟布瓦代弗尔说。外交部的帕莱奥洛格先生也要奉命贡献一点的。用这个来付钱给特工，或者用在其他特殊用途上。你自己手头一定要保证有足够的钱。把钱箱放到你的包里吧。"

我照做了，然后打开了那个信封。里面有大概一百张纸——

这是一份工整的手写名单，列出了姓名、地址，按部门排列。

桑德尔说："这需要定时更新。"

"这是什么？"

"我一辈子的心血。"他干笑了两声，又立刻开始咳嗽。

我往后翻了翻，估计这份名单上至少有两三千个人。"这些都是谁？"

"都是有叛国嫌疑的人，一旦发生战争，就要立即逮捕。警察只能知道自己辖区内的嫌疑人。你手上的这份名单还有一份母版，在部长手里。另有一份更长的名单，在格里贝兰那里。"

"更长的？"

"里面有十万个名字。"

"这么长！"我惊呼道，"那它肯定跟《圣经》一样厚了！名单里都有谁？"

"外国人，一旦战争爆发就要拘留他们。这还不包括犹太人。"

"如果发生战争的话，你觉得犹太人应该被拘留吗？"

"至少，他们应该进行登记，还要受到宵禁和旅游限制的管制。"桑德尔颤抖着取下他的眼镜，放在床头柜上。他向后躺倒在枕头上，合上了眼睛。"我妻子对我忠贞不贰，这你也看到了——大多数妻子在这种状况下不会像她这么忠诚。她觉得我出现在退休名单上是种耻辱，但我跟她说，我挺开心能够退居幕后。在巴黎，我环顾四周，看到的都是外国人，再联想一下道德和艺术的沦丧，我发现，这么多年来，我第一次不认识这个城市了。这就是我们在1870年代战败的原因——我们的国家不再纯粹了。"

我开始收拾信件，把它们都装进我的公文包。这种老生常谈令我厌烦：老男人们抱怨说这个世界要完蛋了。这也太老套了。我急着要离开这个压抑的地方，但我还有最后一件事要问。"你刚刚提到犹太人，"我说，"布瓦代弗尔将军担心他们会重燃对德雷福斯案的兴趣。"

"布瓦代弗尔将军，"桑德尔认真地说道，就像在陈述一个科学事实，"就是个爱瞎操心的老太婆。"

"他担心德雷福斯叛国的动机不足……"

"动机？"桑德尔嘟囔道，在枕头上摇着头，不知道是想表达不赞同，还是受到了病情的影响。"他在胡说什么？动机？德雷福斯是犹太人！与其说是法国人，还不说他是个德国人！他的大部分家人住在德国，他的所有收入说到底也来自德国。那个将军还想要什么动机呢？"

"反正，他想要我'丰富材料'，这都是他的原话。"

"德雷福斯的材料已经够丰富的了。七个法官看过后一致判处他罪名成立。如果你还有什么困难，就跟亨利谈谈吧。"

说完，桑德尔把毯子拉上来，盖住肩膀，然后就翻过身去背对着我。我待在原地，等了一分钟左右。最后，我对他的帮助表示感谢并向他道别。不知道他听见了没有，总之他没有回应。

我站在桑德尔公寓外的人行道上。从昏暗的病房出来后，我有一瞬被日光晃到了眼。我手中的公文包里塞满了钱和写满卖国贼和叛徒的名单，感觉沉甸甸的。我一边穿过特罗卡德罗大街，一边张望着想找一辆出租马车。我往左边瞥了一眼，想确保没有车过来，从我身上碾过去。就在这时，我模模糊糊地看到了一幢雅致的公寓楼，有着一扇双开门，门旁的一块蓝色瓷砖上写着数字"6"。起先我没有多想，视线直接掠过了它。但接着，我猛地停下，又看了一眼：特罗卡德罗大街6号。我认得这个地址，我在文件上看到过很多次。这是德雷福斯被捕时的住处。

我回头看了看莱昂斯·雷诺街。这当然是个巧合，不过还是个特别奇特的巧合——德雷福斯一度与他的死敌住得这么近，近到他们可以在自家门前看到彼此；至少，他们肯定经常走在同一条街上，每天同一时间，走在往返于陆军部的路上。我走到人行道边上，仰起头，把手遮在眼睛上方，打量着这幢豪华的公寓楼。墙壁上，每一扇挑高的窗户前都装有一个铁艺阳台，宽度足以让一个人坐在里面，俯瞰塞纳河。这幢公寓楼比桑德尔的那幢更豪华，隐蔽地坐落在一条狭窄的鹅卵石街道上。

我的视线被一楼的一扇窗户吸引了——窗户后是一个小男孩的脸。他脸色苍白，像是一个无法外出的病人，正俯视着我。接着，一个大人也靠了过来，那是个年轻女子，有着同样苍白的脸色，脸旁垂落着深色的卷发，应该是小男孩的母亲。她站在小男孩身后，双手扶着他的胳膊，与他一起凝视着我——一个穿着军装的上校，从街上看着他们。过了一会，她在小男孩的耳边低声说了什么，温柔地拉走他，他们这才消失在窗后。

4 监视

第二天早晨，我把头天遇到的怪事告诉了亨利少校。听罢，他皱起了眉头。

"6号楼一层的窗户？那肯定是德雷福斯的妻子，以及他的小儿子——叫什么来着？——对了，皮埃尔。还有个女儿，让娜。德雷福斯太太天天把孩子关在家里，这样他们就不会知道自己的父亲发生什么事了。她告诉孩子们德雷福斯去国外执行特殊任务了。"

"他们相信吗？"

"为什么不相信？他们还那么小。"

"这些你都是怎么知道的？"

"噢，我们现在还在监视他们，你不用担心。"

"怎么监视？"

"我们在他们家的用人中间安插了一个间谍，跟踪他们，还拦截他们的信件。"

"从德雷福斯被定罪到现在都六个月了，还在监视他们？"

"桑德尔上校推测德雷福斯的背后可能有一个间谍集团。他认为，如果我们盯紧这一家人，就可能找到一些线索，顺藤摸瓜找到其他叛徒。"

"但至今还没有线索？"

"还没有。"

我懒洋洋地靠回椅子里，打量着亨利。他面目和善，看上去身体不太好的样子。不过我猜，虽然有一身脂肪，但他应该还是很强健的。他看上去像那种会在酒吧里酗饮的人，那种在心情好的时候很会讲故事的人——和我简直天差地别。"你知道吗，"我问，"桑德尔上校的公寓离德雷福斯家只有大概一百米远？"

亨利的眼神中时不时地闪过一丝狡黠，这是他那善良友好的伪装下的唯一破绽。他漫不经心地说："这么近吗？我都没注意。"

"是的。其实，看这位置，我觉得他们肯定偶尔会碰面，虽然可能只是平日里在街上偶遇。"

"是有可能。我确实知道上校一直在躲着他，上校不喜欢他——觉得他问的问题太多了。"

我就知道他不喜欢德雷福斯，我心里想，那个住在宽敞的河景公寓里的犹太人……我在脑海里想象着这么一个画面：早上九点，桑德尔迈着轻快的步伐向圣多米尼克街走去。而这时，那个年轻的上尉跟了上来，试图跟他搭话。我在跟德雷福斯打交道的时候，一直觉得他脑子缺根筋——他看不出来别人觉得他很烦人，也看不出来别人不想跟他说话。总之，他无法分辨别人对自己的反应。而桑德尔呢，可是个从"两只蝴蝶停到了同一朵花上"这种事里都能看出阴谋的人。对于德雷福斯这个好打听的犹太邻居，他肯定会对心生怀疑。

我打开办公桌抽屉，取出昨天发现的各种药品——几个罐子和两个深蓝色的小瓶子。我把这些拿给亨利看："这些是桑德尔上校留下来的。"

"他大意了，给我吧？"亨利笨手笨脚地从我手里把药接过去，差点弄掉了一个瓶子，"我会还给他的。"

我忍不住说："水银、愈创木提取物和碘化钾……你肯定知道这些是用来治什么的吧？"

"不知道，我又不是医生……"

我没有再追问，话锋一转："我要一份关于德雷福斯一家行动的详细报告——包括他们和谁见面，可能在搞什么小动作来帮助德雷福斯。还要德雷福斯寄出和收到的所有信件。我猜信件应该正在被审查，我们手上有副本吗？"

"这是自然。我会让格里贝兰安排的。"他犹豫了一下，问道，"上校，我想冒昧地问一句，您为什么这么关心德雷福斯？"

"布瓦代弗尔将军担心德雷福斯案可能会上升成政治问题，他想让我们做好准备。"

"我明白了。我现在就去办。"

他怀里抱着桑德尔的药离开了。他心里很清楚这些药是用来治什么的——我们当年都在非法妓院里抓过很多嫖客，多到甚至知道梅毒的标准治疗方法。我独自坐在办公室里，心里琢磨着：我从一个明显的梅毒晚期，也就是人们常说的麻痹性痴呆患者那里接手了一个秘密情报部门，别人会怎么看我？

那天下午，我第一次写了要给总参谋长看的秘密情报报告——总参谋部的人都知道，这只是"走个形式"。我从本地的德文报纸和桑德尔给我解读过的一封特工来信中挑选出一些内容，东拼西凑成一篇报告：据梅斯线报，驻梅斯的部队在过去几天内有大动作。市区里没有动静，但当地军方正在大力推动军队前进……

写完后，我通读了一遍，在心里问自己：这重要吗？退一步说，这可信吗？说实话，我心里一点把握都没有。我只知道，根据要求，我一周至少得走一次这种"形式"。第一次写，我已经尽力了。我把报告送到马路对面的总参谋长办公室，正准备因写了这种没用的小道消息而挨骂。但出人意料的，布瓦代弗尔收下了，向我表示感谢，还把一份副本给了步兵长官（我都能想象到军官们在俱乐部里的对话了：有传闻说，德国人在梅斯搞什么小动作呢……）。这份报告一交，平添了东部边境上的五万名军士好几天的训练量，可有他们好受的。

"秘密情报"这四个字有一股神秘的力量，我从中学到的第一个道理就是：这短短的四个字，可以让理智的人失去理智，撒赖放泼。

一两天后，亨利带着一位特工来了我的办公室，向我汇报德雷福斯的情况。亨利告诉我他是总安全局①的弗朗索瓦·盖内。此人四十多岁，皮肤蜡黄（不知道是因为抽烟、酗酒，还是两者都有），又带着一种蛮横又诌媚的气质——典型的警察形象。我认出了他，我来这上班的第一天早上见过他——他就是那四五个在楼下坐着抽烟打牌的人之一。亨利说："对德雷福斯一家的监视一直是盖内在负责。我觉得你应该会想听听实际情况。"

"请坐。"我领着他们在办公室角落的茶几旁坐下。他们一人带来了一份文件。

盖内先开口道："根据桑德尔上校的指示，我主要调查了德雷福斯的哥哥，马蒂厄·德雷福斯。"他从文件中抽出一张证件照，从桌子上推过来给我。照片里的马蒂厄很英俊，可以说是一表人才。在兄弟俩里，我觉得马蒂厄比他弟弟看上去更像一个军队里的上尉。相反，阿尔弗雷德却看起来像是个银行经理。盖内继续说道："目标三十七岁，从米卢斯的老家来到巴黎，只有一个目的，

---

① 法国警察侦查机构。——作者注

就是给他弟弟的组织活动。"

"那他行动了？"

"是的，上校。他写信给权贵们，还散布消息说他愿意高价悬赏征集相关线索。"

"你也知道，他们家很有钱。"亨利补充道，"德雷福斯的老婆更有钱，她是阿达马家族的——做钻石生意。"

"从他哥身上调查出什么了吗？"

"有个来自勒阿弗尔的医生，吉贝尔医生，和共和国总统是老朋友。他从一开始就向福尔总统为这家人求情。"

"真的吗？"

盖内看了一眼带来的文件："2月21日，吉贝尔和总统在爱丽舍宫共进早餐。之后，吉贝尔直奔阿泰内酒店，与早已等在那里的马蒂厄·德雷福斯会面——我们的人从他走出公寓开始就一直跟着他。"

他把那位负责跟踪的特工写的报告给我看：目标坐在大厅里，看起来精力充沛。我坐在隔壁桌，听见 B 和 A 说了以下内容："我来告诉你总统说了什么——给他定罪的关键证据没有在法庭上出示，而是秘密地给法官们看的。"这一点被重复强调了好几次……B 离开后，A 仍坐在原位，看得出来情绪很激动。A 付了账单（账单副本见附件），在 9：25 离开了酒店。

我看了一眼亨利："总统告诉他，法官们看了未公开的证据？"

亨利耸耸肩："人们早就议论纷纷了，这件事本来就藏不住。"

"是这样，不过总统也……？你就不担心吗？"

"不担心，为什么要担心？就是司法程序上的一点小问题，又不会改变任何事。"

然而，我却无法忘怀，我可不确定这是个小问题。我想起了我的律师朋友勒布卢瓦，他听到这件事会是什么反应呢？我说：
"我同意这不会洗清德雷福斯的罪名，但如果人们知道，给他定罪
的关键证据是私下给法官看的，他和他的律师连看都没看过，那
肯定会有人质疑对他的审判不公。"我现在懂了，布瓦代弗尔为什
么预感这件事会衍生出政治矛盾。"德雷福斯一家要怎么利用这个
线索，你们知道吗？"

亨利望向盖内，而盖内却摇了摇头："他们知道后，一开始都
很激动。他们在巴塞尔开了一次家庭会议，当时他们还叫来了一
个记者，也是犹太人，叫作拉扎尔，常年在无政府主义圈子里活
动。但这都是几个月前的事了，自那以后，他们就没有动静了。"

"这个嘛，他们还干了一件事。"亨利说着，调皮地眨了眨眼，
"跟上校说说蕾奥妮夫人的事——让他乐呵乐呵！"

"对了，对了，蕾奥妮夫人！"盖内笑着在文件里翻找着，"她
也是吉贝尔医生的朋友。"他又递给我一张照片。照片上是一个
五十岁上下的女人，相貌平平，戴着一顶诺曼时期的系带女帽，
直视着镜头。

"所以这个蕾奥妮夫人是谁？"

"她是个梦游症患者。"

"你认真的？"

"是真的！她做了个预知未来的梦，在梦游的时候告诉了马蒂
厄他弟弟的案子的一些情况，她说这都是幽灵告诉她的。马蒂厄
在勒阿弗尔遇见了她，觉得她太神了，就把她带去了巴黎，还让
她跟自己住在一起。"

"你敢相信吗？"亨利爆发出一阵大笑，"他们就像一群无头苍
蝇一样毫无章法！说真的，上校，我们根本不需要担心这些人会
搞出什么事情来。"

我把马蒂厄和蕾奥妮夫人的照片并排放在桌上，感觉心中的不安渐渐消失了。招魂，算命，通灵——这些最近在巴黎都很流行。我猜，当人们对人类失望的时候，有时就会转而求助于鬼神。"你说得对，亨利，能看出来他们没能搞出什么动静。就算发现了秘密证据的存在，他们肯定也知道单独一份证据不能说明什么。我们只需要维持现状就行。"我转向盖内，问道："你们是怎么监视他们的？"

"我们在他们附近进行密切的监视，上校。德雷福斯夫人家里的保姆每周都会向我们汇报；马蒂厄·德雷福斯住在沙托丹街上的一座公寓楼里，楼里的门房是我们的线人；他妻子的两个女仆是我们的人；他的厨娘和厨娘的未婚夫也在帮我们留意他的动静；他去哪我们都跟着；邮政局会把这家人的所有信件都送到我们这里，然后我们会留下副本。"

"这个呢，是德雷福斯的来信。"亨利把他带来的文件递给我道，"明天要还给他们。"

文件夹用黑丝带系着，还加盖着殖民地部的公章。我解开丝带，打开文件夹。里面有一些信件的原件，这些是没有通过审查，因而被部里扣留的信件；另外的是一些通过审查的信件的复制件。"我亲爱的露西，我认真地思考着我要怎么才能活下去……"看到这，我把这张放了回去，抽出了另一张。"我可怜的、亲爱的弗雷德，跟你分开的时候，我是多么痛苦啊……"我震惊了。我很难把德雷福斯在我心里僵硬、笨拙、冷漠的形象与"弗雷德"联系起来。

我说："从现在开始，殖民地部一收到他们的信件，都要马上给我送来复制件。"

"遵命，上校。"

"同时，盖内先生，你们要继续监视德雷福斯一家人。只要他们的小动作都在迷信的范围内，那就没什么好担心的。不过，一旦超出了这一范围，那就不好说了。你们要随时留心任何能证明德雷福斯叛国动机的线索。"

"遵命，上校。"

这次报告会议到此就结束了。

那天傍晚，我把那个装着信件的文件夹放进公文包，带回了家。

黄昏时分平静而美好，金色的夕阳光暖洋洋地洒在大地上。我的公寓在高层，这个高度隔绝了大部分来自地面的噪音；其余的噪音则被摆满了书籍的墙壁隔绝了。房间的地板上摆着一架埃拉尔牌三角钢琴，这是我母亲奇迹般地从斯特拉斯堡被轰炸后的废墟中抢救出来，送给我的。我在扶手椅上坐下，扯下脚上的靴子，然后点上一支烟，凝视着放在钢琴凳上的公文包。我应该换衣服，然后直接出门，把这些信件留到回来的时候再看，但我实在是太好奇了。

我在两扇窗户之间的一张小写字台前坐下，拿出文件夹。我从袋子中取出的第一封信是 1894 年 12 月 5 日从舍尔什米蒂军事监狱寄来的，也就是德雷福斯被逮捕七个多星期后寄出的。信的内容被审查员工整地抄在横格纸上。

我亲爱的露西：

我终于能给你写信了。我刚接到通知，我的审判将于本月 18 日开庭。我没法见你。

我不想跟你说我在这里都经历了什么，那是世界上任何语言都无法形容的。

你还记得我曾经跟你感叹过我们是多么幸福吗。那时，一切都是那么的一帆风顺。但突然，一切都被颠覆了，直到现在，我都还没反应过来。他们指控我犯了一个军人能犯下的最严重的错误！直到现在，我都还在怀疑这是不是场噩梦，而我是噩梦里的受害者……

我翻到下一页，快速地扫过前面的内容，直奔结尾：我想拥抱你千千万万次，我爱你，非常爱。帮我亲亲孩子们，我很爱他们，但再说下去我就承受不住了。阿尔弗雷德。

下一封信也是复制的，寄出时间是在上一封信的两周后，也就是他被定罪的第二天：我痛不欲生，心如刀绞。如果不是想到你，想到你会多么痛苦，我早就了结我可悲的一生了。

接下来，是一封露西在圣诞节寄出的回信的复制件：求求你了，为了我活下去，亲爱的弗雷德。振作起来，努力活下去——我们要一起努力，直到找到真正的犯人。没有你，我要怎么办？那我对这个世界也将没有留恋了……

读这些信让我觉得自己很龌龊，感觉就像在偷听隔壁的夫妇做爱，但我又忍不住想一直读下去。我往后翻了翻文件，翻到德雷福斯对自己的革职仪式的描写。他写道，昔日的同志"对我投来鄙视的目光"。看到这时，我不禁琢磨他当时是不是想起了我。他还写道："我理解他们的感受，如果我是他们，对于一个我坚信是叛徒的军人，我也无法克制自己的鄙夷。唉！军队里有叛徒，但不是我……"

读到这，我停了下来，又点上一支烟。我相信这些自称清白的话吗？一点也不。我这辈子见过的罪犯，无一不是这样一口咬定自己是被冤枉的。罪犯们似乎都是这么想的：要想在监狱里生存下去，就必须说服自己——我是清白的。不过，我很同情德雷福斯太太。显然，她完全相信他——不，不仅如此，她敬仰他，就好像他是一个高尚的殉道者一样。她写道：你不屈的精神在许多人心中留下了深刻的印象。在那恐怖的一天里，你忍受的所有痛苦，都会被世人铭记……

我意犹未尽地在这里打住了。我把文件锁在了抽屉里，刮了胡子，换上干净的军装，然后出发去我的朋友科曼日伯爵夫妇的家里。

早在十多年前，我和埃默里·德·科曼日，也就是圣拉里男爵，一起驻扎在东京①的时候，我们就认识了。那时候，我还是一个年轻的小参谋，而他是个中尉，比我更年轻，资历更浅。那两年，我们都在红河三角洲与越南人作战，在西贡和河内四周奔走。回到法国后，我们越来越亲近。他把我介绍给他父母，还有他的妹妹黛西、布兰琪和伊莎贝尔认识。他的三个妹妹都热爱音乐，单身，热情开朗。渐渐的，她们和埃默里介绍的那些军官组成了一个定期聚会的音乐小团体。那些男人，与其说是喜欢音乐，还不如说是为了见这三个女孩而装作喜欢音乐。

六年过去了，这个小团体仍未解散，而且还邀请我参加今晚的音乐晚宴。像往常一样，我没有打车，而是选择走着去——这样既省钱又健康——而且走得很快，因为我快要迟到了。德·科曼日的家族旅馆位于圣日耳曼大道上，历史悠久、富丽堂皇。我大老远就看见了它，因为门口停着很多送客的马车和出租马车。走进门，我见到了埃默里，他现在是陆军部里参谋部的上尉。他向我敬礼，然后热情地用双手同我握手。接着，我吻了吻他的妻

---

① 中南半岛的一个历史地名，位于今越南北部，红河三角洲一带。

子，玛蒂尔德。她的娘家是瓦尔德纳·冯·弗伦德施坦，阿尔萨斯最老的家族之一。自从一年前老伯爵过世后，玛蒂尔德就成了这座酒店的女主人。

"上楼去吧，"她低语道，手搭在我的胳膊上，"马上就要开始了。"她扮演"迷人的女主人"的方式，就是把最平常的寒暄说得像是亲密的悄悄话——当然，这也不失为一个好方法。"你会留下来吃晚饭，对吗，我亲爱的乔治？"

"我很乐意，谢谢。"说实话，我一直在想要早点离开，但我还是一口答应了。毕竟，四十多岁的光棍就像是社交圈里的流浪猫——各种各样的聚会收留我们、喂饱我们、给予我们过分的关心；而作为回报，我们要娱乐大家，得体地接受人们偶尔唐突的关心（"那么，你打算什么时候结婚呢，乔治？"），还必须在晚餐缺人的时候凑个数，不管通知来得多么突然。

当我往屋子里走去的时候，埃默里在我身后喊道："布兰琪在找你呢！"就在那时，我看见他妹妹，布兰琪，从大厅的人群中朝我挤过来。她的裙子和配套的头饰上粘着很多深绿色、深红色和金色的羽毛。

"布兰琪，"当她吻我时，我说道，"你今晚看起来像一只特别肥美的野鸡。"

"我希望你今晚能做个善神，"她愉快地说道，"不要那么刻薄，我可给你准备了一个大惊喜。"她挽起我的手臂，领着我往花园走去，远离人群。

我象征性地抵抗了一下："玛蒂尔德叫我们上楼去……"

"别傻了！离七点还远着呢！"她压低了声音，"德国人才会让人早早等着，你说呢？"

她领着我走向一扇玻璃门，门后是个小花园。花园旁边有堵高墙，把它和隔壁房子隔开，墙上挂着并没有点亮的中式灯笼。在花园里喝酒的人们都已经上楼去了，花园里只有一个女人，背对着我站着。她转过身来——原来是波利娜。她望着我，笑了。

"喏，"布兰琪说，声音不知怎么地有点尖，"看见了吧，这就是惊喜。"

音乐会一直都是由布兰琪负责操办的。今晚，她向大家引荐了她刚发现的一颗新星——卡萨尔斯先生，一个天赋异禀的年轻人，来自加泰罗尼亚，只有十八岁，在福利-马里尼剧院的管弦乐队中担任第二大提琴手。他开始演奏，第一首曲子是圣桑的大提琴奏鸣曲。只消听开头的几个和弦，我就意识到他真的不同凡响。往日我都会坐在那里全神贯注地听，不过今天，我走神了，环视着身边的观众。在宽敞华丽的会客厅里，大家都靠墙坐着，将大提琴手围在中间。我数了数，在场的大约六十名观众中有十二人穿着军装。他们大部分是骑兵，跟埃默里一样，我确信他们中间有一半人是总参谋部的。过了一会，我发觉自己好像也吸引了别人的一些目光。这也难怪——我，军队里最年轻的上校，至今未婚；身旁坐着外交部高官的娇妻，也是孤身一人，没有丈夫的陪同。对于我这样一个身处高位的上校来说，被卷入婚外情将是巨大的丑闻，我的前程可能会就此断送。我试着不再去想，把注意力集中在音乐上，但心里还是惴惴不安。

在幕间休息的时候，波利娜和我又回到了花园。布兰琪走在我们中间，两只手分别紧紧地搂住我们的胳膊。过了一会，几名军官，还有我的几个老朋友走了过来，祝贺我升职。我把他们介绍给波利娜："这位是阿尔伯特·屈雷少校，是我和埃默里在东京驻扎时的战友；这位是莫尼耶夫人；这位是威廉·拉勒芒·德·

马雷上尉……"

"人称'半神'。"布兰琪插了一句。

波利娜微笑地问:"为什么呢?"

"当然是因为他很像《莱茵的黄金》^①里的火之半神洛戈。你看出来了吧,亲爱的?看他是多么热情似火!拉勒芒上尉像半神,乔治呢,像那个善神。"

"恐怕,我对瓦格纳不太了解。"

拉勒芒是我们这个圈子里对音乐最感兴趣的人。听了这话,他难以置信地说:"对瓦格纳不太了解!皮卡尔上校,你可得带莫尼耶夫人去拜罗伊特^②看看!"

屈雷问道:"那莫尼耶先生喜欢歌剧吗?"这话我听起来有点不太舒服。

"非常遗憾,我丈夫不喜欢任何形式的音乐。"

他们走后,波利娜平静地问我:"你想让我走吗?"

"不啊,我为什么要让你走呢?"我们喝着橘子水。经过了一天,空气里的臭气已经散去,在郊区的圣日耳曼大街上,习习晚风暖暖地拂过,带着丝丝夏夜的花香。

"因为你看上去有点尴尬,亲爱的。"

"不,只是因为我不知道你和布兰琪认识,仅此而已。"

"一个月前,伊莎贝尔邀请我和阿莉克丝·托克纳耶一起喝茶,她也去了。"

"菲利普去哪了?"

---

① 《尼伯龙根的指环》系列四联剧的第一部,瓦格纳作曲。

② 德国瓦格纳艺术节是欧洲古典音乐界一年一度的传统盛会,每年8月在德国小城拜罗伊特举办。第一届瓦格纳音乐节始于1876年8月13日,伟大的德国音乐家理查德·瓦格纳在拜罗伊特上演了他的著名四联歌剧《尼伯龙根的指环》。

"他今晚不在巴黎，明天才回来。"

虽然没有说出口，但我已经懂了——这是一个暗示，一个邀约。

"那你的女儿们呢？"波利娜有两个女儿，一个十岁，一个七岁，"你一定要回去陪她们吗？"

"她们今天住在菲利普姐姐家。"

"噢，原来布兰琪说的'惊喜'就是这个！"我不知道自己应该开心还是生气，"你怎么会想要把我俩的事告诉她？"

"我没说。我以为是你说的。"

"不是我说的！"

"但她跟我说的时候，表现得就像你跟她说了一样。所以我才会让她安排这个'惊喜'的。"我们面面相觑。沉默了片刻后，不知道是凭借直觉还是推理，她说："布兰琪爱上你了。"

我吓了一跳，慌张地笑了："才没有！"

"那么，你们至少有过一段恋情吧？"

我没有说实话，一个绅士在这种情况下只能这么做了："我亲爱的波利娜，她比我小十五岁，她只把我当哥哥看待。"

"但她一直在偷看你。她被你迷住了，现在对我俩肯定产生了怀疑。"

"但如果布兰琪爱上了我，"我轻声说道，"她又怎么会安排我俩共度良宵呢？"

波利娜笑着摇了摇头："她还真就会这么做。如果不能拥有你，她就想控制拥有你的人。"

我们条件反射般地看了看周围，确保没有人盯着我们。一个男仆在附近走来走去，低声通知宾客们音乐会就要开始了，于是花园里渐渐空了下去。这时，一个龙骑兵上尉在门口驻足，转过身来看着我们。

波利娜突然说："我们现在就走吧，在下半场开始之前，也不要留下来吃晚饭了。"

"就把座位空在那里，生怕大家不知道我们一起跑了？那还不如把我们的关系登在《费加罗报》上呢。"

看来，除了忍一忍，应付过今晚，我们别无他法了。下半场由一曲弦乐四重奏和两首返场曲目组成。然后，大家一同享用了香槟，那些没有受邀参加晚宴的宾客恋恋不舍地告别了，期望主人能在最后一分钟改变主意。在这整个过程中，我和波利娜都小心翼翼地避开对方。不过，这种刻意的避嫌会使我们的关系更加明显。

我们坐下来吃饭的时候已经十点多了。我们坐在一张十六个人的桌子上。我一侧坐着埃默里的母亲，老伯爵的遗孀。她肤色惨白，身着一条全黑的、装饰着荷叶边的丝绸裙子，活像《唐璜》里的鬼魂。我的另一侧坐着布兰琪的姐姐伊莎贝拉。她最近刚结婚，夫家从事银行业，富得流油，拥有波尔多五大名庄中的一座。伊莎贝拉正熟练地谈论着葡萄酒的产地和特级葡萄园，这些在我耳中听来就像天书一样。渐渐的，我产生了一种奇怪的游离感，意识变得混乱起来，觉得那些高深的谈话不过是一个个含糊不清的音节，美妙的音乐不过是羊肠弦和钢弦发出的颤动声。我看向桌子另一头的波利娜，她正在听伊莎贝拉的丈夫侃侃而谈。那是一位年轻的银行家，良好的家族基因赋予他婴儿般精致的脸庞，精致到让人觉得过于脆弱。在摇曳的烛光中，我发现布兰琪正目光炯炯地透过她衣服上的猎鸟羽毛，盯着我看。看见她眼神中闪过轻蔑，我移开了视线。终于到了午夜，大家纷纷起身离席。

为了避嫌，我很小心地在波利娜出来之前走出了门。在门口，我对布兰琪摇摇手指说:"你,是个恶毒的女人。"

"晚安,乔治。"她悲伤地说。

我一边沿着街道走,一边四下寻找打着白灯的出租马车。这个时间,出租马车正要结束营业,回到凯旋门旁的车场去。一大堆蓝色、红色和黄色的车灯从我眼前晃过后,终于出现了一盏白灯。我在街边挥手示意,它便咔嗒咔嗒地停下了。这时,波利娜已经顺着人行道跟了上来,和我会合。我扶着她上车,告诉车夫:"去伊冯-维拉索街,哥白尼街拐过去就是。"接着,我钻进车里。波利娜只让我吻了她一下,就马上把我推开了。

"不行,你先解释一下刚刚那是怎么回事。"

"不行?你认真的?"

"对。"

我叹了一口气,握住她的手道:"可怜的布兰琪,她的情路太坎坷了。她总是爱上和她最不合适、最难得手的男人。几年前还引发好大一桩丑闻,虽然被压下去了,但他们全家人都因此非常尴尬,特别是埃默里。"

"为什么埃默里特别尴尬?"

"因为这件事的男主角是总参谋部的一名军官,官职很高,刚死了老婆,比布兰琪大很多——最重要的是,还是埃默里把他带到家里,介绍他俩认识的。"

"然后呢?"

我掏出烟盒,递给波利娜一支烟,但她拒绝了,于是我给自己点了一支。谈论这件事让我不太自在,但我觉得波利娜有知情权,而且我相信她不会到处乱说。

"她和这位军官交往了一阵子,可能有一年吧。后来布兰琪又遇到一个年轻贵族,与她同龄,比那位军官更适合她。这个年轻

64

人向她求婚了，全家人都很高兴。因此，布兰琪想要跟那位军官分手，但他不同意。后来，埃默里的父亲，也就是老伯爵，开始收到匿名信，信中威胁他要揭发这件事。老伯爵最后都到巴黎警署去报案了。"

"我的天啊，这像巴尔扎克的小说一样精彩！"

"精彩的还在后面。有一次，一个神秘的女人声称自己手里有布兰琪写给那位军官的一封特别不得体的信。老伯爵花五百法郎，要把那封信赎回来。按照约定，那个女人应该戴着面纱，到公园里来把信给他们。但警察调查此事后发现，敲诈者就是那位军官本人。"

"什么？我不相信！那后来他怎么样了？"

"他好着呢。他人脉很广，事业没有受到影响。他现在还在总参谋部——实际上，还是一名上校。"

"那布兰琪的未婚夫做何反应？"

"他与布兰琪断绝了一切往来。"

波利娜往后一靠，若有所思。"现在我开始同情她了。"

"她有时候会犯傻，不过心肠倒是不坏。而且从某种意义上来说，也很有天赋。"

"这个上校叫什么名字？快告诉我，这样我如果见到他就能给他一巴掌了。"

"这个名字保证你过耳不忘——阿尔芒·迪帕蒂·德·克拉姆，他总是戴着单片眼镜。"我刚想补充一个有趣的细节——德·克拉姆正是负责调查德雷福斯案的——不过最终还是没有说出口。一是因为这是机密；二呢，是因为波利娜开始用脸蹭我的肩膀，我便无心再想了。

我的床很小，是一张行军床。为了不滚到地板上，在温暖的夏夜里，我们赤裸着身子，紧紧地抱在一起。凌晨三点，波利娜正沉沉睡着，呼吸平缓而有节奏。我却十分清醒。越过她的肩膀，我凝视着敞开的窗户，想象着枕边人是我的妻子。如果是那样，我们也会度过这样的夜晚吗？难道，不正是因为知道这样的夜晚是短暂的，我才会这样细细品味每一分每一秒吗？而且，我并不喜欢时刻都有人陪伴。

我小心翼翼地把手臂从她的手臂下抽出来，用脚摸地毯，从床上爬了起来。

在深夜的客厅里，凭借着夜空中发出的微弱亮光，我还是能看清四周的。我披上睡袍，点亮壁炉上的煤气灯，打开一个抽屉，抽出德雷福斯的信件。趁我的情人还在熟睡，我找到今天下午看到的地方，接着读了下去。

5 我的工作

　　德雷福斯革职仪式后的四个月里发生了什么，在该文件中一目了然，因为里面的材料已经被人严格地按照时间顺序整理好了。革职仪式后第十二天的深夜，德雷福斯从巴黎的牢房里被带出来，关进奥尔良车站里的一节用来运送犯人的货车车厢中。火车开了十小时，穿过大雪覆盖的乡间，到达大西洋海岸边。在拉罗谢尔车站里，一大群人早就在等候犯人的到来。接着，一整个下午，他们都在疯狂地捶打着车厢的侧壁，大声喊着各种威吓、侮辱的话——"犹太人去死吧！""叛徒！""卖国贼去死！"……直到夜幕降临，负责押送的卫兵才决定要冒险转移犯人。于是，德雷福斯不得不在人群的重重包围下穿行。

雷岛监狱

1895 年 1 月 21 日

我亲爱的露西：

　　那天，当我在拉罗谢尔受到众人侮辱的时候，我一度想挣脱看守们的控制，想把我赤裸的胸膛，送到那些对我怒不可遏的人面前，并跟他们说："不要侮辱我！你们不知道，我的灵魂是清清白白的！你们若是不信，就来把我撕碎吧！我把自己交给你们，绝不后悔！"在那时，承受着肉体上的剧痛，我曾哭号"法兰西万岁"。听到这，他们可能会相信我的清白吧！

　　这么多个日夜，我到底在苦苦追求什么呢？那就是——正义！

正义！这真的是 19 世纪吗？还是几百年前？在这样一个启蒙的时代、真理的时代，为什么人的清白还会被玷污？让他们继续调查吧。我不需要任何人的帮助，我需要的是正义，每个人都有得到正义的权利。让他们继续调查吧，让那些有权有势的人用尽一切办法来查出真相，这是他们声张人道和正义的神圣职责……

最后一段感觉不太对。我重新读了一遍，马上就识破了他的小伎俩。表面上看，他只是在给他的妻子写信。但他肯定知道自己的信会受到层层拦截，所以他在信里向巴黎那些手握他命运的人发出了信号，向我发出了信号，虽然他肯定想不到是我接任了桑德尔的位置。让那些有权有势的人用尽一切办法……但这没有动摇我认为他有罪的信念。不过，这确实是个聪明的伎俩，我停下阅读，脑海中浮现一个念头：这家伙不会罢休的。

巴黎

1895 年 1 月

我最亲爱的弗雷德：

幸好我昨天早上没有读报，大家也都瞒着我拉罗谢尔发生的那件可耻的事，不然我肯定会绝望得发狂的……

接下来是一封露西写给部长的信，她请求部长批准她去雷岛看望丈夫，跟他告别。最终，露西获准在 2 月 13 日登岛探望，不过随信附上了探望时需要遵守的一些严格规定：犯人必须站在房间的一头，由左右两名警卫看守着；而德雷福斯夫人要待在房间的另一头，由另一个警卫看守着；两人中间还要站着监狱长；两人的谈话中不得有任何涉及此案的内容；两人不得有任何身体接触。在露西的另一封信中，她提议如果把自己的手反绑在背后，能不能让她再靠近一点，但这封信被盖上了"驳回"的字样。

弗雷德致露西：尽管只有片刻，但与你在一起时，我是多么幸福啊。虽然我无法向你倾诉我所有的心里话（2月14日）。露西致弗雷德：再次见到对方，我们俩都是多么激动，多么震惊啊！尤其是你，我可怜的、亲爱的丈夫（2月16日）。弗雷德致露西：那时，我是多么想告诉你，我对你高尚的品格、无私的奉献是多么地敬佩（2月21日）。就在这封信寄出的几个小时后，德雷福斯就登上了军舰"圣纳泽尔"号，并随之进入了大西洋。

在这之前，文件夹中的大部分信件是复制件，大概是因为原件都已经送到收件人手中了。但在德雷福斯离开雷岛之后，我翻到的大部分信件是德雷福斯亲笔写的。他在信中对此次航行的描述被殖民地部的审查员扣压了下来。他写道：他被关押在上层甲板上一个没有暖气的牢笼里，直接暴露在室外，经历了一场场寒冬的暴风雨；被手持左轮手枪、拒绝与他交流的狱吏日夜看守着。出海的第八天，天气开始变暖。德雷福斯还是对此次航行的目的地一无所知，而且周围的所有人都被禁止告诉他——他猜目的地是卡宴。第十五天时，他写信给露西说，这艘军舰终于抛锚了，附近是茫茫大海中的三座小岛——皇家岛、圣约瑟夫岛，还有（三个里最小的）魔鬼岛。让他大跌眼镜的是，魔鬼岛居然是专门为他准备的。

*最亲爱的露西……我的宝贝露西……露西，我最亲爱的……亲爱的老婆……我爱你……我钦慕你……我想念你……我向你遥送来我最真挚的爱意……*德雷福斯付出了这么多的感情、时间和精力来写信，就是为了和妻子取得一点联系。结果呢，这些信全部被埋没在我手中的这个文件夹里了！不过，当我继续往后翻，发现信里的抱怨越发绝望时，我突然觉得，可能这样更好——露西没有读到后面的这些信件，不知道"圣纳泽尔"号靠岸后，她的丈夫连续四天都不得不待在铁牢笼里，在空无一人的甲板上忍

受热带地区的暴晒；也不知道当他终于登上皇家岛后，因为这时魔鬼岛上正在拆除旧的麻风病人宿舍，准备他的新住处，他就被关在一个不见天日的牢房里，过了一个月。

我亲爱的：

终于，在熬过三十天严格的禁闭后，我终于被转移到魔鬼岛了。白天的时候，我可以在几百平方米的区域内随意走动；一到晚上（6点时），我就会被关起来，关在一个四平方米大的小房间里，房间前有铁栏杆，栏杆外面还有守卫彻夜把守。至于伙食，每天发半块面包；一周总共有一公斤肉，平均分成三次发；没有发肉的时候就吃罐装熏肉；喝的呢，就是白水。在这里，我得拾柴、生火、做饭、洗衣服，还得在这种潮湿的天气里想办法把衣服弄干。

我没法睡觉。这牢笼，这在门口走来走去的、像我噩梦里的鬼一样的守卫，蚊虫的叮咬，我心中的苦闷——这一切的一切，都使我夜不成寐。

今天早上下了场大雨。在雨停的间隙，我在这座专门留给我的岛的一小块地方上到处转了转。这里一片荒凉，有几棵香蕉树和可可树，土壤干燥，地上到处都是玄武岩，还有大海毫不停歇地在我的脚下咆哮着，低语着！

我一直很想念你，我亲爱的妻子，也想念孩子们。我不知道你有没有收到我的信。这宗冤案是多么悲哀、多么可怕啊！我，你，还有所有支持我们的人都因此受到折磨！这里的守卫都被禁止跟我说话，我每一天都生活在无言的世界中。我彻彻底底地被孤立了，以至于我常常觉得我已经被活埋在这个与世隔绝的地方。

露西在信中写的内容受到严格的管制，她不能提及这个案子，或与之相关的任何东西。她必须在每月 25 日之前，把自己本月写的所有信件都交到殖民地部。接着，这些信件会被殖民地部和陆军部的相关官员一丝不苟地检查、复制，信件的复制件还会被交给外交部破译处处长，艾蒂安·巴泽里少校，让他检查信里有没有加密信息（他也会检查德雷福斯寄给露西的信）。根据我手上的文件可以看出，她寄出的第一批信在 3 月底就到了卡宴，但又被退回巴黎再次检查。直到 6 月 12 日，杳无音信四个月后，德雷福斯才收到家里的来信：

我亲爱的弗雷德：

　　随着你离我越来越远，我感到无法言表的心碎与悲伤。白天，我忧虑重重；夜里，又总是噩梦连连。在这样的日子里，只有看到我们的孩子们，看到他们是那么善良、那么纯洁时，我才会清醒过来，意识到我身上的责任——那份我必尽的、无法推卸的责任。所以我像你一直希望的那样，像你叮嘱的那样，尽心尽力地照料他们，竭力让他们成长为高尚的人。这样，等你回来的时候，你就会发现他们成长为像你一样的人，就像你期望的那样。

永远爱你，我亲爱的丈夫，

你忠实的，

露西

　　以上便是文件夹中的最后一封信了。读罢，我把手里的最后一页纸放了下来，点上一支烟。我读的时候太全神贯注了，现在才发现天已经亮了。我能听见波利娜在我身后的卧室里走来走去。我走进狭窄的厨房煮咖啡，而当我拿着两杯咖啡从厨房里走出来的时候，她已经穿好衣服，正四下找着什么。

　　"不用了，"她看到我拿着咖啡，心不在焉地说，"谢谢。我得走了，但有一只袜子找不到了。啊！"

她发现了那只袜子，扑过去把它捡了起来。接着，她把一只脚翘在椅子上，将白丝绸袜套在脚趾和脚跟上，再慢慢推上小腿。

我看着她，说："你看起来就像马奈的那幅《娜娜》。"

"娜娜不是个妓女吗？"

"那是资产阶级的看法。"

"没错，不过我是资产阶级，你也是资产阶级。更重要的是，你的大部分邻居也是资产阶级。"她穿上鞋，抚平裙子。"如果我现在走的话，他们可能就不会发现了。"

我拿起她的外套，帮她穿上。"至少等我穿上衣服，送你回家吧。"

"那就太惹眼了，不是吗？"她一边拎起包，一边说道。她真的很聪明，我无话可说了。"再见，亲爱的。"她说，"快点给我写信。"她草草吻了我一下，就开门走了。

我提早到了办公室。本以为楼里除了我就不会有别人，但在我走进大门时，坐着打盹的门房贝希尔醒了。他与我握手，并告诉我亨利少校已经在自己的办公室里了。我走上楼，穿过走廊，随意地敲了两下亨利办公室的门，就直接推门而入。我的这位副官一手拿着放大镜，一手拿着镊子，正趴在桌子上，桌上散落着各种文件。他惊讶地抬起头来看着我。他的翘鼻子上架着一副眼镜，让他显得出奇的苍老、虚弱。他似乎也感觉到了这一点，所以，他一站起来，就马上把眼镜给摘了下来。

"早上好，上校。你今天来得真早。"

"你也是啊，少校。我都开始怀疑你是不是直接住在这里了！这个今天要还给殖民地部。"我把装着德雷福斯信件的文件夹递给他。"我读完了。"

72

"谢谢。读完有什么感受？"

"对这些信件的审查力度真是前所未见，我觉得不用这么严格地限制他们的通信。"

"啊！"亨利假惺惺地笑了一下，"上校，你的心肠真是太好了。"

我并不吃他这套。"并不是这样的。如果我们能够放松点限制，让德雷福斯夫人告诉她丈夫自己最近都在干什么，我们就不用大费周折地去监视那家人了。而且，我们允许德雷福斯在信里多说一点自身的情况，他可能会说漏嘴，我们就能从中得知一些新的情报。所以，既然我们都要监视他们的信件了，那么不如就让他们多写点。"

"我会向殖民地部转告你的意思的。"

"好的。"我低头瞥了一眼桌子上的文件道，"这些是什么？"

"特工奥古斯特刚送来的一些文件。"

"你什么时候拿到的？"

"前天晚上。"

我翻看了几张被撕碎的笔记。"有什么有趣的内容吗？"

"挺有料的。"

桌上的信都已被撕成指甲盖大小的碎片。显然，德国武官马克西米利安·冯·施瓦茨科彭很小心地把自己的信件撕成了碎片。不过，他还是不够聪明，没有意识到处理文件唯一安全的方式，就是把它烧掉。亨利和劳特就擅长用小透明胶把撕碎的文件重新拼在一起。贴上的透明胶让这些文件摸起来硬硬的，感觉格外神秘。我把文件翻回正面。这些信不是用德语，而是用法语写的，字里行间充满了爱意：我亲爱的朋友……我可爱的中尉……我的小士兵……我的马克西……我是属于你的……永远属于你的……我所有的爱，都属于你……永远属于你。

"我想，这些应该不是德皇写给他的吧？当然也可能真是德皇写的。"

亨利咧嘴一笑。"看来我们可爱的'马克西上校'和一个有夫之妇有染呢。对于一个坐在该位置上的男人来说，这实在不是明智之举。"

有那么一瞬，我怀疑他是在暗讽我。不过当我看向亨利时，他并没有在看我，而是看着信，脸上露出窥探他人情事后满意的笑容。

我说："我还以为施瓦茨科彭是同性恋呢？"

"显然，他男女通吃。"

"这个女人是谁？"

"她在信中自称科尔内夫人，不过并不是真名，她的信是存局候领的，用的通信地址也是她姐姐的。施瓦茨科彭和她幽会的时候，我们跟踪了他们五次。我们已经弄清楚，这个女人就是荷兰公使馆议员的妻子，艾尔芒丝·德·维德。"

"很好听的名字。"

"人也长得很漂亮。三十二岁，有三个小孩。我们这位英勇的上校啊，口味还真是多样化。"

"他们俩这样多久了？"

"从1月开始的。有一次，我们看见他们在银塔酒店吃午饭，接着又直接到楼上开了房。他们去战神广场散步的时候，我们也一直跟着。他太粗心了。"

"那么，为什么我们要花费这么多的资源跟踪一对搞外遇的情人，这事对我们有什么意义呢？"

亨利用看傻子一样的眼神看着我，说："因为可以用这个来勒索他啊。"

"谁要勒索他?"

"可以是我们,也可以是任何人。对他来说,这可不是个好消息,对吧?"

我们要勒索一个和荷兰高级外交官的妻子通奸的德国武官?这个想法在我看来不太可能实现。不过,我没多说什么。

"你说这些信是前天晚上送来的?"

"是啊,我在家里把它们拼了起来,然后读了读。"

我停顿了一下,思考着应该怎么开口。"我亲爱的亨利,"我小心翼翼地说道,"你不要误会,不过我真的觉得,像这样的机密材料应该一收集好就直接送来办公室。你想,如果我们被德国人发现了怎么办!"

"我非常小心地保管这些材料,上校,我向你保证。"

"这不是重点,重点是这个流程太粗糙了。以后,奥古斯特拿来的所有材料都直接给我,我会把它们全部放进保险柜。还有,我们调查的方向,谁来负责,都由我说了算。"

亨利的脸一下红了。我惊讶地发现,眼前这个一向活泼的大块头男人看上去像是快哭了。"桑德尔上校对我的办事方法没有意见。"

"桑德尔上校已经走了。"

"无意冒犯,上校,不过你还不熟悉情况……"

我举起一只手。"不用再说了,少校。"我知道,这时我必须打断他。我不能妥协,如果现在我不掌握主动权,那以后就难了。"我得提醒你一下,这里是军队,你的职责就是服从我的指令。"

像一个上了发条的玩具士兵一样,他猛地立正站好。"遵命,上校。"

就像骑兵冲锋一样，我接着劲头说道："既然谈到这个话题了，我还想做一些调整。不要再让那些线人、闲杂人等在楼下晃来晃去了。我们叫他们的时候再让他们来，完事了就赶紧离开。我们需要设门禁，只能让有权限的人进来。还有，贝希尔一点用都没有。"

"你要让贝希尔走人？"他难以置信地问道。

"不是现在，等找到顶替他的门房再说。我理解要照顾老同志，不过，我们还是装个电铃比较好。这样，每次前门一开电铃就会响，如果他睡着了——就像今天早上我到的时候一样——我们至少还能知道有人进楼了。"

"遵命，上校。还有吗？"

"暂时没了。整理一下奥古斯特送来的材料，拿到我办公室去。"

我转身离开了，故意没有关上门。我想改变的另外一件事，就是这种可恶的风气，每个人都鬼鬼祟祟地躲在自己的房间里。我试着打开走廊两旁的门，但门都是关着的。于是，我一在自己的办公桌前坐下，就抽出一张纸，给手下所有军官写了一份措辞严厉的通知，向他们说明了这些新规定。接着，我还给贡斯将军写了封信，申请在陆军部大楼中给反间谍处安排几间新办公室，或者至少修缮一下现在的这栋办公楼。写完后，我觉得神清气爽。看来，我终于掌握了主动权。

快到中午的时候，亨利来我办公室，按照我吩咐的那样带来了奥古斯特新送来的材料。还没看到他时，我就做好了心理准备，下定决心无论他做何反应，我都不会妥协。尽管他经验丰富，也确实是这个部门的中流砥柱，但如果他要与我作对，我还是会把他调去其他部门的。出人意料的是，他来的时候就像被剪了毛的羔羊一样温顺。他展示给我看他已经修复好了多少，还剩多少没做。他还礼貌地问我要不要学学怎么把撕碎的文件黏在一起。为了给他面子，我试了试，不过感觉这项工作对我来说太烦琐、太浪费时间了。此外，虽然奥古斯特提供的情报对我们来说很重要，但作为整个部门的主管，我还有很多事要做。所以，我向他重申：我只要求我必须是第一个看到新送来的材料的人，至于其他事宜，交给他和劳特去办我很放心。

亨利感谢我的直言不讳。于是，在接下来的几个月里，我们一直和平相处。至少在我面前，他都是一副天真烂漫、温顺友好、聪明伶俐、兢兢业业的样子。不过，有几次我走出办公室的时候，看到他和劳特以及容克在走廊上交头接耳。一看到我，他们立刻作鸟兽散——这摆明了是在议论我。有一次，当我站在格里贝兰档案室门口，整理要放回去的文件时，我清楚地听见亨利说："我最受不了他的地方，就是他总以为自己比其他所有人都聪明！"但我不确定他是不是在说我。不过，即使他说的是我，我也打算当作没听见。反正，任何组织的主管都会受到手下背后的抱怨，特别是在他想重整组织纪律、提高效率的时候。

直到 1895 年底，我都一直处于与新工作的磨合期。我得知每当特工奥古斯特有新材料需要交接时，一大早，她就会在她那位于叙尔库夫街上的公寓阳台上摆出一个特定的花盆。这代表当天晚上 9 点，她会在圣克洛蒂尔德大教堂和我们的人碰面。在得知这个以后，我感觉到一个可增加自己经验的好机会来了。"今晚我去接头吧，"在 10 月的某一天，我向亨利宣布了这个决定，"我想了解一下整个流程。"

我看着他硬生生地咽下自己的反对意见。"好主意。"他说。

晚上，我换上便服，拿上公文包，步行到附近的大教堂——一座有着两个塔尖的、仿哥特式的巨大建筑，不断地生产并输送着迷信思想。我对这座教堂很熟悉，当赛萨尔·弗兰克[①]还是个管风琴手的时候，我经常来这里参加他的独奏会。我比约定的时间到得早了一点。按照亨利的指示，我走进教堂侧面破旧的小礼拜堂，从前往后走到第三排椅子旁边，再在过道左边沿着椅子挪到第三个位置。我在这个位置上跪下，拿起座位上的祈祷书，把两百法郎夹了进去。完事后，我就退到后排座位上等着。周围没有人，一旦有人，我就会假装自己只是个内心苦闷的公务员，在下班途中来教堂向上帝寻求帮助。

明明知道无须紧张，但我的心还是怦怦跳。真是可笑！不知道是因为教堂里摇曳的烛光，还是熏香的气味，又或是从广阔的教堂中殿隐约传来的脚步声和私语声，总之，尽管我早就不信教了，但我不禁觉得在这神圣的地方进行这种交易有点亵渎的意味。我不停地看着表：八点五十、九点、九点五分、九点二十……可能她不会来了？可以想象到，如果明天我不得不告诉亨利我被放鸽子了，他肯定会假惺惺地表示同情。

但是，就在快到九点半的时候，一声巨响打破了寂静——我身后的门打开了，一个穿着黑色长裙、披着披巾的矮胖女人走了进来。她在过道中间站定，在胸前画了个十字，向圣坛行了个屈膝礼，然后就径直向放了钱的那个座位走去。我看着她跪下，然后不到一分钟就站了起来，顺着过道大步地向我走来。我直勾勾地盯着她，想看清楚这位巴斯蒂安夫人到底长什么样子。毕竟，这位看似普通的清洁女工，实际上是全法国，或者可以说全欧洲

---

① 塞萨尔·弗兰克（César Franck，1822~1890），法国作曲家、管风琴演奏家。

最有价值的特工。她在经过我身边的时候，仔仔细细地打量了我一下。我猜，她应该是因为看到的是我，不是亨利少校，而感到很吃惊吧。她那硬朗的、像男人一样的五官，还有她对我投来的挑衅的眼神，都让我觉得此人不同寻常。她肯定是个大胆的人，或许还有点鲁莽。不过，这也是不言而喻的。毕竟，这个女人可是在过去的五年里，于警卫眼皮子底下从德国大使馆里带出来了无数的秘密文件。

她一走，我立刻就站了起来，走到刚刚放钱的地方。因为亨利此前反复向我强调不要浪费时间。椅子下面塞着一个锥形的纸袋。我把它拿起来塞进我的公文包时，袋子里不断发出令人紧张的"沙沙"声。拿好东西后，我匆匆地离开了教堂，走出大门，走下台阶，健步如飞地走过教堂旁光线昏暗、空无一人的大街。在拿到东西的十分钟后，我就到了办公室，带着交易成功的兴奋劲，把纸袋里的东西一股脑全倒在桌子上。

袋子里装的东西比我想象得多，各种各样的垃圾混杂在一起——有撕碎的、皱巴巴的纸，上面还撒着烟灰；有白色、灰色、米色、蓝色的各种纸张；有纸巾，有卡片；有大大小小的碎纸；有用铅笔和墨水的手写字迹，也有打印的铅字；有写着法语、德语的，还有意大利语的；有火车票、剧院票根、信封、邀请函、餐厅账单，还有各种裁缝店、出租车、鞋店的发票……我把手插进这一堆东西中，抄起一把，让纸片从我的指缝间落下——我知道这里大部分是垃圾，但其中可能会有关键的情报。想到这，我突然感觉自己就像个淘金者一样，内心激动不已。

我慢慢喜欢上这份工作了。

那天后，我给波利娜写过两次信。但我在信中的措辞非常小心，因为担心菲利普会查看她的信件。波利娜没有回信，而我也没有去找她，看看她是不是出了什么事。这主要是因为我没时间。每周的周六晚上到周日，我都得陪我母亲，因为她的记忆力每况愈下。不仅如此，我几乎每天晚上都在办公室加班到很晚，因为有太多事要处理了——德国人在东部边境上架设电话电缆；法国驻莫斯科大使馆里有一个疑似间谍；据说，一个英国间谍要把我们的动员计划拿去拍卖……而且，我还得写我的常规报告。我简直是忙得焦头烂额。

我还是照常去德·科曼日家的聚会，不过"我那可爱的莫尼耶夫人"——布兰琪总是这么调侃我——却再也没在聚会上出现，尽管布兰琪坚称自己一直都有邀请她。有一次，在音乐会结束后，我请布兰琪出去吃晚饭。我带她去了银塔酒店，坐在一张能够俯瞰河景的桌子前。为什么我要选这家餐厅呢？首先，因为从德·科曼日家走过来很近。其次，我很好奇冯·施瓦茨科彭上校带情妇来的餐厅到底是什么样的。我环顾四周，整个餐厅里坐的几乎都是情侣。餐厅被隔成一个个小隔间，每一个都烛光摇曳，这真是为卿卿我我的爱侣们量身定制——我是属于你的，我永远都属于你，我的所有都属于你……警方密探送来的最新报告中描写道，艾尔芒丝"三十出头，金发碧眼，身材娇小，穿着米黄色的裙子和镶黑边的外套"，"有时，他们俩的手都放到了桌子底下"。

布兰琪说："你笑什么？"

"我知道有一个上校会带他的情妇来这里，还会上楼开房。"

她凝视着我。只消一瞬，我们俩都心领神会。我和主管的领班简单交代了几句，他利索地答道："当然了，亲爱的上校，我们还有空房。"于是，我们吃完晚饭后，一个一脸严肃的年轻人领着我们上楼。我给了他一大笔小费，他却连一个谢字都没有。

完事后，布兰琪问道："你喜欢吃晚饭前做爱，还是吃完晚饭后做？"

"看情况。不过我大概更喜欢晚饭前。"我吻了吻她，下了床。

"我也是，那我们下次在晚饭前做吧。"

她才二十五岁，而波利娜已经四十了。而且，不像波利娜总是关了灯才脱衣服，还要用床单或者毛巾郁郁寡欢地遮住自己的身体，布兰琪正裸着身子，自信地仰卧在灯光下。她抽着烟，把右脚翘在屈起的左膝盖上，看着自己动来动去的脚趾。接着，她伸出手臂，随意地往烟灰缸的方向抖了抖烟灰。

"不过，"她说，"正确答案是饭前饭后都做。"

"那是不可能的，亲爱的，"我像个老师一样地纠正她道，"因为那不合理。"我站在窗户前，任由窗帘像袍子一样把我包裹起来。我的视线掠过河堤，望向圣路易岛。一艘船从昏暗的河面上划过，在身后拖出一条光滑的波纹。像是要举办一场宴会一样，甲板上灯火通明，却空无一人。我集中注意力享受着这一刻，想把这个瞬间永远珍藏在记忆里。这样，如果有人问我："你在什么时候感到过心满意足？"我就能告诉他："有一天晚上，我和一个女孩在银塔酒店……"

"是真的吗？"突然，身后的床上传来布兰琪的声音，"阿尔芒·迪帕蒂真的参与了德雷福斯那事？"

那一刻的美好顿时凝固了，转眼间便荡然无存。我没有回头，而是从窗户上看着她的倒影。她还在不停地转着自己的右脚。"你从哪听说的？"我问。

"噢，我今晚听埃默里提起的。"她敏捷地翻了个身，摁灭手里的烟。"如果他真的插手了德雷福斯的事，那这个可怜的犹太人肯定是被冤枉的。"

这还是头一次有人跟我说德雷福斯可能是无罪的。她的轻率令我震惊："这话可不能随便说，布兰琪。"

"亲爱的，我不是随便说说！我是很认真的！"她起身把枕头整理好，然后再仰面躺下，把双手枕在脑后，"当时我就觉得很奇怪。他在众目睽睽之下被扯掉徽章，接着还被囚禁在一个荒岛上——这也太夸张了吧，不是吗？我早该猜到这是出自阿尔芒·迪帕蒂之手！他表面上是个衣冠楚楚的军官，但心底里就是个喜欢浪漫主义小说的娘们！"

我被逗笑了："好吧，我必须承认，他到底是男人还是娘们，你比我清楚。不过，亲爱的，关于德雷福斯案，我碰巧知道的比你多。相信我，除了你的前男友，还有很多别的军官都参与了调查。"

她看着我在玻璃上的倒影，撇了撇嘴——她不喜欢别人提起自己和迪帕蒂的往事。"乔治，你站在那里的样子真像朱庇特。做个善神，回床上来吧……"

布兰琪的话让我有点儿不安，产生了哪怕只是一丁点对德雷福斯罪行的怀疑——不，不应该说是"怀疑"，且当它是我自己的一点探究欲吧；不过，我想探究的其实也不是德雷福斯的罪行，而是我们对他的惩罚是否得当。我问自己，我们为什么非得坚持采用这种可笑又烧钱的监禁方式呢？为什么非要让四五个警卫无言地陪他一起待在那座小岛上呢？我们的具体方针是什么？为了这种刑罚，我们已经花了多少人力、多少时间——包括我的时间——在不计其数的管理、监视、审查工作上？

在接下来的几个月中，我默默地独自琢磨着这些问题。盖内不断地上交监视露西和马蒂厄·德雷福斯的报告，但里面什么关键信息都没有。我还看了他们寄给德雷福斯的信（我亲爱的好丈夫，从这场噩梦开始的那天起，我们经历了多么漫长的日子，多么刻骨的痛苦啊……），也看了德雷福斯的回信，虽然他的回信大多被拦截了，没有送到收信人手里（没有什么，能比这种痛苦的、长时间的沉默更令人抑郁，更消磨一个人的心神了。在这里，连一个对我表示友好，甚至表示同情的人都没有……）。我也收到了来自卡宴的殖民地部官员常规电报的复制件，其中密切描述了犯人的身心状况。

当我们问起犯人他感觉如何时，他回答道："我身体很好，是我的心理有问题。没有什么能比……"说到这，他终于忍不住了，放声大哭了快一刻钟。（1895 年 7 月 2 日）

犯人说："在我离开法国之前，迪帕蒂·德·克拉姆上校向我保证会调查清楚这件事。没想到他们花了这么长时间，希望他们能快点调查清楚。"（1895 年 8 月 15 日）

因为没有收到家人的来信，犯人哭着说："十个月来，我一直生活在恐惧之中。"（1895 年 8 月 31 日）

犯人突然抽泣起来，说："这样下去不行，我的心都要碎了。"他收到信的时候总会哭。（1895 年 9 月 2 日）

今天，有好几个小时，犯人坐在那里一动不动。晚上的时候，他说他的心脏不停地抽搐，还时不时地感到窒息。他向我们要了一个药箱，以便在痛苦难耐的时候了结自己的生命。（1895 年 12

月 13 日）

　　直到冬天快过去时，我才慢慢意识到：对付德雷福斯，我们确实是有一个方针的。只不过，无论是用说的还是写的，都没有人向我详细解释过这个方针。实际就是，我们在等着他死。

6　新线索

1896 年 1 月 5 日，德雷福斯革职仪式一周年的纪念日悄然来临。对此，媒体几乎没有关注，没有相关来信，没有请愿活动，也没有任何声援或指责他的示威活动。德雷福斯似乎已全然被人忘却在了那座孤岛上。春天到来时，我接管反间谍处已经八个月了，一切都风平浪静。

然而，就在 3 月的一个早上，亨利突然到我的办公室来找我。只见他双眼红肿着。

"我亲爱的亨利，"我说着，放下了手中的文件，"你没事吧？怎么了？"

他站在我的办公桌前，说："我有急事，恐怕得请个假，上校。我家里出事了。"

我叫他把门关上，坐下说话。"我能做点什么吗？"

"恐怕你我都无能为力，上校。"他用一块白色的大手帕擤了擤鼻子。"我母亲快不行了。"

"啊，这真是个令人悲伤的消息。现在有人陪着她吗？她住在哪里？"

"在马恩，一个叫作波尼的小村子里。"

"你现在马上去她那里，请多少天假都行。让劳特或者容克接替一下你的工作。这是命令。我们每个人都只有一个母亲，我非常理解你。"

"你真好，上校。"他站起身来，向我敬礼。接着，我们亲切地握了握手，我让他替我向他母亲问好。他走后，我带着一丝哀伤，想象着亨利的妈妈，生活在马恩河平原上，有一个养猪的农民丈夫和一个聒噪的军人儿子的她，会是什么样的一个人呢？这种生活肯定不轻松吧，我想。

在接下来大约一周的时间里，我都没再见到亨利。但接着，有天傍晚，有人敲了我的门。来人正是亨利，他手里拿着一个鼓鼓囊囊的锥形牛皮纸袋——是奥古斯特刚送来的东西。"抱歉打扰你了，上校。我正在赶火车呢，我就是过来把这个给你。"

我接过袋子，感觉到它比以往的都重。亨利看见我惊讶的反应，解释道："因为我妈的事，上次碰头我没去。"他接着坦白："所以，我让奥古斯特今天给我，今天我们换在白天碰头。我刚拿到东西就送过来了，现在得回马恩去。"

我差点就没忍住要批评他。我都跟他说过了，把他的工作都交给劳特、容克。他可以找个其他人替他去，像往常一样在晚上接头，这样才不容易暴露我们的间谍啊！而且，他自己也经常跟我强调，情报的黄金法则就是"越及时就越有用"！不过，亨利一星期都没休息好，看起来是那么憔悴。我还是没把批评的话说出口，只是祝他一路顺风，然后把纸袋锁在了我的保险柜里，等着劳特上尉第二天早上来拿。

我和劳特的关系还是和我们第一天见面的时候一模一样——只谈公事、不带感情。他比我小两岁，很聪明，会说德语，也来自阿尔萨斯，我们本应该关系更好才对。但他那头金发、那张漂亮的脸和那总是直挺挺的腰板，总让我觉得他像个普鲁士人，这让我对他热情不起来。不过，他总归还是个办事高效的人，修复这种撕碎的文件速度惊人。所以，当我把纸袋送到他办公室的时候，我像往常一样礼貌地问道："你现在能处理一下这个吗？"

"当然，上校。"

他系上围裙，从柜子里拿出工具箱。我把纸袋里的东西都倒在他的桌子上。在一桌的灰白色纸片中，我的视线马上就被散落其中的几十块淡蓝色小纸片吸引住了——它们就像多云的天空上露出的一点点淡蓝底色。我用食指碰了碰这些淡蓝色碎纸片，发现它们比普通的纸稍厚一些。劳特用镊子夹起一片，把它放在强光照射下来回转动着，仔细观察着。

"一个小蓝。"他喃喃道。小蓝是气动管电报卡的别名。他望向我，皱起了眉头。"这次的文件比以往撕得更碎了。"

"你尽力而为吧。"

四五个小时后，劳特来到我的办公室。他忧心忡忡地递给我一个薄薄的马尼拉纸文件夹，整个人看上去很是焦虑不安。"我觉得你得看看这个。"他说。

我打开文件夹，里面是那张小蓝。劳特的手艺很好，已经把它粘好了。它的纹理很像修复过的古物——碎了的玻璃器皿、碎了的蓝色大理石瓷砖之类的。因为有些碎纸片找不到了，纸张的右侧参差不齐的，上面裂纹遍布。不过，纸上用法语写的内容还是挺清晰的。

先生：

最要紧的是，对于这件事，我需要您给我一个比那天更详细的解释。请写信告诉我，这样我才好决定要不要与鲁方继续联系。

施

我一头雾水地看向劳特——我不懂这有什么好让他激动的。"'施'指的是施瓦茨科彭？"

他点点头："没错，他喜欢用这个代号。你翻过去看背面。"

为了把电报卡重新拼在一起，背面横竖贴着许多透明胶带。不过，上面的文字还是很清晰的。在打印的铅字"**电报**"和"**巴黎**"中间的空白处，有着手写的地址：

艾斯特哈齐少校

慈善街 27 号

这是个我不熟悉的名字。但我还是震惊了，就像刚刚在死亡名单里发现自己老朋友的名字一样。我跟劳特说："跟格里贝兰说，让他查一查法国军队里有没有一个叫艾斯特哈齐的少校。"虽然希望很渺茫，但是叫这个名字的也可能是个奥匈帝国的人。

"我已经查过了，"劳特说，"第 74 步兵团里有一个夏尔·斐迪南·沃尔辛·艾斯特哈齐少校。"

"第 74 团？"我努力地想接受这个事实，"我有个朋友也在这个团，他们驻守在鲁昂。"

"鲁昂？'鲁方'就是鲁昂的意思？"劳特目瞪口呆地看着我，惊恐地睁大了他那双淡蓝色的眼睛——现在所有线索都指向一个方向，他压低声音问道："这意味着，还有一个叛徒？"

我不知道怎么回答这个问题，低头重新读了一遍手中这短短的几行文字。在过去的八个月里，我看了各种施瓦茨科彭写的笔记和草图，对他的笔迹已经很熟悉了。我一眼就看出，这张纸上的笔迹过于齐整、正式，不像是日常的笔迹，而像是那种写在邀请函上的字体——说明写信人想掩盖自己的笔迹。施瓦茨科彭这么做的原因显而易见：一个德国驻法国大使馆的官员，要用法国的公共通信系统与间谍联系，最简单的保密方式就是伪装自己的笔迹。从这封信恼怒、专横、焦急的语气来看，双方的关系已经出现危机。巴黎的气动管道沿着下水道分布，传送电报的速度非常快，艾斯特哈齐在电报发出后的一两个小时内就能收到。但施瓦茨科彭还是担心不够快，所以煞费苦心地又抄了一遍这封信，还浪费五十生丁另买了一张电报纸，最后却决定不发了，把重抄的这张电报撕了又撕，直到撕不动，然后扔进废纸篓。

我对劳特说："显然，此事非同小可。那么，如果他没把这封电报发出去，他寄出去的是什么呢？"

"另一封电报？"劳特猜测道，"还是一封信？"

"你看过送来的其他材料了吗？"

"还没有，我只关注了蓝色的碎纸片。"

"很好。你现在去看看，看看还有没有信件、草图之类的东西。"

"那这张气动电报卡怎么处理？"

"就放在我这里吧。不要对任何人提起这件事，明白吗？"

"遵命，上校。"劳特向我敬了一礼。

在他转身离开时，我在他身后补了一句："哦，对了，你干得不错。"

劳特走后，我站在办公室的窗前，隔着花园，望向部长的官邸。他的办公室里亮着灯。我现在大可以轻易地走过去，告诉他我们刚刚发现了什么。或者至少，我可以去告诉我的直系上司，贡斯将军。但我知道，这样一来在这次调查开始之前，我就会失去控制权，因为在没有请示他们之前，我理论上是不能采取行动的。而且，如果告诉他们的话，也会有走漏风声的可能。这次的嫌疑人艾斯特哈齐少校，可能只是个默默无闻的军官，在一个无人问津的军团里，驻扎在偏远乡镇。不过，艾斯特哈齐在中欧可是个很常见的名字，总参谋部的某些人听说这个名字以后，可能会想要提醒一下与自己同名的亲戚——消息就是这么泄露的。于是，我决定暂时不露声色。

我把小蓝重新放回文件夹里，锁进了保险柜。

第二天，劳特又来了。他前一天晚上加班到深夜，拼好了另一份草稿。不过，老状况又出现了——很遗憾，奥古斯特没能找到全部的碎纸片，导致我手上的这份文件到处缺词少字，有些地方甚至半句话都没了。劳特在一旁注视着我读这份文件。

由传达室送来

先生：

很遗憾我不能亲口向您……关于一件事……我父亲正好有一个……需要资金支持……在规定的情况下……我会向您解释他这么做的理由，但我必须先直接告诉您……您的要求对我来说太苛刻了……结果是……出行的……他向我提议……出行涉及我们可能会……我跟各方的联系……目前为止，对他来说……我花在出行上的钱太多了。总之……想尽快跟您谈谈。

我将你那天给我的草图随信附上，不过我手上还有一些。

施

我反复读了好几遍。虽然内容断断续续的，但这封信的主旨还是很清晰的。艾斯特哈齐一直在向德国提供我们的情报，其中包括草图，而施瓦茨科彭会付钱给他。但现在，施瓦茨科彭的"父亲"，很可能是指代柏林的某个将军，对这桩交易提出了反对意见，觉得艾斯特哈齐提供的情报性价比太低。

劳特说："当然，这也可能是个圈套。"

"没错。"我也有想过这一点。"如果施瓦茨科彭已经发现我们把他的垃圾拿来看的话，他很有可能会将计就计。他可以轻而易举地故意在自己的废纸篓里放点什么来误导我们。"

我闭上眼，想象着如果是我，我会怎么做。一个谈恋爱的时候如此鲁莽、处理文件的时候如此草率的人，会突然变得如此狡猾吗？好像不太可能。

"他真的会这么煞费苦心地骗我们吗？"我喃喃自语道，"当时我们爆出德雷福斯是德国间谍的时候，他们的反应那么大。施瓦茨科彭就不怕爆出另一桩间谍丑闻吗？"

"但是，这些都不能当作证据，上校。"劳特说，"这份文件和小蓝都不能作为逮捕艾斯特哈齐的证据，因为它们都没寄到他手上。"

"倒也是。"我打开保险柜，抽出那个马尼拉纸文件夹。我把这封信件草稿也放了进去，和小蓝放在一起。接着，我在文件夹封面写上"艾斯特哈齐"，心想，也许这就是间谍圈永恒的难题吧。只有知道了这些文件的来历，我们才能知道它们是否有价值。然而，不暴露我们自己的特工，我们永远都没法知道这些文件的真实来历。所以，这些文件毫无法律效力。我甚至都不想把这些拿给陆军部长或者总参谋长看，我可不想让他们的某些手下看到后在那里七嘴八舌地议论：这些文件明显是从垃圾桶里捡来，重新粘起来的。"有什么办法吗？"我把小蓝重新抽了出来，嘴里问道，"你有没有什么办法能把这个拍下来，然后再把这些裂痕都遮住，让它看起来像是我们拦截的邮件？你之前处理德雷福斯的文件的时候，不就是这么做的吗？"

"可能可以吧，"他迟疑地说道，"但是那份文件只碎成了六片，这份可是被撕成了大概四十片。而且，就算我能做到，这个证据也缺少了最重要的部分——写着收信地址的那一面没有盖戳。不管是谁，只要稍微认真看看，就会知道这张电报根本没寄出去过。"

"我们能不能伪造一个章？"我提议道。

"这我不清楚。"劳特看起来更没把握了。

我决定不再追问了。"好吧，"我说，"那关于这些文件，我们就暂时保密吧。同时，我们还应该调查一下艾斯特哈齐，看看能不能发现其他能证明他是间谍的证据。"

但看得出来，劳特还是有心事。他皱起眉头，不停咬着自己的嘴唇，欲言又止。最后，他叹了口气，说："真希望亨利少校没有请假，要是他在就好了。"

"别担心，"我安慰他说，"亨利很快就回来了。在他回来之前，我们俩可以处理好这件事。"

和我在东京并肩作战的老战友，阿尔伯特·屈雷，正好是鲁昂第74步兵团的少校。我给他发了一封电报，告诉他我明天要去他那里，并问能不能顺便去拜访他。随后，我收到他的回复，回复的电报里只有两个字："欢迎。"

第二天早上，我早早地在圣拉扎尔车站的自助餐厅里吃了午饭，然后就登上开往诺曼底的火车。尽管我身负重任，但在火车驶离郊区的时候，我还是感到一阵兴奋——这可是我几个星期来第一次逃离天天坐办公室的忙碌生活。在这个春日，我坐在火车上，把公文包放在身边，看着眼前不断划过的乡村美景——棕色和白色的奶牛点缀在绿油油的草地上，看上去就像光滑的铅制玩具一样小巧可爱；远远望去，低矮的灰色诺曼式教堂与村庄房屋的红屋顶相映成趣；平静的湖面上停泊着五颜六色的船只；在坑坑洼洼的乡间小路旁，整齐地排列着高大的树木，枝丫上刚冒出嫩芽。这就是法兰西，我为之奋斗的国家——如果把一个用下半身思考的普鲁士上校垃圾桶里的东西重新拼起来，也算"奋斗"

的话。

一个多小时后，火车到达鲁昂，沿着塞纳河畔缓缓向镇里的大教堂驶去。在宽阔的河面上，海鸥上下翻腾着，发出高亢的叫声。看到海鸥，我才反应过来，原来巴黎离英吉利海峡这么近。下了火车，我从车站步行去佩利西耶营地。在途中，我经过了一个典型的卫戍区，里面有死气沉沉的杂货店、鞋店，还有生意惨淡的酒吧。这些酒吧都是退役老兵开的，并不太欢迎当地居民。第74步兵团有三座办公大楼，每一座都有三层。隔着高而威严的围墙往里看，只能看见一点大楼的红砖和灰色石板相间的外墙。我在门口出示证件，跟着一名负责带路的士兵走过两个宿舍区，穿过旗杆上挂着法国国旗的练兵场，经过练兵场旁的梧桐树和洗手池，直往军营另一头的行政大楼走去。

我爬上满是钉子的楼梯，来到二楼。屈雷不在自己的办公室里，他的手下告诉我他刚去检查装备了，请我稍等一会。房间里除一张桌子、几把椅子外，就没有其他东西了。在墙壁上很高的地方，有一扇小玻璃窗，开着一条缝。和煦的春风就从窗户缝缓缓吹进屋里，军营的声音也随之飘了进来——马蹄铁撞击着马厩的鹅卵石地面；一队士兵整齐地踏着步子，正从大路走进军营；远处，军乐队正在排练。耳中的声音交织在一起，让我感觉自己仿佛回到了圣西尔军校，或是变回了图卢斯分区总部的一个少校。连空气中的气味，马粪味、皮革味、食堂的饭菜香和男人的汗臭味夹杂在一起，都与记忆中的一般无二。我那些在巴黎养尊处优的朋友都不明白，我为何能一年又一年地忍受军营生活。我也从不对他们浪费口舌——我喜欢的不是军营生活，而是规律稳定的生活方式。

屈雷匆匆忙忙地走进办公室，嘴里不断地道着歉。他先向我敬礼，接着我们握了握手。最后，在我主动表示后，我们俩笨拙地拥抱了一下。自从头一年夏天在德·科曼日家的演奏会上以来，这还是我们第一次见面。那次见面，我总觉得他好像受到了什么刺激。屈雷很有上进心，还比我大一两岁，对我得到晋升有点嫉妒也是正常的。

"哟，"他后退一步调侃地看着我道，"上校！"

"是啊，我也很难适应自己的新身份呢。"

"你要在鲁昂待多久？"

"就几个小时。今晚我就要回巴黎。"

"那咱们可要喝一杯。"他拉开书桌抽屉，拿出一瓶白兰地和两个大酒杯，把酒倒满。我们先为军队干了一杯。接着，他又倒满酒，我们为我的升职干了一杯。不过，虽然他嘴上恭喜着我升职，但我察觉到他对我的情谊已悄然变味——这是其他人察觉不到的。屈雷第三次把酒斟满，我们解开了上衣的扣子，懒洋洋地坐在椅子上向后靠去，把脚翘在桌子上，抽起烟来。我们一同回忆着过去的人和事，时不时爆发出一阵大笑。在一阵短暂的沉默后，他问道："所以，你最近到底在巴黎忙些什么呢？"

我犹豫了一下。我不应该向他提起我工作的细节的。

"我接任了桑德尔的职位，现在做情报工作。"

"我的天啊，真的吗？"他对着空空如也的杯子皱起了眉头，但这次，他没有再提议喝一杯，"这么说，你是来这里打探情报的？"

"可以这么说。"

他又开始嬉皮笑脸了，打趣地说："可别是来调查我的吧！"

"至少这次不是冲你来的。"我笑了笑，放下了手中的杯子，"第74团有一个少校，叫艾斯特哈齐。"

屈雷转向我，脸上带着难以捉摸的复杂表情。"确实有这么一个人。"

"他是个什么样的人？"

"他犯什么事了？"

"这我不能告诉你。"

屈雷缓缓地点点头。"我就知道你会这么说。"他一边系上上衣的口子，一边站起身来，说道，"不知道你怎么样，但是我想让自己清醒一下。"

我们走出房间。室外，凛冽的海风不断地拍打在我们身上。我们绕着练兵场散步。沉默地走了一会后，屈雷开口道："我理解你不能细说。虽然我不知道这件事的来龙去脉，但我会建议你在调查艾斯特哈齐的时候小心点。他这人很危险。"

"危险？你的意思是他体格很强壮？"

"从各种意义上来说，他都是个危险的人。你对他了解多少？"

"完全不了解。你是我打听的第一个人。"

"你只需要记住他人脉很广。他父亲是个将军。他自称'艾斯特哈齐伯爵'，不过我觉得不是真的，只是他自说自话罢了。不过，就算伯爵身份是假的，他也娶了内唐库尔侯爵的女儿。总而言之，他认识很多人。"

"他多大了？"

"噢，我觉得肯定快五十了吧。"

"五十？"我环视一下四周。时间接近黄昏，一个个脸色苍白的士兵，顶着寸头，像囚犯一样从宿舍的窗户里探出身子来。

屈雷注视着我环视的动作，说："我知道你在想什么。"

"是吗？"

"你在想，都五十岁了，还是个侯爵的女婿，那他还待在这种垃圾地方干吗呢？我当时最好奇的也是这件事。”

"那好吧，既然你都提到了。那他到底为什么还待在这里？"

"因为他没钱。"

"有这么多人脉，却没钱？"

"他把钱全输光了。不仅是赌博输的，还有赛马、炒股。"

"但他妻子不是有钱吗？"

"啊，确实。不过，她对付艾斯特哈齐很有一套。我听艾斯特哈齐抱怨过，她甚至把乡下的房子都放在自己名下，以保护自己免受他的牵连。艾斯特哈齐从她那里连一分钱都拿不到。"

"艾斯特哈齐在巴黎还有一套公寓。"

"那肯定也是他老婆名下的。"

我们沉默地走了一段路。我回忆着施瓦茨科彭信中的内容。他们俩之间都是钱的问题。您的要求对我来说太苛刻了……"跟我说说，"我问道，"他工作起来怎么样？"

"糟糕透顶。"

"他玩忽职守吗？"

"没错，他什么事也不干。所以上校再也不给他分配工作了。"

"这么说，他都不来营里吗？"

"恰恰相反，他成天待在这里。"

"待在这里干什么？"

"待在这里捣乱！他总是晃来晃去，问一大堆不关他事的脑残问题。"

"他都问什么？"

"什么都问。"

"比如？关于枪炮操作的问题？"

"问过。"

"关于枪炮操作他问了什么？"

"就没什么是他没问过的！据我所知，他至少参加过三次炮兵演习。最后一次上校明确拒绝派他去，所以他还是自掏腰包去的。"

"但他不是没钱吗？"

"确实，这其中有蹊跷。"屈雷停住了脚步，"而且，仔细想想，我还碰巧知道，他雇了他营里的一个下士去复印射击指南——你也知道，这些指南我们只能保留一两天。"

"他有说为什么要这么做吗？"

"他说他在研究要如何改进射击方法……"

我们继续往前走去。太阳已经落到一栋宿舍楼后面，整个练兵场被笼罩在楼房的阴影中，四周突然变得冷飕飕的。我说："你刚刚说，他这个人很危险？"

"用语言不好形容，他……很不羁，又很狡猾，有时候还很有魅力。这么说吧，尽管大家都看不惯他的行为，但是没有人想跟他对着干。他长得相当不同寻常。你得亲眼看到他才能知道我是什么意思。"

"我确实想见见他。问题是，我不能让他看见我。有什么地方能让我偷偷看他一眼，又保证他不会发现吗？"

"这附近有间酒吧，他几乎每天晚上都去。虽然不是百分百确定，不过你应该可以在那里看见他。"

"你能带我去吗？"

"你今晚不是要坐火车回去吗？"

"我可以明早再回去。多待一个晚上没事的。来吧，我的朋友！咱们去重温一下从前的日子！"

但是，屈雷好像已经听厌"从前的日子"这一套路了。他用尖锐的目光打量着我，说："乔治，是什么事，能让你甘愿不回巴黎，在这里多待一个晚上……看来这件事非同小可。"

在夜幕降临之前，屈雷强烈要求我跟他一起回宿舍等着。不过我不想再在军营里逗留，以免被人认出来。我记得我在来的路上看见车站附近有一家为出差人士开设的小旅馆。于是，我走过去开了一间房。房间里脏兮兮的，散发着一股臭味，而且还没有电。床垫又薄又硬，每当窗外有火车经过的时候，墙都会随之震动。将就一晚上吧，我这样想着，在床上躺下。床的长度不够，我的脚只能悬在床外。我一边抽着烟，一边思索着这个神秘的人物——艾斯特哈齐。与德雷福斯恰恰相反，艾斯特哈齐的动机非常明显。

窗外天色渐暗。七点，鲁昂圣母教堂的钟声响起了——厚重、铿锵的钟声，像一串连续的炮弹一样，反复回荡在河面上。七响过后，钟声戛然而止，突如其来的寂静像硝烟一样，飘散在空气中。

当我起身下楼时，天已经完全黑了。屈雷在楼下等我。看到我时，他建议我把身上的斗篷裹紧一点，好遮住我的军章。

我们走了五到十分钟，穿过冷清的小巷，经过几家安静的酒吧。终于，我们来到一条死胡同里。这里人头攒动，大多是士兵，也有一些年轻女子。人们聚集在一栋没有窗户、长条形的、看起来像由仓库改造的低矮建筑旁，晃悠着，静静地聊着天，谈笑着。门口一个彩绘的标牌上写着"女神游乐厅"[①]。在这种小地方，却非要攀上这么个名字，真是让人啼笑皆非。

[①] 女神游乐厅（Folies Bergères）是巴黎一家著名的卡巴莱夜总会，位于第九区。

98

屈雷说："你在这里等会儿，我进去看看他来了没。"

于是，他推开门。伴随着门内的一阵音乐与喧闹声，他的身影顿时被门后照射出的紫色光线笼罩了。紧接着，他就被吞入了黑暗中。在晚上寒冷的空气中，一个肤色惨白的女人，露着乳沟，手上拿着一支没点燃的香烟，向我走来。她向我借火，我不耐烦地划了一根火柴。在火柴发出的微弱黄色光芒下，我看清楚了她的脸——很年轻，也很漂亮。她眯眼看着我说："我们是不是见过，亲爱的？"

我意识到自己不该理她的。"抱歉，我在等人。"我吹灭火柴，转头离开了。

她在我身后笑着喊道："别这样，亲爱的！"

另一个女人说："他是谁啊？"

接着，一个男人醉醺醺地喊道："一个傲慢的混蛋而已！"

几个士兵转过身来看热闹。

屈雷突然出现在酒吧门口。他向我点头示意，招了招手。我走向他。"我该走了。"我说。

"快快地看一眼就走。"他抓住我的胳膊，推着我向前走去。我们沿着一条短短的走廊走了几步，穿过厚重的天鹅绒门帘，走进一个长长的房间。房间里烟雾缭绕，人们挤在一张张小圆桌旁。在房间的另一头，有个乐队正在演奏。舞台上六七个穿着紧身胸衣和衬裙的女孩正撩着裙子，无精打采地对着观众踢腿。她们的脚重重地砸在光秃秃的木地板上。这地方有一股苦艾酒的味道。

"他在那里。"

他朝不到二十步外的一张桌子点了点头。那张桌子旁坐着两对男女，桌上摆着一瓶香槟。桌子旁一个红头发的女人背对着我，另一个黑发女人歪歪扭扭地坐在椅子上，看着舞台。两个男人面对面，有一搭没一搭地聊着天。用不着屈雷告诉我艾斯特哈齐是哪个，我已经认出来了——他斜靠在椅子上，坐得离桌子很远，敞着外衣，屁股向前挺，手臂几乎垂到了地上。他随意地用右手握着一杯香槟，好像根本感觉不到酒杯的存在。从侧面看，他的后脑勺扁扁的，却有着一个鹰喙样的尖鼻子。他的胡子朝两侧梳着，整个人看起来已经喝醉了。他的朋友好像注意到了站在门口的我们，对他说了些什么。艾斯特哈齐缓缓地转头，往我们这个方向看来。他有一双圆圆的、突出的眼睛，看起来很不自然，而且非常吓人，就像是医学院里被压进骷髅头里的玻璃球一样。的确，如屈雷所说，他的外表非常有震慑力。我的天啊，我想，他看起来像是可以轻而易举地把这里给烧了，把所有人都烧死，却毫不在乎的那种人。他的目光短暂地在我们的身上停留了一下。但就在那一瞬间，从他倾斜着的头和眯起的眼睛里，我察觉到了对我们的一丝好奇。不过幸好，他已经喝得酩酊大醉。这时，和他们一起的一个女人开口说话了，他又迷迷糊糊地转回去看她。

屈雷碰了碰我的胳膊肘，说："我们该走了。"他撩起门帘，送我出去。

7 秘密调查

第二天将近中午时，我回到了巴黎。那天是周六，所以我决定不去办公室了。因此，直到周一，也就是我和劳特上一次谈话后的第四天，我才回到处里。我爬楼梯的时候听见亨利少校的声音。当我走到楼梯平台上的时候，正好看见他从劳特房间里出来，从走廊上走过来。他的胳膊上戴着表示哀悼的黑色臂章。

"皮卡尔上校，"他说着，走到我跟前敬了个礼，"我回来上班了。"

"你回来真是太好了，"我回复道，向他回了一礼，"当然，对你母亲的事，我表示非常遗憾。希望她去世的时候没有痛苦。"

"上校，世上没多少轻松的死法。坦白地说，在她生命最后的时刻，我都在祈祷这一切快点结束。从现在起，我打算好好保管我的配枪。等我大限将至的时候，我想用一颗子弹干脆痛快地了结自己。"

"我也是这么想的。"

"唯一的问题是，到时候我还有没有力气扣动扳机。"

"噢，我想，身边的人都会很乐意帮助我们的。"

亨利笑了。"你说的没错，上校。"

我用钥匙打开办公室的门，邀请他进来坐。我的办公室里有一种阴冷、陈旧的感觉，一看就是闲置了好几天的样子。亨利坐下来，压得他身下椅子的木腿嘎吱作响。

"我听说，"他点燃了一根香烟，说道，"我不在的这段时间你很忙。"

"劳特跟你说的？"当然了，我早应该猜到劳特会告诉他，他们俩关系很好。

"是啊，他跟我大致地讲了下发生了什么事情。我可以看看新送来的材料吗？"

就在我打开保险柜拿出文件递给他时，一股无名之火涌上我的心头。我说："我原本以为我会是第一个告诉你的人。"话一出口，我也意识到这么说显得我有点小气。

"这很重要吗？"

"我跟劳特说过不要告诉其他人。"

亨利一边用嘴叼着烟，一边戴上眼镜，用手举起我给他的两份文件。透过烟雾，他眯起眼审视着它们。"这个嘛，"他嘟囔道，"也许他没把我当'其他人'。"烟随着他说话的动作抖动着，烟灰掉到了他的膝盖上。

"没人觉得你是'其他人'。"

"关于这两份文件，你采取什么行动了吗？"

"我没有告诉任何总参谋部的人，如果你是这个意思的话。"

"你做得对。他们只会大惊小怪，打草惊蛇。"

"没错。我想还是我们先自己调查一下。我已经去过鲁昂了——"

他抬起眼睛，从眼镜上缘看着我，说："你去过鲁昂了？"

"是的，我和第74步兵团——也就是艾斯特哈齐所在的那个团里的一个少校是老朋友。他给我提供了一点私人信息。"

亨利继续读下去，一边问道："那我能问问你的这位老朋友都告诉你了些什么吗？"

"他说艾斯特哈齐经常有一些可疑的举动。他甚至自掏腰包去参加炮兵演习，并在事后复印了射击指南。还有，他非常缺钱，人品也不太好。"

"真的吗？"亨利把小蓝翻了过来，仔细地看了看背面的地址，"他在我们这里工作的时候看起来还行啊。"

我不懂他是怎么做到如此沉着地说出这么一个重磅消息的。我愣愣地盯着他看了好一会，才道："劳特没跟我说过艾斯特哈齐以前在这里工作过。"

"那是因为他也不知道这件事。"亨利把文件放在我的桌子上，摘下眼镜道，"艾斯特哈齐在这里工作的时候，劳特还不在这里呢。当时我也是刚刚调来。"

"这是什么时候的事？"

"得有十五年了吧。"

"所以你认识艾斯特哈齐？"

"曾经认识——勉强算认识吧。他在这没待多久——那时候他在我们这里做德语翻译的工作。我好多年没见过他了。"

我往后靠在椅子上，说道："这下问题就严重了。"

"是吗？"亨利耸了耸肩道，"我好像没听懂你的意思，为什么严重了？"

"你还没有意识到这件事的严重性，少校！"亨利故作镇静的模样像是对我的讽刺，让我怒火中烧。"如果艾斯特哈齐曾在一个情报部门工作过，有过情报工作的经验，那么问题显然比我们原本想象的更严重。"

亨利微笑着摇摇头，说道："要我说的话，上校，你有点小题大做了。不管他去过多少次射击演习，他在鲁昂是得不到什么重要情报的。而且，施瓦茨科彭的信里写得很清楚——艾斯特哈齐并没有给他们提供什么有用的情报，这就是为什么德国人扬言要终止与他的交易。如果他是个很有用的间谍，他们是不会这么做的。"

"新手很容易犯这样的错误，"亨利顿了顿，接着说，"错误地以为自己遇到的第一个间谍就是个间谍中的高手。但是，事实往往相反。实际上，过激反应造成的损失，可能会比那个小小的间谍造成的损失更大。"

"你不会是想跟我说，"我语气生硬地回答道，"我们应该就这样放任他继续向外国势力提供情报吧？就因为他提供的情报不重要？"

"当然不是！我完全赞同应该监视他。我只是觉得，我们应该把握一个适当的度。不如我们先派盖内四处打听打听，看看他能发现些什么？"

"不，我不想要盖内来办这件事。"盖内和亨利也走得很近。"这次我想换个人。"

"听你的，"亨利说，"告诉我你想让谁来做，我去吩咐他。"

"不用了，谢谢你主动提出来。不过我会自己去吩咐他的。"我对亨利笑了笑。"让我多历练历练吧。你可以……"我指了指门的方向。"噢，对了，再次欢迎你回来。你能帮我告诉格里贝兰，让他下来见我吗？"

亨利这一番假惺惺的"建议"让我感到很不爽。但最令人恼火的是，我知道他说的有道理。我把艾斯特哈齐硬生生地想象成了一个像德雷福斯一样的叛徒。而事实上，正如亨利所说的，我们掌握的所有证据都表明，他还没做出什么大举动。不过，就算他说得对，我还是不会满足他的心愿，让他来接管这件事的。我要自己接下这件事。这时，格里贝兰到了我的办公室。我告诉他，我想要一份我们部门最近指派过任务的所有警察的名单，还要写上他们的住址和简要的工作经历。格里贝兰领命退下。半小时后，他带着一沓名单回来了。

我看不透格里贝兰——他看起来像是心甘情愿地被人奴役，行尸走肉一般。我看不出他的具体年龄，只能确定是在四十岁到六十岁之间。他骨瘦如柴，只穿黑色衣服，远看就像一团飘浮着的黑色烟雾。大多数时候，他会一个人待在楼上的档案室里。我偶尔会在楼下看见他，看他蹑手蹑脚地贴着墙壁走，就像影子一样，穿着一袭黑衣，悄无声息。我甚至都可以想象到他沿着一扇紧闭的门的边缘，或者从门底滑进去的样子。他唯一会偶尔发出的声音就是他腰上挂着的钥匙相互碰撞发出的叮当声。现在，他一动不动地站在我的桌子前，我浏览着名单，问他推荐我用哪个特工。但他并不愿意透露。"他们都很好。"他也不问我为什么需要特工——格里贝兰就像听告解的神父一样藏得住秘密。

最后，我挑了总安全局的一个年轻军官，让-阿尔弗雷德·德斯韦宁。他在圣拉扎尔车站的警察分局工作。他以前是梅多克的一名龙骑兵中尉，但因为欠下赌债，不得不辞职了。不过，在那之后，他就改邪归正了。我有预感，如果有谁能揭开艾斯特哈齐背后秘密，那应该会是他。

格里贝兰静悄悄地离开以后，我给德斯韦宁写了封信，让他后天来找我。我没有请他来办公室，因为不想让亨利和劳特看见他。于是，我约他后天早上九点，在卢浮宫外面的卡尔赛广场上见面。我在信中告诉他，后天我不会穿军装，而会穿一件长礼服，配一顶圆顶礼帽，再在衣服纽扣上别一朵红色康乃馨，用胳膊夹着一份《费加罗报》。当我写完信、封上信封时，我意识到自己已经完全融入了这个间谍世界。我突然警觉起来——我已经不再相信任何人了。是不是用不了多久，我就会像桑德尔那样，对着世风日下的现状和外国移民破口大骂？这真是个变态的职业——所有间谍头目最后都会被折磨疯的。

周三早上，我穿戴整齐地出现在卢浮宫外。突然，从游客的行列中走出一个看起来精明敏锐、容光焕发的男人，留着一撮灰白的小胡子。我猜这就是德斯韦宁了。我们彼此点点头。我突然意识到他肯定已经偷偷盯着我看了好几分钟。

"没有人跟踪您，上校。"他平静地说道，"至少据我观察没有。不过，如果可以的话，我们能去博物馆里一边逛一边说吗？这样的话，如果我需要做笔记，看上去就会自然点。"

"就按你说的做吧，我本来就不太擅长这种事。"

"这样也挺好的，上校——这些事就留给我们这种人去操心吧。"

他宽阔的肩膀和走起路来摇摆的姿势都让我想起运动员。我跟着他走向离我们最近的入口。因为时间还早，博物馆门口还不是很挤。前厅入口处有一个衣帽间，衣帽间前方是楼梯，左右都是展览厅。当德斯韦宁要向右转进入展览厅时，我阻止了他："我们非得进去吗？这里面都是些垃圾。"

"是吗？对我来说没差。"

"你好好地当你的警察，德斯韦宁，艺术的事就交给我。我们从这里进去。"

我在德农馆里买了一本游客指南。德农馆里有一种教室的味道，我们并排站在一座康茂德铜像的文艺复兴时期复刻品前，康茂德看起来像是个大力神。整个展厅里只有寥寥几个人。

我说："接下来我跟你说的事，不能让第三个人知道，明白吗？如果你的上司们想知道你在忙什么的话，就跟他们说是我给你分配的工作。"

"明白。"德斯韦宁拿出笔记本和铅笔。

"我想让你尽你所能，去弄到一个名叫夏尔·斐迪南·沃尔辛·艾斯特哈齐的少校的资料。"我已经压低声音了，但说话声还是在空荡的展厅里回荡。"他有时会自称艾斯特哈齐伯爵。他四十八岁，在鲁昂的第74步兵团服役，妻子是内唐库尔侯爵的女儿。他赌博，炒股，放荡不羁——你应该比我更清楚可以去哪找这种人吧。"

德斯韦宁的脸微微红了。"您什么时候要结果？"

"越快越好。下周可以给我初步报告吗？"

"我尽量。"

"还有件事，帮我调查一下艾斯特哈齐去德国大使馆的频率。"

不知道德斯韦宁有没有觉得最后加上的这个要求比较奇怪。不过，就算有，他也很专业地没有表现出来。在旁人眼中，我们俩的这个组合肯定很奇怪——我，戴着圆顶礼帽，穿着长礼服，一边读着游客指南，一边滔滔不绝地说着什么；而他呢，穿着一套破旧的棕色西装，正在把我说的话都记下来。但是，幸好没有人在看我们。我们移动到下一个展品前，根据游客指南上的介绍，这尊雕像叫《拔刺的少年》。

德斯韦宁说："我们下次应该换个地方见面，以防万一。"

"在圣拉扎尔车站的那家餐厅如何？"我提议道，这家餐厅让我想起了我的鲁昂之行，"就在你的片区内。"

"那地方我熟。"

"那就定在下周四晚上七点？"

"好的。"他写下约定的时间，然后就把笔记本收了起来。他凝视着面前的铜像，挠了挠脑袋，问道："上校，您真的觉得这东西好看吗？"

"不，我可没那么说过。和生活中的其他事一样，只是它比其他选择好而已。"

我并不是把所有精力都放在了调查艾斯特哈齐上。我还有其他事情要操心——比如信鸽的叛国行为。

有一天，格里贝兰带给我一份从总参谋部送来的文件。当他把文件递给我的时候，我居然在他那呆滞的双眼里看到了一丝感情——某种幸灾乐祸的兴奋。这份文件提及，英国的养鸽人总喜欢把鸽子运到瑟堡[①]，然后再让它们横跨英吉利海峡，飞回英国。每年，大概有九千只鸽子被这样放飞。这本是一种无害且无聊的消遣，但在弥留之际的桑德尔上校认为，这种消遣可能会对国家安全构成威胁——如果这些鸽子被人用来传送秘密情报呢？因此，这种行为应该被禁止。这一神经质的想法已经在总参谋部发酵了一阵子，一项法律正准备出台。现在，布瓦代弗尔将军坚持认为，我，作为反间谍处的处长，应该向陆军部提供关于立法草案的意见。

不用说，我当然是什么想法也没有。格里贝兰走后，我坐在办公桌前又读了一遍这份文件。我根本没看懂，感觉像在看天书一样。我突然想到，我需要的是律师的帮助。接着，我想起了我认识的最棒的律师，正是我认识最久的老朋友，路易·勒布卢瓦。正好，他就住在大学街。我给他发了一张小蓝，告诉他能不能在回家的路上顺便过来一趟，我有工作上的事要跟他谈。傍晚时分，

---

① 法国西北部的重要军港和商港。

电铃响了，表示有人进了楼。我在下楼梯时碰到正往上爬的贝希尔，他拿着路易的名片。

"没事的，贝希尔。我认识他，让他直接来我的办公室吧。"

两分钟后，我已经和路易并排站在窗前，向他展示部长的花园了。

"乔治，"他说，"这栋大楼真是雄伟。我经常路过这里，一直很好奇这栋楼是谁的。你知道它过去是什么，对吧？"

"不知道。"

"大革命前，这里曾是埃吉翁公馆。老公爵夫人安妮－夏洛特·德·克鲁索·弗洛伦萨克曾在这里举办她的文学聚会。孟德斯鸠和伏尔泰可能就曾坐在这个房间里！"他激动地在鼻子前晃动着手。"你觉得他们的尸体有没有可能就放在这里的地窖中？你每天到底在这里做些什么呢？"

"这我不能告诉你。但我可以告诉你，如果我说出来，连伏尔泰都会被逗乐的。不过，如果你感兴趣的话，我可以推给你点我的工作。"我把关于信鸽的那份文件塞到他手里，说道，"看看你能不能弄明白这事。"

"你是要我现在就看吗？"

"如果你不介意的话。因为恐怕这份文件不能离开这栋楼。"

"为什么？这是机密吗？"

"不是，否则我也不会给你看的。但这份文件必须得留在这里。"路易听罢犹豫了。"我会付你钱的，"我补充道，"就按照你平时的收费标准来。"

"好吧，难得有机会可以从你这里捞点钱，"他笑着说，"那我当然要趁机宰你一把。"于是，他在我的桌边坐下，打开自己的公文包，拿出一沓纸并开始读文件。我走回桌子后坐下。用"干净整洁"一词来形容路易再合适不过了——他衣冠楚楚，和我同龄，留着修剪得整整齐齐的小胡子，两只干净的小手一边快速地翻动着纸页，一边在纸上井然有序地写下自己的想法。他工作的时候还是那么认真，与当年和我一起在斯特拉斯堡的中学上学时一般无二。在我们十一岁那年，我失去了父亲，而他失去了母亲。这相似的经历使我们俩的关系变得非常密切，组成了一个只属于两人的小团体。虽然无论是过去还是现在，我们都从来没有挑明过我们关系好的原因。

我拿出自己的钢笔，开始撰写报告。我们就这样安静地分头工作了一个小时，直到有人敲响了门。我喊了声："进来！"于是，亨利拿着一个文件夹走进来。他看到路易时一脸震惊，那表情，就像是刚刚目击了我赤身裸体地和某个鲁昂的站街女躺在一起那样。

"亨利少校，"我说，"这是我的好朋友，路易·勒布卢瓦律师。"专注于工作的路易只是抬起左手向亨利示意，然后就继续埋头写字了。然而，亨利却反复打量着我们俩。"勒布卢瓦先生，"我解释道，"正在就这荒唐的信鸽事件，给我们一点法律意见。"

亨利看起来像是震惊得说不出话来。过了好一会，他才终于开口说道："方便借一步说话吗，上校？"在走廊里，他冷冷地对我说："上校，我觉得这不合适。我们不应该允许外人进入我们的办公楼。"

"盖内就天天进来。"

"盖内先生是个警察！"

"这个嘛，勒布卢瓦律师是位法庭官员。"我并不怎么生气，只是觉得有点可笑，"我和他认识三十年了，我能保证他的人品。而且，他只看那份关于信鸽的文件，那称不上机密。"

"但你的办公室里还存放有其他高度机密的文件。"

"是的，但那些都被锁在柜子里了。"

"就算如此，我还是强烈反对——"

"说真的，亨利少校，"我打断他，"不要这么小题大做！我是处长，我想见谁就见谁！"

说完，我转身回到办公室，随手关上了门。路易肯定全听见了，他问："我给你造成麻烦了吗？"

"没有的事。但这些人啊——真是的！"我重重地靠回椅子上，叹了口气，摇了摇头。

"好吧，反正我已经写完了。"路易站起来，把文件递给我。文件上有几页笔记，都是他认认真真写的。"我写得非常简单易懂，你需要发表的意见都在上面了。"他低头，关切地看着我。"看到你的事业蒸蒸日上，我们都很为你开心，乔治。但你也知道，我们很久都没见到你了。不管工作有多忙，还是要好好维持友谊的。所以，跟我一起回我家吃晚饭吧。"

"谢谢你，但我没法去。"

"为什么？"

其实我想说：因为我现在没法告诉你我在想什么，也没法告诉你我整天都在忙什么。当我不得不对朋友们设防时，社交就变成了一种欺骗和负担。但我最终并没有这么说，而是温和地说道："最近状态不好，恐怕我会扫你们的兴的。"

"你扫不扫兴，由我们说了算。来吧，拜托。"

他是那么善良和真诚，我只好屈服。"好吧，我很愿意去。"我说，"但你得确定玛尔塔不会介意。"

"我亲爱的乔治啊，她看到你来会非常高兴的！"

他们的公寓离这里很近，穿过圣日耳曼大街就到了。玛尔塔看到我的确很高兴，我刚走进公寓里，她就抱住了我。她才二十七岁，比我们俩小十四岁。他俩结婚的时候，我是伴郎。玛尔塔去哪里都要路易陪着，这可能是因为他们没有孩子。但他们并没有表现出为这件事悲伤的样子，也不会追问我什么时候结婚，真是让我松了口气。三个小时在欢声笑语中过去了。我们聊了过去的事，聊了政治问题——路易是巴黎第七区的副区长，对大多数政治问题持有激进的观点。这个夜晚在我弹着钢琴为他们的演唱伴奏中结束。当路易送我出门的时候，他说："我们每周都应该这样聚聚，这可能可以防止你被那份工作弄疯。还有记住，如果你加班到很晚的话，无论什么时候，你都可以到我家来睡。"

"你真是个慷慨的朋友，亲爱的路易。你一直都这么好。"我吻了吻他的脸颊，摇摇晃晃地走进夜色中，轻轻哼着自己刚刚弹过的曲子，感觉喝了酒稍微有点难受。但有了朋友的陪伴，我心里感觉好多了。

一周后，周四晚上七点整，在圣拉扎尔车站月台上昏暗破旧的黄色咖啡馆里，我坐在一个角落里喝着阿尔萨斯啤酒。这里挤满了人，那扇双向门来回摆动着，弹簧被挤压得不断发出吱呀声。咖啡馆外，火车车厢里嘈杂的谈话声和走动声，站台上的汽笛声和喊叫声，火车头发出的蒸汽喷气声，都使这个咖啡馆里的私密聊天很难被外人听见。因此，这里也就成为碰头的绝佳场所。我已经占住一张两座的桌子，坐在这张桌子旁可以清楚地看到门口。但和上次一样，德斯韦宁又以出人意料的方式，从我的身后出现了。他拿着一瓶矿泉水，谢绝了我给他点啤酒的提议。他一边在深红色的卡座上坐下，一边掏出自己的黑色小笔记本。

"上校，您说的那个艾斯特哈齐少校，确实是个挺厉害的角色。他在鲁昂和巴黎到处都欠了巨额债务。我给你列了个清单。"

"他把钱都花在什么地方了？"

"主要是赌博。他常去赌博的地点在鱼市街。我可以根据我的惨痛经验告诉您，赌瘾是很难戒的。"他隔着桌子递给我一份清单，继续说道，"他还有个情妇，一个叫作玛格丽特·佩伊的年轻女子，二十六岁，是皮加勒区一个注册妓女，也被人们叫作'四指玛格丽特'。"

我忍不住笑出声："你说真的？"

德斯韦宁——他曾是一位兢兢业业的军官，后来转行做了警察——却并没有觉得哪里好笑。"她是鲁昂人，父亲是苹果白兰地酿酒商。她很小就在纺纱厂工作，在一次意外中失去一根手指，也因此失去了工作。于是，她来到巴黎，每天在维克多－马赛街上躺着赚钱，去年遇见了艾斯特哈齐。他们俩是在鲁昂的火车上或者红磨坊认识的，关于这一点，我问过的女人们没有给我一个统一的答案。"

"这么说，他们俩的私情尽人皆知？"

"绝对的。艾斯特哈齐甚至还帮她置办了一间公寓——杜埃街39号公寓，离蒙马特区很近。他每次来巴黎都会去看她。房子是她装修的，不过租约上写的是艾斯特哈齐的名字。红磨坊的妓女们都叫他'大善人'。"

"这种生活肯定很烧钱。"

"他绞尽脑汁，干了各种非法的勾当赚钱，就为了维持这种生活。他甚至还想加入一家在伦敦的英国公司当董事。你想想，一个法国军官这么做该有多奇怪啊。"

"他干这些事的时候，他妻子在哪儿呢？"

"她要不在她位于阿登省的多马坦拉普朗切特的别墅里，要不就是在巴黎的公寓里。艾斯特哈齐这边跟玛格丽特完事后，就会回去陪她。"

"他看起来像是那种不劈腿就难受的男人。"

"我同意。"

"德国那边呢？他和德国有什么联系吗？"

"这方面，我还什么都没查到。"

"我在想——也许我们可以跟踪他？"

"可以是可以，"德斯韦宁迟疑地说道，"但据我观察，他这个人高度警觉，跟踪的话很快就会被他发现的。"

"那我们不能冒这个险。我不想看到这位人脉很广的少校向陆军部告状，说他被骚扰了。"

"那我们现在最好的选择就是监视德国大使馆，看看能不能在那里抓他个现行。"

"上面是绝对不会同意的。"

"为什么？"

"太明显了。德国大使会有意见的。"

"其实，我想我知道一种办法，让他们没法察觉。"他拿出他的小笔记本，从里面抽出一小块仔细剪裁下来的正方形剪报。这是一则出租公寓的广告，公寓在里尔街上，也就是德国大使馆和博阿尔内酒店所在的那条街。"这间公寓在二楼，就在德国大使馆的正对面。我们可以在公寓里观察大使馆，监视进出的每个人。"他抬眼看看我，眼神中透露出他对自己的提议感到的自豪，期待着我的夸奖。"而且，最棒的是，楼下的公寓被大使馆租下了。他们把那里当作一个类似于军官俱乐部的娱乐场所。"

我一下子就被这个主意吸引住了。我很欣赏这个想法，因为它很大胆，但更重要的是，这次行动亨利将完全不知情，也就自然不会对其指手画脚。

"我们需要让一个有合理借口的人充当房客，"我仔细想了想，说道，"为了不引起怀疑，这个人需要有理由整天待在公寓里。"

"可不可以让租客伪装成夜班工人？"德斯韦宁提议道，"每天早上七点下班到家，在晚上六点出门工作之前都不会离开公寓。"

"这套公寓租金多少？"

"一个月两百。"

我摇摇头。"夜班工人是租不起这个价格的房子的。这条街上住的都是一些新潮人士。租房子的人更可能是有钱的年轻人，天天游手好闲，不用辛苦工作就有钱花——这种人才会晚上出去好几个小时，白天在屋子里睡觉。"

"我不确定我能不能找到这样的人，上校。"

"你不能，但是我能。"

我给一个认识的年轻人发了张小蓝，约他周日下午晚些时候在香榭丽舍大街上的一家咖啡馆见面。周日和他碰面后，我看着他狼吞虎咽地吃着东西，像是饿了一两天似的。饭后，我们去了杜乐丽花园里散步。

热尔曼·迪卡斯，三十多岁，有着黑色卷发和温柔的棕色眼睛，是个善解人意、有教养、性情温和的人，很受老单身汉和已婚女士的欢迎——他可以陪这些女士去看歌剧，却不会引起她们丈夫的嫉妒。他当年在我手下服役，在阿列日省的帕米耶，第126线列步兵团。自那时起，我们已经认识十多年了。我支持他去巴黎大学学习现代语言，还时不时带他去德·科曼日家的聚会。如今，他是一名翻译和秘书，这份工作虽然很体面，却赚得很少。所以，当我提及我也许能帮他介绍点工作时，他几乎对我感激涕零。

"我说，乔治，你也太有义气了。你看看这。"他抓住我的胳膊，抬起脚来让我看他鞋子上的一个破洞。"看到了吗？太丢人了，不是吗？"他抓着我的胳膊不放。

"你会觉得无聊的，"我轻轻地挣脱了他的手，"我话说在前面，我的这份工作既不是什么正经工作，又很无聊，还是全职的。而且我需要你先保证，你不能跟任何人提起这件事。"

"这么神秘！我当然可以向你保证不说出去。所以，是干什么的？"

我没有马上回答他，而是先找了一张长椅，拉着他坐下，和周日下午散步的人群拉开距离。

"我想让你明天早上去租下这间公寓，"我把那张剪报递给他，"你需要预付三个月的租金给中介。如果他们问你推荐人是谁，你就说是德·科曼日一家——我已经跟埃默里打好招呼了。你就说你想要马上入住，最好下午就能住进去。你搬进去的第二天，会有个男人上门找你。他会告诉你他叫罗伯特·乌丹，他也是我的人。他会告诉你你需要做什么，大概来说，就是你要在白天盯着对面的大楼。晚上的时间你可以自由安排。"

迪卡斯激动地仔细读了读这则广告，说道："我必须承认，这听起来非常刺激。我要成为间谍了吗？"

"这里是六百法郎，用来付这间房子的定金，"我一边数着昨晚从保险柜里取出的钞票，一边继续说道，"还有四百法郎是给你的，两个星期的工资。是的，你要成为一名间谍了，但你不能跟任何人提起这件事。从现在起，我们不能被人看见在一起。还有，看在老天的分上，我亲爱的热尔曼，你在去房产中介那里之前，先给自己买双像样的鞋吧。你应该要看起来像一个能住在里尔街的有钱人才对。"

我打开一个行动档案夹，决定把这次行动命名为"大善人行动"。"大善人"就是艾斯特哈齐的代号——这还要多谢皮加勒站街女们提供的创意。迪卡斯顺利地租下公寓，带着一些行李搬了进去。在他搬进去的第二天下午，德斯韦宁顶着乌丹的身份上门，向他解释了这份工作到底是怎么回事。各种望远镜、拍照设备和洗照片需要的化学药剂也都被装进包装箱，封了起来，由一辆货车运到楼下。一群来自总安全局技术部的军官，系着皮质围裙，抬着箱子上了楼。几天以后，我亲自去视察了。

那是 4 月的一个温暖的下午，路旁的树上春花盛开，部长的花园中燕语莺啼。但在我眼中，这春暖花开的美景就像在讽刺我那龌龊的职业一般。我穿着便服，帽子的帽檐微微压低，遮住上半张脸。从办公大楼的前门出去只要走两百米就到德国大使馆了。我只需出门左转再右转，就能到达狭窄的里尔街。我看到博阿尔内酒店就在左前方，78 号。酒店大楼被一堵高墙与马路隔开，但门口的大木门却大敞着，门后通向一个庭院，地面上铺满石块，停着几辆汽车。庭院的另一边是一座雄伟的五层大楼，门廊前立着圆形石柱。通往大门的台阶上铺着红地毯，旗杆上挂着象征德意志帝国的雄鹰旗帜。

我们在对面租的公寓是里尔街 101 号。我进了公寓楼，往楼梯走去。一楼的公寓门紧闭着，但我还是能听见门后传来德国男人低沉的嗓音。其中一个男人说了什么，越说越兴奋，然后突然间所有人都一起哈哈大笑起来。男人粗野的叫喊声一直回荡在楼道里，伴随着我爬上二楼。我在门上敲了四下，门打开一条缝。迪卡斯从门缝里看到来人是我，就把门拉开，让我进去。

公寓里很闷，所有窗户都关着，开着灯。在屋里仍可以听见楼下德国人的声音，但音量已经小了很多。迪卡斯脚上只穿着袜子，伸出食指竖在嘴唇前，示意我到客厅去。房里的地毯已经被卷了起来，靠在墙边。德斯韦宁整个人趴在光秃秃的地上，光着脚，头埋在壁炉里。我刚想张口，但他马上抬起手，示意我不要出声。突然，他缩回头，爬了起来。

"他们应该结束了，"他低声说，"这真是太折磨人了，上校！他们就坐在壁炉边，我几乎能听出他们在说什么，但就是听不清楚。您介意把鞋脱了吗？"

我坐在一张椅子的边上，扯下了靴子。我环视四周，发现他把这个秘密据点收拾得有模有样的。房间里有三扇装有百叶窗的窗户，都紧闭着。百叶窗上钻有窥视孔，透过孔可以看到街对面的大使馆。其中的一个孔前架着一部最新的相机，是经过改装的柯达相机，花了18英镑从伦敦买来的。相机上还有一个胶卷筒和一组可变焦镜头，底下支着一个三脚架。另一个孔前顶着一个望远镜。第三个孔前放着一张桌子，迪卡斯就在这张桌子上记录大使馆来访者进出的时间。房间的墙上钉着许多证件照，照片里的都是我们关注的人，包括艾斯特哈齐、冯·施瓦茨科彭、明斯特伯爵、那位上了年纪的德国大使，还有意大利武官帕尼扎尔迪少校。

德斯韦宁一边透过第三个窥视孔往外看去，一边示意我也到窗户旁边来，然后闪到一边让我用窥视孔看看。楼底下，有四个男人穿着礼服外套，优雅地从街道上穿过。他们背对着我们，往街的那一边走去。他们在大使馆门口停下来，其中两个人和另一个人握了握手，然后就一起走进院子里——他们大概是德国外交官。剩下的两个人在人行道上看着他们走进院子里，然后就转过身来继续交谈。

迪卡斯一边给望远镜聚焦，一边说："乔治，左边的这个就是施瓦茨科彭，右边的是那个意大利人，帕尼扎尔迪。"

"上校，您用望远镜看吧。"德斯韦宁建议道。

从望远镜里看去，这两个男人看起来离我特别近，几乎就像在我身边一样。施瓦茨科彭身材很苗条，仪表堂堂，衣冠楚楚，看起来像一个花花公子。他笑起来的时候会把头往后一仰，露出大胡子下面一排洁白的牙齿。而帕尼扎尔迪正把手放在施瓦茨科彭的肩上，似乎在和他讲一个有趣的故事。这个意大利人也很英俊，不过是和施瓦茨科彭不一样的感觉。他有一张圆脸，宽阔的前额，卷曲的黑发往后梳起，但他的脸看起来也和施瓦茨科彭一样神采奕奕，带着一种快乐的神情。他们又一起放声笑起来，帕尼扎尔迪的手还放在施瓦茨科彭的肩膀上。他们直直地望着对方的眼睛，旁若无人。

"我的天啊，"我惊叫道，"他们在谈恋爱！"

迪卡斯傻笑着说："可惜你没听到，那天下午他们在楼下的卧室里……"

"恶心的基佬！"德斯韦宁在一旁抱怨道。

我心想，不知道德·维德夫人知不知道她的情人的性取向呢。我猜有可能是知道的，现在已经没有什么事能让我惊讶了。

终于，从对面人行道上传来的笑声变小了，但两人脸上仍然带着微笑。帕尼扎尔迪做出了个无奈的表情，接着两人朝对方靠过去，抱住了彼此。过了一会，又换一边抱了抱。德斯韦宁在我的左侧一边"咔嚓咔嚓"地拍着照，一边转着胶卷。在路过的行人眼里，这不过是两个好朋友之间礼貌性的拥抱。但是，望远镜却无情地揭示了真相——他们正对着对方的耳朵低语着什么。接着，两人放开了彼此。帕尼扎尔迪举起手来告别，转身走出画面。

而施瓦茨科彭则站在原地，微笑地注视着帕尼扎尔迪离开的背影。几秒钟后，他转身走进大使馆的院子里。随着他的脚步，燕尾服的拖尾向两边展开，在空中飘扬——这样的走路姿态非常迷人：昂首阔步，充满男子气概。然后，他把双手深深地插进了裤兜里。

我把眼睛从望远镜前挪开，往后退去，仍沉浸在震惊中。德国和意大利的武官！"你刚刚说，他们会在楼下的公寓里见面？"

"他们可不仅仅是'见面'！"德斯韦宁说道，用一块黑布盖住了相机的后部，取出一个小罐子，里面装着已经曝光了的胶卷。

"照片拍得怎么样？"

"只要镜头里的人不突然移动就能拍好。可惜，最后一张照片应该是糊的。"

"你们在哪洗照片？"

"第二间卧室里有一间暗房。"

"楼下的公寓跟这里是一样的格局吗？"

迪卡斯说："据我所知是的。"

德斯韦宁问道："您在想什么，上校？"

"我在想，如果能听到他们在说什么就好了。"我走到壁炉前，用手抚过壁炉上抹的砂浆。"布局是一样的话，他们壁炉的烟道应该是直通我们的吧？"

德斯韦宁表示赞同："是的。"

"那我们能不能拆掉几块砖，再往下面伸一根传声筒？"

迪卡斯不安地笑了笑："我的天哪，乔治，这是个什么主意！"

"你觉得不好？"

"肯定会被发现的！"

"为什么？"

"呃……"他寻找着理由，"如果他们在壁炉里生火的话……"

"天气还很暖和，在秋天之前他们是不会生火的。"

"这个主意也许可行，"德斯韦宁赞同道，缓缓地点了点头，"虽然听到的音效肯定会打折扣。"

"可能是这样，但这仍对我们有帮助。"

但迪卡斯还是坚持反对："但你们要怎么去装传声筒？至少要进到他们的公寓里才能装吧？这么做可是违法的……"

我看向站在我们俩中间的警察德斯韦宁。"这可以做到。"他如此说道。

虽然我很不愿意让总参谋部插手这件事，但我必须承认，这次行动风险太大，我必须获得贡斯的同意才行。所以，第二天早上，我带着一份行动概述去了贡斯的办公室。我坐在他对面，看着他像往常一样，全神贯注、一字不落地研读着我带来的文件，甚至连用烟屁股点上一根新烟的时候都没有抬头——他太认真了，让人觉得有点恼火。我写的概述里没有提到艾斯特哈齐，因为我还不想告诉他们关于"大善人"的事。

"你说你是来征求我的同意的，"读完后，贡斯带着一点怒气看向我说，"但你都已经租下那间公寓，装备也都准备好了。"

"我得在房子被别人租走前搬进去。这是个难得的机会。"

贡斯咕哝道："那你觉得这次行动能得到什么成果？"

"我们能搞清楚军队里还有没有施瓦茨科彭的间谍。而且，或许这次行动能让我们发现德雷福斯案的新证据，这是布瓦代弗尔将军吩咐下来的。"

"我觉得我们不用再操心德雷福斯的事了。"贡斯又低头看起了文件。他的优柔寡断是出了名的。不知道在他做出决定之前，我还要在这里等多久。他的语气变得柔和起来，说道："但是，我亲爱的皮卡尔，冒这个险真的值得吗？我是这么问自己的。在德国人的门前搞这么一出是个大胆的举动。如果他们发现了，肯定会大吵大闹的。"

"就算被他们发现了，他们也不会曝光我们的，因为被人监视却不知道太丢脸了。而且，我们手上有施瓦茨科彭的把柄，我们可以揭露他是个同性恋——同性恋在德国要判五年监禁呢。如果事情真走到那一步，那这五年监禁就当作是他和德雷福斯串通的报应吧。"

"我的天哪，我绝不赞同这么做！冯·施瓦茨科彭是位绅士，我们从来不是这样办事的。"

我早就料到他会反对，对此我已有准备。"您还记得，您之前给我这个职位的时候跟我说的话吗？"

"什么？"

"您说，间谍工作就是敌我战争的新前线。"我靠向他，用手轻轻地敲了敲我的报告，说道，"这次行动，可以让我们直接攻入德军的心脏。在我看来，这种大胆的行动恰恰就是法军的作风。"

"天哪，皮卡尔，看来你真的恨透了德国人。"

"我不恨他们。但正是他们占领了我的家乡。"

贡斯靠在椅背上，透过烟雾打量着我，脸上露出考量的神情，仿佛在重新考虑自己之前的想法。他就这样盯着我看了很久，久到我都几乎怀疑自己是不是说得过火了。但接着，他开口道："说实话，上校，我记得任命你的那一天，我记得很清楚。我当时还担心你会不愿意接受这份工作，会对这种工作感到排斥。看来我白担心了。"他在行动概要上盖章、签名，然后把它递给我。"你想做就做吧。不过，如果出了差错，你担全责。"

8　意外

　　我们决定，既然已经确定要装传声筒了，那不如在卧室里也装一根。因为比起客厅，施瓦茨科彭和帕尼扎尔迪在卧室里谈的话题可能会私密得多。德斯韦宁不得不偷偷把必要的工具运了进来——管子、锯子、切割机、锤子和凿子，以及用来装碎石的麻袋。只有当楼下的公寓没有人的时候，我们才能偷偷钻入烟道，所以这项工作几乎都是在晚上进行的。迪卡斯还很担心住在楼上的那对夫妇会起疑，因为他们已经询问过他晚上的噪音是怎么回事了，还问他每天都干些什么。因此，这项工作不得不以一种令人心焦的速度慢慢地进行——用铁锤敲一下，然后停一下，又敲一下，又停一下。我们不得不随时提心吊胆，注意着不要让炉灰掉到楼下的壁炉里。而且，这份工作还让人身上总是脏兮兮的。大家的神经都变得紧张起来。德斯韦宁向我报告说迪卡斯已经开始酗酒了——从事间谍活动的人往往会这样。

　　另外，还有如何进入楼下公寓的问题。德斯韦宁先是提议直接闯入。他有一天来到我的办公室，把带来的一个小的皮质工具卷包在我的桌子上摊开。工具包里有一套钢制开锁工具，是一个老锁匠专门为总安全局定制的，看起来就像外科医生的手术刀一样专业。他向我解释了这些工具的用法——这把双头镐可以用于开各种类型的锁，无论是皮箱的锁、锁片、旗杆锁还是圆盘锁；这把长得像耙子的工具是用来松开被卡住的转盘的……一看到这些工具，我就想到万一我们的间谍在潜入德国人的公寓时被当场发现，我感到一阵眩晕。

"但这操作起来其实非常简单，上校，"他坚持道，"让我示范给你看。你随便给我找一个锁起来的东西吧。"

"好吧。"我指给他看我办公桌右边最上面的抽屉。

德斯韦宁跪下来，观察了一下锁，然后从工具包里挑了几件工具。"您需要用两个工具，看到了吗？像这样把扩张工具插进去，扩张锁芯内部……然后把尖嘴镐伸进去，找到第一个锁珠的位置，把它抬到解锁的位置……然后……"他的脸上绽放出笑容，打开了抽屉，"就打开了！"

"把这些工具留下，"我说，"让我考虑考虑。"

他走后，我把工具锁进办公桌下的抽屉。但我还是时不时把它们拿出来看看。不。我决定了。这风险太大，是在违法犯罪。不过，我自己想出了个计划，这个计划不会违反任何法律法规。一两天后，我对德斯韦宁说了我的想法。

"我们只是想把传声筒放进他们的壁炉，对吧？"

"对。"

"现在正好是一年里不需要生火的时候，人们都在这个时候清扫烟囱，对吧？"

"对。"

"那你为什么不干脆让你的手下假扮成清扫烟囱的工人，让他们去问那些德国人需不需要打扫烟道呢？"

5月中旬，德斯韦宁脸上挂着难得的微笑，来到我的办公室。原来，他妻子的哥哥的一个朋友正好认识一个扫烟囱的工人。那人非常爱国。而且，他当年也是名龙骑士，当德斯韦宁还是个中士的时候，他俩正好在同一个团里。他的父亲在19世纪70年代的战争中牺牲了。这种经历使他很愿意为自己的祖国做点什么，也不会刨根问底地问个不停。德斯韦宁说，那天中午，当那群德国人正在午餐前喝酒时，那人敲了敲底层公寓的门，说自己是来打扫烟囱的。房里的人没有怀疑，直接让他进去了。就在那些心高气傲的德国人的眼皮子底下，他在公寓里走来走去。他假装清洗烟道，偷偷把传声筒放了下来，然后固定好。在他"打扫"完留下自己的名片的时候，居然还有一个德国人给了他小费。

"用传声筒能听到多少？"我问。

"不少，特别是如果说话人就在壁炉附近的话。这么说吧——能抓到谈话的大意。"

"很好，你做得很棒。"

"还有一件事，上校。"

德斯韦宁从口袋里掏出一个信封和一个放大镜。信封里是一张照片，长10厘米，宽13厘米。我把它拿到光线好一点的窗边，仔细看了看。

德斯韦宁说："我们在昨天下午三点刚过的时候拍到了这张照片。"

用肉眼看很难分辨出照片上那个从大使馆大门出来的男人是谁。即使用了放大镜，我也得非常使劲才能辨认出来。照片里，他正往前走着，这使他在照片中的轮廓变得有点模糊，而5月明亮的阳光在他身后投下的影子则更清晰。然而，经过长时间的观察，我确定了。这标志性的圆眼睛、这夸张的羊角胡已经出卖了他——这人就是叛徒艾斯特哈齐无疑。

那周五，贝希尔爬上吱呀作响的楼梯，气喘吁吁地来到我的办公室，交给我一封寄到处里的我的私人电报。从看到这封电报开始，甚至就在我从贝希尔手中接过它的前几秒，我心里已经隐隐预感到它一定与我母亲有关，而且肯定是坏消息。我想，从小时候第一次知道死亡的存在时起，每个人都在自己心里某个秘密的角落，隐隐不安地等待着父母撒手而去的那天的到来。还是说，只有我们这些在幼年就失去至亲的人，才会长年为这种恐惧所折磨？这封电报是我姐姐安娜发来的，里面说母亲跌倒了，摔断了髋骨。复位关节时，为了减轻痛苦，医生决定对她实施麻醉。但是，电报写道："她非常恐慌，也听不进别人的话，简直是歇斯底里。如果你有空的话，请马上来一趟。"

我沿着走廊走到亨利的办公室，告诉了他我母亲的事。他亲切地表示了同情："我非常理解你，上校。你不用担心，你不在的时候我会保证部门正常运转的。"显然，他亲切的慰问是发自内心的——我竟突然对这只老狐狸产生了一点感激之情。我告诉他我后续会通知他我要请假多久。他说他希望一切都好。

当我到凡尔赛的医院时，手术已经结束了。安娜和她的丈夫，朱尔·盖伊正坐在母亲的床边。他们俩比我大十多岁，家庭和睦，两个人都很能干，膝下的四个孩子中有两个已经成年，另外两个也十几岁了。朱尔在巴黎的一所中学当老师。他来自里昂，身体健壮，脸总是红红的，是个虔诚的天主教徒。按理来说，我是不会喜欢他这种保守派的。然而，不知道他对我施了什么魔法，在过去的二十几年中，我不仅不讨厌他，还非常喜欢他。他们一看到我，就站起来和我打招呼。仅看他们脸上的表情，我就知道情况不妙。

"怎么样了？"

安娜没有回答，只是挪到一边让我自己看。母亲蜷缩着，小小的，头发花白。她背对着我。我看不到她的脸，但看见她的下半身裹着石膏。这使她看起来很奇怪，整个人看起来又大又结实，就像一只刚从蛋里孵出来的、病恹恹的雏鸟。

"麻药劲什么时候过去？"

"已经过了，乔治。"

"什么？"我一下子没反应过来这是什么意思。我轻轻地捧住她的脸，把她的头转过来。"妈妈？"我轻声唤道。她的眼睛确实是睁着的，但是溢着泪水，而且空洞无神。她凝视着我，却压根没有认出我来的迹象。医生告诉我，像她这样的病人，是有可能在麻醉的过程中部分失智的。听到这段话，我忍不住朝医生吼道："你为什么不早说！"但安娜让我冷静下来——当时我们还有什么其他选择呢？

第二天，我们把母亲接回了家。周日早上，圣路易教堂弥撒的钟声响起，但她听到钟声却没有任何反应。她好像甚至都已经忘记该怎么吃饭了。

我们雇了一名护工在白天照顾她。从现在起，我每天晚上都早早地离开办公室，回到我母亲凡尔赛公寓的客房里过夜。当然，是有人和我轮班守夜的。安娜和朱尔不常在巴黎，所以我的表弟埃德蒙和他的妻子让娜会从阿弗雷城开车过来守夜。有一天晚上，我到凡尔赛的时间比平时晚了点。当我到公寓时，看到波利娜正坐在床边，大声地为我失去知觉的母亲朗读着小说。看到我，她放下手上的书，站起来抱住我，而我也紧紧地抱住了她。

我说："这次我再也不会放开你了。"

"乔治，"她严肃地低声说道，"你妈妈……"

我们低头看向她。她双眼紧闭，仰面躺着，脸上所有的肌肉都平静得像一潭死水。她的表情很冷漠，几乎可以说是冷若冰霜。现在，对待她已经不用讲究任何规矩了，我想，不用讲究任何愚蠢的、狭隘的道德伦理了……

我说："她看不见我们。再说，就算她能看见，她也会为我们感到高兴的。你知道的，她一直想不通我们俩为什么没结婚。"

"不止她一个人这么想……"

她挖苦地说道。她从来没有在这件事上怪过我。我们从小一起在阿尔萨斯长大，一起经历了德军的包围和轰炸。一起被赶出阿尔萨斯的时候，我们互相依偎着，感觉除了彼此，其他的一切都不重要。我是她的初恋，我本该在去阿尔及利亚的军团报到之前向她求婚的，但我当时一直以为我还有的是时间。结果，当我结束海外服役，从印度支那回国的时候，她已经结婚了，而且生了一个女儿，肚子里正怀着第二胎。但我居然不太介意，而且我们很快就重燃旧情了。"比起一个共同的未来，我们有更珍贵的东西，"我曾这么告诉她，"那就是共同的过去。"不过，现在连我都不太相信这句话了。

"你有意识到吗？"我握着她的手说道，"我们已经在一起二十多年了。这跟婚姻也差不多了。"

"噢，乔治，"她疲倦地说道，"我可以向你保证，婚姻和这一点也不一样。"

前门打开了，传来我姐姐的声音。她立即把手抽了回去。

就这样过去了一个月，我母亲的情况还是毫无好转。在没有摄入任何养分的情况下，她居然还能撑这么久，真令人感到震惊。有时，当我摇摇晃晃地站在凡尔赛拥挤的火车车厢中时，我会想起亨利的话：世上没多少轻松的死法……但对于我母亲来说，她似乎只是慢慢地遗忘了一切，平和地走完了生命的最后一程。

从知道我母亲的事后，亨利对我一直关怀备至。有一天，他问我能不能抽出一点时间，到等候室去见见他的妻子，她有东西要给我。我从来没想象过亨利的妻子会是什么样的，我以为她会和他一样——大块头、红红的脸、聒噪、粗鲁。但出乎意料的是，我见到的是一位高挑苗条的女子，很年轻，年龄应该不到亨利年龄的一半。她有着一头浓密的黑发，面容清秀，一双棕色的眼睛炯炯有神。亨利向我介绍说她叫贝尔特。和亨利一样，贝尔特也带着马恩口音。她一只手上握着一束花，她把花递给我，让我转交给我的母亲。她的另一只手牵着一个穿水手服的小男孩，看上去两三岁的样子。在这栋阴暗的大楼里可不常见到孩子。亨利说："这是我儿子，约瑟夫。""你好，约瑟夫。"我把约瑟夫抱起来，转着圈，他的父母在一旁微笑地看着（我这种单身汉已经学会怎么和小孩子好好相处了）。然后，我把孩子放下来，对亨利太太为她送的花表示了感谢。听到我的感谢，她风情万种地垂下了眼睛。在回楼上办公室的路上，我琢磨着亨利这个人可能比我想象中的更复杂。他以自己有个年轻漂亮的妻子而自豪，他想向我炫耀，这我都能理解。但是，我还感觉到了亨利太太的野心。不知道他太太的野心对他有什么影响。

1896 年 6 月 12 日，周五，这天下午我母亲接受了最后的涂油礼。这是一个炎热的夏日，窗外的街道上人声鼎沸。窗帘已经拉下，但阳光还是强烈地照在玻璃上，仿佛在叫嚣着，想要冲入房里。我看着神父一边吟诵着拉丁文的祷词，一边给母亲的耳朵、眼睛、鼻孔、嘴唇和手脚上涂上圣油。临走时，他与我握了握手，他的手湿滑黏腻，让人反感。那天晚上，母亲在我的怀里离开了人世。当我给她最后一个吻时，我还尝到了她身上残留的油的味道。

大家都知道这一天总会来的，我母亲的身后事都已经提前安排好了。但不知道为什么，当这天真的到来的时候，大家却还是那么震惊，仿佛她是突然撒手人寰的。我们在圣路易教堂中为母亲举办了安魂弥撒，接着看着她被安葬在墓地的一个角落里。这一切结束后，我们走回母亲的公寓，为她守灵。这个场合让人感觉非常不适。天气太热了，房间里又很拥挤，充满着紧张的气氛。我的嫂子，我哥哥保罗的遗孀，伊莲娜也来了。不知道为什么，她一直不喜欢我。我们竭力不和对方碰面——在这么狭小的空间里，这可不是件容易的事。以至于最后，我只能待在我母亲以前的卧室里，坐在光秃秃的床垫上，跟波利娜的丈夫聊着天——在场的有这么多人，为什么偏偏是他？

莫尼耶是个相当正直的人，对妻子和女儿都很好。如果他是个混蛋的话，我内心至少能好受点。然而，他只是很无趣。从工作上来说，据我所知，他在外交部就是一个负责从年轻人的好主意里挑刺的老官员。从社交上来说，他总是先佯装询问别人对某件事的意见——比如说现在，他正在问我对沙皇即将来国事访问有什么看法——然后在对方回答时，几乎毫不掩饰自己内心的不耐烦，直到他找到机会打断对方。接着，他就会开始自己的长篇大论。原来，他已经被委派了此次国事访问法俄策划委员会的工作。他喋喋不休地说起"沙皇陛下"的公务列车重450吨，比我们铁路的限重还多了200吨，这使他不得不向大使严肃地提出了这个问题……

越过他的肩膀，我看到波利娜正和路易·勒布卢瓦说着话。她也看向了我。莫尼耶转过身，瞟了一眼身后，对我的走神很不满意。然后，他转过身来，继续说下去。

"正如我刚刚所说的，这不是外交礼节问题，这就是最基本的礼貌问题……"

我试着集中注意力去听他说的那些外交人员的陈词滥调，但我就是做不到。

在这段日子里，"大善人行动"一直像台无人照管的机器一样，继续运转着，不停地输出大量几乎无用的情报——大堆模糊的照片，进入里尔街的人员名单（陌生男性，五十多岁，走路有点跛，曾是军人？）和零碎的聊天记录［我在卡尔斯鲁厄的演习中见过他，他提出（模糊），但我告诉他，我们已经从我们巴黎的线人那里得到了（模糊）］。到7月时，我已经花了桑德尔偷偷留给我的资金中的好几千法郎，还冒着极大的外交风险，向我的上司隐瞒了一个潜在叛徒的存在。除了一张艾斯特哈齐离开大使馆的照片，我没有任何有确实价值的成果可以向上级展示。

但接着，毫无预兆的，一成不变的局面被打破。我的生活、事业与其他的一切也随之发生了天翻地覆的变化。

那是一个炎热的夏夜。我不在巴黎，正随着布瓦代弗尔将军在勃艮第出差。我们的先行侦察员在沃纳雷莱洛姆的一条运河旁找到了一家不错的餐厅。于是，就在这间餐厅里，我们坐在露天的座位上，伴着牛蛙叫和蝉鸣声，闻着驱蚊香烛的香茅味，共进晚餐。我坐在布瓦代弗尔的勤务兵，加布里埃尔·波芬·德·圣莫雷尔少校身边，离布瓦代弗尔稍微有些距离。飞蛾在闪烁的灯笼里飞来飞去。在东边山坡上的葡萄园上方，星星刚刚开始在夜空中闪烁。还有什么能比这良辰美景更令人愉快的呢？波芬面容精致，英俊帅气，好像还是个不知名的小贵族。他与我同龄，我与他出生的时间只差了几周。我认识他很久了，他曾是我在圣西尔军校的同学。在烛光的映照下，他的脸因为喝了酒而微微泛红。当他正往自己的盘子里舀埃普瓦斯奶酪（这种奶酪口感软糯，味道非常浓烈）时，他突然想起了什么，说道："噢，对了，皮卡尔。对不起，我完全忘光了——我们回巴黎后，总参谋长让你去跟福柯上校谈谈。"

"好的，我会去的。你知道是为什么吗？"福柯是我们在柏林的武官。

波芬看都没看我一眼，专注在舀奶酪上，没有压低声音就直接说道："哦，好像是福柯在柏林听说德国人在我们的军队里还安插有另一个间谍。他写信告知了总参谋长这件事。"

"什么？"我大吃一惊，用力地放下酒杯，导致里面的酒洒到桌面上，"我的天啊？具体是什么时候的事？"

听到我吃惊的语气，波芬抬头瞥了我一眼道："几天前吧。不好意思，乔治，我都把这事给忘了。"

但就算得知了这么一个天大的消息，我当天晚上还是什么也干不了。第二天早上，当大家还在吃早餐时，我就在我们住的别墅里找到了布瓦代弗尔，请他允许我马上回到巴黎去向福柯上校询问此事细节。

布瓦代弗尔扯起餐巾的一角，从自己的胡子上拭去一小块鸡蛋，问道："怎么这么着急？你觉得这里面有什么玄机吗？"

"可能会有。我想调查一下。"

看到我如此急于离开，布瓦代弗尔似乎有点惊讶，甚至有些恼怒。毕竟，他邀请我和他一起来到勃艮第，出名的美食之乡，和他一起悠闲地进行考察。在他看来，这是对我的优待。"你想去就去吧，"他说，对着我挥了挥餐巾，"有什么进展随时通知我。"

中午刚过不久，我就回到了陆军部。不一会儿后，我就坐在福柯的办公室里，听他向我解释来龙去脉。福柯是个能干、果断、专业的军官，多年来，他一直在与各种各样的谎言和空想周旋，这磨炼出了他坚毅的性格。一头浓密的灰色头发，被剪得很短，盖在他的头上，活像一顶头盔。他说道："我还在想布瓦代弗尔将军什么时候会有空给我回应呢。"他神情疲倦地从抽屉里取出一份文件，并把它打开。"你还记得我们在蒂尔加滕的间谍，理查德·库尔吗？"

蒂尔加滕是柏林的一个区，德军的情报总部就在这个区里。

"是的，我当然记得。在我们把他变成自己人之前，他一直在巴黎向德国泄露我们的情报。我接手这份工作的时候，桑德尔跟我介绍过他。"

"没错，他被开除了。"

"那可真遗憾。什么时候的事？"

"三周前。你见过库尔本人吗？"

我摇摇头。

"虽然他平时就总是神经兮兮的，但他来告诉我发生了什么事的时候，他的状态真是糟透了。他恐慌至极，害怕自己会被德国总参谋部以叛国罪逮捕。他觉得是他在布鲁塞尔的朋友拉茹因为钱出卖了他，这是很有可能的。无论如何，他想要确保我们会罩着他。如果我们不管他的话，他就只能去他的顶头上司豪普特曼·达姆那里，把他知道的所有事都说出来。"

"他知道得多吗？"

"知道一些。"

"所以他是想勒索我们？"

"我觉得不是。算不上。他只是想要一个保证。"

"那就向他保证吧。动动嘴皮子又不花一分钱——尽全力去让他放宽心。告诉他，我们这边不会泄露关于他的任何消息。"

"我在信里已经跟他说了不用担心，但实际情况要更复杂。"

福柯叹了口气，揉了揉额头——我意识到他压力有点大。"他想要亲耳听到保证，也就是和我们的人见面聊。"

"但这对双方来说都是不必要的风险。如果有人跟踪他怎么办？"

"我就是这么跟他说的，但他坚持要见面。看到他这么执着，我当时就意识到事情远不止他告诉我的那样简单。于是我找来一瓶苦艾酒给他——这是他的最爱，他说这酒让他想起他曾经爱过的一个法国女孩——慢慢的，他把整件事都告诉了我。"

"他说了什么？"

"他很害怕且想要和我们部门的人见面是因为，他说德国人在法国军队里安插了一个我们不知道的间谍。"

这就对了。我努力装出一副满不在意的样子，道："他有说这个间谍叫什么名字吗？"

"没有。他只知道一些道听途说的细节。"福柯看了看文件道，"据说，这位间谍是营长级别的，年龄在四十岁到五十岁之间，向施瓦茨科彭传递情报已经有大概两年了，大部分是关于枪炮的情报，但大部分质量不高——比如，他最近递交了一份沙隆的枪炮培训课程的细节，质量就很差。这些情报已经一级一级地传到了冯·施里芬[①]手上。施里芬觉得这些情报非常差劲，可能都是从江湖骗子或者恶意造谣者那里听来的。于是，施里芬让施瓦茨科彭不要再用这个间谍了。"他从文件后抬起头来，接着道："这些我都写在给布瓦代弗尔将军的信里了。你有想起些什么吗？"

我假装思考了一会儿，道："现在一下子想不起来什么。"但事实上，我正强忍着从椅子上跳起来的冲动。"这就是全部了吗？"

[①] 阿尔弗雷德·冯·施里芬（Alfred von Schliffen, 1833~1913），伯爵，陆军元帅，德军总参谋长。——作者注

134

福柯笑了笑。"你的意思是，我有没有再给他一瓶酒？"他合上文件，把它放回抽屉里。"没错，我是又给了他一瓶。事实上，他醉得一塌糊涂，我最后不得不把他收拾干净，把他放上床去。我为祖国做出了多么大的牺牲啊！"

我也笑了起来："我去安排一下，给你发个奖章。"

福柯的笑声渐渐小了下去，他继续说道："实话说，皮卡尔上校，库尔本来就是个神经兮兮的人。而且，和其他神经质的人一样，他也总喜欢胡思乱想。所以，我就直说吧——虽然我把他跟我说的话都告诉你了，但我没办法为他背书，你懂吗？我很愿意为我们手下的某些特工担保，不过我是不会为库尔担保的。这就是为什么我都没有把他说的其他话写下来。"

"我完全理解。"我想知道接下来发生了什么，"我会用批判的眼光看待你跟我说的一切的。"

"很好。"福柯停顿了一下，对着桌子皱了皱眉头，然后看向我——直直地平视着我，露出军人那种严肃的神情。"那我就说了。库尔说，德军情报部门还在为德雷福斯那件事生气。"

"你的意思是，他们为我们逮到德雷福斯这件事而生气？"

"不，是因为他们从来没有听过德雷福斯这号人——反正库尔是这么说的。"

我迎着福柯的视线，也凝视着他。他双目乌黑，目光毫不动摇地看着我。"那有可能，"我小心翼翼地回答道，"他们还在替他开脱。"

"是吗？在私底下？"福柯皱起眉头，摇了摇头。"我觉得不会。我承认在公开场合他们肯定不能承认这种事——这是外交的游戏规则。但关起门来，在私底下，他们为什么还要大费周章地向自己人否认呢？而且，这件事也过去很久了。"

"可能没有人想要承认是德雷福斯的接头人？因为德雷福斯的下场太惨了？"

"你我都心知肚明，事情并不是你说的那样，不是吗？据库尔说，德皇当面质问施里芬，'我们到底有没有用过这个犹太人，有没有？'施里芬又去问达姆，达姆向他发誓说自己不知道军队里有过任何犹太间谍。于是，施里芬命令达姆把施瓦茨科彭召回柏林来质询——库尔在蒂尔加滕亲眼见到了施瓦茨科彭——可施瓦茨科彭也坚持说他第一次看到德雷福斯这个名字，就是在他被逮捕后的报纸上。库尔告诉我，自那以后，达姆小心翼翼地问了欧洲其他国家情报机构里他认识的一些间谍，想看看他们之中有没有人用过德雷福斯。但还是什么都没有。"

"他们因为这个很生气？"

"是啊，当然了——你也知道，这些蠢笨的普鲁士人一旦被人当成傻瓜，就会直接暴跳如雷。他们觉得这整个事件就是法国人精心编织的诡计，为的就是让他们被世人不耻。"

"胡说八道！"

"确实，但他们就是这么觉得的——至少库尔是这么说的。"

不知从什么时候起，我的手已经紧紧地捏住了椅子扶手，就像是坐在牙医诊所的椅子上一样。我努力地让自己放松下来。我把腿交叉起来，抚平裤子，摆出一副发自内心的冷静的样子。不过，我知道这肯定骗不过福柯——他可是测谎专家。

"我觉得，"在长长的沉默后，我说道，"我们应该一步一步来。第一步就是接受库尔的要求，跟他见面，然后把所有细节都问清楚。"

"我同意。"

"还有，在调查期间，这件事不能和任何人说。"

136

"我完全同意。"

"你什么时候回柏林？"

"明天早上。"

"我建议你联系一下库尔，告诉他我们想和他谈谈，越快越好，可以吗？"

"我一回去就办。"

"问题是，我们和库尔应该在哪里见面？总不能在德国吧？"

"对，绝对不行，那就太冒险了。"福柯想了想道，"瑞士怎么样？"

"可以，应该够安全了。在巴塞尔可以吗？每年这个时候巴塞尔都会有很多游客。他可以假装正在徒步旅行，我们可以去那里跟他碰头。"

"我会转告他，然后告诉你后续的。你会报销他去那里的费用吗？不好意思，但我觉得这肯定会是他问的第一个问题。"

我微微笑了，说道："啊，我们到底是跟什么样的人在一起工作啊！当然，我们会支付那些费用的。"

我站起来，向他敬礼。福柯也站起来向我回礼。接着，我们握了握手，没有再说话——因为没有必要，我俩都心知肚明，我们刚才讨论的内容其实可能会变得多么重要。

所以，毋庸置疑的是，我至少已经找到一个间谍了，那就是夏尔·斐迪南·沃尔辛·艾斯特哈齐少校——也就是他自己口中的"艾斯特哈齐伯爵"。他游荡在鲁昂和巴黎之间，嗜赌成性，有事没事就去夜店喝香槟，大多数晚上在蒙马特附近的一间公寓里，与四指玛格丽特共谐云雨之欢。为了维持这种荒淫无度的生活，他化身为情报贩子，兜售自己祖国的机密。

没错，艾斯特哈齐这件事已经很清晰了——就算没有合法的证据。但德雷福斯呢？我的天哪，德雷福斯的案子可是一个更棘手的问题，或者说是一个噩梦。当我从陆军部走回反间谍处时，我的脑子飞快地转动着，疯狂思考着各种可能的发展方向，以至于我不得不再次强迫自己冷静下来。我命令自己：一步一步来，皮卡尔！冷静下来，皮卡尔！不要急于做出判断！在没有确凿证据之前，不要向任何人透露！

但就算如此，当我走到办公楼门前的时候，我还是依依不舍地沿着大学街，往路易·勒布卢瓦公寓的方向瞟了一眼——我是多么渴望能跟他谈谈这件事啊……

我爬上楼梯，走进自己的办公室，发现桌子上有德斯韦宁写给我的一张便条——他问我今晚能不能见一面，老时间，老地点。由于我和布瓦代弗尔一起出差了，上一次和他见面已经是十天前。当我到达圣拉扎尔车站的咖啡馆时，距离约定的时间已经过去十五分钟。他坐在那等我，面前摆着一杯帮我点的啤酒。与往常不同，这次他给自己也点了一杯。

"你还是第一次和我喝酒呢，"当我们碰杯时，我这么说道，"是有什么事情需要庆祝吗？"

"也许吧。"德斯韦宁擦去自己胡子上的泡沫，把手伸进衣服的内袋，掏出一张照片，盖过来放在桌子上，然后推到我面前。我把照片拿起来，反过来。这一次，照片拍得非常清晰，就像是在影楼拍的人像一样——带着灰色圆顶礼帽的艾斯特哈齐正从德国大使馆的大门里走出来，我甚至能从他脸上看到一丝微笑。他肯定是停了下来，享受着沐浴在阳光里的感觉。

"这么说，他又来过了。"我说，"这很重要。"

"不，上校，重要的是他手里拿着的东西。"

我又仔细看了看照片。"他手里什么也没拿。"

德斯韦宁又把另一张照片正面朝下盖在桌上，从桌子上推过来给我。然后，他往后靠去，喝起了啤酒，一边观察着我的反应。这张照片上的人影没有照全，只露出四分之三的身形。照片上的人正从街道上转进大使馆，人的轮廓因为往前走的动作而模糊了。这人右手拿着一个白色的东西——可能是信封，也可能是包裹。我把两张照片并排放在桌面上观察。第二张照片里的人也带着灰色的圆顶礼帽，也有着高大魁梧的身材——这人是艾斯特哈齐无疑。

"这两张照片拍摄间隔多久？"

"十二分钟。"

"他太大意了。"

"太大意？他就是无耻！你要小心这个家伙，上校。我以前遇到过他这种类型的人，"他用油乎乎的大拇指指甲轻磕着照片上的那张脸，"他什么事都干得出来。"

两天后的晚上，我收到了福柯上校从柏林发来的密电。信中写道，库尔已经同意在巴塞尔和我们的代表见面。时间定在8月6日，周四。

我的第一反应是自己去，甚至还查了一下火车时刻表。但后来，我冷静下来，权衡了一下风险。巴塞尔位于瑞德两国边境上，我曾在去拜罗伊特参加瓦格纳音乐节的路上路过几次。当地人讲的是德语，到处都是半木质的哥特式建筑，墙上的百叶窗总是紧闭着。在那里，就跟在德国的感觉一模一样。我觉得我应该不会受到当地人的欢迎。而且，我接任这个位置已经一年多，柏林那边很可能已经发现顶替桑德尔成为反间谍处处长的是我。我并不担心自己的个人安全，但这件事涉及的不止我一人。这么做风险太大了，如果我在巴塞尔被人看见，后果不堪设想。

因此，在8月3日星期一的上午，也就是约定好的会面时间的三天前，我把亨利少校和劳特上尉叫来我的办公室。像往常一样，他们同时到了。我坐在长会议桌的一端，亨利坐在我的左边，劳特坐在我的右边。我面前的桌上放着"大善人行动"的档案，亨利满腹狐疑地看着它。

"先生们，"我开口说道，同时打开文件夹，"我觉得是时候向你们介绍一下这项情报行动了。这项行动已实施数月，终于有了成果。"

我从他们已知的情况开始说起，向他们娓娓道来。我给他们看了那张写着艾斯特哈齐地址的小蓝和施瓦茨科彭的信件草稿，也就是他在其中抱怨自己在与"鲁方"的联系中花了钱，却没有得到任何有价值的信息的那封信。我向他们提起了我的鲁昂之行，以及我和我的朋友，屈雷少校的对话。"回来以后，"我说道，"我就决定要彻查此事。"我为他们朗读了德斯韦宁的报告，其中提到了艾斯特哈齐的债务、赌瘾、四根手指的情妇和其他一些情况。虽然他们一言未发，静静地听着，但我感觉到在沉默中，气氛越来越紧张。当我说到我们租下德国大使馆对面的公寓时，他们俩飞快地交换了一个惊讶的眼神。然后，我像魔术师一样，戏剧性地拿出了艾斯特哈齐两次出入德国大使馆的照片。

亨利戴上眼镜，仔细地端详了一会儿这两张照片，然后说道："贡斯将军知道这件事吗？"

"是的，他知道我们在对大使馆进行监视。"

"但是他不知道艾斯特哈齐的事？"

"我还没告诉他呢。我想等到有足够证据可以逮捕艾斯特哈齐的时候再告诉他。"

"我能理解。"亨利把照片递给劳特，摘下了眼镜。他用嘴叼着眼镜腿，沉吟着，活像个学者正在评鉴自己同事的研究成果。"很有意思，上校，虽然我们还没有掌握足够的证据。但毫无疑问，这些间接证据的细节都非常好。不过，如果我们把这个当作证据的话，艾斯特哈齐肯定会狡辩，说自己只是去提交签证申请的，而我们也没法证明他在说谎。"

"是这样。但在过去的几天里，我们有了一项重大进展，这就是为什么我希望扩大此次行动的规模。"说到这，我停顿了一下。这是一个决定性的时刻。现在，我只要说出几句话，他们的一切认知都会天翻地覆。亨利用眼镜腿敲击着自己的牙齿，等着我开口。"我们在德军情报部门内部有一个线人。他告诉我们，德国人在法国安插有一个间谍，已经有几年时间了。这个间谍是个少校，年龄在四十岁到五十岁之间，参加过沙隆的枪炮培训课程。"

劳特说："肯定是艾斯特哈齐！"

"我也觉得是他无疑。我们的线人想让我们周四去瑞士巴塞尔和他见面，他会把他知道的情况都告诉我们。"

亨利轻轻地吹了声口哨，以表示心里的惊讶。我第一次从他的表情中看到了对我的一丝敬意。这让我产生了一种冲动，想进一步把我知道的所有情况都说出来（"你知道吗？这个线人还说德雷福斯从来就不是德国安插的间谍！"），但我忍住了，因为还不想跟他们说那么多。一步一步来，皮卡尔！

亨利问道："这个线人是谁？"

"理查德·库尔——你还记得他吗？他几年前还是德国人安插在我们这里的间谍，后来在豪普特曼·达姆手下办事。现在他被达姆解雇了，可能是因为遭到了达姆的怀疑，所以赶紧来找我们当他的靠山。"

"我们信任他吗？"

"我们信任过谁吗？但是，他并没有撒谎的动机，你说呢？至少，我们得听听他想对我们说什么。"我转向劳特道，"上尉，他的汇报，我想让你来负责。"

"当然可以，上校。"劳特像个德国人那样，利索地鞠了一躬。如果他现在是站着的话，我觉得他甚至会一碰鞋后跟、立正站好。

亨利说："我冒昧地问一句，为什么要让亲爱的劳特来负责呢？"

"因为自从我们拿到小蓝开始，他就知道这个案子。不过，最重要的是，他会说德语。"

亨利反驳道："但如果库尔在我们这里工作过，他肯定也会说法语。为什么不能让我去？在跟流氓打交道这件事上，我更有经验一些。"

"是的，但我觉得他用德语或许更加自在。你同意这样的安排吗，劳特？"劳特的德语说得非常好，几乎不带口音。

"同意，"劳特瞥了一眼亨利，希望能得到他的支持，"同意，保证完成任务。"

"很好。要有一个，或者两个人跟着你去，以确保库尔是一个人去的，而且这不是德国人给我们下的套。我建议你带路易·汤姆普去。库尔还在巴黎的时候，他们俩就认识了。"和盖内、德斯韦宁一样，汤姆普也是总安全局的一位军官。他能干、可靠，而且德语讲得很好。我以前用过他。"具体的细节我们稍后再议。谢谢你们能来，先生们。"

劳特几乎是跳了起来，说道："谢谢您，上校！"

亨利还坐在座位上，凝视着桌子。片刻，他才把椅子往后一推，沉重地站起来。他把外衣往下扯了扯，盖住自己肥大的肚腩，说道："是的，谢谢您，上校。"他的眼神中透露出渴望。我看得出来，他还是不甘心自己没有被选中参加巴塞尔的会面，但又不知道要怎么说服我让他去。"有意思，"他反复说道，"非常有意思。不过我得说，如果我是你的话——如果我能冒昧地提个建议的话——我会把这件事告诉贡斯将军。一名法国军官和一名德国间谍，在外国私下见面，谈论法军内部的间谍问题，这可不是件小事。要是他不是从你那里，而是从别人嘴里听说这件事，那麻烦就大了。"

亨利走后，我思考着他是否在威胁我。就算是，在这官场的钩心斗角中，我也有自己完美的对策。我走到陆军部，爬上楼梯，到了总参谋长的办公室，求见布瓦代弗尔将军。

一物降一物！

但很不巧，布瓦代弗尔的勤务兵告诉我他不在，离开勃艮第后，他直接去了维希。

于是，我只好给布瓦代弗尔发了一封电报，告诉他有要事相谈。

第二天，也就是星期二早上，我收到了他的回电——他令人讨厌地、漫不经心地说道：我亲爱的皮卡尔上校，是什么事情那么紧急？我正在海边度假。接下来要休年假，回诺曼底的老家去。你要说的是什么事呢？

我在回信中谨慎地回答道，跟1894年的那桩案子类似——也就是和德雷福斯案类似。

还不到一个小时，我就收到了他的回复：好吧，如果你坚持的话。我坐火车回去。明天，也就是8月5日，周三，十八点十五分会到里昂车站。来接我。布瓦代弗尔。

然而，亨利并没有就这样放弃。

就在我收到布瓦代弗尔回复的那一天，我和劳特、汤姆普在我的办公室里开了行动前的最后一次会议，讨论了巴塞尔会面行动的具体安排。计划非常简单易行。劳特和汤姆普，加上汤姆普选来做助手的乌耶卡尔———一名巡官，也是瓦西的警察局局长——会乘坐明晚从巴黎东站出发的火车，周四早上六点抵达巴塞尔。他们三人都会随身携带武器。在巴塞尔，他们将分头行动。劳特会直接去车站旁施瓦茨霍夫宾馆的一个房间里等着。而汤姆普会去往巴塞尔的另一个主要的火车站，巴登火车站。这个火车站坐落在莱茵河的对岸，德国来的火车都会停在这里。与此同时，乌耶卡尔将在明斯特大教堂之前的广场上等待，因为九点时，双方的人会在这里第一次见面。汤姆普认得出库尔，因此自库尔从柏林来的火车上下来时，汤姆普就会一直盯着他通过护照检查的关卡，以确保没有人跟着他。汤姆普会一直跟着他走到明斯特广场。然后，乌耶卡尔会拿着一块白手帕，作为碰头的暗号。看到暗号后，库尔会走到乌耶卡尔面前，用法语问："您是莱斯屈尔先生吗？"（莱斯屈尔其实是总参谋部多年的门房），而乌耶卡尔则会回答道："不，但我是他派来接您的。"接着，乌耶卡尔就会带着这位德国特工去到宾馆，与劳特见面。

"我希望你能把他知道的所有信息完完整整地挖出来，"我命令劳特道，"花再多时间都没关系。如果有必要的话，你可以第二天继续问。"

"遵命，上校。"

"重点是问清楚艾斯特哈齐的事，但不要觉得你只能问他的事。"

"遵命，上校。"

"无论出现什么线索，无论线索多么奇怪，都要挖掘下去。"

"当然，上校。"

会议结束时，我跟他们握了握手，祝他们好运。汤姆普离开了办公室，但劳特迟迟没有挪动脚步。他开口说道："我能提出一个请求吗，上校？"

"你说。"

"我想，如果亨利少校能作为我的替补，和我一起去的话，我们会轻松许多。"

起初，我以为他是临行前紧张了。"得了，劳特上尉！你不需要替补，你自己完全应付得来。"

但是，劳特坚持道："上校，亨利少校经验丰富，我真的觉得他会对这次的行动有所帮助。有些我不知道的情况，他比较清楚。而且，他也很擅长与人相处，人们都会对他放松警惕。而我跟别人谈话的时候总是比较……正式。"

"是亨利少校让你来跟我说这些的吗？我可不喜欢手下的军官在背后质疑我的权威。"

"不是，上校，绝对不是！"劳特白皙的脖子一下子变红了，"以我的军衔，我确实不应该插手这件事。但我有时觉得，我们需要让亨利少校感觉自己……有价值——希望这么说没有冒犯到您。"

"所以你的意思是，我没有让他一起去巴塞尔，伤了他的感情？"

劳特没有回答，只是低下了头。我猜也是，我想，他肯定是因为这事伤自尊了。因为亨利总是像爱管闲事的门房一样，在处里工作的每一个方面都想插一脚。不过，如果我冷静下来，——冷静地处理这件事，皮卡尔！我对自己说道——我能够明白让亨利感觉到在对艾斯特哈齐的调查中，他与我是地位平等的合作关系，对我会有一定的好处。在官场，要生存，最重要的就是寻找同盟。我可不想一个人孤军奋战，特别是在处理间谍这个问题上。而且，万一德雷福斯案真的重审了——上帝保佑千万别——我会需要亨利站在我这边。

我烦躁地轻轻跺着脚。"好吧，"我终于开口道，"既然你们俩都对这个安排这么不满意，那就让亨利少校陪你去吧。"

"遵命，上校。谢谢您，上校！"看到劳特感激涕零的样子，我都为他感到有点可悲了。

我伸出食指，指着他，强调道："但是跟库尔交谈的时候，要说德语，明白？"

这次，劳特真的碰了碰后脚跟，立正站好，答道："明白。"

9 巴塞尔之行

　　第二天下午五点，瑞士行动小队在办公楼大厅里集合。每个人都穿着结实的步行靴子、高筒袜、运动夹克，背着背包。对外人，他们会说他们四个是朋友，一起去巴塞尔徒步旅行。亨利穿一件印着难看的大格子花纹的夹克，毡帽上插着一根羽毛。天气很热，亨利不免变得面色潮红，脾气也暴躁起来。我心里纳闷道，既然这么辛苦，为什么他挤破头也要参加这次行动呢？

　　"我亲爱的亨利少校，"我笑着说，"你掩饰得过头了！你现在看起来就像是个蒂罗尔的客栈老板！"汤姆普和乌耶卡尔都笑了，就连劳特也被逗乐了，但亨利还是闷闷不乐——他喜欢调侃别人，却受不了被别人调侃。我告诉劳特："在巴塞尔的时候，给我发封电报，告诉我会议进展如何，以及你们什么时候回来。当然，不要直接说，要用暗语。祝你们好运，先生们！我得说，要是有人穿成这样，想进入我们国家，我是不会让他们进来的。不过，我又不是瑞士人！"

　　我送他们到门口，看着他们坐上出租马车。直到那辆四轮马车消失在我的视野中，我才开始步行前往约定地点。我还有很多时间，所以我能悠闲地享受这个夏末的下午。我沿河堤慢慢地走着，从奥赛码头上的大型建筑工地前经过，那里正在沿河建一座新的铁路终点站和一座大型旅馆。不到四年后，二十世纪第一个重大的国际盛会——1900年的世界博览会就将在这里举行。这座建造中的建筑的巨型骨架上挤满了工人，空气中充满着一种积极的，甚或可以说是乐观的能量，这种态度于过去的几十年里，在法国可不多见。我沿塞纳河左岸走着，走上苏利桥时，我停下脚步，靠在栏杆上，顺着塞纳河向西眺望圣母院。我还在思索如何应付即将到来的会面。

公众人物的命运总是那么难以预测。一年半以前，布瓦代弗尔将军还完全被笼罩在梅西埃的光芒之下；而如今，他已经摇身一变，成了法国最受欢迎的公众人物之一。事实上，在过去的三个月里，几乎每一份报纸上都会有关于他的报道——无论是他带领法国代表团出席在莫斯科举办的沙皇加冕礼；还是于沙皇皇后在蔚蓝海岸度假时，向她转达总统的问候；抑或是与俄国大使在隆尚马场一同观看巴黎大奖赛。俄国、俄国、俄国——每一篇关于他的报道都逃不过提到俄国。布瓦代弗尔的与俄国的战略联盟被公认为是近年来外交上最杰出的成果。然而，与一支由农奴组成的军队一起对抗德国是否行得通，我私下里还是持保留意见。

不过，布瓦代弗尔的名气是不可否认的。他的行程表都已经被登在报纸上了，当我到达里昂车站的时候，很远就看到他的仰慕者们站在那里，等着他们的偶像从维希来的火车上下来。当火车终于停在站台旁时，好几十个人冲过来，想要在人群中找到他。最后，布瓦代弗尔终于现身了，并且在车门口停下来让大家拍照。他虽然身着便服，但在那顶漂亮的高顶丝绸礼帽的映衬下，本就高大挺拔的他显得更加高挑了。他礼貌性地对着正在鼓掌的人群说了几句话，然后就走下火车，走到站台上，身后跟着波芬·德·圣莫雷尔等一众勤务兵。他慢慢地朝检票口走去，就像一艘正在接受检阅的庄严的战舰。他举起帽子，对人群中传来的"布瓦代弗尔万岁！""军队万岁！"的喊声微微一笑——接着，他看见了我。他的表情微微凝固了一下，看来是在努力回想我为什么会在这里。看到我向他敬礼，他友好地向他点了点头。"皮卡尔，和我一起坐我的车吧。"他说道，"不过，我正要去桑斯公馆，很快就到，所以你得长话短说。"

他的车是一辆潘哈德－勒瓦索，敞篷车。我和将军在铺有软垫的后座上坐下。车颤颤悠悠地驶过鹅卵石路，朝里昂街驶去。街边，几个正排队等车的人认出了总参谋长，欢呼起来。

布瓦代弗尔说："这就差不多了，不是吗？"他把帽子脱下来，放在膝盖上，用手梳着自己稀疏的白发。"所以是什么和1894年的那件案子有关系呢？"

尽管这与我想象中汇报的场景大相径庭，但至少现在我们的谈话内容是不可能被偷听到的——布瓦代弗尔必须转过身来，对着我的耳朵，大声喊出自己的问题；而我也必须用同样的方式回答，他才能听见。"将军，我们在军队里发现了一个给德国人传递情报的叛徒！"

"不是吧，又一个！哪种情报？"

"目前为止来看，大部分是关于枪炮的情报。"

"很重要吗？"

"不是很重要，但是可能还有其他我们不知道的情报被泄露了。"

"是谁？"

"一个所谓的'沃尔辛·艾斯特哈齐伯爵'，第74步兵团的一个少校。"

我看到布瓦代弗尔努力地想了想，然后摇了摇头。"这个名字如果我听过的话是肯定不会忘记的。你们是怎么发现的？"

"跟发现德雷福斯的方法一样——通过我们在德国大使馆里安

插的间谍。"

"我的天哪，要是我老婆能找到有那个女人一半尽责的清洁工就好了！"他把自己逗笑了。可能是因为水疗的作用，他看起来相当放松。"贡斯将军怎么说？"

"我还没告诉他呢。"

"为什么？"

"我觉得还是先跟您说比较好。如果您允许的话，我就跟部长说说这件事。在接下来的一两天里，我们有希望更深入了解艾斯特哈齐。在那之前，我觉得先不告诉贡斯将军比较好。"

"那就按你说的办吧。"

他拍了拍身上的几个口袋，找到鼻烟壶。他把鼻烟壶递给我，但我没有接，于是他自己吸了几口。我们的车绕过了巴士底广场，再过一两分钟就要到达目的地了。我需要一个明确的回答。

"所以，"我问道，"您是允许我去告知部长了吗？"

"是的，我觉得你应该去告诉他，你觉得呢？总之，"他一边说，一边轻拍着我的膝盖来强调自己说的每一个词，"我是绝对不想要再来一桩社会丑闻了！一个时代有一个德雷福斯就够了。所以，我们处理这桩案子的时候，要比上次更加谨慎。"

我没有回答，因为桑斯公馆已经到了。这座建于中世纪的建筑总是阴沉沉的，但今天却罕见的灯火通明，一片热闹景象。看来，某种官方的接风仪式正在这里举办，不停地有穿着晚礼服的人到达门口。站在公馆门口的台阶上，抽着烟的，不是别人，正是贡斯。我们的车在几米外停下来。在司机刚刚跳下车去为布瓦代弗尔放下台阶时，贡斯丢下烟，朝我们走来。他在车前站定，敬了一礼："欢迎回巴黎，将军！"然后，他毫不掩饰地用一种怀疑的眼神看向我，说："还有皮卡尔上校？"他用的是问句。

我立刻回应道："我刚才也在车站，布瓦代弗尔将军非常好心地捎了我一程。"这既不是个彻头彻尾的谎言，也不是实打实的真相。但希望这么说能让我顺利抽身。我向他们敬了一礼，祝他们度过一个愉快的夜晚。当我走到街角时，我冒险回头看了一眼，但他们俩都已经走进公馆里去了。

我为什么还不把艾斯特哈齐的事告诉贡斯呢？其实，真正的原因有三个：首先，因为我知道，一旦那个精明的老狐狸知道了，他就会想控制这个案子的调查行动，且会让更多人知道这个案子。其次，我很清楚军队内部是怎么运转的，如果他知道后想越过我，直接和亨利交接这个案子，我是无能为力的。最后，也最重要的一点是，如果我有了总参谋长和陆军部长给我撑腰，那么贡斯就没法干涉了，我可以无拘无束地继续按照自己的方法调查下去。没有点心机，我怎么会成为法国军队里最年轻的上校呢？

于是，就在周四上午，就在计划中巴塞尔行动小队和双面间谍库尔第一次碰面时，我带着我的"大善人"档案和我的专用钥匙——它象征着我拥有可以随时拜访部长的特权——通过办公室的木门，走进了布列讷酒店的花园里。我记得，在德雷福斯革职仪式那天，这座花园被白雪覆盖着，像是一个纯白的世界。而现在，在 8 月，这座花园又呈现出完全不同的魅力。高大的树上，绿叶是那么繁茂，几乎把后面的陆军部大楼都遮住了；外面街道上传来的声音听起来是那么虚无缥缈，就像是蜜蜂发出的嗡嗡声一样，让人听来昏昏欲睡；四下里，除了我，只有一位正在给花坛浇水的老园丁。当我从那被晒焦的草地上走过时，我心里默默想着，如果我有一天当上了陆军部长，我就要在夏天把我的办公桌搬到这个花园里来，然后在树下管理整个军队——就像恺撒在高卢做的那样。

我走到草坪边缘，走过砾石小道，小跑着登上了部长官邸那扇玻璃大门前浅白色的石阶。我打开门，进到楼里，登上那熟悉的大理石台阶，经过了那副熟悉的盔甲和拿破仑那幅浮夸的画像——这一切都和故事开头那天一模一样。在部长私人办公室的门口，我转过头去问了问部长手下的一个勤务兵，罗伯特·卡尔蒙－梅森，部长现在是否方便见我。卡尔蒙－梅森并没有问我的来由，因为他心里清楚我肯定是带来了某些机密。他去确认了一下，然后回来告诉我，部长现在就可以见我。

人对权力的适应是多么迅速啊！几个月前，当我走进部长的私人办公室时，我对自己能出现在这里还心存畏怯；但现在，这地方在我眼中也不过是个工作的场所，而部长也就是闯入政界的军人官僚。现任部长让－巴蒂斯特·比约，已经快七十岁了。这是他第二次担任陆军部长——上一次，他在这个职位上待了十四年。他的太太很有钱，而且非常精明；他自己是个激进的左派人士，长着一副不太聪明的样子，就像喜剧里的傻瓜将军一样。他的胸膛高高鼓起，白胡子往外支棱着，凸出的眼球让他看起来总是那么愤怒，因为这幅长相，他深受漫画家们喜爱。我还知道关于他的一个有趣的小细节，那就是他不喜欢他的前任梅西埃将军。1893 年大型军演时，当时还年轻的梅西埃指挥的军团打败了他的军团，这是他永远都不会忘怀的耻辱。自那以后，他就一直不喜欢梅西埃。

我走进办公室，看见他正站在窗边，我只能看见他宽阔的背影。他没有回头就对我说："皮卡尔，我刚刚看着你穿过楼下的草坪往这里走来。我当时心里就在想，好嘛，这个聪明过人的年轻上校又来了，又要带来一个该死的问题让我解决！然后，我问自己，我都这把年纪了，为什么还要受这种折磨？在这样的一个好日子里，我难道不应该待在老家，和我的孙子孙女们一起玩耍吗？我为什么要和你在这里浪费口舌呢！"

"部长，你我都心知肚明，那样的生活，您过了五分钟就会觉得无聊的要死的，而且还会抱怨我们在您不在的时候把这个国家毁了。"

他耸耸宽厚结实的肩膀，说："那倒是真的。必须要有一个神志清醒的人管管这个疯人院。"他抬起脚尖，以脚后跟为轴转过身来，大摇大摆地穿过地毯向我走来。要不是我已经见怪不怪了，这可会是一幅相当恐怖的画面——就像是一头公海象朝我冲过来。"好了，好了，是什么事？你看起来很紧张。坐下吧，我的孩子，你想喝点什么吗？"

"不了，谢谢您。"我坐了下来，就坐在那天向梅西埃和布瓦代弗尔描述革职仪式时坐的那张椅子上。比约在我对面坐下，用精明锐利的目光直勾勾地看着我。向他汇报没有任何的缓冲时间，必须直切主题——毕竟，他虽然已经一把年纪，却还像一个三十多岁的年轻人一样，神思敏捷、雄心勃勃。我打开"大善人"档案，说道："恐怕，我们在军队中发现了一个正在不停泄露机密的德国间谍……"

"噢！天哪！"

又一次的，我讲述了艾斯特哈齐的所作所为，以及我们为了监视他而开展的行动。比起向布瓦代弗尔说的那个版本，这次我多说了很多细节，特别是详细讲了正在瑞士巴塞尔进行的任务的执行情况。我给他看了小蓝和监视时拍到的照片。但我没有提起德雷福斯——因为我知道，一旦提起德雷福斯，他就没心思听其他的了。

比约提出了一系列尖锐的问题。这些材料有多大价值？为什么艾斯特哈齐的上司没有注意到他奇怪的行为？我们能够确定他没有同伙吗？他时不时地重新审视艾斯特哈齐空手出现在德国大使馆前的那张照片。最后，他说："也许，我们应该利用这个人渣，做点更聪明的事。与其直接把他关起来，难道，利用他向柏林那边传递错误的情报不是更好吗？"

"我也一直在想这一点。但问题是，德国人已经对他产生怀疑了。他们不太可能在不进行验证的情况下，全盘接受他给的所有信息。而且……"

比约打断了我，帮我把话说完："而且，要想让他配合我们做双面间谍，我们肯定得给他豁免权，让他免于被起诉。但是，艾斯特哈齐这种人必须进监狱。所以，算了。你做得很好，上校。"他把文件夹合上，递给我后说道："继续调查，直到我们有足够的证据能够干脆利落地把他抓住为止。"

"你要把他送上军事法庭吗？"

"当然！不然呢？难道就罚他立刻退休，工资减半？"

"可布瓦代弗尔将军说，我们应该尽量避免丑闻……"

"我就知道他会这么说。我自己也不想看见丑闻爆发。但如果我们让他逍遥法外，那才叫丑闻呢！"

我心满意足地回到自己的办公室。现在，整个军队中最有权势的两个人都已经批准我继续调查了。贡斯实际上已经从指挥官名单中被除名。眼下我能做的，就是等待巴塞尔那边的消息。

接下来的时间里，我处理着无聊的日常公务，感觉时间格外漫长。在高温下，城市里弥漫着的下水道味更加臭不可闻。下午五点半，我吩咐容克上尉去安排一下，今晚七点，给施瓦茨霍夫宾馆打电话。七点，我站在楼上走廊的听筒旁，抽着烟，等着。铃声一响，我就立刻把听筒拿了起来。我知道施瓦茨霍夫宾馆是一座巨大的现代建筑，坐落在有轨电车穿行而过的城市广场的旁边。我把劳特的化名告诉前台，要求和他通话。接电话的副经理前去叫他，而且过了很长时间才回来告诉我，我要找的这位先生刚刚退房了，不知道去了哪里。我挂了电话后，一时间脑子里千头万绪。有可能是他们第二天还要继续盘问并为了防止被监视，更换了酒店；也有可能是他们的会面已经结束了，他们急着赶回巴黎的过夜火车。我在办公室里又等了一个小时，希望能等来一封他们发来的电报，但还是什么消息都没收到。于是，我决定今晚就先这样。

我非常希望有谁能来分散一下我的注意力。但好巧不巧，我认识的每个人好像 8 月时都不在巴黎。德·科曼日一家暂时关闭了他们的旅馆，搬到他们的避暑山庄去了；波利娜和菲利普带着女儿们去比亚里茨度假了；路易·勒布卢瓦回阿尔萨斯去陪伴他病重的父亲了。一种消极的情绪，也就是我那些在里尔街公寓里的同事口中的厌世病掌控了我——我厌恶这个世界。最后，我独自在陆军部附近的一家餐馆吃了晚饭，然后回到我的公寓，打算读读左拉的新小说。但是，这本小说的主题——罗马天主教会让我感到厌烦，而且它有七百五十多页之长。我愿意读托尔斯泰的长篇小说，但左拉的就算了。于是，只看了一会，我就把这本书放到了一边。

第二天一大清早，我就坐在办公桌前，但并没有等来前一天晚上的任何电报。直到过了中午，我才听到亨利和劳特上楼的声音。我从座位上一下子站起来，大步地穿过办公室，打开门。他们俩站在门口，我惊讶地发现他们居然穿着军装。"先生们，"我讽刺地说，"你们确实去过瑞士了，对吧？"

他们向我敬了一礼。劳特看起来有点紧张，亨利却淡然自若，冷静到让人上火。他说："对不起，上校。我们在来的路上回家换了一下衣服。"

"这趟旅程如何？"

"我得说，这真是在浪费钱和时间。你说呢，劳特？"

"是的。恐怕，确实很令人失望。"

我轮流打量着他们俩。"唉，这可真是个出人意料的坏消息。你们还是进来告诉我发生了什么吧。"

我坐在桌子后，双臂交叉，听他们说这次任务的经过。主要是亨利负责说。据他所说，他们下了火车以后，直接到施瓦茨霍夫宾馆吃早餐。早餐后，两人直接上了楼，在房间里等着。九点半，乌耶卡尔先生把库尔领来了。"他从一进门开始就表现得很不淡定——非常紧张，甚至都坐不住，时不时走到窗口旁，俯瞰着车站前的那个大广场。他主要想跟我们谈的是他自己的事，问我们能否保证德国人永远不会知道他给我们传递情报。"

"那关于那个德国间谍，他说了些什么？"

"只有一些只言片语。估计，他亲眼看到了施瓦茨科彭收到的那四份文件——一份是关于一种枪，一份是关于一种步枪，一份是关于图勒军营的布局，还有一份是关于南锡的防御工事。"

我问道："什么样的文件？手写的文件吗？"

"是的。"

"用法语写的？"

"没错。"

"但是，他不知道提供这些文件的间谍的名字，也不知道关于他身份的线索？"

156

"是的。不过，是因为德国总参谋部不再信任那个间谍了，命令施瓦茨科彭停止跟他联系。不管那个人是谁，反正他从末受到过重视，而且从现在开始，他也不会再有什么动作了。"

我转向劳特，问道："你们当时对话用的是法语还是德语？"

劳特的脸红了。他说："一开始的时候，早上说的是法语，下午换成了德语。"

"我不是说过吗，要鼓励库尔说德语。"

"恕我直言，上校，"亨利打断了我，说道，"如果我不亲自跟他谈谈的话，我跟着去也没有多大意义。对于用法语这件事，我负全责。我跟他谈了大概三小时，然后就让劳特上尉用德语跟他谈了。"

"那你跟他用德语谈了多久，劳特？"

"大概六小时，上校。"

"那他有说出什么值得注意的信息吗？"

劳特迎着我的目光，看向我道："没有。他只是一遍又一遍地说着我们已经知道的那些事，然后下午六点就动身去赶回柏林的火车了。"

"他六点钟就走了？"我再也无法抑制自己的愤怒，吼道，"好了，先生们，这在我看来根本没有道理。为什么他要长途跋涉700公里，到一个外国城市，冒险去见外国的情报官员，却几乎什么都不说呢？不，应该是说，他这次说的内容，比他在柏林的时候已经告诉我们的信息还要少！"

亨利说："答案很明显呀，不是吗？他肯定是改变主意了。或者说，他一开始就是在撒谎。上次，他是在晚上，在家里，在喝得醉醺醺的时候，和一个熟人吐露出那些信息的。而这次，是在白天，对着一群陌生人，说出的话当然是不同的。"

"那你们怎么不把他带出去灌醉呢？"我"砰"地把拳头砸在桌子上，"你们为什么不努力多熟悉他呢？"两人都没有回答，劳特盯着地板，而亨利直直地看着前方。"我觉得，你俩就是迫不及待地想坐上火车回巴黎。"他们张了张嘴，但我没有给他们反驳的机会，说道："把你们的借口留着写进报告吧。就这样吧，先生们。谢谢你们，你们可以走了。"

亨利走到门口时，突然停下脚步。仿佛是因为自尊心受到了侵犯，他的声音颤抖着，他说道："以前从来没有人质疑过我的工作能力。"

"是吗？那可真是奇怪。"

他们走后，我双手抱着头，靠在桌子上。我知道，刚刚，是一个关乎我和亨利的关系，还有我在这个部门中的威信的决定性时刻。他们说的是实话吗？我想应该是的。库尔在他们面前确实守口如瓶。但是，有一点我可以确信，那就是亨利决意要跟去瑞士，正是为了破坏这次行动。而且，他成功了。如果库尔真的什么都没有说，那肯定就是亨利搞的鬼。

那天，我手头上需要处理的文件中有一批刚经过审查的阿尔弗雷德·德雷福斯的信件，跟往常一样，也是殖民地部送来的。殖民地部的部长想看看我对这些信件有没有"从情报工作角度"的看法。我解开捆着文件夹的丝带，打开文件夹，读了起来：

今天天气阴沉沉的，雨下个不停。空气里弥漫着绝望的气息，天空的颜色就像墨水一样，漆黑一团。真是个适合死亡和埋葬的日子啊。我时常想起叔本华那句关于人类罪孽的名言："如果是上帝创造了人类的话，那我并不愿做上帝。"从卡宴来的邮件好像到了，但是没有我的信！无信可读，无法摆脱我自己的思绪，现在也没有书和杂志看了。白天的时候，我不停地走路，直到自己精疲力竭。只有这样，我才不会胡思乱想，内心才能有片刻的安宁……

这封信中引用的叔本华的话一下子吸引了我的目光。我知道这句名言，而且我自己也经常引用。我没想到，德雷福斯还读过哲学，更没想到他还有这样无视神明的想法。叔本华！仿佛有人一直在试图引起我的注意，而现在他终于成功了。还有其他一些段落也吸引了我：

白天和黑夜，对我来说都一样。我没有开口说过话，也不再提任何要求。只有在问有没有寄给我的信的时候，我才会开口说话。但现在，我连问这个问题都不被允许了，警卫连回答这么简单的问题都不行。真希望在我的有生之年，事情的真相能够水落石出。这样的话，我就可以在这些警卫的面前，大声地向他们控诉他们对我的折磨……

还有：

我能理解他们采取一切可能的措施来预防我逃跑。我甚至会说，政府有权，也有无法推卸的责任这么做。但是，他们把我关在这个与世隔绝的岛上，不让我和我的家人进行任何交流，即使是在监视下的书信来往也不行——这是极端不公正的。过着这样的日子，我时常会以为自己穿越到了几个世纪前……

在一封被截取并保留下来的信的背面，他写了好几遍莎士比亚的《奥赛罗》的节选，好像是在努力想把这段话记下来一样：

偷窃我的钱囊的人，偷窃的仅是一些废物，可有可无之物，

从我之手如他人之手，千万人的奴隶；

可是，谁偷去了我的名誉，

他并不会因此而富足，

我却因为失去它而一无所有。

翻阅着这些信件，我觉得自己好像是在读陀思妥耶夫斯基的小说。我仿佛不再坐在自己的办公室里，而是置身于德雷福斯的牢房中。在我的脚底下，大海不断地咆哮着、拍打着岩石；鸟儿在窗外诡异地叫着；在这热带小岛沉寂漫长的夜晚里，警卫的靴子不断敲击着石头地面，扰得人不得安宁；剧毒的蜘蛛蟹在房梁上爬来爬去，发出令人毛骨悚然的沙沙声。我感觉到周围潮湿闷热，就像在一个熔炉里；蚊虫和蚂蚁在啃噬我的身体，带来一阵阵刺痛；胃部痉挛和令人头晕目眩的头痛总是时不时发作。我还闻到了他衣服上散发出的霉味，潮湿的、被虫子啃食的书页的味道，茅厕发出的恶臭，还有煮饭时用潮湿的木头生火而飘出的白烟的呛人味道。最重要的是，他那无穷无尽的孤独感也把我吞没了。魔鬼岛长 1200 米，最宽处有 400 米，占地面积只有六分之一平方千米。如果德雷福斯还记得我教给他的东西的话，他应该很快就能画出这个小岛的地图。

看完这些信后，我拿起笔，给殖民地部的部长写了一张便条，告诉他我并没有什么看法。

我把便条放在发件托盘里，然后就倒在椅子上，回忆起我与德雷福斯的往事。

三十五岁时，我成为巴黎的高等战争学院的地形学教授。我的一些朋友认为我是疯了才会接受这个职位的——当时我已经是贝桑松的一名营长了——但我却在这份工作里看见了机遇。毕竟，巴黎就是巴黎。而且，地形学是战争学最基础的一个学科。从 A 地的一个炮台发射的炮弹能轰炸到 N 地吗？从 G 地的一个炮台发射的炮弹会不会轰炸到 Z 村的教堂墓地？能不能在不被 G 地的敌方哨兵发现的情况下，于 N 地东边的田野旁边设置岗哨？在战争学院，我教了学生们如何通过计算步数来测量距离（走得越快越准确）；如何使用测绘板或棱镜罗盘测量地形；如何借助沃特金斯测斜仪或福尔坦式水银气压计，用红色铅笔画出山区等高线图；如何从铅笔上刮下来绿色和蓝色粉末，将其混合，运用在素描上，使素描看起来像水彩画一样生动；如何使用袖珍六分仪、经纬仪和素描量角器；如何利用炮轰后鞍部的形状准确地重建山体模型。德雷福斯当年就是我的学生之一。

　　无论我怎么努力地回想，我都记不起我和他第一次见面的场景了。我只记得每周上课，我都从讲台上俯视着 80 个看起来一模一样的学生的面孔。慢慢的，我才能把德雷福斯的脸和其他人区分开——他骨瘦如柴，脸色苍白，戴着夹鼻近视眼镜，总是一副一本正经的样子。他虽三十岁不到，却有着比他实际年龄老成许多的生活方式和外表。当他的同龄人还都是单身汉时，他就已经结婚了。而且，相比那些经济拮据的年轻人，他富有得多。每天晚上，当其他同志出去喝酒的时候，他会回到自己漂亮的公寓里，回到自己富有的妻子身边。他就是我母亲口中的"典型的犹太人"——那些"暴发户"，没有教养，喜欢攀龙附凤，总是炫耀自己的财富。

　　德雷福斯曾两次邀请我去参加社交活动——一次是邀请我去他位于特罗卡德罗大街的公寓里吃晚餐，另一次是去他在枫丹白露旁租下的"顶级猎场"打猎。不过，我两次都拒绝了。我本来就对他没有好感，当我知道他们一家在 1870 年战后都选择了留在被德军占领的阿尔萨斯，并且他一直在拿德国人的钱时，我对他就更讨厌了。有一次期末时，我在制图学这门课上没有给他高分，对自己的制图能力非常自信的他竟当面质问我。

"是我做了什么冒犯到您了吗？"他的声音是他最令人讨厌的地方——带着鼻音，不带一丝感情，还有着米卢斯的德国口音。

"一点儿也没有，"我回答道，"如果你想的话，我可以给你看看我的评分标准。"

"问题是，所有的老师中，只有您给我打了这么低的分数。"

"这个嘛，"我说，"可能是你高估自己了。"

"难道，不是因为我是犹太人吗？"

这种尖锐的指责吓了我一跳。"我在评分的时候非常谨慎，不会让自己的偏见影响到打分。"

"您说自己非常'谨慎'，所以说，对我的偏见还是有可能产生影响的。"他比看上去更加强硬，坚持着自己的立场。

我冷冷地回答道："上尉，如果你要问我，我是不是特别喜欢犹太人，那么说实话，我不。但如果你是在暗示，我会因此在处理公事的时候歧视你，那我可以向你保证——绝无可能！"

那次谈话就这样结束了。那天后，他再也没有私下找过我，再也没有邀请我去参加晚宴或打猎，不管是"顶级"的还是其他级别的都没有。

在战争学院教了三年书后，现实终于证明我当年做的决定是正确的——我从学校被调到了总参谋部。早在当时，就有人提议过要把我调到反间谍处去，因为地形学可以为情报工作提供非常有用的基础技能，但我当时非常反感间谍工作，所以极力拒绝了。于是，我被任命为第三部门（训练与行动局）的副局长。就是在这里，我又遇到了德雷福斯。

在战争学院的毕业生中，那些名列前茅的学生可以获得在总参谋部实习两年的机会，其间他们将在总参谋部下设的四个部门分别工作六个月。我就是负责安排这些从战争学院来的实习生的。那年，德雷福斯以第九名的成绩从战争学院毕业，完全有资格进入陆军部。他去哪里工作是由我来决定的。于是，我把他分配进总参谋部，他便因此成了总参谋部中唯一的犹太人。

当时，《言论自由报》赤口毒舌地指出军队中的犹太军官都受到了优待。受到这种言论的煽动，军队内部反犹主义的情绪日益高涨。尽管我对德雷福斯并不同情，但还是帮他缓解了一些困难境地。我的一个老朋友，阿尔芒·梅西埃－米隆，是第四部门（调遣与铁路局）的少校。他对犹太人完全没有偏见。我跟他稍微交代了几句。于是，1893年德雷福斯一来总参谋部，就被分配到了第四部门；接着在那年夏天被调到第一部门（行政局）；然后，在1894年初又去了第二部门（情报局）；最后，他于1894年7月来到他在总参谋部的最后一站，第三部门，也就是我所在的部门。

1894年的整个夏季和秋季，我都很少在总参谋部里见到德雷福斯，因为他经常不在巴黎。不过，一旦在走廊上碰巧遇见彼此，我们都会彬彬有礼地向对方点头致意。据他的顶头上司们所说，他工作勤勤恳恳，人也很聪明，只不过不太合群。但有些人说，他对自己的同事总是态度冷淡、一副目中无人的样子，对上司却总是阿谀奉承。总参谋部集体访问沙尔姆时，他在晚餐期间一直霸占着布瓦代弗尔将军，还把将军请出去，两个人单独抽了一个小时雪茄，讨论枪炮技术应该如何改进——这使在场的高级军官们十分不爽。而且，他丝毫没有对自己很富有这一事实加以掩饰。他在自己的公寓里建了一个私人酒窖，雇了三四个仆人，在马房里养了马，收集了许多照片和书籍，定期出去狩猎，还从歌剧院大街上的吉纳尔公司买了一柄内藏击锤的霰弹猎枪，花了五百五十法郎——相当于他在军队两个月的薪水。

他拒绝扮演心怀感激的外来者的行为甚至显得有些勇敢。但现在看来，这真的是一种愚蠢的行为，尤其是在军队里排犹情绪高涨的时候。

一个典型的犹太人……

在炎热的8月，"大善人行动"也枯萎了。我们再也没有在里尔街上看到艾斯特哈齐的身影，而施瓦茨科彭似乎也正在休假，不见人影。里尔街上德国人租下的公寓在夏天也不再举办活动了。我给正在其诺曼底庄园度假的布瓦代弗尔写了一封信，为自己申请艾斯特哈齐的笔迹样本，好与特工奥古斯特找来的零星的材料进行比对，看看有没有吻合的笔迹。但是，我的请求被拒绝了，因为布瓦代弗尔认为这将是"过于引人注目"的行为。布瓦代弗尔重申，如果我们真的不得不把艾斯特哈齐逐出军队，也必须得悄无声息地进行，不要引发任何丑闻。我向陆军部长反映了这件事。他对我的处境表示理解，但在这个问题上，他赞同总参谋长的看法。

与此同时，反间谍处内部的风气也开始变得糟糕。好几次，当我走出办公室时，我听到走廊里有几扇门瞬间关上了。窃窃私语卷土重来。8月15日，我们在等候室里办了一个小型聚会，为了欢送即将退休的老门房贝希尔，同时欢迎即将接任他的新门房，卡皮奥。我说了几句表示感谢的话："没有了我们的老同志贝希尔，恐怕，这栋大楼都要变样了。"我话音刚落，亨利就对着自己的酒杯，用大家正好都能听到的音量说道："那你为什么要把他赶走？"聚会结束后，大家一起去了附近生意最火的皇家酒馆继续喝酒，但他们并没有邀请我。于是，我独自坐在办公桌前，对着一瓶白兰地，想起了亨利从巴塞尔回来那天说的话：不管那个人是谁，反正他从未受到过重视，而且从现在开始，他也不会再有什么动作了。难道，就因为我调查了一个特工，结果发现他不过是个投机分子和牛皮大王，大家就对我这样反感吗？

8月20日，亨利请了一个月的假，回他那马恩河平原上的老家去了。通常，他在临走前都会来我办公室跟我道个别。但这次，他一句话都没说就溜走了。他走后，这座办公楼，在这闷热的8月里，进一步坠入了死气沉沉的深渊。

接着，8月27日，星期四下午，我接到了比约的勤务兵卡尔蒙－梅森的信息，他在信中问我什么时候有空能跟他谈谈，越快越好。我刚好处理完了手头上的所有文件，所以决定立刻过去一趟。我穿过花园，爬上楼梯，走进部长秘书的办公室。办公室的窗户敞开着，房间里光线充足，通风良好。办公室里有三四个年轻军官，正在默契地一起工作。我感到一阵妒意——这里可比我那阴暗潮湿、充满怨气、像牢房一样的办公室强多了！卡尔蒙－梅森说道："我这里有个东西，比约将军觉得应该让你看看。"他走到文件柜前，从柜子里拿出一封信。"这是昨天送来的，艾斯特哈齐少校写的。"

这封信是手写的，收信人一栏写着卡尔蒙－梅森，是两天前从巴黎寄出的。信中，艾斯特哈齐申请把自己调来总参谋部。这份申请背后隐藏的信息令我心惊肉跳——他想进陆军部。他想在这里搞到机密信息，然后拿去卖钱……

卡尔蒙－梅森说道："我的同事，泰弗内上尉也收到了同样内容的信。"

"我能看看吗？"

他递给我另一封信。这封信的措辞和第一封几乎一模一样：我申请立即从鲁昂的第74步兵团指挥部调来总参谋部……我相信

165

自己已经在工作中展现出了在总参谋部工作所必备的素养……我在外国志愿军和情报部门当中当过德语翻译……如果您能向相关管理人员提及我的这一请求，我将不胜感激……

"你回信了吗？"

"我们回了一封拖延时间的信，'部长正在考虑您的申请'。"

"我能借用一下这两封信吗？"

卡尔蒙－梅森像是在背书一样，干巴巴地说道："部长让我告诉你，如果你想把这些信件拿去用作调查线索，就拿去吧，他完全同意。"

回到办公室后，我在自己的办公桌前坐下来，把那两封信摆在面前。这两封信的字迹很工整，不是特别好看，但也不丑，词与词之间的间距让人看起来很舒适。我几乎可以肯定我在哪里见过这笔迹。起初，我以为这是因为这两封信上的笔迹和德雷福斯的笔迹很像，而我最近又读了很多德雷福斯的信件。

但接着，我想起来了那份清单——那份从施瓦茨科彭的废纸篓里找到，最后成为给德雷福斯定罪的关键证据的清单。

我又仔细看了看手上的两封信。

不，这不可能……

我晕晕乎乎地从座位上站起来，跌跌撞撞地走了几步，穿过地毯，来到保险柜前。我用微微颤抖的手打开保险柜。保险柜里，那个装着清单的照片的信封还躺在那里，和桑德尔把它放进去的那天一样。这几个月来，我一直想把它送到楼上格里贝兰那里，让他把这个拿去存档。

这份清单也是手写的，由不多不少的三十行小字组成，上面没有日期，没有地址，也没有署名。

先生，谨奉上若干有用情报……

1. 关于 120 毫米加农炮的水压制动机及其操作说明（摘要）

2. 关于陆军掩护部队的新计划（有若干变动）（摘要）

3. 关于炮队队形的改变（摘要）

4. 关于马达加斯加远征（摘要）

5. 野战炮射击规程草案（1894 年 3 月 14 日）

清单中的最后一段解释道，陆军部不允许任何军官长时间拿着野战炮射击规程，因此如果您想知道手册中某一部分的内容，您就告诉我，我会去帮您收集。或者，我也可以一字不差地全部抄写一份给您。我要去参加演习了。

巴黎首屈一指的笔迹专家看过这份文件后，信誓旦旦地保证这就出自德雷福斯之手。我把清单的照片放在桌子上，放在艾斯特哈齐写的两封信中间，然后俯下身仔细观察了一番。

笔迹是吻合的。

10 笔迹

有好几分钟，我就那么拿着照片，一动不动地坐着。我感觉全身动弹不得，就像一尊大理石雕塑一样——如果我出自罗丹之手，那我的名字应该就叫"阅读者"。即使两份材料的笔迹匹配，但真正让我确信这就出自同一人之手的其实是内容。写信人对火炮非常执着，还可以向对方提供"一字不差的"抄写服务，这种像推销员一样谄媚的语气，肯定是艾斯特哈齐无疑。和收到小蓝那天一样，我又产生了到部长办公室去，把证据摆在他面前的冲动。但这想法仅停留了一瞬，我深知这样做是愚蠢的。现在，我的四条黄金法则比任何时候都更加重要：一步一个脚印；冷静地处理；不要做出草率的判断；在握有确凿的证据之前，不要轻易相信任何人。

我从桌上抄起那两封信，理了理自己的外衣，沿着走廊走到劳特的办公室。我在门口犹豫了一会，还是敲了敲门，然后直接推门而入。

劳特正向后靠在椅子上，两条长腿往前伸着，双眼紧闭。他的金发令他沉睡中的脸看起来如天使般美好。我觉得他肯定很受女人欢迎，虽然他已经结婚了，有一个年轻的妻子，但我很好奇他是否在外面还有女人。我正要转身离开时，他一下子睁开那双蓝色的眼睛，看见了正要离开的我。他才刚醒，按理说应该还处于毫无防备的状态。但我却在他的双眼中不仅看到了惊讶，还看到了警惕。

"对不起，"我说，"我不是故意要打扰你的。等你方便的时候我再来吧。"

"不，不打扰，"劳特尴尬地站起来，"对不起，上校，天气太热，我又在屋子里待了一天……"

"别担心，我亲爱的劳特，我完全理解。对于一个士兵来说，只能日复一日地待在办公室里，实在是太折磨人了。坐下吧，请。我能坐下吗？"我没等他回答，就拉过桌子另一边的一张椅子，坐了下来。"你能帮我个忙吗？"我把那两封信放在桌子上，推给了他。"我想把这两封信拍下来，但是，要把署名和收信人的名字遮掉。"

劳特仔细打量了一下这两封信，然后震惊地瞥了我一眼，说道："艾斯特哈齐！"

"没错，看来我们的这个小间谍有野心要成为大间谍呢。不过谢天谢地，"我忍不住补上一句，"我们一直都盯着他。否则，谁知道他会闹出什么事来。"

"确实。"劳特勉强地点点头，在自己的座位上不舒服地挪了挪身子。"上校，我能不能问一下，您为什么会需要这两封信的照片呢？"

"如果不介意的话，你负责拍照就行，上尉。"我站了起来，对他微笑着说道，"明天早上的第一件事，就是给这两封信拍照，每封拍四张，好吗？这次，希望你不要把这件事告诉任何人。"

在楼上，格里贝兰刚休完年假回来，但从他脸上根本看不出来他休过假：他脸色苍白，透过他戴着的绿色塑料眼罩，可以看到他黑黑的眼圈。在炎炎夏日里，他却还是穿得严严实实，只是把衬衫的袖子稍微卷了起来，露出骨瘦如柴的手肘。他露出来的那一截胳膊又瘦又白，像某种块茎植物一样。我走进档案室的时候，他正弯着腰，看着桌面上的一个文件夹。看到我进来，他迅速地把文件夹合上，然后摘下脸上戴着的眼罩。

"上校，我都没听见您上来的声音。"

我把清单的照片递给他："这个应该由你来保管吧。"

他惊讶地眨眨眼，问道："这是在哪里找到的？"

"从桑德尔上校的保险柜里。"

"啊，没错，他一直为自己搞到这份证据而感到自豪。"格里贝兰伸直手臂，把照片举起来欣赏。他用舌头舔了舔上唇，露出一副欣赏色情图片的模样，"他曾经跟我说，要不是会违反规定，他肯定会把这张照片裱起来，挂在自己办公室的墙上。"

"就像猎人炫耀自己的战利品那样？"

"没错。"

格里贝兰打开他桌子左边最下面的一个抽屉，从里面掏出一大串钥匙。他拿着清单，走到一个笨重的老式防火文件柜面前，打开柜子。我环顾了一下四周——我没来过这里。在房间中央，两张大桌子拼在一起。在已经磨损的棕色皮革桌面上，放有六沓文件、一张吸墨纸、一盏发射出强光的台灯、一架子的橡皮印章、一个黄铜的墨水台、一个打孔机和一排笔，所有东西都被摆得整整齐齐。房间四周都是上了锁的文件柜和保险柜，里面锁着的都是这个部门的秘密。房间里仅有的三扇窗户都很窄，装有铁栅栏，上面落满了灰尘。窗台上积满了鸽子的粪便，在房间里都能听到鸽子在屋顶上的咕咕声。

"我想问一下，"我装作若无其事地问道，"清单的原件，你还保留着吗？"

格里贝兰没有回头，只是应道："有的。"

"我想看看。"

他回头瞥了我一眼，问道："为什么？"

我耸耸肩："我挺感兴趣的。"

他没法违抗我的命令，只好打开了柜子里的另一个抽屉，取出不知道多少份马尼拉纸文件夹中的一份。他打开文件夹，用一种几乎可以说是崇敬的态度，从里面抽出清单。它的样子和我想象中的很不一样。它非常轻，纸张像洋葱皮一样薄，半透明，正反面都写着字，在一面上写着的字，从另一面也能看见。最值得注意的是，这份文件是由用胶带粘到一起的六块碎片拼成的。

我说："从照片中完全看不出来是这样的。"

"是的，那可是费了好一番功夫才拍出来的。"格里贝兰的语气突然变得柔和，没有平日里那么生硬，反而掺杂了一丝自豪感。"我们先给正反面都拍了照片，对它们进行修饰，再把它们粘到一起。最后，重新拍摄整张照片。这样，它在照片里看起来才会像一张完整的纸。"

"最终版本的照片你洗了多少张？"

"十二张。要让人们看不出来它原本是被撕碎的，这样它才能在陆军部里被传阅。"

"是的，当然。这我记得。"我把手中的清单翻过来，又翻过去，在心里再次为劳特的手艺感到惊叹。"我记得很清楚。"

那是1894年10月的第一个星期，陆军部里可能有间谍的消息传开了。陆军部四个部门的主管都接到命令，需要检查自己部门内每个军官的笔迹，看看是否有与照片中清单上的笔迹相符的。四个主管都发了誓，除了告诉自己的副官，他们不会把这个秘密告诉其他人。布歇上校把对比笔迹的工作交给了我。

尽管当时知道这个消息的所有人都受到严格的管制，但消息还是泄露出去了。过了没多久，一种不安的气氛就在圣多米尼克大街上弥漫开来。问题就出在清单中那五份被泄露的文件上。这五份文件不同的来源把我们都耍得团团转。"120毫米加农炮的水压制动机及其操作说明"和"野战炮射击规程草案"说明间谍肯定是炮兵。但第二份文件中提到的"新计划"，是我们第三部门，也就是训练与行动局在修改动员时间表时提到的。当然，第四部门的铁路时刻表专家也在研究这个"新计划"，所以间谍也可能是第四部门的。但是，"关于炮队队形的改变"应该是第一部门的文件，而马达加斯加的远征计划又是第二部门的情报人员负责的……

　　人人都在互相猜疑。以前的事又被大家重新翻出来作为"证据"，曾经的谣言和积怨也卷土重来了。因为猜疑，整个陆军部都陷入瘫痪中。我仔细地检查了我们部门里每个军官的笔迹，包括布歇的，甚至还检查了我自己的，都没有找到和照片中的笔迹匹配的。

　　然后，有人——达波维尔上校，第四部门的副主管——突然想出了个主意。这个卖国贼能够接触到四个部门的情报，那不正说明他最近在四个部门都工作过？在总参谋部里还真的就有这么一群军官具备这个条件，那就是从战争学院来的实习军官。这些人相对于在这里工作了很久的老同志来说，都是外面来的陌生人。突然间，真相变得明朗起来——叛徒是一个有着炮兵背景的实习军官。

　　在总参谋部实习的军官中，有八个人符合这个要求，但其中只有一名犹太人，而且还是个说法语都带着德国口音，家里人都住在德国领土上，自己还富得流油的犹太人。

格里贝兰看着我说："我就知道你还记得清单，上校。"他少见地笑了笑。"我也同样记得，是你给我们提供了和清单上笔迹相符的德雷福斯笔迹样本。"

当时，是布歇上校向我传达了反间谍处的要求。他是个咋咋呼呼、活泼开朗、脸总是红彤彤的男人。但那天，他的脸阴沉沉的，甚至还有点泛白。那是一个星期六的早晨，距我们开始调查叛徒身份已经过去两天。他走进我的办公室，顺手关上了身后的门，说道："看来，我们马上就要找出那个混蛋了。"

"真的吗？这么快。"

"贡斯将军想再看一些德雷福斯上尉的笔迹样本。"

"德雷福斯？"我惊讶地重复道。

布歇解释了一遍达波维尔上校提出的想法。"所以，"他最后总结道，"上面已经确定，这个叛徒肯定是你手下的实习军官之一，德雷福斯。"

"我的实习军官之一？"这话我听起来不太舒服。

前一天，我已经看过德雷福斯的档案，并排除了他的嫌疑。但现在，我又把他的档案拿了出来，把里面德雷福斯写的几封信中的字迹和清单上的再比了比。仔细一看，这两种笔迹好像还真的有相似之处——字都写得很小，都向右倾斜，单词之间的距离和行距也很相似……一种真相已板上钉钉的可怕预感逐渐涌上我的心头。"我也不确定，上校，"我说，"您觉得呢？"我把信递给布歇。

"这个嘛，我也不是专家。不过，我看着挺像的。你把这些都带上吧。"

十分钟前，在我心里，德雷福斯还并没有嫌疑。但心理暗示的力量是强大的。当我和布歇上校一起走过陆军部的走廊时，我的脑海中已经开始出现各种想法——他的家人都生活在德国；他一直是那么的不合群、目中无人；他雄心勃勃地想进入总参谋部；他对高官们阿谀奉承……无数细节在我脑海里一闪而过。当我们抵达贡斯的办公室时，我几乎已经说服了自己：没错，他当然会背叛我们，因为他恨我们；他一直都恨我们，因为他跟我们从来都不一样，以后也不会一样，因为他富得流油；他只是……

一个典型的犹太人！

除了贡斯本人，在贡斯的办公室里等着我们的还有达波维尔上校、第四部门的主管法布尔上校、第一部门的主管勒福尔上校，还有桑德尔上校。我把德雷福斯的信放在贡斯的办公桌上，然后就向后退了几步。我的上司们都围上前看。从他们那穿着制服的背影后，传出了一阵阵越来越大声的惊呼，其中的震惊与确信昭然若揭："快看他这个大写的's'是怎么写的，还有'j'……还有这个小写的'm'和'r'，看到了吗？还有词与词之间的间隔也完全一样……我不是专家，但是……不，我也不是专家，但是……我得说它们完全一致……"

桑德尔站直了身子，用掌根拍了拍自己的额头，说道："我早该想到的！好几次，我都看见他在附近转来转去，问一些奇怪的问题。"

法布尔说："你还记得吗，皮卡尔少校？我在关于他的报告中不是说过了吗？"他用手指了指我。"'一个不合格的军人，缺乏在总参谋部任职所需的品质……'我是这么说的，对吧？"

"没错，上校。"我赞同道。

贡斯问："德雷福斯现在在哪？"

"在巴黎外的步兵营地，下周末才回来。"

"很好，"桑德尔点了点头道，"非常好。这样的话，我们还有时间把这些给笔迹鉴定专家看看。"

贡斯说："你真的觉得是他吗？"

"这个嘛，不是他，是谁？"

没有人回答。这就是问题的关键。如果不是德雷福斯干的，那是谁？你吗？我吗？你的同事？还是我的同事？然而，如果认定是德雷福斯，这种组织内部的互相猜疑也就可以到此为止了。虽然大家都没有明说，甚至没有仔细想过这一点，但可以肯定的是，大家都希望这件事能快点结束。

贡斯叹了口气道："我还是去告诉梅西埃将军事情的进展吧，他可能得去跟总理谈谈。"他瞥了我一眼，仿佛我就是把德雷福斯带进陆军部的那个人。然后，他对布歇说："我想，我们不需要再占用皮卡尔少校的时间了吧，上校？"

布歇答道："是的，我也这么认为。谢谢你，皮卡尔。"

"谢谢您，将军。"

我敬了一礼，转身离开了。

我沉默了一会，沉浸在回忆中。突然间，我才反应过来格里贝兰还在盯着我看。

"奇怪，"我说道，语气中不掩对清单的赞赏，"真奇怪呀，回忆一下子涌上来了。"

"嗯，我懂。"

当时我以为这个案子已经没我的事了。但出乎意料，一周后我在家里收到一封电报，里面要求我在10月14日周日的晚上六点，去到陆军部办公室参加会议。

于是，10月14日晚上，我准时来到布列讷酒店。当我爬上楼梯时，我就听到有人在说话。到二楼后，我发现有一群人站在走廊上，等着被叫进去。布瓦代弗尔将军、贡斯将军、桑德尔上校都在这里，还有几个我不认识的人——一个胖胖的、脸色红润的少校，像我一样也戴着荣誉军团的红绶带；还有一个是总安全局的主管。走廊的另一头，还有一个军官站在窗户旁。他神气十足地戴着一副单片眼镜，翻阅着手里的文件。我认出来那是迪帕蒂·德·克拉姆上校，布兰琪的旧情人。发现我正在看他，他合上手中的文件夹，取下单片眼镜，趾高气扬地向我走来。

"皮卡尔，"他说着，向我回了一礼，"怎么会发生这么可怕的事。"

"我不知道您也被牵扯进来了，上校。"

"牵扯！"迪帕蒂笑着摇了摇头，说，"我亲爱的少校呀，我是被派来负责调查这个事件的！今天就是我叫你来的！"

不知为何，我总觉得迪帕蒂这人有点恐怖。他像是某个戏剧的主角，但没有人知道这个剧本上写了什么。他可能会突然大笑起来，可能会轻拍自己的鼻子，摆出一副神秘莫测的样子，也可能会在谈话进行到一半的时候，不带一句解释地直接从房间里消失。他自诩为一个研究过笔记学、人体测量学、密码学和隐显墨水，精通现代科学的侦探。不知道他在自己的戏剧中，给我分配了什么角色。

我说："冒昧地问一句，调查进展得如何了？"

"你一会儿就知道了。"他拍拍手中的文件夹，朝陆军部长办公室的房门点了点头。这时，陆军部长的一个参谋正好打开了房门。

当我们走进办公室时，梅西埃正坐在办公桌前，往一堆信件上签着名。"请坐，先生们，"他头也不抬地道，"我马上就好。"

我们按照军衔的高低在会议桌旁坐下。主位是留给梅西埃的。主位右边是布瓦代弗尔，左边是贡斯，桑德尔和迪帕蒂面对面坐着，而我们三个军衔最低的则坐在最远的位置。

"亨利。"那个我不认识的身材魁梧的军官说着，隔着桌子探过身来，向我伸出手。

"皮卡尔。"我回答道。

总安全局来的那位军官也自我介绍道："阿尔芒·科切夫特。"

我们就这么尴尬地沉默着，在会议桌旁坐了一会。部长终于签完了他手头的文件，把文件交给了他的助手，助手敬了个礼就离开了。

"所以，"梅西埃在会议桌前坐下，把一张纸放在自己前面的桌子上，"我已经通知了总统和总理，这就是对德雷福斯的逮捕令，只需要我的签名就能生效。笔迹鉴定专家的鉴定结果出来了吗？听说第一个专家，就是法国银行的那个，说那个笔迹不是德雷福斯的。"

迪帕蒂打开自己的文件夹，说道："我们已经收到结果了，部长。我咨询了警察厅罪犯鉴定局局长，阿方斯·贝蒂荣。他说，清单的笔迹中包含德雷福斯笔迹中的标志性元素，至于那些不一样的地方，是写字人故意伪装出来的。请允许我跳过他说的技术细节，直接为大家读一下他的结论。'在我看来很清楚了，你们提供的各种文件和这份定罪证据是同一个人写的。'"

"一个说是，一个说不是？这叫什么专家！"梅西埃转向桑德尔，问道，"德雷福斯回巴黎了吗？"

桑德尔回答道："他正在和他的岳父岳母，也就是阿达马夫妇一起吃晚饭。你也知道，他岳父是卖钻石的，也是种值钱的小东西。我们已经监视了他们吃晚饭的那栋大楼。"

布瓦代弗尔打断他，说道："上校，既然我们都知道了他在哪，那为什么不今晚就实施抓捕呢？"

"不行，将军，"桑德尔用力地摇摇头，回答道，"恕我直言，绝对不行。你们不了解犹太人，你们不了解他们是怎么做事的。但我了解。一旦那些犹太人发现我们逮捕了德雷福斯，他们的上层势力就会迅速行动起来，鼓动人们发起抗议，要求释放德雷福斯。逮捕他这件事不能兴师动众，动静越小越好。而且，逮捕他之后，我们还要保证能让他在我们这待一星期。我觉得迪帕蒂上校的计划好一些。"

梅西埃把他那毫无表情、像戴着假面具一般的脸转向了迪帕蒂，说道："你说。"

"我得出的结论是，等德雷福斯在部里的时候逮捕他是最安全的。贡斯将军已经给他发了一封电报，命令他明早九点去布瓦代弗尔将军的办公室，进行工作汇报……"

"还得穿便服，"贡斯补充道，"这样，等他被押到监狱的时候，要是有人看到他，他们就不会发现他是个军官了。"

"……然后，我们会在圣多米尼克大街总参谋长的办公室里，逮捕他。"

梅西埃问："那如果他发现这是个圈套要怎么办？"

"那就要看皮卡尔少校的了。"迪帕蒂说道。

突然，所有人都看向我的方向。我凝视着前方，试着装出一副知道自己的任务是什么的样子。

"皮卡尔少校，"贡斯对梅西埃解释道，"是德雷福斯在高等战争学院的老师，也是实习军官计划的负责人。"

"我知道。"梅西埃打量着我，但我却感觉像是另一个人从他戴着的人皮面具底下看着我，完全猜不出他在想什么。

迪帕蒂继续说道："我建议，让皮卡尔少校明早九点在大门口等着德雷福斯，然后亲自把他带到布瓦代弗尔将军的办公室去。他认识皮卡尔少校，也信任他。这样，他应该就不会产生怀疑。"

梅西埃沉吟着，会议室里也陷入暂时的沉默。

过了一会，梅西埃开口问道："皮卡尔少校，你觉得这个计划如何？"

"我不确定德雷福斯上尉会不会信任我。"我小心翼翼地回答道，"但是，如果迪帕蒂上校认为我在场会有用的话，那么，我服从安排。"

梅西埃把他那诡异的目光重新转向迪帕蒂，说道："我们把他弄进布瓦代弗尔的办公室，然后呢？"

"布瓦代弗尔将军不会在办公室里……"

"我本来就不想去！"布瓦代弗尔插了一句。

"……相反的，我会在办公室里等着德雷福斯。我会跟他说，总参谋长有别的事耽搁了，并请他坐下。我的右手会绑着绷带——我会说是受伤了——然后，我会口述一封信，要求德雷福斯帮我写下来。我会说得比较快，这样他就来不及掩饰自己的笔迹了。一旦我觉得证据够了，我就会发出信号，我们就和他对质。"

"'我们'是谁？"梅西埃问道。

"总安全局的科切夫特部长——就是坐在这里的这位——以及他的一个手下；还有格里贝兰先生，反间谍处的档案管理员，他会把我们的对话一字不差地记下来；还有反间谍处的亨利少校，他会藏在一块屏风后面。"

"所以，你们五个人对付他一个？"

"没错，陆军部长。我相信，由于人数的差距和受到的惊吓，

179

他说不定会就此崩溃，全部坦白。如果真的是这种情况，那我想再提一个建议。"

"你说。"

"我们应该给他一个体面的选择——我可以给他一把装有一颗子弹的军用左轮手枪，他可以当场就自我了结。"

梅西埃想了以后，然后轻轻地点点头，说："行。"

布瓦代弗尔说："天哪！希望他自我了结的时候可别站在我的地毯上——那可是欧比松的！"

终于，会议室里爆发出一阵笑声，缓和了紧张的气氛。只有梅西埃没笑。他问道："那如果，他不选择自尽呢？"

"那么，亨利少校就会把他押送到舍尔什米蒂监狱，"迪帕蒂说道，"而我和科切夫特会去德雷福斯的公寓搜查证据。我会警告德雷福斯的妻子，对于她丈夫发生的事，她最好守口如瓶。否则，她丈夫的处境会更加难堪。舍尔什米蒂监狱的监狱长已经答应了将德雷福斯全天、单独监禁——不能通信、不能探视、不能见律师。不会有人知道他在那里，就连巴黎驻军的司令也不会知道。对于公众而言，阿尔弗雷德·德雷福斯将就此从这个世界上消失。"

说完这个宏大的计划，迪帕蒂合上文件夹，坐在椅子上向后靠去。

我环视了一下周围。梅西埃和布瓦代弗尔毫无反应，贡斯点燃了一根香烟，桑德尔握住椅子扶手的手微微颤抖着，亨利关切地看着桑德尔，而科切夫特抱着双臂，盯着地板。

梅西埃说："还有人有问题吗？"

我犹豫了一下，然后小心翼翼地举起手。但凡有机会，我总是抵挡不住刺激刺激迪帕蒂的诱惑。

"你说吧……皮卡尔少校，对吧？"

"没错。谢谢您，部长。我在想，"我转向迪帕蒂道，"如果德雷福斯不招呢？"

迪帕蒂冷冷地看了我一眼，说道："他会的。他别无选择。"

"但如果他不招……？"

"如果他不招，"桑德尔打断了我的话，从桌子那头盯着我，激动得全身发抖，说道，"除了他的笔迹，我们还有很多其他证据，可以证明他有罪。"

我决定不再追问，点点头，答道："谢谢。"

接着，又是好长时间的一阵沉默。

"还有人有问题吗？"梅西埃问道，用深邃神秘的目光扫视着所有人，"有吗？参谋长？没有？那好吧，先生们，你们已经得到了我的允许，明早九点，按计划行事。"

说完，他在逮捕令上签字，然后把它甩给了迪帕蒂。

第二天早晨是一个完美的秋日早晨——秋高气爽，却又带着丝丝暖意，早上初升的太阳驱散了塞纳河河面上的层层薄雾。

八点刚过，我就到部里了。一走进大厅，我就看见迪帕蒂正在那里紧张又激动地整合着今天行动的队伍。有三个穿着便服的人——科切夫特和他的副手，还有一个面色苍白的文员，虽然没有人给我介绍，但我想那应该就是格里贝兰。亨利和我都穿着制服。亨利看起来一头雾水，当迪帕蒂第二次还是第三次重申我们各自的任务时，他看向我，对我眨了眨眼。

"皮卡尔，九点钟时你一定要和德雷福斯一起到总参谋长的办公室，"迪帕蒂走之前最后叮嘱道，"别迟也别早，一定要正好九点到，明白了吗？整个计划一定要像上了发条的闹钟一样按时进行！"

　　说完，迪帕蒂就和其他人一起上楼了，而我则在一张绿皮面的长椅上坐下来等着。坐在这个位置上，我能清清楚楚地看见总参谋部的前院。我一边仔细地留心前院有没有出现德雷福斯的身影，一边假装看着报纸。时间一分一秒地过去，我的眼前经过了军队里的各种人物——行动迟缓、胡子花白的老将军；英姿飒爽的龙骑兵上校，他们清晨在布洛涅森林里慢跑后，脸都被冷风吹得通红；充满干劲的年轻上尉们，为自己的上司抱着一沓沓文件夹——然后突然间，人群中出现了德雷福斯的身影。他肢体动作很不协调，看起来犹犹豫豫的，皱着眉头，不知怎么看起来已经像是一个被唾弃的人了。按照吩咐，他没有穿军装，而是穿着一件整洁的黑色礼服外套，搭配条纹裤子和圆顶礼帽，看上去就像是一个股票经纪人。我看了看手表，低声骂了一句——他早到了十五分钟。

　　我把报纸叠起来。当他走进大门的时候，我站了起来。看见我，他明显吃了一惊。然后，他碰了碰自己的帽子，向我致敬。

　　"皮卡尔少校，早上好。"他扫了一眼拥挤的大厅，说道，"我担心是有人在跟我开玩笑。周六我收到了一封电报，据说是从布瓦代弗尔将军的办公室发来的。电报里让我穿着便服汇报工作，但好像只有我一个人收到了通知。"

　　"听起来很奇怪，"我说，"我能看看吗？"

　　德雷福斯从口袋里掏出一封电报，递给我。上面写着：传召信。法兰西第三共和国将军兼陆军总参谋长将于10月15日星期一与全体参谋人员一起对在任军官进行工作检查。现通知任职于巴黎第39步兵团的德雷福斯上尉于该日上午九点到达陆军总参谋长的办公室。要求身着便服……

182

我假装仔细地从头到尾读一遍，但这只是在拖延时间而已。"我搞不懂，"我说道，"你来我的办公室吧。我们一起把这件事情搞清楚。"

"不，少校，就不必麻烦您了……"

"不麻烦，请务必来。"

"我不想给您造成任何不便……"

"相信我，我现在有的是时间。"

那一天，到第三部门的路感觉无比漫长。在走去我办公室的这段路上，除了跟他聊聊天气、家庭之类的老掉牙的话题，我想不出还能说什么。"你的妻子还好吗？"

"她很好，谢谢您的关心，少校。"

"你有孩子吗？对不起，我记不清了。"

"有的，少校——有两个孩子。"

"男孩女孩？"

"一个男孩，一个女孩。"

"几岁了？"

"皮埃尔三岁了，让娜一岁半……"

我们就这样有一句没一句地聊着。到办公室门口时，我终于松了一口气。"要不你进去等吧，"我说，"我去看看到底是怎么回事。"

"谢谢您，上校。"

他走进我的办公室，我在他身后关上门。我又看看表，还有九到十分钟。我像个哨兵一样，在走廊里踱来踱去，时不时瞥一眼关着的房门，等待时间过去。我琢磨着，他这时是不是已经从窗户爬出去了，正顺着排水管往下爬呢？还是正在我的桌子里翻找着机密文件？终于，在离约定时间只剩下两分钟的时候，我走进办公室去叫他。他坐在椅子边上，膝盖上放着摘下来的圆顶礼帽。我桌上的文件没有被挪动过。看起来，他在这段时间里一动都没动。

"那封电报说的是真的，"我欢快地说道，"确实有检查。"

"太好了！我真是松了一口气！"德雷福斯喊道，站了起来，"我就担心是有人在跟我开玩笑呢——你也知道，他们有时候就是这样。"

"我也要去见将军，我陪你过去吧。"

我们离开了我的办公室，往总参谋长的办公室走去。

德雷福斯说："我希望能亲自跟布瓦代弗尔将军谈谈。夏天的时候，我们俩就炮兵编队的问题谈得很愉快。在那之后，我又想到了一两个主意。"我没有回答，他继续说道："您知道这次检查需要多长时间吗，少校？"

"我恐怕并不知道。"

"是这样的，我已经告诉了我妻子我会回家吃午饭。唉，问题不大。"

我们走到了总参谋长办公室前宽敞的走廊上。

德雷福斯道："我说，这里也太安静了，不是吗？大家都在哪儿呢？"

随着总参谋长办公室的双开门越来越近，他的脚步渐渐放慢。我催促他向前走。

我说："我觉得他们肯定都在里面等你了。"我把手放在他的腰上，轻轻地把他往前推了推。

我们走到门口。我打开门。他看向我，一脸迷惑。"您不一起进来吗，少校？"

"很抱歉，我刚记起来我有一件急事，现在得走了。再见。"

我转身走开。走着走着，听到身后的门锁发出了"咔嗒"的一声。我回头一看，门已经关上，德雷福斯也已不见人影。

"告诉我，"我对格里贝兰说，"那天早上，我把德雷福斯交给你和迪帕蒂上校以后，到底发生了什么？"

"我不明白您指的是什么，上校。"

"你是在那里当证人的，对吗？"

"是的。"

"那么，你看到了什么？"我抽出一把椅子，格里贝兰直直地盯着我，"请原谅我问这些问题，格里贝兰先生。我只是想补上自己的信息缺口。毕竟，这个案子现在还没结束。"我坐下来，指了指对面的椅子。"请坐下来吧。"

"既然您都问了，上校。"格里贝兰还是紧紧地盯着我，好像是怕我会突然朝他扑过去似的。他把自己瘦骨嶙峋的身体安置到椅子上。"您想知道什么呢？"

我点了一支烟，然后又略显浮夸地把烟灰缸拉到自己面前。"要是不小心掉一粒火星在这就糟糕了！"我笑着说，抖了抖手，熄灭火柴，把它小心地放到烟灰缸里，"德雷福斯进门之后，发生了什么？"

我像挤牙膏一样，一点一点地从他口中套出了全部过程：德雷福斯是怎么走进房间，环顾四周，问布瓦代弗尔将军在哪里的；迪帕蒂又是怎么回答道将军有其他事耽搁了，请德雷福斯坐下，指了指自己戴着手套的手，问他是否介意帮自己记下一封信，因为自己扭伤了手腕；而德雷福斯又是如何在科切弗特及其助手，以及坐在他对面的格里贝兰的注视下，按照要求做了。

"他当时肯定开始紧张了，"我说道，"他肯定在纳闷这到底是怎么回事。"

"是的，他确实很紧张。这也可以从他当时的笔迹上看出来。我拿给你看。"格里贝兰再次走到他的文件柜前，拿回一个鼓鼓囊囊的文件夹。他打开这个足足有几厘米厚的文件夹，"在最上面的就是德雷福斯写下的、由迪帕蒂上校口述的那封信。"他把文件夹推过来给我道，"你可以看出他在中途改变了自己的笔迹。因为他意识到了这是个陷阱，他想要掩饰自己的笔迹。"

信的开头非常普通：1894 年 10 月 15 日于巴黎。先生，我严肃地要求您暂时归还我在出发参加演习前交给你的文件……

我说："我没看出他在中途改变了笔迹……"

"有的，就在这里，很明显。在这里呢。"格里贝兰凑过来，用指尖敲了敲纸面，用有些恼火的语气说道，"就在这里，就在上校让他写下 120 毫米加农炮的液压制动的时候，他意识到事情不对劲。可以看出他的笔迹从那时开始突然变得越来越大、越来越不规律了。"

我又仔细看了看，但还是没有看出来。"可能吧，既然你这么说的话……"

"相信我，上校。而且，他的举止也开始变得奇怪起来，这我们大家都注意到了。他的脚开始发抖。迪帕蒂上校指责他故意篡改自己的字迹，但他否认了。当他终于写完上校口述的信后，上校告诉他，他因叛国罪被逮捕了。"

"然后呢？"

"科切夫特部长和他的助手冲过去控制住他，搜了他的身。德雷福斯还是在否认指控。迪帕蒂上校掏出左轮手枪，告诉他还有一个选择。"

"德雷福斯怎么说？"

"他说，'你想开枪就开枪吧，但我是清白的！'他说得非常悲壮，就像是在演戏一样。这时，迪帕蒂把亨利少校从屏风后面叫了出来，然后亨利少校就把德雷福斯带去监狱了。"

我翻了翻文件夹里的其他文件。令我惊讶的是，剩下的材料的每一页居然都是清单的抄写件。我从中间翻开，又翻到最后。"我的天哪，"我低声说道，"你们让他写了多少遍啊？"

"噢，一百来遍吧，但那花了好几个星期。你可以看到上面都有标签，'左手''右手''站着''坐着''躺着'……"

"是让他在牢房里写的吗？"

"是的。警察厅的笔迹鉴定专家，贝蒂荣先生，想要尽可能多的笔迹样本。这样，他才能搞清楚德雷福斯是怎么伪装自己的笔迹的。迪帕蒂上校和我经常会去舍尔什米蒂找德雷福斯，通常是深夜去，然后审问他一整晚。上校想出了一个主意，那就是趁德雷福斯睡着的时候，突然用强光灯照他的脸，吓他一跳。"

"他那时候精神状态如何？"

格里贝兰贼溜溜地说道："老实说，上校，他的精神相当脆弱。他被单独关在一个牢房里，不允许和外界通信，也不允许探视。他在狱里经常哭，也经常问起自己家人的情况。我还记得他的脸上有几处擦伤。"然后他又轻轻地摸了摸自己的太阳穴道："就在这个位置。后来，狱卒告诉我们，这是因为他经常用头撞墙。"

"那他还是否认自己是间谍吗？"

"死都不松口！那可真是一出好戏啊，上校。不知道是谁把他训练成这么一个优秀的间谍的。"

我继续翻了翻那份文件。先生，谨奉上若干有用情报……先生，谨奉上若干有用情报……先生，谨奉上若干有用情报……先生，谨奉上若干有用情报……德雷福斯的笔迹越来越潦草。这仿佛是一份疯人院里的文档，我开始感到头晕目眩。我合上文件夹，把它推到桌子的另一边。

"非常有趣，格里贝兰。谢谢你抽出时间来和我说这个故事。"

"还有什么可以帮您的吗，上校？"

"没有了。至少现在没有了。"

他轻轻地把文件抱在怀里，走到文件柜前。我走到门口，停下来，回头看了看他，问道："你有孩子吗，格里贝兰先生？"

"没有，上校。"

"你结婚了吗？"

"没有，上校。做这份工作不适合结婚。"

"我明白了。我也和你一样。那么，晚安了。"

"晚安，上校。"

我快步跑下楼梯，来到二楼，越走越快，经过走廊，经过自己的办公室，又下了一层楼，到了一楼，穿过大厅，来到室外，走入阳光下。我深吸一口气，终于感觉到新鲜的空气充满了我的肺部，整个人又精神起来。

11 梅西埃的指示

那天晚上是个不眠之夜。我躺在自己的小床上，汗流浃背，辗转反侧。身下柔软的床单被我弄皱了，感觉像是睡在坚硬的石头上。我开着窗户，试图让房间里的空气流通一点，但从窗户进来的只有城市发出的噪音而已。因为失眠，我不得不每过一个小时就数着远处教堂的钟声，从午夜一直到六点。最终，我终于睡着了。可才眯了三十分钟，就又被清晨电车的喇叭声吵醒了。我索性起床，穿好衣服，下楼，沿街走到哥白尼街拐角处的酒吧。我没有任何胃口，只想来一杯黑咖啡，点上一支烟。我翻开了《费加罗报》：爱尔兰的西南海岸附近有一个高压气团正在向不列颠群岛、荷兰和德国的方向移动；即将到来的沙皇访问巴黎之行的细节尚未公布；陆军部长比约将军正在加蒂奈参加骑兵演习。也就是说，在这8月的大热天里，没有任何值得注意的新闻。

当我到达反间谍处的时候，劳特已经在自己的办公室里了。他系着皮围裙，已经把艾斯特哈齐那两封信的照片洗出来了，每封四张。照片还湿漉漉的，闪着水光，仍然散发着定影液的臭味。像往常一样，劳特干得很出色。信上的地址和签名已经被抹掉了，但字迹还是清晰易读。

"你干得很好，"我说，"那我就把这些带走了。哦，还有信的原件也要带走，如果你不介意的话。"

他把所有材料都装进一个信封里，然后递给我。"给您，上校。希望这些东西能帮到您。"他淡蓝色的眼睛里流露出一种乞求的神情。但他之前已经问过一次我要拿这些材料干什么了，而我拒绝回答他。他肯定不敢再问一次。

既然他没有再问出口，我也就没有理睬他，在回办公室之前愉快地说了一句："祝你有愉快的一天，劳特。"回到自己的办公室后，我抽出两张照片，一封信一张，塞进公文包，把其余的照片都放进保险箱。然后，我就锁上门，离开了办公室。经过大堂的时候，我告诉新来的门房卡皮奥，我不确定自己什么时候能回来。卡皮奥四十多岁，是名退役骑兵。不知道亨利从哪个犄角旮旯找来的这号人物，反正我不完全信任他。我看这人眼神呆滞、青筋毕露，大概是亨利的酒友之一吧。

我走了二十分钟才走到西堡岛上的警察局总部。警察局总部大楼坐落在圣米歇尔桥旁边的河堤上，是一座阴沉高大的建筑。这座大楼本来是本地军营，大楼里也和外面看起来一样昏暗、破旧。我把名片递给了门房——"乔治·皮卡尔上校，陆军部"——并告诉他我想见见阿方斯·贝蒂荣先生。看到我的名片，门房对我肃然起敬。他叫我跟着他，接着打开一扇门，领我进去，在我们身后把门锁上。然后，他领着我爬上一级又一级的台阶。这些台阶非常陡，我不得不弯曲着身子来保持平衡。爬到一半时，有几十个囚犯从楼梯上排着队下来，我们不得不停下来，紧贴着墙，给他们让路。在他们经过的时候，我闻到了他们身上的汗臭味，还带着一股绝望的味道。"贝蒂荣先生正在给他们量尺寸。"我的领路人这么解释道，仿佛贝蒂荣先生是个裁缝。我们继续往上走。终于，他打开另一扇门，我们进入了一个闷热、充满阳光的房间，地上铺着光秃秃的木地板。"上校，您在这稍等片刻，"他说道，"我去找他。"

这个房间位于大楼的最顶层，朝西。现在这里就像是个密不透风的温室一样闷热难耐。透过贝蒂荣实验室的窗户，越过警察局的烟囱看去，在远处，正义宫巨大屋顶上的瓦片起起伏伏，就像是一片蓝色的、由石板组成的海洋。在这片海洋的中间，圣礼拜堂精致的金黑相间的尖顶屹然挺立。实验室的墙上贴着数百张罪犯的照片，正面的、侧面的都有。人体测量法——或者被我们这位行业精英"谦虚地"称作"贝蒂荣测量法"的方法认为，可以通过测量人体十项不同数据来确定任何人的身份。房间的一个角落里摆着一条长凳，一把金属的尺子被固定在上面。还有一个可调节的卡规，用来测量小臂和手指的长度。在另一个角落里，有个像画架一样的大木制框架，是用来记录坐高（躯干长度）和站高的。第三个角落里放着一个带有青铜卡钳的装置，是用来量脑袋的直径的。房间里还有一台巨大的照相机、另一张长凳、一台显微镜、一个安在支架上的放大镜和一个文件柜。

我四处转了转，看着墙上的照片。这些照片看起来像是一堆昆虫标本收藏品——蝴蝶，或者甲虫，被钉在木板上，再装裱起来。照片里，囚犯脸上的表情也是千奇百怪，有的害怕，有的羞愧，有的不屑，有的一脸无所谓；有些人看上去刚被暴打过，有些人看上去饿得奄奄一息，甚至有些人看上去已经疯了；但是，没有一个人脸上有一丝笑意。在这一堆令人沮丧的绝望面孔中，我突然发现了阿尔弗雷德·德雷福斯的脸。照片里，他穿着破烂的军装，那温和的、像会计一样的脸直直地对着镜头。他没有戴着他平日里戴的那副眼镜或夹鼻眼镜，这看起来让人很不习惯，就像是看到了他的裸体。他的眼睛注视着我。照片上写着一行标题：德雷福斯 5.1.95。

突然，一个声音说道："皮卡尔上校？"我转过身，看到贝蒂荣站在那，手里拿着我的名片。他四十出头，身材矮胖，脸色苍白，长着一头浓密的黑发。他粗硬的胡子被修剪成了斧刃的模样。我觉得如果我用手指在他胡子的边缘上划一下，可能都会流血。

"您好，贝蒂荣先生。我刚刚看到德雷福斯上尉也在您的样本之列呢。"

"啊，没错，是我亲自给他拍的照。"贝蒂荣回答道。他走了过来，站到我身边。"革职仪式刚刚结束，他就到了拉桑特监狱，我就是在那里给他照的相。"

"他看起来和我记忆里的不太一样了。"

"他当时整个人都处在恍惚状态——像在梦游一样。"

"也难怪，毕竟经历了那样的场面，是个人都会崩溃的。"我打开了公文包，说道，"其实，我这一趟来就是为了德雷福斯。我已经接任桑德尔上校，成了反间谍处的处长。"

"我知道，上校，我记得在军事法庭上见过您。德雷福斯案有什么新情况吗？"

"劳驾您看看这些照片好吗？"我把艾斯特哈齐的两封信的照片递给他，"然后告诉我您怎么看。"

"您知道我从来不即刻给出判断吧？"

"恐怕这次情况有所不同。"

拒绝的话似乎就在他的嘴角边，但他最终还是没能战胜自己的好奇心。他走到窗前，一只手拿着一张照片，把照片举起来，对着光线看了看。片刻后，他皱皱眉头，困惑地望了我一眼。接着，他又重新把目光集中在手里的照片上。"有意思，"他说道，然后又重复道，"有意思，有意思……！"

他走向文件柜，拉开一个抽屉，从中取出一个用黑丝带捆着的绿色文件夹。他把文件夹拿到长椅那边，解开丝带，从文件夹里取出一张清单的照片、若干表格和图。他把清单和两封信的三张照片并排放着，然后拿出三张相同的正方形透明纸片，在每一张照片上放了一张。接着，他打开一盏灯，又把放大镜拉到自己眼前合适的位置，开始仔细观察起来。"啊哈，"他自言自语地说道，"啊哈，没错，没错，啊哈……"

我就这样在旁边看着他。几分钟过去了，我终于控制不住自己的好奇心，问道："怎么样？笔迹一样吗？"

"完全一致。"他说道。他惊奇地摇摇头，转向我，再次说道："完全一致！"

我简直不敢相信他在这么短的时间内就能得出如此肯定的答案。给德雷福斯定罪的主要证据，现在就这样被当初把证据制造出来的同一个专家，推翻了。"那您愿意为这个事实写一份书面证明吗？"

"当然可以。"

当然可以？我感觉墙上贴着的罪犯照片仿佛正围着我不停地旋转。"那如果我告诉你，这两封信根本不是德雷福斯在魔鬼岛写的，而是今年夏天，有人在法国写成的呢？"

贝蒂荣耸耸肩，一副不在乎的样子，说道："那么，肯定就是那个犹太人不知怎么地教会了别人用他的笔迹写字。"

我从西岱岛回到了左岸。我去陆军部找了阿尔芒·迪帕蒂，可是他不在部里。其他人告诉我，他下午都不会来部里了，不过可以去他家里找找。一位年轻的参谋给了我他家的地址：博斯凯大街17号。

于是，我又走着出发了。从某种意义上来说，我好像已经从一名军官摇身一变，成了一名侦探。我在大街小巷上奔波，询问证人，收集证据。等到这个案子结束，我可能得考虑去加入总安全局了。

博斯凯大街就在塞纳河旁，环境优美，街上川流不息。阳光透过树叶的间隙照下来，光斑散落一地。迪帕蒂的公寓在三楼。我敲了敲门，没有得到任何回应。我正要转身离开时，突然发现门缝里有一个影子微微动了动。于是，我又敲了一次门："迪帕蒂上校？我是乔治·皮卡尔。"

门后沉默了好一会，才传来一声低沉的回应："请等一下！"然后，只听见门闩被拉开，锁转动了一下，然后门被打开了一条缝。一只在单片眼镜后微微变形了的眼睛透过门缝朝我眨了眨。"皮卡尔？你一个人来的？"

"对啊，当然了。不然还能有谁？"

"也是。"门完全打开了。门后的迪帕蒂穿着一条绣有龙的图案的红色丝绸长袍，脚上趿着一双浅蓝色的摩洛哥拖鞋，头上戴着一顶深红色的土耳其菲斯帽，脸上胡子拉碴的。"我正在写我的小说呢。"他解释道，"进来吧。"

公寓里有一股香薰和雪茄的味道。躺椅边堆着一摞脏盘子，书稿堆放在一张写字桌上，还有一些散落在毯子上。壁炉上方挂着一幅画，画的是闺房里一个裸体女仆。桌子上有一张迪帕蒂和他贵族出身的妻子，玛丽·德·尚普路易的合照。就在德雷福斯事发之前，他们结了婚。照片里，迪帕蒂的妻子还抱着一个穿洗礼袍的婴儿。

"看来，你又当爹了？恭喜。"

"谢谢。是的，我的儿子[①]已经一岁了。夏天他和他妈妈一起

---

① 即查尔斯·迪帕蒂·德·克拉姆（1895~1948），后来成了维希法国犹太事务的总负责人。——作者注

回她家的庄园度假了。我一个人留在巴黎写作。"

"你在写什么？"

"是个谜。"

不知道他是想说自己的小说写的是个神秘故事，还是想说现在还什么都没写出来。他好像急于重新开始写作，至少他没请我坐下。我说："好吧，我这还有一个'谜'要给你。"我打开公文包，给了他一张艾斯特哈齐的信的照片。"也许，你还记得这个笔迹吧。"

他确实记得，而且还一眼就认出来了——他往后缩了缩，极力掩饰着自己内心的困惑。"我不确定，"他说道，"看起来有点儿眼熟。这是谁写的？"

"这我不能告诉你。但我可以告诉你的是，这绝不是出自魔鬼岛上的那位之手。因为这是上个月写成的。"

他把照片塞回给我。显然，他一点都不想要这个烫手山芋。"你应该去找贝蒂荣，他才是鉴定笔迹的专家。"

"我已经给他看过了。他说这封信的笔迹和清单的笔迹完全一致——'完全一致'，这是他的原话。"

接着，经历了一阵尴尬的沉默。迪帕蒂对自己的单片眼镜的两面哈了哈气，然后用自己的晨衣袖子擦拭着镜片，试图掩饰尴尬。然后，他又把眼镜戴上，盯着我，问道："乔治，你来找我究竟想说什么？"

"我只是在做我的本职工作，阿尔芒。调查潜在的间谍是我的职责所在。而现在，我似乎又找到了一个叛徒——而他，在你两年前指挥德雷福斯案的调查的时候，不知怎么的，没有被发现。"

在迪帕蒂晨衣宽大的袖子下，他像是在防范似的交叉着自己的双臂。这让他看起来非常可笑，像是一个在黑猫夜总会卡巴莱演出中变戏法的魔术师。"我不是神仙，我也会犯错，"他说，"我也从来没有假装过自己是个完美的人。确实，这桩案件中可能还有其他人的参与。桑德尔就一直相信德雷福斯至少还有一个同伙。"

"你有具体的怀疑对象吗？"

"我个人怀疑是他的哥哥，马蒂厄。事实上，桑德尔也是这么认为的。"

"但当时马蒂厄根本就不是军队里的人，而且也不在巴黎。"

"没错，"迪帕蒂意味深长地回答道，"但他在德国。而且他是犹太人。"

和他谈论他的这些奇思怪想，就像是在一个没有出口的迷宫里迷路了一样。我不想再和他多费口舌。我说："我想，我不应该再占用你写作的时间了。"我把公文包放在桌上，好把照片放回去。就在我收拾照片的时候，我的视线不可避免地落在了迪帕蒂写的小说的一页上。"请不要再用你的美貌来迷惑我了，小姐！"阿根廷公爵挥舞着他那把有毒的匕首，大声说道……

迪帕蒂看着我说："你也知道，清单并不是给德雷福斯定罪的唯一证据。最关键的是我们所掌握的情报。就是那份秘密文件。你一定记得。"在最后这句话里，我清清楚楚地感受到了威胁的意味。

"我确实还记得。"

"那就好。"

"你是在暗示什么吗？"

"没有。我只是希望你在调查的时候不要忘记，起诉德雷福斯，你也有份。来吧，我送你出去。"

到门口时，我说："事实上，你刚才说的并不完全准确，请允许我纠正你一下。起诉他，是你、桑德尔、亨利和格里贝兰一手操办的。从头到尾，我只不过是个旁观者而已。"

迪帕蒂发出一阵嘶哑的笑声。他的脸离我很近，我都能闻见他的口臭——一股腐烂的味道，仿佛是从他的身体深处散发出来的一样，让人不禁想起了反间谍处下水道的味道。"哦？你是这么想的吗？旁观者？拜托，我亲爱的乔治，军事法庭开庭的时候，你从头到尾都坐在观众席上！而且，你始终都是梅西埃的跟班！你还给梅西埃出过主意！你现在怎么能回过头来说这件事跟你毫无关系呢？如果你和这件事毫无关系，那你是怎么当上反间谍处处长的？"他打开了门。"对了，帮我向布兰琪问好，好吗？"他在我身后喊道，"我想，她还没有结婚吧？告诉她我会去拜访她的。不过，你也知道——我老婆恐怕不会同意。"

我怒火中烧，根本不想搭理他。于是，他就得到了机会，沉醉在对自己最后那句话的满足之中。他站在我身后，站在门口，穿着晨衣、拖鞋、戴着菲斯帽，从容地微笑着，觉得自己简直又机智又风趣。

我慢慢地走回办公室，一路上反复思考着迪帕蒂刚刚说的话。

大家都是这么看我的吗——我是梅西埃的跟班？我得到现在这份工作，就是因为我对他溜须拍马？

我仿佛走进了一个布满镜子的房间，有史以来第一次，我从一个陌生的角度审视自己。我看起来是那样的吗？那就是真实的我吗？

在德雷福斯被捕两个月后，也就是1894年12月中旬，我收到了梅西埃将军的传唤。他没有告诉我具体是什么事，但直觉告诉我肯定和德雷福斯事件有关，而且应该不止我一个人收到了通知。结果，我猜对了第一点，但猜错了第二点。这次，梅西埃只接见了我一个人。

我走进办公室，看见他坐在办公桌后面。炭火在壁炉里燃烧得噼啪作响。早在六周前，也就是11月初时，德雷福斯被捕的消息不胫而走，各大媒体争相报道——叛国罪，犹太军官A.德雷福斯遭到逮捕——人人都急切地想要知道德雷福斯究竟做了什么，以及政府准备拿他怎么办。这一点就连我也非常好奇。梅西埃让我坐下后，又玩起了他最喜欢的招数：他低下头，继续批阅着手头上的文件，把我晾在一旁等着。我只能久久地盯着他那细长、头发剪得很短、已经开始秃顶的头颅，想象着这个头脑里装着什么阴谋和秘密。过了好长一段时间，他终于放下笔，说道："首先，我想再确认一下——自德雷福斯上尉被逮捕以来，你从没参加过此案的调查吗？"

"是的，部长。"

"也没有跟迪帕蒂上校、桑德尔上校或者亨利少校谈论过这个案子的情况吗？"

"是的，部长。"

梅西埃，或者说是他人皮面具下的那个人，透过他的眼睛，打量着我。沉默了一会儿，他又说道："我想，你对文学有兴趣，对吗？"

我犹豫了一下。这种问题，一旦答错，我的升职之路可能会就此断送。"从某种程度上，在私人生活里，可以这么说，将军。我对所有形式的艺术都感兴趣。"

"没有必要为此感到不好意思，少校。我只是想找一个能给我做报告的人，我希望报告的内容不要是干巴巴的流水账。你觉得你能行吗？"

"我当然希望我能胜任。不过当然，这取决于报告的内容。"

"你还记得德雷福斯被逮捕的前天晚上，你在这间办公室里说了什么吗？"

"我不明白您指的是什么，将军。"

"当时，你问迪帕蒂上校，'如果德雷福斯不认罪怎么办？'然后，迪帕蒂上校向我们保证他一定会招的。然而现在的情况是，尽管德雷福斯已经在监狱里两个月了，但他并没有认罪。我私下跟你说吧，少校，我必须说，我对此很失望。"

"我能理解。"可怜的老迪帕蒂，我想。我发现自己听到这个消息后很难保持面无表情。

"下星期，德雷福斯上尉就将在军事法庭受审。那些曾经向我口口声声保证他会认罪的人，现在又言之凿凿地向我保证他肯定会被判有罪。但我已经学会不再轻易相信他们了，你能理解吗？"

"当然。"

"如果这次审判再失败，政府会被群众骂死的。你也看到报纸了，'此案审理过程将不被公开，因为当事军官是犹太人……'所以，这就是我想让你做的。"他把胳膊肘支在桌子上，压低声音，慎重地一字一句说道，"我要你，皮卡尔少校，在军事法庭开庭的时候，每一天都去旁听，然后晚上来向我汇报你所看到的情况。我不想只听到'他说这个、他说那个'之类的话——这是任何会速记的秘书都能做到的。我想要听到事件最核心的部分。"他摩擦着自己的拇指和食指。"要像个作家一样，把这件事描述给我听。告诉我庭审的结果，还有法官、证人的一举一动。我不能亲自出席，否则这会看起来像是一场政治审判。所以，我想让你成为我的眼睛和耳朵。你能做到吗？"

"好的，将军，"我说，"这是我的荣幸。"

我努力维持着一本正经的表情，离开了梅西埃的办公室。但一走到楼梯平台上，我就抑制不住心里的兴奋劲，甚至向那幅拿破仑的画像抬帽致意了。陆军部长私下给我派了一个任务！不仅如此，他还要我做他的"眼睛和耳朵"！想到这里，我带着一脸灿烂的笑容，步履轻快地跑下了大理石台阶。

德雷福斯案将于周三，12月19日，在军事法院开庭。军事法院是一座阴森森的老建筑，就在舍尔什米蒂监狱的街对面。我非常希望庭审在周六晚上之前能结束，因为我已经买了那天晚上达尔古剧院的票，要去看德彪西先生的《牧神午后前奏曲》的首次公演。

我早早就出发了，以保证自己能提前到达法院大楼。当我走进法院拥挤的前厅时，天刚蒙蒙亮。我见到的第一个熟人是亨利少校——他看到我时，惊讶地把身子都往后一仰。

"皮卡尔少校！你怎么在这里！"

"部长让我替他来看看情况。"

"真的吗，我的天呀！"亨利做了个鬼脸，"这几天咱们可真是万众瞩目啊！所以，你是部长的卧底？有你在，我们说话可都得注意点了！"他尽力让自己听起来像是在开玩笑，但我还是察觉出了他话中的警惕感。果然，从那一刻开始，他就一直在提防着我。我祝他好运，然后就独自爬上法庭的石阶，来到二楼。

这座大楼曾是一座修道院，所以楼里四处可见低矮厚实的拱门，粉刷得很粗糙的墙壁上嵌着一个个小神龛，以前是用来摆放神像的。为旁听者设置的房间比教室大不了多少，里面已经挤满记者、警察、军人和那些热衷旁听审判并将此作为消遣的平民。房间尽头的墙上是一幅耶稣受难的壁画，壁画前有个小台子，上面放着一张供法官使用的长桌，桌子上铺着绿色的粗呢桌布。窗户都被壁毯遮住了——不知道是为了防止有人透过窗户偷看，还是为了抵挡住我从来没感觉到的 12 月的寒气。无论如何，它们让人感觉幽闭恐惧症都要犯了，心里莫名地感觉毛毛的。法官们的座位对面放着一张普通的木椅，椅子后放着两张桌子，一张是为被告律师设的，一张是为检察官设的。法官侧后方的一张椅子就是我的座位。普通观众是没有座位的，只能靠墙站着。我坐下来，掏出笔记本和铅笔，静静地等着开庭。过了一会儿，迪帕蒂匆匆忙忙地从人群中挤进来，身后跟着贡斯将军。他们俩环视了一下周围，然后就离开了。

没有等多久，今天的主角们就登场了。其中有德雷福斯的律师，埃德加·德芒热先生。他的黑色长袍和圆圆的黑色帽子看起来非常洋气，但除此之外他整个人看起来还是像个沉闷的中年农民。他一张宽阔的脸刮得干干净净，鬓发却参差不齐。出场的还有穿着少校制服的检察官。他精神饱满，瘦得像根竹竿。最后进来的是七名穿着制服的军事法官：一名上校、三名少校、两名上尉，再加上领头的埃米利安·莫雷尔上校，此次法庭的庭长——一个干瘦干瘦、气色不好、上了年纪的男人——后来我才知道他当时正饱受痔疮折磨。他的位置在长桌的正中间，他刚坐下，就气势汹汹地对着法庭大声说道："把被告带上来！"

所有人都把目光投向法庭后面的门。门开了，那个人走了进来。由于缺乏锻炼，他微微佝偻着身子；由于身体的疲惫，又因为长时间被关在昏暗的牢房里，他的头发都变得灰白了；由于伙食差，他整个人消瘦了一圈——才过十周，他却看上去像老了十岁。然而，当他在共和国卫队一名中尉的押送下走进房间时，他却高高昂着头，一副挑衅的样子。我甚至在他的步伐中看出了他对庭审的期待。看他这气势，我突然觉得，也许梅西埃的担忧是对的。大老爷一般，我在笔记本上这么写下，且迫不及待地想开始。他在莫雷尔上校面前站定，敬了一个礼。

莫雷尔清了清嗓子道："姓名？"

"阿尔弗雷德·德雷福斯。"

"出生地？"

"米卢斯。"

"年龄？"

"三十五。"

"你可以坐下了。"

德雷福斯在自己的位置上坐下。他摘下帽子，放在座位下面，然后又调整了一下自己的夹鼻眼镜，环顾四周。我就坐在他的视线范围内。他的目光几乎立刻就落在了我的身上。我们对视了好一会，肯定有半分钟左右。他的脸上是什么表情？我竟分辨不出来。但我知道，如果我现在把目光移开，就等于承认了我曾卑鄙地骗过他。所以，我没有那么做。

最终，还是检察官布里塞使我们不得不终止较劲，同时转移了视线。布里塞站起来道："庭长先生，鉴于此案的敏感性质，我们希望这次审讯不公开进行。"

德芒热立刻笨拙地站起来，说道："庭长先生，我们强烈反对。我的当事人有权得到和其他被告一样的待遇。"

"庭长先生，在正常情况下，没有人会对这一点提出异议。但此次庭审上列举的证据中必然会涉及国防方面的重要信息。"

"恕我直言，对我当事人不利的唯一一个实际证据，仅仅是一页有争议的笔迹……"

法庭里响起一阵惊讶的低语声。莫雷尔敲了敲木槌，要求肃静。"德芒热先生，请保持安静！像你这么有经验的律师，不应该再耍这种低级的把戏了。在我们退庭做出决定之时，本庭将暂时休庭。把被告带回自己的牢房。"

就这样，德雷福斯又被带离了法庭。法官们也在他身后鱼贯而出。德芒热看起来对自己第一回合的表现非常满意。正如我后来在报告时警告梅西埃的那样，不管接下来发生什么，德芒热都已经偷偷地向公众传达了这么一个信息：这个案子的证据很少。

十五分钟后，法官们回来了。莫雷尔下令让人把被告带回来。于是，德雷福斯被领回原来的位置，看起来还是跟之前一样镇定自若。莫雷尔说道："经过本庭严肃认真的考虑，本案涉及最重要、最敏感的国家安全问题，与其他案件不能混为一谈，必须小心处理。因此，本庭做出决定，此次审讯不会公开举行，在场所有旁听者应立即离场。"法庭里顿时响起了一阵大失所望的抱怨声。德芒热刚想提出抗议，莫雷尔就已经敲响了木槌。"不，不！我已经做出决定了，德芒热先生！我不想和你就这件事开始辩论。书记员，把闲杂人等都带出去！"

德芒热气呼呼地一屁股坐了下来，看起来非常不快。还不到两分钟，在场的记者和围观群众就都被警察赶了出去。书记员在他们身后一关上门，法庭里的气氛就完全变了。房间里一片寂静，被壁毯遮住的窗户仿佛使法庭与外面的世界隔绝了。房间里只剩下了十三个人——德雷福斯和他的辩护律师、检察官、七名法官、书记员、一个叫瓦勒加勒的警察，还有我。

"很好，"莫雷尔说道，"现在，我们可以听听证词了。犯人请站起来好吗？瓦勒加勒先生，请宣读起诉书……"

在接下来的三天，下午庭审一结束，我就会匆匆忙忙地跑下楼梯，从那些在门口等着的记者中间挤过去——我一向都不理会他们的问题——在冬日黄昏的街头，大步流星地沿着结冰的人行道走整整 720 米——我每次都要数一数——从舍尔什米蒂街走到布列讷酒店。

"皮卡尔少校参见陆军部长……"

我向部长汇报的流程总是差不多。梅西埃会全神贯注地听着，时不时问几个简单而重要的问题。汇报结束后，梅西埃会送我去布瓦代弗尔那里，我要在那里再原封不动地给布瓦代弗尔汇报一遍。布瓦代弗尔最近去莫斯科参加了亚历山大三世的葬礼，刚刚回来。毋庸置疑，他那高贵的脑袋里肯定装满了俄国的事情。布瓦代弗尔会耐心地听我说完，多半不发表任何意见。从布瓦代弗尔那里出来以后，我会直接坐上陆军部的马车，前往爱丽舍宫。在那里，我会向共和国总统，可怜的让·卡西米尔-佩里埃本人汇报——这可不是件轻松的差事，因为总统早就怀疑陆军部长在他背后搞阴谋了。事实上，卡西米尔-佩里埃自己现在也有点像个囚犯——被关在金碧辉煌的囚房里，手下们都对他视而不见，总统之位俨然已形同虚设。他从不会请我坐下，以表示他对军队的蔑视。在我汇报的时候，他只会发出一些讽刺的评论或表示难以置信的"哼"，以此来强调："这听上去完全是一场闹剧！"

说实话，我其实也和他一样心存疑虑。而且，随着时间的推移，这种疑虑越来越重。开庭第一天，庭上的证人就是那六个一手把德雷福斯送上法庭的关键人物——贡斯、法布尔和达波维尔、亨利、格里贝兰和迪帕蒂。贡斯向法庭解释了德雷福斯有多轻易就可以接触到清单中的那些机密文件；法布尔和达波维尔描述了德雷福斯在第四部门任职时的可疑行为；亨利证明了清单确实是从德国大使馆传回的，没有经过人为篡改；格里贝兰根据盖内写的警方报告，把德雷福斯描绘成一个风流成性的赌徒——对此我深表怀疑。然而，迪帕蒂在法庭上坚持说，尽管德雷福斯长得一副道貌岸然的样子，但他其实就是个下等人、是个人渣，他整个人其实是被内心的"兽欲"所驱使的（听到这，德雷福斯只是摇摇头）。迪帕蒂还指出，被告在写下口述信的时候，有意地改变了自己的笔迹，为的就是掩饰自己原来的笔迹。但当德芒热拿出德雷福斯写的那封信的一份副本，请他指出这种篡改笔迹的行为是从哪里开始的时候，迪帕蒂却又指不出来。

总的来说，他们的表现并不是很有说服力。

庭审第一天，我汇报结束时，梅西埃问我对这个案子有什么看法，我支支吾吾地不敢说。"好了，少校，"他温和地说，"我想听听你对这事的想法。这才是我让你替我出席的原因。"

"呃，部长，我真实的想法是，真相就摆在眼前，可我们好像没法证明。我们已经证明了，毫无疑问，那个间谍可能是德雷福斯；但我们还没证明那个间谍就是他。"

听罢，梅西埃哼了一声，但没有再接着说什么。然而，第二天，就当我抵达法院大楼，准备听取第二轮的证词时，却意外地发现亨利在等着我。

他用一种质问的语气问道："听说，你和部长说，我们的案子证据不足？"

"难道不是吗？"

"我不这么认为。"

"好了，亨利少校，别那么上火啦。一起吗？"我递给他一支烟，他勉强接了过去。我划了一根火柴，先帮他把烟点上，然后道："确切地来说，我并没有说'证据不足'。"

"我的天哪，"亨利说道，沮丧地叹了口气，从嘴里吐出一口烟，"你说得轻松，你不知道其中的内幕。你不知道我们手上还有多少证据来对付那个混蛋。我们手上甚至还有一封来自外国情报官员的信，信中指出他就是叛徒——你能相信吗？"

"那就在法庭上拿出来用。"

"那怎么行？那会泄露我们最机密的信息来源。那样造成的损失可是比德雷福斯造成的损失大多了。"

"可是听证会并没有公开？"

"别傻了，皮卡尔！就算没有公开，总有一天，法庭上的每一个字都会被人挖出来的。"

"好吧，那我也不知道怎么办了。"

亨利深深地吸了口烟。"如果，"他扫视了一下四周，确保周围没有人能听到他说的话后，问道，"我再在法庭上描述一下我们手上的另一些证据呢？"

"可是你已经给出证词了。"

"我不能被法庭召回吗？"

"理由是什么呢？"

"你能不能和莫雷尔上校谈谈，向他提一下这个建议？"

"我能给他什么理由？"

"我还没想好。但我相信我们一定能想出来的。"

"我亲爱的亨利，我来军事法庭是来旁听的，不应该干涉其中。"

"好吧。"亨利苦涩地说道。他吸了最后一口，然后把烟扔在石板地上，用靴尖碾灭了。"我自己来。"

那天上午，来自总参谋部的军官们在法庭上上演了精彩的表演。他们一个接一个，当着德雷福斯，他们从前的同事的面，诋毁他。在他们的口中，德雷福斯是这样的——总是在他们的办公

206

桌周围探头探脑，拒绝和他们称兄道弟，而且总是一副自命不凡的样子。有一个军官声称，德雷福斯说自己不在乎阿尔萨斯是否被德国占领，因为他是个犹太人，犹太人不属于任何一个国家，对于国界的变化也毫不关心。从头到尾，德雷福斯的脸上都毫无表情。光看这点，可能人们都会以为他要么是聋了，要么就是故意对他们说的话充耳不闻。不过，他确实在认真地听着往日同事们的证词。因为他时不时地会举起手来，示意自己想要发言。在经过允许后，他会平静地用他那毫无感情的声音说：这则证词不属实，因为他当时并不在那个部门工作；那则证言不属实，因为他从没见过这位作证的先生。他看起来对那些证人一点都不生气，就像个机器人一样。也有几个军官为他说了几句好话。我的老朋友梅西埃－米隆称他是一个"忠诚而勤恳的战士"；托坎纳上尉——他曾和德雷福斯是同学，两人一起上过我的地形学课——说他"不会犯罪"。

接着，下午一开庭，法官加莱少校就提出，有一个重要的问题要提请法庭注意。他严肃地说，据他所知，早在10月德雷福斯案开始调查之前，军队就已经在调查总参谋部里一个疑似的间谍了。他说，如果这是真的话，他很遗憾法庭尚不知道此事，并建议此事应该马上得到处理。莫雷尔上校同意了，并要求书记员立刻召回亨利少校。几分钟后，亨利现身了。他还在匆忙地扣上自己的外套，看起来显然非常窘迫，仿佛是刚刚从酒吧里被人拖出来的一样。我在笔记本上记下了此时的时间：2点35分。

德芒热本可以对召回亨利这一决定提出抗议。但一看亨利那样子——看起来对被召回不情不愿，光着脑袋站在法官面前，紧张地摆弄着自己的帽子——他一下子有了信心，他赌亨利肯定会说出对德雷福斯有利的证词。

"亨利少校，"莫雷尔严肃地说，"法庭收到消息，说你昨天的证词不够完整，你没有告诉我们你早些时候调查过总参谋部一个间谍的事。这是真的吗？"

亨利小声咕哝道："是真的，庭长先生。"

"大声点，少校！我们听不见！"

"是的，是真的。"亨利大声回答道。他用带着挑衅和歉意的眼神扫视了一遍法官席。"我只是希望除了必要的信息之外，不要再泄露更多的机密。"

"那么，现在请你告诉我们真相。"

亨利叹了口气，用手捋捋头发。"好吧，"他说，"既然法庭坚持。事情发生在今年3月。一个可敬的人——非常可敬的人——告诉我们，总参谋部内有个叛徒，正在向外国势力透露我们的机密。今年6月，这个人还亲自向我重复了这个警告，而这次，他说得更具体了。"亨利停顿了一下。

"请继续，少校。"

"他指出那个叛徒在第二部门，"亨利转向德雷福斯，指着他说，"叛徒就是他！"

这句指控直接让房间里炸开了锅。在这之前，德雷福斯还保持着他那超人的镇定。但这下，他跳了起来，对这平地惊雷般的指控表示抗议。他那苍白的脸都被气得发青了。"庭长先生，我要求知道这个人的名字！"

莫雷尔敲了敲小木槌，喊道："被告坐下！"

德芒热抓住德雷福斯外套的后摆，试图把他拉回座位上坐下。"交给我吧，上尉。"我听见他低声这么说道，"你雇我来不就是为了这个吗？"德雷福斯这才不情不愿地坐下来。德芒热站起来，说道："庭长先生，这只是听说的消息，怎么能拿来做证据呢？这简

208

直是对司法的侮辱！辩方坚决要求法庭传召这位线人，以便与他当堂对质。否则，刚才证人所说的一切都将不具备任何法律效力。亨利少校，至少您应该告诉我们这个人的姓名。"

亨利轻蔑地看着他说："德芒热先生，看来你对情报工作一无所知！"他朝德芒热挥了挥帽子。"军人脑子里可能会有些连他肚子里的蛔虫都不能知道的秘密！"

听到这里，德雷福斯又跳了起来——"这太过分了！"——然后，莫雷尔再一次地要求大家肃静。

"亨利少校，"莫雷尔说道，"我们可以不再追问那人的姓名。但你能以你的名誉担保，你刚刚话里提到的那个叛国的军官，就是德雷福斯上尉吗？"

亨利慢慢地伸出自己那根又粗又短的食指，指着法官头顶上挂着的那幅基督像，像牧师一样，狂热地大声说道："我发誓！"

那天晚上，我在汇报中向梅西埃描述了这场交锋。

他说："你描述得非常戏剧化。"

"我可以很有把握地说，如果亨利少校离开军队的话，法兰西剧院肯定会马上把他纳入麾下。"

"但他的证词达到预期的效果了吗？"

"就视觉效果来说，确实是一流的。至于在法律上是否有分量，那可就说不清楚了。"

梅西埃深深地坐在椅子里，两掌相对，手指尖对在一起。他沉思了一会，问道："明天的证人都有谁？"

"早上是笔迹鉴定专家，贝蒂荣；下午就是辩方的证人了，他们将为德雷福斯的良好品格作证。"

"都有谁？"

"都是他们一家的朋友——有一个商人、一个医生，还有巴黎的首席拉比……"

"哦，我的老天爷！"梅西埃哀号道。这是我第一次看见他的脸上出现了一点情感。"多么荒谬啊！德国人会同意这样的闹剧吗？要是德皇的话，他二话不说就会把军队里的叛徒给毙了！"他从椅子上猛地站起来，走到壁炉前。"这就是我们1870年时战败的原因之一——我们不如他们果断！"他拿起拨火棍，狠狠地捅着壁炉里的煤块，使得壁炉里不断迸出橙色的火星。我不知该怎么接话，于是只好沉默着。我承认，我对部长现在的处境有点同情。他正深陷于一场生死攸关的战役之中，却没法使用自己最有力的武器。过了一会，他仍盯着火焰，平静地说道："桑德尔上校整理了一份在军事法庭上用的文件。我和布瓦代弗尔都看过了。这份文件强有力地证明了德雷福斯犯下的罪行有多严重。你觉得，我应该拿这份文件怎么办？"

我毫不犹豫地回答道："把它拿给法官们看。"

"不行——那样的话，德雷福斯也会看到的。也许我们可以把文件私下拿给法官们看，这样他们就能知道德雷福斯是多么罪不可恕了。"

"我可以去做这事。"

他扭头看了我一眼："即便这违反了所有的法律程序？"

"我只能说，如果您不这么做，德雷福斯有可能会被无罪释放。如果真是这样的话，会有人说是您的失职。"

我只是顺着他的意思说而已。我是否赞同，并不会影响到结果。他无论如何都会这么做的。直到我离开他的办公室的时候，他都还在拨弄着炉火。

第三天早上，贝蒂荣在法庭上给出了他的证词。他带着各种各样的图表和笔迹样本来到了法庭，并将其分发给法官、被告和原告。接着，他架起一个画架，上面架着一张复杂的、带有箭头的图表。"两个笔迹鉴定专家坚信，"他说，"就是德雷福斯写了清单。而另外两位专家却指出了两种笔迹之间的差异，并得出结论，清单不是德雷福斯写的。现在，庭长先生，将由我来调和这两种不同的意见。"

他穿着一身黑，毛发旺盛，又在这个狭小的空间里踱来踱去，活像一只被关在笼子里的小猩猩。他的语速很快，时不时地用手在图表上比画一下。

"先生们，如你们所见，图上的清单已经被我用横线和竖线分成了一个个边长五毫米的小方块。那么，我们从中能发现什么呢？纸上出现过两次的词——演习、修改、收集、抄写——都写在我画的这些小格子里一模一样的位置上，误差不超过一毫米。这种情况，在一个单词上发生的概率是五分之一；但在每个单词上同时发生的概率，是万分之十六；而在所有我分析过的单词上发生的概率，仅为一亿分之一！结论为，这不是一份自然书写成的文件，清单是人为伪造的。

"那么，问题是，谁伪造的？又是为了什么？让我们再来看看清单中这两个重复出现过的多音节词——演习、修改。把两个词重叠起来看，就能看出这两个词开始的位置是相同的，但结尾的位置却不同。然而，只要将最先出现的那个词往右移动一又四分之一毫米，就会发现它们的结尾也重合了。先生们，陆军部提供给我的阿尔弗雷德·德雷福斯的手稿也具有相同的特点！至于犯人的笔迹与清单笔迹之间的区别，最明显的就是'o'和'ss'的写法了。大家可以想象到，当我拿到犯人的妻子和兄弟的信件时，我是多么震惊！边长五毫米的网格、十二点五厘米的样本和一又四分之一毫米的重合！你总是能发现那些特点——总是——总是！最终的结论是，德雷福斯用模仿自己家人笔迹的方式，伪装了自己的笔迹，以躲避侦查！"

德雷福斯打断他，说道："所以，清单是我写的，因为上面的笔迹既像我的笔迹，又不像我的笔迹？"

"没错！"

"那我真是百口莫辩了。"

这话说得很巧妙，我差点就笑了出来。不过，虽然在我和德雷福斯眼中，贝蒂荣就像个江湖骗子，但我还是能看得出，他给法官们留下了很深刻的印象。他们都是军人，都喜欢用事实说话，喜欢图表、表格和像"网格"这样专业的词。一亿分之一！他们可以抓住这个数据不放。

中午休庭的时候，迪帕蒂在走廊里找到我。他搓着手，说道："我从几位法官那里听说，贝蒂荣今天早上表现得很好。我坚信，德雷福斯就是我们要抓的人。你准备跟部长怎么说？"

"我会说，贝蒂荣听起来像是精神错乱了。我还会说，我还是认为德雷福斯被定罪的概率并不是太乐观。"

"我早就从部长那里听说，你是个悲观主义者。当然了，作为一个局外人，动动嘴皮子还不容易嘛。"他把自己胳膊下夹着的一个马尼拉纸大信封递给我，说道，"这是梅西埃将军让我给你的。"

信封不重，我估摸着里面大概只装有十几张纸。信封的右上角用蓝色铅笔写着一个大大的"D"。

我问："给我做什么的？"

"他让你在今天之内把这交给庭长，尽量不要引人注意。"

"这里面装的是什么？"

"你不用知道。只要交到他手上就行，皮卡尔，就这么简单。

还有，别总是那么悲观。"

我带着信封去参加了下午的庭审。我不知道把信封放在哪里合适，放在椅子下面？椅子旁边？最后，当被告方的证人开始被传唤上庭时，我尴尬地把它放在了自己的腿上。被告方出庭的证人有几名军官、一位实业家、一位内科医生、一名律师，巴黎的首席拉比也穿着自己的希伯来袍出庭了。可能是因为受到痔疮的困扰，莫雷尔上校在问这些人话时非常尖刻，特别是在那位拉比出庭的时候。

"姓名？"

"德雷富斯……"

"德雷福斯？你是被告的亲属吗？"

"不，不是同一个姓氏。我这个'德雷富斯'是'富裕'的'富'。我是巴黎的首席拉比。"

"非常好。你对这个案子了解多少？"

"一点都不了解。但我认识被告一家很久了，我认为他们一家都是诚实的人……"

在听取他的证词时，莫雷尔一直看起来坐立不安的。"谢谢，证人可以退席了。以上就是本案的所有证词。明天我们会发表结案陈词。休庭。把犯人带回牢房。"

德雷福斯拿起帽子，站起来，敬了个礼，然后就被人押送出房间。我一直在旁边等着。直到法官们开始一个个走下讲台时，我才走到莫雷尔身边。"打扰一下，上校，"我低声说道，"陆军部长要我把这个转交给你。"

莫雷尔暴躁地看了我一眼。他身材矮小，驼着背，面色青灰。他回答道："没错，少校，我就在等着这东西呢。"他接过信封，把它塞进自己手里的那一叠材料里，然后二话没说就继续往

213

前走了。当我转过身目送他离开时，发现德芒热正皱着眉头，噘着嘴，打量着我。有那么一瞬间我以为他马上就要过来跟我吵架了。我把笔记本放回口袋，朝他点点头，然后就径直从他身边走了过去。

当我后来向梅西埃描述这个场景的时候，他说道："我相信，我们这么做是对的。"

"最后的结果由法官们来决定，"我应和道，"您能做的就是把全部真相都告诉他们。"

"我想你也应该清楚，除了我们这些人，这件事你不能跟任何人说。"我还以为他准备好要告诉我那个信封里装的是什么了。但他什么都没说，捡起笔，又低头处理起文件来。我临走时，他对我说的最后一句话是："记得跟布瓦代弗尔将军说一句，我已经按照我们商量好的那么做了。"

第二天早上，当我抵达舍尔什米蒂街的时候，已经有一小群人聚集在那了。法院门口有加派的警察把守着大门，以免人多发生意外。法院里，记者的数量比平时翻了一番——其中一个记者告诉我，法院答应过他们，庭审最后一天可以允许他们来听审判结果。我挤过人群，走上了楼。

九点，最后一天的庭审开始了。每位法官都被分发到了一个放大镜、一张清单的照片和一份德雷福斯的笔迹样本。检察官布里塞代表控方做了一番冗长的发言。"用你们的放大镜看，"他这样指示法官们道，"很明显，这就是德雷福斯写的。"中午的时候，法庭休庭了。下午开庭时，法院里的一位侍者打开了煤气灯。在渐渐浓重的暮色中，德芒热开始总结辩方观点。"证据在哪？"他质问道，"没有任何直接证据表明我的当事人与此案件有关。"然后，莫雷尔请德雷福斯做一下简短的声明。德雷福斯目视着前方，说道："最重要的是，我是个法国人，是一个阿尔萨斯人——我不是叛徒。"他就说了这么多。接着，德雷福斯就被带到法院大楼的另一个地方等待判决。

法官们一退庭，我就走到院子里透透气，法庭上的气氛实在是太沉闷了。那时候已经快晚上六点，天气冷得要命。在昏暗的煤气灯光下，有一连巴黎驻军派来的士兵。这时，法院朝向街上的大门已经关上，法院大楼感觉就像是一座被包围的堡垒。我都能听到高高的围墙外，人群在黑暗中窃窃私语。我抽了一支烟，听到一个记者说："你注意到了吗？德雷福斯下楼的时候总是踏空。可怜的家伙，他都已经晕头转向了。"另一个记者说："希望能快点完事，赶上初版。""哦，这你不用担心，肯定用不了多久——他们都急着吃饭呢。"

晚上六点半，法官助理宣布，法庭的大门已经重新打开了。外面的人一下子全部涌了进来，抢占位置。我跟着记者们爬上了楼梯。贡斯、亨利、迪帕蒂和格里贝兰在门旁站成一排，每个人都紧张到脸比墙还白。我们向对方点头示意，但没有说话。我重新坐到自己的位置上，最后一次拿出笔记本。快一百个人挤在这个小房间里，却几乎没发出什么声音。这种寂静就像是水压一样——挤压着我的肺部和耳膜，让我喘不过气来。我急切地想让这一切快点结束。七点钟，走廊里传来了一声口号——"托枪！举枪！"——接着，就是一阵靴子重重地踏在地上的声音。莫雷尔领着法官们鱼贯而入。

"全体起立！"

书记员瓦勒加勒宣读判决结果。"以法国人民的名义，"他说道，七名法官在这时也一同抬手敬礼，"巴黎军事政府的第一个永久军事法庭，在媒体的见证下，公开宣判如下……"当他说出

"有罪"这个词的时候，法庭后方传来了一声喝彩——"祖国万岁！"然后，记者们就忙不迭地从法庭里跑出去，回报社写新闻去了。

莫雷尔说："德芒热先生，您可以去通知犯人审判结果了。"

但德芒热一动不动。他只是坐在那，用双手抱着头——他哭了。

有一阵怪声若有若无地从外面飘进来，一种奇怪的啪啪声和嚎叫声。起初我还以为外面刮风下雨了。过了一会，我才意识到这是街上的人们得知判决结果后发出的掌声和欢呼声。"打倒犹太人！""处死这个犹太叛徒！"

"皮卡尔少校参见陆军部长……"

经过哨兵。穿过院子。走进大厅。爬上楼梯。

梅西埃正穿着全套军装，站在自己办公室的中间。他的胸前挂满了各种勋章和奖章。他那来自英国的妻子正站在他身边，两人看上去都非常小巧玲珑，就像是历史名画里的两个模特一样。

我跑得上气不接下气，在这大冷天里出了一身汗。"有罪，"我结结巴巴地说，"终身监禁，严加看守。"

梅西埃夫人立马用手捂住胸口。"可怜的人。"她说道。

部长朝我眨了眨眼睛，只说了一句："谢谢你来告诉我。"

布瓦代弗尔也在这里，和梅西埃一样，他同样穿着制服，正准备动身去爱丽舍宫参加国宴。听到这个消息，他只是简单地说了一句："这下，我至少可以安心吃饭了。"

汇报完，我急急忙忙地跑出来，在圣多米尼克街上叫了一辆出租车。晚上八点半，我就到达了达尔古剧院，在布兰琪·德·

科曼日身边坐了下来。我环顾四周，找着德彪西，但看不见他。指挥家轻轻地敲了敲指挥棒，笛手就把乐器举到唇边。开头的几个小节悠扬而又哀伤——有些人说，现代音乐就此诞生——让我把德雷福斯全部抛到了脑后。

12　D文件

我特意等到快要下班时，才走上楼去找格里贝兰。看到我又站在他办公室门口，他看起来吃了一惊——毕竟，两天内，这是我第二次来这里了。他摇摇晃晃地从座位上站起来。"上校？"

"晚上好，格里贝兰。请你帮我取一下德雷福斯案的那份机密文件，我想看看。"

是我的心理作用吗？格里贝兰和劳特一样，眼中也闪过一丝惊慌。他回答道："很遗憾，我手上没有那个文件，上校。"

"这样啊，那肯定是在亨利少校那里。"

"为什么这么说？"

"因为我要接管这个部门的时候，桑德尔上校告诉过我，如果我对德雷福斯案的文件有任何疑问的话，可以去咨询亨利。所以，我觉得那份文件应该在亨利那里。"

"呃，那应该是了，既然桑德尔上校这么说……"格里贝兰的声音逐渐小了下去。过了一会，他又满怀希望地加上一句："我在想，上校——考虑到亨利请假了——我在想，等他回来再问这件事不是更好吗……"

"绝对不行。他几周内肯定没法回来，但我现在就要看。"我走了几步，停下来，等着他跟上来。"跟我来，格里贝兰先生。"我朝他伸出胳膊，招了招手，"我知道你肯定有他办公室的钥匙。"

我感觉到他想对我撒谎，但撒谎就意味着拒绝服从上级的直接命令。格里贝兰不像亨利，天生就没有做出这种出格行为的勇气。他答道："呃，我找找看……"他打开桌子右手边最底层上了锁的抽屉，取出一串钥匙。然后，我们俩一起下了楼。

亨利的办公室临着学院街。这个房间不通风，下水道的臭味闻起来似乎更熏人了。一只肥大的苍蝇正疯狂地撞着肮脏的窗户，想要逃出去。房间里摆放的家具——办公桌、椅子、保险柜、文件柜和棕色的方形地毯都是陆军部统一配备的。私人物品很少，桌子上摆着一个狗头形状的木制烟草罐；窗台上摆放着一只看得出来经过精心制作却还是很丑的，像是德国军队里会用的那种啤酒杯；还有一张亨利和穿着军装的第2轻步兵团的同志们在河内的合影——那时，我俩都在河内，或许还见过面，但我已经不记得了。格里贝兰蹲下来，打开保险柜。他在保险柜里翻来翻去，找到要找的东西后又锁上了保险柜。然后，伴随着他的膝盖发出的一声树枝被折断般的咔哒声，他站起身来，说道："给您，上校。"

格里贝兰递给我的信封的一角上写着"D"，似乎就是二十个月前我交给军事法庭庭长的那个信封。唯一与那时不同的是，信封的封口被打开了。我用手掂了掂重量——我记得迪帕蒂当初把它交给我的时候，我还纳闷怎么这么轻呢——重量没错。"就这些吗？"

"就这些。您用完以后可以告诉我一声，我可以再把它锁起来。"

"你别操心了，现在这东西归我管了。"

回到自己的办公室后，我把信封放在桌子上，静静地看着它，思考着。这个如此重要的东西，外表却这么平平无奇，真是奇怪。我问自己，我真的要这么做吗？人一旦读过某个东西，就不可能再将它从脑海中抹去了。这么做会产生一些可能无法想象的后果，或是法律上的，或是道德上的。

我打开信封，把里面的东西都拿了出来。总共有五份文件。

我从一份亨利的手写证词看起。这是他在军事法庭上说出的那番极具戏剧性的证词的文字版：

先生们：

1893年6月，反间谍处收到一份由德国武官冯·施瓦茨科彭写的便笺。便笺中写道，他从一个不认识的人那里收到了图勒、兰斯、朗格勒、讷沙托四地防御工事的计划。

1894年1月，另一张我们截获的字条里写道，他已经付给这个线人600法郎，就是为了从他那里得到阿尔贝维尔、布里昂松、梅济耶尔的防御工事计划和摩泽尔河、默尔特河两侧新建的堤坝的信息。

两个月后，也就是1894年3月，一位总安全局的特工，弗朗索瓦·盖内，作为我们的代表，会见了西班牙武官瓦尔·卡洛斯侯爵——他是反间谍处安插在西班牙军队里的一个间谍。侯爵向盖内先生特别强调道，总参谋部内有一个德国人安插的间谍。他的原话是："请替我转告亨利少校（然后他可能会转告上校），你们需要加强对陆军部的监视。因为上次我跟德国武官谈话的时候，我听出他话里的意思，在总参谋部中有一个军官是他们的线人，已经向他们提供了很多高度机密的信息。找到他，盖内：如果我知道他的名字，我肯定就告诉你了！"

后来，在1894年6月，我亲自见到了瓦尔·卡洛斯侯爵。他告诉我，在总参谋部第二部门工作，或至少是于3月到4月在第二部门工作的一位法国军官，向德国和意大利的武官提供了机密信息。我向他询问那个军官的姓名，但他也不知道。他说："我所说的都是真的，但我不知道那个军官的名字。"我把这次谈话的情况告诉了桑德尔上校。于是，他命令加强对陆军部内部的监视。就是在这段时间里，准确地说，是在 9 月 25 日，我们拿到了构成德雷福斯案基础的那份清单。

（签名）

亨利·于贝尔－约瑟夫（少校）

接下来的三份文件是从施瓦茨科彭的废纸篓里找到的，都是用胶带粘起来的原件。这里面可能就有亨利证词中提到的那些原始情报。第一份文件是由施瓦茨科彭亲手用德语写成的，似乎是一份便笺的草稿，要么是供自己备忘，要么就是要交给他在柏林的上司。这些文字是那个间谍第一次找上他后，他草草记下的。这张纸曾被撕成极细小的碎片，现在虽然被拼接粘到一起，一段段话之间还是留有一些耐人寻味的空白：

怀疑……证据……我和一个法国军官……这对我来说太危险了……不能亲自去谈判……带来他手上的东西……绝对的……情报局……没有关系……团里……唯一的重点是……离开陆军部……已经在其他地方了……

第二份文件也是被重新拼接起来的，是意大利武官亚历山德罗·帕尼扎尔迪少校写给施瓦茨科彭的一封信。信是用法语写成的，日期是 1894 年 1 月。信是这样开始的——我亲爱的小同性恋：

我又给达维农上校写了封信。因此，如果你有机会向你的朋友提一提这个问题的话，我必须要求你小心一点，不能让达维农知道……因为我们俩有交往这件事，不能被别人发现。

再见了，我可爱的小狗。

你的 A

达维农是第二部门的副主管，负责联络各国的武官，邀请他们参加演习、招待会、讲座等活动。我很了解他。正如人们所说，他的正直无可非议。

第三份文件是一张施瓦茨科彭写给帕尼扎尔迪的便笺。

P 16.4.94

我亲爱的朋友：

离开前没有再见你一面，我真的很遗憾。但反正我八天后就回来了。在此附上十二份尼斯的总图纸，是那个畜生D给我的，让我把这些给你。我告诉他，你不打算跟他复合。他声称其中有误会，如果能够复合的话，他肯定会尽他所能地补偿你。他说，真心希望你不要拿这件事去搞他。我说他疯了，我说我不认为你会和他复合。你自己处理吧，你开心就好！我赶时间呢。

亚历山德琳

别纵欲过度！！！

最后一份文件也是手写的，是对德雷福斯间谍生涯的总体评述，上面有迪帕蒂的签名。这份评述试图将各种各样的证据拼凑成一个连贯的故事：

1890年，德雷福斯上尉三十岁，正在布尔热的中央炮兵军事学院学习时，从学院窃取了一份描述如何把麦宁炸药填充进炮弹壳的文件。自此，他开始了自己的德国间谍生涯。

1893年下半年，作为总参谋部的实习军官，德雷福斯上尉被派到了总参谋部的第一部门。在那里，他可以轻易地打开保险箱，拿到里面各地防御工事的蓝图，其中就包括尼斯的。他在实习的整个过程中都表现得非常可疑。调查证实，在办公室疏于看守的情况下，他可以轻而易举地窃取到这些资料。后来，这些文件被他交给了德国大使馆，再后来，又到了那个意大利武官手上（见附件："那个畜生D"）。

1894 年初，德雷福斯被调往第二部门。同年 3 月，盖内先生提出警告，让总参谋部小心内部的一个德国间谍（见附件，亨利少校的报告）……

这就是信封里的最后一份文件了。我拿起信封，再抖了抖，确认自己没有漏掉什么。就这样？我感觉很扫兴，甚至有点儿恼怒。我上当了。所谓的"秘密文件"，不过是一些事实和扰人耳目的暗示。没有任何证据或证词，能直接证明德雷福斯就是那个间谍。看起来最接近的证据，居然就是一句"那个畜生 D"[①]。

我重新读了一遍迪帕蒂写的这篇七拼八凑、轻描淡写且不合逻辑的总结。这真的说得通吗？我知道第一部门办公室的布局，也知道他们的办事程序。对德雷福斯来说，偷偷地带出去这么大的建筑图纸，几乎是不可能的。即使他成功了，图纸的失踪也会立即引起部门里其他人的注意。但是，据我所知，从来都没有人反映过文件被盗的情况。所以，德雷福斯肯定是复制了这些文件，然后把复制件带走了——迪帕蒂是这个意思吗？但就算如此，他是怎么在这么短的时间内复印那么多文件，又是怎么把原件偷偷地送回保险柜里的呢？而且，日期也对不上。德雷福斯是在 1893 年 7 月才进入第一部门的。但据亨利说，那年 6 月，施瓦茨科彭手上就已经有一些从总参谋部里窃取来的图纸了。此外，施瓦茨科彭曾用"疯狂"一词形容 D 某——这显然与德雷福斯一丝不苟的形象十分不符。更别说用"畜生"来形容他了。

我把文件锁进了保险柜。

回家之前，我给陆军部打了个电话，想约个时间去见布瓦代

---

① 德雷福斯的姓氏首字母即为 D。

弗尔。值班的勤务兵是加布里埃尔·波芬·德·圣莫雷尔少校，他告诉我总参谋长现在不在，要下周二才会回来。"可以告诉我是关于什么事吗？我转告他。"

"还是不了。"

"机密？"

"机密。"

"我懂了。"他把我的会面安排到了十点。"对了，"他问，"你有没有跟进老福柯的那件事？关于德国间谍的？"

"有的，谢谢你。"

"没有情况吗？"

"没有情况。"

周六，我在办公室里花一整天写了一篇给布瓦代弗尔的报告——《关于第 74 步兵团艾斯特哈齐少校情况的报告》。我小心翼翼地起稿，但还是写毁了好几个开头。我谨慎地措辞，从我们发现小蓝说起，说到我们调查艾斯特哈齐的可疑之处，说到库尔告诉我们，那些德国人（我用最常见的代号"X 国"来代称德国）在法国军队内部还安插了一个间谍，再说到清单和艾斯特哈齐的笔迹有多相似（就算是外行也能一眼看出来）。写了密密麻麻的四页后，我终于开始总结了：

以上列举的事实应该得到足够重视以及进一步的调查。最重要的是，我们有必要审问艾斯特哈齐少校本人，询问他与 X 国大使馆究竟是什么关系，以及他复制的文件又被他用在了哪里。但是，此次抓捕行动，在准备阶段必须严格保密，以免打草惊蛇。要信念坚定，同时小心谨慎。因为艾斯特哈齐少校正是以大胆和狡诈出名。

我把笔记和不要的草稿都扔进壁炉里，然后把写好的报告锁进保险柜里，和秘密文件放在一起。委托内部人员转交的风险太大了，我要亲自把这份报告交到总参谋长手上。

　　第二天早上，我坐火车去阿弗雷城，应邀来到我的表亲加斯特一家的家中，参加周日午宴。有着红色屋顶的荆棘庄园（La Ronce）端庄地坐落在通往凡尔赛的大道旁。天气宜人。让娜筹备了一场野餐——鸭肉酱、火焰薄饼、特色泡菜配芒斯特奶酪——都是阿尔萨斯特色菜，让人不禁想起了小时候在故乡的田园时光。这一切都很完美，但反间谍处发生的一切仍徘徊在我心头。在我那些神采奕奕、有着健康的小麦色肌肤的朋友中，我独自焦躁不安、脸色苍白。我努力不让自己的心事表现出来。埃德蒙从马厩里推来一辆旧婴儿车，往里面装上柳条篮、毯子和酒，然后推着它沿小路走去野餐地点。我们排成一排，跟在他身后。

　　我留意着波利娜有没有出现，还装作随意地问了问我姐姐，她知不知道波利娜今天会不会来。安娜告诉我，波利娜已经决定和菲利普还有女儿们在比亚里茨多待一个星期。她仔细地打量了一下我的脸色，对我说："看起来，你需要给自己放个假。"

　　"我没事。总之，我最近是不能休息的。"

　　"但是，乔治，你必须给自己争取一点时间休息！"

　　"是的，我知道。我会找时间休息的，我保证。"

　　"如果你有妻子，有自己的家庭，下班之后有家可回的话，你才不会这么拼命工作呢。"

　　"哦，我的天哪，"我笑着说，"你又来了！"我点上一支烟，想借此终止这次谈话。

　　我们走出了沙路，向树林里走去。突然，安娜说道："真令人难过。你知道波利娜永远都不会离开菲利普的吧？因为孩子们？"

我看向她，大吃一惊。"你说什么？"看见她凝视我的目光，我意识到自己不用再装了。她总是能看穿我的伪装。"我以为你不知道。"

"哦，乔治。大家都知道！都知道好多年了！"

大家！好多年了！我感到一阵刺痛。

"那，"我喃喃道，"你为什么认为，我会想让她离开他？"

"不，"她赞同道，"不，你确实不想。这才是最令人悲伤的地方。"

她径直走到我前面去了。

在一条溪底铺满石头的小溪旁，我们在斜坡上找了一块空地，铺开了毯子。据我观察，我们这些背井离乡的人都喜欢树林。毕竟，树都是一样的。置身于树林中，我们还能想象自己仍在故乡，在诺伊多夫的树林里采蘑菇和捉昆虫。孩子们拿着一瓶瓶葡萄酒和柠檬水，从斜坡上滑下去，把瓶子放在水里降温，又在泥地里激起水花。天气很热，我脱下帽子和外套。有人说了一句："看哪！上校脱下衣服，要大展身手啦！"我笑了，开玩笑地敬了个礼。我调到现在这个岗位上都已经一年多了，还是没有人知道我究竟是做什么的。

吃午饭的时候，埃德蒙谈起了即将到来的沙皇访问。他的观点非常激进。"这真是大错特错，"他说，"那个专制的暴君，甚至会把所有和他有不同观点的人都关起来。我们民主共和国怎么能邀请这么一个人来访问呢！这可不是法兰西存在的意义！"

"可是，如果没有一个可以帮助我们抗衡德国的盟友，"我指出，"法兰西可能都不会存在了。"

"没错。但是，如果和德国人打起来的是俄国人，我们反而被卷讲去了呢？"

"我只能说，这种情况几乎是不可能的。"

"唉，虽然我不应该打破你这种美好的幻想，但我还是得说，事实往往与计划不同。"

让娜说："好了，埃德！乔治好不容易在周末出来放松一下，你还要给他上课吗！"

"好吧，好吧，"埃德蒙咕哝道，"不过，你可以告诉你们的将军布瓦代弗尔，我觉得，既然是联盟，那就不应该只有一方有所付出。"

"我相信总参谋长会从阿弗雷城市长的战略讲座中获益匪浅的。"

大家都笑了，包括埃德蒙本人。"说得好啊，上校。"他说着，又给我倒了些酒。

吃完饭后，我们和孩子们一起玩起了捉迷藏。轮到我藏的时候，我往树林深处走了一百步，四处寻找着，直到找到一个完美的藏匿地点——一棵倒下的树后有一个小洞。我就在那里躺下，用枯叶和枯枝盖住自己的身体，我在军事学院里教地形学的时候就是这么教学生的。如果一个人下定决心要把自己藏起来，他能完全从人们的视野中消失，这一点真的很令人惊讶。父亲死后的那年夏天，我经常这样躺在森林里，一躺就是好几个小时。过了一段时间，他们没有找到我，觉得无聊，就走了。很快，我就听不见他们的声音了。耳边只有森林中鸽子"咕咕"的叫声，鼻内只有肥沃干燥的土地发出的芳香，身上只能感受到紧贴在我脖子上的柔软的青苔。我就这样享受了十分钟独处的时光，然后我拍掉自己身上的脏东西，微笑着去和大家会合。他们已经收拾好野餐的东西准备往回走了，就等着我呢。

我说："看，士兵就是这么把自己藏起来的！你们想学吗？"

他们像看疯子一样看着我。

安娜不耐烦地道："你到底跑哪去了？"

一个孩子哭了起来。

13 面见长官们

9月1日，星期二。上午十点整，我带着公文包，来到布瓦代弗尔将军的办公室外。

波芬·德·圣莫雷尔说："上校，你可以直接进去。他正在等你呢。"

"谢谢。请保证不要有人来打扰我们，好吗？"

我推门走进去，发现布瓦代弗尔正趴在会议桌上，研究一幅巴黎地图，还一边做着标注。看到我向他敬礼，他微笑着挥挥手，然后就又把注意力放回了地图上。"不好意思，皮卡尔，你能稍等一下吗？我马上就好。"

我关上身后的门。布瓦代弗尔正在地图上把沙皇参观仪式的路线用红色蜡笔描出来。沙皇与皇后在参观过程中将途经朗尼拉花园、布洛涅森林、香榭丽舍大街和协和广场。出于安全考虑，这都是一些空旷的地方，且附近的房屋都被树木遮挡着，距离街道很远。但就算如此，那些房屋里的入住者也一个不落地接受了背景调查。总参谋部还询问了反间谍处的看法。因为这件事，格里贝兰最近一直忙着整理部内非法裔人员和潜在间谍的名单。这一切都是因为我们迫切地想要与俄国结盟。万一在这个节骨眼上，沙皇在法国境内遇刺，那肯定是一场灾难。而且，布瓦代弗尔的这种担忧不是空穴来风——十五年前，他的祖父就是被一群社会主义者炸死的；而仅在两年前，我们自己的总统就在光天化日之下，被一个无政府主义者捅死了。①

布瓦代弗尔用手指轻敲着地图，说道："最让我担心的，就是最开始的从朗尼拉火车站到王妃门的这段路。第一部门告诉我，仅仅是要让人群保持安全距离，就需要包括骑兵在内的三万两千名士兵。"

"我们只能希望德国人不要在这个节骨眼上从东边攻打我们。"

"确实。"布瓦代弗尔终于停下了手中的笔，从我进入办公室开始，他第一次认真地看向我，"上校，所以你要和我谈些什么？请坐。"他坐下来，示意我坐在他对面。"是关于沙皇访问的事吗？"

"不，将军。是关于您从维希回来那天，我们在车上讨论的那件事——那个疑似是间谍的艾斯特哈齐。"

他停顿了一会儿才想起来。"啊，是的，我记起来了。这件事怎么了？"

"能不能给我腾点地方……"

"当然。"

我把桌上的地图卷了起来。布瓦代弗尔拿出他的银色鼻烟壶，捏了一把放在自己的手背上，快速地吸了两口烟，一个鼻孔一下。接着，他看着我打开公文包，取出我汇报所需的材料——小蓝，艾斯特哈齐申请把自己调到总参谋部的信，艾斯特哈齐在德国大使馆外被拍到的照片，德雷福斯的秘密档案，以及我写的四页报告。看着这些材料一份一份地被拿出来，他的表情变得越来越惊讶。"我的老天爷啊，我亲爱的皮卡尔，"他半开玩笑、半认真地说道，"你都干了些什么？"

---

① 1894 年，时任法国总统玛利·弗朗索瓦·萨迪·卡诺在里昂博览会上，被一个意大利无政府主义者刺杀。

"将军，现在我们面前摆着一个相当严重的问题。我觉得我有责任马上告诉您。"

布瓦代弗尔颤抖了一下，依依不舍地看了那张被卷起来的地图一眼——显然，他不想处理眼前这件棘手的事。"那好吧，"他叹了一口气道，"既然你想的话。继续说吧。"

我从头开始，一点一点地告诉了他——从拿到小蓝，到我对艾斯特哈齐的初步调查，再到"大善人行动"。我给他看了我们在里尔街的那套公寓里拍到的照片。"在这张照片里，你可以看到他拿着一个信封进了大使馆，而等到他出来的时候，手上已经没有那个信封了。"

布瓦代弗尔草草地看了一下这些照片。"我的天哪，你们这些人可真了不起！"

"值得庆幸的是，艾斯特哈齐没法拿到重要的机密材料，他提供给德国人的材料都不值一提。因此，德国人甚至想跟他断绝联系了。不过，"我翻着那两封申请信，说道，"艾斯特哈齐现在正在申请把自己调到总参谋部——如果他来了，那他在总参谋部里肯定能随时接触到重要机密。"

"你们是怎么拿到这两封信的？"

"比约将军让他的手下交给我的。"

"什么时候？"

"上周四。"我停下来清了清喉咙。开始吧，我心想。"我一拿到这两封信，就注意到艾斯特哈齐的笔迹与清单的笔迹惊人地相似。您可以自己看看。当然，我不是笔迹鉴定专家，所以第二天，我就把它们拿给了贝蒂荣先生。你还记得……"

"记得，记得，"布瓦代弗尔的声音突然变得微弱而茫然起来，"是的，我当然记得他。"

"他证实了信件和清单的笔迹是完全一致的。鉴于此，我觉得我应该重新审视一下对德雷福斯不利的其他证据。因为，我查阅了军事法庭上交给法官们的那份秘密文件——"

"等等，上校。"布瓦代弗尔举起手来，打断了我，"等一下。你说你查阅了那份文件？所以说，这份文件还在？"

"对。就在这里。"我把那个写着"D"的信封给他看。不过，信封里的东西都已经被我拿出来了。

布瓦代弗尔看着我。那眼神，好像我刚呕吐在他的办公桌上一样。"我的上帝啊，你拿的是什么啊？"

"是军事法庭的秘密文件。"

"是，是——这我看得出来。但为什么它还会在这里？"

"对不起，将军，我不明白您的意思……"

"这早应该被处理掉了。"

"我不知道这情况。"

"你当然不知道了！这时临时做出的决定。"他用自己细长的食指戳着那张由碎片拼起来的信，说道，"德雷福斯被定罪后，我们在部长办公室开了一次会。我和桑德尔上校都参加了。梅西埃将军特地强调要把这份文件处理掉。截获的信件要被送回档案室，证词会被销毁——这些他说得非常清楚。"

"呃，我不知道要说什么了，将军。"轮到我一头雾水了，"您也看到了，桑德尔上校并没有把这些文件处理掉。而且事实上，他还告诉了我如果要用这些材料该去哪里找。但是，恕我直言，或许现在，文件在或不在不是我们需要担心的主要问题。"

"什么意思？"

"呃，那份清单——那个笔迹——其实德雷福斯是无辜的……"我的声音渐渐小了下去。

布瓦代弗尔看着我，眨了眨眼。过了一会，他开始整理摊在桌子上的所有文件和照片。"上校，我觉得你现在应该去找找贡斯将军。别忘了，他才是情报部门的头儿。你应该找的人，是他，不是我。关于要怎么做，你应该去问问他的意见。"

"我肯定会去找他的，将军。但我真的认为，为了军队，我们得迅速而果断地采取行动……"

"上校，我非常清楚什么是对军队好的，"他简短地说道，"这不用你来担心。"他把那一沓证据递给我，然后道："去和贡斯将军谈谈。他现在正在休假，不过离得也不远，就在巴黎城外。"

我接过那些文件，打开了公文包。"那至少您可以看看我的报告吗？"我在文件里翻来翻去，"这是对当前形势的总结。"

布瓦代弗尔警惕地盯着我手中的报告，就好像我拿着的是一条毒蛇那样。"好吧，"他不情不愿地说，"给我二十四小时，我考虑考虑。"我站起来，敬了一个礼。当我走到门口的时候，他在身后叫住我，说道："你还记得在我的车里的时候，我跟你说的话吗，皮卡尔上校？我当时说，我不想再看到另一桩像德雷福斯这样的案子了。"

"这不是另一桩案子，将军，"我答道，"是同一桩案子。"

第二天早上，我去取回我的报告的时候，又见到了布瓦代弗尔。他一句话都没说，就把报告还给了我。我看到他眼睛下面有乌黑的半圈，像是挨了一拳。

"我很抱歉，"我说，"在您手头上有这么重要的事情要处理时，我还给你带来了一个潜在的难题。希望这不会让您分心。"

"什么？"总参谋长喘着粗气，表示着自己的愤怒和难以置信。"你觉得你昨天跟我说了那么一番话后，我晚上还睡得着吗？你现

233

在就去跟贡斯谈谈吧。"

贡斯的宅邸就在巴黎的西北郊，在帕里西区的科尔梅耶。我给贡斯将军发了一封电报，告诉他布瓦代弗尔要我向他汇报一件紧急的事情。贡斯在回电中邀请我周四过去喝茶。

周四下午，我在圣拉扎尔车站坐上火车。半小时后，我在一个看起来非常偏远的小村庄里下车。这里离巴黎市中心才二十公里远，但看起来就像在巴黎的两百公里外。我下车后，火车继续沿着铁轨慢慢地驶离，留下我一个人独自站在空空荡荡的站台上。周围一片寂静，只能听到鸟叫声和远处的马车车轮在嘎吱作响。我走到车站的行李搬运工面前，问他弗朗孔维尔路怎么走。"啊，"他接过我的军服和公文包说，"你是来找那位将军的。"

根据他的提示，我沿着村外的一条乡间小路走出村子，爬上一座小山，又穿过一片郁郁葱葱的树林，然后沿着车道走到了一座宽敞的 18 世纪风格的农舍前。贡斯正穿着衬衫，戴着一顶破旧的草帽，在花园里干活。看到我，一只老猎犬穿过草坪，向我跑过来。将军也挺直了身板，靠在自己的耙子上。他胖乎乎的肚子和一双小短腿让他看起来像是个勤勤恳恳的园丁，而不是一位将军。

"我亲爱的皮卡尔，"他说，"欢迎来到我的农家乐。"

"将军，"我敬了一礼，"很抱歉打扰了您的假期。"

"别放在心上，我亲爱的朋友。进来喝点茶。"他挽着我的胳膊，领着我进屋。屋里摆满了最高级的日本手工制品——年代久远的丝网印刷品、面具、碗、花瓶等。贡斯注意到我很惊讶。"我哥哥喜欢收藏，"他解释道，"他一年里大部分时间住在这里。"

接着，我被带到一个摆满了柳条编织的家具的花房里。茶和茶点都已经准备好——房间里摆着一张茶几，茶几上放着法式花色小蛋糕；餐具柜上摆着一个俄式茶壶。贡斯给我倒了一杯正山小种。伴随着一阵椅子发出的"吱呀"声，他在一把藤椅上坐了下来，点上一根烟。"好了，开始吧。"

我像个推销员一样打开公文包，从包里掏出自己的"产品"，放在桌上的各种瓷器中间。我感到很尴尬——这是我第一次向贡斯，情报部门的主管，提及我对艾斯特哈齐的调查。我先是给他看了小蓝。为了让这看起来不那么像是对他的蔑视，我骗他说这是在 4 月底拿到的，但实际上是在 3 月初。然后，我把跟布瓦代弗尔说过的话，原原本本地跟他说了一遍。贡斯依次研读了每一份文件——他做事总是这么有条理。当他不小心把烟灰抖到偷拍的照片上时，他开玩笑地说道："销毁证据！"——然后平静地把烟灰吹走。就当我拿出那份机密文件的时候，他也显得那么镇定自若。

我都怀疑布瓦代弗尔提前跟他透露过我要说的内容了。

"总之，"我说，"我本希望在这份秘密档案中找到一些能给德雷福斯定罪的证据。但恐怕这里面什么也没有。这份文件，一个水平一般的律师质证十分钟，就能发现漏洞了。"

我放下手上拿着的最后几份文件，喝了一口已经冰凉的茶。贡斯又点上一支烟。沉默了一会儿后，他说："所以我们抓错人了？"

他非常直接，就像在说"所以我们走错路了？"或者"所以我们戴错帽子了？"一样。

"恐怕看起来是这样的。"

贡斯一边思考着，一边玩着一根火柴，让它在手指间翻来翻去，然后"啪"的一声把它折断了。"可是你要怎么解释清单的内

235

容呢？你说的这些都改变不了我们最初的假设，不是吗？写了清单的人肯定是一个炮兵军官，而且肯定在总参谋部的四个部门都有过工作经验。那肯定就不是艾斯特哈齐，是德雷福斯。"

"跟您说的恰恰相反，我们一开始就在这一点上想错了。您再仔细地看一遍清单，就会发现里面提到的都是摘要——关于水压制动机的摘要……关于掩护部队的摘要……关于炮队队形的摘要……关于马达加斯加的摘要……"我指着照片中我说到的地方，"换句话说，这些都不是原始文件。送出去的唯一一份真正的文件就是那个射击手册——而我们都知道，艾斯特哈齐参加了一次射击演习，他就是在那里拿到的。因此，我认为清单透露出的信息和我们推测的恰恰相反。那个间谍不在总参谋部。他无法直接接触到机密。他是外面的人，或者也可以说他是个骗子。他收集一些流言蜚语，一些摘要，然后就想把这些七零八碎的东西拿去卖钱。很明显，这人就是艾斯特哈齐。"

贡斯往后靠在椅子上说道："亲爱的皮卡尔，我能提个建议吗？"

"您请说，将军。"

"忘了清单吧。"

"什么？"

"忘了清单吧。你可以调查一下艾斯特哈齐，但别把他和清单扯到一块去。"

我一下子说不出话来。我早就知道他有些迟钝，但他说的这话也太荒唐了！"将军，恕我直言，清单上的笔迹就是艾斯特哈齐的笔迹，而且我们也知道他对火炮很有兴趣——清单是给艾斯特哈齐定罪的主要证据啊。"

"那你只能去找其他证据了。"

"但这份清单——"我控制住自己，冷静了一下，问道，"我能问一下您要求我这么做的原因吗？"

"我以为这是显而易见的。军事法庭已经判定清单出自谁手了，这个案子已经结案了。我想，这就是律师们所说的'既决事项'——'已经做出判决了的案件'。"透过香烟的烟雾，他向我微笑，看起来是对自己还记得这些专业术语而洋洋得意。

"即使我们发现艾斯特哈齐才是那个间谍，而德雷福斯是无辜的……？"

"我们不会去发现那一点的，不是吗？这才是重点。因为，正如我刚才向你解释的，德雷福斯案已经结案了。法院已经宣布了判决，一切都结束了。"

我目瞪口呆地看着他，咽下自己想说的话。我得说得更尖锐一点，才能让他意识到，他现在向我暗示的根本就是在犯罪。这是大错特错。"好吧，"我小心地开口说道，"我们可能会希望这一切都过去了，将军。我们的律师也可能会告诉我们，这一切都结束了。但对于德雷福斯一家来说，这一切绝不会过去。而且，就算不考虑这些，坦白来说，我也很担心，如果有一天被人们知道，我们明知对他的审判缺乏根据，却无动于衷的话，军队的名声也会受到损害。"

"那就别让别人知道，不就好了？"他兴高采烈地说道。虽然他脸上挂着笑容，但我在他眼里分明看到了威胁的意味。"那就这样了。关于这件事，我要说的都说完了。"他猛地站起来，藤条椅发出一阵"吱呀吱呀"的声音表示抗议。"别把德雷福斯牵扯进来。这是命令，上校。"

在回巴黎的火车上，我坐在座位上，把公文包紧紧地抱在怀里。我忧郁地凝望着巴黎北郊的一个个后阳台、一条条晾衣绳，还有一个个从眼前划过的、被煤烟覆盖的车站——科隆布站、阿涅尔站和克利希站。我简直不敢相信刚才发生的一切。我不停地在脑海中回想着那段对话。是因为我在说的时候没说好吗？我应该说得更清楚点吗？应该明确地告诉他，那份秘密文件中的所谓"证据"，和我们已经确认掌握的艾斯特哈齐的情况比起来不值一提？不过，仔细想了想，说得这么直接应该会更糟糕。贡斯是绝对不会妥协的——不管我说什么都不会改变他的想法。在他看来，德雷福斯案是绝不可能得到重审的。再深究下去，只会导致我们与德国的关系彻底破裂。

我没有回办公室——发生了这种事，我已经没法坐在那间办公室里了。我回到自己的公寓，躺在床上，一根接一根地抽着烟。如果贡斯看到我这副样子，估计会被吓到，虽然不管我做什么，他都一副无所谓的样子。

问题是，我不想自毁前程。二十四年，我花了二十四年才走到今天。但如果事业成功的代价，就是成为像贡斯那样的人的话，那么我这些年的努力将毫无意义，因为对我来说，这份工作将不再是荣誉、骄傲的象征。

既决事项！

天慢慢黑下来。起身开灯的时候，我已经在心里得出结论。我只有一条路可走——那就是越过布瓦代弗尔和贡斯，行使我的特权，前去布列讷酒店，直接向陆军部长陈述这桩案件的情况。

舆论渐渐开始躁动起来，就像是冰川上的缝隙、大地深处的颤抖一样，发出了一些微弱的信号，警示着天翻地覆的改变。

几个月来，媒体对德雷福斯只字未提。但就在我去见了贡斯的第二天，殖民地部迫于舆论压力，不得不出面否认了伦敦报界关于德雷福斯从魔鬼岛越狱的谣言。当时，我对此并没有多想，觉得这只不过是新闻界——准确来说，是英国新闻界——屡见不鲜的事罢了。

然后，在周二的《费加罗报》上，一则名叫《德雷福斯的监禁生活》的新闻，占领了头版最前面的位置。这篇报道用充满同情的笔触，面面俱到、准确无误地描写了德雷福斯在岛上经历的一切（"此前领着四五万法郎年薪的军官，从被当众羞辱的那天起，过着生不如死的生活"）。我猜想，这些信息，应该都是德雷福斯的家人们透露的。

就是在这样的舆论背景下，在拜访贡斯后的第二天，我去向部长报告了此事。

我打开花园的门，在确保没有被部门里任何人看到的情况下，穿过草坪，来到部长官邸的后面。

部长刚刚休完一星期的假，这是他回来上班的第一天。他看起来精神很好，粗壮的鼻子和秃了的头皮经过暴晒正在脱皮。他在椅子上坐直了身子，抚摸着他那一大把白胡子，饶有兴趣地看着我从包里拿出来跟这个案子有关的所有文件。"我的天哪！我是个老头，皮卡尔，时间对我来说是很宝贵的。你总共需要多长时间？"

"恐怕这有一部分是您的错，部长。"

"啊，你听听！现在的年轻人啊，脸皮可真厚！我的错？那请问，怎么就是我的错了呢？"

"您非常好心地让您的手下给我看了叛国罪嫌疑人艾斯特哈齐的信件。"我说着，把信递过去，"然后，我注意到了它们和这个，明显有相似之处。"我又把清单的照片递给他。

我再一次惊叹于他的理解速度。虽然他已经上了年纪——他当上步兵上尉的时候，我还没出生——但是，他只消反复打量一下这两份文件，就立刻领会了我话中的意思。"好吧，那我可是立大功了。"他弹着舌头，发出"咔嗒咔嗒"的声音，接着道，"你检查过笔迹了？"

"是的，我询问了当初的那个警察局专家贝蒂荣。他说这两个笔迹是一模一样的。不过，我可以听听其他人的意见。"

"你给布瓦代弗尔将军看过了吗？"

"看过了。"

"他怎么说？"

"他叫我去找贡斯将军。"

"那贡斯怎么说？"

"他让我放弃调查。"

"真的吗？为什么？"

"因为他和我一样，都相信继续调查最终肯定会导致官方需要修正对德雷福斯案的审判结果。"

"天哪！这可不是件小事啊！"

"没错，部长，尤其是在我们必须要揭露这件事的情况之下……"

我把秘密文件递给他。他眯起眼睛看了看信封。"'D'？这是什么东西？"他甚至从来没有听说过有这么一份秘密文件。我不得不开始向他解释。我把里面的东西逐个给他介绍了一遍。又一次的，他直接发现了问题的要害——他抽出写着"那个畜生D"的那张纸，把它拿起来，凑到自己脸前仔细看着。他默读着纸上的内容，嘴唇无声地开合着。我看见和他秃了的头皮一样，他的手背也在脱皮，还带有斑点——他就像一只活得久到令人觉得不可思议的老蜥蜴，刚刚又过完一个夏天。

当他看到结尾的时候，他问道："'亚历山德琳'是谁？"

"是冯·施瓦茨科彭。他和那个意大利武官都用女人的名字称呼彼此。"

"为什么？"

"因为他们是同性恋，部长。"

"上帝啊！"比约做了个鬼脸，他小心翼翼地用食指和拇指捏着信，递给我。"皮卡尔，你的这份工作可真是很恶俗呢。"

"这我知道，将军。我也不想这样。可既然担下了这份职责，就要尽力把它做好。"

"我同意。"

"在我看来，'尽力'就意味着彻底调查艾斯特哈齐犯下的罪行。如果我们真的发现德雷福斯是无辜的，我们必须把他从魔鬼岛接回来——至于这个，我觉得，作为军人，与其等到迫于外界的压力不得不这么做，我们应该主动纠正自己的错误。"

比约凝视着我和他之间的空间，右手拇指和食指捋着胡子，一边思考，一边咕哝着什么。"这份秘密文件……"过了一会后，他说道，"直接把证据交给法官，不给被告反驳的机会，是违法的吧？"

"是的。我很后悔自己当时也参与其中。"

"所以，是谁决定要这么干的？"

"说到底，是当时的陆军部长，梅西埃将军做的决定。"

"哈！梅西埃？真的吗？我就猜这件事肯定有他的份！"他瞪大眼睛，捋着胡子，哼哼唧唧地说道。过了一会儿，他长叹一声，说道："我也不知道了，皮卡尔。这个问题确实很棘手，你得让我考虑一下。显然，如果最后得到证实，我们一直关错了人，而且

241

把他拉去示众，引起了那么多人的关注……我只能说，结果会很糟糕，对军队，甚至对整个国家都会产生深远的影响。我必须跟总理谈谈，但那至少要等到一周后——我周一还要去鲁亚克参加年度军演。"

"谢谢您，将军。但我还想问一句，您是否批准我继续对艾斯特哈齐的调查呢？"

比约慢慢地点了点他那巨大的脑袋："我想是的，我的孩子。我批准了。"

"无论在调查中会发现什么？"

他又重重地点了一次头："是的。"

我重新充满了能量。那天晚上，我和德斯韦宁在圣拉扎尔车站的老地方见面。这是自8月中旬以来我第一次见到他。我稍微迟到了一点，到约定地点的时候，他已经坐在角落里读着《自行车报》等我了。我注意到他这次没有再喝啤酒，而是又改回喝矿泉水。我在他对面的椅子上坐下，对着他的报纸点点头："我都不知道你喜欢骑车呢。"

"关于我的事，你不知道的还多着呢，上校。我有一辆骑了十年的自行车。"他把报纸叠了起来，塞进口袋里。他似乎心情不太好。

我说："今天没有带笔记本吗？"

他耸耸肩道："今天没有什么好报告的。咱们的'大恩人'还在他妻子那位于阿登省的宅子里。大使馆整个夏天都像关门了一样，没有任何动静——好几个星期都没有任何我们的人出入。你的朋友，迪卡斯先生受不了，去布列塔尼度假去了。我试着拦住他，可他说，如果他再在里尔街待下去，他就会发疯的。我也挺能理解他的。"

"你听起来很沮丧啊。"

"我得说，上校，我调查这个王八蛋——请原谅我的措辞——都已经五个月了，我不知道接下来还能干什么。我们要么把他抓来，稍微逼问他一下，看看他在压力下会不会吐露些什么；要么就暂停这次行动。但不管如何，天气越来越冷了，我们近两天应该赶快把那些传声筒弄走。如果那些德国人要生火的话，我们就有麻烦了。"

"好吧，这次，我来给你看点东西。"我说着，把艾斯特哈齐那封信的照片盖在桌子上，朝他推过去，"我们的'大恩人'想在总参谋部为自己谋个职位呢。"

德斯韦宁看了看这张照片，整个人顿时精神了起来。"这个王八蛋！"他兴奋地低声反复咒骂着，"他欠的债肯定比我们想象中的多。"

我很想告诉他关于清单、关于德雷福斯和秘密文件的一切，但我不敢，至少现在还不敢，因为我还没得到比约的正式许可，还不能扩大我的调查范围。

德斯韦宁说道："上校，你觉得我们现在怎么办？"

"我觉得我们要更积极一点。我会去向部长提议，让他同意'大恩人'的要求，在总参谋部里给他一个职位。只要他在总参谋部里，我们就可以二十四小时监视他了。我们应该给他一种自己能接触到机密材料的错觉。我们可以伪造一些看起来很有价值的东西，然后跟踪他，看看他会把这些材料用来做什么。"

"不错。但既然你提到了伪造，我还有个好主意。我们为什么不伪造一封来自德国人的信，邀请他去共商日后的计划呢？如果'大恩人'真的在指定地点出现了，那这一行为就表明他有罪。如

243

果他身上还有机密材料，那我们就能抓他个现行。"

我仔细想了想，然后道："有没有我们能用的人？"

"我推荐勒梅西埃 – 庇卡尔。"

"他可信吗？"

"他是个专门伪造文书的人，上校，他狡猾得像老狐狸一样。他真名叫莫伊赛·勒曼。不过，桑德尔上校还在的时候，他确实给处里干了很多活。而且，他心里很清楚，如果他要花招，我们是不会放过他的。我会去查出他现在人在哪里的。"

离开的时候，德斯韦宁看上去比我刚见到他的时候高兴多了。我留下来喝完了自己杯里的，然后坐出租车回家了。

第二天，天气骤变，好像一下子入秋了——天空阴沉沉的，让人看来心生畏惧；风很大，树上的叶子开始被风刮下来，在林荫大道上你追我赶地飘着。德斯韦宁说得对，我们确实需要尽快把那些传声筒从里尔街的公寓里撤出来。

我像往常一样到达了办公室。卡皮奥总是提前帮我把当天的报纸放在桌子上，我到办公室后，快速浏览了一遍今天的报纸。《费加罗报》对德雷福斯在魔鬼岛上处境的报道再次激起了本已沉寂的舆论的水花。各家报社都在谴责德雷福斯，"让他更加痛苦"似乎成了大家的共同要求。但是，《闪电报》的一篇文章突然抓住了我的眼球——这是一篇名为《叛徒》的文章，作者匿名。文中写道，德雷福斯被定罪的主要证据，是被递交给军事法庭法官们的"一份秘密证据文件"。作者在文中呼吁军方公布秘密文件中的内容，以遏止公众对这名间谍"莫名其妙的怜悯之情"。

这是秘密文件第一次在报纸上被提及。巧的是，偏偏还是当这份文件在我手上的时候。这使我感到些许不安。我沿着走廊走到劳特的办公室，把报纸扔在他的桌面上。"看过这个了吗？"

劳特读完后，抬起头看向我，眼神中满是惊恐。"肯定是谁泄露出去了。"

"把盖内找来，"我命令他道，"他本应该盯着德雷福斯一家的。叫他现在就来一趟。"

我走回办公室，打开保险柜，取出那份秘密文件。然后，我在办公桌后坐下，列出了所有知道这份文件的人的名单——梅西埃、布瓦代弗尔、贡斯、桑德尔、迪帕蒂、亨利、劳特、格里贝兰、盖内——到这是九个人。再加上昨天我亲自告知了的比约，就是十个人。然后还要加上以莫雷尔上校为首的七位法官——十七个人。还有福尔总统，以及总统的医生，吉贝尔——十九个人。吉贝尔告诉了马蒂厄·德雷福斯——二十个人。可是鬼知道马蒂厄告诉了多少人呢！

这个世界上根本没有秘密——没有，至少在现代社会，在这个有照相机、电报、铁路和报纸的时代，是没有秘密的。在过去，志同道合的人组成一个个小圈子，仅仅用羊皮纸和羽毛笔交流。那样的日子已经一去不复返了。事情迟早会败露。这就是我想让贡斯将军明白的。

我揉揉自己的太阳穴，试图把这件事捋清楚。信息泄露证实了我的预测和担忧，本应可以说服我的上司们按照我的方法处理。但我怀疑，这反而会让贡斯和布瓦代弗尔惊慌失措，因此使得他们阻挠调查的决心变得更加坚定。

快到中午的时候，盖内到了我的办公室。他还是像以前一样，因为得了黄疸，全身发黄，身上有一股旧烟斗里的烟味。他带来了德雷福斯一家的监视档案。他紧张地环视了一圈，问道："亨利少校在吗？"

"亨利在休假，还没回来。你得向我报告。"

盖内坐下来，打开自己带来的文件夹。"几乎可以肯定，这件事是德雷福斯一家搞的鬼，上校。"

"那为什么《闪电报》那篇文章的语气对德雷福斯充满了敌意？"

"只是为了掩护背后的主使罢了。《闪电报》的编辑，萨巴蒂埃，已经被他们笼络了——我们监视了他和马蒂厄、露西的会面。您可能已经注意到这一家人最近非常活跃，这种会面只是他们行动的一部分。他们还雇了伦敦的库克侦探事务所为他们搜集情报。"

"那他们取得什么进展了吗？"

"据我们所知，没有，上校。这可能就是他们改变策略，决定走公众路线的原因。写出那篇德雷福斯越狱的谣言的记者，就受雇于那家侦探事务所。"

"他们为什么要这么做？"

"我想，是为了再次引起舆论关注。"

"如果是这样，他们确实成功了，你说呢？"

盖内用颤抖的手点燃了一支香烟。他说道："您还记得一年前，我跟您说过，德雷福斯一家和一个叫作贝尔纳·拉扎尔的犹太记者有往来吗？就是那个无政府主义者、社会主义者、犹太激进分子？"

"他怎么了？"

"他好像正在写一本宣传册，宣传德雷福斯是无罪的。"

他在文件夹里翻了好一会儿，终于找到一张照片，递给我。照片上是一个身材魁梧的年轻男子，戴着夹鼻眼镜，有点秃顶，发际线很高，有着浓密的胡子。照片后还附着一些剪报，是拉扎尔写的《新贫民区》《反犹太主义和排犹分子》，一些最近登在《伏尔泰报》上的文章，用来抨击《言论自由报》的德吕蒙的言论（你不是刀枪不入的，你的那些朋友也不是……）

"他很擅长辩论啊。"我说着，同时快读浏览这些剪报，"所以，现在他和马蒂厄·德雷福斯是一伙的了？"

"一点没错。"

"所以，他肯定也知道秘密文件的存在？"

盖内犹豫了一下，答道："是的，应该是的。"

我把拉扎尔的名字加到那份名单里。现在没有总共有二十一个人了——事情开始变得令人绝望起来。"你知道这本宣传册什么时候会出版吗？"

"我们在法国印刷行业里的线人还没有告诉我们任何线索。可能他们计划在国外出版。我们也说不清。他们变得更专业了。"

"真是一团乱！"我把拉扎尔的照片扔回给桌子对面的盖内。"这个秘密文件会变成一个大麻烦的。你也参与了这份秘密文件的编辑，对吗？"

我并没有用严厉的语气，而是漫不经心地问了出来。令我吃惊的是，盖内皱起眉头，摇着头，好像是在努力回忆着。他道："啊，不，上校。我没有。"

谎言让我一下子警惕起来。"没有？是你向亨利少校传达了西班牙武官的那番话吧？那可是针对德雷福斯的最有力的证据。"

"是吗？"他看起来突然有些动摇了。

"所以，到底是不是你？亨利少校说是你做的。"

"那应该就是我吧。"

"其实，你传达的瓦尔·卡洛斯的那番话，我这里就有。"我从书桌抽屉里取出那份秘密文件，打开信封，抽出了亨利的证词。

盖内一看到它，就惊奇地瞪大了双眼。"请替我转告亨利少校（然后他可能会转告上校）"——也就是桑德尔上校，我猜——"你们需要加强对陆军部的监视。因为上次我跟德国武官谈话的时候，我听出他话里的意思，在总参谋部中有一个军官是他们的线人，已经向他们提供了很多高度机密的信息。找到他，盖内：如果我知道他的名字，我肯定就告诉你了！"

"没错，听起来基本正确。"

"所以，他确实在德雷福斯被捕大约六个月前对你说了这番话？"

"是的，上校——是在3月。"

我能看出他仍在说谎。我再看了一遍这番话。这听起来不像是出自一位西班牙侯爵之口，更像是一个警察编造的证据。

"等等，"我说，"让我来把话说清楚。如果我去找瓦尔·卡洛斯侯爵，问他，'我亲爱的侯爵，您偷偷地告诉我实话，您真的对盖内先生说过那些话，导致德雷福斯被关到魔鬼岛上去了吗？'那么他会回答我，'我亲爱的皮卡尔上校，你说的完全正确'？"

盖内的脸上闪过一丝惊慌。"我也不确定，上校。你要知道，那是他私下里跟我说的。最近媒体上关于德雷福斯的报道铺天盖地——我怎么能确定他现在会怎么说呢？"

我一动不动地盯着他。天啊，我心想，他们当时究竟想干吗！如果瓦尔·卡洛斯没有跟盖内说过这番话，那他肯定也就没有跟亨利说过。因为说到底，他是想提醒亨利，而不只是盖内，总参谋部里有个德国间谍。而就是这番他们声称发生过的"谈话"，给亨利在军事法庭上戏剧性的证词提供了依据——叛徒就是他！

一阵敲门声打破了长时间的沉默。劳特从门后探出他那长满金发的脑袋。我怀疑他在门后偷听了一会儿。"上校，布瓦代弗尔将军让你马上去见他。"

"谢谢。回复那边说我马上就来。"劳特把头缩了回去。我对盖内说:"我们改天再谈这件事。"

"好的,上校。"他转身离开了,看起来——至少在我看来——像是为逃过进一步的盘问松了口气。

布瓦代弗尔坐在他那张大办公桌的后面,把他那双优雅的手朝下盖在桌面上,双手之间放着一份《闪电报》。他说:"我想你昨天见过部长了。"他的语气非常平静。但看得出来,为了保持这份平静,他花了很大力气。

"是的,我经常可以见到他,将军。"

布瓦代弗尔没有让我坐下,我只好保持着立正的姿势,站在地毯上——我还是第一次遇见这种情况。

"而且你给他看了德雷福斯案的秘密文件?"

"我觉得他需要知道事实——"

"我不同意!"他抬起一只手,重重地拍在桌面上,"我跟你说过,有什么事就去跟贡斯将军说,不要跟其他人说!你为什么要违抗我的命令?"

"对不起,将军。我不知道您说的'其他人'也包括部长。不知道您还记不记得,上个月您批准了我去向比约将军简要汇报艾斯特哈齐调查的情况。"

"是的,可那是关于艾斯特哈齐的!不是关于德雷福斯的!贡斯将军不是跟你说得很清楚了吗?不要把这两件事混为一谈!"

我继续凝视着前方,总参谋长稀疏的白发上方,挂着一幅德拉克洛瓦画得特别丑的油画。我只偶尔飞快地瞥一眼将军本人。他看起来似乎快要被巨大的压力压垮了,像地锦一样蔓延在脸上的斑点都从深红色变成了紫色。

"说实话，我认为这两件事无法分开谈，将军。"

"那是你的个人观点，上校。你不能因为这样就在最高指挥部内制造分歧。"他拿起报纸，朝我挥了挥，"这又是怎么回事？"

"总安全局认为，这个素材可能是德雷福斯一家提供的。"

"所以是他们吗？"

"这很难说。很多人都知道这个档案的存在。"我拿出我列的名单，"我暂时列出了二十一个人。"

"让我看看。"布瓦代弗尔伸手接过我手中的名单。他浏览着那一列人名，说道："所以你的意思是，肯定是这些人之中的一个泄露了这件事？"

"我看不出来还有什么其他的可能性。"

"我注意到你没有把自己的名字写上去。"

"我清楚我自己没有那么做。"

"你可能清楚，但我不清楚。只要稍微留意一下就能发现，就在你开始鼓动我们重新审理德雷福斯案的时候，报纸上就出现了有关此案的爆料。"

突然，办公室高高的窗户外传来一声巨响。听起来像是有棵树被风刮倒了。雨水噼里啪啦地打在玻璃上。然而，布瓦代弗尔却仍盯着我，像是没有听到。

"我坚决否认您话中的暗示，将军。就像您刚才所说的那样，这些信息遭到泄露对我的调查毫无帮助，只会给我的工作增添困难。"

"这只是一种看法。另一种看法是，你费尽心机想要重启德雷福斯案件。为此，你不惜背着我去找部长，也不惜在媒体上煽动舆论。你知道吗，众议院的一位议员已经表示，他正准备就这件事质询政府。"

"我向您保证，我与此事无关。"

将军看了我一眼，眼神中尽是怀疑。他道："那就让我们一起祈祷，这次泄露事件到此为止吧。媒体报道这个文件的存在就够糟糕的了。如果报纸上刊登出文件具体内容的话，事情会变得更糟糕。如果你不介意的话，我想留着这张名单。"

"当然可以。"我低下头，希望自己看上去是一副忏悔的样子。虽然我其实并没有忏悔的意思。

"很好，上校。"他挥挥手指，像是在打发一个赛马俱乐部的服务员一样，"你可以走了。"

我走到圣多米尼克大街上，发现街上正狂风大作——在中午到三点的这段时间里，一阵反常的飓风席卷了整个巴黎。为了不让自己被风吹跑，我不得不紧紧地抓住路边的铁栅栏。风掀翻了喜剧歌剧院和警察局的屋顶，吹破了法院的一扇窗户。河里停泊着的船只被吹得七零八落，不停地撞在码头上。塞纳河畔的一些洗衣女工被吹到河里，幸亏已经被救了起来。圣叙尔比斯广场上卖花的小摊也全都被吹跑了。那天晚上，走在回家的路上时，我穿过的好几条街道的地面上铺满了碎枝败叶和碎瓦片，垃圾堆得跟我的脚踝一样高。这场浩劫真是令人心悸。但感叹之余，我还是偷偷松了口气——有了这次飓风，媒体在接下来的几天里就不会总盯着德雷福斯的事不放了。

14 长官们的反应

然而，我只得到短暂的喘息时间。周一，《闪电报》就又发表了一篇更长的文章。一看标题，我就知道糟糕了——《叛徒：档案中叙述的德雷福斯罪行》。

我内心一阵不安，把报纸拿到自己办公桌上。这篇文章总体上非常不准确，但有一些关键的真实细节。比如，秘密档案是于法官们在商议结果的时候，送到他们所在的房间里去的；再比如，该档案中有德国和意大利武官之间的机密信件；又比如，其中一封信里提到了"那个禽兽德雷福斯"——虽然准确来说是"那个畜生D"，但也很接近了。"正是这个无法辩驳的证据，"这篇文章总结道，"让法官们最终做出了决定。"

我用手指敲打着桌面。是谁透露了这些细节呢？盖内说是德雷福斯一家。但我还是不能确定。谁会因泄密而获益？依我看，这次泄密最直接的受益者，就是那些想让陆军部人人自危、互相猜忌，想让我对艾斯特哈齐的调查尽早结束的人。还是"那个畜生"这个蔑称突然点醒了我。迪帕蒂不就一直说德雷福斯被内心的"兽欲"掌控着吗？

我从桌上拿起一把剪刀，小心翼翼地把这篇文章从报纸上剪下来。然后，我给还在休假的贡斯写了一封信——我前几日冒昧地跟您说，在我看来，如果我们不主动采取行动的话，会有大问题的。很不幸，《闪电报》中刊登的文章证实了我的这一观点。我觉得我有必要重申，我认为我们必须立即采取行动。再等下去，事情会一发不可收拾，我们也将会无法脱身，既无法为自己辩护，又无法弄清真相。

信寄出去之前我犹豫了一下。我的看法将会以书面的形式留下记录。作为一名军人，贡斯虽然没有上战场，但在舌战上，他确是一名好手。他肯定会意识到这封信的实质——那就是敌对局势的加剧。

不管怎样，我还是将信寄出去了。

第二天，他就叫我去见他。他提前结束假期，回到了办公室。在离他还有两百米的时候，我就感觉到了他的慌乱。

陆军部的走廊里比平常安静，比约和布瓦代弗尔都随福尔总统前往视察秋季阅兵了。大多数有事业心的总参谋部官员——他们几乎全都很有事业心——积极参加了这次阅兵。走在空空荡荡的走廊中，听着我的脚步声不断回荡，我不禁想起了两年前追查间谍的那段时光。

"我收到你的信了，"当我在他办公桌前的椅子上坐下时，贡斯朝我挥了挥那封信，"我不是不赞同你的观点。相信我，我恨不得能让时光倒流，回到这件倒霉事最开始的时候。抽烟吗？"他把一个小盒子推向我。我抬起手来拒绝了。他自己抽出一根烟，点着了，用很友好的语气说道："面对现实吧，亲爱的皮卡尔。当年，对德雷福斯的调查进行得非常不专业。桑德尔病了，而迪帕蒂——唉，你也知道，阿尔芒这个人就是这样。虽然他的其他很多方面挺好的，但事已至此，我们只能硬着头皮走下去，我们已经没有回头路了。从头再来只会撕裂太多已经愈合的伤口。在过去的几天里，你也看出来了，媒体对德雷福斯这件事的反应有多大。这样下去，整个国家都会四分五裂。我们必须阻止事情继续恶化。你一定会理解的，对吧？"

他脸上带着一种恳求的表情——恳求我赞同他的想法，有那么一刹那，我几乎忍不住要让步了。他不坏，只是太软弱了。他只想息事宁人，只想赶快下班，回家打理自己的花园。

"我明白，将军。但这些泄露给媒体的消息也可以看作是对我们的警告。我们必须承认，现在，就在我们俩说话的时候，已经有人在调查德雷福斯案了。而很不幸的，这些调查者不是我们，而是德雷福斯一家和他们的支持者。对此案的调查正在脱离我们的掌控。我在信中试图阐明的其实是一条基本的军事原则——趁现在还有时间，我们应该抓住主动权。"

"怎么抓住主动权？投降？直接让他们如愿？"

"不，我们应该主动放弃这个事实上正变得站不住脚的立场，然后在更高的位置上建立新的防线。"

"那不就是跟我说的一样，让他们如愿吗！总之，我不同意你的看法。只要我们大家团结起来，我们目前的立场就站得住脚。因为法律是我们坚实的靠山。我们只需说，'七名法官已经审视过此案的所有证据，并达成了一致的判决。此案已经结束了'。"

我摇摇头。"不，我很抱歉，将军，但这样说不通。是因为有秘密文件，法官们才做出了一致的判决。秘密文件中的证据，却……"我停了下来，因为不知道接下来该怎么说才好。我还记得，当我询问盖内他和瓦尔·卡洛斯那次据说存在的谈话时，盖内脸上的表情。

贡斯压低声音道："证据怎么了，上校？"

"那份文件中的证据——"我摊开双手道，"没有说服力。假如那份文件中的证据是确凿的，人们可能不会追究文件没有被展示给辩方这一事实。但事实恰恰相反……"

"我完全懂你的意思，我亲爱的皮卡尔——相信我，我真的懂！"他把身子向前倾过来，恳切地道，"但这正是我们不惜一切代价都要保护秘密文件不被泄露的原因。如果我们按你说的，站在更高的位置上，然后对全国人民说，'看哪，原来是艾斯特哈齐写了清单，让我们把德雷福斯接回来，重新审判此案吧'——那接下来会发生什么呢？人们会质疑最开始的法官——请注意，是全部的七位法官——当时到底是怎么判案的。然后，秘密文件又会被推到风口浪尖上。一些位高权重的大人物的处境将会非常尴尬。这就是你想要的吗？你想过这会使军队的声誉遭到多大的损害吗？"

"我承认这样做必然会给我们带来一些损失，将军。但是，我们也会因为敢作敢当而获得好评。在我看来，如果为了圆谎，我们还要不断编造新的谎言的话，这样造成的损失会更大——"

"谁说要撒谎了，上校！我不是在叫你撒谎！我绝不会叫你撒谎的。我知道你是个诚信的人。事实上，我没有要求你做任何事。我只是要求你不要做某些事——不要碰德雷福斯的案子了。这个要求很无理吗，乔治？"他挤出一丝微笑道，"毕竟，我知道你对于这个'上帝之选民'的看法——但说到底，一个犹太人被关在魔鬼岛上，关你什么事呢？"

他听起来就像是要和我做什么非法交易一样。我小心地说道："我觉得这对我很重要，因为他是无辜的。"

贡斯笑了。他的笑声中有一种接近崩溃的疯狂。"哈，多么多愁善感的人啊！"他鼓鼓掌后说道，"多么善良的想法啊！刚出生的小羊羔和小猫咪，还有阿尔弗雷德·德雷福斯——都是无辜的！"

"恕我直言，将军。您说得好像我对那个人有感情一样。我可以向您保证，我对他没有任何私人情感。坦白说，我倒希望他是有罪的——那样的话我的良心至少不会受到谴责。但现在,我已经看过证据了,我认为他是无辜的。叛徒是艾斯特哈齐。"

"可能是艾斯特哈齐,也可能不是。你不能确定。事实上,如果你守口如瓶,没有人会知道。"

终于,我们触及了这件事最阴暗的关键点。整个房间突然安静下来。他坦荡地盯着我。我思考了一会才给出回应。

"将军,您的建议太可耻了。您不能让我把这个秘密带进坟墓。"

"噢,我当然能,而且我就要这么干!干我们这一行的,就是要把秘密带进坟墓。"

又是一阵沉默。然后,我又试了一次:"我只要求彻查整个案件——"

"你只要求!"贡斯终于爆发了。"只!听听你说的话!我不明白你的意思,皮卡尔!你的意思是,整个军队——甚至整个国家!——都是围着你,善良温厚的你转的?我得说,你把自己看得太高了!"他的粗脖子涨得通红,就像某种难以用言语形容的充气橡皮管,从他外套的领子上爆出来。我意识到,他这是被吓坏了。突然间,他又镇定下来,用公事公办的语气说道:"秘密文件现在在哪?"

"在我的保险箱里。"

"你没有跟其他人讨论过其中的内容吗?"

"当然没有。"

"你没有复印它吗?"

"没有。"

"你也没有把这些消息泄露给报社?"

"就算我有,我也不会承认,不是吗?"我再也没法抑制自己

256

语气中的轻蔑了，"但既然您要问，那我只能告诉您，我没有。"

"端正你的态度！"贡斯站了起来，我也跟着站了起来。他厉声道："这里是军队，上校，不是什么讨论道德问题的社团。陆军部给参谋长下命令，参谋长给我下命令，而我给你下命令。现在，我正式，也是最后一次命令你，不要调查任何与德雷福斯案有关的事，也不要未经允许向任何人透露有关这件事的信息。如果你拒绝服从命令，老天爷来都没法帮你。明白了吗？"

我说不出话来。我敬了一礼，转身走出房间。

我回到办公室时，卡皮奥告诉我德斯韦宁和伪造文书的人，勒梅西埃－庇卡尔，正在等候室里等着我。跟贡斯谈完后，我真的不想再跟这种弄虚作假的人见面了，但我也不想把他直接赶走。

我一踏进房间，就认出来他和盖内一样，是我来反间谍处第一天早上看见的打牌抽烟的那帮人之一。"莫伊赛·勒曼"比"勒梅西埃－庇卡尔"这个名字更适合他。他身材矮小，长得很像犹太人，胖胖的，整个人充满了魅力和自信，身上散发着一股古龙水的味道。看得出来，他内心渴望着用自己的手艺征服我。他让我在纸上写三四句话——"写吧，上校，又不会有什么害处，不是吗？"——然后经过几次尝试，他就写出了一份还算可以的复制品。"关键在于速度，"他解释道，"你得抓住线条的本质、模仿它的特点，然后自然而然地写出来。你很有艺术天赋，上校，恕我冒昧——你的心里藏着很多秘密，是个非常自省的人。"

"够了，莫伊赛，"德斯韦宁说道，假装要去拍他的耳朵，"上校没有时间听你在这里胡说八道。你可以走了，在大厅里等我。"

莫伊赛朝我咧嘴笑了一下："很高兴见到您，上校。"

"我也一样。能把我写的东西还给我吗？"

"噢对，"他说着，把我写的那张纸从口袋里掏出来，"我差点忘了。"

他离开后，德斯韦宁说："我想你应该知道，艾斯特哈齐好像已经逃跑了。他和他的妻子搬出了慈善街上的那套公寓——而且看起来，走得很匆忙。"

"你怎么知道的？"

"我进去过他们那套公寓。别担心——我没有干什么违法的事。那套房子现在正在出租，我假装在找房子。他们把大部分家具搬走了，只剩下一些垃圾。他在壁炉里烧了很多文件。我找到了这个。"

那是一张边缘已经被烧焦了的名片：

爱德华·德吕蒙

编辑

《言论自由报》

我把名片翻来翻去。"所以那篇反犹文章的内容是艾斯特哈齐提供的？"

"显然是这样。或者，他只是给他们透露了一些信息——军队里很多人这么干。上校，重要的是——他已经藏起来了。他离开了巴黎，甚至离开了鲁昂。他搬去阿登省了。"

"你觉得，他知道我们盯上他了吗？"

"不好说。但我觉得有这个苗头。我觉得如果我们要下套的话，就要快点行动。"

"那些传声筒处理了吗？"

"昨天刚撤出来。"

"好。还要多久才能把烟道重新用砖砌起来？"

"今晚会有一个人进去弄。"

"好。这件事交给我吧。"

现在，比约是我唯一的希望了。这个像蜥蜴一样的老男人、战争中的幸存者、两次担任陆军部长的军人——他肯定能意识到，总参谋部的决定不仅是不道德的，更是极端不理性的。

他预定周五才会从西南部的军演回来。那天早上，《费加罗报》在头版刊登了露西·德雷福斯递交给众议院的一份请愿书，其中指出政府并没有否认有关秘密文件的报道：

可见一名法国军官是这样被军事法庭定罪的：检方在他不知情的情况下提出了指控，使得他和他的律师都无法对此进行讨论。

这是对正义的蔑视。

近两年来，我一直是此次事件最惨烈的受害者——跟那个我一直坚信是清白的人一样。我一直保持着沉默，尽管在公众和新闻界中传播着各种可憎和荒谬的诽谤。

今天我不能再沉默。先生们，你们是我们唯一可以求助的人了。我不会评价或责备你们——我只要求正义。

反间谍处狭窄阴暗的过道和楼梯间里一片寂静。我的手下们都把自己关在房间里。我时不时地担心自己会被街对面的贡斯叫过去，被要求解释这一最新的爆炸性消息，但电话没有响。我在办公室里暗自留意着布列讷酒店的背面。最后，下午三点刚过，我看见一群穿着制服的勤务兵拿着急件从高高的窗户后走过。部长肯定已经回来了。局势变得对我有利——贡斯还坐在圣米尼克大街上的总参谋部里，不知道他已经回来了。我走上大学街，穿过马路，拿出钥匙，准备迈进部长的花园。

然后，奇怪的事情发生了。我的钥匙插不进锁眼里。我试了三四次，不敢相信钥匙插不进去。但是，锁眼的形状变得和以前完全不一样了。最终，我还是放弃了，绕了一大段路，经过了波旁宫广场——就像其他人一样。

"皮卡尔上校求见陆军部长……"

哨兵让我通过了大门，但共和国卫队的一名上尉让我在楼下大厅等一会儿。几分钟后，卡尔蒙－梅森上尉下楼来了。我拿出钥匙给他看。"这没法用了。"我试着用开玩笑的口吻说，"我好像因为好奇心太强而被逐出这个花园了，就像亚当一样。"

卡尔蒙－梅森的脸上毫无表情。"对不起，上校，我们得偶尔换换锁——您懂的，为了安全。"

"你不必解释，上尉。但我仍需要向部长简要汇报一下。"

"真不巧，他刚从讷沙托回来。他现在手头上有很多活，而且他已经累坏了。您能周一再来吗？"在说出这番话时，他至少非常有礼貌地摆出了一副很尴尬的样子。

"我不会占用很长时间的。"

"但是……"

"我可以等。"我在红皮长椅上坐下。

他一脸怀疑地看着我道："要不我还是去跟部长再说一下吧。"

"也许你该去。"

他咔嗒咔嗒地踏上大理石楼梯。不一会儿，他就在楼上朝下喊我："皮卡尔上校！"他的声音在石墙间回荡。

比约坐在自己的办公桌后面。"皮卡尔，"他说着，疲倦地抬起一只手，"恐怕我现在太忙了。"但办公室里完全没有任何工作的迹象，我怀疑他刚才只是在看着窗外发呆。

"请原谅，部长。我不该占用您的时间，但鉴于本周报纸上的报道，我认为有必要现在就催促您就调查艾斯特哈齐一事做出决定。"

比约从他浓密的白眉毛下抬起眼睛，警惕地看着我道："具体是什么方面的决定？"

我开始向他描述我和德斯韦宁一起想出的计划，即伪造施瓦茨科彭的笔迹给艾斯特哈齐写信，引诱他去会面。但是，比约很快就打断了我。"不行，不行，我一点也不喜欢这个主意——这太简单粗暴了。事实上，我开始觉得对付这个畜生最快的方法根本不是起诉他，而是直接给他点钱，让他退休。或者，就把他送到某个很远的地方去——印度支那或者非洲，我还没想好——反正，最好是可以让他染上非常严重的当地疾病，或者在背后被人一枪打死的地方。"

我不知道该如何回应他的这个提议，所以暂时转移了话题。"那我们该拿德雷福斯怎么办？"

"他就只能待在那里了。法庭已经宣布了结果。一切都结束了。"

"所以您已经做出最终决定了？"

"是的。在讷沙托阅兵之前，我和梅西埃将军讨论过此事。他为了这件事特地从勒芒开车过来。"

"那可真稀奇啊！"

"注意你的态度，上校……！"比约用手指着我，以示警告。在这之前，他一向都鼓励我在违抗命令的边缘试探——他觉得扮演一个宽容的前辈很有趣。但显然，就像不能再随意进入他的花园一样，他给我的这种宽容也不复存在了。

但是，我还是控制不住自己。"这份秘密文件——您知道它完全站不住脚吧？甚至可能从头到尾都是谎言？"

比约用手捂住自己的耳朵。"上校，有些话我是不该听到的。"

他看起来很可笑，就像是一个固执的老人，又像是一个在托儿所里闹脾气的小孩。

"我可以大声喊给您听。"我警告他道。

"我没有开玩笑，皮卡尔！我不能听这些！"他的声音变得很尖锐。等到确保我不会再玷污他的耳朵时，他才把手放了下来。"现在，你这个狂妄自大的愣头青，听我说，"他用一种理智且安抚性的声音说道，"布瓦代弗尔将军马上就要迎接沙皇来巴黎访问了。这将是一场改变世界格局的外交事件。我手上还有一笔六亿法郎的预算要和财政委员谈。面对这样重大的问题，我们必须全神贯注，不能因为一个犹太人被关在孤岛上这样的低级事件而分心。这种事会让军队四分五裂的，而我也会被赶出这个办公室——因为我罪有应得。你必须在现有的框架中处理这件事。你明白我的意思吗，上校？"

我点点头。

他用一种优雅得惊人的姿态，从桌子后面站起来，绕到我身前站定。"卡尔蒙－梅森告诉我，我们不得不换掉花园里的锁。真是没事找事。我保证会给你一把新钥匙。我非常欣赏你的才智，亲爱的孩子。"他向我伸出了手。他的手有力而干燥，长满了老茧。他的另一只手也握了过来，把我的手禁锢住，然后道："运用权力可不是一件简单的事，乔治。需要很大的勇气才能做出艰难的决定。这些场面我都见识过。今天，媒体上都满是'德雷福斯''德雷福斯'，但是明天，只要没有新消息，他们就会把这个人忘得一干二净。你等着瞧吧。"

事实证明，比约关于德雷福斯和媒体的预言是正确的。和消息卷土重来时一样突然，各大报社对魔鬼岛上的那个囚犯又失去了兴趣。取而代之的是对沙皇国事访问的报道，对沙皇皇后服饰的猜测尤其多。但我还是没法把德雷福斯从我的心头拂去。

虽然我不得不告诉德斯韦宁，我们不需要勒梅西埃－庇卡尔先生的帮助，我们设圈套的请求也被拒绝了，但我还是尽我所能地继续着对艾斯特哈齐的调查。我询问了一位退役的军士，缪洛，他记得自己为艾斯特哈齐少校复制了炮兵手册的第一部分；我还见了艾斯特哈齐在炮兵学院的老师，勒朗上尉，他现在将自己昔日的学生称为"恶棍"——"如果我现在在街上遇见他，我都不会和他握手。"所有的这些信息都被我存入"大善人"档案中。有时，我会在一天结束时翻阅目前为止搜集到的所有证据——小蓝、监视时拍的照片、证词——并告诉自己，某天，我和他还会隔着铁窗相见的。

不过，我始终没有收到通往布列讷酒店花园的新钥匙——也就是说，想见陆军部长的话，我就得预约。虽然他总是热情地接待我，但在他的态度中，我看出了一种明显的距离感。布瓦代弗尔和贡斯也是如此，他们不再完全信任我了。他们也确实不应该完全信任我了。

9 月底的一个早晨，我爬上台阶，正要去自己的办公室的时候，看见亨利少校远远地站在走廊的另一端，正与劳特和格里贝兰投入地聊着什么。他背对着我，但他那宽阔的、肉乎乎的肩膀和粗壮的脖子就像他的脸一样有辨识度。劳特看过来，注意到我。于是，他给了亨利一个警告的眼神。亨利停下来，转过身来。三个军官一齐向我敬了一礼。

"先生们，"我说，"亨利少校，欢迎回来。你的假期过得还好吗？"

他变样了。他有了晒过阳光后健康的肤色——就像除我以外

263

的其他人一样——他还换了个发型，剪了个短短的刘海，这使他看上去不那么像一个狡猾的农民，更像一个狡猾的僧人了。不仅如此，他的身体里涌动着一股新的能量，似乎所有围绕着我们这个小部门的负能量，怀疑、不满和焦虑，都聚集到了他的虎背熊腰里，给他充上了电。他是他们的领袖。我的危机就是他的机遇。他对我来说是个威胁。就在他向我敬礼，咧开嘴笑着说"我的假期很愉快，上校，谢谢你"的那几秒钟内，这些想法飞快地闪过我的脑海。

"我得跟你说一下目前的情况。"

"您随时叫我，上校。"

我正准备请他来我的办公室，但突然改变了主意。"我说，我们为什么不下了班以后去喝一杯呢？"

"喝酒？"

"你看起来很惊讶。"

"因为我们以前从没一起喝过酒。"

"唉，那可真遗憾，不是吗？就让今天成为第一次吧。我们一起走去什么地方好吗？五点钟怎么样？"

于是，五点整，他敲响了我的门。我拿起帽子，跟他一起走到街上。他问："你想去哪？"

"随你。我不常去这附近的酒吧。"

"那就去皇家酒馆吧。省得再找了。"

皇家酒馆是总参谋部的军官们最喜欢的酒吧。我有很久没来过了。这个点酒吧里很安静，只有几个上尉在门口喝着酒，酒保看着报纸，一个服务生擦着桌子。墙上挂着各种军人的照片，光秃秃的地板上散落着木屑，屋里只有三种颜色——棕色、暗黄色和深褐色。亨利就像到了自己家一样自在。我们在角落里找了张桌子坐下，他点了一杯白兰地。由于想不出什么更好的选择，我也点了和他一样的。"把整瓶都留给我们。"亨利对服务员说。他递给我一支烟，我拒绝了。就在他给自己点上一支烟的时候，我突然意识到，在我心里某个奇怪的角落里，我居然真的挺想这个老坏蛋的。就像一个人偶尔会渐渐喜欢上一些眼熟的，甚或是丑陋的东西一样。亨利是一个纯粹的军人，而我、劳特或者布瓦代弗尔永远都不会是。在战场上，当士兵们都想着逃跑的时候，只有亨利这样的人能说服他们，让他们回来继续战斗。

"那么，"他举起酒杯道，"我们先为什么喝一杯呢？"

"为我们都热爱的军队喝一杯怎么样？"

"很好。"他赞同道。我们碰了碰杯。"敬军队！"

他一口干掉了自己玻璃杯中的酒，接着把我和自己的酒杯再次斟满。他抿了一口，从杯沿上方抬眼看着我。他的一双小眼睛灰蒙蒙的，浑浊不清。我没能读懂他的眼神。"那么——上校，恕我冒昧，我的办公室里好像有点乱啊。"

"如果可以的话，还是给我支烟吧。"他把烟盒从桌子对面推到我面前。"你认为这是谁的错呢？"

"我没有想指责谁。我只是这么一说而已。"

我点燃香烟，把玩着自己的酒杯，把它放在桌面上推来推去，就像在推动一枚棋子那样。我突然有一阵莫名的冲动，想要减轻自己的心理负担。"都是男人，我实话跟你说了吧，我从来都没想过要当这个处长，知道吗？我讨厌间谍。我获得这个职位纯属偶然。如果我不认识德雷福斯，我就不会被卷入他的抓捕行动，也就不会出现在军事法庭和革职仪式上。但很不幸，我觉得上司们看错我这个人了。"

"那你这个人本来是什么样的？"

亨利给的烟很烈，是土耳其的。我的后鼻腔像是着火了一样。"我对德雷福斯有了新的看法。"

"我知道。格里贝兰告诉我你拿走了那份文件。看起来，你又把这件事挑起来了。"

"布瓦代弗尔将军曾坚信那份文件已经被处理掉了。他说梅西埃将军命令过桑德尔上校把它处理掉。"

"这我不知道了。上校只告诉我好好保管它。"

"那你觉得，桑德尔为什么没有服从命令？"

"这个你得问他。"

"可能吧。"

"上校，你想知道什么可以随便问他，但是他可能不能全部都回答你。"亨利轻拍了一下自己脑袋的一侧，"他被关在蒙托邦呢。我还大老远跑去看过他。真可怜啊。"他看起来很悲伤。突然，他举起自己的酒杯道："敬桑德尔上校——一位最优秀的军人！"

"敬桑德尔。"我回应道，假装为了他的健康喝了一杯，"但话说回来，你觉得他为什么还保留着那份文件呢？"

"我猜是他觉得这份文件日后可能有用——毕竟，就是这份文件给德雷福斯定了罪。"

"但你我都知道，德雷福斯是清白的。"

亨利瞪大眼睛，眼神里满是警惕和警告。"上校，我要是你的话，我不会把这种话说得这么大声，尤其是在这里。这里的某些人不会喜欢这种言论的。"

我环顾一下四周。酒吧里人逐渐多了起来。我往亨利那边再靠了靠，压低声音。我不知道自己想干吗，让他忏悔还是让他听我忏悔，可能只是想寻求精神上的宽恕吧。"清单不是德雷福斯写的，"我轻声说道，"是艾斯特哈齐写的。连贝蒂荣都说他的笔迹和清单上的完全一致。这可是对德雷福斯不利的核心证据啊！至于你的秘密证据档案——"

邻桌传来的一阵笑声打断了我。我恼怒地瞥了他们一眼。

亨利的态度变得严肃起来，他目不转睛地看着我说道："你刚刚说秘密文件怎么了？"

"我亲爱的亨利，我不想打击你，但那份文件中唯一指向德雷福斯的证据，就是德国人和意大利人曾从一个名字首字母为'D'的人那里收到过几份防御工事的计划。顺便说一句，我不是在责怪你——当时德雷福斯已经被拘留了，你的职责就是尽你所能说服法官，让德雷福斯在法庭上被定罪。但现在我们已经知道艾斯特哈齐干的事，我们曾以为的一切都被推翻了。我们现在很清楚，自己抓错人了。现在你告诉我——我们应该怎么办？就眼睁睁地看着不管吗？"

我靠回椅子上。亨利打量着我的脸，沉默了好长一段时间后，说道："你是在征求我的意见吗？"

我耸耸肩道："当然，如果你有什么看法的话。"

"你跟贡斯说过这件事了吗？"

"说过了。"

"那跟布瓦代弗尔和比约呢？"

"也说过了。"

"他们怎么说？"

"他们让我别管了。"

"那么，看在上帝的分上，上校，"他用气声"嘶嘶"地说道，"别管了！"

"我做不到。"

"为什么？"

"我不是那样的人。我参军不是为了做那种事的。"

"那么，你当初就不应该选择这份职业。"亨利难以置信地摇摇头道，"上校，你得满足他们的要求——他们是军队的头啊。"

"即使德雷福斯是无辜的？"

"你又来了！"他环顾四周。现在轮到他伏在桌子上，压低声音说话了。"听着，上校，我不知道他是不是无辜的，而且坦白说，我也不在乎，如果你不介意我这么说的话。反正，你也不应该在乎。我只是服从命令而已。你命令我开枪，我就开枪。事后你告诉我，你看错名字了，我杀错了人——那我只能说，我感到很遗憾，但这并不是我的错。"他又往我们俩的酒杯里倒上了白兰地。"你想听我的意见吗？那我给你讲个故事。我的团驻扎在河内的时候，兵营里发生了很多起偷窃事件。所以有一天，我和我的少校设了个陷阱，当场抓住了那个小偷。原来，那个小偷是上校的儿子——鬼知道他为什么要偷我们这种人的东西。然后，我的少校——他跟你有点像，可以说有点像个理想主义者吧——想要起诉这个人。高层不同意。尽管如此，他还是把上校的儿子告上了法庭。然而，在军事法庭上，吃亏却是少校他自己。那个小偷被无罪释放了。真实的故事。"亨利向我举起酒杯道，"这就是我们所热爱的军队。"

15　沙皇来访

　　第二天早上，我走进办公室的时候，发现德雷福斯的档案正放在我的桌子上——不是那份秘密档案，而是殖民办公室的记录。他们例行把它送过来给我，询问我的意见。

　　近几周，发生了两起德雷福斯的安保危机事件。首先，就是那家英语报社报道德雷福斯越狱了。接着，德雷福斯收到了一封从坎本街寄来的信，信上的署名看起来像是"魏勒"，里面的内容应该是用隐形墨水写的：无法破译上次通信的内容。已经返回你回信中的上一个步骤。请精确地指出文档的位置以及解锁橱柜的方式。演员随时可以行动。负责看守德雷福斯的守卫接到命令要仔细观察他收到这封信后的模样。但他只是皱了皱眉头，就把信放在了一旁。显然，他从来没有听说过"魏勒"这个名字。我们和总安全局一致认为这只是个恶作剧。

　　然而，我在翻看档案时，发现这些事件都被殖民地部用作加强德雷福斯看守力度的借口。在过去的三个星期里，他每天晚上都要被铐起来。档案里甚至还有一张照片，照片上是一个专门用来控制他的装置，还是专门从卡宴的流放地运来的。他的床上固定着两个"U"形的铁环，太阳一落山，他的脚踝就会被套进这对铁环里，然后会有一根铁棒穿入环中，把铁环锁上。他就独自保持着这样的姿势直到天明。此外，他的牢房周围还立起粗壮的木栅栏，足有两米半高。靠里的栅栏离他的窗户只有半米远，因此，他从屋里完全看不到窗外的海景了。白天，他不能跨出第二道栅栏。两道栅栏之间布满了岩石和灌木，没有一棵树和一片被遮蔽之地，那就是他现在的整个世界。

像往常一样，这份文件里附带着一些德雷福斯被没收的文字：

昨天晚上，我被铐了起来。这是为什么，我不知道。自我到这里以来，我总是小心谨慎地遵守着他们给我的每一个命令。在那个漫长而恐怖的夜晚里，我怎么没发疯呢？（1896年9月7日）

这些被铐住的夜晚啊！身体上的痛苦我就不说了，但这带给我的人格上的屈辱是多么大啊！而且，他们也不做任何解释，我也不知道为什么，不知道是出于什么原因！我生活在这样的噩梦中，已经快整整两年了！（9月8日）

我已经像野兽一样，被一个拿着步枪和左轮手枪的守卫日夜看守着了。而现在，他们居然还要把我铐起来！不，我要说出实情。这根本不是为了防止我逃跑。是巴黎的某些人下了命令，让他们报复我、折磨我！他们没法打倒一个家庭，打倒一个无辜的人。因为他和他的家人都不会逆来顺受地接受有史以来最可怕的司法错误。（9月9日）

我不想再读下去了。我见识过囚犯的脚被脚镣磨破后会发生什么——脚镣磨破血肉，直穿骨头。在蚊虫肆虐的炎热夏夜里，这种折磨肯定是难以忍受的。我的笔尖在文件上盘旋了好一会，但最终，我只在上面写了"送回殖民地部"，没有写任何个人评论就签上了自己的名字。

那天晚些时候，我在贡斯的办公室里参加了一个会议，讨论一些有关沙皇访问的最后的安保细节。来自内政部、外交部、总安全局和爱丽舍宫的人一脸严肃——且为自己能处理这些问题而感到十分自豪地围坐在桌子旁，讨论着沙皇行程的细节。

　　沙俄船队将于周一下午一点，在护航下驶进瑟堡港。共和国总统将会见沙皇与皇后。六点半，在海军基地将举办一场七十人规模的晚宴，布瓦代弗尔将军将会坐在沙皇所在的那张桌子上。周二上午，八点十五分，沙俄帝国列车将抵达凡尔赛。来自沙俄的访客将登上总统的火车，在上午十点到达朗尼拉火车站。游行队伍将花一个半小时的时间，走完十公里的游行路线，进入巴黎。军队部署了八万士兵全程护送。所有疑似恐怖分子的人物都将被拘留或被驱逐出巴黎。在俄国大使馆用过午餐后，沙皇和皇后将参观达吕街上的俄国东正教教堂。晚上六点三十分，在爱丽舍宫将举办一场二百七十人规模的国宴。晚上八点三十分，特罗卡德罗广场上将会有焰火表演，接着在歌剧院会有一场盛大的演出。周三……

　　我的思绪一直牵挂着八千英里外魔鬼岛上那个被铐住的身影。

　　会议结束后，当大家都鱼贯而出时，贡斯叫住了我，让我留一下。他的态度再亲切不过了。"我亲爱的皮卡尔，我一直在想，等这一阵俄国的事忙完以后，让你去东部那些驻军城镇执行一项特殊任务。"

　　"什么任务，将军？"

　　"检查并报告安保程序。提出改进建议。很重要的工作。"

　　"要离开巴黎多久？"

　　"噢，就几天，可能一两个星期吧。"

　　"那谁来管理我这个部门呢？"

　　"我来。"他笑着拍了拍我的肩膀道，"如果你相信我的话！"

　　周日，我在加斯特的家中见到了波利娜——这是这么多个星期以来我第一次见到她。她穿一条黄色的裙子，袖口和领子上点缀着白色花边——她知道我也喜欢这条裙子。菲利普和他们的两个女儿，热尔梅娜和玛丽安娜也来了。往常，我能很好地应付这一家子人都出现的情况。但今天，这个场景却让我心如刀绞。天气湿冷湿冷的，我们只能待在室内。也就是说，我没有别的选择，只能眼睁睁看着她沉浸在她的另一个世界——她真实的世界里。

几个小时后，我再也没法装下去了，走到房子背面的阳台上抽雪茄。雨冰冷地砸下来，中间还夹杂着冰雹，像是北欧刮来了季风。冰雹在湿漉漉的草坪上弹来弹去。我想起了德雷福斯对下个不停的热带暴雨的描述。

突然，我感觉到丝绸摩擦着我的后背，香水的气味从背后飘来。然后，波利娜出现在我的身旁。她没有看我，只是站在那里，视线越过这个阴沉的花园，凝视着远方。我右手拿着雪茄，左手垂在身旁。她右手的手背离我的手背很近，保持着将碰不碰的距离，我好像能感觉到我俩手上的汗毛互相摩擦着。如果有人从背后看到我们，那也只会觉得我们是两个老朋友，一起看看外面的风雨罢了。但她主动的靠近让我觉得很紧张。我们都没有说话。突然，走廊的门砰地弹开了，接着，只听莫尼耶嚷道："希望他们的'皇帝陛下'下周来的时候，别再是这种鬼天气！"

波利娜自然地把手抬到额头上，拂去一缕掉落的头发。"乔治，你参与这件事了吗？"

"没怎么参与。"

"他只是谦虚罢了，他总是这样，"莫尼耶插上一句，"我知道你们那群人为了这事能安全进行都做了什么。"

波利娜说："你真的有机会见到沙皇吗？"

"恐怕至少要当上将军才能见到。"

莫尼耶说："但你肯定能看到游行，对吧，皮卡尔？"

我使劲地抽着雪茄，希望他赶快走开。"如果我想自找麻烦的话，我可以去。陆军部长已经在波旁宫为我们的军官和他们的夫人安排了座位。"

　　"而你没法去！"波利娜嚷道，假装要捶我的胳膊，"你这个可怜的共和党人！"

　　"我没有老婆。"

　　"这不是问题，"莫尼耶说，"你可以借用我的。"

　　于是，星期二早上，波利娜和我沿着波旁宫的台阶，找到了我们的座位。我发现反间谍处的每个军官都收到了部长的邀请，并带着妻子出席了——除了格里贝兰，他带的是自己的母亲。当我们俩在他们面前出现时，他们丝毫不加掩饰地表现出自己的好奇。我这才意识到，我们在他们眼里是什么样的——这个仍是单身的长官出席了，身旁站着他已婚的情妇，正挽着他的胳膊。我非常正式地介绍了波利娜，强调了她的身份——我的好朋友，外交部的莫尼耶先生的妻子。但这只让我们的关系听起来更可疑。听了我的介绍，尽管亨利草草地鞠了一躬，劳特也点了点头，立正站好，但我还是注意到贝尔特·亨利，旅馆老板的女儿，带着她那暴发户的傲慢，甚至不愿意握波利娜的手。劳特夫人也紧紧地抿着嘴，表示对我们这种行为的不赞赏，甚至还别过身去。

　　不过，波利娜似乎并不在意。我们座位的位置很好，俯视着桥以及塞纳河，协和广场上的方尖碑就在半公里之外。天气晴朗，风却很大。大楼上悬挂着的巨大三色旗——红、白、蓝三种颜色，垂直条纹的代表法国，水平条纹的代表俄国——正噼里啪啦地翻滚在空中，好像挣扎着要挣脱束缚。桥上里里外外围了十几层的人，都是从天亮的时候就开始等了。据报道，整个城市里其他能看见游行的地方也是一样人满为患。根据警察局提供的数据，整条游行路线旁的观众多达一百五十万。

从协和广场上远远地传来成千上万名群众的欢呼声，音量渐渐大了起来，再伴上马蹄敲击鹅卵石地面的清脆响声，听起来就像是交响乐一般。远处出现了一条闪亮的"光带"，闪烁着的金光铺满了宽阔的路面。接着，更多的"光带"出现了，直到它们靠近我们才看清，原来那是士兵头盔和胸甲反射出的阳光。那是一波又一波的枪骑兵和胸甲骑兵，骑在马上，身体上下起伏着。旗帜在空中飘扬，十二人为一排，并排骑过桥来。一排一排的骑兵不断骑过桥面，直直地向我们小跑而来，眼看就要登上台阶，从我们中间冲过去。但就在最后一刹那，他们突然往左一拐，拐到圣日耳曼大道上。后面跟着殖民地的骑兵团——非洲猎骑兵、阿尔及利亚骑兵、阿拉伯地方骑兵及其长官——他们的坐骑不停躲避着喧闹的人群。后面跟着的是皇家敞篷马车的队伍——总统、俄国大使、参议院和众议院的领导人，以及共和国其他显要人物，包括比约将军。当布瓦代弗尔头戴装饰着羽毛的头盔出现时，人群中爆发出一阵特别热烈的欢呼声——有传言说，这次访问之后，他可能会成为外交部部长。

在他们过去之后，大街上空了一会。然后，俄国皇家马车出现了，旁边跟着骑马的贴身保镖。波利娜倒吸一口气，抓住了我的胳膊。

比起联盟、军队，这对皇室夫妇给我留下最深印象的，还是他们那矮小的身材。沙皇尼古拉二世看上去像是一个贴着假胡子、穿着父亲的制服、被这场面吓坏了的金发小男孩。他每隔几秒钟就机械地行一次礼，快速地碰一碰他那阿斯特拉罕羔羊皮帽的帽檐。这让他看起来更像是在紧张地抽搐，而不是在向掌声致意。

皇后亚历山德拉坐在他身边，看起来比他的年纪还要小，像是一个偷偷用了化妆品的小女孩。她围着一条丝绒布围巾，一只手拿着一把白色的阳伞，另一只手抱着一大束鲜花。她快速地向左右两边的人群鞠着躬。我坐在这里都能看到她脸上的笑容是多么的僵硬。他们看起来都是忧虑重重的样子。马车突然向右猛地一拐，他们也随之微微往旁边一靠，然后就消失不见了——被更大的欢呼声淹没了。

波利娜仍抓着我的胳膊，转过身来跟我说了什么。在漫天的喧闹声中，我听不清她的声音。"什么？"她把我拉过去，她的嘴唇靠得很近，我都能感觉到她的气息呼进我的耳朵。就当我试图听清她在说什么的时候，我看到亨利、劳特和格里贝兰都在盯着我俩看。

仪式结束后，我跟在这三个人后面，沿着大学街走回办公室。他们走在我前面大约五十米远的地方。街上空空荡荡的。大多数人，包括我们的女宾，还待在原地，想等沙皇夫妇午餐后坐车回来，穿过桥去俄国东正教教堂的时候，再远远地看上他们一眼。从亨利说话时的手势和另外两个人不断点头的样子可以看出来，他们正在议论我。我不禁加快了脚步，走到他们身后。"先生们！"我大声说道，"很高兴看到你们没有玩忽职守！"

我以为我会听到他们心虚的笑声，甚至看到他们尴尬的表情。但当他们转过来看着我时，那三张脸上的表情却是阴沉而轻蔑的。看来，我刺激到他们那资产阶级敏感心理的程度，比我想象的还严重。我们在沉默中走到了反间谍处。在那天剩下的时间里，我都没有踏出自己办公室的门。

七点过后不久，巴黎的太阳就落山了。到了八点时，天已经暗得无法阅读了。我依然没有开灯。

每当夜幕降临时，气温降低，这栋旧建筑里的木材就开始收缩，发出"嘎吱嘎吱"的声音。部长花园里的鸟儿安静了下来。黑暗占领了所有空间。我坐在自己的办公桌后，等待着。如果伏尔泰和孟德斯鸠的幽灵真的在这里的话，现在就是他们现身的最好时机。当我在八点半打开房门时，我心里居然隐隐期待着看到一顶假发和一件天鹅绒外套在走廊上飘来飘去。但这座古老的房子里好像没有其他人了。所有人都去看特罗卡德罗的烟花表演了，连卡皮奥也不例外。前门会被锁上。整栋楼里就剩我一个人了。

我从抽屉里拿出德斯韦宁几个月前留给我的那个装着开锁工具的卷包。就在我爬上楼梯的时候，我意识到自己的处境是多么可笑——秘密情报部门的主管，不得不撬锁进入自己部门的档案室。但我从各个角度理性地考虑过这个问题后，发现没有更好的解决方法了。至少，这值得一试。

我在格里贝兰档案室门外的走廊上跪下。我惊奇地发现撬锁比想象中的简单多了。只要找到正确的工具，我就能探到门闩底部的凹口。接着，我要按住它，用左手继续施加压力，右手把尖嘴镐插进去，把锁珠抬高。第一个上去了，然后是第二个，第三个也终于上去了——那折磨人的剩余部分向前一滑，然后伴随着顺滑的咔哒声，门打开了。

我打开电灯。要把格里贝兰档案室里的每一把锁都撬开，肯定得花上我好几个小时。幸好，我记得他把钥匙放在桌子左手旁最底下的那个抽屉里。经过十分钟耐心的尝试，我终于撬开了那个抽屉。我打开抽屉。钥匙就在里面。

突然，窗外传来了砰的一声巨响。我的心一下子提到了嗓子眼。我往窗外瞥了一眼。一公里外，埃菲尔铁塔的探照灯正照着塞纳河对岸的协和广场。探照灯照射出的光束旁满是烟花绽放出的火星，它们无声地跳动着、闪耀着。隔了一两秒，又响起烟花绽放的声音，音量大到连那带着古老图案的玻璃窗格都为之颤动。我看了看手表。九点钟。流程推迟了半小时。焰火表演预计将持续三十分钟。

我拿起格里贝兰的那一串钥匙，试着打开离我最近的档案柜。

我在弄清楚了哪把钥匙开哪把锁以后，马上就打开了所有的抽屉。我的首要任务是找特工奥古斯特送来的材料，能找多少找多少。

这些被重新粘好的文件已经发黄了。我在整理这些文件的时候，它们像干树叶一样发出沙沙的声音。其中有来自柏林霍普特曼·达姆的信和电报，他在信中用的是自己的假名"杜福尔"；有德国大使明斯特伯爵寄给施瓦茨科彭的信，也有意大利大使雷斯曼先生写给帕尼扎尔迪的信，还有写给奥匈帝国武官施耐德上校的信。有一个沾满了煤渣的信封，信封上写的日期是1890年11月。有意大利海军武官罗塞里尼和英国武官塔尔博特写给施瓦茨科彭的信。有四五十封艾尔芒丝·德·维德写的情书——我亲爱的、可爱的朋友……我的马克西……——还有二三十封帕尼扎尔迪写的情书：我亲爱的小朋友……我的大猫咪……我亲爱的小基佬……

曾经，当我处理这样私密的材料的时候，会感到不舒服，甚至会感觉脏；但现在不会了。

这堆东西里还混着一封1894年11月2日周五凌晨三点帕尼扎尔迪发给罗马的总参谋部的密电：

罗马总参谋部

913 44 7836 527 3 88 706 6458 71 18 0288 5715 3716 7567 7943 2107 0018 7606 4891 6165

帕尼扎尔迪

解码后的文本就附在密电后面，是贡斯将军手写的：德雷福斯上尉被捕了。陆军部掌握了他与德国来往的证据。我们已经采取了一切必要的预防措施。

我把这些抄到自己的笔记本上。窗外，埃菲尔铁塔被翻滚的光芒和火花淹没。最后一声巨响在夜空中爆发，然后消散在黑暗中。我听到了一阵微弱的掌声。焰火表演结束了。我估计了一下，从特罗卡德罗花园的人群中挤出来、回到处里至少要三十分钟的时间。

我再次审视起了那些被重新粘好的文件。

许多文件都不完整，或者毫无价值，让人看了干着急。看着看着我突然意识到，想要从这些碎片中挖出那么多信息，简直是疯了——就跟古代那些通过观察动物的肝脏来决定公共政策的人差不多。我感觉眼睛很干涩。自中午到现在，我就没有出过办公室，因此也没有吃过东西。也许就是因为状态不佳，当我拿到关键的文件时，我略过了它，直接看向下一个。但它一直萦绕在我心头，于是我又拿起来仔细看了一遍。

这是一张短笺，用淡淡的墨水写成，写在正方形的白纸上。看得出来，它曾被撕成了二十几片，还有几片没找到。写信人在信中询问施瓦茨科彭要不要从他那里买"无烟火药的秘密"。信尾的落款是"你忠实的迪布瓦"，日期是1894年10月27日——也就是德雷福斯被捕的两周后。

我稍微仔细地查看了一下这个文件夹里的其他材料。两天后，迪布瓦又给施瓦茨科彭写信了：我可以给你搞来一颗勒贝尔步枪的子弹，这样你就可以研究研究无烟火药的秘密了。看起来施瓦茨科彭没有做出任何回应。也是，他为什么要回应？那封信看起来很奇怪，依我看，他只要去到法国任意一个驻军城镇，随便走进一家酒吧，就可以用一杯啤酒的价钱买下一盒勒贝尔子弹。

真正吸引我的是信尾签的名字。迪布瓦？我刚才肯定见过这个名字。我回头翻了翻刚才的那堆帕尼扎尔迪写给施瓦茨科彭的信。我美丽的小姑娘……我亲爱的、没有经验的小家伙……亲爱的头号基佬……你忠实的二号基佬……接着，我找到了。在帕尼扎尔迪 1893 年写给施瓦茨科彭的一张便签里写着：我去见了迪布瓦先生。

这封信后还附着一条提示，提示参考另一文件夹中的内容。我花了好几分钟才弄明白格里贝兰的这条提示到底指向哪里，并且找到了目标文件。在一个文件夹里，我找到了一份亨利少校在 1894 年 4 月写给桑德尔上校的简报。报告中，他猜测了特工"D"的身份，还提到这个特工"D"已经给德国和意大利提供了"尼斯的 12 个大计划"。亨利的结论是，这个特工是一个名叫雅克·迪布瓦（Jacques Dubois）的印刷工，在一个负责给陆军部印刷合同的工厂里工作——那些图勒、兰斯、朗格勒、讷沙托和其他地方防御计划的大型图纸可能也是他泄露出去的。对他来说，在使用打印机的时候多打印几份留给自己用，是易如反掌的事。我昨天和他见面了，亨利写道，发现他是个可悲的家伙，自认为是个高明的罪犯，但其实智商堪忧，根本拿不到机密资料。他泄露出去的计划都并非机密。建议：无须采取进一步行动。

原来如此。"D"不是德雷福斯，而是迪布瓦。

你命令我开枪，我就开枪……

我详细地记下了每个文件和文件夹原本的位置，接下来，就是费时费力的工作了——我要把它们一样一样地放回去。我花了十分钟时间，文件归位，锁好文件柜，擦干净桌面。做完这一切后，时间刚过十点。我把格里贝兰的钥匙放回抽屉里，跪下来，又拿出了那堆复杂的工具，准备把它锁上。当我努力地操纵着两个小小的金属工具时，我意识到时间正在不断流逝。我累了，手也出了汗，不断打滑，这使我的动作不禁变得笨拙了起来。不知道为什么，把锁锁上比把锁撬开难多了。但是，我终于做到了。之后我关上了灯。

现在，只要重新锁好档案室的门，就万事大吉了。当我还跪在走廊上，和锁珠斗智斗勇的时候，好像听到楼下的前门砰的一声关上了。我停下动作，侧耳细听，但我没有再听到任何可疑的声音。肯定是我太紧张听错了。我继续手上艰难的工作。然而接着，一楼的楼梯上清晰地传来了嘎吱嘎吱的脚步声——有人正在往楼上走来。但我几乎马上就要搞定最后一个锁珠了，我不愿在最后的关头撒手。当脚步声越来越大时，我才意识到来不及了。我飞快地溜过走廊，试着打开最近的门——锁上了——下一扇门——开着的——钻了进去。

我听见有人沿着走廊慢吞吞地、从容不迫地往我这个方向走来。从门缝里，我看到来人是格里贝兰。我的老天爷啊，这个可怜人的生活里除了工作，就没有别的了吗？他在档案室门口停下来，拿出钥匙。他把钥匙插进锁眼里，试图转动钥匙。虽然看不见他的脸，但我看见他的肩膀僵住了。这是什么意思？他试着转了转门把手，小心地打开门。他没有走进去，只是站在门口，听着门里的动静。然后他把门敞开着，打开灯，走了进去。我听到他在检查自己的抽屉。过了一会儿，他又回到走廊上，四处打量了一番。他本应是个可笑的、无足轻重的小人物——一个穿着黑色西服的小怪物。但不知道怎么的，现在他站在那里，警觉而满腹怀疑，在我眼中俨然成了一个狠毒的角色。这个男人对我来说是个威胁。

过了好一会，大概终于确信是自己忘记锁门了，他回到了档案室里，关上了门。我又等了十分钟，然后才脱下鞋子，穿着袜子，小心翼翼地走过了格里贝兰的"巢穴"。

在回自己公寓的路上，我在桥上停了下来，把那卷撬锁工具扔进了塞纳河里。

在接下来的几天里，沙皇参观了圣母院，以他父亲的名字命名了一座新桥，还在凡尔赛参加了宴会。

他忙他的，我忙我的。

我走到街对面，去见福柯上校。他刚从柏林大使馆回来，就是为了见证这次沙皇的访问。互相寒暄了几句后，我问他："自巴塞尔的那次会面后，你有收到任何来自理查德·库尔的消息吗？"

"有啊，他来找了我们，还狠狠地抱怨了一番。我还想你们肯定是严刑逼问他了呢。你到底派谁去的？"

"我的副官，亨利少校；我手下的另一个军官，劳特上尉；还有两个警察。怎么了？库尔说了什么？"

"他说他是出于善意才答应了那次会面的要求，本是想告诉我们关于在法国的德国间谍的情况。但他到瑞士的时候，却发现对方只当他满口谎言、满脑幻想。特别是其中的一个法国军官——胖胖的，脸红红的——专门欺负他，老打断他说话，清楚地表现出了自己完全不相信他所说的话。我想这是你们精心讨论过的策略吧？"

"据我所知，绝对不是。"

福柯惊恐地盯着我道："好吧，不管你们是不是故意的，反正库尔不会再和我们联系了。"

我去了总安全局的总部，见了汤姆普。我告诉他："我来，是想谈谈那次巴塞尔之行。"一听这话，他立刻露出焦虑的神色。他不想给任何人惹来麻烦。但看得出来，这件事也一直困扰着他。

"我不会说是你说的，"我向他保证，"告诉我发生了什么。"

不需要更多的劝说，他就说了出来。说出来以后，他似乎松了口气。

"好吧，上校，"他说，"你还记得我们最初的计划吗？一开始，一切都按部就班。我跟着库尔从德国火车站到了大教堂，看着他和我的同事，乌耶卡尔碰头，然后跟着他们到施瓦茨霍夫宾馆，而亨利少校和劳特上尉已经在宾馆楼上等着他了。之后，我就回到车站的酒吧等着。大概三个小时后，亨利突然走进酒吧，点了一杯酒。我问他进展如何，他说'我受够了这个混蛋'——你也知道他平时就是这么说话的——'我用一个月的薪水打赌，我们从他身上问不出任何信息。'我说，'你怎么这么早就回来了？'然后他说，'噢，我扮红脸，假装生气，然后走出来了。留劳特和他单独待在一起。让这个年轻小伙试试吧！'显然，我对事情的进展很失望，所以说道，'你知道我跟库尔认识很久了吗？你知道他很喜欢苦艾酒吧？他真的很喜欢喝酒。请他喝酒可能会容易些。如果劳特上尉也问不出来什么的话，你介意让我试试吗？'"

"亨利少校怎么说？"

汤姆普继续蹩脚地模仿起亨利来。"'不，'他说，'那样太麻烦了。算了吧。'然后，六点的时候，劳特上尉结束了问话，来到车站。我又问了亨利一次，'听着，我很了解库尔，为什么不让我带他去喝一杯呢？'但他只是又重复了一遍，'不，那没用。我们来这里就是浪费时间'。然后我们就搭过夜火车回巴黎了。事情就是这样。"

回到办公室后，我新建了一个关于亨利的文件夹。我确信，陷害德雷福斯的人，就是他。

破译加密文件不是反间谍处的工作，甚至不是陆军部的工作。加密文件都是由外交部中的一个七人小组负责破译的。这个小组的成员都是精英，组长是艾蒂安·巴泽里少校，他因破解了路易十四的伟大密码、揭开了铁面人的真实身份而成为报刊上的名人。他符合大家对怪才的所有刻板印象——蓬头垢面、不善交际、健忘——而且不经常在人们的视野中出现。有两次，我借着去办其他事的由头，到奥赛码头找他，可他的手下却告诉我没人知道他在哪里。直到这个月底，我才在他的办公室里见到了他。他只穿一件衬衫，弯着腰，伏在桌面上，手里拿着一把螺丝刀，一个圆筒形的加密装置被拆成一堆零部件，散落在他周围。我的军衔比他高，但巴泽里没有向我敬礼，甚至都没有站起来。他从不在乎军衔，就像他也不在乎理发、剃须一样。而且，从他办公室的味道来看，他也不在乎洗澡。

"德雷福斯案，"我对他说，"意大利武官帕尼扎尔迪少校于1894 年 11 月 2 日给罗马总参谋部发的电报。"

他眯起眼睛，透过油腻腻的眼镜片看着我道："电报怎么了？"

"是你破译的？"

"是我。花了我九天时间。"他继续低头摆弄起手上的机器来。

我拿出我的笔记本，翻开。左边的一页是我在档案室里从文件中抄下来的密电内容，右边是贡斯手写的破译后的文本：德雷福斯上尉被捕了。陆军部掌握了他与德国来往的证据。我们已经采取了一切必要的预防措施。我把本子递给巴泽里，然后道："这就是你破译出来的文本？"

他瞥了一眼内容，气得下巴一下子绷紧了。"我的老天，你们就是不知道放弃，对吧？"他把椅子向后一推，大步穿过办公室，推开门喊道："比勒柯克！把帕尼扎尔迪的电报给我拿来！"他转向我道："我最后跟你说一次，上校，这不是上面所说的，就算你们希望它是，真相也不会改变！"

"等等，"我举起手，想安抚一下他的情绪，"看来这之前还有段我不知道的故事。让我说清楚：你是在告诉我，这不是对这封密电的正确解读？"

"解读这封密电花了我九天时间，就是因为你们陆军部一直拒绝相信事实！"

一个看起来神经兮兮的年轻人——我猜大概是比勒柯克——拿着一个文件夹来了。巴泽里把文件夹从那人手中一把夺过，猛地打开。"喏，你看——这是电报的原件。"他把文件夹举起来让我看。我认出了帕尼扎尔迪的笔迹。"凌晨三点，帕尼扎尔迪把它送到了蒙田大道的电报局。然后，由于我们和电报部门交代过，早上十点，这封电报就送到我们部门了。十一点，桑德尔上校就站在你现在所站的位置上，要求我们把它当作头等紧急文件来破译。我告诉他这是不可能的——这上面使用的密码非常复杂，我们以前从来没有成功破译过。他说，'如果我能很确定地告诉你，其中有一个词可以肯定呢？'我告诉他那将会简单得多。他说，那个词是'德雷福斯'。"

"他又是怎么知道帕尼扎尔迪会提到德雷福斯的呢？"

"嗯，我得承认，这件事他做得非常聪明。桑德尔说，前一天他安排人把这个名字泄露给了报社，并告诉他们这就是被捕的间谍的名字。他认为，不管是谁雇用了德雷福斯，都会感到恐慌，并联系他们的上司。当他们的人半夜跟踪着帕尼扎尔迪到电报局时，桑德尔上校自然相信是他的策略奏效了。不幸的是，当我成功破译这封密电时，我发现电报的内容和他期待的并不一致。你自己看吧。"

巴泽里给我看了那封电报。破译后的文本被整齐地写在那一串加密数字下面：如果德雷福斯上尉没有和您打过交道，那么您最好要让大使发表一份官方的澄清声明，以避免媒体的无端猜测。

为了确保自己理解了其中的含义，我通读了两遍电报。"意思是，帕尼扎尔迪完全不认识德雷福斯——也就是和桑德尔上校的猜测正好相反？"

"一点没错！但是，桑德尔不接受这个结果。他坚持说我们肯定在什么地方把一个词搞错了。他对这件事非常坚持，甚至安排他手下的一名特工向帕尼扎尔迪提供了一些与此无关的新信息。这样，帕尼扎尔迪就不得不向罗马那边再发一封包含某些术语的密电。但当我们又破解了那封密电后，我们证明了第一封密电的解码无疑是正确的。从一开始到结束，整个过程花了我们九天时间。所以，拜托了，上校——别让我们从头再来一遍。"

我在脑子里算了一遍。11月2日的九天后就是11月11日。军事法庭于12月19日开庭。那就意味着，德雷福斯受审的一个月前，反间谍处就意识到了"那个畜生D"不可能指的是德雷福斯，因为他们知道帕尼扎尔迪甚至从来没有听说过他——除非他在对他的上司撒谎。但他为什么要那么做呢？

"我相信，"我问道，"在整个事件的最后，你向陆军部提供的是正确的版本，对吧？"

"这是肯定的。我把正确的文件交给了比勒柯克，让他亲自送去的。"

"你记得你把文件交给谁了吗？"我问比勒柯克。

"记得，上校，我记得很清楚，因为我就交给了部长本人。我交给了梅西埃将军。"

回到反间谍处的时候，我闻到了从我办公室里散发出来的烟味。我推开门，发现贡斯将军正坐在我的办公桌后，而亨利把他的大屁股靠在我的桌子上。

贡斯愉快地说："你出去了好久。"

"我不知道您要来。"

"噢，我没有提前跟你说。只是顺路过来看看。"

"您以前都没有这样做过。"

"没有吗？也许我应该经常这么干干。你在这里管理的是一个多么独立的小部门啊。"他伸出手来道，"如果可以的话，我想带走德雷福斯的那份秘密文件。"

"当然可以。我能问问原因吗？"

"不能。"

我本想跟他争论几句。但我瞥了亨利一眼——他微微抬起眉毛。

上校，你得满足他们的要求——他们是军队的头啊。

我慢慢地弯腰，打开了保险柜，在脑子里搜寻着拒绝服从命令的借口。我拿出了标着"D"的文件夹，不情不愿地递给贡斯。他翻开封面，迅速地用拇指翻着里面的文件。

我刻意问道："都在里面了吗？"

"最好是！"贡斯朝我笑了笑——纯粹是机械地动了动自己的

286

下半张脸，一点幽默的感觉都没有。"现在，鉴于你马上就要离开部门去视察了，我们需要在管理上做一点调整。从今以后，亨利少校会把特工奥古斯特提供的所有材料都直接交给我。"

"但那是我们最重要的资源！"

"是的，正因如此，才应该由我，情报部门的负责人来处理。你觉得这样可以吗，亨利？"

"您说了算。"

"我被开除了吗？"

"当然不是，我亲爱的皮卡尔！这只是为提高我们的效率而重新安排工作。除了这个，其余的一切都交给你。那就这么定了。"他站起来，掐灭了香烟，"咱们以后再细谈，上校。"他把德雷福斯的文件夹用双臂抱在胸前，然后道："我会把我们的小宝贝照顾好的，你放心吧。"

他走后，亨利看着我，带着歉意耸了耸肩。"你要是听了我的建议就好了。"他说。

我听那些去过罗盖特街观看公开处决的人说，死刑犯们的头被砍下来之后，还会有生命迹象——脸颊还在抽搐，眼睛还会眨一眨，嘴唇还会颤抖。

我不禁想：在这些被砍下来的头颅里，是否会闪过自己还活着的幻觉？它们能否看见人们低头盯着自己？在黑暗袭来前的一瞬间，它们还能和人交流吗？

自那天贡斯来过后，我就是这个状态。我每天像往常一样准时来到办公室，就像自己还活着一样。看报告。和特工们通信。召开会议。写给总参谋长看的每周例行报告——德国计划在阿尔萨斯－摩泽尔地区举行军事演习，他们用了越来越多的军犬，他们正在边境附近的比桑敷设电话线。但说这些话的人，心已经死了。反间谍处的管理权，其实已经被转交到了陆军部。在那里，贡斯和我的手下亨利、劳特、格里贝兰经常一起开会。我能听到他们离开办公楼，也能听到他们回来。他们正在搞些什么事情，但我没法知道。

我似乎没有其他选择。显然，我不能把我知道的都告诉我的上司，因为我必须假定他们已经知道了。有几天，我甚至在考虑直接向总统求助了。但后来，我读到了他最近在比约将军面前发表的演讲——军队是国家的心脏和灵魂，是映射出法国之克己自律和爱国主义的最理想的镜子；政府始终应该把军队放在第一位考虑，军队是国家最大的骄傲——我这才意识到，他永远不会为了一个遭到歧视的犹太人，拿起武器来对抗"国家的心脏和灵魂"。而且，我肯定也不能把我所知道的告诉非政府工作人员——不管是参议员、法官，还是报纸编辑——因为这将会泄露我们最重要的机密情报来源。德雷福斯家族和我的处境一样，况且，还有总安全局的人日夜监视着他们。

最重要的是，我害怕背叛军队——背叛我的心脏和灵魂，我的镜子，我的理想。

我什么也做不了。就这样，我等待着转机的到来。

我在克莱贝尔大街拐角处的报摊上看到了它。那是 11 月的一个清晨，我正走在上班的路上。当我正准备走下人行道时，一下子停住了脚步——我看到《晨报》的头版上赫然印着一张清单的照片。

我环视了一下街上正在读报的人们。我突然有一种把他们的报纸抢走的冲动——难道他们不知道这是国家机密吗？我买了一份，躲到一个门廊里看了起来。报纸上的这张照片和原件尺寸相等，显然是出自劳特之手。新闻的标题是《证据》，语气还是一如既往地对德雷福斯带有敌意。我一看就觉得这是出自一位检方笔迹鉴定专家之手。在这个时间发表的目的很明显。拉扎尔的小册子《一个司法错误：德雷福斯案的真相》，在三天前发表了，其中对笔迹鉴定专家进行了猛烈抨击——他们都有一种职业动机，想要让所有人继续相信德雷福斯就是写了清单的那个人，更重要的是，他们都不愿意公开自己手上的复制件。

为了尽快赶到办公室，我叫了一辆出租马车。气氛很紧张。尽管这篇报道似乎是在证明德雷福斯是有罪的，但对我们部门来说，这仍是一场灾难。就像巴黎的其他市民一样，施瓦茨科彭也会在早餐桌上读到这份报纸。当他意识到法国政府掌握了他的私人信件时，他会一下子被食物噎住。然后，他可能会试图弄清楚自己的信件怎么会到了他们的手上，奥古斯特漫长的特工生涯可能要就此断送了。那艾斯特哈齐呢？只有在想象艾斯特哈齐的反应时，我才能在苦闷中感受到一丝快感——当他在报摊上看到自己的笔迹出现在了头版上，他会做何反应？尤其是那天快到中午，德斯韦宁来向我汇报时，还告诉了我他刚看到艾斯特哈齐冲出"四指玛格丽特"的公寓，一头扎进了暴雨中，"看起来像是有鬼在后面追他似的"。

比约将军传召我。他派一个上尉给我带了口信，叫我立刻到他的办公室去一趟。

我想要用一点时间准备应对这次严酷的考验。于是，我对那名上尉说："我马上就来。告诉他我这就去。"

"对不起，上校。我接到的命令是现在就带您去他那里。"

我从衣帽架上取下自己的帽子。一踏进走廊，我就看见亨利和劳特在自己的办公室前晃来晃去。他们的站姿——洋洋得意中透露着一些好奇——告诉我，他们早就知道我会被叫走了，正等着看这一幕好戏呢。我们礼貌地互相点头致意。

我跟着那名上尉，绕到了布列讷酒店在街边的门口。

我领皮卡尔上校来见陆军部长……

我们一级一级地爬上大理石台阶时，我记起了德雷福斯革职仪式那天，自己急切地跑上这些台阶——寂静的花园覆盖着白雪，梅西埃和布瓦代弗尔用炉火烤着自己的小腿肚，纤细的手指滑动着地球仪，指向魔鬼岛的位置……

布瓦代弗尔又在部长办公室里。他和比约、贡斯一起坐在会议桌旁等着我。比约面前的桌子上放着一个合起来的文件夹。三位将军并肩坐着，一场压抑的审判即将来临。

部长捋了捋自己的海象胡子，说："请坐，上校。"

我本以为叫我来是因为清单被泄露一事，但比约接下来说的话让我吃了一惊。他开门见山地说："我们收到了一封匿名信。信中声称，艾斯特哈齐很快就会在众议院中被指认为德雷福斯的同伙。你知道写这封信的人是从哪里得知艾斯特哈齐正在受到怀疑的吗？"

"不知道。"

"我想，我不用说你也知道，这是对你调查内容的严重泄漏吧？"

"当然。听到这个消息，我很震惊。"

"这太不像话了，上校！"他的脸涨红了，眼球都突了出来。突然间，他摇身一变，变成了漫画家笔下的脾气暴躁的老将军。"先是档案的存在被泄露了！然后清单的照片又出现在报纸的头版上！现在又搞出这事！我们不得不得出这样一个结论——你想要用艾斯特哈齐去替代德雷福斯，这种想法已经演变成了一种执念、一种危险的痴狂！为了达到这个目的，你不惜一切代价，包括向媒体泄露机密信息。"

布瓦代弗尔说："你这么做非常糟糕，皮卡尔。糟糕至极。我对你很失望。"

"我可以向您保证，将军，我从来没有向任何人透露过我的调查内容，对艾斯特哈齐透露那就更不可能了。我进行调查也不是出于个人的执念。我只不过是循着一条合乎逻辑的线索调查，就这么找到了艾斯特哈齐。"

"不不不！"比约摇了摇头道，"你已经违反了我们不要染指德雷福斯案的命令，还在自己的部门里像个间谍一样到处挖取机密。我现在就可以叫我手下的勤务兵来，以拒绝服从命令的罪名，把你送到舍尔什米蒂监狱去。"

房间里经历了短暂的沉默。然后，贡斯说："上校，你说你的举动完全出于逻辑。那么，如果我们提供给你德雷福斯是间谍的确凿证据，你会怎么做？"

"如果铁证如山，那我肯定会接受。但我不相信你们能找到这样的证据。"

"你就错在这里。"

贡斯瞥了一眼比约——他打开文件夹。文件夹里面好像只有一张纸。

比约说："最近，通过特工奥古斯特，我们截获了一封帕尼扎尔迪少校写给施瓦茨科彭上校的信。其中有这么一段：我在信中获悉有一个副官将会询问关于德雷福斯的问题。如果罗马那边有人再次问起相关情况，我会说我从未和这个犹太人有过任何来往。

如果有人问你，你也这么说就行，因为我们必须保证不会有人知道他到底怎么了。最后的署名是'亚历山德琳'。喏。"比约说着，心满意足地合上了文件夹。"对此你有什么好说的？"

毫无疑问，这是伪造的。绝没有其他可能。我保持镇定。"我能问一下，我们是什么时候拿到这封信的吗？"

比约转向贡斯，贡斯回答道："大约两周前。亨利少校用老方法收集到了碎片。信是用法语写的，所以他可以亲自把它拼起来。"

"我能看看原件吗？"

贡斯轻蔑地抬起了下巴："有这个必要吗？"

"我只是好奇它长什么样。"

布瓦代弗尔张口说话了，语气冷若冰霜："皮卡尔上校，我衷心希望你不要怀疑亨利少校的为人。他收集并修复了这封信，事实就是如此。我们把这封信的存在告诉了你——希望你不要转头就告诉媒体——为的是让你放弃你那危险的执念，不要再妄想德雷福斯是无辜的了。否则，你面临的后果将会很严重。"

我轮流看着面前的三位将军。现在看来，法国军队陷入了这么一个困境：要么成为全欧洲最大的傻瓜，要么成为全欧洲最大的混蛋。对于我的祖国来说，这俨然是个两难的选择。但出于自我保护的本能，我警告自己，现在不要和他们对着干，我必须"装死"。

我微微低头，然后道："如果三位都认为这封信真实可信，那我自然没有异议。"

比约说："所以，你接受德雷福斯是有罪的了？"

"是的，如果这份文件是真的的话——他无疑是有罪的。"

好了。结束了。此时此景，我想不出自己还能说些什么来让德雷福斯摆脱困境。

比约说："上校，鉴于你之前表现良好，我们就不对你采取法律行动了——暂时是这样，以后还要看你表现。但我们希望，你能把所有与艾斯特哈齐少校调查相关的文件——包括小蓝——都交给亨利少校。你马上动身，跟着第 6 军和第 7 军去沙隆视察吧。"

贡斯又笑了，说道："如果可以的话，现在就把你手上的所有办公室钥匙给我吧，我亲爱的皮卡尔。你不用再回反间谍处一趟了。亨利少校可以直接接手日常的运营工作。你直接回家收拾行李吧。"

我拿出一个行李箱，往里面装上够穿三四天的衣服。然后，我拜托门房把我接下来不在的这段时间里收到的邮件都转寄到陆军部去。我将乘坐晚上七点的火车离开。在那之前，我还有足够的时间去拜访一些人，跟他们告别。

波利娜家的公寓在庞波街上，她正带着女儿们喝下午茶。看见我，她显得很惊慌。"菲利普随时都可能从办公室回来。"她一边低声说道，一边虚掩上身后的门。

"别担心，我不进去。"我站在楼梯平台上，身旁放着我的手提箱。我告诉她我要走了。

"去多长时间？"

"应该就一个星期左右。但如果我去的时间超过了一个星期，你又要联系我的话，你可以写信给我，由陆军部转交——措辞的时候要小心点。"

"为什么？出什么事了吗？"

"没有，未雨绸缪总是好的。"我吻了吻她的手，又把她的手贴在自己的脸上。

"妈妈！"她身后传来一声尖锐的叫声。

"你去吧。"我说。

我坐出租马车到了圣日耳曼大街，让车夫在这等我一会儿。天已经黑了。在 11 月阴沉的夜色中，眼前的这座大房子显得比往日更加灯火通明，热闹非凡——再过一会儿，布兰琪举办的一场音乐晚会就要开始了。"稀客呀！"她向我打招呼道，"你来得也太早了！"

"我不进去了，"我说，"恐怕，我得离开巴黎几天。"我重复了一遍刚才对波利娜的嘱咐——要联系我的话，要通过陆军部，而且措辞应该尽量谨慎。"替我向埃默里和玛蒂尔德问好。"

"噢，乔治！"她高兴地叫起来，捏了捏我的脸，亲了亲我的鼻尖，"真是看不透你！"

再次爬上出租马车时，我看到她站在底楼的窗户前，指挥着乐手们摆放乐器。我最后往房子里望了一眼——耀眼的吊灯、一大堆室内绿植、覆盖着玫瑰色丝绸的路易十四风格的椅子、反射着灯光的光滑的云杉木和枫木家具。布兰琪微笑着，为一位小提琴手指明他的位置。车夫挥了挥鞭子，这一幅上流社会的画面顿时就从我眼前消失了。

我拜访的最后一个人是路易·勒布卢瓦。我又一次让车夫等着，又一次没有走进他的家门，在楼梯平台上跟他道别。路易刚刚从法院回来，他一眼就看穿了我内心的痛苦。

"我猜，你不能细谈吧？"

"恐怕是的。"

"如果你需要我的话，我总是在这里。"

我回到马车上，沿着大学街远远望了一眼反间谍处的办公楼——它看起来比四周的夜色还要阴沉几分。我注意到有一辆出租车在

鱼市街 – 蒙马特车站的黄色探照灯下，停在我们后面二十步远的地方。我们开始驶离的时候，它也开始移动，而当我们到达火车西站的时候，它小心翼翼地停在远处。我猜，我离开公寓后就被跟踪了。他们不愿冒任何风险。

车站外的莫里斯广告柱上，在五颜六色的喜剧歌剧院和法兰西喜剧院的广告间，有一张海报上印着《晨报》上的清单照片和一份德雷福斯的手写文件——两份文件上的笔迹放在一起一看，竟是大不相同。马蒂厄已经付钱，雇人把这些海报贴满了全巴黎。动作真快！"证据在哪？"是海报的标题，上面还写着悬赏关于原笔迹作者的线索。

他不会放弃的，我想，在他弟弟重获自由或惨死孤岛之前，他是不会放弃的。在不断向东行驶的列车上，我把行李箱放上行李架并坐下来，想到这里，我的心里又燃起了些许希望。

第二部分

16 从突尼斯到法国

海边，经过一栋现代风格的小屋，穿过一个泥土路面的广场，透过布满灰尘的棕榈树叶望去，可以看到苏塞军事俱乐部。这天下午，阳光照在哈马马特湾的海水上，竟像照到了铁皮上一样，反射出异常刺眼的光，让我不得不遮住自己的眼睛。一个穿着棕色长袍的男孩走过，手里用绳子牵着一只山羊。眩目的光线将一人一羊的身影印刻在黑色的柏油路面上。

在厚重的砖墙之内，军事俱乐部的装饰丝毫没有向北非靠拢的迹象。无论是木镶板、扶手椅还是带流苏的落地灯，都很可能可以在法国任何一个驻军城镇里见到。我像往常一样，在午饭后独自坐在窗边，而我那些突尼斯第4步枪团的弟兄则有的在打牌，有的在打盹，有的在读四天前的法国报纸。没有人理睬我。由于我的军衔，他们和我交流的时候总是小心翼翼的，保持着合适的距离。怎么能怪他们呢？毕竟，在他们眼中，我这个人肯定有什么问题——肯定是闹出了什么难以启齿的丑事，把自己的职业生涯给毁了——否则，为什么军队里最年轻的上校会被调到这样的垃圾地方？我穿着这个步枪团给我的新军装，天蓝色的外衣上，我那荣誉军团的鲜红色丝带像个血淋淋的枪眼一样，吸引着他们羡慕的目光。

像往常一样，下午三点左右，一个年轻的勤务兵扛着下午的邮件，从高高的玻璃门里走进来。这是个帅气的男孩，带着点粗野的街头坏男孩的感觉。他名叫弗拉维安－乌班德·萨维尼奥，还是团里军乐队的一员。他是在我后面几天到苏塞的，我敢肯定，是反间谍处派他来的，是亨利或者贡斯派他来监视我的。我讨厌他，不是因为他是个监视我的间谍，而是因为他的业务能力真的很糟糕。"听着，"我很想对他这么说，"你要翻我的东西的话，记得看完以后放回原位——在开始之前先在脑子里记好它们原来的位置。还有，如果你需要拦截我的邮件的话，别直接把邮件交给邮局的官员，至少做做样子，把邮件正常地放进邮箱——我跟踪你两次，两次都目击了你这种马马虎虎的行为。"

他走到我的椅子旁边，向我敬了个礼："上校，您的邮件。您还有什么要寄出的吗？"

"谢谢你，暂时没有。"

"还有什么我可以为您效劳的吗，上校？"他话中另有所指。

"没有，你可以走了。"

他走开了，走路的时候还微微扭着腰。当他走过一个年轻的上尉面前时，那个上尉放下正在看的报纸，看着他走过。我对这点非常不满：亨利和贡斯不仅认为我会被一个男的勾引上床，而且还认为我会被一个像萨维尼奥这样的男人勾引上床。

我看了看自己收到的邮件。有一封我姐姐寄来的信，还有一封是我表弟埃德蒙寄来的。从粘得过于紧的封口可以看出，两封信都被反间谍处打开过，然后又用胶水重新封上了。就像德雷福斯一样，我也被流放了，也忍受着他们对我信件的监视——虽然我的信件没有像他的那样被审查。我还收到了几份打印出来的特工报告，看来，他们想用这个让我相信我只是暂时被调离我的岗位而已；这些也被拆开过了。还有一封亨利寄给我的信。我很熟悉他的笔迹。自半年前我离开巴黎以来，我们经常通信。

直到前一阵，我们在信中的语气一直很友好（这里的天很蓝，有时候下午会特别热；这里跟巴黎一点都不像）。但在 5 月的时候，我接到突尼斯的军队高层的命令，要我领着我的团去西迪哈尼训练三周时间，并指导他们练习射击。我们往西南方向走了一天，才在沙漠中扎营。地方军悟性很差，而高温天气和无边无际且千篇一律的沙石风貌，再加上萨维尼奥天天在我面前晃来晃去，让我终于忍不住在信中抗议道：我亲爱的亨利，让我们大大方方地承认吧——我已经被解除职务了。这个事实并不会让我感到尴尬，让我感到尴尬的是在过去的六个月里你们散布在我身边的所有谎言和秘密。

我猜萨维尼奥给我送来的就是亨利给我的回应。我很随意地把信拆开，认为信里肯定又是一些安抚我的陈词滥调，向我保证我很快就能回巴黎了之类的。但出乎我意料的是，他在信中的语气冷若冰霜。他很荣幸地通知我，反间谍处内部的一次"调查"显示，我在信中提到的"秘密"，正好就是我自己制造的，即：（1）策划及进行"与公务无关的"非法行动；（2）收买现职官员提供虚假证词，说"邮局查获一份已知其姓名之人寄出的秘密文件"；（3）"打开秘密文件并检查其内容，导致某些不当行为的发生"。亨利以对我的讽刺结尾：至于"谎言"一词，调查无法确定本处在何处、如何、对何人编造了"谎言"。尊敬的，J.亨利。

我的下属居然这么跟我讲话！这封信上写的日期是 5 月 31 日，周一，也就是一周前。我又看了一下信封上的邮戳：6 月 3 日，周四。我一下就猜到是怎么回事了。亨利写完这封信，然后在把信寄出去之前，他把信送到路对面让贡斯过目。因此，几乎可以肯定的是，他那笨拙的威胁背后，是总参谋部在给他撑腰。在非洲的高温中，我竟不寒而栗。我又读了一遍这封信。然而，我的焦虑感慢慢消失了，取而代之的是渐渐增长的怒气（"尊敬的"？）。我怒不可遏，以至于我必须用尽全力，才能让自己不大喊大叫或者踢家具。我把信塞进裤兜，戴上帽子，怒气冲冲地大步朝门口走去。我走路的时候怒气太盛，以至于屋里突然安静下来，许多人回过头来看着我。

我重重地踏过走廊，吓了两个正在抽雪茄的少校一跳。走下俱乐部的台阶，经过软塌塌的三色旗，穿过宽阔的路面，走进海上花园。每周日下午，军乐团都会在这里为当地的法国人拙劣地演奏一些家乡的曲子，好让他们在异国他乡能够有家的感觉。走到这里，我暂停脚步，整理了一下自己的情绪。游廊上的两位少校还在迷茫地看着我。我转过身，面向大海穿过小公园，经过演奏台和破旧的喷泉，沿着海港往前走去。

几个月来，我每天中午都会去军事俱乐部，看看几天前的报纸，希望能看到一些关于德雷福斯案的新消息。我期待着有人从清单上认出艾斯特哈齐的笔迹，然后直接告诉德雷福斯的家人。但是，什么都没有发生——这个案子就这样沉寂了下去。经过停泊着的渔船时，我低着头，把双手背在背后，责备自己的懦弱。我不得不将我的工作拱手让人。而现在，亨利和贡斯认为被流放到天涯海角的我，已经对他们构不成威胁，被他们的铁血手腕击垮了，他们现在可以恐吓我，让我完全屈服。

码头的最南端有一个鱼市，就在这个古老的阿拉伯城市的城墙附近。我停下来，看着鱼被运进市场，倒在柜台上——有红鲻鱼、海鲷、鳕鱼、鲭鱼。旁边有一个围栏，里面关着六只海龟，嘴被绳子捆着。它们还活着，但为了防止它们逃跑，它们的眼睛都被弄瞎了。它们发出像鹅卵石互相碰撞时的咔嗒声，在黑暗中，渴望着重回水的怀抱。

我的住所在俱乐部另一头的军营里，那是练兵场边上的一栋砖瓦砌成的单层小屋，有两个房间，窗户上盖着防蚊网，游廊上有两把椅子、一张桌子和一盏煤油灯。在这闷热的午后，阅兵场上空无一人。确认没有人在看我后，我把桌子拖到游廊边上，爬上去，伸手推开房梁上一块松动的木板。被一个菜鸟间谍监视的最大好处，也是我没有要求开除萨维尼奥的原因，就是他不会发现我像现在这样的小动作。我把手指伸到房梁上，到处摸索着，直到碰到一块金属———一个旧烟盒。

我取出烟盒，放回木板，把桌子拖回原来的位置，然后走进我的房间里。较大的那个房间是我的起居室兼办公室，窗帘已经拉上，遮住了刺眼的阳光。我穿过这个房间进入了我的卧室，坐在窄小铁床的边沿上打开了烟盒。烟盒里有一张波利娜五年前的照片和一捆她寄来的信：*亲爱的乔治……我最亲爱的乔治……我渴望你……我想念你……*我不知道这些信件被多少人看过，虽然肯定不如德雷福斯的信件，但毫无疑问还是很多的。

我去了你的公寓几次。一切都好。格罗太太告诉我，你执行秘密任务去了！有时候，我会躺在你的床上，闻着你留在枕头上的味道，想象着你现在在哪里，在做什么。这是我最渴望你的时刻。在午后的阳光下，我会想要你想到尖叫。这是一种生理上的痛苦……

我没必要再读一遍，因为我已经把信的内容都牢记于心了。

烟盒里还有一张我母亲的照片、七百法郎现金和一个信封，信封上面被我写上了这样一句话："署名者若遭遇不测，请把这封信交给共和国总统，只有他应该知道这封信的内容。G.皮卡尔。"信封里是一份关于我对艾斯特哈齐的调查的报告，在4月写成，总共有十六段。报告里详细梳理了所有的证据，并叙述了布瓦代弗尔、贡斯和比约对调查的阻碍，最终得出了三条结论：

1. 艾斯特哈齐是为德国提供情报的间谍；

2. 德雷福斯案中的唯一物证实为出自艾斯特哈齐之手；

3. 德雷福斯案的庭审形式可以说是史上最不严谨的，法官们先入为主地认为德雷福斯有罪，并无视了正规的法律程序。

这个阿拉伯小镇的宣礼塔上传来穆安津召唤信众礼拜的呼喊声。正是行"晡礼"[①]的时间，这时人的影子正好是身高的两倍。我把信塞进上衣里面的口袋，然后走到了室外的热气里。

第二天一大早，萨维尼奥像往常一样给我送来了刮胡子用的热水，我赤裸着上身，在镜子前弯下腰，擦着肥皂沫。他送完水后没有离开，而是在房间里晃来晃去，从身后看着我。

我从镜子里看向他道："有什么事吗？"

"上校，听说您已经和勒克莱尔将军约好要去突尼斯见他了。"

"这还需要你的允许吗？"

"我在想，或许您想让我陪您一起去。"

"没有必要。"

"您会赶回来吃晚饭吗？"

"退下，萨维尼奥。"

他犹豫了一下，然后敬了个礼，就悄悄地离开了房间。我继续刮起了胡子，但动作更着急了一点，因为我能肯定，他肯定是去把我要去突尼斯的消息发电报给巴黎那边了。

一小时后，在市中心广场附近的铁路旁，我提着行李箱等待

---

① 亦作"午后祷"。伊斯兰教每日五次礼拜中的第三次礼拜，约在午后四点举行。

着。一家矿业公司最近刚铺设了从苏塞到突尼斯的铁路。这里没有车站，火车直接从街道中间穿过。在明亮的蓝天的映衬下，在平房的屋顶间，有一缕黑烟缓缓升起，这是火车要来了的第一个信号。附近传来刺耳的汽笛声，一群孩子从街道拐角处冒了出来，兴奋地尖叫着，向四面八方跑开。在他们身后，一辆机车，拖着两辆平板货车和三节车厢，慢慢地往前挪动着，最后终于在巨大的喷气声中停了下来。我把手提箱塞进车厢，然后爬上梯子，回头看了看有没有人跟踪我。我没有看到任何穿着制服的男人，目之所及都是阿拉伯人和犹太人，还有许多牲畜——关在笼子里的鸡、一只绵羊，以及一只蹄子被拴住的小山羊被它的主人粗暴地塞进了座位底下。

火车开动了，速度越来越快，直到兴奋地护送我们的孩子们都被甩在了后面。渐渐的，飞扬的尘土从打开的窗户里吹进来，窗外的风景也开始变得千篇一律——左手边是橄榄树林和朦胧的灰色大山，右手边是一望无际的地中海，海面上波光粼粼。每过一刻钟，火车就会停下来，接上一些新的乘客——他们总是带着牲畜，不知道从哪里一下子冒出来，站在前方的铁道旁，身上的衣服反射的阳光直晃眼。我把手伸进外衣里，摸到了信封锋利的边缘——那封我写给总统的遗言。

下午三点左右，我们终于到了突尼斯。我挤过拥挤的站台，来到了出租马车点。这座城市中的热气从四面八方涌来。潮湿的空气中满是喊叫声、香料味——孜然、香菜、辣椒粉——还有烟草和马粪的味道。出租马车旁，一个男孩正在以五生丁的价格卖着《突尼斯晚报》，上面刊登的是连夜从巴黎发来的昨日新闻汇编。在去地方总部的路上，我草草地浏览了一遍报纸，还是没有任何关于德雷福斯的消息。但是，我能改变这种现状。我第二十次伸手摸了摸怀里的信，像一个无政府主义者正在检查身上绑的炸弹一样。

勒克莱尔太忙了，我不得不在接待室里大汗淋漓地等着。半小时后，一个秘书走过来，问我："将军想知道您来是为了什么事。"

"是私事。"

他退下了，然后过几分钟又回来了。"将军建议您把所有的私人问题拿去跟德·奇泽尔将军谈。"德·奇泽尔是突尼斯第4步枪团的高级军官，我的顶头上司。

"很抱歉，但这件私事，我只能跟最高指挥官说。"

他又一次退下了，但这次很快就回来了。"将军让您现在进去。"

我放下手提箱，跟着他走了。

杰罗姆·勒克莱尔穿着衬衫，坐在办公室阳台上的一张轻便牌桌后，正埋头处理着一堆信件。他用左轮手枪压着信纸，但他头上的电风扇还是不断地把信纸的边缘吹起来。他六十多岁，有着方下巴和宽阔的肩膀。由于在非洲待得太久，他的皮肤已经被晒成和当地人差不多的颜色。

"啊，"他说，"远道而来的皮卡尔上校——神秘的男人，在夜幕的掩护下悄然造访！"这讽刺听起来一半认真，一半像是玩笑。"好了，上校，告诉我，你最近有什么不能透露给你上司的秘密呢？"

"我希望您能允许我回巴黎一趟。"

"为什么这个要求不能跟德·奇泽尔将军说呢？"

"因为他肯定不会同意。"

"你怎么知道？"

"因为种种迹象显示，陆军部下达了指令，不能让我离开突尼斯。"

"如果这是真的——我没有说这就是真的——那你为什么要来找我呢？"

"因为我相信，相比起德·奇泽尔将军，您更有可能无视总参谋部的命令。"

勒克莱尔没有说话，只是朝我眨了眨眼。就在我以为他要把我赶出去的时候，他突然大笑起来。"是啊，好吧，可能是这样。我已经不那么在意这些了。但我需要一个合理的理由，懂吗？你不可能只是想回去见某个女人吧。"

"我在那里还有些事没做完。"

"上帝啊，真的吗！"他抱起双臂，向后靠在椅背上，上下打量着我，然后道，"你这个人很有意思，皮卡尔上校。我看不透你。我曾听说你会是下一任总参谋长，结果，你突然就来了我们这个无人问津的小地方。你到底干了什么？挪用公款？"

"不，将军。"

"和部长的妻子有一腿？"

"当然不是。"

"那是什么？"

"我不能告诉您。"

"那我就帮不了你喽。"

他重新坐直，拿起桌面上的一捆文件。一阵绝望的感觉突然淹没了我。"我基本上就是被囚禁在这里了，将军。他们监视我的邮件，派人盯着我，不让我离开半步。如果我反抗的话，我无疑将会因捏造的罪名而受到处分。除了逃跑，我都不知道我应该怎么离开这个地方。当然，如果我真的逃走的话，我绝对完蛋了。"

"噢，不，千万不要逃跑——你这么做的话，我就得开枪射杀你了。"他站起来，活动活动腿脚。尽管年事已高，但他仍身材魁梧、体格健壮。像一个战士，我心想，而不是一个整天伏案工作的人。他皱着眉头，在阳台上踱来踱去。过了一会儿，他停下来，眺望着花园。我没法认清花园里全部的花——只能认出茉莉、仙客来和石竹。他注意到我的视线，问道："你喜欢吗？"

"它们非常漂亮。"

"我自己种的。奇怪的是，相比起法国，我现在反而更喜欢这个国家了。我退休以后肯定不会回国。"在一阵短暂的沉默后，他又激昂地说道："你知道我最不能忍受的是什么吗，上校？就是总参谋部总把他们不要的垃圾倒到我们这里来。无意冒犯，但军队里每一个不服从管教、离经叛道的纨绔子弟都被送到了我这里。我可以告诉你，我受够了！"他用脚轻敲着木地板，沉吟着。"你保证，你没有做过任何违反法律或者道德的事——你只是和圣多米尼克大街上坐在办公桌后的那群将军产生了冲突？"

"我以我的人格担保。"

他在办公桌前坐下，拿起笔开始写字。"一个星期够吗？"

"足够了。"

"我不想知道你要去干什么，"他说着，手里的笔仍没有停下，"所以我们不用谈这个。我不会告诉陆军部你离开了突尼斯。如果他们发现了，我会告诉他们，我是军人，不是狱卒。但我不会向他们说谎。你明白了吗？"他放下笔，吹了吹未干的墨水，把纸张递我。这是一份由突尼斯驻军总指挥官签署的官方许可文件，许可突尼斯第4步枪团的皮卡尔上校请私事假离开突尼斯。这是这段时间来我第一次得到军方的帮助。泪水充满了我的眼眶，但勒克莱尔假装没有注意到。

前往马赛的客轮将于第二天中午离开突尼斯。轮船公司的工作人员一开始时告诉我（"非常抱歉，上校"），轮船上已经没有空位了。我不得不贿赂了他两次——第一次是让他给我单独安排一个有两张铺位的小舱，第二次是让他把我的名字从旅客名单上划掉。我在码头附近的一家养老院住了一晚，第二天一早就穿着便服上了船。虽然时处闷热的非洲仲夏，但我还是不能在甲板上停留太久，以免被人认出来。我下了楼梯，锁上舱门，脱光衣服，在下铺躺下，汗流浃背。我想起了德雷福斯和他描述的押送他的军舰停在魔鬼岛外的场景——在四天的时间里，我不得不一直待在自己的小房间里，忍受着热带的高温，一次都没有踏足甲板。轮船的引擎启动的时候，我的这间铁皮小屋已经热得像桑拿房了。我们从停泊着的船位上驶出，附近的海面上下起伏着。透过舷窗，我看着非洲海岸渐渐远去。直到环顾四周，看到的只有地中海蔚蓝的海水时，我才在腰间系上一条毛巾，唤来侍者，让他给我拿点食物和饮料来。

我随身带了一本俄法字典和一本陀思妥耶夫斯基的《地下室手记》——我最近正在翻译这本书。我爬上上铺，把两本书放在我的膝盖上，把铅笔和纸放在旁边。这项工作打发了时间，也让我不再感到燥热。在我看来，只关心自己的幸福是没有教养的行为。抛开对错不谈，有时候，砸点东西也是很愉快的……

午夜时分，船上听起来很安静。我冒险登上铁楼梯，小心翼翼地走到甲板上。移动的轮船使风速为每小时13海里的北风温暖地拂过我的面庞。我走到船头，仰起脸来，大口大口地呼吸着新鲜空气。我的前方和两侧一片漆黑，唯一的光源来自上方——满天繁星和一轮明月在云里穿梭着，像是在和我赛跑一般。一名男性乘客站在我的附近，靠在栏杆上，与一名机组人员轻声交谈着。我听到身后传来脚步声，转过身，看到一个燃烧着的红色雪茄头正向我逼近。我迅速走开了，沿着船的另一侧走到了船尾。我站在船尾，注视着船后拖着的浪花，就像是彗星的尾巴一样，在黑暗的海水中闪烁着。但我在黑暗中再次看到了那根雪茄。于是我下了楼梯，沿着过道找到自己的船舱。在接下来的航程里，我没有再踏出船舱一步。

第二天傍晚，在一场夏日的瓢泼大雨中，我们抵达了马赛。对于返乡的游子来说，这场雨像是在表示一种诡异的欢迎。我直奔圣查尔斯车站，买了一张最近的去巴黎的火车票。我意识到现在是我最容易被抓住的时刻。不出意外的话，萨维尼奥肯定已经告诉总参谋部我去了突尼斯，并没有再返回苏塞。所以，很有可能贡斯和亨利会发现我正在回巴黎的路上。他们只要问问勒克莱尔就行了。如果我是亨利，我会给马赛警察局局长发个电报，让他盯好火车站，以防万一。

我待在车站的大钟下，把头埋在报纸里。直到快七点的时候，我听到汽笛响了一声，去巴黎的火车开动了。我一把抓起行李箱，冲过检票口，绕过试图拦住我的警卫，沿着站台狂奔。我猛地拉开火车最后面的车门，随着车开得越来越快，我手臂上的压力也越来越大。我先把行李箱扔进去，然后加快脚步，艰难地爬上车，关上身后的门。我探出窗外，回头望去。距离我五十米的站台上站着一个矮矮胖胖的男人，没有带帽子，穿着一套棕色的西服。他没有赶上火车，正用双手支着膝盖，身子向前倾着，喘着粗气。一旁的列车员正责备着他。他究竟是迟到了的普通旅客，还是负责跟踪我的特工，这就无从考证了。

车厢里很挤，我几乎是把火车从尾走到了头，才找到一个勉强有空位的车厢，挤在了角落里。车厢里的乘客大多是商人，还有一名牧师和一名陆军少校。尽管我没有穿制服，但少校还是不停地看向我这个方向，好像认出了我也是军人似的。我没有把行李箱放到头顶的行李架上，而是把它放在膝盖上，以防自己睡着。果然，尽管我的神经高度紧张，但随着夜幕降临，在火车令人昏昏欲睡的颠簸中，我还是睡着了。整个晚上，每当火车驶进有煤气灯照明的车站，或者有人进出车厢的时候，我都会被惊醒。最后，我在拂晓的阳光中醒来了。6月初的黎明，阳光并不明亮，甚至有些暗淡，就像有一层浮尘盖在巴黎南郊上空。

我走到火车的最前部。早上五点，火车到达里昂车站的时候，我第一个下了车。我匆匆地穿过空空荡荡的火车站大厅，四下张望着，但周围除了几个衣衫褴褛的男人——几个流浪汉，正在捡着烟头，好把里面的烟草拿去卖——就没有别人了。对出租车司机说完"去卡塞特街16号"，我就瘫倒在座位上。一刻钟后，我们绕过卢森堡公园，拐进了一条狭窄的街道。付钱时，我前后看了看——附近没人。

走上二楼，我敲响了公寓的门——声音不大，足以叫醒里面的人，但又不至于吓到他们。不幸的是，当人在清晨五点半被叫醒时，都会心生忧虑和恐惧。正是在这样一种状态下，我姐姐紧紧地把睡衣攥在胸前，忧心忡忡地打开门，看到了疲惫不堪的我，带着非洲的风尘和气味，站在她面前。

朱尔·盖伊，我的姐夫，正烧水准备煮咖啡。而安娜正在以前孩子们住的卧室里忙碌着，好让我住进去。他们俩都快六十岁了，现在两个人住在这里。我能看出他们对我的到来感到十分开心，因为总算有人能让他们照顾照顾了。

大家喝着咖啡时，我开口道："我不希望有其他人知道我待在这里，可以吗？"

他们交换了一个眼神。朱尔回答道："当然。我们谨慎一点就好。"

"如果有人找上门来，你们就告诉他们，你们不知道我在哪里。"

安娜半开玩笑半严肃地说道："天哪，乔治，你不会是逃出来的吧？"

"不过有一个人，我确实要见见——路易·勒布卢瓦。你能不能帮我带个口信给他，问他能否尽快来一趟？不过要告诉他，不要跟任何人透露我在这里。"

"所以你唯一想见的人是你的律师？"朱尔笑道，"这可不是个好迹象啊。"这是他最直接表达出好奇的一句话。

早饭后，朱尔去上班，而安娜则出门去找路易了。我在公寓里转来转去，四处看看——婚床上方的十字架、家用《圣经》，还有一些梅森瓷人——这是从斯特拉斯堡带来的，曾属于我的祖母，不知怎么在轰炸中幸存了下来。我从公寓正面的窗户向外望去，俯瞰着卡塞特街，然后又看向街道尽头的一个公共花园——如果我要监视这所房子的话，我会派一个人站在那里，透过望远镜观察房子里的动静。我坐不住了。巴黎城市里最司空见惯的声音——公园里孩子们的嬉闹声、车轮碾过地面的脆响、小贩的叫卖声——似乎都充满了危险。

过了一会儿，安娜回来了，带回消息说路易一下班就过来。她给我做了一个煎蛋卷作为午饭，而我像刚在国外旅游了一番那样，向她描述了我在苏塞的生活——这个古老的阿拉伯小镇上的石头窄巷自腓尼基时代起就没有变过，羊被绳子拴在街角，散发出热腾腾的臭气，等待着被屠宰；在当地的一万九千人中，只有八百个法国人，而他们组成的小团体有着自己的小癖好。"没有文化，"我抱怨道，"没有可以说话的人。没有阿尔萨斯特色菜。天哪，我讨厌死那个地方了！"

她笑了，然后说："我猜，你接下来要说他们连瓦格纳的作品都从没听过吧？"但她始终没有问我沦落到那里的原因。

四点，路易来了。他优雅地走过地毯，和我拥抱在了一起。一看到他，我就恢复了勇气。他那修长的身形，那修剪整齐的胡子，那整洁的外表，那温柔的声音，那简练的举止——所有这些都传达出了一种超凡的力量。"交给我吧，"他的气场传达出这样的信息，"我已经研究并克服了世界上的所有难题，我将竭诚为您服务，只要您支付适当的费用即可。"尽管如此，我还是觉得我有责任告诉他，他将要面临的到底是什么。我从孩子们的卧室里拿出自己的行李箱，安娜在给我们端上茶后小心翼翼地离开了客厅。我把行李箱放在自己腿上，拇指放在锁上，说道："听着，路易，在进行下一步之前，你应该知道，我们今天的这次谈话已经会给你带来危险了。"

"身体上的危险？"

"不，不是——肯定不是身体上的，而是职业上的危险——政治危险。所有身涉其中的人都可能会受到牵连。"路易朝我皱起眉头。"我的意思是，一旦你插手了，我也不知道你还能不能脱身。你得知道这个。"

"噢，别说废话了，乔治，告诉我到底是怎么回事。"

"好吧，如果你非常确定的话。"我用拇指按下锁，打开了箱子，"我不知道该从何说起。你记得我11月中旬的时候来看过你，

313

跟你说我要走了吧？"

"记得，你说你就去几天。"

"那是个陷阱。"我从箱子底部的一个暗层中取出一叠纸，说道，"首先，我被总参谋部派到沙隆视察第 6 兵团的情报程序。然后，我被告知我还要直接去南锡，写一份关于第 7 兵团的报告。我自然就申请回巴黎，至少回来几个小时，取几件干净的衣服。但总参谋部发来的电报断然回绝了我——你看。"我把手中的文件递给他道："这些都是我的顶头上司，夏尔－亚瑟·贡斯将军，寄来的信，被我保存了下来。他在这些信里指示我不断移动——总共十四次。在南锡的时候，他让我去贝桑松；然后去马赛；然后到里昂；然后到布里昂松；然后又绕回里昂。在里昂的那段时间里，我病倒了，然后收到了贡斯这样的一封信：听闻你正在遭受痛苦，我对此深表同情，希望你在里昂休息后能恢复健康。但在休息的同时，你准备准备，然后动身到马赛和尼斯去吧……"

"在这段时间里，他们始终不允许你回巴黎，就算一天也不行？"

"你自己看吧。"

路易拿起那一沓信，皱着眉头，快速地浏览着，然后道："但这也太荒谬了……"

"他们曾告诉我，圣诞节期间，我将会在马赛见到陆军部长，但部长并没有出现。相反的，我却接到前往阿尔及利亚指导情报工作的命令——这是去年底的事。到阿尔及利亚一个月后，我被派往了突尼斯。一到突尼斯，我就被从原来的团调到了一支当地的部队里。就这样，我突然发现自己不再是去视察，而是被长期派驻殖民地了。"

"我想，你肯定反映过不满吧？"

"当然。但贡斯在回信里写道，让我不要再给他写那么多信了——你必须放下执念，从非洲服役中获得满足感。实际上，我就是被流放了。"

"他们有给你一个解释吗？"

"没有必要，我知道这是为什么。我被惩罚了。"

"因为什么被惩罚？"

我深吸一口气，大声说出这个事实仍让人心慌。"因为我发现了德雷福斯上尉是无辜的。"

"啊，"路易看向我，我看到他那一向冷静、专业的脸上闪过一丝惊慌，"啊，没错，这样就讲得通了。"

我把信交给路易——如果我死了，这封信必须要交到总统手上。路易看了信封上写的指示，做了个鬼脸。我猜，他肯定觉得这太戏剧化了，像是那种故事场景设定在火车上的惊悚小说里的情节。一年前的我也会这么想的。但现在我想明白了，有时候，左拉先生笔下所有的现实主义小说，都不及惊悚小说的内容来得真实。

我说："开始吧。"然后我点燃一根香烟，观察着他抽出信时的表情。他大声朗读了信的第一段："我，马里-乔治·皮卡尔，第4殖民地步兵团陆军上校，陆军部秘密情报处前负责人，以我的名誉担保以下信息真实可信。我决不可能像某些人一样，试图'扼杀'真理和正义……"他的声音渐渐小了下去。他皱起眉头，瞥了我一眼。

我说："如果你不想被牵涉其中，现在后悔还来得及。我不会怪你的。但我要警告你，一旦你读到下一段，你就会陷入和我一样的困境中。"

"呵，可你把它说得太诱人了。"他读了下去，不过没有再读出声，他的眼睛快速地来回移动，迅速浏览着内容。看完后，他叹息着长呼出一口气，然后向后靠在椅子上，闭上了眼睛。"这封信现在有几份副本？"

"只有这么一份。"

"上帝！只有这份？还是你从突尼斯一路带回来的？"他焦急地摇摇头道，"好吧，现在你要做的第一件事，就是把它至少抄两遍。我们至少需要三份。你那只旧皮箱里还有什么？"

"还有，"我说着，把我原来给布瓦代弗尔的那份报告拿了出来，"关于第 74 步兵团艾斯特哈齐少校的情报报告。还有这些。"我掏出了在我去乡下探望贡斯后他给我写的信。在信中，他劝我不要把针对艾斯特哈齐的调查牵扯到德雷福斯身上。"还有这个。"我又掏出了亨利寄来的信，信中他提及有人对我，反间谍处的负责人，进行了调查。

路易全神贯注地快速浏览了一遍。读完后，他把这些文件都放到了一边，非常严肃地看着我说道："乔治，对我所有的客户，我一开始都会问这么一个问题——没错，你现在就是我的客户，虽然鬼知道我能不能拿到工资——这个问题就是，你想从中获得什么？"

"我想让正义得到伸张——这是最重要的。我还希望在出现这样的丑闻后，军队能尽量少地受到影响。我仍热爱着军队。而对我个人来说，我希望我的职业生涯能恢复如初。"

"哈！这个嘛，你可能只能实现其中的一个。或者，如果奇迹出现的话，两个。但想三个都实现，那是完全不可能的！我想，军队里应该没人冒险支持你吧？"

"军队本不是这样的。但不幸的是，我们要对付的是我国级别最高的四位军官——陆军部长、总参谋长、情报部门总负责人和第 4 军的指挥官——第 4 军现由梅西埃主管。这四个人或多或少都和这件事有关，整个秘密情报部门就更不用说了。别误会，路易，军队并不是腐败透顶。在最高司令部中有许多优秀而可敬的军官。但到了这种时候，他们都会把军队的利益放在首位。当然，他们中没有人会想让军队的摩天大楼轰然倒塌，就为了一个……呃……"我卡住了。

"一个犹太人？"路易提示道。我没有回答。"好吧，"他继续说道，"既然我们不能把事实告诉军队里的人，那我们还能做什么呢？"

我刚要回答，门却突然被人用力地敲响了。此人敲门的力度以及敲门时因为自身权力而散发出的自信感，都告诉我这是政府的人——警察来了。路易张开嘴，想说什么，但我沉默地举起手制止了他。我悄悄地走到客厅的门前。门上镶着一块玻璃，玻璃前遮着一块雷丝窗帘。我透过窗帘的缝隙往外望去。这时，安娜从厨房里走了出来，一边整理着自己的裙子，一边沿着走廊走向门口。她看向我，点了点头，表示她知道应该怎么做，然后打开了前门。

我看不见门口的来人，但我能听见他的声音——一个低沉的男声道："不好意思，夫人，皮卡尔上校在吗？"

"不在。他怎么会在这里？这里又不是他家。"

"您知道他现在在哪吗？"

"我收到他的最后一封信是从突尼斯寄来的。请问你是哪位？"

"请原谅，夫人——我只是他的一个老战友。"

"可否告诉我你的姓名？"

"我们先不管这个。您只需要告诉他，有'一个老战友'在找他就行。再见。"

安娜把门关上，反锁住。她瞥了我一眼。我朝她笑了笑。她做得很好。我转向路易道："他们知道我在巴黎了。"

路易很快就离开了，拿走了我带回来的所有文件，除了那封要交给总统的信——他让我抄两遍。晚上，朱尔和安娜都上床睡觉去了。我并没有睡，而是坐在厨房的桌子前，拿着钢笔，面前摆着墨水——再一次像个无政府主义者一样。但这次，我是在组装自己的"炸弹"。德雷福斯案的庭审形式可以说是史上最不严谨的，法官们先入为主地认为德雷福斯有罪，并无视了正规的法律程序……

接近傍晚的时候，路易在昨天的同一时间来了。安娜领他进入客厅。我拥抱了他，然后走到窗前，俯视着街道。"你觉得会有人跟踪你吗？"

"我真的不知道。"

我伸长脖子，前前后后打量着卡塞特街。"我没有看到有人在监视这座房子。但不幸的是，那些人伪装的技艺都非常高超。我觉得我们还是暂时假设有人跟踪你比较好。"

"我同意。好了，我亲爱的朋友，你把信抄好了吗？太好了。"他从我手中接过信，放进他的公文包里。"我们可以把一份放在我的保险箱里，另一份放在日内瓦的银行保险柜里。"他朝我笑了笑。"振作起来，我亲爱的乔治！这样的话，即使他们把你杀了，然后把我也杀了，也还是得入侵瑞士才能销毁所有的证据！"

但在姐姐家又窝了一整天后，我已经没有心情开玩笑了。"我不知道，路易，我现在都开始怀疑，或许最安全的做法就是把所有证据都交给报社，一了百了。"

"噢，不，不，不！"路易惊恐地说道，"这会给你和德雷福斯都招来杀身之祸。我一直都在认真地思考该怎么办。这封亨利少校写的信，"他把信抽出来，说道，"非常有意思，也就是说——非常狡猾。显然，他们已经准备好了应急方案，以防你把自己知道的事情公之于众。不仅如此，他们还想让你也大致了解这些应急方案。"

"为了吓唬我？"

"没错。你仔细想想就能发现，他们的算盘打得很好。他们的主要目的，就是让你老实待着，不要有任何动作。因此，他们想告诉你，如果你真的做了些什么，他们会让你多不好过。"他仔细端详着这封信道，"按照我的理解，亨利少校在信里实际是想说，是你，要密谋陷害艾斯特哈齐——首先，你针对他采取非法行动；其次，你试图收买自己的同事，让他们提供可以为艾斯特哈齐定罪的伪证；最后，你泄露机密信息，想以此改变德雷福斯的庭审结果。显然，如果你去找报社爆料，他们就会采取防御措施——说你一直都在替犹太人说话。"

"荒谬！"

"没错，荒谬。但很多人就愿意相信这种谣言。"

我知道他说的没错。"好吧，"我说，"那既然我不能公开地去找报社爆料，我能不能私下里去找德雷福斯的家人，至少告诉他们'艾斯特哈齐'这个名字？"

"这我也想过。显然，这家人非常坚定地支持这位不幸的上尉。但作为你的律师，我不得不问自己这样一个问题，他们也会同样坚定地支持你吗？知道'艾斯特哈齐'这个名字对于他们来说固然是非常有用的，但对于他们来说，最重要的是，他们是从你——秘密情报处的处长本人那里，知道的这个名字。"

"你觉得他们会把我供出去？"

"如果他们的目的是救出德雷福斯，那他们可能只能这么做。但这也不是他们的错，你说呢？而且，就算你的名字没有被他们公开，我相信在一两天内就会被泄露出去。你正在被监视，他们也在被监视，不幸的是，一旦你的名字被公之于众，总参谋部就能拿到他们需要的所有证据，就可以让大多数人相信你一直在密谋解救德雷福斯。这就是为什么我说亨利的这封信写得很狡猾。"

"所以我中了他们的圈套？"

"不完全是这样。我们必须想出一个应对策略。选择绕过敌人，而不是和敌人进行正面冲突，你们当兵的管这个战术叫什么？"

"从侧面包抄？"

"从侧面包抄——一点没错——我们得从侧面包抄他们。你不要把你知道的信息跟任何人说，那样只会正中他们的下怀。你应该把这件事全权交给我。我接收你的信息后，不会告诉报界或者德雷福斯一家，而会告诉一个绝对正直的公众人物。"

"那这个杰出的典范是谁呢？"

"昨晚我想了很久这个问题，今天早上刮胡子时，我想出了答案。如果你同意的话，我想去找参议院的副议长，奥古斯特·舍雷－克斯特纳。"

"为什么是他？"

"首先，他跟我们家是老相识了，我父亲曾是他的数学老师，我们就是这样认识的。他是阿尔萨斯人，自己老乡办事总是放心一点。他很有钱，所以他从来不依靠任何人。但最重要的是，他非常爱国，他这辈子从没做过任何卑鄙自私的事。倒让那个亨利少校把我们的老奥古斯特污蔑成叛徒试试！"

我向后靠去，思考着这个问题。舍雷－克斯特纳还有一个优势——他是温和派的左翼成员，但也有很多右翼的朋友。他性情温和，但意志也很坚定。"那他会拿这个信息怎么办呢？"

"那就看他自己了。作为议员，他肯定会先寻求妥协。我猜，他会先去找政府，试图用这种方式解决问题。只有在政府官员不予理睬的情况下，他才会去找媒体。但有件事我要先跟他说好，那就是不能提及是你提供的情报。毫无疑问，总参谋部肯定能猜到这是你一手操办的，但他们很难证明这一点。"

"那我呢？在这个过程中我要做些什么？"

"什么也不要做。你回突尼斯去，在接下来的日子里老老实实地待着——随便他们怎么跟踪你，都发现不了任何可疑的事。光是这点就足以把他们逼疯了。简而言之，我亲爱的乔治，你就在沙漠中，安心地等待奇迹发生吧。"

转眼到了我假期的最后一天。这天早上，朱尔上班去了，而我早就把行李都收拾好，准备搭晚上的火车离开。这时，又有人敲了门——但这次的力度轻得多，而且带着点试探的意味。我放下书，听着门口的动静。安娜让来人进来了。过了一会儿，起居室的门开了，波利娜站在门后。她无言地看着我。安娜在她身后戴上了帽子。"我得出去一下，大概要一个小时，"她轻快地说道，然后又带着一种溺爱但又不甚赞成的口气补上一句，"注意，只有一个小时。"

在孩子们的卧室里、在我侄子一排旧玩具士兵警惕的"注视"下，我们做爱了。事后，她躺在我怀里，问道："你原本真的打算不见我一面就回非洲？"

"我没得选，亲爱的。"

"连一张字条都不留给我？"

"我担心我们俩这样继续下去的话，你会受到牵连。"

"我不在乎。"

"噢，我向你保证，你会在乎的。因为不仅仅是你，你的女儿们可能也会置身于危险中。"

她一下子坐了起来。看得出来，她现在很生气，都不像往常一样费尽心思地用被子盖住自己的身体了。她的头发蓬松凌乱，我第一次注意到她的满头金发中掺杂着几缕白发。她的皮肤微微泛红，两乳之间沁着汗。她看起来很美。"我们俩都这么多年了，"她说，"你无权在我不知情的情况下做出有关我们俩的决定！还有，不许你把我的女儿们拿来当借口！"

"亲爱的，你听我说……"

"不！你别说了！"

她想下床，但我抓住了她的肩膀。她耸了耸肩，想把我的手甩开。但我把她推倒，抱住了她。她在我身下喘着气，挣扎着。她的力气出奇地小，所以即便她正在气头上，我也很轻易地控制住了她。"听着，波利娜，"我平静地说道，"我不是在担心人们说闲话——我们的事在这个圈子里早已人尽皆知了。如果你和我说，菲利普其实多年前就猜到我们有一腿，我也丝毫不会感到惊讶——即使他是在外交部工作，也不能对这么明显的事视而不见。"

"你别提他！你对他一无所知！"被我摁住的她只能愤怒地用后脑勺敲着枕头。

我没有理会，继续往下说："人们说闲话是一回事——人们的闲话我们大可以充耳不闻。但我现在说的是媒体曝光和当众羞辱，是国家动用权力来打压我们——让我们登上报纸，把我们告上法

322

庭，捏造关于我们的谣言，并当作事实大加宣传。没有人能够承受住这一切。你以为在过去的七个月里，我是自己想离家远行的吗？这只是冰山一角罢了，他们对付我们的招数还多着呢。"

我从她身上爬下来，背对着她坐在床沿上。她一动不动。过了一会儿，她说："那么，我也不用再问这种可怕的事究竟为什么会发生在我们身上了吧？"

"这我不能告诉任何人，除了路易。我只和他一个人说过，因为他是我的律师。如果你遇上事了，你应该，也只应该，去找他。他非常有智慧。"

"这种情况还要持续多久？难道我们的余生都要这么度过了？"

"不，再过几个星期——或者几个月，真正的暴风雨就要来临。到那时，你就会明白这到底是怎么一回事了。"

她沉默了一会，然后道："那至少，我们还能互相写信吗？"

"可以，但必须要小心。"我从床上站起来，裸着身子走到客厅里，拿来铅笔和纸。让自己动起来至少能让我心里好受点。我回来的时候，她正坐在床上，抱着自己的膝盖。"我交代路易和他的一个朋友在莫特－皮凯大街上设了一个取件处——这是地址。我会把写给你的信寄到那里。记得让别人替你去取。我不会把你的名字写在信封上，也不会在信里提及。你也不要在写给我的信上署名，或者在信里写任何可能会暴露你身份的东西。"

"政府的人真的会看我们的信吗？"

"是的，几乎可以肯定。而且很多人都会看到——部长们、军官们，还有警察们。有一种办法你可以试试，尽管这么做可能会使信件最终无法送到我手中。你可以把两个信封套在一起，把里面的那个信封涂满胶水。这样，当你把里面这个信封插入外面的信封时，两个信封就会粘在一起。如此一来，这封信一旦被打开，他们就没法重新封上了。所以，如果他们真的把你的信件拆开了，他们就不得不扣留下这封信——他们并不想把事情做得这么显眼。我不确定这行不行得通，但值得一试。"

她歪着头，用一种困惑又惊讶的表情看着我，好像第一次真正看清了我似的。"你是怎么知道这些的？"

我搂住了她。"对不起，"我说，"我之前就是干这个的。"

17　风雨再起

四个月过去了。

在海边，穿过一个泥土地面的广场，透过布满灰尘的棕榈树叶望去，苏塞军事俱乐部仍旧坐落在那里。地中海海面上反射出的阳光一如既往地耀眼。那个穿着棕色长袍的男孩仍在下午的同一时间，用一根绳子牵着一只山羊经过我的面前。唯一的变化就是那个男孩现在每次都会朝我挥挥手，而我也会向他挥挥手——因为他每天都能看见我出现在这里。像往常一样，午餐过后，我独自坐在窗边，而我的同事们继续打着牌、打着盹或者读着四天前的法国报纸。没有人理睬我。

今天是 1897 年 10 月 29 日，周五。自我从巴黎回来后，我每天都看那些已经过时的报纸，但从来没有看到上面提到"德雷福斯"这个名字。我开始担心路易是不是出事了。

像往常一样，下午三点左右，一个年轻的勤务兵扛着下午的邮件，推开高高的玻璃门，走了进来。这人不是萨维尼奥——他因为和当地一个橄榄油商人有不道德的关系而被捕了，在被拘留九天后，他就被送走了，但谁也不知道他被送去了哪儿。来接替他的是贾迈勒，一个阿拉伯人。如果他是间谍的话（我觉得他肯定是），那他的业务水平也太高了，我至今都没有找到破绽。就这样，我甚至开始想念我的老熟人，笨手笨脚的萨维尼奥了。

贾迈勒在我的椅子旁停下来，向我敬了一礼。"有一封给您的

325

电报，上校。"

这是突尼斯军队总指挥部发来的：今天收到陆军部的指示，皮卡尔上校应立即前往阿提雅进行视察，并在条件允许的情况下核实"的黎波里附近有可能构成威胁的贝都因骑兵集结"报道的真实性。在你动身之前，请来向我报到，并与我商讨此次任务的深层含义。你诚恳的，勒克莱尔。

贾迈勒说："您要回复吗，上校？"

我惊讶得一时说不出话来。我又读了一遍这封电报，以确保这不是自己的幻觉。"要，"过了好一会，我才道，"请你给勒克莱尔将军发一封电报，告诉他我明天会去向他报到，好吗？"

"当然可以，上校。"

在贾迈勒消失于午后的热浪中后，我又研究起这封电报来。阿提雅？

第二天早上，我登上去突尼斯的火车。我的公文包里有一份文件——《关于德·莫雷侯爵被暗杀一事的情报报告》。我对这篇报告的内容了如指掌，因为它就是我写的——这是我在非洲的这段时间里取得的为数不多的真正成就之一。

莫雷，一个狂热的反犹分子，也是当代最出名的决斗者。两年前，他来到突尼斯，不知高低地要领导阿拉伯人反抗大英帝国的统治。他开始徒步穿越突尼斯境内的撒哈拉沙漠——那是一块没有法律和文明的荒芜之地。在那里，偶尔还能看见一队黑人奴隶走过，脖子上拴着锁链，跟在贝都因人的商队后。但尽管如此，莫雷还是无视所有人的警告，带领一支三十人的队伍出发了。他们先是沿着海岸前进，到达加贝斯后，向南进入了沙漠。

去年6月8日早上，莫雷骑着骆驼，在六个图阿雷格人的护送下——他认为这六人是他队伍中的中流砥柱——从驻地出发，开始转移。渐渐的莫雷和图阿雷格人把剩下的队伍甩开一英里远。突然，一群贝都因战士出现在莫雷的周围。就在这时，队伍中的六个图阿雷格人向他扑了过去，想抢他的温彻斯特步枪和左轮手枪。莫雷用左轮手枪进行自卫，打死两个袭击者，重创另一人。然后，他跑到四十米外的一棵树旁，又射杀了两个追赶的图阿雷格人。他跪倒在地，重新装上子弹，然后焦急地等待着剩下的部队来解救他。但队伍里剩下的人因为害怕，又或许是背信弃义，早已在一公里外停了下来。天气越来越热。一个图阿雷格人走上前去，假装要和侯爵谈判，但实际上是想试探一下他还剩多少子弹。绝望之下，莫雷扼住了此人的喉咙，把他作为人质。但此人很快就挣脱，于是莫雷开枪打死了他。然而，在这个过程中，由于分心，他没有注意到贝都因人已经慢慢靠近了。最终，一颗步枪子弹击中了侯爵的后颈。贝都因人把他藏钱的腰带划开，拿走了里面的一百八十枚金币。他们还剥光了莫雷尸体上的衣服，并将其残忍地肢解了。

第二部门怀疑这次谋杀是英国秘密情报局一手策划的。但我向他们保证，事实绝不是他们想的那样。相反，这件事告诉我们的教训是——除非你率领的是一支完整的、带有骑兵和炮兵的步兵旅，否则，冒险南下就是在找死。莫雷被杀的地方正是阿提雅。

火车在下午的时候抵达突尼斯。像往常一样，我得挤过站台上的人群，才能到达出租马车点；也像往常一样，出租马车旁边有个男孩在叫卖《突尼斯电讯报》。我给了他五生丁，然后坐进马车里。突然，我倒吸一口气，因为看到了这次分配给我这个"自杀式任务"的原因——就在报纸头版正中间的位置。我怎么就没有猜到了：

德雷福斯案相关报道。8点35分，巴黎电。参议院副议长舍雷－克斯特纳先生昨晚向国家政府发表了以下声明："我坚信德雷福斯上尉是无辜的，我将尽我所能来证明他的清白，不仅要修改审判结果，使他无罪释放，而且要还给他完全的正义，为他彻底平反。"此消息引起了轰动。10点15分，《晨报》报道了舍雷－克斯特纳先生的最新言论："我会用什么方式来揭露真相？会在什么时候行动？这些暂时保密。我目前还没有把我手上的文件给任何人看过，甚至——虽然有人建议我这么做——也没有给共和国总统看过。"

只有这么一段。昨晚……引起了轰动……感觉就像捕捉到了远方一次巨大爆炸的微弱冲击波一样。出租马车在法兰西大道上疾驰着，我凝视着窗外的政府大楼和公寓楼的外墙，看着它们在太阳下反射出白色和赭色的光，我突然惊奇地发现它们看起来是如此正常。我一下子还无法接受所发生的一切。我感觉自己和周围的环境格格不入，就像是在做梦一样。

到突尼斯军队总指挥部后，勒克莱尔的副官来迎接我。我跟着他走过一条宽阔的走廊，经过一间办公室——里面有一名中士，正弯着腰坐在打字机前，用折磨人的、慢吞吞的速度一下一下地摁着键盘。勒克莱尔似乎对巴黎这件惊天动地的大事毫不知情。显然，他没有读《突尼斯电讯报》——又或许他读过了，但没有把这件事和我联系起来。也是，他为什么要把这件事和我联系起来呢？

他亲切地跟我打了招呼。我把莫雷谋杀案的报告交给他。他飞快地瞥了一眼，抬起眉毛。"别担心，皮卡尔，"他一边说着，一边把报告递还给我，"我会确保你的葬礼办得很体面的。你在走前可以给自己选一首赞美诗。"

"谢谢您，将军。非常感谢。"

他走到挂在墙上的一幅法国保护国地图前。"我得说，这会是一次艰苦的跋涉。难道巴黎没有这样的地图吗？"他用手勾画着路线：从北边的突尼斯开始，往南走，经过苏塞、斯法克斯和加贝斯，直到广阔的沙漠地带，最终到达的黎波里——那里在地图上是一片空白，没有道路，也没有居民点。"这一路肯定有八百公里。而且，此行的目的地住满了充满敌意的贝都因人。"

"听起来挺可怕的。我能问问这个命令是从哪来的吗？"

"当然可以——那封信是比约将军本人寄来的。"勒克莱尔看到我阴沉的表情，就更起劲了，"我都要以为你跟他老婆睡了呢！"我还是没有笑。于是，他也变得严肃了起来。他说："听着，别担心，我亲爱的朋友。这明显是搞错了。我已经给他发了一封电报，提醒他不到一年前，莫雷就是在你将要去的地方遇害的。"

"那他是怎么回复的？"

"他还没有回复。"

"将军，我觉得这不是搞错了。"他歪着头，迷惑地看着我。我接着说道："我在巴黎的时候，曾负责总参谋部的秘密情报处。在担任此职务期间，我发现军队里有个叛徒，而德雷福斯上尉成了他的替罪羊。"

"我的老天呀，真的吗？"

"我把这件事告诉了我的上司们，包括比约将军，并建议我们逮捕这个真正的间谍。但他们拒绝了。"

"就算你手握证据？"

"因为这就意味着我们必须承认德雷福斯是无辜的，而这样就会暴露出——呃，怎么说呢，处理他的案件时的一些违规行为。"

勒克莱尔举起一根手指,打断了我:"等等。我反应力比较慢——太久没接触到这么劲爆的信息了。让我理一理。你是说,部长派你去执行这个危险的任务,是因为他想要除掉你?"

我没有回答,而是把《突尼斯电讯报》递给了他。勒克莱尔盯着报纸看了好一会儿。然后,他道:"所以说,向舍雷-克斯特纳先生提供情报的人,就是你?"

我用和路易商量好的答法回答道:"我本人没有告诉过他任何信息,将军。"

"这大概就是你今年夏天非要回巴黎一趟的原因吧?"

我又没有正面回答这个问题。"如果我让您难办了,我深表歉意。如果我对组织对我的安排提出抗议,我可能就会受到纪律处分。因此当时我觉得我必须回巴黎,和我的律师谈谈。"

"这是完全不能接受的行为,上校。"

"我明白,将军,请原谅。但我不知道自己当时还能做什么。"

"不,不是说你——比约的行为是完全不能接受的。这些人居然还有脸觉得自己比非洲人强!"他把报纸还给我道,"很遗憾,我不能撤销军队首领的直接命令,但我可以阻止它。你先回苏塞去,假装在为出发做准备。与此同时,我会看看我能做些什么。无论如何,如果你说的关于比约的事情是真的,那他当部长的日子可能不长了。"

第二天是星期天。十一点一过,负责管理苏塞军事俱乐部的勤务兵就送来了报纸。驻军部队里的其他人都去教堂了,现在这个地方只有我一人。我点了一杯干邑白兰地酒,从俱乐部里的两份《突尼斯电讯报》中挑了一份,然后拿着它坐回了我习惯坐的那个靠窗的座位上。

德雷福斯案相关报道。8点35分，巴黎电。报界仍普遍认为舍雷 - 克斯特纳先生是为前上尉德雷福斯的家人所蒙骗。但尽管如此，报界人士仍要求政府立即就此事进行全面的调查。舍雷 - 克斯特纳先生接受了《费加罗报》的采访，在采访中他重申，他坚信德雷福斯是清白的。但他表示，在向有能力处理此事的政府官员陈述本案情况之前，他不会透露任何信息。《费加罗报》称，舍雷 - 克斯特纳先生将会见总统、陆军部长和司法部长。

待在这里什么也做不了，也不知道发生了什么，这对我来说简直是一场噩梦。我决定给路易发个电报。我喝完手中的干邑白兰地，然后直接走到海港旁的新邮政大楼下。但紧接着，我失去了走进去的勇气。我在邮政酒吧里抽起了烟，看着十几个跟我一样被流放的同事在尘土飞扬的广场上玩地掷球，就这样犹豫了十分钟。任何我发出或寄给我的信件肯定都会被拦截，而我发明的密码，专家只要几分钟就能破译。

周二，发行于上周五的真正的巴黎报纸终于抵达苏塞。刊登着舍雷 - 克斯特纳介入德雷福斯事件的第一手信息的《费加罗报》《晨报》《言论自由报》《小巴黎人报》等报纸在俱乐部里被到处传阅，我的同事们看后都义愤填膺。我坐在自己靠窗的位置上，听到了他们的谈话。"这个舍雷 - 克斯特纳也是个犹太人吗？""叫这个名字，不是犹太人，也是个德国佬……""这是对军队的可耻的诽谤——想不通为什么会有人想这么做……""随便你怎么说莫雷，但如果他还活着，他至少会好好惩罚这个恶棍……""上校，您对这件事怎么看——您不介意我们问问吧？"

突然听到自己被提及——这在这个俱乐部里可不是件常事——我一下子没反应过来。过了一会儿，我才意识到他们是在和我说话。我放下手里的小说，坐着转过身。六张晒得黝黑的、留着小胡子的脸正对着我。"对不起，"我说，"这件事是指……？"

"关于德雷福斯可能是无辜的的谣言。"

"噢，这件事啊？很糟糕，不是吗？非常糟糕。"这句言简意赅的评论似乎让他们感到很满意。于是，我又把头埋进书里。

周三无事发生。周四，《突尼斯电讯报》报道了此事的最新进展。

德雷福斯案相关报道。8点25分，巴黎电。德雷福斯案似乎即将进入决定性阶段。舍雷－克斯特纳先生昨天前往陆军部，向比约将军传达了他所掌握的所有关于本案的信息。会议持续了很长时间，而且高度保密……9点10分，《费加罗报》称舍雷－克斯特纳先生昨日就德雷福斯案一事会见了总理梅利纳先生。

那天晚上，我锁上门，把左轮手枪藏在枕头下方，然后清醒地躺在床上，听着附近宣礼塔传来的呼唤信徒们前来进行黎明前礼拜的呼喊声。我把想象在比约办公室里召开紧急会议的场景当作消遣——部长怒火中烧，激动中把烟灰都撒到了上衣上；布瓦代弗尔呆住了；亨利喝得醉醺醺的。我想象着格里贝兰在自己的文件柜间来回奔走，竭力想寻找一些不利于德雷福斯的新证据；还有劳特，用蒸汽打开我的信件，试图破译其中的密码，想弄清楚我到底是怎么用密码在远方操控一切的。我陶醉在自己的想象中。

然后，敌人开始反击了。

一切都始于一封电报。那天的邮件一到，贾迈勒就把这封电报送到了我的办公室。电报是一天前从巴黎的交易所邮局发出的——我们有证据可以证明小蓝是乔治伪造的。布兰琪。

布兰琪？

这就像是一个陌生人在拥挤的人潮中低声说出的威胁之语，你还没来得及回头看，他就消失了。我意识到贾迈勒正在观察着我的反应。这封电报毫无意义，但同时却又暗含危险，尤其是还用了布兰琪的名字。"我搞不懂这是怎么回事，"我告诉他，"可能是在传输过程中出了什么差错。请你去电报局让他们确认一下好吗？"

快到中午的时候，他回来了。"没有问题，上校，"他说，"巴黎那边检查过了，内容没错。还有，这是你的信，刚刚送来的。"他递给我一封信。信封上写着"加急"，还把我的名字写错了，写成了"皮加尔"。我依稀认得信上的笔迹。第二枪来了。

"谢谢你，贾迈勒。"

我等到他走后才打开信封。

上校：

我收到一封匿名信，信中说您策划了一出可恶的阴谋，想要用我取代德雷福斯。信中说，您甚至贿赂手下的军官，就为了获得我的笔迹样本——我知道这是真的；信中还说，陆军部出于信任委托给了您一些文件，为的是让您整理成一个秘密文档，但您却把这些文件交给了叛徒的朋友——我知道这也是真的，因为今天我收到了这个文档中的一份文件。

尽管证据充足，但我仍不敢相信法国军队的一名高级军官会参与这样一场骇人听闻的阴谋，会想要陷害自己的战友。

希望您能够诚实地给我一个清楚的解释。

艾斯特哈齐

这个叛徒写这封投诉信的时候，居然没有换一只手来写，信上的字迹跟清单上的一模一样——这家伙脸皮厚得简直让人佩服！他是怎么知道我的名字的，怎么知道我在突尼斯，又是怎么知道我拿到了他的笔迹样本的？估计就是从那封"匿名信"中知道的。那么，那封信又是谁写的呢？亨利？总参谋部从自己的立场出发，最终竟沦落到了这个地步——说白了就是为了把无辜的人囚禁起来，不惜帮助罪犯逃避法律的制裁？我伸手拿来那封电报。我们有证据可以证明小蓝是乔治伪造的。布兰琪。他们想干什么？

第二天，贾迈勒又给我送来一封电报，又是几句隐含威胁的谜语——阻止半神。一切都暴露了。事情极其严重。斯佩兰萨。这封电报是从巴黎的法耶特街发出的，而且实际上是和布兰琪那封电报同一天发出的，却多花了二十四小时才送到我的手上。这是因为这封电报和艾斯特哈齐的那封信一样，写错了地址，寄到了突尼斯。

我从来不认识叫斯佩兰萨的人——我只知道"斯佩兰萨"这个词在意大利语中是"希望"的意思。但"半神"是布兰琪对我们的朋友，同样也是瓦格纳追随者的威廉·拉勒芒上尉的昵称。跟反间谍处有关系，同时又可以从我们的圈子里知道这个模糊信息的唯一一人就是布兰琪的旧情人，迪帕蒂。

迪帕蒂。是啊——当然了——这个名字一出现在我的脑海中，一切就都清晰起来：迪帕蒂已经加入他们的计划中，并帮他们写了这封阴险的威胁信——他那腐朽的哥特式风格，又像大仲马，又像《恶之花》，非常有辨识度。如果是在一两年前，对于这么可笑的一个人发出的威胁，我只会一笑置之。但现在不一样了。因为现在我知道他能做出什么事来。就在这时，我意识到我似乎已经被套上了跟德雷福斯一样的囚服。

11月17日，周三，下一场"爆炸"发生了，其余波足以使苏塞军事俱乐部外死气沉沉的棕榈叶为之颤抖：

德雷福斯的哥哥道出"真正的叛徒"的名字。2点，巴黎电。
德雷福斯的哥哥在给陆军部长的信中写道："部长先生，对我弟弟提出指控的唯一依据是一封未署名、未注明日期的信。信中说，机密文件交给了一名为外国势力提供情报的间谍。本人在此谨通知您，这份文件出自沃尔辛·艾斯特哈齐伯爵先生之手。艾斯特哈齐先生是一名陆军少校，因健康原因自去年春季以来暂停现役。艾斯特哈齐少校的笔迹与本文件完全一致。部长，我坚信，您一旦知道我弟弟是为谁背上了'叛国罪'的黑锅，肯定会迅速采取行动，伸张正义。致以最深的敬意，马蒂厄·德雷福斯。"

我在午饭后读到了这篇报道。读罢，我退回到窗前，假装沉浸在手中的小说里。在我身后，《突尼斯电讯报》从一只手传到另一只手上。"看吧，"一位军官说道，"这就是犹太人，他们团结一致，永不罢休。"另一名军官说："我得说，我为这个叫艾斯特哈齐的家伙感到难过。"然后第三个人，就是那个垂涎萨维尼奥的上尉，插话道："你们看到了吗？这上面说艾斯特哈齐给比约将军写信了？'我今天早上在报纸上看到了对我的无耻指控。我要求您进行调查，我已经准备好对所有指控做出回应了。'""他是好样的，"第一位军官附和道，"但那群犹太人那么有钱，他怎么会有胜算呢？"上尉说："你说得对——也许我们应该为可怜的老艾斯特哈齐募捐？我捐二十法郎。"

第二天，我沿着海岸，骑马走了很久，想要借此整理自己的思绪。远处的海面上，一大片乌云正向北飘来，后面还跟着阴沉沉的雨幕。这标志着湿季的开始。我策马奔向十五公里外的里巴特瞭望塔，它在莫纳斯捷尔已有千年的历史了。当我向瞭望塔靠近时，发现在逐渐变黑的大海的衬托下，它显得特别苍白。我考虑着要不要直接骑马进到那个小渔港里，但天空已经漆黑一团。果然，就当我转身准备回家时，头顶上的云像一个被割开的水袋一般，突然降下湿冷的雨水来。

到达军营后，我直奔自己的住处去换衣服，却发现原本锁好的门开着。我走了进去，发现贾迈勒满脸愧疚地站在我的起居室的中间。看来，只要我早回来几分钟，就能抓到他在翻我的东西。但现在，我环顾四周，却没有发现任何不对劲的地方。

我简短地说："给我拿点水来，我要洗个澡。"

"好的，上校。"

我到达军事俱乐部的时候已经错过了午饭。从我踏进俱乐部的那刻起，我就知道有大事发生了。当我走向自己的老座位时，身旁人都停下了谈话。几名年长的军官快速喝完杯中的酒，离开了。今天的《突尼斯电讯报》被小心地、别有用心地放在了我的扶手椅上，头版上的一篇报道露在最上面。

艾斯特哈齐声讨皮卡尔上校。10点35分，巴黎电。在接受《晨报》采访时，艾斯特哈齐说："发生的一切都是皮卡尔上校的责任。他是德雷福斯一家的朋友。十五个月前，当他还在陆军部的时候，他对我展开了调查。他想让我彻底完蛋。皮卡尔的律师，勒布卢瓦先生已经把所有的情报都交给了舍雷－克斯特纳先生。而且，皮卡尔上校还邀请勒布卢瓦先生去过自己的办公室，给他看了一些机密文件。连皮卡尔上校的上司都为他的行为感到震惊，因此将他不光彩地流放到了突尼斯。"

我的名字还从来没登过报纸。我想象着所有认识我的人，我在法国的朋友和家人们，在毫无准备的情况下看到这篇报道的模样。他们会怎么想？我本该成为一个间谍，藏匿在阴影中。现在，一盏探照灯硬是照出了我的存在。

还有后续：

在勒布卢瓦先生家。根据《晨报》报道："午夜时分，采访完艾斯特哈齐少校之后，我们走到上诉法院的辩护律师，勒布卢瓦先生的家门口——大学街96号——但门是关着的。我们再次拉响了门铃。门还是没有开，但里面传来一个人的声音：'是谁？你们想干什么？'我们解释了自己的来由——艾斯特哈齐正式宣称，皮卡尔上校把自己拥有的文件交给了勒布卢瓦先生，而勒布卢瓦先生又将文件提供给了舍雷－克斯特纳先生。门后的声音变得更加凶狠了：'我什么也不能告诉你。我必须遵守律师的誓言，绝不透露客户的信息。我一个字都不会说的，绝对。但我建议你们不要提及皮卡尔上校的名字。好了，晚安，不要再来了！'"

我读完报道之后，抬头环顾四周，发现俱乐部里已经空无一人了。

那天晚上，我又收到一封电报。我发现它被塞在我的门底下。不过，这封电报的内容表达得十分明确：假设你不会再回来了，现在就搬离你在苏塞的住所，到总指挥部向我报到。勒克莱尔。

到了突尼斯后，我被安排在主营房二楼的一个小房间里。我躺在床上，听着外面传来的男人们集体生活的交响乐——号子声、突然的口哨声、门的开合声，以及沉重的脚步声。我想到了波利娜。在过去的几周里，她都没有动静。不知道她会怎么看待报纸上关于我的报道——说我是被犹太人收买的，说我被"不光彩地"流放到了突尼斯。我提笔给她写了一封信。

突尼斯

1897 年 11 月 20 日

我亲爱的：

我在苏塞和这个地方之间来来回回地跑，因此收邮件的地点和时间都很不固定。又或者，可能还有其他原因吧，但总之，没有收到你的信让我感到沮丧，感到日子是那么百无聊赖。不要害怕写信给我，即使信上只有两个字也好。我很好，但我得确保你的安全。可怜的宝贝儿——这是我生平第一次登报！我现在的劣势在于，我被攻击后，我不能也不想用同样的方式，通过媒体来为自己辩护。这一切最终都会结束的。我就写这么多，但我会一直用满满的爱意想着你的。

我放下笔，把信从头到尾读了一遍。我觉得这信写得也太僵硬了。但是，知道自己的情书会被坐在办公室里的男人拆开看并复制存档后，我已经不能像以前那样自然地写信了。

又及：我很冷静，我不会被打击到的。这个可怕的突发事件吓不倒我。我只是担心你在读到这篇文章时的情绪。

我没有在信的最后签上自己的名字，也没有在信封上写上她的名字。我付给一个士兵一法郎，让他替我把信寄了出去。

快下班时，勒克莱尔在他的办公室里接见了我。他的花园被笼罩在黑暗中。他看起来疲惫不堪。桌子的一头放着一沓电报，另一头放着一沓报纸。他请我坐下。"上校，陆军部长给我发了一份问题清单，让我来一个个问你。比如：你是否曾经向一个或以上的非军队内部人员泄露过机密？"

"没有，将军。"

他动笔记了下来。

338

"你伪造或修改过任何机密文件吗？"

"没有，将军。"

"你是否要求过下属伪造或修改机密文件？"

"没有，将军。"

"你是否曾让一个女人接触过机密文件？"

"一个女人？"

"是的。显然这个艾斯特哈齐声称，他是从一个戴着面纱的陌生女人那里获得机密信息的。"

一个戴着面纱的女人！又是迪帕蒂的作风……

"不，将军，我没把文件给任何女人看过，不管是戴面纱的还是不戴面纱的。"

"好的。我将把你的回答用电报发回巴黎。同时，我要通知你，陆军部长已经下令要对整个事件进行内部调查，由塞纳地区的总指挥官，佩利厄将军负责。根据命令，你现在要返回法国作证。殖民地部的官员将会护送你回去。"他合上了文件夹。"好了，我想，我们共事的时光到此就告一段落了，上校。"

他站了起来，我也跟着站了起来。

他说："我不能说担任你的指挥官是件很愉快的事，但确实很有意思。"

我们握了握手。他用胳膊搂住我的肩膀，把我送到了门口。我闻到了他身上浓烈的古龙水的味道。"有一天晚上，我跟迪布什上校聊天时，他说这个艾斯特哈齐是个彻头彻尾的坏蛋。他1882年的时候就在这里，还在斯法克斯被控盗用公款。当时都已经成立了调查委员会，但还是让他逃脱了。"

"我并不为此感到惊讶，将军。"

"如果他们都愿意把自己和这种人物的命运捆绑在一起的话，

皮卡尔，我猜你一定遭到了非常令人绝望的反对。我能给你提个建议吗？"

"当然。"

"在回法国的船上时，不要站得离围栏太近。"

18　接受审问

在 11 月的时节跨越地中海，可比在 6 月时艰难多了。舷窗外，上一刻还是灰色的天空，下一刻就只能看见灰色的海浪。我的俄语书从小桌子上滑下来，摊开在地板上。跟之前一样，我大多数时间待在自己的小船舱里。负责护送我的殖民地部官员佩里埃先生偶尔会来看看我。但他还是个没有经验的年轻人，也喜欢待在自己的房间里。当我偶尔上甲板逛逛时，我一直牢记着勒克莱尔将军的建议，离甲板边缘远远的。我喜欢溅起的水花拍在我脸上的感觉，喜欢煤烟和海盐混合的味道。我偶尔也注意到有一些乘客在盯着我看，但我不知道他们是便衣警察，还是只是听说了"新闻上的那个人"在这艘船上。

我们于周二离开非洲。周四下午时，法国的海岸线映入眼帘，那是一条在薄雾中若隐若现的细线。我刚收拾好行李就有人在敲门。我拿起自己的左轮手枪，喊道："谁啊？"

门后的声音回答道："是船长，皮卡尔上校。"

"请稍等。"我把枪塞进口袋，打开了门。

船长五十岁出头，一副苦大仇深的样子。从他眼睛里的血丝可以看出他是个酒鬼——我能想到，虽然刚开始可能很有趣，但日子久了，每周在突尼斯和马赛之间往返三次肯定会变得很乏味。我们互相敬了一礼。他说："我们已做好安排，要在船靠岸前把您和佩里埃先生先送下船。"

"真的有这个必要吗？"

"码头边已经聚集了一群记者，还有一些抗议者。陆军部认为，在我们还在海上的时候，把你们转移到拖船上，然后让你们提前在港口的另一个地方靠岸，这样会更安全一点。"

"这个主意太荒谬了。"

"也许吧，"船长耸耸肩道，"但我接到的命令就是这样。"

半小时后，发动机的震动停止了，船也随之停下来。我提着手提箱爬到甲板上。我们停在了海港入口外约一公里的地方。一艘拖船靠在我们旁边。天很冷，还刮着大风，但这并没能阻止几十名乘客站在船上的围栏旁，沉默地目送我离开。这是我第一次感受到自己真的出名了，但这种关注让我非常不舒服。海面上涌来一阵巨浪，让两艘船撞在了一起，甲板向一个方向倾斜，又往另一个方向落下。我的手提箱被人接走，往拖船里扔去，被另外一个人接住。然后，我也跟着下了轮船，一双强壮的手臂伸出来，把我拉上了拖船。我听到身后有人在大声叫骂，"犹太人"这个词被吹散在风里。佩里埃和他的行李也一起被接了下来。他摇摇晃晃地走向拖船的另一边，然后就吐了起来。连接着两艘船的缆绳被解开，我们出发了。

经过港口墙后，我们驶入港口，在两艘停泊于此的高高的铁甲舰之间向前移动着，往港口西端驶去。我往拖船的船尾方向看去，在渡轮停泊的地方，聚集着一群人，至少有一两百人。就在这时，我意识到德雷福斯事件正在借由同胞们的想象力不断发酵。拖船驶向一个军用码头，一辆出租马车已经等在那里了，旁边还站着一位年轻军官。当船员跳下船去系缆绳时，那位军官走上前来，拿起我的手提箱，递给马车车夫，然后伸出手来拉我上岸。

他向我敬了一礼。他的态度冷淡，却又礼貌得无可挑剔。坐在后座上时，他转向我和佩里埃，说道："上校，我斗胆向您提一个建议，那就是我们最好俯下身来，至少在开出港口之前这么做。"

我按他的要求做了。于是，我像个被追捕的罪犯一样，回到了法国。

到火车站后，我发现火车后部的头等车厢已经预留好，专门给我们用。佩里埃拉下门窗上的百叶窗，阻止了想出去买报纸的我。我去盥洗室的时候，他总是坚持要陪着我，站在盥洗室门外，直到我完事。我偶尔会想，如果我不服从他的命令的话，他会做何反应。他总是用紧张、尴尬，几乎可以算是恳求的语气对我下命令。但事实上，我心里正被一种奇怪的宿命论折磨着。我放任事态发展，把自己完全交给摇晃的火车，从下午五点黑暗中的马赛出发，到达早上五点黑暗中的巴黎。

火车到达里昂车站时，我还在睡。车厢的震动把我惊醒了。我睁开眼，看见佩里埃正透过百叶窗的边缘向外张望。他说："上校，如果您不介意的话，我们在这里等其他乘客全部下车了再走。"十分钟后，我们站到了空无一人的站台上。一个搬运工推着我们的箱子在前面走，我们从火车尾走到火车头，到检票口时，看到有十几个拿着笔记本的人等在那里。佩里埃提醒我道："什么也别说。"然后，我们抓着帽子，身子微微前倾，就像迎风前进一样冲进了人群里。他们同时开始大声地喊出自己的问题，我只能听到几个词："艾斯特哈齐……？德雷福斯……？戴面纱的女人……？调查……？"一道耀眼的光晃到了我的眼睛，装满镁粉的托盘被点燃时发出的砰砰声不绝于耳。但我可以确定，我们走的速度已经足以让他们拍不到任何清晰的照片。几名火车站的官员站在我们前方，张开双臂，把我们护送到一间空的候车室里，并关上了门。候车室里，我的老朋友，现在已经是上校的阿尔芒·梅西埃－米隆正等着我。见到我后，他非常官方地向我敬了个礼。

"阿尔芒，"我说，"我无法用言语形容看见你我是多么高兴。"我向他伸出手，但他并没有伸手，只是冲我指了指门口。

"有辆车已经在等着了，"他说，"我们得在他们绕到车站前面之前离开。"

一辆大的新式汽车停在门口，车身上印着巴黎－里昂－地中海公司的名字。后排座位上很挤，我被挤在了佩里埃和梅西埃－米隆中间。行李被放上车后，车就开动了。在我们身后，记者们正从车站内向我们蜂拥而来。梅西埃－米隆道："我这有一封总参谋长给你的信。"

在这样一个狭窄的空间里打开信封非常不方便。皮卡尔上校，我严肃地命令你，在向德·佩利厄将军提出你的证据之前，不要和任何人联系。布瓦代弗尔。

在雨中，我们悄无声息地快速驶过昏暗的街道。这个时间不会堵车，街上也没有什么人。我们沿着圣马丁大道往西开去，我琢磨着他们是不是要载我回我的公寓。但我们突然向北拐了个弯，驶进圣拉扎尔街，停在雄伟的终点站酒店旁。一个服务员打开车门，佩里埃先下了车。他说："我去给我们登记一下。"

"我要待在这吗？"

"暂时是这样。"

他转身走进酒店。我艰难地从车里钻出来，出神地盯着这座巨大的酒店。它占据了整个街区，有 500 个房间，俨然一座现代的神庙。它的灯光在雨中闪烁。梅西埃－米隆站到我的旁边。确认别人听不到后，他第一次丢下了公事公办的口吻，对我道："你真是个大傻瓜，乔治，你到底是怎么想的！"他的语气很平静，但又很强硬。看得出来，自我们离开火车站后，他就迫不及待地想要和我说这些了。"我是说，虽然我也为德雷福斯感到难过——我曾是少数几个准备在军事法庭上为他辩护的人之一。但是你呢？把秘密情报告诉外人，让他拿来对付你自己的上司？在我看来，这就是在犯罪。我严重怀疑，翻遍整个法国军队你都找不到一个替你说话的人。"

他激烈的言辞使我感到震惊。我被激怒了。我冷冷地说道："那接下来呢？"

"你回房间换上制服，不要跟任何人说话，不要给任何人写信，也不要收信。我会在酒店大厅里等着。九点时我会来接你，送你去旺多姆广场。"

这时，佩里埃出现在门口。"皮卡尔上校？我们的房间已经准备好了。"

"我们的房间？你是说我俩要住一间？"

"恐怕是的。"

我试着在这种羞辱性的安排前保持镇定——"你为职责的献身精神堪称典范，佩里埃先生"——但这时，我突然意识到，他不是殖民地部的官员，他其实是总安全局的秘密警察。

他从不让我离开他的视线，除了我洗澡的时候。我躺在浴缸里，听着他在卧室里走来走去的声音。外面有人敲门，他打开门，让来人进来。我听到了男人低沉的声音，不禁想到，如果两个男人突然闯进来，抓住我的脚踝的话，我在他们面前是多么不堪一击。就拿淹死我来说吧——几分钟内我就会停止呼吸，而且几乎不留一丝痕迹。

佩里埃——如果这是他的真名的话——在门口喊道："上校，您的早餐来了。"

我走出浴缸，擦干身子，穿上天蓝色的束腰外衣和红底灰条纹的裤子——这是突尼斯第4步枪团的制服。看向镜子，我觉得自己看起来很不协调——代表北非的红色和代表北欧之冬的天蓝色搭配在一起。他们甚至把我打扮得像个小丑。我严重怀疑，翻遍整个法国军队你都找不到一个替你说话的人。是嘛。随他们的便。

我喝了黑咖啡，吃了涂有果酱的面包片。我又翻译了一页陀思妥耶夫斯基的作品。是什么造就了英雄？勇气、力量、高尚、直面逆境？英雄之所以成为英雄，是因为这些品质吗？九点时，梅西埃－米隆来接我了。我们一起坐电梯到了大厅，其间一句话也没说。我们走到人行道上时，一群记者向我们涌来。"该死，"梅西埃－米隆道，"他们肯定是从车站跟来的。"

"要是我们的士兵们也这么足智多谋就好了。"

"这不好笑，乔治。"

那熟悉的问题交响曲又响起了——"德雷福斯……？艾斯特哈齐……？调查……？戴面纱的女人……？"

梅西埃－米隆把他们推开，好让我们过去，然后打开了马车的车门。"一群疯狗！"他低声骂道。

越过自己的肩膀，我看到一些记者也跳上了出租马车，准备跟着我们。我们只走了一小会儿，不到半公里的路程。到达目的地时，我们发现有十几个记者已经埋伏在旺多姆广场的各个角落里。通往巴黎军事总部的破旧的、遭虫蛀的大门被他们牢牢堵住。直到梅西埃－米隆拔出剑来，响起一阵金属刮擦的声音时，他们才往后退去，让我们过去。我们走进一间阴冷的有拱顶的房间——像是一座被废弃的教堂的中殿，爬上旁边摆了一排石膏像的楼梯。在这幢带有宗教色彩的房子里，我明白了一件事，那就是对我的上司们来说，我已经不仅仅是一个有威胁的讨厌鬼了，还是一个异教徒。我们在等候室里沉默地坐了一刻钟后，佩利厄的助手过来接我。当我站起来准备离开时，我从梅西埃－米隆的脸上看到了怜悯，还有一丝恐惧。他非常轻声地说道："祝你好运，乔治。"

我听说佩利厄坚定地拥护君主制，而且还是个虔诚的天主教徒。不过，我觉得他从看见我的第一眼开始就瞧不起我了。面对我的敬礼，他只是指了一下一张椅子，示意我坐下。他五十多岁，样貌英俊，自视甚高。一头与他的黑色束腰外衣十分相配的黑发，被一丝不苟地向后梳去，使得他的美人尖看起来格外明显；他的胡子则又浓密又漂亮。他坐在桌子正中央，桌子两边分别坐着一名少校和一名少尉——他并没有向我介绍他们。在另一张桌子后，有一个穿制服的秘书正在做笔记。

佩利厄说道："上校，此次调查的目的，是确认你对艾斯特哈齐少校进行调查的一些细节。为此，我已经询问过艾斯特哈齐少校本人、马蒂厄·德雷福斯先生、参议员奥古斯特·舍雷－克斯特纳，以及路易·勒布卢瓦先生。本次调查结束后，我会向部长就是否应该执行纪律处分提出建议。你明白了吗？"

"明白，将军。"现在我知道他们为什么煞费苦心地阻止我和任何人说话了——他们已经问过路易的话了，不想让我知道路易跟他们透露了多少。

"很好。那么让我们从头说起。"佩利厄的声音冷漠而又清晰，"你是什么时候开始注意到艾斯特哈齐少校的？"

"从反间谍处截获德国大使馆寄给他的一封小蓝时起。"

"这是什么时候的事？"

"去年春天。"

"再准确点。"

"我不确定具体的日期。"

"你跟贡斯将军说过是在 4 月底。"

"那应该就是在 4 月底。"

"不，事实上是在 3 月初。"

我犹豫了一下："是吗？"

"好了，上校，你心里很清楚，就是在 3 月。那时候，亨利少校休假，回到了他临终的母亲的床边。他记得那时的日期。他短暂地回了一趟巴黎，和特工奥古斯特碰了头，收到一批文件，然后他把文件交给了你。你为什么要在报告里伪造日期呢？"

他咄咄逼人的态度和他抛出的细节让我措手不及。我只记得，我提交报告的时候，我已经在贡斯不知情的情况下调查艾斯特哈齐近六个月了——因为这算没有得到上级的批准擅自行动，所以我觉得如果我假装只调查了四个月，会更容易让人接受一点。在那个时候，这个谎言看起来并不重要——它确实不重要——但现在，在这个房间里，在这位大检察官充满敌意的注视下，它突然变得无法解释，看起来非常可疑。

佩利厄阴阳怪气地道："不急，你慢慢想，上校。"

我停顿了好一会儿，才答道："应该是我把日期搞混了。"

"把日期搞混了？"佩利厄面带嘲弄地转向自己的助手们道，"可我还以为你是一名具有科学精神的军人，上校——你这一代人具有现代思想，最终可是会取代我这样的顽固的老古董的！"

"恐怕即便是科学家，偶尔也会犯错误的，将军。对整个事件来说，这个日期并不重要。"

"恰恰相反，日期总是很重要的。正如谚语所说，背叛是'迟

348

早'的事。你一开始声称自己是在 4 月时才注意到艾斯特哈齐少校。但现在我们已经确定这一时间至少是在 3 月。而且，在你的艾斯特哈齐档案中有证据表明，这个时间甚至还要更早。"

他递给旁边的上尉一张剪报。那位上尉尽职地从桌子后面绕过来，把剪报递给我。这是一则关于内唐库尔侯爵，艾斯特哈齐的岳父，逝世的讣告，日期是 1896 年，1 月 6 日。

"我从没见过这则新闻。"

佩利厄装出震惊的样子道："那它是从哪来的呢？"

"我想一定是在我离开后被加到档案里的。"

"但你也会明白，这张剪报能表明你在小蓝出现的两个月前，就开始对艾斯特哈齐感兴趣了？"

"乍一看，是这样没错。我想这就是它被某些人放进档案里的原因。"

佩利厄做了一下笔记。"回到小蓝上面来。说说你们是怎么发现它的。"

"有一天，快到傍晚的时候，亨利少校把它送来了。"

"是怎么送来的？"

"这些材料一般都是被装在圆锥形棕色小纸袋里送来的。那次的锥形纸袋比以前的更重一些，这是因为亨利由于母亲生病而错过了和我们的特工的一次碰头。"

"你和他一起检查了里面的内容吗？"

"没有。我刚刚也说过了，他要去赶火车。我把纸袋直接放进了保险箱，第二天早上交给了劳特上尉。"

"在亨利把材料给你之后，和你把材料给劳特之前的这段时间内，还有没有人可能动过它？"

"不可能，我把它锁好了。"

"但你是可以动它的。事实上，你还可以把小蓝的碎片加进去。"

我感觉到自己的脸变红了。"这是一个让人无法容忍的指控。"

"你能不能容忍并不重要。回答我的问题。"

"好，答案是肯定的。是的，从理论上来讲，我可以把小蓝添加到送来的纸袋里。但我并没有这么做。"

"这是小蓝吗？"佩利厄把一张纸片举起来道，"你能认出来吗？"

房间里的灯光很暗，我必须从座位上站起来，把身体向前倾，才能看清楚。它看起来比我记忆中的还要破旧——我想，在过去一年中它肯定被使用过很多次。"是的，看起来是它没错。"

"你知道吗，在显微镜下可以看出来，这上面本来写着的地址被刮掉了，然后艾斯特哈齐少校的地址被写了上去。还有，化学分析显示，电报卡正面和背面用的墨水不一样？一种是铁胆墨水，而另一种墨水里却含有墨西哥坎佩切州的树里的一种成分。"

我吃了一惊，把头微微往后一仰："好吧，它被篡改过了。"

"确实。这是伪造的。"

"不，将军——它是在我离开巴黎之后，才被人篡改的。我发誓，当我还在处里的时候，它是如假包换的——我拿着仔细看过大概有一百次吧。我可以再仔细观察一下吗？它可能是有点不一样了……"

"不行，你已经确认过是它了。我不想让它再遭到破坏。小蓝是假的。我认为你就是最有可能伪造它的人。"

"恕我直言，将军，这个指控太荒谬了。"

"是吗？那你为什么要请劳特上尉帮忙，让他把小蓝弄得更逼真一点呢？"

"我没有。"

"你有。你让他在小蓝上盖上邮政当局的邮资已付的印章，使它看起来像是真的被寄到了一样——这你敢否认吗！"

谎言和指控不断向我飞来，让我感到眼花缭乱。我握住椅子的扶手，尽可能平静地回答道："我问劳特能不能把小蓝拍成照片，这样它就能看起来像是一份完整的文件，而不是被撕碎后重新拼起来的——就和他之前处理清单时用一样的方法。而且，我的动机还是一样的——我只是想弄一份可以在部里传阅的副本，好让原件不要遭到破坏。劳特机智地指出，地址的那一面上没有盖上邮资已付的印章，因此任何人只要看到它，就能推断出它在寄出之前已经被截获了。那时我开始思考是否有可能给它加盖邮资已付的印章。但我也只是想了想而已，这个想法后来并没有得以实施。"

"劳特上尉和你说的不同。"

"或许吧。但我为什么要费尽心思地去诬陷一个我从没见过的人呢？"

"这也是我们想问你的问题。"

"这种想法太荒谬了。我不需要伪造任何证据。清单就是艾斯特哈齐叛国的证据——在这一点上，没有人可以质疑是我伪造的！"

"啊，是的，清单，"佩利厄说着，整理起他的资料来，然后道，"谢谢你提起这件事，我差点忘了。去年11月，你有没有直接或间接地把清单的副本寄给《晨报》？"

"没有，将军。"

"今年9月，你有没有直接或间接地告诉《闪电报》所谓'秘密档案'的细节？"

"我没有。"

"你有没有直接或间接地把情报传达给参议员舍雷－克斯特纳？"

这是个不可避免的问题，我知道我必须回答。"是的，我间接地告诉了他。"我如此答道。

"是通过你的律师，勒布卢瓦先生吗？"

"是的。"

"在把这些信息给勒布卢瓦的时候，你知道他会把信息转交给参议员吗？"

"当时，我只希望能让一个可靠的、能向政府秘密地提出此事的人知道这些事实。我从来没打算让媒体也知道这些细节。"

"你是怎么打算的不重要，上校。重点是，这件事你是背着你的上司们干的。"

"那是因为我很清楚地知道自己已经别无选择——我知道我的上司不会全面调查整个事件的。"

"你给勒布卢瓦先生看了贡斯将军寄给你的各种信件？"

"是的。"

"就像去年，你也给勒布卢瓦先生看了那份秘密档案，导致他把档案的存在泄露给了《闪电报》？"

"不，我没有。"

"但有一个证人看见你把机密文件拿给勒布卢瓦看了。"

"我只给他看了一份文件——并不是机密，是跟信鸽有关的文件。亨利少校也看见了。"

"亨利上校，"佩利厄纠正我道，"他刚被提拔了。还有，我对鸽子的事不感兴趣，我感兴趣的是德雷福斯的秘密档案。去年9月，你把这个档案给你的律师看了，然后他把档案透露给了德雷福斯一家或是《闪电报》，搞得军队很难堪。这是你的老套路了。"

"我完全否认。"

"布兰琪是谁？"

他进攻的角度再一次突然转变，打了我个措手不及。我慢慢地答道："我认识的唯一一个'布兰琪'是布兰琪·德·科曼日小姐，德·科曼日伯爵的妹妹。"

"她是你的朋友吗？"

"是的。"

"你们俩关系很好吗？"

"我和她认识很久了——如果你是这个意思的话。她定期举办音乐会，很多军官都会参加。"

"她给你发过这封寄往突尼斯的电报：我们有证据可以证明小蓝是乔治伪造的。布兰琪。这个怎么解释？"

"我是收到了有这些内容的电报，但我敢肯定这不是她写的。"

"为什么？"

"因为她对德雷福斯一案的细节一无所知，也不知道我牵涉其中。"

"可是据我了解，她在巴黎公开游说德雷福斯是无辜的已经好几年了。"

"她有自己的想法。这与我无关。"

"她举办的音乐会——里面有很多犹太人吗？"

"可能有几个吧——在乐师中间。"

佩利厄又低下头写笔记，好像我刚刚承认了什么十分重要的事情一样。接着，他翻遍自己的文件夹，又找出了一份文件："这是你在突尼斯收到的另一封电报——阻止半神。一切都暴露了。事情很严重。斯佩兰萨。斯佩兰萨是谁？"

"我不知道。"

"但这个人一年前还给你写过信，就在你离开反间谍处后不久。"

"没有。"

"有的，我这有这封信。"佩利厄把一份文件递给旁边的上尉，上尉又走过来，递给我：

　　我要离开这座房子了。我们的朋友们都感觉很沮丧。你不幸的离开打乱了一切安排。快点回来，快点！因为这次假期对我们达成目标非常重要，所以我们希望你二十日能够回来。她已经准备好了，但在和你谈过之前，她不能也不会采取行动。只要半神一声令下，我们就会行动。

斯佩兰萨

佩利厄盯着我道："你对此有什么想说的？"

"我不知道说什么好。我从没见过这封信。"

"没错，你肯定没见过。由于内容高度可疑，这封信在去年12月被反间谍处截获了，我们决定不把它继续寄给你。你仍坚称你不知道这封信在说什么吗？"

"是的。"

"那么，这封信是在你离开巴黎之后，在你去突尼斯之前，得到允许，寄给你的。你对这封信又有什么想说的？"

尊敬的先生：

　　如果不是亲眼所见，我绝不会相信这一切。今天，这份杰作完成了——我们准备称之为卡利亚斯托·罗伯特·乌丹。伯爵夫人总是提起您，她每天都跟我说，半神问什么时候他才能见到善神。

　　她忠诚的仆人亲吻您的手。

J

这份副本是由劳特写的，上面盖了"机密"章，后面还有格里贝兰写上去的一串序列号。我记得，去年冬天，当我被困在一个荒凉的驻军小镇里时，我读过这封信的原件——在我那单调乏味的住处里，打开这封信，就像是打开了一束来自圣日耳曼大街的鲜花一样。我说："这是我的一个特工，热尔曼·迪卡斯寄来的。他的意思是我对德国大使馆的调查行动结束了。'这份杰作完成了'的意思是我们租的公寓已经被成功地清空了。'罗伯特·乌丹'是一个警察，让－阿尔弗雷德·德斯韦宁的代号，他曾为我调查过艾斯特哈齐。"

"啊，"佩利厄用一种抓住了我的把柄的语气说道，"所以'J'是个男人？"

"是的。"

"可他还要'亲吻您的手'？"

我想象了一下，如果迪卡斯能看到佩利厄现在那厌恶、难以置信的表情，他会觉得多么可笑。

佩利厄说道："别傻笑了，上校！"

"对不起，将军。我承认，他是个装腔作势的年轻人，在某些方面缺根筋。但他的业务能力很好，完全值得信赖。他只是开个玩笑而已。"

"那'卡利亚斯托'呢？"

"这也是玩笑。"

"不好意思——我是一个普通的、有家室的男人。我不明白你说的那些'玩笑'。"

"卡利亚斯托是意大利的一个魔术师，施特劳斯曾经写过一部关于他的轻歌剧《卡利亚斯托在维也纳》，而德斯韦宁是绝对不会信这些超自然力量的。所以这是在讽刺他。这只是无害的小玩笑，将军，我向您保证。但显然，反间谍处里某些怀疑我的人想要利用这些玩笑来指控我。我希望您在调查的时候，可以调查一下这些明显是为了玷污我的名声而伪造出来的'证据'。"

"可我反倒觉得，和这些脑子有病的同性恋和神神道道的人混在一起，你是自己玷污了自己的名声，上校！我想，这里的'伯爵夫人'说的应该是布兰琪·德·科曼日小姐吧？"

"是的。虽然她实际上并不是一个女伯爵，但她有时候表现得就像女伯爵一样。"

"那'半神'和'善神'呢？"

"那是德·科曼日小姐起的绰号。我们共同的朋友，拉勒芒上尉，是半神，而我——虽然很不好意思承认——就是善神。"

佩利厄轻蔑地看着我——现在，在我的罪名中又可以加上一条了：亵渎神明。"那为什么拉勒芒上尉是半神？"

"因为他喜欢瓦格纳。"

"那他也是犹太圈子里的吗？"

"瓦格纳？我觉得他应该不是。"

我犯了个错误。在这种情况下，谁都不应该再开这种玩笑。刚说出这句话，我就意识到自己失误了。少校、上尉，甚至是秘书都翘起了嘴角。但佩利厄还是紧绷着一张脸。"上校，你现在的处境可不能开玩笑。这些信件和电报都让你显得非常可疑。"他飞快地翻回了文件夹的开头，说道，"现在，让我们再回顾一下你证词中的矛盾之处。你在去年3月初就把小蓝重新拼好了，但为什么你要谎称那是在4月底？……"

审问持续了一整天——同样的问题问了一遍又一遍，就是为了抓住我说谎的证据。佩利厄不知疲倦地用那些我所熟知的审问技巧来对付我。下午的审问要结束时，他看了看一只复古的银怀表，说道："我们明天上午再继续。上校，在这段时间里，你不能和任何人联系，也不能离开这次调查所任命的军官们的视线，一分钟也不行。"

我站起来，敬了一礼。

外面已经是黄昏了。在等待室里，梅西埃－米隆挑开窗帘的边缘，俯视着聚集在旺多姆街广场上的记者。他说："我们应该试着从另一条路走。"我们下楼，来到了地下室，穿过一间空无一人的厨房，走到一扇通往院子的后门前。外面开始下雨了。在黑暗中，一堆堆的垃圾像是在移动一样，发出沙沙的声音。当我们小心翼翼地穿过垃圾堆时，我看到在腐烂的食物中间，老鼠湿漉漉的棕色背影不断滑过。梅西埃－米隆在墙上发现一道门，可以通往司法部的后花园。我们走过一片泥泞的草坪，来到坎本街。现身在一盏路灯旁的墙边时，我们被两个被派来这里盯梢的记者发现了，不得不跑了两百米，跑到圣奥诺雷街上的出租马车站点。就在他们快要追上的时候，我们的马车启动了。

随着马的脚步，我们被颠回到座位上，浑身湿漉漉的，喘不过气来。梅西埃－米隆笑了。"我的上帝啊，乔治，看来我们都不再年轻了！"他掏出一块白色的大手帕，擦了擦脸，朝我咧嘴一笑。有那么一瞬间，他似乎忘记了自己是在监视我。他打开车窗，向车夫喊"去终点站酒店！"，然后砰地关上了窗。

在路上的这一小段时间里，他大部分时间里交叉着双臂，眼睛盯着外面的街道。直到我们驶入圣拉扎尔街，他才没有转头地开口道："你知道吗，有意思的是，佩利厄将军昨天问我，我为什么当时要为德雷福斯辩护。"

"你是怎么说的？"

"我说，我只是根据我观察到的事实，实话实说而已——就我来说，我觉得他一直是个好士兵，而且很忠诚。"

"然后他说什么了？"

"他说，他也曾试着让自己在这个问题上尽量保持开放的态度。但上周，当他被任命牵头此次调查时，贡斯将军向他展示了德雷福斯是叛徒的铁证。从那刻起，他就确信了你对艾斯特哈齐的指控是错误的。现在，他唯一关心的是，你是不是被某个犹太财团欺骗或是收买了。"他终于转过身来，看着我说道，"我觉得你需要知道这些。"

就在这时，出租马车停了下来。门还没打开，我们就被记者包围了。梅西埃－米隆爬出车厢，扎进混乱的人群中，试图用胳膊肘清出一条路来。我跟在他后面。我们一到大堂，服务生就用双臂拦住大门，不让任何人跟着我们进来。在大堂的大理石地板上、艳俗的水晶吊灯下，佩里埃已经等在那里，准备催我赶紧上楼了。我转过身，想谢谢梅西埃－米隆的提醒，但他已经走了。

我不被允许下楼在公共场合里吃饭。我对此没有意见——反正我根本就没有胃口。我的晚餐被送到房间，我用叉子把一小块牛肉在盘子里推来推去，最终因为没有胃口而放弃了。九点刚过，服务生送来了前台收到的给我的一封信。我认出了信封上路易的笔迹。我很想看看他在信里对我说了什么。我猜想他可能会想要在明天的听证会之前提醒我一些什么事。但是，我不想让佩利厄有任何对我提起新的纪律指控的机会。所以我没有打开信，直接把它扔进佩里埃面前的炉栅里，烧了。

那天晚上，我躺在床上，听着佩里埃在另一张床上的鼾声，细数着现在局势对我的不利之处。不管怎么想，我的处境都是危险的。我的敌人在过去的一年里小心翼翼地编造出的上百条谎言和对我所犯罪行的暗示就像一条条细丝，我被这些细丝牢牢捆住了手脚，送到了他们面前。大部分人会心满意足地相信，我是为一个犹太集团所用的。只要军队犯下的错误还是由军队来调查，那我就毫无逃脱的机会。亨利和贡斯可以轻而易举地造出他们需要的"铁证"，然后私下展示给像佩利厄这样的人看。因为他们知道，像佩利厄这样忠诚的总参谋部军官总会按他们希望的行事。

即使是在午夜时分，外面的圣拉扎尔街上也车来车往，来往的汽车发出了我听过的最大的呼啸声。充气轮胎在潮湿的柏油路上发出我从没听过的声音，像是纸在不断被撕裂一样。最后，伴着这声音，我睡着了。

第二天早上，梅西埃－米隆来接我的时候，又恢复了他之前那种不礼貌的沉默态度。他对我说的唯一一句话就是让我带上行李箱——我不会再回这座酒店了。

在旺多姆广场，在专门用来审问的房间里，佩利厄和其他人还是坐在跟我昨天下午离开的时候一模一样的位置上，就像是被盖上防尘布、在这里坐了整晚一样。将军继续从昨天结束的地方开始说，就像根本没有被打断过一样。"如果你愿意的话，可否再告诉我们一遍，你是怎么拿到小蓝的……"

这种审问又持续了大概一个小时，然后他用同样的语气问道："莫尼耶夫人——你对她透露了多少你的工作内容？"

我的喉咙突然一紧。"莫尼耶夫人？"

"是的，外交部的菲利普·莫尼耶先生的妻子。你告诉过她些什么？"

"将军——请——我坚持——她与此事无关。"我说道，声音里的紧张感十分明显。

"这不是由你决定的。"他转向秘书道,"请把皮卡尔上校的档案给我。"当秘书在打开自己的公文箱时,佩利厄又把注意力放回到我身上。"上校,你可能不知道这件事,因为你那时还在海上。由于艾斯特哈齐少校指控你在自己的公寓里存放官方文件,周二,官方派人对你的公寓进行了搜查。"

我目瞪口呆地看着他,好一阵都没有缓过劲来。"是的,将军,我当然不知道此事。如果我当时知道的话,我肯定会提出强烈抗议的。这次突击搜查是谁授权的?"

"是我授权的,亨利上校提出的。艾斯特哈齐少校声称他从一个女人那里得到了消息,他不知道这个女人的名字,但他发誓这个女人肯定是你的熟人。这个女人——他只见过她戴着厚厚的面纱的样子——说你把有关他的案子的秘密文件都藏在了你的私人住宅里。"

波利娜和艾斯特哈齐凑到了一块——这个想法太荒谬了,以至于我不禁轻笑了一声。但紧接着,那个秘书把好几捆信件放到佩利厄面前,而我认了出来,这些都是我的私人信件——有我母亲和我已故的哥哥以前写给我的信,有家人和朋友写给我的信,有商务信件和情书,也有我珍藏起来的请柬和电报。"这太过分了!"

"好了,上校——为什么要这么敏感呢?我们现在对你采取的行动,你也在艾斯特哈齐少校身上用过。好了,"他拿起用蓝色丝带绑着的一沓波利娜的信道,"从她给你写的信的性质可以看出,显然,你和莫尼耶夫人之间有着亲密关系——我想她丈夫不知情吧?"

我的脸开始发烫。"我坚决拒绝回答这个问题。"

"你的理由是?"

"理由是，我和莫尼耶夫人的关系与这件事没有任何关系。"

"如果你向她透露过机密，或者她就是和艾斯特哈齐少校有过联系的所谓'蒙面女人'的话，那就和此案有关系了。而且，如果因此，你让自己处于可能被敲诈的境地的话，那这件事就肯定和此案有关了。"

"但这些都不是真的！"我现在明白路易昨晚给我写的信里是要警告我什么了，我接着道，"告诉我，将军，你有打算问问我这些事的事实是什么样的吗？"

"注意你的态度，上校。"

"举例来说，关于艾斯特哈齐写了清单一事——事实上，连政府最权威的专家都承认他的笔迹和清单完全一致？"

"这不在此次询问的范围内。"

"还有，关于给德雷福斯定罪的档案里有伪造的材料？"

"德雷福斯案是已决案件。"

"还有，关于总参谋部阴险地想把我困在北非——或者直接让我去送死——就为了不让我揭露已发生的事情？"

"这也不在此次询问的范围内。"

"那么，将军，如果您原谅的话，我认为您的调查是一场骗局，您调查的结论在我来作证之前就已经写好了。因为，我将不再配合此次调查了。"

说完，我站起来，敬了一礼，然后转身大步走出房间。我本期待着佩利厄冲着我大吼，阻止我离开。但是，他什么也没说。可能是因为太惊讶了，还来不及做出反应；也有可能是因为他觉得自己已经清楚地表达了立场，看到我被气走了，他很满意——然而他到底是怎么想的，我不知道，而且在那时，我也不在乎。我到空无一人的候车室里，拿起行李箱，走下了楼梯。我从几个军官身边走过，他们只是斜眼看了我一眼，没有人尝试阻止我。我从大教堂般的大门里走出来，走到旺多姆广场上。我的出现太出人意料了，以至于大多数记者没有注意到我匆匆地从他们身边走过。就当我快走到拐角处时，突然听到了他们大喊——"他往那走了！"——然后就是一阵他们在鹅卵石路面上追赶我的脚步声。我低下头，加快脚步，不理会他们的提问。两个人冲到我面前，试图挡住我的去路，但我把他们推开了。在里沃利街上，我看见一辆出租马车，伸手把它拦了下来。于是，记者们就沿着街道呈扇形排开，寻找着出租马车，好跟上我。一个健壮的家伙甚至试图跑着追上我。但车夫抽了抽鞭子，当我再次回头的时候，他已经放弃追赶我们了。

南北走向的伊冯-维拉索街就位于哥白尼街和布瓦西埃街之间。在我的公寓楼的正对面，也就是街道的北端正在打地基，准备建一个新街区。当我们经过入口时，我扫视了一下街上，想确认一下周围有没有记者或是警察，但目之所及处只有工人。我让车夫把马车停到拐角处，然后付了车费，又走了回去。

楼前的双层门装上了玻璃，而且已经被闩上了。我用双手挡在眼睛两侧，透过积满灰尘的玻璃向里看去，观察着空空荡荡的的前厅。我脚下的鹅卵石路上铺满了泥土和碎石，像乡间小路一样脏乱不堪。新翻出来的泥土散发出的清新味道混在了寒冷的雨水中。时隔许久，我觉得现在的自己就像个过客，而眼前的一切就像是前世的场景一般。我打开门，走上楼梯，就在我走到一半的时候，听到了熟悉的门闩发出的咔哒一声。以前门房总会从她的小房间里出来，和我攀谈几句，但现在，她却想跟我保持距离，只从门缝里望着我。我假装没注意到，拎着行李箱上了四楼。楼梯平台上没有强行闯入的迹象——肯定是她直接把钥匙给了军队的人。

我打开门，然后顿时惊呆了。这个地方彻彻底底地被搜查了一遍——他们把我所有的书都从书架上拿了下来，抖了抖，又随便地塞了回去；遍地都是书签；我保存旧信件的箱子被强行打开，里面已经空了；写字台下的抽屉也被强行打开了；钢琴的盖子也被取下，现在靠在墙上。我打开台灯，捡起地上一个装着母亲照片的相框——上面的玻璃已经裂了。我突然能想象到亨利站在这里——不，应该是亨利上校，我现在必须适应这样的称呼了——一边舔一舔他那粗短干裂的手指，一边翻看我的信件，大声读出里面一些亲昵的情话，就为了逗乐总安全局的男人们。

这画面简直无法忍受。

突然，从另一个房间里传来微弱的声音——嘎吱声、呼吸声、呻吟声。我慢慢地拔出左轮手枪，在木地板上走了几步，小心翼翼地推开门。有一个人正蜷缩在床上，眼睛哭得又红又肿，身上还穿着外套，头发散乱，脸色苍白，看起来像刚昏倒过或遭遇了意外一样——是波利娜。

"他们告诉菲利普了。"她说。

她已经在这里待了一整晚。她在报纸上看到我已经被带回巴黎的消息，以为我会回这里，所以她半夜就来了，在这里等着我。她不知道还能去哪儿。

我在床边跪下，握住她的手。"究竟发生了什么？"

"菲利普把我撵了出来。他不让我见女儿们。"

我紧握着她的手，一时语塞。"你有没有睡一会儿？"

"没有。"

"至少把你的外套脱掉吧，亲爱的。"

我站起来，在一片狼藉的客厅中给自己收拾出一条路来，然后走到厨房。我把一个平底锅放到煤气灶上，用白兰地、热水和蜂蜜给她做了一杯热饮。同时，我脑子里在努力梳理清楚发生了什么。他们的手法——如此冷血、如此迅速——令我吃惊。当我把玻璃杯递给她时，她已经脱掉外套，用枕头垫着上半身，半躺在床上，紧紧地把被子拉到下巴处。她警惕地看着我。

"来，喝了这个。"

"天哪，看起来好恶心。是什么？"

"白兰地。军队里用这个治百病。喝吧。"

我坐在床尾，抽着烟。她慢慢恢复过来，开始告诉我发生了什么。星期五下午，她和朋友一起出去喝茶——一切就跟平常一样。但当她回到家的时候，她发现菲利普提前下班回来了，而且女儿们都不见了。"他看起来怪怪的，像是疯了一样……这时，我已经猜到发生了什么。我担心得快疯了。"她平静地问他女儿们在哪，他说他已经把她们送走了。"他说我道德败坏，不配做他的孩子们的母亲——他不肯告诉我孩子们在哪，除非我把我和你之间的事告诉他。我别无选择。对不起。"

"她们现在安全吗？"

她点点头，用双手捧起杯子，想要暖暖手。"她们在他姐姐那里。但他不让我见她们。"她哭了起来，"他说离婚时不会把孩子的监护权交给我。"

"这是无稽之谈。别担心，他不能那么做。他会冷静下来的。他现在只是因为发现了你有外遇，过于震惊和愤怒而已。"

"噢，他早就知道这事了，"她苦涩地说道，"他一直都怀疑来着。他说没人知道的话，他还能勉强忍受。但他的上级把他叫了过去，告诉了他这件事——这他就不能忍了。"

"那是谁告诉外交部的，他说了吗？"

"是军队。"

"难以置信！"

"他说军队的人都相信我就是报纸上说的那个'戴面纱的女人'。他说我已经深陷争议之中，会毁了他的事业。他说女儿们……"她又哭了起来。

"我的天哪，真是一团糟！"我双手抱着头道，"很抱歉，把你牵扯进来了。"

我们俩沉默了一会。然后，像往常一样，面对情绪波动时，我试图从现实中获取安慰。"首先，我们要给你找个像样的律师。我相信路易会接这个案子的，或者至少他会认识能接这个案子的人。你需要一名律师来代表你，和军队交涉，尽量把你的名字从报纸上撤下去。还有，要处理离婚的事——你确定菲利普要和你离婚吗？"

"噢，是的——一旦牵涉到他的事业，他肯定会这么做的。"

即使是这样，我还是试着从好的一面去看这件事。"好吧，至少他为了自己，会保持沉默。也许你可以利用这一点，来和他协商孩子们的监护权……"我的声音渐渐低了下去。我不知道还能说什么，只能一遍遍重复着说："我真的很抱歉……"

她向我伸出双臂。于是，我们在小小的床上紧紧相拥，像海难的幸存者一般。我暗自发誓，我一定要报仇。

19 "我控诉"

几天后的一个深夜，一张字条从我的门缝里被塞了进来。当我走出去巡视楼梯平台的时候，塞纸条的人已经不见了踪影。纸条上写着：格勒纳勒街11号——如果你确定的话。

我拿着它，靠向火焰，看着它被点燃，然后把它扔进了炉栅里。灯火熄灭后，我拿起拨火棒，把煤渣剁成了粉末。如果我的女仆是总参谋部的线人（我强烈怀疑这是真的），想把我撕成碎片的垃圾都收集起来给他们的话，那就太可笑了。我试图说服路易，让他采取一些预防措施。"一定要用中间人。雇一个陌生人来送信。绝对不要用邮政服务。避免有规律的行为。如果可以的话，放出假消息来迷惑敌人——去见那些立场可疑的人，以此来迷惑跟踪你的人。尽量绕点路。可以换出租马车。记住，他们的信息来源有很多，但不是取之不尽用之不竭的——我们可以把他们搞得精疲力竭……"

我上床睡觉的时候，小心地把枪放在了身边。

门房把今天早晨的报纸放在了我的门口。等到她走后，我才打开门，把报纸拿了进来，然后穿着晨衣，躺在床上读了起来。我没有其他事可做。像往常一样，德雷福斯事件占据了绝大部分版面，就像一部连续剧一样，每天都在更新。故事里的人物都被描写得充满了异国情调，几乎跟真人对不上号。我连报道中的自己都快认不出来了（这位四十三岁的间谍头头，野心勃勃，至今单身，背叛了他曾经的上司们）。在今天的报道中，事件又出现了转折——艾斯特哈齐十三年前写给他当时的情妇布兰西夫人的信被登在了《费加罗报》上（如果今晚有人告诉我，明天我会像一位枪骑士上尉一样，在用我的剑刺穿一个个法国人的胸膛时被杀死，那我一定会非常高兴。我连一只小狗都不会伤害，但会愉悦地宰掉十万法国人）。艾斯特哈齐声称这些都是犹太人伪造出来的，并通过他的律师，要求军事法庭证明他的清白——军方同意了这一请求。埃米尔·左拉激昂地描写了德雷福斯的处境——孤身一人，与世隔绝，被困在茫茫的大海中央，还被用肉身站成铜墙铁壁日夜看守他的十一名守卫孤立……与此同时，针对此事，总理在众议院中亲自主持了一次非常全面的辩论。他将"已决案件"当作盾牌，说道："首先，我要说清楚，根本没有德雷福斯案（掌声）！德雷福斯案不存在，也不可能存在（持久的掌声）！"为了避免议员们对此事产生疑虑，比约将军受到传召，从陆军部赶来，站在讲台上向大家坚定地重申了政府的立场——"德雷福斯已经得到公正的判决，法官们一致认为他有罪。我作为一名士兵、一位军队的领袖，以我的灵魂和良心向你们保证，判决是无误的，德雷福斯是有罪的。"

我把报纸放到一边。说真的，这已经算不上弄虚作假了，这甚至超越了谎言的范围——他们疯了。

我的制服还挂在衣柜里，就像从前世的我身上剥下来的皮一样。我还没有正式退伍。理论上来说，我正在无限期的休假中，等待着佩利厄的调查结果和部长的回应。但为了让自己不那么显眼，我还是倾向于穿便服。快到中午的时候，我套上一件厚实的大衣，戴上一顶圆顶硬礼帽，从架子上拿起雨伞，走进了户外的空气中。

我希望在别人眼里，自己看起来还是一样的超然，甚或带点嘲讽的态度。因为，即使是现在，即使是在这么可怕的处境中，我都还觉得整件事带着点喜剧的色彩。但紧接着，我想起了波利娜，想起了当我发现她蜷缩在我的床上时，她只能一遍又一遍地重复"他不让我见我的女儿们……"的样子。她已经向佩利厄递交了一份证词，为了躲避媒体，去了土伦，去投靠她那当海军军官的哥哥和嫂子。路易答应帮忙处理她的法律事务，他建议我们在波利娜正式离婚之前不要再联系。在总安全局的一个特工的监视下，我们在暴雨中的布洛涅森林里道了别。他们对她所做的一切，甚至比他们对付德雷福斯的那一套还要过分。正因如此，我绝不能原谅总参谋部。有生以来第一次，我的内心充满了仇恨。它像是有了实体一样，就像一把被藏起来的刀。当我一个人待着的时候，我喜欢把它抽出来，用拇指抚过它冰冷锋利的刀刃。

像往常一样，在街道对面，有一个人在监视我。他靠在建筑工地周围的木栅栏上，抽着烟——毫无疑问，他肯定还有一个搭档在附近。这个人我见过——骨瘦如柴，蓄着红胡子，穿着一件厚的棕色夹克，戴着一顶鸭舌帽。他甚至懒得让自己看起来不那么像一个警方的特工。他弹走手上的香烟，双手插在口袋里，没精打采地跟在我后面二十步远的地方。我突然冒出了一个心情不好的教官会有的想法——这个懒汉应该好好锻炼一下。于是，我加快脚步，几乎是跑着穿过蒙田大道，绕过协和广场，过了河，到了圣日耳曼大街上。我往后瞟了一眼。尽管是在寒冷的12月，但我已经出汗了。不过，看样子他比我惨多了——他的脸都变得和他的头发一样红了。

现在，我需要一位治安警察，而我很清楚要去哪里找。在圣多玛斯－阿奎警察局旁，有一个警察正在哈斯拜耳大道的拐角处巡逻。"先生！"我叫住他，走上前去道，"我是法国军队的一名上校，这个人在跟踪我。我请求你逮捕他，带我们俩去见你的指挥官，这样我就可以提出正式的控告了。"

他用令人满意的敏捷动作行动了。"你是说这位先生吗，上校？"他抓住了那个上气不接下气的特工的胳膊肘。

那个红胡子男人喘着气说："放……放开我，你……蠢货！"

这时，另一个总安全局的特工——他拎着一个纸板做的公文包，伪装成旅行社推销员的样子——看到了这一幕。于是，他放弃了自己的伪装，穿过街道，过来为他的搭档辩护。他也满头大汗，心烦意乱，一上来就羞辱了所有穿警服的警察的智商。听到这些话，治安警察勃然大怒，不出一分钟，他们就被拘留了。

十分钟后，我把我的姓名和地址留给了军务处值班的中士，一身轻松地离开了。

转过街角，格勒纳勒街就到了。11 号是一幢古色古香的老房子。我沿街望去，确保没有人注意到我，然后拉响了门铃。前门几乎立刻被打开，一位女仆让我进了门。在她身后，路易在走廊里焦急地等待着。他越过我的肩膀，往外面瞥了一眼道："有人跟踪你吗？"

"现在没有了。"我把自己的伞和帽子递给女仆。我听见一扇紧闭的门后传来一阵阵低沉的男声。

路易帮我脱下外套。"你真的确定要这么做吗？"

"他们在哪？在那里面吗？"

我自己推开了门。房间里，六个穿着晨衣的中年男子正站在熊熊燃烧的壁炉旁。我一推开门，他们就全都停止了交谈，转过身来看着我。眼前的画面让我想起了方丹·拉图尔的一幅群像画，《致敬德拉克洛瓦》。路易道："先生们，这是皮卡尔上校。"

沉默片刻后，其中一名男子鼓起掌来。他有着一个光头，蓄着浓密的小胡子。我认出他正是左翼政治家、激进报纸《震旦报》的编辑，乔治·克列孟梭。接着，大家也跟着一同鼓起掌来。路易把我领进房间时，另一个衣冠楚楚、魅力十足的男人高兴地嚷道："皮卡尔好样的！皮卡尔万岁！"我也认出了他——他的脸曾在我办公桌上的监控照片里出现过——马蒂厄·德雷福斯。事实上，当我开始轮流和他们每个人握手时，我发现这都是我认识的人，虽然有些是见过，有些只是听说过名字——出版商乔治·夏彭蒂耶，这座房子的主人；阿蒂尔·朗克，留着大胡子的参议员，房间里最年长的一位；约瑟夫·雷纳克，众议院的左翼犹太议员；而在最后，我被引荐给了矮矮胖胖、戴着夹鼻眼镜的埃米尔·左拉本人。

在餐厅里进行的午餐非常丰盛，但我却没能好好享用，因为都忙着说话了。我告诉大家，我必须快速地把我所知道的情况说出来然后离开，因为我们多待在一起一分钟，这次会面被人发现的危险就会增加一分。"夏彭蒂耶先生可能认为自己的仆人不会是总安全局的线人，但遗憾的是，根据我以往的经验来看，情况并非如此。"

"这一点我也深有体会。"马蒂厄·德雷福斯插了一嘴道。

我向他鞠躬。"我为此向您道歉。"

我座位的正对面挂着一幅出自雷诺阿之手的肖像画，画着夏彭蒂耶的妻子和孩子们。当我在讲述自己的经历时，我的目光会时不时地飘向它，继而产生一种抽离感。当我在向一群人说话时，这种抽离感时常困扰着我。我告诉他们，他们应该去好好调查一下阿尔芒·迪帕蒂·德·克拉姆上校，此人是第一个审问德雷福斯的军官。他可怕的想象力在很大程度上决定了这件事的走向。我描述了他在德雷福斯身上使用的审讯方法——那几乎就是酷刑。还有被我接替了的桑德尔上校。他病魔缠身，错误地相信了间谍一定在总参谋部之中。我还说，公众对此事最大的误解是，他们以为那个间谍交给德国的东西在军事上对法国至关重要，而事实上，那些材料是非常微不足道的。然而，德雷福斯受到的极端惩罚——秘密审判、革除军职、被关在魔鬼岛上——让世人不知怎么地相信他威胁到了法国的生死存亡。"人们总是说，'事情总比眼睛看到的复杂'，但现在的事实是，事实比人们眼睛看到的要简单得多。这起丑闻持续的时间越长，他们就会花更大的力气去掩盖司法错误，结局与真相之间的差距就会变得越来越大且荒谬。"

我看见左拉在桌子的另一头记着笔记。我停下来喝了一小口酒。雷诺阿笔下，一个孩子正坐在一只大狗身上，狗毛的图案和夏彭蒂耶夫人裙子的颜色相呼应。原来，看起来如此自然的姿势其实也经过了巧妙的设计。

我继续说下去。在不泄露机密信息的情况下，我告诉他们二十多个月前，我是怎么发现真正的叛徒艾斯特哈齐的，以及布瓦代弗尔，特别是比约，是怎么从一开始支持我的调查，到后来在意识到这次调查涉及重开德雷福斯一案时又彻底改变了他们的态度的。我叙述了自己被流放到突尼斯的经历，总参谋部如何试图派我执行自杀式任务，以及他们如何利用提供给佩利厄将军的伪造的证据和证词来陷害我，就像当年陷害德雷福斯一样。"先生们，事态已经变得十分荒谬。为了把一个无辜的人困在铁窗之后，军队不惜积极地帮助真正的罪犯逃脱法律的惩罚，而且他们也想把我这个碍事的人给除掉——永远除掉，如果必要的话。"

左拉道："太棒了！堪称有史以来最惊人的故事！"

朗克说:"简直让人为自己是一个法国人而感到羞愧。"

克列孟梭也在做笔记。他头也不抬地问道:"那么,皮卡尔上校,您认为,在军队的一众高级官员之中,谁的罪行最严重呢?"

"在一众高级官员中,我会说是五位将军——梅西埃、布瓦代弗尔、贡斯、比约,现在还要加上佩利厄,他主持了一次调查,但实际上是想掩盖事实。"

马蒂厄·德雷福斯打断我道:"上校,那您认为现在事情会怎么发展呢?"

我点上一支烟。"我想,"我说道,一边尽量镇定地捻着火柴,把它捻灭,"等艾斯特哈齐被正式洗清所有罪名后,他们会把我从军队里开除,然后把我关进监狱。"

桌旁响起了一阵难以置信的低语声。克列孟梭道:"但总参谋部肯定也不会那么蠢吧?"

"恐怕他们已经让自己陷入这样一个境地——根据他们的逻辑,他们已经没有选择的余地了。只要艾斯特哈齐是无辜的——既然他们决心证明他是无辜的,以避免重开德雷福斯案——那么接下来,我们所做的就会变成一场针对艾斯特哈齐的邪恶的阴谋。而我是挑起这次事件的最终责任人,所以我必须受到惩罚。"

雷纳克问:"那您想让我们怎么做呢,上校?"

"这不应该由我来告诉你们。在不泄露国家机密的条件下,我已经尽可能地把我所知道的告诉你们了。我自己不能发表文章或者出版书刊,因为我仍要服从军队的纪律。但我知道一点,那就是我们得让这件事摆脱军队的控制,提升到一个更高的层面——我们需要把所有细节整合成连贯的叙述,这样人们才能看到整个事件真实的样子。"我向雷诺阿画的方向点点头,然后看向左拉。"如果您愿意的话,我觉得是时候让这些事实变成艺术品了。"

"这已经是艺术品了，上校，"他答道，"现在，就差一个进攻的角度了。"

在这里待了不到一个小时，我就掐灭香烟，站了起来。"对不起，先生们，但我应该第一个离开。我们每隔一段时间走一个人吧，大概间隔十分钟这样。不，没必要起身。"我转向夏彭蒂耶，问道，"这里有后门可以出去吗？"

"有的，"他说，"花园里有扇门，可以从厨房过去。我带您去。"

"我去拿你的东西。"路易说。

我绕着餐厅走了一圈，依次和每个人握手。马蒂厄用双手紧紧握住我的手道："我和我的家人无法用言语表达对您的感激之情，上校。"

他的热情不知怎么地让我有种自己被利用的感觉，这让我觉得很尴尬，甚至有点毛骨悚然。

"您不用谢我，"我答道，"我只是听从了自己的良心。"

外面的街道上空无一人，趁着暂时甩掉了跟在后面的警察，我沿着圣日耳曼大街快步走到了德·科曼日家。我把名片交给仆人后，他领着我进了图书室，然后上楼去通报我的来访。一分钟后，门猛地打开，布兰琪冲进来，用双臂搂住了我。

"亲爱的乔治！"她嚷道，"你现在可是我认识的最有名的人了！我们都在客厅里喝茶呢。快跟我来——我要炫耀一下你！"

她想把我拉走，但我拒绝了。"埃默里在吗？"

"在，他看见你会很高兴的。快上楼吧，快点。"她又拉了拉我的手，"跟我们讲讲都发生了什么！"

"布兰琪，"我温柔地说道，把她的手从我的胳膊上拿了下来，

"我要跟你单独谈谈，还有埃默里。你能帮我把他叫来吗？"

她终于看出我是认真的了。她紧张地挤出几声笑声。"噢，乔治，"她说，"这真是太吓人了。"但她还是去把她哥哥叫来了。

埃默里慢慢悠悠地走了进来。他看上去和两年前一样年轻，穿着剪裁合身的灰色西装，端着两杯茶。"你好啊，乔治。既然你不想到喝茶的地方去，那就只能让茶来找你了。"

于是，我们三个在火炉边坐了下来。埃默里喝着茶，布兰琪抽着她那色彩鲜艳的土耳其香烟，我向他们讲述了布兰琪的名字是如何出现在一封伪造的电报上的。几乎可以肯定，这封电报是迪帕蒂伪造出来，寄到突尼斯给我的。听到这里，布兰琪的眼睛开始熠熠发光。她似乎认为这是一场大冒险，但埃默里马上就察觉到了危险。

"迪帕蒂为什么要用布兰琪的名字呢？"

"因为她认识热尔曼·迪卡斯，而热尔曼·迪卡斯又曾在一次目标为艾斯特哈齐的情报行动中为我工作过。所以从表面上看，我们都像是这个虚构出来的'犹太集团'中的成员，都想解救德雷福斯。"

"这太荒谬了，"布兰琪含着一口烟道，"没人会相信的。"

埃默里问道："那为什么要用布兰琪的名字？我也认识迪卡斯。为什么不用我的名字？"他听起来是真的很困惑。他看了看我，又看了看他妹妹。但是，我们俩都不敢迎上他的目光。几秒钟在尴尬中过去了。埃默里并不傻。"啊，"他轻声说道，慢慢点了点头，"我懂了。"

"啊，看在上帝的分上，"布兰琪不耐烦地嚷道，"你比父亲还烦人！那又有什么关系？"

埃默里突然严肃起来，他一言不发，抱着双臂，盯着地毯，意思是让我来解释解释。"布兰琪，恐怕这确实有关系。因为这封电报，你会遭到审问，然后就会登上报纸，又会变成一桩丑闻。"

"那就——"

埃默里愤怒地打断她道："闭嘴，布兰琪——就这一次闭嘴行吗！这不仅关系到你，这会让全家都陷入混乱之中！想想你的母亲吧。还有，别忘了，我还是个现役军官！"他转向我道："我们需要和我们的律师谈谈。"

"当然。"

"与此同时，我认为你这段时间最好不要再到这里来，也不要试图联系我妹妹了。"

布兰琪哀求道："埃默里……"

我站起来，准备离开。"我明白了。"

"对不起，乔治，"埃默里说，"我们别无选择。"

转眼，圣诞节和元旦过去了。我在阿弗雷城与加斯特一家共度了圣诞节，又在卡塞特街与安娜和朱尔一起度过了元旦，而波利娜则在南方过了新年。我把我的埃拉尔牌钢琴卖给了一个商人，卖了五千法郎，我把这些钱都寄给了她。

艾斯特哈齐案将于1898年1月10日周一在军事法庭开庭。我和路易被传召出庭作证。但就在听证会前的那个周五，在患病多年后，路易的父亲在斯特拉斯堡去世了。路易被批准回家一趟。

"我不知道该怎么办了。"他说。

"我亲爱的朋友，"我答道，"不要有任何顾虑，去和你的家人待在一起吧。"

"但那样你就要一人出庭了……"

"说实话，你出不出庭，都不会对庭审的结果有影响的。

去吧。"

周一，在黎明前的黑暗中，我早早地起了床。我穿上突尼斯第4步枪团的天蓝色军装，戴上荣誉军团的勋章，在两名便衣警察的尾随下，沿着熟悉的路线，穿过巴黎，来到了舍尔什米蒂街的军事法庭大楼前。

这一天，就连老天也没有好脸色——天气阴冷，下着小雨。十几个宪兵站在监狱和法院之间的街道上，头戴帽子，披着披肩，浑身湿漉漉的，却没有事干——周围一个人也没有。我走过前院光滑的鹅卵石路面，进入法院大楼。这就是三年多前德雷福斯受审的那座昏暗的、曾作为修道院的建筑。共和国卫队的一名上尉把我领到一间为证人设置的等候室里。我是第一个到的。房间很小，被粉刷成了白色，墙上只有一扇带铁栅栏的窗户，在高于头顶的位置。地面上铺着石板，四周摆放着一些硬邦邦的木头椅子。角落里放着一个煤炉，不过在寒冷的天气中起不了多少作用。天花板上画着一幅基督举着自己发光的手指祈祷的画。

几分钟后，门开了。劳特在角落里探出了他那金黄色的脑袋。从他的制服可以看出来，他已经晋升为少校了。他看了我一眼，又赶紧退了回去。五分钟后，他带着格里贝兰一起回来了。他们走到离我最远的那个角落，连看都不看我一眼。他们怎么来了？我正纳闷着，又有两个以前在我手下工作的军官出现了。他们也遵循同样的步骤——径直从我身边走过，缩到角落里。迪帕蒂昂首阔步地走了进来，似乎期待着有乐队可以在他进门时为他奏乐。贡斯则侧身溜了进来，嘴里又抽着烟。所有人都背对着我，只有亨利除外——他把门砰地撞开，一边走进来，一边向认识的人点头示意。

"你的脸色真好，上校，"他兴高采烈地说道，"一定是在非洲晒足了阳光！"

"那你的脸色肯定是因为喝足了白兰地吧。"

他爆发出一阵笑声，然后过去跟其他人坐在一起。

渐渐的，房间里坐满了证人。我的老朋友，第74步兵团的屈雷少校小心翼翼地假装没有看见我。我认出了参议院副议长奥古斯特·舍雷－克斯特纳，他向我伸出手，轻声说了一句："干得漂亮。"马蒂厄·德雷福斯也来了，身旁还跟着一位身材苗条、文文静静、一头黑发的年轻女子，穿着一身寡妇穿的黑色衣服，挽着他的手臂。她看起来很年轻，我本以为应该是他的女儿。但后来他介绍道："这是露西·德雷福斯，阿尔弗雷德的太太。露西，这是皮卡尔上校。"那位女子向我微微一笑，表示认出了我。她没有说话，我也一言不发。我想起了她那些浓情蜜意、激情满满的信件，心里感到很不安——求求你了，为了我活下去……在房间的另一头，迪帕蒂正在单片眼镜后用锐利的眼神打量着她，并低声对劳特说了些什么——据说，在德雷福斯被捕后，迪帕蒂去他们家搜查时，曾对她动过手。这确实像是他干得出来的事。

然后，我们坐了下来。军人们坐在房间的一边，而我跟其他普通百姓一起坐在房间的另一边。大家一起听着楼上的动静——爬楼梯的脚步声、"举枪！"的口号声，还有紧接着的一段长时间的沉默。我们就在沉默中等待着消息。最后，法庭书记官终于出现了。他向我们宣布，德雷福斯家族提起的民事诉讼已被驳回，因此军事法庭的原判决仍然有效，此次将不会对判决结果进行复议。此外，经过法官投票，法官将在不公开的情况下听取军方人员提供的所有证词。战斗还没开始，我们就已经败了。露西老练地接受了这一结果，默默承受了内心的痛苦，一脸淡然地站起来，拥抱马蒂厄后离开了。

又一个小时过去——估计是艾斯特哈齐被询问了——书记员回来了，在房间里喊了一句："马蒂厄·德雷福斯！"马蒂厄作为第一个向陆军部长控告艾斯特哈齐的人，有权第一个接受询问。他去了以后就没有再回来。四十五分钟后，舍雷－克斯特纳被叫走了，而他也没有再回来。就这样，房间里的各种笔迹鉴定专家和军官慢慢地走光了。直到下午三四点，贡斯和总参谋部的所有人都被叫走了。他们鱼贯而出，每个人都在避免和我有眼神接触，除了贡斯——最后一分钟，他在门口停下来，回头看我。我无法解读他的表情。他脸上的是仇恨、怜悯、困惑、遗憾，还是以上所有情绪的总和？或者说，他只是想在我永远消失之前再看我一眼，把我的样子刻在脑海里？他盯着我看了几秒钟，然后就转过了身。门在他身后关上，房间里只剩下我一个人了。

我又等了好几个小时，偶尔站起来在房间里走一走，让自己暖和点。我比任何时候都希望路易能在这里陪我一起。我以前还对此有些怀疑，但我现在已经确信了——这次军事法庭不是针对艾斯特哈齐，而是冲我来的。

书记官来叫我的时候，天已经黑了。楼上的法庭里，除了律师，已经见不到任何一个平民的身影。这里没有外人。与等候室不同的是，这里一点也不冷，反而很温暖——男人们都紧紧地挤在一起，就像在俱乐部里一样，房间里烟雾缭绕。贡斯、亨利、劳特和其他总参谋部的军官看着我走向法官席。其中，佩利厄坐在法庭庭长吕克瑟将军身后。艾斯特哈齐坐在我左边，像我唯一一次见到他时那样，靠在椅背上，把脚伸出来，手臂放松地垂在身体两侧。我在匆忙中只是斜眼瞟了他一下，但他的外貌还是又让我大吃一惊——那光秃秃的、精致得出奇的圆脑袋，抬了起来，看着我；锐利的鹰眼盯着我看了一会儿，然后就闪开了。他看起来很无聊。

吕克瑟问："姓名？"

"马里－乔治·皮卡尔。"

"出生地？"

"斯特拉斯堡。"

"年龄？"

"四十三。"

"你第一次注意到被告是什么时候？"

"大约是我被任命为总参谋部秘密情报处负责人的九个月后。"

我作为证人，在庭上总共作证了四个小时。在1月10日那个昏暗的傍晚，我被询问了一个小时左右。然后，第二天上午，我又被问了三个小时。然而这一切都毫无意义，不过是又一场佩利厄式的审问罢了。事实上，佩利厄本人，无视了所有程序和规则，似乎掌控了整个军事法庭。他把身子向前倾，小声地给法官们提着建议，还问我一些咄咄逼人的问题。而每当我要提到梅西埃、布瓦代弗尔和比约的名字时，他总会打断我，命令我闭嘴："这些尊贵的军官与艾斯特哈齐少校的案子毫无关联！"他是那么心狠手辣，以至于周二上午的庭审进行到一半时，一位法官终于向法庭庭长提出请求："以现在的情况来看，恐怕皮卡尔上校才是本案的真正被告。我请求法庭允许他充分地为自己辩护。"

佩利厄皱起眉头，沉默了一会。但莫里斯·泰泽纳——一个狡猾的年轻人，艾斯特哈齐的律师——迅速接过他的工作："皮卡尔上校，从一开始你就想用我的当事人替代德雷福斯。"

"我没有。"

"你伪造了小蓝。"

"我没有。"

"你和你的律师，勒布卢瓦先生，合谋抹黑我的当事人。"

"并没有。"

"你给他看了德雷福斯判决的相关文件，想以此引起公众对原判的怀疑。"

"我没有。"

"好了，上校——昨天法庭上有几个证人都说了，他们亲眼看见你这么做了！"

"这不可能。证人是谁？"

"亨利上校、劳特少校和格里贝兰先生。"

我面无表情地朝他们坐着的地方扫了一眼，然后道："好吧，那就是他们搞错了。"

泰泽纳说："我要求三位军官上前与证人对质。"

"先生们，请上前来。"吕克瑟向他们招招手，示意他们靠近法官席。艾斯特哈齐带着一种漠不关心的神情看着这一切，像是在观看一场无聊透顶、他早就知道结局的剧目一样。吕克瑟道："亨利上校，你确定你看见皮卡尔上校给勒布卢瓦先生看了所谓的'秘密文档'中的文件吗？"

"确定，将军。有一天，快到傍晚的时候，我因为工作上的事情去了他的办公室，看到他的桌子上有一份文件。我一眼就认出来了，因为文件上的'D'是我亲手写上去的。上校打开信封，给他的朋友勒布卢瓦先生看了里面写着'那个畜生D'的那份文件。我全看见了，看得清清楚楚，将军。"

我惊讶地看着他——他怎么能如此厚颜无耻地撒谎？而他也回看向我，完全没有愧疚之情。

你命令我开枪，我就开枪……

吕克瑟继续说道:"那么,亨利上校,根据你的证词,你离开后立即向劳特少校和格里贝兰先生描述了你看见的情况?"

"是的。我当时太震惊了。"

"那你们二位也能发誓,这场谈话真实发生过吗?"

劳特殷切地道:"是的,将军。"

"当然,将军,"格里贝兰确认道,他匆匆瞟了我一眼,"我想补充一下,我也看到皮卡尔上校把文件给他的朋友看了。"

他们恨我,我突然意识到,他们对我的恨意甚至比对德雷福斯的还要大。我保持镇定。"庭长先生,请问,能让勒布卢瓦先生出庭,谈谈他的观点吗?"

泰泽纳说道:"庭长先生,很遗憾,勒布卢瓦先生现在还在斯特拉斯堡。"

"不,"我说,"因为要给父亲守灵,他昨晚很晚才回来。他现在正在楼下等着了。"

泰泽纳耸耸肩道:"是吗?不好意思,我不知道。"

路易被叫了进来。作为一个正在服丧的人,他显得异常镇定。当被问及那次会面和档案时,他向法庭确认我们并没有进行那样的会面,也没有看什么文件,"除了一些关于信鸽的废话"。他转向法官席道:"法庭能问问亨利上校,他所说的那件事是什么时候发生的吗?"

吕克瑟向亨利打了个手势,亨利道:"是 1896 年 9 月。"

"噢,那是完全不可能的,"路易回答道,"因为我父亲第一次病倒就是在 1896 年,那年我从 8 月到 11 月都待在斯特拉斯堡。我非常确信——而且我可以证明,因为我的签证要求我在德国逗留期间,每天向德国当局报告。"

吕克瑟说道:"亨利上校,你是不是把日期搞错了?"

亨利做出思考的样子，把头左右倒来倒去，然后道："是的，可能是这样，可能比那早一点，或者迟一点。"

"也可能根本就没有，"我说，"因为我是 8 月时才拿到那份秘密文件的，这一点格里贝兰先生可以证明——是他替我把文件从亨利桌子的抽屉里拿来的。而且，10 月的时候，贡斯将军"——我指向贡斯——"又把文件从我这里拿走了。所以这件事根本不可能发生。"

亨利第一次结巴了一下，显得很慌张："嗯，我不确定……我只能说出我看见了的事情……"

佩利厄来救场了："请允许我说一句，庭长先生，这件事已经过去一年多了，确实很难让人给出一个确切的日期……"

吕克瑟表示同意。流程继续。到中午时分，法庭终于允许我退下了。

艾斯特哈齐的律师用了足足五个小时来做结案陈词。听证会一直持续到晚上八点。听着他的辩护人漫长的独白，艾斯特哈齐那光秃秃的脑袋向后倾去——他好像睡着了。最后，当法官们站起来商量裁决时，他被带上前去。从我身边经过时，他生硬地向我敬了一礼，动作里充满嘲弄的意味。回来听审判结果的马蒂厄·德雷福斯坐在我身边，看到这一幕，他低声骂了一句："这个混蛋！"我和路易一起站起来，活动活动筋骨。我想我们大概得等几小时。但还不到五分钟，就传来了"举枪！"的口号声。然后，门重新打开，法官们成群结队地走了进来，书记员开始宣读审判结果："以法国人民的名义……本庭一致宣布……被告无罪……当他离开法庭时，本次审判不会对他的名誉带来任何污点……"

石墙旁爆发出雷鸣般的掌声，书记员的声音被淹没在其中，听起来断断续续的。我的同事们跺着脚、鼓着掌，欢呼着"万岁！""法兰西万岁！"，甚至还有"犹太人去死吧！"。我已经预料到这种结果，所以并没有感到震惊。然而，虽然已在脑海中预想过了，但现实的残酷还是杀了我一个措手不及。马蒂厄和我走出法庭的时候，我们身后传来了铺天盖地的嘲笑和侮辱声——"犹太团伙去死吧！""皮卡尔去死吧！"——我觉得自己像是掉进深渊，永远也爬不出去了。一切都是黑暗的——事实上，相比六个月前，德雷福斯的处境现在反而更糟糕了，因为他已经两次被判有罪。军队应该不会再举办第三次听证会了。

虽然天气很冷，但在法庭外，还是有一千多人聚集在灯光昏暗的庭院后。他们有节奏地拍着手，高呼着他们心目中英雄的名字："艾——斯——特——哈——齐！艾——斯——特——哈——齐！"我只想马上离开这里。我朝大门走去，但被路易和马蒂厄拦住了。路易说："你现在还不能出去，乔治。你的照片登过报，他们会认出你来，然后折磨你。"

就在这时，在他的律师泰泽纳、亨利以及迪帕蒂的陪同下，艾斯特哈齐走出法院大楼。一群身着黑色制服的士兵跟在他们后面，还不停地鼓着掌。艾斯特哈齐的脸色已大不相同了——他整个人因这场胜利而容光焕发。他像个贵族一样，华丽地将披风甩到肩上，然后走上街去。一阵狂热的欢呼声响起，人们纷纷伸出手来拍他的背。不知是谁喊道："向犹太人的殉道者致敬！"

马蒂厄碰了碰我的胳膊："现在该走了。"他脱下他的大衣，套在我那件特别惹眼的军装外面。他站在我的一边，路易站在我的另一边，我低着头，从人群中挤了过去，走到舍尔什米蒂街上，然后转身朝背对艾斯特哈齐的方向，沿着潮湿的人行道，飞快地向远处的车流跑去。

第二天是路易的父亲，乔治－路易·勒布卢瓦的葬礼。他生前是路德宗的牧师，科学进步的坚实拥护者，否认基督神性的激进思想家。他希望自己死后能被火化。但是，由于斯特拉斯堡没有火化设施，火化仪式只能在巴黎的拉雪兹神父公墓的新火化场举行。那片寂静而广阔的墓地，那昏暗的小巷和延伸到地平线上的蓝山，都深深地刻在我的脑海里。参加葬礼的宾客们来到我面前，对昨天的判决结果向我表示同情。他们同我握手，低声与我说话，这让我产生了一种错觉——我才是今天的死者，我参加的是自己的葬礼。

后来我才知道，与此同时，比约将军正在给我的逮捕令签字。当我回到公寓时，我接到了一份通知，上面写着我将在明天被拘留。

天快要亮时，他们来了。那时，我已经穿上了便服，收拾好了行李。一位上了年纪的上校，身旁跟着一位普通士兵，敲响了我的门，向我出示了一份由比约将军签发的逮捕令——皮卡尔上校因严重违反工作纪律，现已接受调查。皮卡尔上校作为现役军人，犯下了严重的错误，违反了军纪。因此，现决定将其拘禁于瓦莱里安山的军事堡垒中，等待进一步指示。

那位上校说："很抱歉这么早来，但我们是想尽量避开那些可怕的记者。可以给我你的左轮手枪吗？"

这栋楼的管理员雷诺先生也住在这条街上，就隔着几户人家。他跑了过来，想看看这动静是怎么回事。我和负责押送我的人在楼梯上经过他的身边。后来，他向《费加罗报》透露了我走前的最后一句话："你看到了我正在经历些什么。但我很冷静。你一定会在报纸上看到他们是怎么说我的。但请继续相信我是个诚实的人。"

街上停着一辆大型军用马车，由两匹白马拉着。昨晚有严重的霜冻。天还黑着，对面正在施工的大楼里亮着一盏红灯，灯光在结冰的水坑上微微闪烁。那名士兵提着我的行李箱，爬上驾驶座，坐在车夫旁边。上校礼貌地打开车门，让我先上了马车。街道上空空荡荡，除了雷诺，没有人看到这对我来说耻辱的一幕。马车左转，进入了哥白尼街，一路驶向维克多·雨果广场。在环岛的拐角处，有一些早起的人正在排队买报纸。而在明星广场的报亭前，排队的人更多。我们经过那里时，我瞥见了报纸上巨大的标题——"我控诉……！"我对上校说："如果罪犯能提出最后一个请求的话……我们可以停下来买份报纸吗？"

"报纸？"上校用看疯子似的眼神看着我，"好吧，如果你坚持的话，我想可以。"

他让车夫靠边停下马车。我下了车，朝卖报纸的小贩走去。那个士兵跟在我后面，小心翼翼地保持着适当的距离。前方，布洛涅大道上方的天空刚刚开始变亮，微亮的天空映出了光秃秃的树冠的轮廓。大家都在排队买克列孟梭的《震旦报》。《震旦报》的大标题横跨了六栏，写着——

我控诉……！
给共和国总统的信
埃米尔·左拉致上

我排队买了一份，然后慢慢地走回马车。街灯的光正好能让我看清报纸上的内容。这篇文章占据了整个头版，作者借给福尔总统的信的形式，洋洋洒洒地写下了数千字激昂的言论（鉴于您是一个正直的人，我相信您并不知道真相……）。我粗略地看了看，变得越来越惊讶。

您能相信吗？在过去的一年里，比约将军、贡斯将军和布瓦代弗尔明知德雷福斯是无辜的，却不露声色地把这天大的秘密藏在心里！而他们在晚上能安心入睡，还有妻儿陪伴身边！

皮卡尔上校，这个诚实的人，履行了他的职责，以正义的名义与他的上级们抗争。他甚至央求他们，警告他们，一旦真相大白，这场酝酿已久的风暴就会爆发，在这样的情况下，一味地使用缓兵之计是多么不明智啊！但他们却充耳不闻！罪行已经犯下，总参谋部是无论如何也不会承认的。就这样，皮卡尔上校被外派了，派遣的目的地越来越远，一直到了突尼斯。皮卡尔上校到突尼斯后，为了回报他的勇气，他们最终决定让他去执行一项肯定会让他在过程中被杀害的任务。

我在人行道中央停下了脚步。

而这骇人听闻的局面产生的结果也同样使人震惊——这唯一一个正直的人，唯一一个履行了自己的职责的人，皮卡尔上校，却成了受害者，成了被嘲笑、被惩罚的人。噢，正义啊，多么恐怖的绝望控制了我们的心？甚至还有人声称就是他伪造了证据，声称他为了污蔑艾斯特哈齐伪造了电报。是的！现在我们面对的就是这样一幅卑鄙的景象——负债累累、数罪加身的人被看作是无辜的，而一个清清白白的人的名誉却遭到卑鄙的攻击。一个这样的社会已经坠入堕落的深渊了。

我身后的士兵说道："上校，如果您不介意的话，我们真的该走了。"

"好的，没问题。等我把这个看完就好。"

我直接翻到文章的结尾。

我控诉迪帕蒂·德·克拉姆上校，为他是这次误判的始作俑者……

我控诉梅西埃将军，为他在这一桩堪称本世纪最大的司法不公事件中，也许是因为软弱，成了同谋。

我控诉比约将军，为他握有证明德雷福斯无罪的铁证，却加以隐瞒，从而与全人类、与正义站到了对立面……

我控诉布瓦代弗尔将军和贡斯将军，为他们也是本案的同谋……

我控诉佩利厄将军，为他进行了一次虚假的调查……

我控诉那三位笔迹鉴定专家……

我控诉陆军部……

我控诉第一次军事法庭，为他们违反了法律，在不公开证据的情况下给被告定了罪；我指控第二次军事法庭，为他们服从了命令，将一个明知有罪的人无罪释放……

在做出这些控诉时，我知道我面临着因诽谤罪而被起诉的危险……

看看他们敢不敢把我带到法庭上，在光天化日之下光明正大地调查！

静候光临。

再次向总统先生致上我最深的敬意。

埃米尔·左拉

我折好报纸，爬回了车厢里。

老上校问道："发生什么有意思的事了吗？"还没等我回答，他就又说道："肯定没有。从来就没有那样的事。"他猛地敲了敲车厢顶。"走吧！"

20　审判左拉

　　瓦莱里安山的军事堡垒位于城市的西郊，是一个巨大的正方形堡垒，属于巴黎周边防御要塞圈的一部分。我被押送着走上一段旋转楼梯，来到一栋专门关押军官的楼房的三层。我是这里唯一的囚犯。在冬天，无论白天黑夜，除了风在城垛周围刮得呜呜作响，这里听不到任何其他声音。我囚室的门一直锁着，楼梯脚下有一个哨兵看守。我的房间里有一个小客厅、一间卧室和一间盥洗室。透过窗户上装着的铁条，可以看到塞纳河、布洛涅森林和埃菲尔铁塔以东八公里的全景。

　　如果总参谋部的那些人认为把我关在这里对我来说是一种折磨，那他们就大错特错了。我有一张床、一把椅子，我有笔和纸，还有许多书——有歌德的、海涅的，还有易卜生的。马塞尔·普鲁斯特友好地给我寄来他的文集《欢乐与时日》，而我的姐姐给我寄来一本新的法俄词典。夫复何求？我被囚禁了，但从某种角度上来说，我也被解放了。几个月来我一直孤独地背负着秘密的重担，如今它终于被卸下了。

　　在我被关押两天后，政府不得不对左拉的质疑做出回应，并以诽谤罪的罪名对他提出指控。但这次的对抗将不再是秘密，将不再被限制在军营里的狭小的房间中，而是在大众的注视下，在正义宫的审判法庭里进行。这个案子被推到等候名单的最前面，好让审判尽快开始。军事堡垒的指挥官拒绝任何非现役军官探视，但即使是他，也不能阻止我去见我的律师。路易把传票给了我——我被传唤于 2 月 11 日周五出庭作证。

我仔细研究了一番传票。"如果左拉被判有罪呢？"

我们坐在探访室里——窗户上装着铁条，房间里有两把普通的木椅和一张木桌，门外站着一名警卫，正做出一副没有在偷听的样子。路易说："那他要坐一年牢。"

"他这么做很勇敢。"

"非常勇敢，"路易赞同道，"我只希望他能谨慎地使用这份勇气。但他似乎太忘乎所以了，没忍住在最后加上了这句关于艾斯特哈齐军事法庭的话——'为他们服从了命令，将一个明知有罪的人无罪释放'——政府就是因为这句话盯上他了。"

"不是因为他对布瓦代弗尔那些人的控诉吗？"

"不，他们不在乎那些。他们的目的是把审判的重点放在他们有把握获胜的一个小问题上。这也就意味着，与德雷福斯有关的任何事情都将被裁定为不可受理，除非其与艾斯特哈齐的军事法庭有直接的联系。"

"这么说，我们又要输了？"

"有时候，失败从某种角度上来说就是胜利，只要我们拼搏过了。"

陆军部的人显然很担心我会说些什么。开庭前几天，我的一位老同志，巴尤上校来到了瓦莱里安山，"想跟我讲讲道理"。他一直等我们下到院子里（这里允许我每天在院子里锻炼两个小时），才来跟我说话。

"我有权，"他傲慢地说道，"代表军队最高权威告诉你，如果你到时候能谨慎措辞，你的事业就不会受到严重的影响。"

"你的意思是，让我闭嘴？"

"准确来说是'谨慎'措辞。"

我一下就笑了出来，然后道："是贡斯说的吧，我猜？"

"这我不能说。"

"好吧，那你可以告诉他，我没有忘记自己还是一名军人，在尽我作为证人的义务的同时，我也会竭力尽到保密的职责。满意了吗？回巴黎去吧，好小伙，让我一个人静静地走一走。"

到了那一天，我穿上突尼斯第4步枪团的制服，被军队马车送到了位于西岱岛上的正义宫。我已经承诺过今天不会离开正义宫的范围，并且在审判结束后立即和我的狱卒们一起回瓦莱里安山。作为交换，今天我可以独自走进大楼，无须狱卒陪同。皇宫大道上有一场反犹太示威活动正在进行。"犹太人去死！""叛徒去死！""淹死犹太人！"有人认出了我的脸，可能是因为看过《言论自由报》和其他一些小报上丑化我的漫画。有几个抗议者从人群中挣脱出来，想追着我到正义宫的院子里去，跑上了正义宫的台阶，但被宪兵拦住了。我这下知道为什么马蒂厄·德雷福斯宣布自己不会出席庭审了。

在这个沉闷的2月，正义宫的高拱顶大厅里灯火通明、拥挤嘈杂，就像一个奇幻的火车站大厅——文员和法庭的报信员拿着法律文件来去匆匆，身着黑色长袍的律师们有的在闲聊，有的在和客户谈话，还有焦虑的原告和被告、证人、宪兵、记者、军官、躲避寒冷的穷人，以及上流社会的先生女士，不知怎么地弄到了今天的入场券，来看左拉的热闹——从大厅到一眼望不到底的、用来押送犯人的走廊都被来自巴黎社会的各色人等挤满了。钟声响了。叫喊声和脚步声在大理石地面上回荡。除了偶尔被轻推一下、被盯着看几眼，我走过时没有吸引更多的注意。我找到证人室，把我的名字告诉门卫。半个小时后，轮到我作证了。

我对巡回法庭的第一印象是：大而雄伟，很宽敞，有着厚厚的木镶板和闪闪发光的黄铜，人群很密集，当我经过走廊时，房间里人们说话的嗡嗡声突然安静下来，我的靴子在镶木地板上发出的哒哒声，我穿过法官、陪审团和观众之间的栏杆上的小木门，走向法庭中央证人席的半圆形围栏内。

"证人姓名？"

"马里－乔治·皮卡尔。"

"居住地？"

"瓦莱里安山。"

这个回答在房间里引发了一阵笑声，也给了我一点时间来打量四周的环境——在我的一边是十二名陪审员，都是普通的商人和手艺人；圆脸的法官，德勒戈尔格，身着猩红色长袍，高高地坐在自己的椅子上；在他的下首坐着十几位穿着像牧师服的黑色长袍的律师，包括政府方面的首席律师范卡塞尔；左拉坐在桌边，向我点点头表示鼓励；他身边坐着他的共同被告，佩伦克斯，《震旦报》的主编，还有他们的律师——左拉的律师费尔南·拉博里和佩伦克斯的律师阿尔伯特·克列孟梭；乔治·克列孟梭也在，尽管他不是律师，但不知怎么地获得了和他弟弟坐在一起的许可；我身后坐着的观众就像教堂里的信众一样肃静，其中有一大群身穿黑色制服的军官，如贡斯、佩利厄、亨利、劳特和格里贝兰。

拉博里站了起来。他是一个年轻人，长得又高又壮，一头金发，留着金色的胡子，再加上他的辩护风格非常激进，因此被人们冠上海盗之名："维京人"。他说："皮卡尔上校，能否告诉我们您所知道的关于艾斯特哈齐案、关于您进行的调查和您离开陆军部后所发生之事的情况？"

接着他坐下了。

我紧紧抓着证人席的木栏杆，试图止住双手的颤抖，深吸了一口气。"1896年春天，我拿到了一封撕碎了的电报……"

我一连讲了一个多小时，其间只偶尔停下来喝点水。我用上了在战争学院接受过的讲师训练的内容。我试着想想自己正在教授地形学的一堂特别复杂的课。我不用看笔记，决心让自己保持镇定——礼貌、准确、冷静——不泄露任何秘密，也不沉溺于对他人进行人身攻击。我将自己的陈述限制在艾斯特哈齐那铁证如山的案子上——证据小蓝、他不道德的人格、他对金钱的需求、他对火炮问题可疑的兴趣，还有他的笔迹和清单的笔迹相符的事实。我讲述了自己如何向上级表达怀疑，却最终被派往北非，以及从那之后总参谋部如何实施了种种针对我的阴谋。挤满人的法庭里鸦雀无声，大家都全神贯注地听着我说话。我能感觉到自己的话击中了要害，因为当我碰巧转过身去时，我看见总参谋部的那些军官的脸色越来越阴沉。

陈述结束后，拉博里问我："证人认为这些阴谋皆为艾斯特哈齐少校一人所为，还是他另有同谋？"

我思考了一会，然后回复道："我相信他还有同谋。"

"在陆军部内？"

"他肯定有一个熟悉陆军部情况的帮凶。"

"在您看来，对艾斯特哈齐少校来说，清单和小蓝，哪个才是更有杀伤力的证据？"

"清单。"

"您对贡斯将军也是这么说的吗？"

"是的。"

"那么贡斯将军怎么能让您不要把德雷福斯案和艾斯特哈齐案

混为一谈呢？"

"我只能告诉你们他就是那么说的。"

"但如果清单是艾斯特哈齐写的，那么德雷福斯的罪名就不成立了，对吗？"

"是的——这也就是为什么我做不到不把这两件案子混为一谈。"

法官插了一句："你记得你曾把勒布卢瓦先生叫到自己的办公室里吗？"

"记得。"

"你记得确切日期吗？"

"他是1896年春天来的。我当时是想听听他对信鸽问题有什么建议。"

"格里贝兰先生，"法官说，"请您上前一步好吗？我想这和您记得的日期不一致吧？"

我侧过身去，看着格里贝兰从总参谋部的军官中间站起来，来到法庭前面，站在我身边。他始终没有朝我的方向看一眼。

"不，法官大人。1896年10月的一个晚上，我走进皮卡尔上校的办公室请假。他正坐在办公桌前，信鸽的文件在他的右手边，机密文件在他的左手边。"

法官看向我。我礼貌地说道："格里贝兰先生弄错了。要么是他不记得了，要么就是他把两份文件弄混了。"

格里贝兰的身体变僵硬了："请相信我说的——我看见了。"

我冲他笑了笑，决心控制住自己的情绪，然后道："但我要说，您并没有看见。"

法官打断了我的话："皮卡尔上校，你有没有让格里贝兰先生给一封信盖戳过？"

"给一封信盖戳？"

"给一封信盖戳，但邮戳上写的不是信到达的日期，而是比那更早的日期？"

"没有。"

格里贝兰讽刺地说道："上校，让我来帮您回忆一下吧。有天下午，两点钟，您回到办公室，叫我过去。您一边脱下大衣，一边跟我说，'格里贝兰，你能让邮局给这封信盖个戳吗？'"

"我不记得有这么一件事。"

法官说："那你肯定是向劳特少校提出了这样的请求？"

"没有，"我摇摇头道，"没有，从来没有。"

"劳特少校，请到前面来好吗？"

劳特从亨利身旁站起来，走到我们身边。他直勾勾地盯着前方，就像是在参加阅兵式一样。他说道："皮卡尔上校曾让我把小蓝上的所有裂痕都消除掉。他说，'你觉得我们能不能让邮局给这个盖个戳？'他还说，我应该在作证的时候说，我认出了小蓝上的笔迹是某个外国绅士的。但我对他说，'我从没见过这个笔迹'。"

我看向他们二人——显然，多年从事间谍工作的经验已经让他俩成了谎言随口就来的人。我咬紧了牙关。"这份文件可是被撕成了六十片，"我说道，"写地址的那一面被用胶带粘了起来。这样的电报上怎么盖邮戳呢？那看起来也太可笑了。"

他们俩都默不作声。

拉博里又站了起来。他拉起长袍，对劳特说道："您在证词中写道，皮卡尔上校可以轻易地把小蓝加到他保险箱里装未经过处理的情报材料的纸袋里——也就是说，小蓝是伪造的。"

"是的。他是可以那么做的。"

"但您对此没有任何证据？"

"虽然没有，但我相信他这么做了。"

"皮卡尔上校，您觉得呢？"

"劳特少校也许是这么认为的，但这并不意味着是事实。"

法官说道："让我们回到那份秘密文件上。亨利上校，请您到证人席上来好吗？"

亨利站起来，向证人席走过来。随着他走近，我看出来他很激动，满脸通红，满头大汗。他们三个似乎都在承受着巨大的压力。在秘密的小型军事法庭上一遍又一遍地重复他们的谎言是一回事，在这里说谎则是另一回事了。他们绝对想不到事情会发展成这样。亨利说道："那是在 10 月，如果我没记错的话。我一直没能想起准确的时间。我只知道房间里有一份打开的文件。上校已经在房间里坐下了，勒布卢瓦先生坐在他的左边，他们面前的桌子上放着几个信封，其中就有那份秘密档案，上面有我用蓝色铅笔写的标签。信封是敞开的，那份我们提到的文件——那份写着'那个畜生 D'的文件——放在信封外面。"

法官说道："皮卡尔上校，对此您有什么想说的？"

"我重申一遍，不管信封是开着还是合上，我从来没有把那份文件当着勒布卢瓦先生的面放在我的桌子上。无论如何，这件事不可能是亨利上校描述的那样，因为勒布卢瓦先生可以证明他直到 11 月 7 日才回到巴黎的。"

亨利气势汹汹地说："我说是在 10 月。我从来都是说是在 10 月，我没什么别的可说了。"

我问法官："我可以向亨利上校提问吗？"法官用手势示意我自便。于是，我对亨利说："告诉我，你走进我的办公室的时候，是从桌子对面的门进来的，还是从那个小门进来的？"

他稍微犹豫了一下，回答道："从正门进来的。"

"那么你在办公室里大概走了多远？"

"不远。我不确定是走了半步还是一步。"

"但不管走了多远，你肯定是在我桌子的另一边——也就是说，在我的座位的对面。那你怎么会看到那份文件呢？"

"我看得清清楚楚。"

"但这份文件的字迹非常模糊，就算是放在眼前也不一定能看清楚。距离那么远，你是怎么认出来的呢？"

"听着，上校，"他回答道，仍然在虚张声势，"我比任何人都了解这份文件，我在十步远的地方就能认出来。这是毫无疑问的。我就直截了当地说了吧。你想要真相？那就给你真相！"他指着我，转向陪审团道："皮卡尔上校在说谎！"

当初，在德雷福斯的军事法庭上，他也是用同样戏剧化的语气和控诉的姿势说出了那一句："叛徒就是他！"房间里有人倒吸一口冷气。就在那时，我忘记了自己要保持冷静的誓言。亨利刚刚说我是一个骗子。我转过身，举起手让他闭嘴："你无权这么说！你要为这句话付出代价！"

我的周围响起了一阵喧闹声，有掌声也有嘲笑声。我这才意识到，我刚向亨利提出了决斗的要求。亨利惊讶地看着我。法官敲着木槌让大家保持秩序，但我听不进去。我再也控制不住自己了。过去一年半里经历的所有挫败在这一刻彻底爆发。"陪审团的先生们，你们已经看到了，亨利上校、劳特少校和档案管理员格里贝兰纷纷对我做出了最卑鄙的指控。你们刚刚听见了，亨利上校说我是骗子，没有一点证据的劳特少校说我伪造了'小蓝'。先生们，你们想知道这是为什么吗？这是因为一手策划了德雷福斯事件的正是……"

"上校！"法官警告道。

396

"正是亨利上校和格里贝兰先生，加上迪帕蒂·德·克拉姆上校的协助、贡斯将军的指挥，他们一同试图掩盖我的前任，桑德尔上校犯下的错误。桑德尔上校病了，他瘫痪的身体让他生不如死。在他生病以后，这些人就一直在替他掩盖真相，也许是出于某种错误的忠诚感，也许是为了整个部门——我也不知道。你们想知道在他们眼里我究竟犯了什么罪吗？我只不过是相信要捍卫我们的荣誉，相比盲目服从命令，还有其他更好的方式。就因为这样，几个月来，那些以散布诽谤和谎言为生的报纸对我横加侮辱。"

左拉喊道："没错！"法官敲着小木槌让我住嘴。但是，我并没有停下。

"几个月来，我经历了对一个军人来说最可怕的处境——我的名誉遭到攻击，却无法自卫。而且，或许我明天就会被赶出这支我深爱的、我为其付出了生命中二十五年时光的军队。好吧——那就这样吧！我仍然相信寻求真理和正义是我的职责。我相信这是一名士兵为军队效忠的最好方式，我也相信这是我作为一个正直的人的职责。"我转向法官，平静地加上一句，"我的话说完了。"

嘲笑声夹杂着些许掌声从我身后传来。其中有一个孤独的声音喊道："皮卡尔万岁！"

那天晚上，为了躲避愤怒的群众，我不得不从侧门偷偷地溜出去，逃往金匠码头。正义宫上方的天空像血一样鲜红，点缀着一些飘零的火花。转过街角时，我们看到塞纳河旁有几百个人正在烧书——烧左拉的书。然后我又发现，被烧的书中还有他们能够拿到的所有同情德雷福斯的刊物。黑暗的河面上，人群的倒影像是在围着火焰跳舞一般，带着些许异教的意味。宪兵不得不在

397

我们的马车前面强行开出一条道来。拉车的马惊了，马夫不得不奋力控制住他们。我们过了河，沿着塞巴斯塔波大道刚走了一百米，就听到一阵厚玻璃"哗啦啦"破碎的声音。一群暴徒从大街中央跑过来，一个人喊道："打倒犹太人！"又走了一段路后，我们经过一家橱窗被砸碎的商店，已被涂满油漆的招牌上写着"利维和德雷福斯"。

第二天，当我再次回到正义宫时，我并没有被带回巡回法庭，而是被带到大楼里的另一个地方，接受地方法官保罗·贝尔图卢的审问。他询问了我在突尼斯收到的伪造信件。贝尔图卢四十多岁，身材高大，长得英俊迷人，是比约将军派来的。他留着翘起来的八字胡，纽扣上插着一朵红色康乃馨，看上去与其说是来审问我，倒更像是要去隆尚马场看赛马。我知道他是出了名的保守党和保皇党，也是亨利的朋友——这可能就是派他来执行这项任务的原因。因此，我对他调查的认真程度几乎不抱任何期望。但令我惊讶的是，与我想象的恰恰相反，随着我描述自己在北非的遭遇，他脸上的不安越来越明显。

"上校，我再和您确认一遍——您确定这些电报不是布兰琪·德·科曼日小姐写给您的？"

"毫无疑问，是迪帕蒂上校硬把她的名字牵扯进来的。"

"他为什么要那么做？"

我瞥了一眼正在记录我的证词的速记员。"我很愿意告诉您，贝尔图卢先生，但只能在私下告诉您。"

"这不符合常规的程序，上校。"

"这不是一件常规的事。"

他考虑了一下。"好吧，"他最后说道，"但是，您得明白，不管您愿不愿意，我可能必须得对您告诉我的话采取措施。"

我的直觉告诉我，我可以信任这个人。所以我同意了。速记员离开房间后，我告诉了他迪帕蒂和布兰琪的往事，还有那封被偷走的信的细节，以及那封信据称是被一个戴面纱的女人还回来的。"这就是为什么我说肯定是迪帕蒂在背后作怪。他总是会想出些狗血又老土的主意。我确信就是他向艾斯特哈齐提供了'戴面纱的女人'这个主意，还把这个角色设定为我认识的某个人。"

"简直难以置信。"

"确实。但您也知道，如果这件事的所有细节都被人们知道了，德·科曼日小姐在社会上的处境将会多糟糕。"

"所以您是说，迪帕蒂上校连接起了针对艾斯特哈齐少校的指控和官方批准的指控您伪造文件的阴谋这两件事？"

"是的。"

"伪造文件是情报部门的惯用手段吗？"

他的天真使我几乎笑了出来。"有一个在总安全局工作的军官——让–阿尔弗雷德·德斯韦宁。有一次他带了一个专门伪造文件的人，勒梅西埃–庇卡尔，来见我。我建议您和德斯韦宁谈谈，他也许能帮上忙。"

贝尔图卢把这个名字记下来，然后把速记员叫回了房间。

那天下午，正当我还在宣誓作证时，有人敲了敲门。接着，路易把头从门外伸进来。他满头大汗，上气不接下气的。"请原谅，"他对贝尔图卢说道，"但法庭急需皮卡尔上校过去。"

"但他正在向我提供证词呢。"

"这我可以理解，拉博里先生也向您道歉，但他确实需要传唤上校来提出反驳证据。"

"好吧，如果他非走不可的话，那就去吧。"

当我们匆匆忙忙地走过走廊时，路易说道："佩利厄将军现在正站在证人席上，试图推翻你的证词。他声称清单不可能是艾斯特哈齐写的，因为他接触不到那些情报。"

"胡说八道，"我说，"关于这点我昨天都解释过了。但是，这和佩利厄有什么关系？为什么不是贡斯，或者亨利来说明自己的情况？"

"你没有注意到吗？他们现在什么都让佩利厄来做。他是他们之中唯一一个像样的发言人，而且他不像其他人那样有污点。"当我们走到法庭门口时，他转过身来说，"乔治，你知道这意味着什么吧？"

"什么？"

"他们正在抽身。这是他们第一次真正地害怕自己会输。"

法庭内，佩利厄站在证人席上，演说正进行到最后的升华部分。他直接对着陪审团讲话，弄得像自己是辩护律师一样。路易和我站在法庭后方听着。"先生们，"他捶着胸口喊道，"我的军人之魂让我无法忍受这些强加于我们的耻辱！试图剥夺一支军队对首领的信任就是犯罪！各位能想象到，在危险来临之时，这支军队会做何反应——而危险可能就在比你们想象的还要近的将来！各位能想象到，在听到这些关于自己首领的流言蜚语后，那些可怜的士兵会怎么做吗？他们会把各位的儿子们领进屠宰场！但左拉先生会赢得一场新的胜利，他会写一本新的《崩溃》①，他会将法语文学传遍整个欧洲，传向整个世界，而法国将被从这个欧洲的地图上抹去！"

---

① 左拉创作的关于 1870 年普法战争的小说。——作者注

法庭上坐着军官们的那片区域爆发出一片欢呼声。佩利厄举起一根手指，让他们安静下来。"还有最后一句话，先生们。如果三年前，德雷福斯被判无罪，我们应该感到高兴。因为这证明了法国军队里没有间谍。但之前的军事法庭不愿意接受的是，不管德雷福斯是否有罪，要让一个无辜的人替代他的位置。"

　　来自总参谋部的军官们的掌声再次响起，佩利厄在掌声中退下来。我向法庭中央走去，一路经过贡斯和亨利，他们都站在位置上，鼓着掌。佩利厄昂首阔步地回到自己的座位上，活像一个刚赢了一场比赛的职业拳击手。我站到一旁让他过去。他的眼睛熠熠发光，直到经过我身边时才注意到我站在这里。当他从我身边走过时，他从嘴角里挤出几个字："看你的了。"

　　但令拉博里非常恼火的是，法官裁定现在传唤我已经太晚，我的证词只能等下次开庭再说了。我回到瓦莱里安山，度过了一个不眠之夜。我听着风声，久久地凝视着埃菲尔铁塔上的灯光像一颗红色的星星一样在巴黎上空闪烁着。

　　第二天早上，当我又一次出现在法庭中央时，拉博里说道："昨天，佩利厄将军宣称，艾斯特哈齐少校不可能拿到清单上所列举的文件。您对此有什么想说的？"

　　我谨慎地开口道："我接下来要说的可能会与佩利厄将军所说的相矛盾，但我还是认为我有责任说出自己的想法。现在的核心问题是，清单上列出的文件远没有大家想的那么重要。"

　　这次我在措辞上还是很谨慎。我指出，军队认为清单泄露了五份机密文件。然而，其中的四份根本称不上是"文件"，只能说是简单的"摘要"，里面没有包括总参谋部的内部信息——关于120毫米加农炮的水压制动机、关于掩护部队、关于改变炮队队形以及关于马达加斯加远征的摘要。"那么，为什么只是摘要呢？显然，如果是有严肃的提议，或是手上的信息不仅仅是在谈话中听到或是路过时看到的，那就应该说，'随信附上某某和某某文件的副本'。确实，清单里附带有一份文件副本——第五份文件，射击规程——而我们知道艾斯特哈齐少校是可以拿到这份文件并且确实安排人把这份文件抄了下来，这显然不是一个巧合。而在清单中，作者又提到了'时间有限'，但总参谋部的军官，例如德雷福斯，应该不会有使用时间的限制。"

我右边立着一座华丽的大钟，每当我在两个论点之间稍做停顿时，我都能听到它在鸦雀无声的法庭上滴答作响，这从侧面反映出我的听众们注意力的集中程度。时不时的，我用余光看到越来越多的陪审员，甚至是一些总参谋部军官的脸上露出了怀疑的神色。佩利厄的自信一点点流失了，他不断地站起来打断我，让他自己的证词显得越来越不可靠。最后，他犯下了一个致命的错误。当时，我正在指出清单的结尾句——"我要去参加演习了"——同样揭示了写清单的不是陆军部内部的人，因为总参谋部的演习都是在秋天举行的，但清单理论上是在 4 月写成的。这时，佩利厄又站了出来。

"但清单并不是在 4 月写成的。"

我还没来得及回答，拉博里就以迅雷不及掩耳之势站了起来。"是在 4 月写成的——或者说，至少陆军部一直是这么声称的。"

"你错了，"佩利厄坚持道，尽管他的声音因为不确定而微微颤抖，"我请贡斯将军为我作证。"

贡斯走上前来道："佩利厄将军说的是对的——清单一定是在 8 月前后写成的。因为里面有关于马达加斯加远征的摘要。"

拉博里一下抓住了贡斯的回答，问道："那么，总参谋部究竟是什么时候写下关于马达加斯加远征的那条摘要的呢？"

"8月。"

"等等。"拉博里在他的文件包里翻了翻，取出一张纸，"但在对德雷福斯上尉最初的起诉书，也就是那份在他的审判上被宣读的起诉书中，提到他是在2月抄写了马达加斯加远征的摘要，当他在与此行动相关部门工作时。是这么写的：'德雷福斯上尉那时可以轻易地得到这份材料。'对于这两个日期您做何解释？"

贡斯惊愕地张开嘴，看了看佩利厄道："呃，这份摘要是8月写的。我不清楚2月时部里是否写过摘要……"

"啊，好了，先生们！"拉博里嘲讽地说道，"现在大家知道严谨是多么重要了吧！"

虽然这只是一个小小的矛盾，但是法庭里的气氛明显已经开始发生变化，就像是气压骤降了一样。有些人笑了起来，佩利厄的脸僵住了，因为愤怒而涨得通红。他是一个自负的人，一个骄傲的人，现在却被搞得像个傻瓜。更糟糕的是，政府方面的证词突然变得不那么可靠了。他们的证词从来没有被一个像拉博里一样优秀的律师挑战过。在强压下，这些证词变得像火柴梗一样，一碰即碎。

佩利厄申请休庭，蹑手蹑脚地回到自己的座位上。很快，包括贡斯和亨利在内的总参谋部的所有军官，围绕着佩利厄凑在了一起。我看见他用手指指来指去。拉博里也看见了，他冲我皱起了眉头，摊开手，张开嘴道："这是在干什么？"但我只能耸耸肩——我也不知道他们在讨论什么。

五分钟后，佩利厄大步走回法庭前方，表示自己有话想说。

"陪审团的先生们，关于刚才发生的事我有话要说。到目前为止，我方一直严格遵守法律规定，对德雷福斯的案子只字未提，我现在也不想提起。但辩方刚刚公开宣读了起诉书中的一段话，而这段话本不应该被提起。就像亨利上校说的那样——他们想要真相，那就给他们真相！1896 年 11 月，陆军部拿到了德雷福斯犯罪的铁证。我见过这份证据，是一份文件，文件来源不容置疑。里面大概有这样的几句话：'我在信中收悉有一个副官将会询问关于德雷福斯的问题。如果罗马那边有人再次问起相关情况，我会说我从未和这个犹太人有过任何来往。'先生们，我以我的名誉做此声明，我希望布瓦代弗尔将军能为我作证。"

法庭四周响起了一阵倒吸冷气的声音，随后又转化为一阵私语声。人们纷纷转向自己身旁的人，讨论着这段话意味着什么。拉博里再次困惑地看着我。我花了几秒钟才明白佩利厄说的应该是那封据说是从德国大使馆取回的信 很巧，那封信正好是在他们将我送出巴黎之前拿到的，比约为我读了信上的内容，但没有给我看过。我使劲地向拉博里点点头，做了一个抓的手势。佩利厄又犯了一个错误，拉博里必须抓住这个机会。

贡斯意识到了危险，已经站了起来，匆匆忙忙地向法庭前面走来。他焦急地对法官喊道："我请求发言。"但是，拉博里的速度比他快多了。

"不好意思，将军，但我要发言。一件非常紧急的事情发生了。在做出这样的声明后，这场辩论将不会有任何限制。我要向佩利厄将军指出，任何文件在被公开审视之前，都没有任何可以用作证据的科学价值。请让佩利厄将军毫无保留地解释一下自己说的话，把文件公之于堂。"

法官问道："贡斯将军，您要说什么？"

贡斯的声音尖锐而沙哑，就像是被人勒住了脖子一样。"我为佩利厄将军作证。他采取了主动，做得很好。换作是我，我也会这么做的。"他紧张地用双手上下摩擦着裤子的两侧，看上去怪可怜的。"军队不害怕真相。为了保护军队的荣誉，军人们毫不畏惧说出真相。不过必须保持谨慎，我认为，尽管关于这一点的证据是真实的、不容置疑的，但它不能公开。"

佩利厄直接说"我请求让布瓦代弗尔将军为我作证"，并无视了法官和可怜兮兮的贡斯，后者对自己站在走廊上的副官喊道："德尔卡塞少校，请立刻坐马车去找布瓦代弗尔将军。"

休庭期间，拉博里走到我旁边，小声地说道："他说的是什么文件？"

"我不能告诉您——不能说细节。不然会违背我的保密誓言。"

"您多少得告诉我点什么，上校——总参谋长就要来了。"

我瞥了一眼坐着的佩利厄、贡斯和亨利。他们正专注地开着小会，没有注意到我。"我可以告诉您，这是一个孤注一掷的策略。我觉得贡斯和亨利对他们现在的处境不太满意。"

"那您建议我向布瓦代弗尔提什么问题？"

"让他把那份文件完整地读出来。问他们这份文件能不能让司法鉴定人员检查。问他为什么是在把德雷福斯送到魔鬼岛两年后才发现了给他定罪的'铁证'！"

当布瓦代弗尔已经等候在法庭外的消息传来时，走廊里响起一阵掌声和欢呼声。门砰的一声打开了。几个勤务兵匆匆地走进来，布瓦代弗尔跟在后面，慢慢地从法庭后方往前面走来。我们已经十五个月没见面了。他身材高大，仪表堂堂，走起路来的姿势很僵硬，紧紧扣着的黑色制服与他雪白的头发和胡子形成了鲜明的对比。他看上去苍老了很多。

法官说道："将军，感谢您的出席。一件出乎意料的事发生了。

让我来为您朗读一下速记中佩利厄将军证词的部分。"

他读完后，布瓦代弗尔严肃地点了点头。"我长话短说。我证明佩利厄将军的证词都是真实准确的。我对此不做其他评论，我没有这个权力。"他转向陪审团道，"还有，先生们，现在请允许我向各位说一句。各位是陪审团成员，各位代表了这个国家。如果这个国家不信任军队的指挥官，不信任国防事务负责人，这些负责人将会把这个重担交给别人，各位只要开口就行。我的话说完了。法官大人，我申请退庭。"

法官说道："您可以退庭了，将军。把下一个证人带进来。"

随着布瓦代弗尔转过身，向门口走去，全场响起了热烈的掌声。当他从我身边经过时，他的目光在我的脸上停留了一瞬，然后脸上的肌肉微微抽搐了一下。拉博里在他身后叫道："请原谅，将军，我有些问题想问您。"

法官让他保持安静。"您没有发言权，拉博里先生。这件事已经过去了。"

布瓦代弗尔的任务已经完成，他继续稳步向前走去，离开了证人席。几个总参谋部的军官也站了起来，一边扣上披风，一边跟在他的后面。

拉博里还在试图把布瓦代弗尔喊回来："请原谅，布瓦代弗尔将军——"

"您没有发言权。"法官敲着他的小木槌道，"把艾斯特哈齐少校带进来。"

"但我有几个问题要问这位证人……"

"这起事件超出了庭审范围。您没有发言权。"

"我要求发言权！"

但已经太迟了。法庭后方传来了关门的声音——并不是砰的

406

一声，而是很有礼貌地轻轻关上——布瓦代弗尔的参与到此就结束了。

在这几分钟的插曲结束后，艾斯特哈齐的出现让人感到扫兴。我听见拉博里和克列孟梭兄弟在低声讨论要不要以退庭来抗议布瓦代弗尔的额外干预。由布料零售商、商人和菜农组成的陪审团还处在惊愕之中，因为他们刚刚被总参谋长本人威胁了——如果他们跟军队对着干，军队高层会将此视为他们投出了不信任票并集体辞职。而我则如坐针毡，焦急地思考着下一步要怎么办。

艾斯特哈齐那两只大得出奇且突出的眼睛不停扫视着四周，他首先颤抖着向陪审团说道："我不知道各位是否了解我现在所处的可怕境地。卑鄙的马蒂厄·德雷福斯先生在没有丝毫证据的情况下，居然指控我犯下了他弟弟为之受罚的罪行。今天，我站在这里不是作为证人，而是作为被告，这是对一切权力的蔑视，是对一切司法规则的蔑视。对我遭到的这种待遇，我提出强烈抗议……"

我听不下去了。我显眼地站起来，走出了法庭。

艾斯特哈齐在我身后喊道："在过去的十八个月里，我置身于最恶毒的阴谋之中！在这段时间里，我承受的痛苦是任何同时代的人一辈子都没有经历过的……！"

我把他的声音关在了门内，在走廊里搜寻着路易的身影，直到发现他坐在阿尔莱前厅里的一张长椅上，眼睛盯着地板。

他面无表情地抬起头道："你意识到了吗？我们刚刚目睹了一场政变。没错，就是政变——总参谋部提及了一份不让辩方看到的证据，然后威胁民事法庭相信其真实性，否则他们将集体辞职？他们把用在德雷福斯身上的战术用到了整个国家上！"

"没错。这就是为什么我想让自己回到证人席上去。"

"你确定？"

"你会告诉拉博里吗？"

"你要小心点，乔治——我是以你的律师的身份跟你说这句话的。如果你违反了自己的保密誓言，他们可以关你个十年。"

走回法庭时，我说道："如果你愿意的话，我还想请你帮我做件事。有一名总安全局的军官，叫作让－阿尔弗雷德·德斯韦宁。你能不能偷偷跟他联系一下，安排他私下和我见一面？告诉他盯紧那些文件，等我被放出去后，晚上七点老地方见。"

"老地方见……"路易用笔记了下来，没有做任何评论。

回到法庭后，法官说道："皮卡尔上校，您想补充什么？"

当我走向证人席时，我瞥了亨利一眼。他正挤在贡斯和佩利厄的中间坐着。他的胸膛非常宽阔，他的双臂交叉在胸前，显得非常粗壮，就像被剪了羽毛的翅膀。

我轻抚着被擦得锃亮的木头扶手，抹去上面的痕迹。"我想就佩利厄将军提到的那份可以证明德雷福斯罪行的铁证说几句。如果他不提起这件事，我也永远不会提起。但现在，我觉得我必须这么做。"时钟滴答作响，我感觉一扇活板门在我脚边打开了，而我最终跨了进去。"那是伪造的。"

剩下的细节很快就被说明了。等到咆哮声和喊叫声渐渐平息下来，佩利厄走上前来，对我进行了猛烈的人身攻击："这宗案子的一切都很奇怪。但最奇怪的是这个人的态度。他穿着法国军装，却在法庭上指责三位将军伪造证据……"

在宣布审判结果的那天，我最后一次坐马车从瓦莱里安山出发。正义宫周围的街道上挤满了一脸凶恶的大汉，手上都拎着沉重的棍子。当陪审团退下去讨论裁决结果时，我们这群"德雷福斯党"——人们现在都开始这么叫我们了——为了保护自己，在法庭中间站成一团。这群人里有我、左拉、佩伦克斯、克列孟梭兄弟俩、路易和拉博里、左拉夫人、拉博里年轻靓丽的妻子以及她和前夫生的两个年幼的儿子。"这样我们就可以在一起了。"她操着一口带有浓重口音的法语对我说道。通过挑高的窗户，我们可以听见外面暴民们的吵闹声。

克列孟梭说道："就算我们赢了，我们也没法活着离开这栋楼。"

四十分钟后，陪审团回来了。陪审团团长，一个体格健壮的商人，站了起来。"以我的名誉和良心，陪审团做出以下声明：经过投票，陪审团判决佩伦克斯有罪，左拉有罪。"

法庭里一下子炸开了锅。军官们在欢呼，所有人都站了起来。法庭后方上流社会的女士们也站到了自己的座位上，想看得更清楚些。

"一群蚕食同类的畜生。"左拉说道。

法官告诉《震旦报》的主编佩伦克斯，他被判四个月监禁，罚款三千法郎，而左拉被判一年监禁，罚款五千法郎。判处缓刑，等候上诉。

亨利和总参谋部的一群军官在一起。当我们离开时，我从他身边经过，他正在讲着笑话。我冷冷地对他说道："过几天，我的证人会来找你的证人，安排我们的决斗。你做好准备。"然后，我很满意地看到，这至少在短时间内让他那张猪一样的脸上的笑容消失了。

三天后，也就是2月26日，周六，瓦莱里安山军事堡垒的指挥官把我叫到他的办公室，让我保持着立正的姿式，告诉我，一个高级军官小组认定我犯下了"严重渎职罪"，要立即将我从军队开除。我将拿不到上校的退休金，而是只能拿到少校的退休金——每周三十法郎。他还受命告诉我，如果我再在公共场合对我在总参谋部的工作发表任何评论，军队将对我采取"最严厉的惩罚"。

"您有什么想说的吗？"

"没有，上校。"

"解散！"

黄昏时分，我在士兵的护送下，提着手提箱来到大门口，离开了铺着鹅卵石的前院，一个人踏上了回家的路。自十八岁起，我就只过过军队里的生活。但现在这一切都结束了，我作为平民"皮卡尔先生"，走下山，到火车站去赶回巴黎的火车。

21 决斗

第二天晚上，我坐在圣拉扎尔车站咖啡馆那个熟悉的角落里的一张桌子前。今天是周日，这个时间段客流稀少，咖啡馆显得很清冷。我是为数不多的顾客之一。为了到这来，我采取了很多预防措施——混进教堂，从侧门离开，沿路返回，躲进小巷子里——所以我现在很确定没有人跟踪我。我读着报纸，抽着烟，尽力想让我点的啤酒坚持到七点四十五分。但到时间时，却没有德斯韦宁现身的任何迹象。我很失望，但并不是没有想到过这个结果——考虑到自从上次见面以来，我的处境已大不如前，这也不能怪他。

我走出门，乘公共马车回家。下层的人太多，于是我爬到了上层。从敞开的两侧透进来的寒意让这层除了我没有其他乘客。我坐在中间一张长凳的中央，低着头，双手插在口袋里，看着街边商店昏暗的二层。我刚坐下还没一分钟，突然有一个穿着厚大衣、戴着围巾的男人坐到了我身边。

他说："晚上好，上校。"

我惊讶地转过头来："德斯韦宁先生。"

他继续盯着前方，说道："您从公寓出来的时候就被跟踪了。"

"我以为我已经甩掉他们了。"

"你甩掉了两个。第三个坐在楼下。幸运的是，他是我手下的人。我觉得应该没有第四个了，但就算这样，我觉得我们的谈话还是简短点才好。"

"是的，当然。你能来真是太好了。"

"您想和我说什么？"

"我有话要和勒梅西埃－庇卡尔说。"

"为什么？"

"德雷福斯案中出现了很多伪造的文件，我怀疑他至少参与伪造了其中的一部分。"

"噢，"德斯韦宁的声音听起来很痛苦，"噢，那可不容易。您能说得更具体一些吗？"

"好的。特别是前几天左拉一案中提到的那份文件，也就是布瓦代弗尔将军为之做担保的那份所谓的'铁证'。如果我想得没错的话，文件里应该有五到六行字。这个造假的量对于业余的人来说太大了，而且有很多真实的笔迹可以拿来比较。所以我想他们一定是找了一个专业伪造文书的人。"

"您说的'他们'是谁——如果您不介意我问问的话？"

"反间谍处。亨利上校。"

"亨利？他现在是代理处长！"他终于转过来看着我。

"我确定我能搞到钱，如果庇卡尔想要的是这个的话。"

"他很需要钱——我现在就可以告诉你，而且是很多钱。您要什么时候见他？"

"越快越好。"

德斯韦宁缩进了外套里，沉思着。我看不见他的脸。最后，他说道："上校，这事交给我吧。"他接着站了起来。"我就在这里下车了。"

"我不再是上校了，德斯韦宁先生。你没有必要那么称呼我，也没义务帮我。这对你来说很危险。"

"上校，您忘了，我花了多少时间在调查艾斯特哈齐身上——我太了解那个混蛋。看到他逍遥法外我就恶心。我愿意帮助您，哪怕只是为了让他被绳之以法。"

我和亨利的决斗需要两个证人来安排，以保证决斗的公平性。我到阿弗雷城去找了埃德蒙·加斯特，请他来当我的证人。午饭后，我们坐在他家阳台上，膝盖上盖着毯子，抽着雪茄。他说道："好吧，如果你决意要这么做的话，那我很荣幸可以成为你的证人。但我请求你再考虑一下。"

"我已经公开向他提出了挑战，埃德，我没有退路了。而且，我也不想退缩。"

"你要选什么武器？"

"剑。"

"拜托，乔治——你已经很多年没击剑了！"

"从样子上可以看出来，他也很多年没练了。反正我还有冷静的头脑和灵活的身体。"

"但你的枪法肯定比剑法好吧？而且用枪决斗有一个有益的惯例，那就是决斗者会故意打偏。"

"是的，除非我们用手枪的时候正好是他赢了签，选择先手。他不可能故意打偏的。如果他用一颗子弹直接射穿我的心脏，那他们所有的问题就迎刃而解了。不，这样的风险太大了。"

"那你的另一个证人要找谁来当？"

"我想让你问问你的朋友，参议员朗克。"

"为什么是他？"

我吸了一口雪茄，然后才回答道："我在突尼斯的时候研究过德·莫雷侯爵。那人在决斗中用一把超出规定重量许多的剑杀死

413

了一名犹太军官，刺穿了他的腋窝，切断了他的脊柱。我觉得有个参议员在旁边应该能保住我的性命，可能能够阻止亨利尝试类似的伎俩。"

埃德蒙惊恐地望着我："乔治，对不起，但我必须说这真是疯了。别担心你自己——为了解救德雷福斯，你不能让自己出事。"

"他在法庭上公开指控我说谎。为了我的名誉，我必须和他决斗。"

"是为了你的名誉，还是为了波利娜的名誉？"

我没有回答。

第二天晚上，埃德蒙和朗克代表我去了亨利在迪凯纳大街上、军事学院正对面的公寓，正式向他提出挑战。后来埃德蒙回忆道："他显然在家——透过门下方的缝隙可以看到他的靴子踩在走廊上，我们能听见他的儿子在喊'爸爸'，然后有一个男人的声音叫其安静。但是，他却叫他的妻子出来跟我们谈。她把信接了过去，说他明天会给我们回复。我觉得他是急于推掉这场决斗。"

周三过去了，我们并没有收到亨利的回复。晚上八点左右，有人敲门，我还以为是他的证人来给我回复了，起身去应门，却发现站在楼梯平台上的是德斯韦宁。他没戴帽子，也没穿外套，显然来得很着急。

"一切都安排好了。"他说，"我们要找的那个人住在塞夫勒街上的曼什旅馆，用的是一个化名，科波蒂·迪特里厄。你有武器吗，上校？"

我拉开夹克，给他看我套在肩膀上的枪套。自从我的左轮手枪被没收后，我就自己买了一把英国造的韦伯利手枪。

"很好，"他说，"那我们可以走了。"

"现在吗？"

"他不会在一个地方待太久的。"

"我们不会被跟踪？"

"不会。我换班了，今晚对你的监视行动由我负责。上校，至少对于总安全局来说，您今天晚上一整晚都在房间里没出来过。"

我们坐出租车到了河对岸，在军事学院南边停下，付钱给了司机。我们步行走完剩下的路程。塞夫勒街上，旅馆所在的那一段路又狭窄又昏暗，曼什旅馆很不好找。旅馆是一座又小又破的房子，夹在肉店和酒吧之间——来出差的商人可能会在这里将就一晚，而幽会的情人们也可以在这里开钟点房。德斯韦宁先走了进去，我跟在后面。接待桌前没有人。透过串珠帘子可以看见人们在小餐厅里吃晚饭。楼里没有电梯，狭窄的楼梯一踩上去就吱呀作响。我们来到三楼，德斯韦宁敲响了其中一间的门。没有回应。他试着转了转门把手——锁上了。他把食指放在嘴唇上。我们站着，静静地听着。隔壁房间里传来一阵低沉的说话声。

德斯韦宁从口袋里摸出一套开锁工具，和他给我的那套一模一样。他跪下来撬锁。我解开外套和夹克的口子，感觉到韦伯利手枪的重量压在胸上，令人心安。一分钟后，随着咔嗒一声，锁打开了。德斯韦宁站了起来，平静地收起工具，放回口袋里。他轻轻地打开门，看了看我。房间里很暗。德斯韦宁摸索着开关，打开了灯。

我看见眼前的东西的第一反应是，这是一个巨大的乌木人偶——也许是裁缝用的人体模型，用黑灰泥做的，被摆成坐姿，放在窗户下面。德斯韦宁没有转身，也没有说话，只是举起左手，告诉我不要动。他用右手拿着枪，用三四步穿过地板，走到窗前，低头看了看那个东西，然后低声说："把门关上。"

我踏进房间里的那一瞬间就认出来了——那是勒梅西埃－庇卡尔，不管是用什么名字，反正是那个人。他的脸变成了紫黑色，头垂在胸前。他的眼睛睁着，舌头伸了出来，唾液在他的衬衫前面干成一片。有一根细绳藏在他脖子的褶皱里，从他背后直直地伸出去，另一端系在窗棂上，跟竖琴的弦一样紧绷着。随着我走得更近，我看到他裸露的脚和下半截腿上有瘀青。他的腿和脚贴在地上，臀部却悬在地板上方。他的双臂垂在身体两侧，紧握成拳状。

德斯韦宁把手伸到他肿胀的脖子上，摸了摸脉搏，然后蹲下来，迅速地给尸体搜着身。

我说："你最后一次和他说话是什么时候？"

"今天早上。他当时就站在这扇窗边，还生龙活虎的。"

"他有抑郁倾向吗？是自杀吗？"

"没有，他只是有些害怕。"

"他死了多久了？"

"尸体已经冷了，但还没有僵硬——有两到三个小时了。"

他直起身，走到床前。一个行李箱敞开在那里。他把箱子翻过去，把里面的东西都倒了出来，然后在那堆乱七八糟的东西里翻来翻去，捡出钢笔、笔尖、铅笔、墨水瓶。椅背上挂着一件粗花呢夹克，他从夹克的内袋里拿出一个便笺盒，翻了一遍。然后他又检查了夹克两边的口袋——一边装着一些硬币，另一边装着房间钥匙。

我看着他道："没有字条？"

"什么纸都没有。这对一个专业伪造文书的人来说很奇怪，不是吗？"他把所有东西都放回箱子里。然后，他拿起床垫，拍了拍底部，打开床头柜的抽屉，朝破旧的橱柜里看了看，把垫子的边边角角都翻起来检查了一遍。最后，他双手叉腰，丧气地站在那。"彻底检查过了。他们一点痕迹都没有留下。您该走了，上校。您绝对不能被人发现和一具尸体一起困在一个房间里——尤其是和这个人的尸体。"

"那你呢？"

"我会把门锁上，把一切恢复原样。然后可能会在外面等一两个小时，看谁会出现。"他凝视着尸体，然后说道，"这事会直接被定性为自杀——您等着瞧吧——巴黎所有的警察，就算是骗子也会这么说的。这可怜的混蛋。"他温柔地把手伸向那张扭曲的脸，合上了那双眼睛。

第二天，两位上校，帕雷和布瓦松内，来到我的公寓。这两人都是出了名的运动爱好者和亨利的老酒友。他们郑重地告诉我，亨利上校拒绝和我决斗，因为我作为一名被革职的军官，是一个"声名狼藉"的人，已经没有任何名誉可言，因此这场决斗对我产生不了任何影响。

帕雷冷冷地、轻蔑地看了我一眼道："他建议皮卡尔先生去找艾斯特哈齐少校，他知道艾斯特哈齐少校急于向您提出决斗。"

"我知道他想。但您可以通知亨利上校和艾斯特哈齐少校——我也不打算自降身份，和一个叛徒、一个贪污犯决斗。亨利上校当众指控我在说谎时，我还是一名现役军官。我是在那时向他发出决斗挑战的，所以，他出于尊严有义务回应我的挑战。如果他拒绝，人们将会注意到这一点，从而得出这样一个显而易见的结论——他既诽谤了我，还是一个懦夫。再见，先生们。"

在他们面前关上门后，我意识到自己在发抖，不知道是由于紧张还是愤怒。

那天晚上迟些时候，埃德蒙回来了，告诉我亨利决定接受我的挑战。决斗将于后天上午十点半在军事学院的室内练马场举行。我们将用剑作为武器。埃德蒙说："亨利自己会带一个军医在旁，我们需要指定一位医生和我们一起去。你有什么人选吗？"

"没有。"

"那我会去找个人的。现在你去收拾行李吧。"

"为什么？"

"因为我的马车已经停在外面了。你得和我回家，跟我练练剑。我不忍心看你被杀。"

我犹豫着要不要把勒梅西埃－庞卡尔的事告诉他，最后还是决定不说了。他已经够焦虑的了。

周五一整天我都是在埃德蒙家的谷仓里度过的。他一小时接一小时地训练我的步法，帮我复习复杂进攻、划圆防守、还击和延续进攻的基本原理。第二天早晨，九点一过，我们就离开阿弗雷城，坐车回到巴黎。让娜热情地吻了我的脸，像是要再也见不到我似的。"再见，我最亲爱的乔治！我永远不会忘了你的。再见！"

"我亲爱的让娜，这样有损我的士气……"

一小时后，我们驶入洛温达尔大道时，发现练马场门口有几百号人在等着，其中有许多是军事学院的学生——我曾经教过的那类年轻人，在我穿着便服从马车里走出来时，对我加以嘲笑。大门由一排士兵守着。埃德蒙敲敲门，门闩打开了，我们得以进入那个熟悉的、昏暗的、湿冷的地方。这里充满了马粪、氨气和稻草的臭味，被困住的鸟儿对着天窗扇着翅膀。宽敞的赛马场中间摆放着一张搁板桌，阿蒂尔·朗克那庞大的身体正靠在上面。他向我走过来，伸出手。他可能已经快七十岁了，但他的胡子还是又黑又密，夹鼻眼镜后的眼睛因激动而闪着光。"我一生中参加过很多次决斗，亲爱的朋友。"他说道，"你要记住，两个小时后，你将会坐下来吃午饭，那时你将会有这辈子里最好的胃口！就算是为了这顿美味的午饭，你的决斗也是值得的！"

我被引荐给裁判，一位退休的共和国卫队军士长，还有我的医生，一位医院里的外科医生。我们等了十五分钟，就在谈论的话题开始枯竭时，街上传来一阵欢呼声——亨利来了。亨利走进来，后面跟着两名上校。他没有理睬我们，只是大步走到桌前，脱下手套。然后，他摘下帽子，放在桌上，开始解开上衣的扣子，就像是要应付一个他急于摆脱的医疗检查一样。我脱下自己的上衣和背心，递给埃德蒙。裁判用粉笔在石板地的中央画了一条粗线，在它的两边各用步子测出一个位置，用十字标出来，然后叫我们走到他身边。"先生们，"他说道，"请解开你们的衬衫纽扣。"我们都稍微露了一下胸口，以证明自己没有穿戴任何防护装备。亨利的胸口是粉红色的，没有毛发，就像猪的肚子一样。他全程都在看自己的手、地板、屋顶的椽子——总之就是不看我。

我们的武器经过了称重和测量。裁判说："先生们，如果你们中有人受伤了，或者你们的证人中有人看到你们受伤了，决斗将会停止，除非伤者表示他希望继续战斗。在检查伤口之后，如果伤者有意愿，决斗可以继续。"他把剑递给我们，然后道："现在请做好准备。"

我活动了一下膝关节，做了几次刺剑和防守的动作，然后转过身来面对亨利。他站在大约六步之外的地方，现在终于看着我了。我看到了他眼中的仇恨。我一下子就意识到了——如果有机会的话，他会把我置于死地。

"预备——"裁判说道，我们摆好了姿势。他看了看表，举起手杖，然后挥下，"开始！"

亨利立即挥着他的剑向我冲来，其速度之快、力量之大，几乎快把我的剑从手中撞掉。我别无选择，忘记了所有技巧，只能凭借本能在连续进攻下连连后退、尽全力防守。我的脚被什么绊到，我稍微趔趄了一下，亨利趁机砍向我的脖子。朗克和埃德蒙都大叫起来，抗议这样的犯规行为。我往后倒去，肩膀碰到了墙。亨利已经把我逼到了离我的起始位置二十步远的地方，我不得不低头躲过他的攻击，绕到一边，重新摆出防守姿势。但是，他又冲了过来。

我听到朗克在向裁判抱怨："但这太荒谬了，先生！"裁判喊道："亨利上校，这次决斗的目的是解决绅士之间的矛盾！"但我从亨利的眼睛里看出，他现在除了自己的心跳，什么也听不见。他再次向我猛扑过来，这一次，我感觉到他的剑刺在我脖子的肌腱上。这是我出生以来离死亡最近的一次。朗克喊道："住手！"就在这时，我的剑尖刺到了亨利的前臂。他低头看了一眼，然后放下他的剑。我也放下了我的剑。证人们和医生们急忙向我们跑过来。裁判看了看手表道："第一回合持续了两分钟。"

我的外科医生让我站到天窗下面，把我的头转过去，帮我检查脖子。他说："您没事——他肯定是只差一点就刺到了。"

而另一边，亨利的小臂正在流血——并不严重，只是擦伤，但也足以让裁判对他说："上校，您可以拒绝继续决斗。"

亨利摇了摇头道："继续吧。"

当他卷起袖子，擦掉血迹的时候，埃德蒙悄悄地跟我说："这家伙是个杀人狂。我从来没见过这样的决斗。"

"如果他再这样，"朗克补充道，"我会喊停的。"

"不，"我说，"不要那么做。让我们决战到底。"

裁判喊道："先生们，回到起始位置上！"

"开始！"

亨利想要从上一回合结束的位置重新开始，于是他带着同样的攻击性，把我逼回到墙边。但因为他的前臂正在流血，手很滑，所以他在挥剑的时候不再像原来那样用力了——速度在放缓、力度在减弱。他必须尽快了结我，否则他会输的。他使出所有力气，刺向我的心脏。我挡开他的剑，将他的剑往外一推，刺中他手肘的边缘。他痛苦地叫喊着，扔下剑。他的证人喊道："停！"

"不行！"他喊道，缩了缩身子，抓着自己的胳膊肘，"我可以继续！"他弯下腰，用左手捡起他的剑，想把剑柄塞进右手。但是，他那沾满血的手指无论如何就是无法抓住剑柄。他尝试了很多次，但每当他想举起剑时，剑都会掉到地上。我毫不怜悯地看着他。"给我一分钟。"他咕哝着，转过身来背对着我，以掩饰自己的脆弱。

最后，那两名上校和他的医生说服他走到桌子旁，让医生给他检查一下伤口。五分钟后，帕雷上校走到我、埃德蒙和朗克面前，向我们宣布道："是肘神经受损，手指会有好几天无法抓握。亨利上校必须回去了。"他敬了一礼，转身离开。

我穿上背心和夹克衫，往那边瞥了一眼。只见亨利瘫坐在椅子上，盯着地面。帕雷上校站在他身后，帮他把手臂穿进外套的袖子里，而布瓦松内则在他脚边跪着，帮他系上扣子。

"你看他，"朗克轻蔑地说道，"就像一个巨婴一样。他没救了。"

"没错，"我说，"他确实是。"

我们没能遵照习俗，在决斗后握手。相反，在人们的"英雄"受伤的消息传到洛温达尔大街上后，为了避开充满敌意的人们，我匆匆忙忙地从后门离开了。根据第二天报纸上的头版报道，亨利那天手臂吊着绷带，是在他的支持者的欢呼声中离开的，然后被敞篷四轮马车送回自己的公寓。而布瓦代弗尔将军正等在他家里，等着向他传达军队对他的祝福。我在离开后与埃德蒙和朗克一起去吃了午饭。原来朗克说的是真的——这确实是我胃口最好、最享受的一顿饭。

这种愉悦感在我身上一直持续着。在接下来的三个月里，每天早上醒来时，我都抱着一种莫名的乐观情绪。从表面上看，我的处境已经糟得不能再糟了——我整天无所事事，没有工作，收入很少，手里的资产也少得可怜。在波利娜离婚前，我还是不能去看她，以免我们被媒体或是警察看到。布兰琪已经走了。她哥哥多方操纵，使了各种各样的手段（包括妄称她是个患有心脏病的五十五岁未婚老姑娘），才让她免于被传唤去左拉的庭审上当证人。我在公共场合遭到嘲讽，被多家报纸诽谤——他们从亨利那里得到消息，说有人看见我在卡尔斯鲁厄会见冯·施瓦茨科彭上校。路易被免去第七区副区长的职务，并因"不当行为"受到律师协会的制裁。雷纳克和其他德雷福斯的著名支持者都没能参加全国大选。勒梅西埃-庇卡尔的死引发极大的轰动，但官方却将此案以"自杀"草草结案。

黑恶势力无处不在，且处处掌权。

不过，我并没有完全被社会排挤在外。巴黎社会已经分裂了，每当有一扇门在我面前关上，就会有另一扇门为我打开。周日，我时常去米罗梅斯尼尔街上的热纳维耶芙·斯特劳斯女士，作曲家比才的遗孀家里吃午饭，和左拉、克列孟梭、拉博里等新战友一起。周三晚上，法朗士先生 ① 的情妇，莱昂蒂娜·阿尔芒·德·卡亚韦女士，也就是"我们的修正女神"在奥什街上的沙龙里常常会举办二十人的晚宴。莱昂蒂娜是一位雍容华贵的贵妇。她脸颊绯红，头发被染成橙色，头上戴着一顶立着毛绒粉色红腹灰雀的无边帽。周四，我往往会朝皇太子妃门的方向，向西走几条街，去参加阿林·梅纳尔－多里安夫人的音乐会。在她那装饰着孔雀羽毛和日本画的会客室里，我会为卡尔托、卡萨尔和那迷人的并称"谢尼奥三重奏"的年轻三姐妹翻翻乐谱。

"啊，我亲爱的乔治，你总是那么乐观。"这些贵妇人总这么对我说道。在烛光下，她们朝我挥舞着扇子、忽闪着眼睫毛，温柔地抚摸我的胳膊——在上流社会的餐桌上，一个有故事的人总是这么抢手——并招呼其他人来一起赞叹我的冷静。"你真是个神人，皮卡尔！"她们的丈夫惊呼道，"还是说，你已经疯了？我敢说，要是我遇到这么多麻烦事，我指定不能和你一样乐观。"

我微微一笑道："在社会上，人总要带上笑脸面具的……"

然而，事实上，这并不是因为我戴上了面具——我确实对未来充满信心。虽然我不能预见其发生的方式，但我从骨子里相信，军队建造起来的这座雄伟的大厦，这座正在被蛀虫侵蚀、慢慢腐烂的防御堡垒，迟早会在他们眼前坍塌。这些谎言太过宽泛、太多牵强，是经不起时间和审查的考验的。可怜的德雷福斯，这已经是他到魔鬼岛的第四年了。他可能没法活着看到那天了，而我也一样。但我相信，正义终会到来的。

事实证明，我是对的。这一切发生得比我想象的还要快。那

---

① 阿纳托尔·法朗士（Anatole France，1844~1924），法国作家、文学评论家、社会活动家。

年夏天，发生了两件事，一切都随之改变。

首先是第一件事。5月时，我收到拉博里的一封便函，信里要我立刻到他在陆军部附近、勃艮第街上的公寓去。不到一个小时，我就到了。有个显然是从外省来的二十一岁的年轻人，正紧张局促地在客厅里等着。拉博里向我介绍说，这是克里斯蒂安·艾斯特哈齐。

"啊，"我说道，略带警惕地握着他的手，"这可是个臭名昭著的姓氏。"

"您是指我堂叔？"他回应道，"不错，这都是他弄的，世界上再没有比他更可恶的流氓了！"

他说得如此激动，让我大吃一惊。拉博里说："皮卡尔，你得坐下来，艾斯特哈齐先生有事情要告诉我们。你一定不会失望的。"

玛格丽特端来了茶，然后就出去了。

"我父亲在十八个月前去世了，"克里斯蒂安说，"在我们波尔多的家中。没有人预料到这会发生。他去世一个星期后，我收到一封吊唁信，是我父亲的堂弟，沃尔辛·艾斯特哈齐少校——我从来没见过他——寄来的，他在信中对我父亲的逝世表示遗憾，并询问自己是否能给我们的财务提供一些建议。"

我和拉博里交换了一个眼神，这被克里斯蒂安注意到了。"皮卡尔先生，我看出来你已经猜到接下来会发生什么了！但请记住，我在处理这些事上没有经验。我的母亲是一个超凡脱俗且十分虔诚的人——而且，我还有两个姐姐是修女。总之，我回信给我这位善良的亲戚，解释道我继承了五千法郎，我母亲在变卖财产后可以拿到十七万法郎，我们打算进行一些保险的投资，欢迎他的建议。他回信说他可以去找他的好朋友，埃德蒙·德·罗斯柴尔德说说。我们当然觉得这是再好不过的了。"

他啜了一口茶，整理一下思绪，接着说了下去。"接下来的几个月，一切都进行得很顺利。我们会定期收到他寄来的支票，他说这些都是罗斯柴尔德家族为我们投资赚来的钱。去年11月，他写信给我，让我马上来巴黎一趟。他说他有麻烦了，需要我的帮助。我当然马上就来了。我发现他极度焦虑不安，说自己被公开指认为叛徒，让我不要相信任何人说的话。这一切都是犹太人策划的，是想让他背德雷福斯的黑锅。他可以证明这一点，因为陆军部的人在帮他。他说现在去见他在陆军部的主要联络人太危险了，所以他问我是否可以代替他去会面，帮他递个信。"

"这个联络人是谁？"

"叫迪帕蒂·德·克拉姆上校。"

"你见过迪帕蒂？"

"是的，经常见。一般是在晚上，在公园、桥底、公厕等公共场合。"

"公厕？"

"噢，是的。但上校很注意伪装，总会戴上墨镜和假胡子。"

"你为他们传什么信了？"

"各种各样的都有。警告报纸上可能会出现某些内容，建议他如何回应之类的。我记得有一次，我拿到了一个信封，里面有一份陆军部的秘密文件。其中有一些信息是关于您的。"

"我？"

"是的。比方说，里面有两封电报，我现在还记得，因为内容非常奇怪。"

"你还能回忆起内容吗？"

"其中一封的署名是'布兰琪'——那封是迪帕蒂写的。还有

425

另外一封——是一个外国名字……"

"斯佩兰萨？"

"斯佩兰萨——没错！佩伊小姐遵照上校的指示写了这封信，送到拉菲耶特街的邮局去了。"

"他们有说过为什么要这么做吗？"

"为了让您妥协。"

"那你帮助他们，是因为相信自己的亲人是无辜的？"

"当然——至少当时是的。"

"那现在呢？"

克里斯蒂安并不急着回答。他喝完茶，把茶杯和茶碟放回了桌子上——他缓慢而慎重的动作没能掩盖住他激动得全身颤抖的事实。"几周前，他突然不再每个月给我母亲的账户打钱了，我问了罗斯柴尔德家族，结果发现那里并没有她的银行账户。从来就没有过。我母亲遭受了巨大的打击。如果有人能以这种方式背叛自己的家庭，那他肯定也能毫无良心地背叛自己的国家。这就是我来这里找你们的原因。必须要阻止他。"

这份情报一旦得到证实，该怎么处理就显而易见了——必须交给贝尔图卢这位穿着考究、扣子上别着红色康乃馨的地方法官。贝尔图卢对于伪造电报的调查仍在缓慢地进行。因为我是最初提出控告的人，所以大家一致认为我应该写信给他，通知他有一位重要的新证人出现了。克里斯蒂安同意出庭作证，但当艾斯特哈齐发现他去见过拉博里时，他又改变了主意，不出庭作证了。而当别人告诉他，他无论如何都能被传唤出庭时，他再一次改变了主意。

艾斯特哈齐显然是意识到了要大事不妙，再次要求与我决斗。

他向报界透露，自己经常在我公寓附近的街道上，拿着一根漆成鲜红色的樱桃木重手杖徘徊，希望能遇见我，然后用手杖击穿我的脑袋。他还自称是跆拳道高手。最后，他给我写了一封信，同时也让这封信登在报纸上：

由于你不敢面对我，拒绝与我决斗，我已经找你好几天了，但都没有找到。你像个懦夫一样逃走了。告诉我，要在什么时候、在什么地方，你才敢来面对我，来接受我承诺过要带给你的惩罚。至于我，从明天起，连续三天，我会每天晚上七点在里斯本路和那不勒斯路上等你。

我没有私下给他回信，因为我不想和这样一个人直接通信。于是，我通过媒体声明了自己的态度：

艾斯特哈齐先生想要找我，却没能遇见我，这让我感到很奇怪，因为我都是光明正大出行的。至于他在信中对我发出的威胁，我已经下定决心，如果我在街上遭到他的伏击，我将充分利用我的公民权利，进行合法的自卫。但我不会忘记，尊重艾斯特哈齐的生命是我的责任。如何惩罚这个人，是国家司法机关的工作，如果我自行承担起惩罚他的责任，那将是我的过错。

几个星期过去了，他已经淡出我的脑海。但就在7月初的一个周日下午，就在我要把克里斯蒂安的证据交给贝尔图卢的前一天，我吃过午饭，正沿着比若大道走着，突然听到身后传来脚步声。我转过身，看到艾斯特哈齐的红色手杖正往我头上砸来。我闪身躲开，举起一只胳膊挡住我的脸，于是手杖打在了我的肩膀上。艾斯特哈齐脸色铁青，表情扭曲，眼睛凸出，几乎像要从眼眶里掉出来一样。他大声叫骂道："流氓！懦夫！叛徒！"他靠得那么近，我都能闻到他嘴里的苦艾酒味道了。幸运的是，我自己也带着一根拐杖。我第一次击中他，就把他的圆顶礼帽打进水沟里。然后，我一拳打在他的腹部，打得他四肢都僵直了。他侧身一滚，转过来用手和膝盖撑住地。然后，他又用他那可笑的红色樱桃木拐杖支撑身体，挣扎着站起来。几个路过的人停下来，想看看发生了什么。我锁住他的脖子，大声叫人去喊警察。但不出所料，在这样一个美好的周日下午，路人们都有更重要的事情要做。大家顷刻间都走了，只留下我一个人和艾斯特哈齐搏斗。他很强壮结实，在我的怀里来回扭动。我意识到我必须让他受点严重的伤才能让他安静下来，否则就只能放他走了。于是我放开他，小心翼翼地退后了一步。

"流氓！"他重复道，"懦夫！叛徒！"他摇摇晃晃地站起来，要去捡他的帽子。他醉得很厉害。

"你会进监狱的，"我告诉他，"就算不是因为叛国，也要因为伪造文书和挪用公款。现在请不要再靠近我了，不然我会把你打得更惨。"

我的肩膀疼得厉害。我走开了，他没有跟上来，这让我松了一口气。但我可以听到他在我背后喊道："流氓！懦夫！叛徒！犹太人！"直到我从他的视野里消失。

那年夏天的第二件事发生在我与艾斯特哈齐街头冲突一事的四天之后，产生了更大的影响。

7月7日，周四傍晚，我像往常一样，在阿林·梅纳尔-多里安夫人那新哥特式的豪宅里——确切地说，我是在进去听音乐会之前，站在花园里喝着香槟，和左拉聊天。左拉的上诉请求刚刚在凡尔赛的法庭受理。新一届政府刚刚上任，我们正在讨论这可能会对他的案子产生什么影响。这时拉博里突然冲到院子里，手里拿着一份晚报，克列孟梭跟在他身后。

"你们听说过刚发生了什么吗？"

"没有。"

"朋友们，这是个大新闻！那个伪君子，卡韦尼亚克，刚刚在议会以陆军部长的身份发表了第一次演讲，在演讲中声称德雷福斯已经被彻底证明是叛徒了！"

"他是怎么说的？"

克列孟梭把报纸塞到我手里道："他逐字逐句地读出了秘密情报文件中被截获的三条信息。"

"这不可能……！"

这不可能——但还是发生了。报纸上白纸黑字地写着：大约一周前接替了比约将军的新一任陆军部长戈德弗鲁瓦·卡韦尼亚克①声称要用一个戏剧化的政治举动了结德雷福斯案。"我将向议会出示三份文件。这是第一封信件，是在1894年收到的。当时，陆军部的情报部门收到了这封信……"他一个字一个字地读了几封信，只是省略了发信人和收信人的名字。其中有秘密文件里那条臭名昭著的信息（在此附上十二份尼斯的总图纸，是那个畜生D，给我的，我现在把这些给你），一封我没见过的信件（D给了我一些非常有意思的情报），还有那份让左拉的审判翻盘的"铁证"：

我在信中获悉有一个副官将会询问关于德雷福斯的问题。如果罗马那边有人再次问起相关情况，我会说我从未和这个犹太人有过任何来往。如果有人问你，你也这么说就行，因为我们必须保证不会有人知道他到底怎么了。

我把报纸交给左拉。"他真的公开念出了这些胡话吗？他肯定

① 戈德弗鲁瓦·卡韦尼亚克（Godefroy Cavighaco，1853~1905），虔诚的天主教徒，于1898年6月28日被任命为法国陆军部长。

429

是疯了。"

"如果你当时在议会，你就不会这么想了。"克列孟梭回答道，"他一说完，全场欢呼起来，他们都觉得他彻底地解决了德雷福斯的问题。他们甚至通过了一项提案，命令政府把这些证据印刷三万六千份，张贴在法国的每一个社区里！"

拉博里说："这对我们来说是一场灾难。除非我们能想出应对的办法。"

左拉问道："我们可以反驳他们吗？"

三个人都看向我。

那天晚上，音乐会结束后，我向阿林致歉，没有留下来吃晚饭。伴着在脑海里回荡的音乐，我去找了波利娜。我知道她住在她一个表姐的家里，离这儿不远，就在布洛涅森林附近。起初，她表姐拒绝帮我把她叫来："您给她带来的伤害还不够吗，先生？难道不应该不再打扰她了吗？"

"求您了，夫人，我必须见她。"

"已经很晚了。"

"还没到十点，还早——"

"晚安，先生。"

她在我面前关上了门。我又按了一次门铃。我听见门后有人在低声交谈。然后，在一阵长时间的停顿后，门开了。这次出现的不是波利娜的表姐，而是波利娜。她穿着白色衬衫和黑色裙子，头发梳了起来，不施粉黛。她看起来就像加入了某个宗教团体一样，我心里想着，不知道她还会不会去忏悔。她说："我们不是说好了吗，在事情解决之前不见面。"

"可能等不了那么久了。"

她撅起嘴唇，点了点头道："我去拿帽子。"当她回卧室去时，我看到小客厅里的桌子上放着一台打字机，是经典的实用款。看来她把我给她的钱拿来学了一门新技能——这是她第一次有了自己的收入。

出门后，当我们转过拐角，保证公寓里的人不再能看到我们时，波利娜挽起了我的胳膊，我们一起走进了树林里。这是一个宁静、清爽的夏夜，温度非常宜人，我们身边的环境和气候都像隐形了一样，精神和自然之间可以无障碍地交流。周边只剩下满天繁星、草地和树木散发出的干枯的香味，还有月光下的湖面上一对正在泛舟的恋人偶尔弄出来的微弱水花声。在宁静的空气中，他们交谈的声音被放大了数倍。但我们只需走上几百步，走到沙土小道的尽头，进入树林里，他们和城市就都不复存在了。

我们在一棵巨大的老雪松下找到了一个隐蔽的地点。我脱下燕尾服，把它铺到地上，解开白色领带，坐到了她旁边，用胳膊搂住她。

"你的外套会被弄脏的，"她说道，"你还得费力把它弄干净。"

"没关系，我暂时用不到它。"

"你要走了吗？"

"你可以这么理解。"

然后，我向她解释了我的打算。我在听音乐，听瓦格纳的音乐时就已经下定了决心。事实上，每次听瓦格纳的音乐都会让我兴奋不已。

"我要在公共场合质疑政府对于这件事的说法。"

我很清楚这样做的下场是什么——毕竟，我已收到警告了。"反正，监狱里的生活应该也跟我在瓦莱里安山的那一个月差不多。"我在她面前装出一副勇敢的样子，但其实心里也没底。等待

431

着我的最坏的结果是什么？一旦监狱的大门在我面前关闭，我的人身安全就会受到威胁——必须将这一点考虑在内。在监狱里的日子不会好过，可能持续几个星期、几个月，甚至一年以上。而且，虽然我没有跟波利娜提起，但政府为了自己的利益，将尽可能地延长法律诉讼程序，并希望德雷福斯会在这期间死掉。

我向她解释完后，她道："看起来，你已经下定决心了。"

"如果现在退却，我可能再也不会有这么好的机会了。这样的话，在我的余生中，将总会记得——当时机到来时，我没能抓住它。这会让我生不如死。我再也不能欣赏画作、阅读小说或听音乐了，因为我时时刻刻都将为我自己感到羞耻。唯一抱歉的是，我把你卷入了这件事里。"

"不要再道歉了。我又不是小孩子。我爱上你的时候，我就把自己拉进了这一切里。"

"你一个人过得怎么样？"

"我发现我一个人也可以生存。这居然让我感觉很振奋。"

我们静静地躺着，十指相扣，透过树枝的间隙仰望星空。我似乎能感觉到我们身下的地球正在转动。在南美洲的热带地区，夜幕正在降临。我想到了德雷福斯，我试着想象他现在在做什么，他们晚上是否还把他铐在床上。我们的命运现在已经完全交织在一起。我依靠他才能生存，正如他依靠我一样——如果他能活下去，那我也能；如果我能重获自由，那他也能。

我和波利娜在那里待了很久，享受着这最后的时光，直到星辰逐渐隐入晨光之中。然后，我拾起外套，披在她肩膀上，我们挽着手，一起走回到还在沉睡中的城市。

22 身在监狱

第二天，在拉博里的帮助下，我起草了一封给政府的公开信。根据他的建议，我没有把这封信直接寄给忠诚而冷酷的陆军部长，我们的小布鲁图斯①，而是直接寄给了反对教会干预政治的新总理，亨利·布里松。

总理先生：

直到现在，我都还没能就秘密文件自由地表达我的看法。据称，这些文件证明了德雷福斯的罪行。既然陆军部长已在众议院的讲台上朗读出了其中三份文件的内容，在政府做出任何有法律效力的裁决之前，我认为我有责任告知您，这两份1894年的文件均与德雷福斯案无关，而1896年的那份文件中的每一句话都是伪造的。因此，很明显，陆军部长是受到了蒙骗，还有所有那些相信前两份文件与此案有关和最后一份文件是真实的人也是如此。

总理先生，谨向您致以我诚挚的问候。

G. 皮卡尔

总理在周一收到了这封信。周二，政府就向我提起了刑事指控，基于佩利厄的调查，他们指控我非法泄露"国防和国家安全的重要机密文件"。政府特别任命了一名调查法官。就在那天下

---

① 布鲁图斯全名是马尔库斯·尤尼乌斯·布鲁图斯（Marcus Junius Brutus，前85~前42年），罗马共和国晚期的元老，后来组织并参与了对恺撒的谋杀。此处指新任陆军部长戈德弗鲁瓦·卡韦尼亚克。

午——虽然我没有亲眼看见，只是在第二天早晨的报纸上看到了相关消息——我的公寓被搜查了。公寓楼旁聚集了几百名群众，他们在一旁围观，讥笑着叫"叛徒！"周三，我被传唤到法院三楼，去法官阿尔伯特·法布尔的办公室里见他。在他办公室的外间，两个侦探在等着。于是，我被逮捕了。可怜的路易·勒布卢瓦也一样。

"在你被卷入这件事之前，我就警告过你要仔细考虑，"我对他道，"我已经毁了太多人的生活了。"

"亲爱的乔治，你别这么想！换个角度来观察司法体系应该挺有趣的。"

值得称赞的是，法布尔法官在整个过程中至少看起来还是有点尴尬的。他告诉我，在他调查期间，我会被拘禁在拉桑特监狱里，而路易是可以被保释的。在院子里，当我在几十个记者的注视下被押进囚车时，我还镇定地记得把自己的手杖交给路易。然后，我就被带走了。一到监狱，我就被安排填了一张登记表。在"宗教信仰"一栏中，我填了"无。"

事实证明，拉桑特和瓦莱里安山大不相同——这里没有单独的卧室和厕所，也看不到埃菲尔铁塔。我被关在一个四米长、两米半宽的小牢房里，窗户上装了铁条，从窗户往下看，能看到一个运动场。房间里除了一张床、一个夜壶外，什么也没有。此时正值盛夏，气温有三十五摄氏度，偶尔还有暴风雨。空气炙热而浑浊，弥漫着一千个男人散发出的味道——食物、排泄物、汗液——闻起来就像是在兵营一样。我每天在牢房里吃饭，为了防止我和其他囚犯交流，我一天中有二十三个小时都得在牢房里度过。但我还是能听到他们的声音。尤其是在晚上，熄灯以后，除了躺在床上静静聆听，也没有什么事情可做了。他们的叫声就像是丛林里的动物一样，充满了兽性，神秘又令人心里发毛。我经常能听到嚎叫声、尖叫声，以及口齿不清的求饶声。我总是认为第二天早上，狱吏们应该会告诉我昨晚发生了什么骇人听闻的罪行。但天亮后，一切都还是和前一天一样。

军队就是这样折磨我的。

我的日常生活有了一些变化。一周内我会被带出拉桑特几次，由两名侦探押送，坐囚车回到正义宫。在那里，法布尔法官又慢慢地让我说了一遍那些我已经讲了很多遍的证词。

你是什么时候开始注意到艾斯特哈齐少校的？

当法布尔结束一天的审问后，我一般都能被允许到附近的办公室见一见拉博里。现在这个巴黎律师公会的"维京人"已经正式成了我的律师。通过他，我可以得知我们的斗争进展。有好消息也有坏消息。左拉上诉失败，流亡到伦敦。但是，地方法官贝尔图卢以伪造罪的罪名逮捕了艾斯特哈齐和四指玛格丽特。我们向检察官提出正式请求，要求他也以同样的罪名逮捕迪帕蒂，但检察官说这"超出了贝尔图卢先生的调查范围"。

再说一遍，你是在什么情况下拿到小蓝的？……

在我被捕一个月后，法布尔作为调查法官，将此案推进到了诉讼阶段。这下，那些曾大失所望的、钟情于法国司法体系和证人之间互相对质的剧作家可兴奋起来了。流程还是一样的。首先，我要回答我是怎么修复了小蓝、怎么给路易看了信鸽档案、信息是如何被泄露给了报社。然后，法官按下电铃，来自反方的证人将从他的角度描述同一事件。最后，我再针对他的描述进行回应。当我们在进行这些流程时，法官仔细地审视着我们，仿佛他能用双眼发出 X 光，照清我们的灵魂，看看谁在撒谎。就这样，我又和贡斯、劳特、格里贝兰、瓦尔丹、容克，甚至还有门房卡皮奥见面了。这些是自由之身的人本该容光焕发，但我得说，他们看起来面色苍白，甚至可以说是憔悴不堪。尤其是贡斯，他的左眼下方似乎已经出现了神经抽搐的症状。

然而，最令人大吃一惊的是亨利的状态。他走了进来，没看我一眼，然后用一种单调的语调复述了他看到我和路易拿着秘密文件的故事。他的声音失去了原来的力量，我注意到他看起来瘦了很多——当他开始出汗时，他甚至可以把他的整个手塞进他的脖子和上衣衣领中间的缝隙里。他刚讲完他的故事，门就被敲响了。法布尔的文员走进来，说外面的办公室有一通找法官的电话。"很紧急——是司法部长。"

法布尔道："先生们，不好意思，我要离开一会儿。"

亨利焦虑地看着他离开了。门关上后，房间里只剩下我们俩。我立即起了疑心——这可能是一个陷阱。我环顾四周，想看看哪里是不是藏着一个人在偷听。但我找不到明显能够藏住一个人的地方。一两分钟后，好奇心打败了我。

我问："上校，你的手怎么了？"

"什么，这个嘛？"他看向自己的手，手指弯曲了几下，好像是在检查它是否能正常运作，"我的手很好。"他转过身来，看着我。他脸颊上和下巴上流失的脂肪似乎也带走了他的防御机制。他现在看起来非常衰老，黑发间夹着几缕白发。"你呢？"

"我很好。"

"你能睡着觉吗？"

这个问题让我吃了一惊。"能。你呢？"

他咳嗽一下，清了清喉咙。"睡不太好，上校——先生，我得说。我失眠得很厉害。我大可告诉你，我已经受够这件破事了。"

"我们至少在这件事上还是意见一致的。"

"监狱生活很差吗？"

"这么跟你说吧，那里的味道比我们以前的办公室还难闻。"

"哈！"他靠近我，向我坦白道，"说实话，我已经申请辞去情报部门的职务了。我想过健康点的生活，和我团里的弟兄们一起。"

"是的，我明白。还有和你的妻子及儿子——他们还好吗？"

他张开嘴想要回答，但又突然停了下来，咽了一下口水。然后，我惊讶地看到，他的眼睛里突然充满了泪水。他不得不看向别处来掩饰自己。就在这时，法布尔回来了。

"好的，先生们，"他说道，"那份秘密文件……"

两周后的一个晚上，监狱里已经熄灯了。我躺在薄薄的床垫上，无法看书，只能静静地等待嘈杂的夜晚开始。这时，门口传来插销被拉开、钥匙转动的声音。一束强光照到了我脸上。

"犯人，跟我来。"

拉桑特是根据最新的科学原理修建的，采用了轮辐式的设计——囚犯的牢房形成轮辐，监狱长和狱吏占据中心。我跟着狱吏沿着长廊一直走到中央的行政大楼。他打开一扇门，带着我绕过一条弯弯曲曲的走廊，来到一间没有窗户、墙上装着钢格栅的小探访室。狱吏待在外面，但让门开着。

格栅后面传来一个声音："皮卡尔？"

光线很暗，我费了一番功夫才辨认出来，然后道："拉博里？发生什么事了？"

"亨利被捕了。"

"上帝啊。为什么？"

"政府刚刚发布了一份声明。你听：'今天，在陆军部长的办公室里，亨利上校承认了他就是 1896 年那份提到德雷福斯的文件的作者。陆军部长立即下令逮捕了他，他被送到了瓦莱里安山的军事要塞。"他停顿了一下，等待着我的反应，"皮卡尔？你听到了吗？"

我花了点时间反应过来，问道："他为什么坦白了？"

"还不知道。这件事才发生了几个小时。这份声明是我们手上的所有信息。"

"那其他人呢？布瓦代弗尔，贡斯——有他们的消息吗？"

"没有，但是他们都完了。他们把一切都押在了那封信上。"拉博里靠近格栅，透过厚厚的格网，我能看到他的蓝眼睛中闪烁着兴奋的光芒。"亨利肯定不是出于自己的意愿伪造了那份文件，不是吗？"

"真是难以想象。就算不是他们直接命令的，那至少他们也对他所做的一切知情。"

"正是如此！你知道吧，现在我们可以让他出庭作证了！让我去跟他说！有希望了！我会让他说出这件事的细节，还有他自己所知道的一切——然后一路打回原军事法庭。"

"我很想知道，是什么让他在这么久之后承认了这一点。"

"我们明天早上就会知道了。不管怎样，事情就是这样了——听了这个好消息，你应该可以睡个好觉了。我明天再来。晚安，皮卡尔。"

"谢谢你。晚安。"

我被带回了牢房。

那天晚上，监狱里的那些野兽发出的声音特别大。我没睡着，但这并不是因为嚎叫声，而是因为我在想着瓦莱里安山的亨利。

第二天是我在监狱里度过的最糟糕的一天。我竟不能集中注意力看书。我沮丧地在我的小牢房里踱来踱去，我的大脑不断想象过去、现在和以后可能发生的事，又不断否决了那些想象。

时间慢慢地过去。晚餐送来了。夜幕悄悄降临。九点左右，狱吏又打开了我的门，叫我跟他走。那是多么长的一条路啊！奇怪的是，就在路的尽头，当我到了探访室，当拉博里把脸转向格栅时，甚至在看到他的表情之前，我就已经准确地知道了他将要说什么。

他说："亨利死了。"

我看着他，花了点时间接受这个消息。"是怎么回事？"

"今天下午，在瓦莱里安山的牢房里，有人发现他被割喉了。他们肯定会说他是自杀的。奇怪的是，这种事情怎么不断发生呢？"他焦虑地说道，"你没事吧，皮卡尔？"

我转过身去背对着他。我不知道为什么我会流泪——或许是因为疲惫，因为忧虑，又或许是为了亨利。无论如何，我都没法让自己完全地恨他，因为我太理解他了。

我经常想起亨利。我没有其他事可做。

在接下来的几个星期里，亨利死亡的细节不断浮现在我的脑海。我常坐在牢房里，思考着这些细节。我想，如果我能解开这个谜，那我就可能解决一切问题。但我的信息来源只有报纸上的报道和拉博里在巡回法庭上收集到的零星八卦。到最后，我不得不承认，我可能永远都不会知道事件的全部真相。

我知道8月30日，在陆军部长办公室里的一次可怕会议上，亨利被迫承认那份"铁证"文件是伪造的。他别无选择——因为证据确凿。看来，由于我控诉证据文件是伪造的，对自己在所有问题上的正确性都非常自信的新任陆军部长卡韦尼亚克任命了一名官员，来调查整个德雷福斯档案的真实性。这花了很长时间——档案里的文件已经增加到三百六十份了——而就是在调查期间，我在法布尔的办公室里最后一次见到了亨利。我现在明白他为什么当时看起来那么崩溃——他肯定猜到了自己的命运。卡韦尼亚克的助手做了一件总参谋部的其他人在过去两年里都没想到要做的事：他把"铁证"放在一束强光下。他立刻注意到信的开头"我亲爱的朋友"和落款"亚历山德琳"是写在一张方格纸上的，字迹是蓝灰色的，而信的主体——我在信中获悉有一个副官将会询问关于德雷福斯的问题……——的字迹是淡紫色的。很明显，一封实际上是在 1894 年 6 月写成的信被拆开了，然后与伪造的中间部分组成了这一"铁证"。

于是，亨利被传唤来做出解释。根据政府公布的卡韦尼亚克审问亨利的文字记录，在布瓦代弗尔和贡斯也在场的情况下，亨利起初试着用气势压倒对方。

亨利：我只是把我收到的碎片拼了起来而已。

卡韦尼亚克：我得提醒你，如果你没法解释，那你就有大麻烦了。告诉我你做了什么。

亨利：您想让我说什么？

卡韦尼亚克：向我解释一下为什么文件里的字迹一部分是淡紫色的，一部分是蓝灰色的。

亨利：我解释不了。

卡韦尼亚克：事实就摆在这，证据确凿。仔细考虑一下如何回答我的问题。

亨利：您希望我说什么？

卡韦尼亚克：说出你做了的一切。

亨利：我没有伪造它。

卡韦尼亚克：好了，好了！你是把两份文件的碎片拼在一起了。

亨利：（犹豫片刻后）嗯，是的，因为这两份文件非常相似，我就这么做了。

这份记录准确吗？拉博里认为有误，但我却对其准确性毫不怀疑。政府在一些事情上撒了谎，并不代表着它在所有事情上都撒了谎。这份记录比任何剧作家创造出来的文字都更加真实生动。从字句间，我几乎能听到亨利的声音——浮夸、愠怒、油嘴滑舌、狡猾、愚蠢。

卡韦尼亚克：是什么让你想到了这个主意？

亨利：我的上司们都很不安。我希望这么做能安抚他们。我希望这么做能让人们的内心恢复平静。我对自己说。"再加一句吧，就当我们现在是在战争状态。"

卡韦尼亚克：这是你一个人做的吗？

亨利：是的，格里贝兰对此一无所知。

卡韦尼亚克：没人知道？世界上除了你没人知道？

亨利：我这么做是为了国家的利益。我错了。

卡韦尼亚克：那个信封呢？

亨利：我发誓信封不是我伪造的。我怎么能那样做？

卡韦尼亚克：所以这就是事件的原貌？ 1896 年，你收到了一个信封，里面有一封不重要的信。你把信压了下去，然后用它伪造了另一封信。

亨利：是的。

在黑暗的牢房里，我一遍又一遍地在脑海中重演着这一幕。我能看到卡韦尼亚克坐在自己的办公桌后——一个野心勃勃的、年轻的部长，狂热而大胆地相信自己可以一劳永逸地解决这件事，现在却发现自己的傲慢把自己给害了。我能看到贡斯一边抽着烟，一边看着他们的审讯，他的手颤抖着。我能看到布瓦代弗尔坐在窗边，凝视着远方，就像他家族城堡大门前的石狮一样面无表情。我还能看到，当问题像雨点般无情地落到他身上时，亨利时不时地回头看向他的上司们，无声地恳求着——救救我！但当然，他们一个字也没说。

然后，我想到了当卡韦尼亚克——这位陆军部长并不是军人出身——下令当场逮捕亨利，把他带到瓦莱里安山去，关在我冬天住过的同一间牢房里时，亨利脸上的表情。第二天，在经过一个不眠之夜后，他给贡斯写了一封信（恳请您到这儿来见我——我必须和您谈谈），然后也给他的妻子写了一封信（我亲爱的贝丝，我知道除了你，所有人都会抛弃我，而你也知道，我是为了谁的利益才做了这些）。

我想象他中午时躺在床上，喝着一瓶朗姆酒——这是他最后一次喝酒。六个小时后，一名中尉和一名勤务兵走进牢房，发现他躺在床上，床上已经浸满血液。他的尸体已经变得冰冷僵硬，喉咙被剃须刀划了两道。不过有一个奇怪的细节——剃须刀握在他的左手里，但他是一个右撇子。

然而在这两个场景，在中午和下午六点之间，在亨利活着和死掉之间，我没能想象出来发生了什么。拉博里认为他是被谋杀的，就像勒梅西埃－庞卡尔一样。他们是为了让他永远地闭嘴，还把犯罪现场布置成自杀的样子。拉博里说他一个学医的朋友说，从生理上来讲，一个人要割断自己两侧的颈动脉是不可能的。但我认为他们没有必要杀人，特别是没有必要杀亨利。在布瓦代弗尔和贡斯都没有为他辩护之后，他应该就已经知道了他们想让他接下来怎么做。

你命令我开枪，我就开枪。

那天下午，亨利尸骨未寒，布瓦代弗尔就写了一封信给陆军部长。

部长：

我刚刚收到了证据，证明了我对亨利上校，情报处的负责人的信任是不合理的。这种完全的信任使我受到了欺骗，使我错误地宣布了一份不可信的文件是真实的，并把它当作可信的文件交给了您。

在这样的情况下，我恳请您解除我的职务。

布瓦代弗尔

他马上就辞职去了诺曼底。

三天后，卡韦尼亚克也辞职了，虽然他的态度还是很强硬（我仍然相信德雷福斯犯下的罪行，并一如既往地坚决反对修改判决结果）；佩利厄亦提交了辞呈；贡斯被从陆军部调走，回到他所在的团，工资减半。

我像大部分人一样，觉得事情告一段落了——如果亨利可以伪造一份文件，那他应该做了不止一次，那么德雷福斯案也就不成立了。

但日子一天天过去，德雷福斯还是在魔鬼岛，而我也还是在拉桑特。渐渐的，人们发现，即使这样，军队也还是不会承认自己的错误。我的假释请求被拒绝了。我反而收到通知，说三周后我将和路易一起在普通刑事法庭因非法传播秘密文件的罪名受审。

在庭审前夕，拉博里到监狱里探望我。通常，他都热情奔放，甚至会有点气势汹汹，但这天他看起来很忧虑。"恐怕我有一些坏消息要告诉你。军队对你提出了新的指控。"

"又是什么？"

"伪造文书罪。"

"他们指控我犯了伪造文书罪？"

"是的，伪造了小蓝。"

我只能笑了笑道："你得承认，他们确实挺有幽默感的。"

但拉博里没有笑："他们会说军队对于伪造文书罪的调查要优先于民事诉讼。然后你就会被军队拘留。我觉得法官会同意的。"

"好吧，"我耸耸肩道，"反正监狱都差不多。"

"在这点上你错了，我的朋友。舍尔什米蒂监狱的管理比这里严格多了。我也不希望你落在军队手里——谁知道他们会对你做什么呢？"

第二天，当我被带到塞纳刑事法庭上的时候，我问法官我是否可以做一个声明。法庭很小，挤满了记者——不仅有法国记者，还有外国记者。我甚至看见了世界上最著名的国际记者——伦敦《泰晤士报》的布罗维茨先生的光头和浓密的鬓发。我的这番话是对记者们说的。

"今晚，"我说，"我可能会被带到舍尔什米蒂去，所以，这可能是秘密调查之前，我最后一次在公共场合讲话了。我要让大家知道，如果有人在我的牢房里发现了像勒梅西埃－庇卡尔的鞋带，或是亨利的剃须刀这样的东西，那我肯定是被谋杀了。因为像我这样的人，一瞬也不会有自杀的想法。我将昂首面对这一指控，泰然自若，就像我一向在指控我的人面前所表现的那样。"

令我惊讶的是，记者席上响起了一阵热烈的掌声。我在"皮卡尔万岁！""真相万岁！""正义万岁！"的欢呼声中被押送出了法庭。

拉博里预测得没错——军队赢得了优先审判我的权利。第二天，我就被带到舍尔什米蒂关了起来。还有人津津乐道地告诉我，这间牢房就是四年前可怜的德雷福斯不停用头撞墙的那间。

我被单独监禁起来，大多数访客被拦了回去。我每天只能在一个六步见方、高墙环绕的小院子里活动一小时。我沿着对角线，从一个角落走到另一个角落，然后又绕着边缘走，就像是一只被困在井底的老鼠。

军方指控我刮掉了电报卡上原收件人的姓名，自己把艾斯特哈齐的名字写了上去。这罪名可以判五年徒刑。审问持续了几个星期。

告诉我们，你是在什么情况下拿到小蓝的……

万幸的是，我还记得在小蓝被拼好后不久，我曾让劳特给它拍过照片。最终，这些照片被拿过来作为证据。照片上清楚地显示出地址没有被篡改过，它是在后期变成陷害我的阴谋的一部分的。但我还是被关在舍尔什米蒂。波利娜给我写信，说要来看我，但我让她不要来。这样可能会被报纸报道出来的。再说了，我也不想让她看到我这副样子。我发现独自忍受会更容易一点。因为偶尔的出庭，我的监狱生活不至于那么无聊。11月，我再次列出我的所有证据，这次是给刑事法庭的十二名高级法官看。法官们正在启动民事程序，考虑对德雷福斯的判决是否合理。

政府未经审判就持续拘留我的行为已经成为众矢之的。克列孟梭被批准可以来探望我。他在《震旦报》中提议道："自铁面人后，'国家最高囚犯'的职位现在应由皮卡尔承担。"晚上熄灯后，当我不能再读书时，我能听见舍尔什米蒂街上有支持我的游行，同时也有反对我的游行。监狱不得不在附近布下七百名士兵看守。

骑兵们身下的马在鹅卵石街道上咔嗒咔嗒地走着。我收到了成百上千封支持我的来信，其中有一封来自曾经的欧仁妮皇后。欧仁妮皇后对我的支持对政府来说无疑是很尴尬的，以至于司法部官员告诉拉博里，他应该申请让民事法庭介入，从而释放我。但我并没有授权他那么做——我继续做人质会对我们更有利。在我被关起来的每一天里，军方都会变得更加绝望，更想蓄意报复。

几个月过去了，1899 年 6 月 3 日，周六的下午，拉博里来探望我。窗外阳光明媚，甚至穿过小窗户上的污垢和铁条照了进来。我能听到窗外有一只鸟在唱歌。他把自己又大又沾满墨水的手掌放在金属格栅上，说道："皮卡尔，我想和你握手。"

"为什么？"

"你非得总是这么执拗吗？"他用又长又粗的手指拨弄着钢丝网道，"来吧，就这一次，照我说的做。"我把我的手掌放到他的手掌上。"恭喜你，乔治。"

"恭喜什么？"

"最高上诉法院已经下令，让军队将德雷福斯带回来接受复审。"

我等这个消息等了这么久。但当它真的到来的时候，我却异常平静。我只是说："他们给出的理由是什么？"

"他们给出了两个理由，都是从你的证词中得出的：一个是'畜生 D'的那封信里写的其实不是德雷福斯，而且这份证据也不应该在不通知辩方的情况下直接展示给法官看；第二个是——是什么来着？噢，对了，他们是这么说的——原判军事法庭不知道的一些事实倾向于表明清单不可能出自德雷福斯之手。"

"你们律师说的都是什么话！"我细细地品味着这些法律术语，仿佛它们是什么人间美味一样，"'原判军事法庭不知道的一些事实倾向于表明……'那军队就不能针对此上诉了吗？"

"不能。军队已经完了。一艘军舰已经在去接德雷福斯的路上了，它会把他带回新的军事法庭。而这一次，审判不会再秘密进行了——整个世界都会看着。"

23　复审德雷福斯案

一周后的周五，我被释放了。就在同一天，德雷福斯从魔鬼岛上船，乘坐着"斯法克斯"号战舰，踏上了返回法国的漫长旅途。根据最高法院的裁决，针对我的所有指控都被撤销了。埃德蒙带来了他最新的爱物——一辆汽车。他把车停在监狱大门外，准备载我回阿弗雷城。我拒绝向那些在人行道上围着我的记者发表评论，以免透露任何信息。

生活突然的变化让我晕头转向。初夏的巴黎充满了色彩和喧嚣，夏日那纯粹的活力，朋友们的笑脸，为我举办的午餐、晚宴和招待会——在经历了牢房里的孤独、阴郁和腐烂的臭味后，这一切都让我措手不及。当我和其他人待在一起时，我才意识到监狱的生活对我产生了多么大的影响。我发现自己没法同时和多个人交流，我的声音在自己的耳朵里听起来是那么尖锐，我还总是喘不上气来。埃德蒙把我带回我的房间，我爬楼梯时每走三四步就得扶着扶手停下来歇一会儿，因为操控我的膝盖和脚踝的肌肉已经萎缩了。镜子里的我看起来苍白而肥胖。刮胡子时，我发现自己的胡子开始有了银丝。

埃德蒙和让娜邀请波利娜留下来住，并很机灵地将她安排在我旁边的房间。吃晚饭的时候，她在桌子底下握住了我的手。然后，等全家人都睡着后，她来到我的床上。她柔软的身体对我来说既熟悉又陌生，就像是某些存在过却又消失了的东西一样。她终于离婚了。菲利普自己要求被外派到国外；她现在有了自己的公寓，女儿们和她住在一起。

我们面对面躺在烛光下。

我拂开她脸上的头发。她的眼角和唇周多出了一些皱纹。我意识到，我刚认识她的时候，她还是个小女孩呢。我们一起变老了。我的心里突然充满了柔情。"这么说，你现在自由了？"

"是的。"

"你想让我向你求婚吗？"

一阵沉默。

"不是特别想。"

"为什么呢？"

"因为，亲爱的，如果你要这么提出这个问题，那我觉得就没有什么意义了。你说呢？"

"我很抱歉。我现在还不太习惯任何形式的谈话，更别说是这件事了。让我再说一遍。你愿意嫁给我吗？"

"不。"

"真的吗？你要拒绝我？"

她不慌不忙地回答道："你不是适合结婚的人，乔治。而现在我离婚了，所以我也不适合结婚了。"她吻了吻我的手，然后道："你看，你已经教会了我如何一个人生活。谢谢你。"

我不知道该如何回答。

"如果这就是你想要的……"

"噢，是的，我对我们的现状非常满意。"

就这样，一样我从未真正想要过的东西被从我身边夺走了。但为什么我感觉像是被人抢劫了一样呢？我们静静地躺着。然后，她说："你现在打算怎么办？"

"我希望自己能快点恢复健康。看看照片，听听音乐。"

"然后呢？"

"我想逼军队重新让我回去。"

"在他们对你做出那些事后？"

"我不重新回去，这件事就会这么白白地过去。我为什么要让他们好过呢？"

"所以他们必须付出代价？"

"当然。如果德雷福斯被释放了，那么就意味着整个军队的领导层都是腐朽的。会有人被捕的，我毫不怀疑。这可能又是一场持久战的开始。怎么？你不这么认为？"

"不，我只是觉得你有钻牛角尖的危险。"

"如果不是我钻了牛角尖，德雷福斯现在就不会离开魔鬼岛。"

她看着我，带着一种无法解读的表情。她道："亲爱的，你能把蜡烛吹灭吗？我突然觉得累了。"

在黑暗中，我们躺在一起，两个人都醒着。我假装睡着了。几分钟后，她下了床。我听见她的睡袍从地板上滑过的声音。门打开了，我看见她的身影在楼梯平台的微光里闪过，不一会儿就消失在黑暗中。和我一样，她也习惯了一个人睡。

在一个午夜，在波涛汹涌的海面上，德雷福斯抵达布列塔尼海岸。他没能被带回巴黎参加复审，因为这样太危险了。于是，在夜幕的掩护下，他被带到了布列塔尼的雷恩。政府在那里宣布，新的军事法庭将在这个巴黎以西整整三百公里的城市中举行。庭审将始于 8 月 7 日，周一。

埃德蒙坚持要和我一起去雷恩，以防我要有人保护，尽管我向他保证没这必要："政府已告诉我，会给我配备一个保镖。"

"那就更有必要让一个你可以信任的人陪在你身边了。"

我没有再反对。最近，一种危险、暴力的气氛正在蔓延。总统在出席比赛时被一名反犹的贵族用手杖攻击；左拉和德雷福斯的雕像被烧毁；《言论自由报》正在向读者提供打折车票，鼓励他们去雷恩，打爆德雷福斯支持者的头。周六一大早，我和埃德蒙出发去凡尔赛的火车站时，都随身带着枪。我不禁觉得自己是在执行一项潜入敌方领土的任务。

在凡尔赛，四个保镖迎接了我们，其中有两个巡官、两个宪兵。九点刚过，我们要乘坐的始发于巴黎的列车就进站了。车上坐满了要前往审判现场的记者和观众。警察给我们预定了头等车厢的后排隔间，并且坚持要坐在我和门的中间。我觉得自己好像又被拘留了。不断有人走过来，透过玻璃盯着我看。天气热得令人窒息。每当有人要拍照时，我的眼前就会晃过一道强光。我的身体变得僵硬了起来。埃德蒙把他的手盖在我的手上。"放轻松，乔治。"他轻声说。

这趟旅程漫长得不得了。我们到达雷恩时，已经是傍晚时分。这是一个有着七万人的小城，据我的观察，这座城市好像没有过渡地带。前一分钟还能看到森林和草甸，能看到一艘驳船由一匹马拉着，沿着宽阔的河道前行。然后突然间，工厂烟囱就闯入了视线。有着蓝色的石板屋顶、由灰色和黄色的石头建造而成的富丽堂皇的房子，在一片热气中颤抖着。两个巡官在我们前面跳下车，检查月台的情况。然后，埃德蒙和我下车，两个宪兵跟在后面。我们快步穿过车站，走向两辆停在那里等候的汽车。在经过拥挤的售票大厅时，我模模糊糊地感觉到一阵骚动——有人认出了我。有人喊道："皮卡尔万岁！"然后遭到另外一些人的嘲笑。我们上了车，行驶在一条宽阔的林荫道上，两边都是酒店和咖啡馆。

开了还不到三百米，坐在司机旁边的巡官就转过身来，说："审判会在那里举行。"

我知道为了容纳媒体和观众，审判的地点改到了一个学校体育馆。在我的想象中，那应该是一所单调乏味的公立学校。但这是一座漂亮的建筑，代表了这座城镇的脸面，几乎像是一座城堡——墙上有四层楼高的挑高窗户，墙体由粉红色的砖和白色的石头组成，屋顶很高。建筑周围都由宪兵看守了起来，有一些工人正在卸下一车的木料。

我们转过一个弯。

过了一会儿，那位巡官又说道："那就是关押德雷福斯的军事监狱。"

监狱就在学校侧门的街对面。司机把速度放慢下来，我瞥见高高的、竖着尖刺的墙上嵌着一扇大门，大门后有一座堡垒，堡垒的窗户上都装了铁栅栏。在监狱前的路上，一些骑兵和步兵正面对着一小群来看热闹的人。虽然已经待过不少监狱，但我还是得说这座监狱看起来很可怕。

埃德蒙说："这感觉真奇怪，他现在离我们这么近。可怜的家伙，不知道他现在成什么样子了。"

这也是所有人都想知道的。为了这个问题的答案，来自世界各地的三百名记者来到法国这个无人问津的小城市里；专门的电报员已经准备好了，将负责处理每天预计六七千字的电报；当局为商品交易所配备了一百五十张办公桌，供记者们使用；摄影师们已经在军事监狱外架起三脚架，希望能在因犯穿过院子的那几秒钟内抓拍到一些模糊的画面。也为了这个问题的答案，维多利亚女王派来了英格兰首席大法官观摩开庭仪式。

从德雷福斯回到法国到现在，只有四个监狱外的人获准探望他——露西、马蒂厄及他的两名律师，忠诚的埃德加·德芒热，也就是德雷福斯在原判军事法庭上的律师，以及拉博里——为了能向军方发起更猛烈的进攻，他也被马蒂厄带了过来。我还没有和他们交流过。我现在对德雷福斯情况的了解仅限于报纸上的报道：

德雷福斯一到雷恩，行政长官就给德雷福斯夫人送去了消息，通知她明天早上可以去探望德雷福斯。于是，早上八点半，在父亲、母亲和哥哥的陪伴下，德雷福斯夫人走进了监狱。她独自进入二楼关押德雷福斯的牢房，然后一直在那里待到十点十五分。当时还有一个宪兵上尉在场，但他一直小心地保持着距离。据说，她发现德雷福斯的变化并没有她想象的那么大，但离开监狱的时候她看起来很沮丧。

埃德蒙在富热尔街上一个安静的住宅区里租下了几个房间。房子在寡妇奥布里夫人名下，有着漂亮的白色百叶窗，外墙覆盖着紫藤。一道矮墙把楼前小花园和马路隔开，外面由一个宪兵把守着。这栋房子坐落在离法庭只有一公里远的一座小山上。由于夏季天气炎热，听证会被安排在七点开始，将在中午结束。我们打算开庭时每天一大早就走过去。

周一早上，我五点就起了床。太阳还没升起来，但外面已经足够亮了，让我可以刮胡子。我小心翼翼地穿上一件黑色长礼服，在扣子上别上荣誉军团的绶带。从外面基本看不出来我还装着一把韦伯利手枪在肩上的枪套里。我拿起手杖和一顶丝质高礼帽，敲了敲埃德蒙的房间门。我们一起下山，向河边走去，两个宪兵跟在我们身后。

我们经过一排结实的、华丽的资产阶级别墅。每一户的百叶窗都紧闭着——这里现在还没有人醒过来。在山脚下，砖砌的河堤旁，戴着蕾丝帽的洗衣女已经站在台阶上，倒着脏衣篮中的衣服。而岸上有三个人，身上系着系带，正在吃力地拖着一艘堆着脚手架和梯子的驳船。他们都转过身来，看着我们走过——两名带着高礼帽的绅士，后面跟着两个宪兵——但他们的眼神中并没有好奇，就仿佛在大清早上看到这样的场面是一件很平常的事情一样。

太阳已经出来了，散发出腾腾热气，河面是藻绿色的，十分浑浊。我们跨过一道桥，转了个弯，往学校的方向走去。迎接我们的是两排骑马的宪兵和空空荡荡的街道。在检查完我们的证件后，我们被领到了一道窄门前，那里有一小群人正在门前排队等待通过。我们走上几级石阶，穿过另一道门，经过一排背着刺刀的步兵，然后我们突然就到了法庭里。

法庭长约二十米，宽约十五米，有两层楼高。布列塔尼灿烂的阳光从双层窗户里照进来，洒满整个房间。宽敞的空间里挤满了几百号人。房间另一端是一个平台，上面摆着一张桌子和七把深红色靠背的椅子。椅子后方的墙上，一尊白色的基督石膏像被钉在一个黑色的木头十字架上。下方，原告席和被告席的桌椅在法庭两边相对而立。原告席和被告席的后面摆放着窄窄的桌子和长凳，从大厅的一端延伸到另一端，上面已经挤满了人——房间里大多数人坐在这个区域。再后面一点，在另一排步兵的身后，是观众的座位。房间中间的部分是留给证人坐的，在那里我又看到了布瓦代弗尔、贡斯、比约、佩利厄、劳特和格里贝兰。我们都小心翼翼地避免和对方产生目光接触。

"借过。"一个声音突然轻轻地在我身后响起，让我一下汗毛直立。我站起来，让到一边，梅西埃从我身边侧身走过，没有看我一眼。他沿着过道走过去，在贡斯和比约中间坐下来。几位将军立即窃窃私语起来。布瓦代弗尔看起来疲惫不堪，双目无神——据说，他已经开始了隐居生活；比约摸着自己的小胡子，看上去好像很困惑；贡斯则时不时顺从地点点头；佩利厄已经把半个身子都背过去了。现在，已经退休的梅西埃，挥舞着他的拳头，突然变成了这个小团体的领头人物，成了军队反击战中的领导者。他向新闻界宣称："这件事中一定有一个罪犯，不是德雷福斯就是我。而既然不是我，那就一定是德雷福斯。德雷福斯是叛徒。我会证明这一点的。"他那像皮革面具一样的脸短暂地转向我所在的方向，在他的面具之下，那双像枪口一样的眼睛暂时瞄准了我。

快到七点了。我坐在马蒂厄·德雷福斯的身后，他转过身来和我握了握手。露西向我点了点头，勉强挤出一个笑容，她的脸就像正午的月亮一样苍白无光。律师们走了进来，他们身穿黑袍，头上戴着怪异的黑色圆锥帽。大块头的拉博里恭敬地示意比他年长的德芒热走在自己前面。接着，法庭后方传来一声口号："举枪！"五十只靴子跺在了地上。以身材矮小的茹奥上校为首的法官们鱼贯而入。茹奥上校那浓密的白胡子甚至比比约的胡子还要大，大到他的眼睛仿佛要很费劲才能越过胡子看到眼前的东西。他走上平台，坐在中央的椅子上。他用干涩而生硬的声音说道："把被告带进来。"

负责引导的中士走到靠近法庭前方的一扇门前。在突然的寂静中，他的脚步声显得异常响亮。他打开门，两个人走了进来。一个是押送被告的军官，另一个就是德雷福斯。法庭里的所有人都倒吸了一口冷气，我也不例外。因为德雷福斯变成了一个老头——一个小老头。他四肢僵硬地走着路，身上穿着一件松松垮垮的军装外套，身子已经缩到不能再缩了。他跟跟跄跄地走到法庭中间，在通向律师们坐着的平台的几级台阶前停了下来，似乎是在尝试着鼓起自己的勇气。然后，他艰难地登上了台阶，用戴着白手套的手向法官们敬了一礼，然后脱下帽子，露出一个几乎是光秃秃的脑袋，只剩下衣领上方还有几缕从后脑勺垂下的银发。他被告知，在书记官宣读法庭规定时，他可以坐下。宣读结束后，茹奥说道："被告起立。"

他挣扎着站起来。

"你的姓名？"

就算法庭已经一片寂静，他的回答还是几乎微不可闻。"阿尔弗雷德·德雷福斯。"

"年龄？"

"三十九岁。"这句话又引发人们的一阵惊呼。

"出生地？"

"米卢斯。"

"军衔？"

"上尉，名誉晋升至总参谋部。"每个人都向前倾着身子，屏气凝神地听着。他说的话很难听懂，看起来他似乎是忘记了如何说话；当他说话的时候，气流不断从他的牙缝间漏出，发出尖锐的哨音。

在一系列法律程序后，茹奥道："你被指控犯有叛国罪，向外国势力的特工递交了一份被称作清单的备忘录。法律赋予你为自己辩护的权利。这就是清单。"

他向一名法庭官员点点头，那名官员就把清单交给了德雷福斯。德雷福斯仔细研究了一下。他浑身发抖，似乎快要崩溃了。最终，他用他那奇怪的声音——即便充满了情感却还是毫无波动的音调——说道："我是无辜的。我发誓，上校，就像我在 1894 年说过的那样。"他时不时地停顿，他竭力保持镇定的样子令人目不忍睹。"上校，我什么都能忍受，但为了我的名誉和我的孩子们，我要再说一次，我是无辜的。"

在那个上午剩下的时间里，茹奥领着德雷福斯一项一项地回顾了清单上的内容。他提出的尖锐、苛责的问题，一一被德雷福斯干巴巴、机械地回答了。德雷福斯就像是一个来别人的审判上作证的专家：不，他对120毫米加农炮的水压制动器一无所知；是的，他是可以获得关于掩护部队的信息，但他从来没有要求过这些信息；对于马达加斯加远征计划也是如此——他是可以拿到这些文件，但他并没有要求过；不，上校弄错了——当炮兵队形发生调整时他并不在第三部门；不，声称借给他一本射击指南的军官也说错了——他从来没有拿到过这本指南；不，他从来没有说过法国如果是在德国人统治下会好得多，他绝对没有说过。

从双层窗户里照进来的阳光把法庭加热得像个温室。除了德雷福斯，每个人都不停地往外冒汗。这可能是因为他已经习惯了热带的温度。他唯一一次表现出真正的感情，就是当茹奥提起他曾在革职仪式那天向勒布朗－雷诺上尉坦白了自己的罪行。

"我没有坦白任何罪行。"

"但还有其他目击者说你这么做了。"

"我不记得在场的有其他人。"

"好吧，那你和他谈了些什么？"

"那算不上谈话，上校。那是我的独白。外面，一大群爱国者正气得浑身颤抖，而我马上就要被带到他们面前。我对勒布朗－雷诺上尉说，我要当着所有人的面喊出自己是清白的，我要喊出我不是那个有罪的人。我并没有坦白任何罪行。"

军事法庭于十一点休庭。茹奥宣布，在接下来的四天里，听证会将不再向外界开放，以便法官们审视机密文件。群众和媒体将被禁止入内，我也一样。至少要再过一周，我才会被再次传唤出庭作证。

德雷福斯沿着来时的路被押送走了，连看都没看我一眼。我们其余的人在8月的烈日下列队离开。记者们纷纷沿着街道跑起来，急着去找专门的电报员，争着率先发布关于这个从魔鬼岛回来的囚犯的最新消息。

埃德蒙一直有一双发现美好事物的眼睛。他在我们住的地方附近找到一家餐厅——"一块隐藏的宝石，乔治，几乎就和阿尔萨斯一样美！"——"三人行"餐厅位于昂特兰街上，是一家农家客栈，在开阔的乡间占据着一个小角落。我们为了走到那里去吃午饭，领着我的保镖们，顶着炎热的太阳吃力地爬上了小山。客栈从外面看上去就是一座农舍，由一对姓雅莱的夫妇经营着。客栈旁还有花园、果园、马厩、谷仓和猪圈。我们在树下的长凳上坐了下来，喝着苹果酒，听着黄蜂在耳边嗡嗡叫，讨论着上午发生的事情。埃德蒙之前从未见过德雷福斯，他对德雷福斯不知为何无法引起人们的同情感到很奇怪："为什么，每当他宣称'我是无辜的'时，即使人们明明已经知道他是无辜的，却还是觉得他说的话没有说服力呢？"就在他说这话时，我注意到一群宪兵正站在马路对面，说着话。

雅莱正在把一盘农家肉酱摆上桌。我把那群宪兵指给他看："有两个人是和我们一起来的，但其他那些人是谁？"

"是在德·圣日耳曼将军的房子外站岗的宪兵，先生。德·圣日耳曼将军是这个地区军队的指挥官。"

"他真的需要保护吗？"

"不，先生，这些宪兵不是来保护他的。他们是来保护住在他家的人的——梅西埃将军。"

"你听见了吗，埃德蒙？梅西埃就住在马路对面。"

埃德蒙爽朗地大笑起来。"太棒了！我们得在敌人附近建立一个永久的桥头堡。"他转向老板道，"雅莱，我要订一张十人桌，从现在起到审判结束为止，每天午餐和晚餐都给我留出来。可以吗？"

雅莱先生当然没有异议。从那天开始，右翼报社所说的"三人行的阴谋"就开始实行了。每天中午十二点和晚上七点，德雷福斯支持者中的领头人们都会聚集在这里，共进雅莱提供的朴实无华的饭菜。来宾一般包括克列孟梭兄弟、社会学家让·饶勒斯和勒内·维维亚尼、记者拉库鲁瓦和塞维林，还有"知识分子"奥克塔夫·米尔博、加布里耶·莫诺和维克多·巴施。梅西埃到底为什么需要保镖来保护自己，这一点犹未可知——难道他觉得莫诺教授会用一本卷起来的《历史回顾》攻击他吗？周三，我要求把保护我的宪兵撤走。我不禁认为我不需要保护，还怀疑他们会把我的信息传递给政府。

整整一周，"三人行"餐厅都门庭若市。马蒂厄·德雷福斯也来了，但我们从来没有见到露西的身影——她现在住在城里的一个寡妇家。而和我们住得很近的拉博里，在同他在监狱里的当事人谈完事情后，大多数晚上会与玛格丽特一起上山来。

"他的状态如何？"有一天晚上，我这么问道。

"状态惊人的好，从各方面来考虑都是如此。天啊，他可真是个怪人，对吗？一个月来，我几乎每天都会见到他，但我相信我对他的了解并没有比我刚见到他十分钟时多。他和一切都保持着

459

距离。我想他就是这样才活下来的。"

"那秘密听证会进行得怎么样了？法庭是如何看待这些情报文件的？"

"啊，军队里的人就是喜欢这种东西！成百上千页的情书、基佬间的甜言蜜语、流言蜚语、谣言、伪造的文书和虚假的线索——什么也证明不了。这就像是一本预言书——你可以把所有的材料拼到一起，然后随心所欲地解读它。但是，我还是怀疑这些材料里面直接涉及德雷福斯的只有不到二十句。"

我们稍微远离人群抽着烟。恰逢黄昏时分，我们身后不断传来笑声。饶勒斯洪亮的声音在花园里回荡，他的声音仿佛天生就是为了向一万名听众，而不是坐在一张桌子旁的十个人说话而量身打造的。

拉博里突然说道："我看见有人在监视我们。"

在马路对面楼上的一扇窗户里，可以清楚地看见梅西埃正在俯视着我们。

"他刚刚请了他的老同志们过来吃晚饭，"我说道，"布瓦代弗尔、贡斯、佩利厄、比约——他们经常进出那里。"

"我听说他正在计划竞选参议员。这次审判对他来说是一个很好的平台。他在政治上的野心正好给他们这帮人提供了一个方向。"

"如果不是因为他在政治上的野心，"我回答道，"整件事可能永远都不会发生。当年是他把德雷福斯看成他竞选总统的一张门票了。"

"他现在还是这么想的。"

梅西埃将于周六出庭作证。这是自开庭那天结束后，媒体和观众获准回到法庭的第一天。人们对他的期待几乎和对德雷福斯的一样高。他出庭时穿着一身日常的将军制服——红色外套、黑色长裤、红金长袍，胸前的荣誉军团大军官勋章闪闪发光。当法庭叫到他的名字时，他从证人席中的军人区里站起来，拿着一个黑色的皮质公文箱，走到法庭前方。他站的地方离德雷福斯的座位不到两步远，但他始终没有朝德雷福斯的方向看过一眼。

"我的证词，"他用平静而沙哑的声音说道，"将会有点长。"

茹奥油滑地说："领座员，给将军拿把椅子来。"

梅西埃讲了三小时，从他的黑色皮箱里拿出一份又一份文件，包括写着"那个畜生 D"的那封信，他坚称这封信指的就是德雷福斯。他还拿出那封提到了情报部门有间谍的伪造的盖内报告，尽管他没有提及信息来源——瓦尔·卡洛斯。他把这些证据递给茹奥，茹奥把文件分发给身旁的法官们。过了一会儿，拉博里往后靠在椅背上，抬起头来看着我，好像是在说："这个白痴在干什么？"我小心地保持着平静的表情，但我认为拉博里说得没错——梅西埃把秘密档案中的文件在公开法庭上用作证据，这就暴露出一个弱点，很容易被拉博里在交互讯问中攻击。

就像某些充满偏见且无知的《自由言论报》社论一样，梅西埃满眼看到的都是犹太人的阴谋。他声称，英国和德国的犹太人已经筹集三千五百万法郎，要用来解救德雷福斯。他引用了德雷福斯关于德国占领阿尔萨斯 - 洛林地区事件的言论——他把这当作证据，但德雷福斯实际上已经否认发表过这样的言论——"这对我们犹太人来说不是同一回事。我们犹太人在哪里，上帝就在哪里。"他又老生常谈地把德雷福斯在革职仪式之前的"坦白"拿出来说。至于他为什么要在军事法庭上向法官们展示秘密档案，他编造了一个荒诞无比的解释——由于德雷福斯事件引起的争议，我们国家与德国的战争"一触即发"，以至于他曾下令让布瓦代弗尔将军做好发布电报、开展战争总动员的准备。而他，梅西埃本人，曾和卡西米尔－佩里埃总统一同在爱丽舍宫坐到午夜，等着德国皇帝做出让步。

听到这里，正坐在证人席上的卡西米尔－佩里埃站了起来，质疑这个谎言。但是，茹奥不允许他插话。于是，他对这种无稽之谈摇了摇头，这个动作在法庭上引发轰动。

梅西埃没有理会。这是他心里对德国的无端恐惧、1870年后挥散不去的失败主义在作祟。他继续说下去。"那么，"他说，"在那种情况下，我们难道应该渴望一场战争吗？难道我，作为陆军部长，应该为我国发动战争吗？我毫不犹豫地说了不。另外，我难道应该在完全不知道对德雷福斯的指控的情况下，离开军事法庭吗？这些文件"——他拍了拍面前证人席上的公文箱——"在那时变成了所谓的秘密档案，我认为法官必须看到这些文件才行。我可以依靠秘密审判相对来说的保密性吗？不，我对秘密审判的保密性没有信心！媒体迟早会得到它们想要的信息，不会顾及政府的威胁，并将其刊登在报纸上。在这种情况下，我选择把秘密文件放在一个密封的信封里，给了军事法庭的庭长。"

德雷福斯在椅子上坐直了身子，震惊地看着梅西埃。他的眼里除了惊讶，还有一种从未产生过的东西——熊熊燃烧的怒火。

梅西埃并没有看到他的反应，因为他小心翼翼地让自己不去看德雷福斯。"让我再补充一句，"他说道，"活到这个年纪，我非常悲伤地明白了一个道理——只要是人类做的事，就有可能犯错。如果我像左拉先生声称的那样，是一个软弱的人，那我至少还是一个诚实的人，就像我父亲言传身教的那样。如果我曾经对真相有过一丝的怀疑，我会第一个公开地说出来。"这时，他终于从椅子上转过身来，看着德雷福斯道："我会在所有人面前，对德雷福斯上尉说，'我无意中犯了一个错误'。"

这种俗套且夸张的手法让德雷福斯没法再忍受下去了。突然，他的腿神奇地不再僵硬了。他跳起来，拳头紧握，朝梅西埃挥去，像是要打他一样，并发出可怕的声音，带着哭腔，抽泣着咆哮道："你是应该这么说！"

法庭上所有人都屏住了呼吸。军官们都惊呆了。只有梅西埃看起来并没有受到影响。他没有理会笼罩在他头顶上的身影。"我会对德雷福斯上尉说，"他耐心地重复道，"我真的错了。真诚地承认这一点，并将尽我所能弥补这个严重的错误。"

德雷福斯仍然站着，低头看着他，举着自己的手臂。"这是你的职责！"

法庭里响起一波又一波的掌声，大多来自记者们。我也加入了鼓掌的行列。

梅西埃微微一笑，似乎是在面对一个情绪激动的孩子，摇着头，等人群的喧闹声渐渐平息下去。"不，不是这样的。自1894年以来，我的信念丝毫没有改变过。而且事实上，我的信念还增强了。这不仅是出于我对秘密档案的彻底研究，还由于德雷福斯支持者们为了证明他的清白而制造出的另一桩可悲的案子。而且，他们为他付出了巨大的努力，花费了数百万法郎。就是这样。我说完了。"

说完，梅西埃合上皮箱，站起来，向法官们鞠了一躬，从前面的架子上拿起他的圆形平顶军帽，把文件夹在自己的胳膊下，在一片轰然的嘲笑声中转身走出了法庭。当他经过记者席时，一位记者——《费加罗报》的乔治·布尔东——悄悄地骂了一句："杀人犯！"

梅西埃停下脚步，指着他道："这个人刚才骂我杀人犯！"

军方的检察官站起来道："庭长先生，我要求以蔑视法庭的罪名逮捕那个人。"

茹奥对警卫喊道："把他拘留起来。"

看见警卫朝布尔东靠近，拉博里站了起来。他说："不好意思，庭长先生，我想问证人一些问题。"

"当然了，拉博里先生，"茹奥冷静地看了看表，然后回答道，"但现在已经十二点多了，明天又是周日。你可以在下周一早上六点半询问证人。在那之前，法庭将休庭。"

24 悄悄的胜利

梅西埃的证词就是一场灾难。因为没能提供承诺过的可以证明德雷福斯有罪的"证据"，他让支持他的人们大失所望；同时，这又给我们这方提供了反击的机会，因为拉博里——他现在普遍被认为是巴黎法庭上进行交叉询问最具侵略性的律师——现在将有机会质疑作为证人的梅西埃拿出的秘密档案的真实性。他现在只需要足够的弹药。周日早上，我走到他的住处，帮他一起做准备。我对于打破自己最后的保密誓言毫无顾忌——既然梅西埃可以公开谈论国家安全问题，那我也可以。

"梅西埃最大的弱点就是，"拉博里和我在他的临时书房里坐下后，我说道，"如果不是他，德雷福斯事件根本不会发生。是他下令把间谍调查的范围控制在总参谋部内的——这是最初和最根本的错误。是他，下令将德雷福斯单独监禁数周之久，为了击溃其心理防线。也是他，下令编纂了这份秘密档案。"

"我会问他这三点的。"拉博里快速地做着笔记，"但我们难道不提他一直知道德雷福斯是无辜的这件事吗？"

"他一开始也不知道。是当德雷福斯拒绝认罪，而他们意识到他们唯一能指控他的证据就是清单上的笔迹时——在我看来，他们就是从那时起慌了，开始捏造证据。"

"你觉得梅西埃对这些都知情？"

"绝对的。"

"为什么？"

"因为 11 月初，意大利外交部破解了一份意大利语的加密电报，里面说帕尼扎尔迪从未听说过德雷福斯这个人。"

拉博里扬起眉毛，手里还不停写着。"梅西埃知道这份电报？"

"知道。解密后的文本被交到了他本人手里。"

拉博里停下手里的笔，往后靠在椅背上，用铅笔敲着笔记本。"这么说，他在军事法庭开庭的一个多月前就已经知道'畜生 D'那封信指的肯定不是德雷福斯了？"我点点头。"但他还是出庭了，给法官们看了这封信，还附上了自己的话，指出这封信对证明德雷福斯有罪的重要性？"

"而且他昨天还坚持自己原本的立场。真无耻。"

"那么反间谍处是怎么处理那封意大利电报的？估计只是简单地装作不知道吧？"

"不，比那更糟糕。他们销毁了陆军部的原文件，用一个内容与之相反的错误版本做了替换——暗示帕尼扎尔迪对德雷福斯了如指掌。"

"而这些都是梅西埃一手操控的？"

"我是这么认为的，经过几个月的思考后我得出了这样的结论。还有很多人也是同谋——桑德尔、贡斯、亨利——但梅西埃是始作俑者。他在看到那封电报时，本就应该撤销对德雷福斯的指控。但他知道，这样做会严重影响到他的从政之路。反之，如果他起诉成功，他说不定就能坐上通往爱丽舍宫的直通车。这是个愚蠢的想法，不过他从本质上来说，就是个愚蠢的人。"

拉博里继续写了起来。"那么他昨天提起的秘密档案中的另一份文件呢？就是那份由总安全局的军官盖内写的报告。我可以问他这一点吗？"

"毫无疑问，那是伪造的。盖内声称，西班牙武官瓦尔·卡洛斯侯爵告诉他，德国人在我们的情报部门内安插了一名间谍。而亨利曾发誓说瓦尔·卡洛斯在三个月后也跟他说了同一件事，他在原判军事法庭上就利用了这件事来攻击德雷福斯。看看这份证词的语言风格——和侯爵的身份完全不符。在我发现这一点后不久，我就询问了盖内相关情况。他看起来可疑到了极点。"

"我们要不要传唤瓦尔·卡洛斯做证人？让他证实一下自己是否说过这种话？"

"你可以试试看，不过我估计他肯定会使用外交豁免权。为什么不传唤盖内呢？"

"盖内在五周前死了。"

我惊讶地看着他道："怎么死的？"

"不管真相是什么，医学证明给出的死因是'脑充血'。"拉博里摇摇头道，"桑德尔、亨利、勒梅西埃－庇卡尔和盖内——那份秘密文件原来是要血债血偿的。"

周一早上，我五点就起床了，仔细地刮脸并穿好衣服。我的枪放在了床头柜上。我把它拿起来，掂量了一下它的重量，思考了一下，然后还是把它放进五斗柜里。

门上传来轻轻的敲门声。埃德蒙的声音从门后传来："乔治，你准备好了吗？"

除了午餐和晚餐，我和埃德蒙还喜欢在"三人行"餐厅吃早餐。我们在小客厅里吃了蛋卷和长棍面包。在马路对面，梅西埃的房子的百叶窗仍然紧闭着。一个宪兵在楼下走来走去，打着哈欠。

五点四十五分，我们开始下山。自我们到这里来后，天空

467

第一次布满了乌云。乌云的颜色与这个宁静的城市里的石头建筑显得十分和谐，天气变得更凉爽、空气也变得更清新了。就在我们快要到达运河时，我们身后传来一声："早上好，先生们！"我转过身来，看见在我们身后，拉博里正向我们快步走来。他穿着一套深色西装，戴着一顶平顶硬草帽，手里拎着一个黑色的大公文包。

"我想，我们今天可有乐子了。"

他看起来心情很好，就像是一个运动员迫不及待地想进入竞技场一样。他走在我们中间，我在他右边，埃德蒙在他左边，我们仨沿着运河边宽阔的土地走着。他抓紧最后的时间，问了我一些关于梅西埃的细节——"当部长命令桑德尔去把秘密档案处理掉的时候，布瓦代弗尔也在场吗？"——我正要回答，突然听到后面有声音传来。我怀疑有人偷听，于是微微转过身去。

我们身后确实有人——一个年轻的大个子，红头发、黑外套、白帽子——手里拿着一把左轮手枪。"砰！"一声巨响传来，鸭子们惊慌地叫着，在水里四下散开。拉博里含糊地说道："噢，噢，噢……"然后单膝跪在地上，仿佛喘不过气来了。我伸出手，看着他扑倒在地，手里还拿着公文包。

我的第一反应是跪下来，试图扶住他。他听起来与其说是痛苦，不如说是困惑："噢，噢……"他的夹克上有一个洞，位置几乎就在他后背的正中央。我环顾四周，看见杀手已经在一百米开外，正顺着运河边逃走。我体内一种不同的本能——军人的本能被唤醒了。

我跟埃德蒙说："你待在这里。"

我站起来，跑着去追赶那个持枪的歹徒。几秒钟后，我发现埃德蒙正跑在我身后。他喊道："乔治，小心！"

我回过头来喊道："回去陪着拉博里！"然后迈大步伐，挥动起双臂。

埃德蒙又跑了一会，然后就放弃追赶我了。我低下头，强迫自己加快速度。我和目标的距离正在缩短。考虑到他现在大概还有五颗子弹，我不确定如果我抓住他，我到底要怎么办。到时候，我会随机应变的。在追赶的过程中，我看到前面有一些船夫。我向他们大喊，让他们拦住那个杀手。他们望望四周，搞明白发生了什么后，放下了他们的绳子，挡住了杀手的去路。

我现在已经很接近他了——大概只有二十米，近到可以看见他用枪指着船夫们喊道："别挡我的路！我刚杀了德雷福斯！"

不管是因为枪还是因为他喊出的话，总之他的目的达到了。船夫们让到一边，他继续向前跑去。当我经过那群船夫时，我不得不越过一只伸出来想把我绊倒的脚。

突然间，房屋和工厂都消失了，我们跑进了布列塔尼空旷的郊外。越过我右手边的运河，我能看到铁路，一列火车正在驶进车站。我的左手边是一片牧场，有牛群在上面吃草，远处是一片树林。歹徒突然离开纤道，向左边的树林里冲去。换作是在一年前，我绝对能抓住他，但这几个月的监狱生活对我的影响很大。我开始上气不接下气、抽筋，心脏感觉很不舒服。我跳过一条沟，然后狠狠地摔了一跤。等到我跑到树林边缘，他早已把自己藏起来了。我找到一根粗棍子，花了半个小时在灌木丛里到处搜寻着，敲打着蕨类植物，惊起一只又一只野鸡。我明白，他可能一直都在看着我。最后，我被沉默的树林打败了，一瘸一拐地回到运河旁。

我不得不走三公里多的路返回，这就导致我错过了枪击之后发生的事。埃德蒙后来向我描述了一切。当他回到拉博里身边时，这位优秀的律师不知怎么地已经把自己的身子挪到了公文包上，以防那些认出他的人偷他的笔记。穿着一件黑白相间的夏装的玛格丽特·拉博里冲到现场，把自己的丈夫抱在膝盖上，用一把日本小扇子给他降温。拉博里侧躺着，用胳膊搂着妻子，平静地说着话，但几乎没有流血——这不是一个好迹象，常常是内出血的征兆。人们找来一扇百叶窗，四名士兵把拉博里抬了上去，吃力地把高大的他抬回住处。医生检查了他的伤势，告诉他们子弹在第五和第六肋骨中间，距离脊椎只有几毫米，情况很严重——拉博里的腿现在已经无法动弹了。拉博里的同事德芒热和助手们匆匆从法庭赶来，想知道究竟发生了什么。拉博里握住德芒热的手，说道："老伙计，我可能快死了，但德雷福斯会安然无恙的。"埃德蒙还告诉我，人们是如何评论德雷福斯在法庭上听说他的律师遭到枪击的消息时表情毫无波澜的。

当我回到案发现场时，距离枪击发生已经过去快一个小时了。奇怪的是，案发现场空无一人，好像什么也没发生过一样。当我赶到拉博里的住处时，他的女房东告诉我，他已经被带到了维克多·巴施的家里。巴施是当地一所大学的教授，也是德雷福斯的支持者，他家和"三人行"餐厅同在昂特兰街上。我走上山，看到房子外面的路上有一群记者，两个宪兵守在门口。进入屋内，我看到拉博里躺在一楼的房间里，已经昏迷不醒了。玛格丽特正守在他身边，握着他的手。拉博里脸色惨白。医生叫的外科医生还没到，他自己暂时给出的意见是，手术太危险了，最好还是让子弹先留在他的身体里，因为接下来的二十四小时将是显示损伤程度的关键时期。

前厅里有一位巡官正在询问埃德蒙。我描述了袭击者长什样、我追逐他的过程以及他在哪里跑进了树林。"塞松森林，"巡官说道，"我会派人去搜查一下的。"然后，他走到大厅里，去和他的一个手下说了几句。

他离开房间后，埃德蒙对我说："你还好吗？"

"挺好的，除了对自己的身体状况极度不满以外。"我沮丧地敲打着椅子的扶手道，"要是我当时带着枪就好了——我可以轻而易举地把他放倒。"

"他的目标是拉博里，还是你？"

我还没想过这个。"噢，是拉博里——我敢肯定。他们肯定是想不顾一切地阻止他盘问梅西埃。等审判重新开始时，我们需要找个人来顶替他的位置。"

埃德蒙看上去疲惫不堪："我的上帝啊，你不知道吗？茹奥只允许休庭四十五分钟，德芒热已经不得不回去盘问梅西埃了。"

"但德芒热没有准备过！他不知道该问什么问题！"

这真是一场灾难。我匆匆走出门，经过门口的记者们，然后下山，朝学校走去。天开始下雨，硕大而温暖的雨滴在街上的石头上炸开，空气中弥漫着一种潮湿的灰尘的香气。几个记者跟在我身后，一边小跑一边问着问题，还想方设法写下了我的回答。

"杀手仍在逃吗？"

"据我所知是这样。"

"您认为杀手会被抓到吗？"

"他能被抓到——但他会不会被抓到就是另一个问题了。"

"您认为是军方在背后一手操控的吗？"

"我希望不是这样。"

"您不排除这种可能性？"

"我这么说吧——让我觉得奇怪的是，在一个有着五千名警察和士兵的小城市里，一个杀手居然可以轻而易举地枪击一位德雷福斯的支持者，然后轻而易举地逃脱追捕。"

这就是他们想听到的。一到学校门口，他们就从我身边跑开，往商品交易所的方向跑去，把他们听到的东西用电报发给报社。

学校里，梅西埃正站在证人席上。我刚坐下一分钟，就意识到德芒热的审问进行得很困难。他是一个正派、有学识的人，将近六十岁了，有着一双警犬般的眼睛。他忠实地为德雷福斯辩护了近五年，但他并没有为这次开庭做好准备。而且就算他做好了准备，他也没有像拉博里那样的威慑力。说实话，他在法庭上总喜欢说一些废话。他习惯于在问出问题之前，先讲一番话，这就给了梅西埃足够的时间来思考如何回答他的问题。梅西埃轻而易举地招架住了他的提问。当德芒热问及陆军部档案室中伪造的帕尼扎尔迪的电报时，梅西埃否认知晓此事；当被问及为何不把这封电报也放在秘密档案里，一同出示给法官们时，梅西埃说这是因为这么做外交部会不乐意。在回答完这个问题的几分钟后，他获准回到自己的座位上。当他沿着过道往回走时，他的目光朝我的方向瞟了一下。他停下脚步，弯下腰，伸出手来，要和我说话。他知道整个法庭都在看着我们。他用大部分人能听得见的音量，极度诚恳地说道："皮卡尔先生，我刚听说了这令人震惊的消息。拉博里先生怎么样了？"

"子弹还在他体内，将军。明天再看看情况。"

"这件事真的非常令人震惊。请务必帮我转告拉博里夫人，祝她丈夫早日康复好吗？"

"当然，将军。"

他那双诡异的蓝绿色眼睛和我的视线相遇了，有那么一瞬间，我在他眼睛里看到一点暗暗的恨意一闪而过，就像是鲨鱼鳍划过水面一般。然后，他点点头，走开了。

第二天是耶稣升天节，法定假日，法庭不开庭。拉博里熬过了那个晚上。他烧得没那么厉害了，看来康复有望。周三，德芒热在法庭上请求休庭两周，直到拉博里重返工作岗位，或是新的律师充分了解案情后——阿尔伯特·克列孟梭已经同意接手这个案子了。茹奥断然拒绝了这个请求，说虽然发生了不幸的事件，但辩方还是得在法庭上尽力而为。

上午，法庭第一节的时间全用于讲述德雷福斯被囚禁在魔鬼岛的细节。当大家听到德雷福斯曾遭到多么残酷的对待时，就算是控方的证人们——甚至是布瓦代弗尔，以及贡斯——在面对自己以正义之名施加的暴行时，都不得不露出了尴尬的神色。但到最后，茹奥问德雷福斯是否要做任何评论时，他只是生硬地回答道："我在这里是为了捍卫我和我孩子们的名誉，不是为了控诉我所受到的折磨。"比起军方的仇恨，他更受不了他们的怜悯。我意识到，他看起来如此冷漠，一定程度上是因为他决心不让自己看起来像一个受害者。我对他肃然起敬。

周四，我被传唤出庭作证。

我走到法庭前方，爬上两级台阶，来到平台上。我意识到在我身后，拥挤的法庭安静了下来。我并不紧张，只是想快点把这件事了结。我面前是一道带有架子的栏杆，证人可以在上面放他们的笔记本或军帽。栏杆后是一个平台，法官们在上面坐成一排，其中有两名上校、三名少校和两名上尉。而在我的左手边，德雷福斯就坐在两米开外。我与他近在咫尺，伸出手就可以握到他的手，却连和他说话都不被允许，这是多么奇怪啊！我努力让自己忘记他的存在，紧紧盯着前方，暗自发誓要说出全部真相。

茹奥开口道："在被告受到指控之前，你认识他吗？"

"是的，上校。"

"你是怎么认识他的？"

"我在高等战争学院当教授的时候，德雷福斯是我的学生。"

"你们没有其他进一步的关系了？"

"是的。"

"你不是他的导师，或是他的盟友？"

"不是，上校。"

"你没有为他服务过，他也没有为你服务过？"

"没有，上校。"

茹奥记了记笔记。

直到现在，我才有了瞟一眼德雷福斯的勇气。这么多年里，他一直是我生活的中心，彻底地改变了我的命运。他在我心中占据了如此之高的地位，以至于我认为在场的他是无法和他所象征的那一切相匹配的。但是，当我端详着这个安静的陌生人，看到他透过夹鼻眼镜朝我眨了眨眼睛，就好像我们俩碰巧在一趟长途火车上坐在了同一节车厢里时，我的心里还是觉得怪怪的。从他的样子来看，如果要我猜，我会说他是一个退休于殖民服务部门的低级别官员。

茹奥干巴巴的声音把我的思绪拽了回来："描述一下你所知道的事件……"我移开了视线。

我的作证用去了一整天加上第二天大半天的时间。虽然没有意义，但我还是再叙述了一遍——小蓝、艾斯特哈齐、清单……我又一次一件一件地说着我所知道的事，就像是在做一场讲座。从某种意义上来说，这确实是一场讲座，我是德雷福斯研究的创始人、首席学者和明星教授——在这个专业领域里，没有什么是我不知道的。每一封信、每一封电报、参与其中的每一个人的性格、每一份伪造的证据、每一个谎言，我都了如指掌。偶尔，总参谋部的军官们会像力不从心的学生一样，站起来，对我说的某一个特定的点提出质疑——但我总是能轻而易举地摆平他们的问题。我一边说话，一边时不时地扫一眼法官们满是皱纹的脸，就像审视讲台下的学生那样。

在我终于讲完后，茹奥让我退下。我转身，走回座位，好像看到——有可能是我看错了——德雷福斯对我点了点头，似笑非笑地表示感谢。

拉博里正在恢复健康。在接下来的一周里，虽然子弹还卡在他肩膀的肌肉里，但他还是回到了法庭上。在玛格丽特的陪同下，他在热烈的掌声中走进法庭。他挥挥手，表示感谢，然后走到自己的座位上。法庭专门为他准备了一把又大又舒服的扶手椅。除了他那大汗淋漓、苍白的脸，他身上唯一明显的受伤迹象就是他僵硬得几乎动不了的左手臂。德雷福斯站在他身旁，热情地握着他可以活动的右手。

说实话，虽然他坚称自己已经可以重返工作岗位，我个人对他的健康状况还是表示怀疑。我很了解枪伤，枪伤需要的恢复时间比人们想象的要长。在我看来，拉博里还是应该做手术把子弹取出来——但那样的话，他肯定就不能出庭了。他的伤口现在很疼，晚上也睡不好，再加上他还有心理创伤——虽然他自己拒不承认，但他走在街上的时候，我能感觉到。因为每当有陌生人向他伸出手时，他总会微微退缩。在工作上，这种心理创伤表现为易怒和暴躁，尤其是对主法官茹奥，拉博里总喜欢刺激他：

茹奥：我得提醒您，您说话要保持得体。

拉博里：我没有说过任何过分的话。

茹奥：但您的语气并非如此。

拉博里：我无法控制我的语气。

茹奥：您应该如此——每个人都要控制好自己。

拉博里：我可以控制住我这个人，但就是控制不住自己的语气。

茹奥：我将禁止您继续发言。

拉博里：没问题，禁止吧。

茹奥：坐下！

拉博里：我是要坐下——但不是因为您命令我才这么做的！

有一天，我和马蒂厄·德雷福斯一起参加了一个辩护战略讨论会。在会上，德芒热用他那多少有点自负的语气说道："我们永远不能忘记我们的最终目标，我亲爱的拉博里，恕我直言，我们的目标不是痛斥军队的过失，而是要确保我们的当事人获得自由。由于这是一场军方听证会，最后的结果将由军官们决定，所以我们在交流时得注重礼仪。"

"啊，是的，"拉博里反驳道，"礼仪！我想，当年，让您的当事人在魔鬼岛待了四年的，就是您的'礼仪'吧。"

德芒热气得满脸通红。他收起自己的文件，离开了房间。

马蒂厄疲惫地起身追了出去。到门口时，他说道："我理解你很受挫，拉博里，但埃德加已经忠诚地和我们家肩并肩战斗了五年。他为自己赢得了决定我们战略方向的权利。"

在这个问题上，我同意拉博里的观点。我了解军队，军队不理会礼仪，只理会强有力的行动。但即便我支持他，拉博里在没有知会德芒热的情况下就给德皇和意大利国王发电报，请求他们批准冯·施瓦茨科彭和帕尼扎尔迪（二人皆已回国）前来雷恩作证的行为也太过分了。德国总理冯·比洛伯爵似乎觉得他是疯了，回复他道：

尊贵的皇帝陛下、我们最仁慈的君主认为，显然，以任何方式同意拉博里先生的这一奇怪建议是完全不可能的。

拉博里和德芒热之间的不和不断激化。最后，疼得脸色发白的拉博里甚至宣布他不会发表结案陈词："我不能参与执行我不信任的战略。如果那个老傻瓜认为只要对这些杀人的混蛋客客气气说话就能赢得这场官司，那就让他自己去试试看吧。"

审判接近尾声时，在一次休庭期间，雷恩警察局局长杜罗穿过学校拥挤的院子，向我走来。当所有人都在外面伸展腿脚时，他把我叫到一边，低声说："皮卡尔先生，根据可靠情报，一大批民族主义者正计划在宣布判决结果时抵达现场。如果德雷福斯被判无罪，现场很可能会发生严重的暴力事件。在这种情况下，恐怕我们将不能保证您的安全。我劝您在他们到来之前离开这个城市，希望您能理解。"

"谢谢您，杜罗先生。感谢您坦白地告诉我这些。"

"再向您提一个建议。建议您乘夜车离开，免得引人注意。"

说完，他离开了。我在阳光下靠着墙，抽着烟。现在离开，我也不会有什么遗憾。我到这里已经快一个月了。其他人也是。贡斯和布瓦代弗尔手挽手，在街上走来走去，似乎是要紧紧地抓住对方，在对方身上寻求力量。还有梅西埃和比约，他们坐在墙沿上，像小学生一样晃动着双腿。亨利夫人，这位军人的遗孀，从头到脚裹着黑纱，挽着劳特少校的胳膊，像死神一样飘过庭院。据说，劳特少校和她的关系很亲密。人群中还有矮矮胖胖、毛发

477

旺盛的贝蒂荣，他的手提箱里装满了图表。他仍然坚持说德雷福斯在写清单时是伪装了自己的笔迹。还有格里贝兰，他找到了一块阴影，站在里面。当然，并非所有人都在场，有些人已经成为鬼魂——桑德尔、亨利、勒梅西埃－庇卡尔、盖内——还有一些没有成为鬼魂，但也没有出席。例如迪帕蒂，他坚持说自己病得太厉害，无法出庭作证；还有舍雷－克斯特纳，他倒是确实病了，据说得了癌症，已经快不行了；还有艾斯特哈齐，他逃到英国一个叫哈彭登的村子里去了。但除了他们，其他人都在这里了，就像是疯人院里的病人，又或是某艘法庭版"飞翔的荷兰人"[①]上的乘客，注定要在这个世界上互相羁绊，永远就这样下去。

铃声响了，我们陆续回到法庭。

9月7日周四的晚上，我和埃德蒙在"三人行"餐厅举办告别晚宴。拉博里和玛格丽特都来了，但马蒂厄和德芒热没有出席。最后，我们一同朝梅西埃所在的方向举起酒杯，祝愿明天能够胜诉。然后，我们一起坐上出租车，前往空无一人的火车站，登上了前往巴黎的晚班火车。没人看见我们离开。在我们身后，城市渐渐隐入黑暗中。

判决结果将在周六下午宣布。阿林·梅纳尔－多里安认为这是个举办午宴的绝佳时机。她让她的朋友，一位负责邮电事务的次长把一条从她的会客室到雷恩商品交易所的电话线空出来，好在判决宣布的第一时间得到结果。她还邀请了她沙龙的那些常客，再加上其他一些朋友，于下午一点去费桑德里街吃自助餐。

我其实不太想去，但她的邀请让人没法拒绝——"我最亲爱的

---

① 又作"漂泊的荷兰人"，是传说中一艘永远无法返乡的幽灵船，注定在海上漂泊航行。

乔治，如果你能来和我们一起分享你的光荣时刻，那真是再好不过了。"她话都这么说了，我觉得拒绝她会显得太无礼。再说，我也没有其他事可做。

流亡回来的左拉也出席了，此外还有乔治和阿尔伯特·克列孟梭、让·饶勒斯以及伦敦《泰晤士报》的德·布罗维茨。来宾大概五六十个人，包括布兰琪·德·科曼日和一个叫作埃斯皮克·德·吉内斯泰的年轻人，据她介绍是她的未婚夫。一个穿制服的男仆蹲在角落里的电话旁，不时向接线员核实电话是否还能接通。三点十五分，在大家吃完饭后——我则是一点没吃——那位男仆向艾琳娜的丈夫、同情极端主义的实业家保罗·梅纳尔示意，并把电话交给了他。梅纳尔严肃地听了一会儿，然后向大家宣布："法官们已经退庭去讨论最终判决了。"说完，他把电话还给了戴着白手套的男仆。

我独自走到阳台上，想一个人待一会儿，但几位来宾却跟在我身后一起过来了。德·布罗维茨有着圆滚滚的身材和圆胖的、红彤彤的脸，这让他看起来很像是狄更斯笔下的人物——像《雾都孤儿》中的邦布尔，又或是像《匹克威克外传》里的匹克威克。他走过来，问我是否还记得在第一次军事法庭上法官们花了多长时间讨论。

"半个小时。"

"先生，您觉得他们花的时间越久，结果越有可能对被告有利，还是对被告不利呢？"

"这我真的回答不出来。失陪了。"

接下来的时间是一种折磨。附近一座教堂的钟在三点半响了，然后又在四点响了。我们在草坪上来回踱步。左拉说："他们显然是在彻底地权衡所有证据，如果真是这样，那他们肯定会站在我们这边，所以这是个好迹象。"

"不对，"乔治·克列孟梭说，"是有人在劝说他们，让他们改变主意，这对德雷福斯不利。"

我回到客厅，站在窗前。外面的街道上聚集了一群人，有人大声地问我有没有什么消息，我摇了摇头。四点四十五分，男仆向梅纳尔打了个手势，梅纳尔走到电话旁。

梅纳尔听了一会儿，然后向大家宣布："法官们要回到法庭上了。"

所以说，他们总共讨论了一个半小时。这个时间算长还是算短？这是好是坏？我不知道该怎么解读。

五分钟过去了。十分钟过去了。有人说了个笑话来缓和紧张的气氛，大家笑了。突然，梅纳尔举起手来，示意大家安静。电话的另一端好像发生了什么事。他皱起了眉头。然后，他的手臂慢慢地、沉重地放了下来。"罪名成立，"他平静地说，"五比二。刑期减为十年。"

一个多星期后的一个傍晚，马蒂厄·德雷福斯找到了我。我惊讶地发现他出现在我家门口。他以前从没来过我的公寓。他第一次看上去灰头土脸、垂头丧气的，就连扣眼里别的花都枯萎了。他坐在我屋里一张小沙发的边缘上，紧张地把自己的圆顶礼帽在两手间翻来倒去。他朝我的写字台点了点头——写字台上铺满纸，台灯亮着——道："看来我打扰到你工作了，请原谅。"

"这些不算什么——我只是想趁自己还记得一切时写一本回忆录。但不是为了出版——至少在我有生之年不会的。你要喝点什么吗？"

"不了，谢谢。我一会儿就走。我要赶去雷恩的晚班车。"

"这样啊。他怎么样了？"

"坦白说，皮卡尔，我担心他已经做好了赴死的准备。"

"噢，好了，好了，德雷福斯！"我说道，在他的对面坐下，"你弟弟都在魔鬼岛上活过四年了，他难道还忍不了在监狱里多待几个月吗？我确信他只需要再在监狱里待几个月，因为政府在世博会期间必须释放他，否则会遭到抵制的。他们不可能让他死在监狱里。"

"他刚要求见自己的孩子们，这是他被捕后的第一次。你能想象看到自己父亲处于这种状态，会给他们的心理造成什么影响吗？除非是告别，他肯定不会想让孩子们受这种折磨的。"

"你确定他的健康状况有那么差吗？有让医生检查过吗？"

"政府派了一位专家去雷恩。专家说阿尔弗雷德现在营养不良，还患有疟疾，可能还有结核性脊髓炎。他认为阿尔弗雷德在狱中坚持不了多久了。"他痛苦地看着我道，"就是因为这样——我是来告诉你，很抱歉，但是——我们决定接受赦免。"

房间里的空气凝固了。我的声音无法控制地变得冷若冰霜："我懂了。所以你们收到了赦免的提议？"

"总理担心这个国家会因此永远分裂。"

"他当然会这么想。"

"我知道这对你来说是一个打击，皮卡尔。我知道这会让你处于一个尴尬的境地……"

"是啊，怎么会不尴尬呢？"我脱口而出道，"接受赦免就等于是认罪了！"

"从严格意义上来说，是这样的。但是，饶勒斯已经为阿尔弗雷德起草了一份声明，他出狱的那一刻就会发布。"他从口袋里掏出一张皱皱巴巴的纸，递给了我。

共和国政府给了我自由。但若不恢复我的名誉，这样的自由对我来说毫无意义。从今天开始，我将坚持为推翻这可怕的司法错误而努力，我仍然是这个错误的受害者……

下面还有，但我已经懂了。我把纸还了回去。"啊，这些话说得非常高尚，"我讽刺地说，"当然啦，饶勒斯写的文字总是这么文雅。但现实是，军队赢了。作为回报，他们至少会坚持赦免那些策划了这场阴谋、害了你弟弟的人。"也是害了我的人，我在心里加上这么一句，"也就使我无法再对总参谋部提起诉讼。"

"短期内也许是这样。但长远来看，在不同的政治环境下，我毫不怀疑我们能为我弟弟赢来完全无罪的判决。"

"要是我和你一样相信我们的司法体系就好了。"

他把声明塞回口袋，站了起来。他岔开两腿的站姿有一种挑衅的意味。他说："皮卡尔，我理解你现在很难受，我也非常同情你。我知道如果需要的话，你为了自己的追求宁愿让我的弟弟牺牲。但他的家人们希望他活着回来。跟你说实话，我弟弟他自己也不能接受这个决定。我想，如果他知道你跟他观点相同，他可能会改变心意的。"

"我和他观点相同？他为什么会在意这个？"

"我相信他是在意的。你有什么想让我捎给他的话吗？"

他站在那里，一副态度坚决的样子。

"其他人怎么说？"

"左拉、克列孟梭和拉博里反对。雷纳克、拉扎尔、巴施和其余的人都同意了，但赞成的程度各不相同。"

"告诉他我也反对。"

马蒂厄简单地点了点头，好像是在表示他就知道我会这么说，然后转过去，准备离开。

"但告诉他，我能理解。"

1899 年 9 月 20 日，周三，德雷福斯被释放了。不过为了让他在转移途中不受群众骚扰，这个消息过了一段时间才被公开。我和其他人一样，也是在报纸上才读到了他被释放的消息。报纸上写着黄昏时分，他穿着深蓝色的衣服，戴着一项用来遮住脸的黑色软帽，由总安全局的一名警察开车，被带离了雷恩的监狱。他被带到南特火车站，和马蒂厄会合。兄弟二人在那里搭乘南下的卧铺火车。随后，在普罗旺斯的一处家庭住宅里，他和妻儿们团聚了。然后，他去了瑞士，没有回巴黎。因为他担心自己会被人刺杀。

至于我，我勉强维持着生计，并在拉博里的帮助下，指控几家报社对我犯有诽谤罪。12 月，我拒绝了政府提出的对所有卷入此事的人进行大赦的提议，尽管我被告知那样我将在军队里复职，并成为一名指挥官。我为什么要和梅西埃、迪帕蒂、贡斯、劳特那帮罪犯穿一样的制服呢？

1900 年 1 月，梅西埃凭借民族主义纲领当选卢瓦尔的参议员。

德雷福斯那边没有任何消息。然后，在他获释一年多之后，在 1900 年冬天的某个阴冷的日子里，我下楼去取邮件，发现信箱里有一封盖着巴黎邮戳的信。信上的地址是手写的，笔迹很眼熟，因为我已经在各种机密文件和法庭上的证据文件中见过这个笔迹无数次了。

亲爱的上校：

我恳请您告诉我一个日期和时间，让我能亲自向您表示我的感激之情。

A. 德雷福斯

敬上

483

信是从沙托丹街上的一个地址寄出的。

我把信带回楼上。昨晚波利娜在这里过了夜，现在她的女儿们都长大了，她经常在我这里过夜。她现在用回了自己的娘家姓，喜欢自称罗马佐蒂夫人——这让人们自然而然地认为她是一个寡妇。我逗她说，这个称呼让她听上去像是一个圣日耳曼大街上的神婆。

她在卧室里喊道："有什么有意思的事吗？"

我又读了一遍纸条。

"没有，"我喊道，"没什么。"

快到中午时，我拿起一张自己的名片，在背面写上：先生，当我可以见你的时候，我会告知你的。G. 皮卡尔。

然后，我就没有下一步动作了。他不是那种喜欢道谢的人，我也不是那种喜欢被人感谢的人。因此，我们就不必见面来折磨彼此了。后来，报纸指责我断然拒绝德雷福斯会面的请求。德雷福斯家的一个匿名的朋友——后来被发现是那本犹太复国主义小册子的作者，贝尔纳·拉扎尔——告诉右翼报纸《巴黎回声报》：我们不能理解皮卡尔，也不能理解他的态度……你们可能不知道，很多人也都不知道，皮卡尔其实是一个激进的反犹太主义者。

我该如何回应呢？如果真如亚里士多德所说的，衡量一个人性格的标准是他的行为，那么从我的行为来看，我不可能是一个激进的反犹太主义者。然而，没有什么比反犹太主义的指控更能让人的旧偏见死灰复燃的了。我辛酸地给一个朋友写信说："我就知道我有一天会被犹太人攻击，尤其是被德雷福斯一家攻击……"

就这样，我们并肩作战的美好回忆变成了矛盾、失望、责备和讽刺。

在军事学院的练兵场上，一个个连的军事学员在棕色土地上转着圈、跺着脚。我像往常一样，站在丰特努瓦广场的栏杆后，看着他们踏步。这个地方见证了我的人生。我年轻时在这里接受教育，后来在这里教书，在这里目睹了德雷福斯的革职仪式，还在这里的马术场上和亨利进行了决斗。

"全体都有——立正！"

"全体都有——举枪！"

年轻的士兵们迈着整齐的步伐大步踏过，最糟糕的是，他们甚至没有看到我。或者他们看到了我，只是我没有引起他们的注意而已——他们只是看到了一个穿着黑色西装、带着圆顶礼帽的中年平民，在一旁若有所思地看着自己。

但最终，我们还是赢了——虽然不像我们一直希望的那样，光荣地大获全胜，不是当某次重要的庭审到达高潮时，曾被判有罪的人终于被证明无罪，被人们扛在肩膀上，走向自由。在紧闭的门后，当所有人的热血都慢慢冷却下来，当法官们一丝不苟地检查了所有证据之后，我们在委员会的会议室和档案室里悄悄地赢得了胜利。

首先，饶勒斯作为社会党的领袖，在众议院里花了一天半的时间，做了一次的演讲，对整个事件进行了清晰的描述。新一任陆军部长，安德烈将军听了他的演讲以后，同意重新审视所有的证据——那是在 1903 年。然后，安德烈调查的结果显示刑事法庭应该自行审理此案，并得出结论：本案应由最高上诉法院进行复审——那是在 1904 年。然后，1905 年，在政教分离的政治动乱中，该案沉寂了一年。但最终，最高上诉法院撤销了雷恩的判决，并宣布德雷福斯完全无罪——这发生在 1906 年 7 月 12 日。

7 月 13 日，众议院收到一项提案，要求恢复德雷福斯的军职，将其提升至少校，并授予他最高荣誉——荣誉军团十字勋章。该法案以 432 票对 32 票获得通过。而当梅西埃试图在参议院里提出反对意见时，他遭到了大家的一致抵制。在同一天，众议院开始讨论另一项动议，那就是把我的军衔恢复到如果我没在 1898 年被开除，现在可能会达到的等级。这项决议以更大的票数差距获得了通过，449 票对 26 票。我怎么都没想到，我穿着准将的制服回到了军事学院，参加德雷福斯的授勋仪式。

10 月 25 日，我的朋友乔治·克列孟梭成为总理。那时我人在维也纳。那天晚上，我打着白色领带，穿着燕尾服，挽着波利娜，来到维也纳国家歌剧院，观看古斯塔夫·马勒指挥的《特里斯坦与伊索尔德》。几个星期以来，我一直盼望着来看这场演出。但就在演奏厅的灯光变暗之前，我注意到法国大使馆的一名官员在走廊里走来走去。然后，一份电报开始沿着我这排的观众被传了过来，在戴着手套和珠宝的手上传递着。最后，波利娜拿到了电报，把它交给了我：

我今日已任命你为陆军部长。

请马上回到巴黎。克列孟梭。

尾 声

1906 年 11 月 29 日，周四

25　再见德雷福斯

"德雷福斯少校参见陆军部长……"

我听见在大理石楼梯底下，他正在对我的勤务兵通报自己的到来，声音里带着熟悉的德语口音。我听见他的靴子随着脚步叩在台阶上的声音，然后他慢慢地出现在我的视野当中——军帽、肩章、金色的纽扣、穗带、佩剑、带条纹的裤子——一切都跟革职仪式之前一样，除了现在他在炮兵黑色军装外套上别上了带红丝带的荣誉军团勋章。

他在楼梯口停下脚步，敬了个礼。"皮卡尔将军。"

"德雷福斯少校，"我微笑着伸出手道，"我一直在等你。请过来吧。"

部长的办公室自梅西埃和比约时期起就没有变过，四周还是鸭蛋青色的镶板墙，不过波利娜——她现在是这里的女主人了——喜欢每天在那两扇可以俯瞰花园的大窗户间的桌子上布置鲜花。今天下午，花园里的树光秃秃的；在 11 月下旬阴沉的天空下，陆军部的灯光显得十分耀眼。

"请坐，少校，"我说，"不要拘束。你以前来过这里吗？"

"没有，部长。"他在镀金的椅子上坐下，坐得很端正，背挺得笔直。

我在他对面坐下。他已经胖了点，看起来状态不错，穿着精心剪裁的制服，显得还挺时髦的。在那副熟悉的夹鼻眼镜后，他蓝色的双眼透露出谨慎。"那么，"我把我的手指尖对在一起，久久地凝视着他道，"你想和我谈什么？"

"是关于我的军衔。"他说道，"我从上尉晋升到少校，这并没有把我被冤狱在魔鬼岛的那几年时间也算进去。而您从上校升为准将——如果您不介意我指出来的话——是把您这八年的退伍生活也算成了服役期，我认为这是不公平的——事实上，是对我带有偏见的。"

"我明白了，"我感觉到自己的笑容变僵硬了，"那你想让我做什么呢？"

"纠正这个错误，把我晋升至我应得的军衔。"

"在你看来，你应该得到什么级别的军衔呢？"

"中校。"

我沉默了一下。"但这需要特别立法，少校。政府需要众议院重新提出一项新的动议。"

"应该这么做。这样才是对的。"

"不，这是不可能的。"

"我能问问为什么吗？"

"因为，"我恼怒地说，"这从政治上来说是不可能的。之前那项动议是在 7 月通过的，当时的气氛对你非常有利，但那是你被免罪的第二天。现在已经是 11 月——现在的政治气氛完全不同了。而且，我还有一项艰巨的任务——我相信你会理解的——就是以陆军部长的身份回到这座大楼，试图和这么多长期以来与我们为敌的军官一同工作。我必须每天忍气吞声，把过去的斗争都抛诸脑后。我现在怎么能回过头来，在一切归于平静之后，再一次引起争端呢？"

"因为这么做才是正确的。"

"对不起，德雷福斯。不能这么做。"

我们就这么沉默地坐着。突然之间，横亘在我们之间的不是一条地毯了，而是一条鸿沟。我想，那几秒钟是我人生中最痛苦的时刻。最后，我再也受不了了，站了起来，然后道："如果没有其他事的话……"

德雷福斯也立刻站了起来。"是的，没有其他事了。"

我把他领到门口。这看起来是一个糟糕的结尾。

"少校，"我小心翼翼地说道，"我们直到现在才单独在私下见面，我一直感到很遗憾。"

"不是这样的。我被捕的那天早晨，是您把我带到了您的办公室，然后带我去见迪帕蒂上校的。"

我感觉到自己的脸红了。"是的。我为自己在这场可悲且浮夸的表演中扮演的角色道歉。"

"啊，我觉得，您已经弥补了自己的行为！"德雷福斯环顾了一下办公室，赞赏地点点头道，"您做了这么多，最后还被任命为法兰西共和国的内阁成员，真的很了不起。"

"可是，你要知道，奇怪的是，如果没有你，我可能永远也不会坐在现在的位置上。"

"不，我的将军，"德雷福斯说，"您坐到了现在的位置上，是因为您履行了自己的职责。"

致　谢

一本这样的小说很大程度上依赖于他人的作品。我想对所有将我引向这个主题的作品表示感谢。我读的第一本通史是让－德尼·布勒旦（Jean-Denis Bredin）的《案件：阿尔弗雷德·德雷福斯案》（*The Affair: The Case of Alfred Dreyfus*）。对于想要了解这段历史的普通读者而言，这本书至今还可以说是最好的选择。同时，《魔鬼岛上的囚犯：阿尔弗雷德·德雷福斯与分裂法国的事件》（*The Man on Devil's Island: Alfred Dreyfus and the Affair that Divided France*）一书也帮助很大。在此我要感谢该书的作者，牛津大学新学院的露丝·哈里斯博士（Dr. Ruth Harris），感谢她为我额外提供的信息和建议。我还受益于迈克尔·伯恩斯（Michael Burns）的《德雷福斯：1789~1945的一桩家事》（*Dreyfus: A Family Affair 1789–1945*）、路易斯·贝格利（Louis Begley）的《为什么德雷福斯事件如此重要》（*Why the Dreyfus Affair Matters*）、道格拉斯·约翰逊（Douglas Johnson）的《法兰西与德雷福斯事件》（*France and the Dreyfus Affair*）、皮尔斯·保罗·里德（Piers Paul Read）的《德雷福斯事件》（*The Dreyfus Affair*）和约瑟夫·雷纳克（Joseph Reinach）不朽的名作，《德雷福斯事件史》（*Histoire de l'affaire Dreyfus*）——尽管此书是于1908年出版的，但对于研究这段历史来说是不可或缺的。此外，弗雷德里克·布朗（Frederick Brown）的《左拉传》（*Zola: A Life*）和乔治·佩因特（George

Painter）所著两卷本的普鲁斯特传记也起到了很大的作用。

在更专业的书籍中，乔治·R. 怀特（George R. Whyte）的《德雷福斯事件：编年史》（*The Dreyfus Affair: A Chronological History*）给予了我极大的帮助，在长达一年的时间里，这本书几乎没有离开过我身侧。此外，克里斯蒂安·维古鲁（Christian Vigouroux）的《乔治·皮卡尔：德雷福斯党、放逐者和部长——真实的正义》（*Georges Picquart: dreyfusard, proscrit, minister: La justice par l'exactitude*）是一个多世纪前出版的皮卡尔传记，它的内容中包括家庭信件和警方档案等信息，为我提供了非常多宝贵的信息。我还非常幸运地从皮埃尔·热尔韦（Pierre Gervais）、波利娜·佩雷兹（Pauline Peretz）和皮埃尔·斯图坦（Pierre Stutin）的最新研究成果，《德莱福斯事件的秘密文件》（*Le Dossier Secret de l'affaire Dreyfus*）中获益。在我写作期间，该事件的相关网站 www.affairedrefus.com 上线了，为我提供了大量信息，其中包括法国国防部最新公布的秘密文件中所有文件的照片和文字记录的链接。

为了进行初步研究，我阅读了左拉诽谤案的庭审记录、雷恩军事法庭的庭审记录，以及 1898 年、1904 年、1905 年和 1906 年各种调查和听证会的记录。以上这些资料都可以在网上找到。大多数该时期的法国报纸可以在法国国家图书馆的网站 www.gallica.bnf.fr 上免费下载。通过伦敦图书馆，我还有幸找到了无比珍贵的伦敦《泰晤士报》的电子档案。

我在书中大量引用了德雷福斯自己的文字，如《我生命中的五年》（*Five Years of My Life,*）、《德雷福斯案》（*The Dreyfus Case*，与他的儿子皮埃尔合著）和《手记：1899~1907》。其他为我提供了帮助的现代资料包括莫里斯·帕莱奥洛格（Maurice Paléologue）的《德雷福斯案件的秘密日记》（*My Secret Diary of* the Dreyfus Case）、路易・勒布卢瓦的《德雷福斯事件：冤案与修正》（*L'Affaire Dreyfus: L'Iniquité, la Réparation*）。最后，《德雷福斯的悲剧》（*The Tragedy of Dreyfus*），其作者 G. W. 斯蒂文斯旁听了雷恩庭审。与书名相反，书中的事件充满了喜剧式的欢乐，像是由杰罗姆・K. 杰罗姆描写的，我几乎一字不差地引用了他对贝蒂荣疯狂的证词的描述。

我要重现德雷福斯案的想法最初是在 2012 年，我和罗曼・波兰斯基（Roman Polanski）在巴黎共进午餐时涌现的。我将永远记得并感激波兰斯基深厚的情谊和对我的鼓励。我还要感谢我的英语编辑们，伦敦哈钦森（Hutchinson）出版社的乔卡丝塔・汉密尔顿（Jocasta Hamilton）和克诺夫（Knopf）出版社的桑尼・梅塔（Sonny Mehta），感谢他们提出的良好意见与建议。我也要感谢我的文学经纪人，迈克尔・卡莱尔（Michael Carlisle）。多年来，我的德文翻译，沃尔夫冈・穆勒（Wolfgang Müller）在我写作的过程中就已经开始看我的手稿了。像往常一样，他提出了很多建议，纠正了很多错误。我的法语编辑，伊万・纳博科夫（Ivan Nabokov）也给予了我很多支持。

最后，我还要感谢一个人。在二十五年的婚姻生活中，我的妻子吉尔・霍恩比（Gill Hornby）不得不与一拨又一拨的纳粹分子、揭秘专家、克格勃工作人员、对冲基金经理、代写作家和形形色色的古罗马人住在同一个屋檐下。而这次，她又与一个法国总参谋部的军官日夜相处。我感谢她四分之一个世纪以来的爱、宽容和敏锐的文学眼光。

小说中仍存在的错误，关于历史事实或是写作文体的错误，以及为了把事实变成小说，在叙述和塑造人物时所使用的各种手法，都由我个人承担一切责任。

图书在版编目(CIP)数据

军官与间谍 / (英) 罗伯特·哈里斯
(Robert Harris) 著;李昕璐译. -- 北京:社会科学
文献出版社, 2022.6
　书名原文: An Officer and a Spy
　ISBN 978-7-5201-8518-9

　Ⅰ. ①军… 　Ⅱ. ①罗… ②李… 　Ⅲ. ①长篇小说－英
国－现代 　Ⅳ. ①I561.45

中国版本图书馆CIP数据核字(2021)第119042号

军官与间谍

著　　者 /　〔英〕罗伯特·哈里斯(Robert Harris)
译　　者 /　李昕璐

出 版 人 /　王利民
组稿编辑 /　董风云
责任编辑 /　张金勇　钱家音
责任印制 /　王京美

出　　版 /　社会科学文献出版社·甲骨文工作室(分社)(010)59366527
　　　　　　地址:北京市北三环中路甲29号院华龙大厦　邮编:100029
　　　　　　网址:www.ssap.com.cn
发　　行 /　社会科学文献出版社(010)59367028
印　　装 /　三河市龙林印务有限公司

规　　格 /　开　本:889mm×1194mm 1/32
　　　　　　印　张:16.125　字　数:371千字
版　　次 /　2022年6月第1版　2022年6月第1次印刷
书　　号 /　ISBN 978-7-5201-8518-9
著作权合同
登 记 号 /　图字01-2017-9456号
定　　价 /　79.00元

读者服务电话:4008918866